Stein von der Brücke

Ulrich Völkel

Stein von der Brücke

Kommissar Pontes siebter Fall

Die Kommissar-Ponte-Reihe:

1. Fall: Die entlaufene Leiche vom Zeughof
2. Fall: Die Maske des Mörders

Erschienen im RhinoVerlag:

3. Fall: Unter schwebender Last lauert der Tod
4. Fall: Drei tote Männer und eine Frau
5. Fall: Der Tod eines Buchhändlers
6. Fall: Ich werde dich töten!

Impressum

© 2019 RhinoVerlag Dr. Lutz Gebhardt & Söhne GmbH & Co. KG
Am Hang 27, 98693 Ilmenau
Tel.: 03677/46628-0, Fax: 03677/46628-80
www.RhinoVerlag.de | www.blutrot.info

Titelbild: Metilsteiner (CC-BY 3.0)
Lektorat: Lekto.Rat, Katja Völkel, M. A., Dresden
Layout, Satz: Verlag *grünes herz*®, Sibylle Senftleben
Schrift: Linux Libertine O
Titelgestaltung: Verlag *grünes herz*®, Sibylle Senftleben
Druck: Alliance Print, Sofia

1. Auflage 2019
ISBN: 978-3-95560-506-3

Das hätte auch uns passieren können, Lilli und mir, wie ich später feststellte, als ich die genauen Details des Unfalls erfuhr. Ich hatte dienstlich in Blankenhain zu tun und konnte die Rückfahrt nach Weimar so einrichten, dass ich rechtzeitig zu Lillis Dienstschluss in Legefeld war, um sie von ihrer Arbeitsstelle, der Restaurationswerkstatt der Klassik Stiftung Weimar, abzuholen und mit ihr nach Hause in die Helmholtzstraße zu fahren. Nur wenige Minuten vor dem schweren Unfall hatten wir die Autobahnbrücke der A4 nahe Gelmeroda durchfahren.

Meine Frau war in aufgekratzter Stimmung. Sie hatte eine äußerst komplizierte Arbeit an einem der wenigen Notenblätter der Herzogin Anna Amalia abgeschlossen, das den Brand der Bibliothek schwer beschädigt, aber in einem noch restaurierbaren Zustand überstanden hatte. Es war Lillis erste eigenständige Arbeit in der Restaurationswerkstatt an einem so wertvollen Papier. Ihren Stolz auf die gelungene Wiederherstellung konnte ich gut nachvollziehen.

An das verheerende Feuer im Jahre 2004, bei dem die berühmte Bibliothek schweren Schaden genommen hatte, kann ich mich noch deutlich erinnern. Und ich erinnere mich vor allem an die Erschütterung meines Vaters, der über viele Jahre die Herzogin Anna Amalia Bibliothek geleitet hatte, bis er nach der sogenannten Wende abgewickelt wurde, wie man den Rauswurf herzlos bezeichnete. Um das gnadenlose Abschiebeverfahren für einen ganz normalen Vorgang zu erklären, wurde das Wort Evaluation wie eine Tarnkappe über die Aussonderung missliebiger oder als missliebig denunzierter Personen gebraucht. Das sollte den Anschein sachlicher Personalpolitik vortäuschen. Der neue Direktor kam aus Kassel. Der Wahrheit die Ehre – ich lernte ihn kürzlich als durchaus honetten Mann kennen. Er war keiner der Evaluierer.

Hätte mir damals jemand gesagt, dass meine Frau Lilli eines Tages ihre berufliche Erfüllung in der Rettung scheinbar irreparabel beschädigter Artefakte finden würde, hätte ich vermutlich nur müde gelächelt. Damals lebten wir noch in Berlin. Ich war Mitarbeiter der Mordkommission der Berliner Kriminalpolizei, Lilli leitete einen Drogeriemarkt in Marzahn. Als meine Eltern kurz nacheinander starben, zogen wir in das Haus in der Weimarer Helmholtzstraße, das beide unter Zurücksetzung anderer Interessen und mit dem Kampf gegen manche Widrigkeiten der DDR-Materialwirtschaft gebaut hatten: das Haus meiner Kindheit.

Wir fuhren durch Gelmeroda, linker Hand zog die durch Lyonel Feiningers Zeichnungen und Gemälde berühmt gewordene kleine Kirche an uns vorbei, halbrechts bewegten wir uns in einer scharfen Kurve stadteinwärts in die von hier an leicht abschüssige Berkaer Straße Richtung Innenstadt.

Auf halber Höhe bogen wir schließlich rechts in die Henry-van-de-Velde-Straße ein, vorbei am imposanten Sophien- und Hufeland-Klinikum, bis wir nach gut 200 Metern nach links in die Rainer-Maria-Rilke-Straße gelangten. Rechts befindet sich die Gartenanlage „Friedrich Schiller" – unter dem macht man es nicht in Weimar –, links stehen kleine bis mittelgroße Villenhäuser mit gepflegten Vorgärten. Gleich nach der kleinen Kaufhalle bogen wir in die Helmholtzstraße ein. Ich hielt vor unserem Haus. Lilli stieg aus. Ich blieb sitzen, weil ich noch einmal in die Dienststelle am Kirschberg musste, um die Blankenhainer Unterlagen in meinem Tresor zu deponieren. „Dauert nicht lang", hatte ich zu Lilli gesagt. „Zum Abendbrot bin ich spätestens zu Hause." Da wusste ich noch nicht, welche Nachricht mich erwartete.

Meine Stellvertreterin Astrid Korn noch in der Dienststelle vorzufinden, überraschte mich. „Ich denke, du hast schon Feierabend?"

Statt einer Erklärung antwortete sie: „Hans kommt auch gleich. Schlimme Sache. Elke ist schon unterwegs mit ihren Spusi-Leuten."

Vor etwa 30 Minuten hatte es einen schweren Verkehrsunfall vor der Autobahnbrücke Gelmeroda gegeben. Ein Pkw war von Legefeld kommend gegen einen stadtauswärts fahrenden Sattelschlepper geprallt, auf den ein weiterer Kleinwagen auffuhr. Den Sattelschlepper, erinnerte ich mich, hatte ich gesehen. Er war aus der Ausfahrt der Tankstelle gekommen und hatte mir fast den Weg abgeschnitten. Der Unfall an der Brücke musste wenige Minuten später passiert sein.

„Ein Verkehrsunfall? Was hat das mit uns zu tun?", wollte ich wissen.

„Die Frontscheibe des ersten Pkw ist von einem großen Pflasterstein durchschlagen worden", erklärte Astrid.

„Von der Autobahnbrücke heruntergeworfen?"

Sie nickte.

Ich wurde blass. „Wer macht so etwas?"

In diesem Auto hätten Lilli und ich sitzen können. Es ist passiert, kurz nachdem wir den Ortsausgang von Gelmeroda erreicht hatten. So nahe ist der Tod mitunter. Ich spürte, wie sich mir die Haare an den Armen aufstellten. Für einen kurzen Moment musste ich die Augen schließen. Ich zwang mich, die Vorstellung zu unterdrücken, Lilli und ich hätten in dem Wagen sitzen können.

„Ist was?", fragte Astrid. Sie musste mein Erschrecken bemerkt haben.

Ich winkte ab. „Alles in Ordnung." Meine Stimme kratzte verdächtig.

Hans kam. Wir fuhren sofort los. Blaulicht. Martinshorn. Die B85 war in Höhe der Abzweigung zur Humboldtstraße gesperrt. Zu- und Abfahrt der A4 mussten geschlossen werden. Verkehrspolizisten wiesen den Umweg über Niedergrunstedt, Obergrunstedt und Holzdorf nach Legefeld aus. Uns ließen sie natürlich passieren.

Es war mühsam, bis an die Unfallstelle heranzukommen. Mehrere Krankenwagen und ein Spezialfahrzeug der Feuerwehr standen bereit. Ich sah, wie zwei Männer mit einem Schneidbrenner eine blutüberströmte Person aus einem Pkw befreien mussten. Von den beiden Kindern, die bereits auf dem Weg ins Klinikum waren, wusste ich zu dem Zeitpunkt noch nichts. Der Fahrer des Sattelschleppers stand nervös rauchend neben seinem Fahrzeug. Ich bat ihn, die Zigarette auszumachen. Es könnte Benzin aus dem verunfallten Wagen ausgelaufen sein. Er verstand mich zunächst nicht. Er stand unter Schock.

„Proszę", bat ich und zeigte auf die glimmende Zigarette. Ihm fiel gar nicht auf, dass ich ihn in seiner Sprache anredete. Er drückte die Karo in einer kleinen Blechschachtel aus.

Ein älteres Ehepaar, das mit seinem Kleinwagen auf den Sattelschlepper aufgeprallt war, wurde durch zwei Sanitäter versorgt. Offensichtlich hatten beide nur leichte Prellungen davongetragen. Blut war nicht zu sehen. Aber auch sie standen unter Schock.

Aus dem nahen Ort hatten sich Leute aufgemacht, die durch zwei Polizisten zurückgehalten werden mussten. Ich kann nicht begreifen, was Menschen antreibt, unbedingt Augenzeugen sein zu wollen, wo andere Menschen zu Tode gekommen sind. In letzter Zeit häuften sich sogar die Vorfälle, dass Gaffer die Rettungsmaßnahmen behinderten, um möglichst gute Fotos machen zu können. Bei einer ähnlichen Gelegenheit hatte Hans einem besonders aufdringlichen Mann das Smartphone aus der Hand geschlagen. Hätte nur noch gefehlt, dass der Anzeige wegen Sachbeschädigung gemacht hätte.

„Hans", bat ich meinen Kollegen, „halte die Gaffer mit deiner Kamera fest. Und lass dich nicht provozieren."

„Bin schon dabei", antwortete er. Sein Blick ließ mich wissen, dass er den versteckten Hinweis durchaus verstanden hatte.

Wenn es kein Unfall war, und dagegen sprach der Pflasterstein, der die Frontscheibe durchschlagen hatte, war nicht auszuschließen, dass sich unter den Neugierigen einer befand, der sich am Ergebnis seines Verbrechens weiden wollte. Außerdem wendete sich der eine oder andere ab, als er sah, dass er gefilmt wurde. Vielleicht wollte er nicht als Gaffer erkannt werden. Es hatte sich wohl schon herumgesprochen, dass das Filmen und Fotografieren verunfallter Personen oder die Behinderung von Rettungsmaßnahmen durch Sensationsgierige inzwischen mit mindestens 125 Euro geahndet wird.

Ich erkundigte mich bei dem den Unfall untersuchenden Polizeiobermeister nach den bisherigen Erkenntnissen.

„Kriminalhauptkommissar Ponte“, stellte ich mich vor. „Was wissen wir?“

„Sperber, Polizeiobermeister.“ Er reichte mir die Hand. Ich hatte das Gefühl, er suche Schutz. Wahrscheinlich hatte er einen solchen Unfall noch nie aufnehmen müssen. „Die Frontscheibe des von Legefeld kommenden Pkw ist von einem Pflasterstein durchschlagen worden, den jemand von der Autobahnbrücke heruntergeworfen hat. Wer das gewesen ist, hat sich nicht mehr feststellen lassen. Als wir hier ankamen, war niemand oben auf der Brücke. Durch den Aufprall des Steins wurde die Scheibe durchschlagen und die Fahrerin wahrscheinlich am Kopf getroffen.“

„Den tatsächlichen Hergang werden unsere Kollegen herausfinden“, bremste ich die vorschnelle Interpretation.

Es schien, meine Bemerkung missfiel ihm, als hätte ich ihn schulmeistern wollen. Ich sah, wie Astrid unwillig die Brauen hob.

„Ich mag nicht, wenn einer schon eine fertige Theorie hat“, sagte ich, ihr meinen barschen Ton dem Kollegen gegenüber begründend.

„Ja“, antwortete sie. Es klang nicht gut.

Die Feuerwehr war dabei, die Frau zu bergen. Ob sie noch lebe, könne man derzeit nicht mit Bestimmtheit sagen, erklärte der Kollege, sich nun etwas zurückhaltender ausdrückend. Jedenfalls sei das Fahrzeug vermutlich außer Kontrolle geraten, auf die linke Straßenseite geschleudert und ungebremst frontal in den Sattelschlepper geprallt, dadurch mehrere Meter weggeschleudert und auf dem Acker nach mehrmaligem Überschlagen zum Stehen gekommen. „Im Fond des Wagens befanden sich zwei Kinder, die bereits auf dem Weg ins Krankenhaus sind, aber vermutlich nicht lebensgefährlich verletzt wurden", fuhr er fort, ohne sich um meine zur Zurückhaltung ratende Kritik zu kümmern. „Der Fahrer des Sattelschleppers hat eine Vollbremsung gemacht. Dabei ist ihm der nachfolgende Kleinwagen, der nach der Ortsdurchfahrt wieder Geschwindigkeit aufgenommen hatte, ins Heck gefahren. Die beiden älteren Herrschaften sind glücklicherweise nur leicht verletzt, haben aber beide einen Schock erlitten. Scheint mir jedenfalls", setzte er vorsichtshalber hinzu, um nicht noch einmal wegen voreiliger Schlussfolgerung gerügt zu werden. Ein Arzt kümmere sich um sie. „Am Wagen sind erhebliche Schäden entstanden, vermutlich ist er nicht mehr verkehrstüchtig." Das war die Kurzfassung.

„Wir haben euch verständigt, als wir den Pflasterstein entdeckten. Das war kein normaler Unfall", erklärte Polizeiobermeister Sperber.

Wahrscheinlich wollte er sich gar nicht besonders hervortun mit seiner Deutung des Unfalls, sondern war schlicht um eine Erklärung bemüht. Manch einer redet viel, wenn ihm eigentlich die Worte fehlen. Er hatte die eingeklemmte, blutüberströmte Frau gesehen und wusste von den Kindern. Einen solchen Anblick steckt man nicht einfach weg.

Ich fragte nicht, wie ein normaler Unfall aussehen müsse, bei dem wir nicht gerufen werden. Inzwischen war es den beiden Feuerwehrleuten gelungen, die Person aus dem Wrack zu bergen. Erst als ich hinging, sah ich, dass es sich um eine junge Frau handelte.

Der Arzt, der sie untersuchte, blickte auf und schüttelte den Kopf. „Hartung", stellte er sich knapp vor. „Wer macht so etwas?" Dann schüttelte er erneut den Kopf, um mir zu bedeuten, dass er nichts mehr für die Frau tun konnte.

Die Frage, wer so etwas tut, hatte ich heute schon einmal gehört. Wer wirft aus Jux und Tollerei einen schweren Stein von einer Autobahnbrücke auf einen darunter fahrenden Pkw? Oder handelte es sich gar nicht um einen üblen Scherz, sondern war es Absicht?

Ich bat meinen Kollegen Hans Brandt, Dr. Gregor Pause anzurufen. Die Leiche musste zur gerichtsmedizinischen Untersuchung in dessen Institut gebracht werden.

Die Spurensicherung unter Dr. Elke Ottos Leitung dokumentierte alle Details, um ein genaues Bild vom Hergang des schweren Unfalls zu bekommen. Ich sah auch, wie zwei Kollegen auf der Brücke mögliche Spuren sicherten, die mit dem Täter oder den Tätern in Verbindung gebracht werden könnten.

„Eines steht jedenfalls schon fest", erklärte Elke. „Das war kein Zufall. Der Stein stammt wahrscheinlich von einer Baustelle im Ort. Pflastersteine gibt es weder auf der Brücke noch in unmittelbarer Nähe. Er ist mitgebracht worden. Ich hoffe, wir finden brauchbare DNA. Wer macht so etwas?" Auch sie schüttelte unwillig den Kopf. Wer macht so etwas. Das mussten wir so schnell wie möglich herausfinden.

Der Kollege Sperber von der Verkehrspolizei blickte in Richtung des verunfallten Autos. „Ich habe so etwas schon einmal erlebt", sagte er. „Das wirst du nicht mehr los. Wer es auch war, der dürfte mir nicht in die Hände fallen!"

Ich legte ihm die Hand auf die Schulter. Es sollte eine um Entschuldigung bittende Geste für meine unwillige Reaktion auf seinen Bericht sein.

Hans und Astrid hatten die herumstehenden Leute befragt. Die Insassen des Kleinwagens, der auf den Sattelschlepper aufgeprallt war, hatten den Unfall selbst nicht beobachten können. Sie waren noch völlig verwirrt. Der Mann, so um die 80, blutete leicht an der Stirn, wie ich erst jetzt sah. Er war auf den Airbag aufgeschlagen. Vermutlich hatte die Brille, deren auseinandergebrochene Teile er wie vorwurfsvoll in der Hand hielt, die Wunde verursacht. Muss man mit 80 noch Auto fahren? Astrid kümmerte sich um die beiden.

Gesehen? Nein, niemand hatte etwas gesehen. Man hatte nur den Knall der aufprallenden Autos im Ort gehört und wollte herausfinden, was passiert ist. Da war niemand. Ein Pflasterstein von oben? Ja, wie kommt denn jemand mit einem Pflasterstein auf die Autobahnbrücke? Vor der Kirche wird der Gehweg repariert. Dort liegen Pflastersteine. Könnte jemand mitgenommen haben. Einen Fremden, oder auch zwei, drei? Nicht in Gelmeroda, der oder die wären uns aufgefallen. Fremde fahren hier nur durch, falls sie nicht anhalten, um die durch den Maler berühmte Kirche zu sehen. Aus dem Ort? Herr Kommissar, von uns macht keiner so etwas. Vielleicht jemand aus Legefeld. Oder aus Holzdorf. Possendorf ist auch nicht weit. Wir Gelmerodaer schmeißen keine Steine von der Autobahnbrücke. Wir doch nicht!

Die genannten Siedlungen lagen nicht zu weit entfernt. Es hätte auch jemand von dort sein können. Aber der hätte den Stein an der Kirche erst aufsammeln und bis zur Brücke schleppen müssen. Sehr unwahrscheinlich, wenn es nicht mit Absicht geschehen war. War es denn überhaupt ein Pflasterstein vom Gehweg an der Kirche? Elke und ihre Kollegen würden das bestimmt herausfinden.

Es war ein mühsames Geschäft, die Leute zu befragen. Es würde uns auch nichts anderes übrigbleiben, als alle Bürger des Ortes, vor allem die an der Hauptstraße wohnenden, zu bitten uns mitzuteilen, ob ihnen etwas Ungewöhnliches aufgefallen ist. Vielleicht war jemand in der Kirche an dem Nachmittag, der etwas gesehen hatte? Vielleicht haben sich Touristen den Ort Feiningers ansehen wollen? Oder war es doch einer aus Gelmeroda?

Am Ortsausgang Richtung Autobahn befindet sich eine Tankstelle. Ich bat Hans, mich zu begleiten. Wegen der Straßensperre war niemand da, der seinen Tank auffüllen konnte. Der Betreiber erinnerte sich an einen Mann mittleren Alters, der es ziemlich eilig hatte und auch irgendwie durch den Wind war, wie er sich ausdrückte. Er habe mit Karte bezahlt, sich beim Eintippen der PIN aber zweimal vertan. Anhand des Belegs konnten wir die Bankverbindung feststellen. Es würde keine Mühe machen, den Namen des Fahrers bei der Bank herauszufinden. Das war doch schon etwas.

Ich verabschiedete mich von dem Polizeiobermeister. Es würde noch Stunden dauern, bis die Straße wieder freigegeben werden konnte. Die beiden Pkw mussten abgeschleppt werden. Der verunfallte Wagen der Frau würde im Anschluss gründlich untersucht werden. Nach Rücksprache des Polizisten mit Doktor Gregor Pause, unserem Arzt, wurde dem Fahrer des Sattelschleppers die Weiterfahrt wegen des Schocks untersagt. Er musste über Funk Ersatz anfordern. Die Antwort seines Chefs fiel negativ aus. Als er entgegen unserer Anweisung wieder aufsteigen wollte, musste er mit Nachdruck daran gehindert werden.

Die Aussage des Tankwarts hatte uns eine mögliche Spur angezeigt. Wenn jemand so nervös beim Eintippen seiner Kartennummer war, konnte man durchaus vermuten, dass er mit dem schweren Unfall in Verbindung zu bringen war. Aber es konnte natürlich auch ganz andere Gründe für sein Verhalten geben. Vorschnelle Schlüsse, noch dazu im Anfangsstadium der Ermittlungen, können zu schwerwiegenden Fehlern führen.

Die Wege von und nach Gelmeroda sind überschaubar. Die Leute im Dorf registrieren genau, wenn ein Fremder erscheint, der sich vielleicht durch vorsichtiges Verhalten verdächtig macht. Falls es nicht ein gezielter Anschlag war, worauf bisher nichts deutete, war die Täterschaft eher bei Jugendlichen zu vermuten, die sich im gefährlichen Übermut einen Spaß machen wollten, ohne über die Folgen nachzudenken.

Zwischen Gelmeroda und der Stadtgrenze zu Weimar befand sich an der B85, die hier noch als Rudolstädter Straße firmiert, eine weitere Tankstelle von Aral, daneben ein McDonald's-Restaurant, das bei Jugendlichen sehr beliebt ist. Wir fuhren hin. Ja, sagte man uns, hier treffen sich manchmal junge Leute, um ihren Burger zu essen und eine Cola zu trinken. Die hängen dann den halben Tag herum, als hätten sie nichts anderes zu tun. Manche kommen schon am späten Vormittag, wenn eigentlich Schule ist. Ist nicht unser Problem. Sie benehmen sich zwar manchmal wie die Axt im Walde, aber der Kunde ist eben König. Kommt selten vor, dass wir jemanden an die frische Luft setzen müssen. Heute? Ja, da saßen welche hinten an dem Tisch in der linken Ecke, erinnerte sich eine Bedienung. Aber die waren friedlich. Wann, sagen Sie? Ja, um diese Zeit hatten sie schon dort gesessen. Denke ich. Warum wollen Sie das alles wissen?

Ich überhörte die Frage geflissentlich. Meiner Erfahrung nach neigen mögliche Zeugen, wenn sie den Grund unserer Befragungen erfahren, zu Übertreibung oder zu besonderer Vorsicht. Es sollte nach Routinebefragung klingen. Ob später noch andere Jugendliche, vielleicht auch nur einer, der noch nie hier gewesen ist, reingekommen wären, erkundigte ich mich.

War da jemand? Nein, eigentlich nicht. Ist sogar ziemlich ruhig gewesen heute Nachmittag. Wer mit dem Auto unterwegs ist, trinkt seinen Kaffee an der Tanke. Es sind andere Leute als die, die zu uns kommen.

Das war eine magere Ausbeute. Ich wollte noch wissen, ob jemand den einen oder anderen Jugendlichen mit Namen kennt. – Eigentlich nicht. – Und uneigentlich? – Ja, manche Namen kriegt man eher beiläufig mit. Kalle, Günthi, Richi. Eben solche Namen. – Und Mädchen? – Die sind auch immer mit dabei. – Aus Gelmeroda? – Könnte sein. – Oder von Legefeld, Holzdorf, Possendorf. – Nein, eher aus der Stadt.

Ob jemand oder auch eine Gruppe, die normalerweise um diese Zeit ihren Burger verzehren und ihre Cola trinken, ausgerechnet heute Nachmittag nicht oder später als sonst gekommen ist, wollte ich wissen. Allgemeines Kopfschütteln. Außerdem ist die Straße kurz vor Gelmeroda seit zwei Stunden gesperrt. Was ist denn eigentlich passiert und warum fragen Sie uns, Herr Kommissar?

„Ein Unfall", antwortete ich vage. „Wir müssen die Umstände klären. Falls Ihnen noch etwas einfällt, rufen Sie mich bitte an." Ich hinterließ meine Karte und fuhr dann mit Hans zurück zur Unfallstelle.

Elke hatte die Handtasche der Fahrerin geborgen. Sie war vermutlich vom Beifahrersitz als Folge des Unfalls in den Fußraum geschleudert worden. Ich öffnete sie und entnahm ihr den Personalausweis. Julia Fleischer, las ich, 1980 in Weimar geboren. Wohnhaft Lyonel-Feininger-Straße. Ist das nicht in der Nähe?

„Ja", bestätigte Elke. „Das ist das Neubauviertel an der Berkaer Straße, rechts, bevor man in die Stadt kommt. Beim Klinikum."

Da wir vor Ort nichts weiter tun konnten, bat ich Astrid, mich zu begleiten. Ich hoffte, den Ehemann anzutreffen, damit er sich um die Kinder kümmern konnte, die zur prophylaktischen Untersuchung ins nahe Krankenhaus gebracht wurden. Solche Botschaften den Hinterbliebenen überbringen zu müssen, ist das Schlimmste in meinem Beruf. Viele Abläufe geraten mitunter zu Routine. Darf nicht sein, geschieht aber. Nahen Verwandten eine Todesnachricht überbringen zu müssen, ist immer wieder eine schwere Last. Da helfen keine einstudierten Floskeln. Es ist immer eine bittere Begegnung mit den Eltern, den Kindern oder dem Ehepartner des Getöteten.

Wir fuhren in das Neubauviertel am Klinikum und bogen rechts in die Lyonel-Feininger-Straße ein. Als wir bei Fleischer klingelten, meldete sich niemand. Deshalb versuchte ich es beim Nachbarn. Eine ältere Frau öffnete ihr Küchenfenster in der 1. Etage. Sie musterte uns und erklärte mürrisch, dass sie nichts kaufen will. Ohne eine Antwort abzuwarten, schloss sie das Fenster wieder.

Astrid klingelte erneut. Das Fenster ging wieder auf. „Was denn noch? Ha'm Se was an' Ohrn?"

Ich hielt meinen Ausweis hoch, den sie natürlich nicht erkennen konnte, aber es half. „Wir wollen zu Herrn Fleischer. Der wohnt doch hier?"

Da lehnte sie sich aus dem Fenster. „Hier gibt es keinen Herrn Fleischer nicht. Wer will das wissen?"

„Wir sind von der Polizei", sagte ich halblaut. Es musste ja nicht gleich die ganze Straße wissen, wer sich nach Herrn Fleischer erkundigte.

„Von der Polizei?", rief sie laut. „Hat er etwa wieder randaliert? Warten Sie mal, ich drücke."

Sie verließ das Fenster, gleich darauf ertönte der Summer. Wir betraten das Haus und gingen in die erste Etage. Frau Lutter, wie ich den Namen auf dem mit Blumen und Blättern reich verzierten Schild lesen konnte, stand in der weit geöffneten Tür und machte eine einladende Geste. „Na, da komm' Se mal rein in die gute Stube. Aber zieh'n Se die Schuhe aus. Und passen Se uff, dass Charly nicht ausbüxt."

„Ihr Hund?", erkundigte sich Astrid.

„Nee, das wär er wohl gern. Is' mein Kater. Aber den lass ich nicht auf die Straße. Die fahren hier ja wie die Kaputten mit ihre Mopeds durch die Kante. Das hat schon mancher Katze nicht gutgetan. Stimmt's, Charly?"

Ich hätte mich nicht gewundert, wenn Charly gesagt hätte: „Stimmt!" Er lagerte bräsig in seinem Sessel und schielte misstrauisch in unsere Richtung.

Wir folgten ihrer Aufforderung, die Schuhe auszuziehen. Dann durften wir ins Wohnzimmer gehen, wo sie uns Platz auf der Couch anwies. Charly blickte noch immer argwöhnisch zu uns.

„Frau Lutter", begann ich, ohne zunächst auf den eigentlichen Grund unseres Besuches zu kommen, „Sie sind wohl nicht besonders gut auf Herrn Fleischer zu sprechen?"

„Wenn Sie den Ex von Julia Fleischer meinen: der heißt Helmut Schnabel. Großfresse hätte besser gepasst", empörte sie sich. „Wurde aber auch Zeit, dass sie den Kerl rausgeschmissen hat. Das ganze Haus hat es gehört, wenn der seine Tobsuchtsanfälle kriegte. Geschlagen hat er sie. So ein Scheißkerl, kann ich Ihnen sagen. Mit dem wollte keiner was zu tun haben. Wie sie aber auch an den geraten konnte! Ist doch 'n kluges Mädchen. Scheißkerle, alle. Das hätte meiner selig mal versuchen sollen! Heiße Bratpfanne, sage ich Ihnen nur. Na, jedenfalls hat sie ihn nicht geheiratet. So schlau war sie wenigstens. Sie hat ihn rausgeworfen. Das kann ich Ihnen flüstern, da waren wir alle froh. So eine nette Frau. Und die Kinder. Die kommen gern zu mir. Bei mir gibt es immer was zu naschen. Möchten Sie mal?" Sie rückte die Schale mit Keksen und Süßigkeiten in unsere Richtung. Astrid, die sonst nicht zu den Naschkatzen zählte, nahm sich ein Bonbon. Vertrauensbildende Maßnahme, dachte ich amüsiert.

„Was wollen Sie eigentlich von dem?"

Ich wich einer direkten Antwort aus. „Wissen Sie, wo Herr Schnabel wohnt?"

„In der Freiligrathstraße, Jakobsviertel. Nummer weiß ich nicht. Aber das habe ich Ihren Kollegen letzte Woche doch schon erzählt", sagte sie irritiert.

„Wieso?", wollte ich wissen.

„Na, da hat er doch wieder mal getobt, der feine Herr! Besoffen war er und wollte zu den Kindern. Es hat aber keiner aufgemacht. Da hat er gebrüllt. Ich krieg dich noch, du alte Schlampe, hat er gebrüllt. Und weil er keine Ruhe gab, hab ich die Polizei gerufen. Übrigens nicht das erste Mal. Die Nummer hab ich in mein Handy eingespeichert. Hier, gucken Se mal. Ich denke, deswegen kommen Sie?“

Ich umging erneut die Antwort. Also Freiligrathstraße. Es würde keine Mühe machen, die Nummer herauszufinden.

„Wenn er dort noch wohnt“, gab sie allerdings zu bedenken. „So einen will doch keiner zum Nachbarn haben. Was hat er denn schon wieder ausgefressen?“

„Er eigentlich nicht. Jedenfalls kommen wir nicht seinetwegen. Frau Lutter“, setzte Astrid vorsichtig an. „Es gab einen Unfall. Den Kindern ist glücklicherweise nicht allzu viel geschehen, hoffe ich jedenfalls. Sie werden in der Klinik gerade gründlich untersucht. Aber Frau Fleischer ...“

Ich sah, wie sich das Gesicht der Nachbarin verfärbte. Sie hielt sich die Hand vor den Mund, als wolle sie einen möglichen Schrei des Entsetzens verhindern oder doch wenigstens abmildern.

„... hat den Unfall leider nicht überlebt“, vollendete ich den Satz.

Fassungslos starrte uns Frau Lutter an, erst Astrid, dann mich, dann wieder Astrid. „Nee, ne?“, flüsterte sie. „Das is’ jetzt nicht wahr. Oder?“

Die Umstände, die zu dem schweren Unfall geführt hatten, ließen wir weg. Das würde sie vermutlich am nächsten Tag aus der Presse erfahren. Unser wichtigstes Problem war herauszufinden, wer sich um die Kinder kümmern könnte, wenn auf den Vater nicht zu zählen war.

„Julias Eltern", erklärte sie uns. „Die wohnen in Legefeld, haben dort ein kleines Häuschen. Da sind sie oft nach der Schule." Aber wir sollten die Nachricht ganz vorsichtig überbringen. „Julias Vater hat einen Herzinfarkt gerade überstanden. Das haut den doch glatt um, wenn er erfährt, dass seine Tochter ... er hat sie immer Prinzessin genannt, obwohl sie doch schon lange eine erwachsene Frau ist ... also das haut ihn doch glatt um, wenn er hört, was passiert ist. Ohgottohgott. Und die arme Frau, also Julias Mutter. Wie ist das denn passiert, Herr Kommissar?"

Die Umstände des Unfalls mit tödlichem Ausgang würden noch untersucht, sagte ich.

„Und der Hund?", erkundigte sich die Nachbarin, jetzt schon wieder gefasst.

Wir sahen uns beide fragend an. „War ein Hund im Auto?", wollte ich von Astrid wissen.

„Nein", erklärte Frau Lutter. „In der Wohnung. Der kann doch nich' raus. Na, warten Sie mal." Sie stand auf, um in den Flur zu gehen, musste sich aber auf halbem Weg abstützen. „Das ist mir aber so was von in die Knochen gefahren", erklärte sie ihre kleine Schwäche. Dann holte sie einen Schlüsselbund vom Schuhschränkchen aus der Schale im Flur. „Julia lässt mir immer ihren Wohnungsschlüssel hier. Sie ist Lehrerin am Gymnasium. Deutsch und Geschichte, glaube ich. Oder so. Es könnt' ja sein, hat sie mal gesagt, dass ich länger weg bin als wie geplant. Schulkonferenz, Elternbesuch und alles diese Sachen. Dann sollte ich dem Hund etwas zu Fressen geben und mit ihm Gassi gehen. Ist ein liebes Vieh, der Max. Und ganz friedlich. Ich würde ihn ja zu mir nehmen, aber dann dreht Charly am Rad. Den halben Tag liegt der Hund in seinem Körbchen und pennt. Der kann schlafen, sag ich Ihnen. Wenn Sie einen Moment Zeit haben, hol ich ihn. Sie müssten aber Charly ein bisschen in Schach halten. Sind doch von der Polizei." Über den Witz musste sie herzhaft lachen. Wir verzogen beide das Gesicht.

Die Zeit hätten wir leider nicht, entschuldigte ich mich bei Frau Lutter. Wir müssten zu den Großeltern, damit die sich um die Kinder kümmern können. „Würden Sie sich ein paar Tage um den Hund kümmern oder sollen wir im Tierheim Bescheid sagen?"

„Max? Ich weiß gar nicht, wie ich dem das erklären soll. Nee, nix Tierheim. Das dürfen wir den Jungs nicht antun." Sie schüttelte den Kopf. „Ohgottohgott, das arme Mädchen. Und sei'n Sie vorsichtig, wenn Sie zu den Eltern von Julia fahren."

Das versprachen wir ihr. Als wir im Auto saßen, fragte Astrid: „Wäre das nicht etwas für deine Kinder?"

Ich wusste nicht, was sie meinte.

„Max."

Ich glaube, es war das erste Mal, dass ich wieder lachen konnte. Ich drohte ihr mit dem Finger. „Wehe! Ich hetze sonst Charly auf dich."

Als wir die B85 stadtauswärts, auf diesem Abschnitt noch Berkaer Straße genannt, Richtung Autobahn zurückfuhren, mussten wir die Straßensperre passieren. An der Unfallstelle wurde das völlig zerstörte Auto gerade von einem Abschleppwagen aufgenommen. Der Kleinwagen des älteren Ehepaares stand bereits festgezurrt darauf. Der Fahrer des Sattelschleppers diskutierte aufgeregt mit dem Polizisten, der ihm die Autoschlüssel abgenommen hatte. Ein Leichenwagen stand abfahrbereit in unmittelbarer Nähe der Unfallstelle. Ich hatte angeordnet, die Frau ins Gerichtsmedizinische Institut zu Dr. Pause zu bringen. Die Todesursache musste genau dokumentiert werden. War das Opfer unmittelbar durch den Stein getötet worden? Hat Julia Fleischer noch gelebt und ist sie erst an den Folgen des Unfalls verstorben? Gab es irgendwelche Vorschädigungen, die vom Schock ausgelöst zum Beispiel einen Herzinfarkt verursacht haben? Der Todeszeitpunkt war fast auf die Minute zu bestimmen. Gregor Pause würde uns diese Fragen frühestens morgen nach der Obduktion beantworten können.

Auch hinsichtlich des Unfalls waren noch viele Fragen zu klären. Auf den äußeren Anschein, wie es der Kollege Sperber getan hatte, durften wir uns nicht verlassen. Da mussten die Spezialisten ran. Es gab außer dem Fahrer des Sattelschleppers keine weiteren Augenzeugen. Das ältere Ehepaar aus dem

Kleinwagen konnte zum Hergang keine Aussagen machen. Da sie direkt hinter dem Sattelschlepper aus dem Ort hinausgefahren waren, ist ihnen die Sicht auf einen Teil der Straße versperrt gewesen. Ein anderes Fahrzeug aus Legefeld kommend und hinter dem von Frau Fleischer fahrend hätte bestimmt angehalten oder wäre sogar selbst in den Unfall verwickelt worden.

„Wir müssen einen Aufruf veröffentlichen", sagte ich zu Astrid. „Vielleicht hat jemand oben auf der Autobahn etwas mitbekommen, was unten passiert ist. Vielleicht hat jemand sogar Personen auf der Brücke gesehen, ohne sich etwas dabei zu denken. Wir müssen alles versuchen, Astrid. Und wir haben keine Zeit."

Das kleine Häuschen in Legefeld, in dem die Eltern von Julia Fleischer wohnten, war schnell zu finden. Ein älterer Mann mit schütterem Haar saß auf der Westseite und genoss die Nachmittagssonne. Seine Frau war dabei, Bohnen vom Strauch zu pflücken. Sie sahen beide erstaunt auf, weil ein fremdes Auto vor ihrem Haus hielt. „Wollen Sie zu uns?", fragte der Mann.

„Sind Sie Frau und Herr Fleischer?"

„Wer will das wissen?" Die Frau blickte kritisch über den oberen Rand ihrer Brille.

„Dürfen wir reinkommen?", fragte ich und hielt meinen Ausweis hoch.

„Die Gartentür ist nicht abgeschlossen." Frau Fleischer wischte sich die Hände an der Schürze ab und begrüßte uns beide. „Worum geht es denn? Polizei?"

„Können wir ins Haus gehen?" Ich wollte ihnen die Nachricht nicht unbedingt auf der Straße überbringen.

Der Mann erhob sich. Das Gehen machte ihm sichtlich Mühe, aber er benutzte den Stock nicht, der an der hölzernen Bank lehnte. „Können wir." Er ging voraus und öffnete die Haustür. Astrid und ich folgten ihm. Frau Fleischer schloss die Tür hinter uns, nicht ohne sich noch einmal umzusehen, ob sie von irgendwem beobachtet würden. Die Leute reden schnell, wenn die Polizei klingelt.

Die Nachricht traf sie beide wie ein Schlag. Ich sah, wie sich Herr Fleischer an die Brust griff.

„Dein Spray!", rief seine Frau. Sie lief ins Nebenzimmer und kam mit dem Nitrospray zurück. Er inhalierte. Das stabilisierte ihn. „Entschuldigen Sie", sagte er mit dünner Stimme. „Die Kinder? Sie hatte doch die Kinder im Auto."

Ich konnte die beiden Großeltern wegen der Kinder etwas beruhigen und bot an, sie gleich ins Klinikum zu fahren. „Vielleicht können Sie sie sogar mitnehmen."

Frau Fleischer erzählte uns, dass Julia die Kinder in Legefeld eingeschult habe. Die haben hier ein spezielles Konzept. „Fritz, wie heißt das?", fragte sie ihren Mann.

„Musisch-bewegungsorientierte Grundschule." Es kam ihm etwas fremd über die Lippen. Zu seiner Zeit gab es so etwas nicht. „Unter jeder Milchkanne liegt ein anderer Lehrplan."

„Ja, klingt ein bisschen komisch", bestätigte sie seinen Unwillen. „Aber die Kinder gehen gern hin. Mein Gott, die armen Mäuse! Was wird denn nun mit ihnen?"

Der Mann hatte sich wieder aufgerappelt. „Ich zieh mir nur ein paar andere Schuhe an. Und du, Elise, binde die Schürze ab. Der Herr Kommissar hat gesagt, dass er uns zu den Kindern bringt."

Plötzlich liefen der Frau die Tränen übers Gesicht. Sie musste sich bei ihrem Mann festhalten, schluchzte und seufzte und stammelte immer wieder den Namen ihrer Tochter. Es kann Eltern nichts Schlimmeres widerfahren, als dass die Kinder vor ihnen gehen und dann noch auf derart tragische Weise. Hatte sich ihr Gehirn so lange gewehrt, die Nachricht zu begreifen?

Mechanisch band sie die Schürze ab, faltete sie ordentlich und legte sie weg. Dann zupfte sie sich die Frisur vor dem Spiegel im Flur zurecht. Auch das geradezu mechanisch und ohne besonderen Sinn. Als ob es wichtig wäre, dass jede Strähne richtig liegt.

„Wissen Sie", sagte sie, „wir freuen uns, dass die Kinder hier in die Schule gehen. Sie kommen nach dem Unterricht zu uns nach Hause. Keine Schlüsselkinder. Oma und Opa sind immer da. Julia ist Lehrerin am Gymnasium in der Stadt. Da hat sie am Nachmittag oft gar keine Zeit. Und der Kindsvater…" Sie machte eine wegwerfende Handbewegung.

„Vater!", sagte Herr Fleischer. „So etwas ist doch kein Vater nicht!"

„Wir müssen ihn trotzdem informieren", sagte Astrid. „Treffen wir ihn zu Hause an oder ist er noch auf Arbeit?"

„Arbeit!", sagte Fritz Fleischer, wieder in diesem abfälligen Ton. „Der und arbeiten. Handlanger ist er. In Niedergrunstedt auf dem Bau. Zu mehr reicht es bei dem nicht."

Niedergrunstedt, registrierte ich. Astrid nickte mir zu, als hätte sie meine Gedanken erraten. Wenn man von Niedergrunstedt kommt und in die Stadt fahren will, gibt es zwei Möglichkeiten. Man nimmt entweder die Lindenstraße als direkte Verbindung zur Berkaer Straße oder man fährt, zum Beispiel um in Gelmeroda zu tanken, auf dem etwas holprigen Holzdorfer Weg nach Gelmeroda. In dem Fall kommt man an der Kirche vorbei, wo die Pflastersteine liegen.

„Wissen Sie zufällig, wo wir ihn finden können? Immerhin ist er der Vater der Kinder."

Sie überlegten. „Um die Zeit? Auf Arbeit nicht mehr. Er wohnt irgendwo im Jakobsviertel. Aber wahrscheinlich sitzt er schon in einer Kneipe und lässt sich volllaufen." Sie machten beide keinen

Hehl aus ihrer Verachtung für einen Menschen, der ihre Tochter geschlagen und die Kinder ständig angebrüllt hatte.

„Gut“, sagte ich, „wir werden ihn schon finden, falls das notwendig ist. Aber jetzt fahren wir sie erst einmal zu den Kindern.“

Sie folgten uns zum Auto. Mir fiel auf, dass sie das Haus nicht abschlossen. Das erinnerte mich an meine Großeltern. Deren Tür stand auch immer auf, wenn sie das Haus einmal verließen. „Hier klaut keiner“, hatte Oma immer gesagt. „Höchstens bringt einer was.“ Lebt man in Legefeld noch so sorglos? Ich sah, wie sich die Küchengardine im gegenüberliegenden Haus bewegte. Die Nachricht, dass die alten Fleischers von der Polizei abgeholt wurden, dürfte schnell die Runde machen im Ort. Wusste man bereits, was geschehen war?

Der Oberarzt des Klinikums kam uns im Flur der Kinderstation entgegen. „Sie wissen es noch nicht“, erklärte er uns. Ich verstand, wen und was er meinte.

„Können wir die Kinder mit nach Hause nehmen?“, fragte Frau Fleischer.

Das sei nicht ratsam, erklärte der Arzt. Die Untersuchungen wären noch nicht abgeschlossen. Oft stelle sich erst nach einiger Zeit heraus, ob es innere Verletzungen gibt. Außerdem hätten beide eine leichte Gehirnerschütterung und ein Schleudertrauma. „Nach dem, was mir der Kollege schilderte, der sie gebracht hat, ist es ein Wunder, dass nichts

Schlimmeres passiert ist. Jedenfalls den Kindern nicht. Aber Sie können die beiden natürlich besuchen. Bringen Sie es ihnen schonend bei. Und rufen Sie mich, falls es notwendig ist. Mein Beileid übrigens. Wir hätten übrigens auch einen Seelsorger im Haus", bot er Hilfe an.

Fritz Fleischer schüttelte nur den Kopf. Mir schien, seine Frau wäre nicht abgeneigt gewesen. „Können wir mit den Kindern reden, Herr Doktor?", fragte ich. „Sie sind vermutlich die wichtigsten Zeugen des Unfalls."

„Lassen Sie ihnen Zeit. Morgen vielleicht." Der Arzt zeigte das Zimmer, in dem die Kinder lagen.

Wir verabschiedeten uns. Ich bat die Großeltern, am nächsten Tag möglichst zu Hause zu bleiben. „Wir müssten mit den Kindern reden."

„Wo sollen wir denn sonst sein?", fragte Herr Fleischer unwirsch.

„Können wir unsere Tochter sehen?", erkundigte sich Frau Fleischer bei mir.

„Ja, Sie müssen sie schließlich identifizieren. Ich gebe Ihnen Bescheid." Ich hatte nicht den Mut zu sagen, dass ihre Tochter in der Pathologie liegt und obduziert werden muss.

Als wir wieder im Auto saßen, musste ich erst einmal durchatmen. „Hast du zufällig eine Zigarette bei dir?", fragte ich Astrid.

Sie sah mich erstaunt an. „Du weißt doch, dass ich nicht rauche."

„Ich auch nicht. Lieber etwas Sinnloses tun als gar nichts."

Ich dachte an Lilli und die Kinder. Es kostete mich einiges an Kraft, die Vorstellung zu unterdrücken, ihnen könne etwas Ähnliches geschehen. „Bloß das nicht!"

Astrid sah mich nachdenklich an. Mir wurde da erst bewusst, dass ich den Satz laut gesprochen hatte.

„Soll ich fahren?", fragte sie.

„Geht schon. Ich würde gern zu Hause Bescheid geben, dass es heute später wird."

„Ruf doch an."

„Nein. Ich sag es ihr lieber persönlich. Ich brauch das jetzt."

Astrid legte ihre linke Hand auf meinen rechten Arm. „Versteh ich, Chef. Versteh ich."

Am späten Abend dieses denkwürdigen Tages saßen wir in meinem Dienstzimmer beisammen, um die ersten Ermittlungsergebnisse auszuwerten. Fest stand, dass ein Pflasterstein die Frontscheibe des aus Legefeld kommenden Wagens durchschlagen hatte, in dessen Folge die Fahrerin vermutlich die Kontrolle über ihr Fahrzeug aufgrund des Schrecks oder durch eine direkte Verletzung verloren hatte. Der Pkw fuhr ungebremst in den Sattelschlepper auf der Gegenspur, wurde mit voller Wucht gut 30 Meter weit auf den Acker geschleudert, überschlug sich mehrmals und wurde so stark demoliert, dass die Fahrerin, Julia Fleischer, von der Feuerwehr mit einem Schneidbrenner befreit werden musste. Sie war aber vermutlich zu diesem Zeitpunkt schon tot. Erstaunlicherweise hatten ihre beiden Kinder auf der Rückbank den Unfall halbwegs unverletzt überlebt, jedenfalls keine lebensgefährlichen Brüche oder inneren Verletzungen erlitten, soweit sich das bei einer ersten Untersuchung durch den Notarzt und später im Klinikum sagen ließ.

Über die Herkunft des Steins gab es noch keine gesicherten Angaben. Er konnte von dem Haufen vor der Kirche stammen. Dann musste ihn jemand in der Absicht mitgenommen haben, ihn gewissermaßen als Waffe zu gebrauchen, indem er von der Brücke auf die darunterliegende Fahrbahn geworfen werden sollte, ohne dass sich der Werfende Gedanken über die möglichen Folgen gemacht hat. In dem Fall handelte es sich zwar nicht um Vorsatz, wohl aber um schwer nachvollziehbaren Leichtsinn. Man trägt keinen Pflasterstein einfach so mit sich in der Hosentasche herum.

Möglich war aber auch, dass es sich um einen gezielten Anschlag handelte, ganz bewusst auf dieses eine Fahrzeug und seine Insassen gerichtet. Dann musste es einen Grund geben. Wollte sich dieser rausgeworfene Lebensgefährte an seiner ehemaligen Freundin rächen? Das wäre ein Motiv, wenn auch schwer nachvollziehbar. Leider musste ich im

Laufe meines bisherigen Berufslebens feststellen, dass die Brutalität und Sinnlosigkeit ganz allgemein zunahmen. Oft reichen geringste Anlässe aus, dass jemand völlig die Kontrolle verliert und Amok läuft. Erst kürzlich, glücklicherweise nicht in Weimar oder Umgebung, hatte ein Mann seine Frau, seine beiden Kinder und – das war das Absurdeste an diesen absurden Morden – den Kanarienvogel umgebracht. Drei Tage später fand ein Spaziergänger den Mann, aufgeknüpft an einem Baum. Die Nachbarn erzählten, sie hätten die Leute als eine nette, ruhige Familie kennengelernt. Man sieht es selten einem Menschen an, was für ein Ungeheuer in ihm steckt.

Nicht auszuschließen war aber auch, dass der Stein irgendwo am Rand der Autobahn gelegen hatte, verloren von einem vorbeifahrenden Baufahrzeug der Straßenmeisterei. Ein anderes Fahrzeug überrollte den Stein mit dem Reifen und schleuderte ihn wie ein Katapult über die Brücke. Eine etwas merkwürdige Konstruktion, fand ich, aber auszuschließen war zunächst auch das nicht. Wir durften in diesem frühen Stadium der Ermittlung keine Möglichkeit außer Acht lassen, schon gar nicht die, uns zu irren und einer falschen Fährte zu folgen. Andererseits wussten wir, dass die ersten 48 Stunden die wichtigsten zur Aufklärung eines Verbrechens sind. Die oder der Täter durften möglichst wenig Vorsprung gewinnen.

Die Kollision mit dem Sattelschlepper und das Auffahren des nachfolgenden Kleinwagens waren die Folgen des eigentlichen Unfalls, bei dem Julia Fleischer zu Tode gekommen ist und den die Kinder glücklicherweise halbwegs unverletzt, wenn man von den traumatischen Folgen absehen wollte, überlebt hatten. Die entscheidende Frage war, ob es sich „nur" um einen Dummejungenstreich handelte, ob ein vorsätzliches Verbrechen vorlag oder ob die Verkettung unglücklicher Umstände zu dem Unfall geführt hatte. Ermittlungen in alle Richtungen waren dringend erforderlich.

„Wir wissen", sagte Astrid, „dass dies nicht zum ersten Mal geschieht. Es hat mehrfach solche Anschläge gegeben. Von einem Zufall habe ich bisher nichts gehört. Von Absicht schon häufiger. Aber meistens handelte es sich – ich will es einmal wertfrei formulieren – um einen unüberlegten Streich von Jugendlichen, die einfach mal sehen wollten, was passiert, wenn man einen Stein von der Brücke wirft, ohne auch nur im mindesten darüber nachzudenken, welche Folgen so etwas haben kann."

„Im Prinzip, ja", erwiderte Hans. „Aber wir sollten uns zunächst auf einen bewussten Anschlag einstellen. Zurückdrehen kann man immer noch. Ich meine, so blöd kann doch niemand sein, sich nichts dabei zu denken, wenn er einen Pflasterstein aus der Höhe auf die darunterliegende Fahrbahn schmeißt."

Da war ich anderer Meinung. Wie oft stellte sich heraus, dass jemand sich „nichts dabei gedacht“ hatte, wenn die Folge der Handlung in einer Katastrophe endete. Aber recht hatte Hans natürlich, dass wir diese Spur zuerst verfolgen mussten, denn dann war nicht auszuschließen, dass sich ein solcher Anschlag an anderer Stelle wiederholen könnte. So schwer mir diese Denkweise auch gegen die Natur ging, aber es gibt Menschen, die empfinden nachgerade Befriedigung, wenn sie einen schweren Unfall auslösen. Kommt dann noch jemand zu Tode dabei, gibt ihnen das einen besonderen Kick. Es musste uns gelingen, den oder die Täter möglichst schnell dingfest zu machen, ehe daraus noch eine Serie ähnlicher Unfälle oder Anschläge werden würde. Nicht selten stellten sich die Verursacher in die gaffende Menge, um den Kick ihrer widersinnigen Tat zu genießen. Wir würden den Film vom Tatort, den Hans gemacht hatte, Bild für Bild auswerten müssen. Vielleicht fänden wir dabei unter den Zuschauern eine verdächtige Gestalt. Eine Sisyphusarbeit, die aber gemacht werden musste. War unter den Gelmerodaern einer, der gar nicht in den Ort gehörte?

Ich erzählte Hans und Elke, was wir von den Eltern der Julia Fleischer erfahren haben. Als ich berichtete, dass deren ehemaliger Lebensgefährte und Vater der Kinder in Niedergrunstedt arbeitete, hob Hans erstaunt den Kopf. „Das ist aber mal ein wichtiges Detail.“

Elke, die keine gebürtige Weimarerin ist, verstand die Bemerkung nicht, denn so gut kannte sie die Umgebung Weimars noch nicht. Hans erklärte es ihr, indem er auf der großen Karte von Weimar und Umgebung, die in meinem Zimmer an der Wand hängt, zeigte, auf welchem direkten Weg man von Niedergrunstedt in die Stadt gelangen kann. Dann fuhr er mit dem Finger in einem größeren Bogen den Holzdorfer Weg entlang. „Hier ist Gelmeroda. Hier die Kirche mit den Pflastersteinen davor. Von da sind es keine hundert Meter bis zur Tankstelle. Und noch einmal ein Katzensprung bis zur Autobahnbrücke." Er hatte die gleiche Überlegung angestellt wie zuvor Astrid und ich.

„Wir werden uns den Vogel jedenfalls einmal genauer ansehen." Ich merkte, dass mich die Verachtung von Julia Fleischers Eltern angesteckt hatte, beließ es aber bei der abwertenden Bezeichnung des Helmut Schnabel. „Wann hat er seine Arbeitsstelle verlassen? Ist er über Gelmeroda zurückgefahren, um zu tanken? Konnte er überhaupt wissen, dass seine Ex mit den gemeinsamen Kindern um diese Zeit von Legefeld nach Hause fährt? Aber, Kollegen, Vorsicht. Das ist zunächst nur eine Vermutung. Wir sollten uns unbedingt auch bei den Jugendlichen umhören. Und zwar nicht nur bei denen, die in Gelmeroda oder einem der umliegenden Orte wohnen, sondern auch bei den Stammgästen im McDonald´s."

„Mir will noch nicht einleuchten“, sagte Elke nachdenklich, „dass keiner etwas gesehen hat. Um diese Zeit sind doch eine Menge Autos von und nach Weimar unterwegs. Und ganz bestimmt hat jemand mitbekommen, ob auf der Autobahnbrücke Leute gestanden haben. Also mir fällt jedenfalls auf, wenn dort, wo normalerweise niemand sein dürfte, sich einer herumtreibt. Das sieht man doch selbst im Vorbeifahren.“

„Wir werden über die Presse um Mithilfe bitten. Wenn wir Glück haben, meldet sich ein Zeuge“, sagte ich. „Elke“, wandte ich mich wieder an die Kollegin, „geben die Spuren schon etwas her?“

Das sei zu früh, erklärte sie. Außerdem seien Spuren auf Asphalt oder Beton schwer nachzuweisen. „Ich lege eine Nachtschicht ein. Wir dürfen keine Zeit verlieren. Jeder Mensch hinterlässt Spuren. Man muss sie nur finden.“

„Was ist mit dem Stein?“, wollte ich wissen.

„Morgen früh, Chef. Zaubern kann ich auch nicht.“

„Was haben wir noch?“, fragte ich in die Runde.

„Der nervöse Mann in der Tankstelle, der seine PIN zweimal verkehrt eingegeben hat. Allerdings erreichen wir um diese Zeit niemanden mehr bei der Bank.“

Ich hatte die Hoffnung, dass aus den Befragungen der neugierigen Zuschauer irgendetwas Brauchbares herauszufiltern sein könnte. Aber die Antworten waren entweder zu vage, einander widersprechend oder ganz unbrauchbar.

„Hans, du hast die Leute doch gefilmt. Ist dir dabei jemand aufgefallen, der sich merkwürdig verhalten hat?“

Nein, erklärte er, aber er habe sich den Film erst einmal ansehen können. „Ich nehme mir nachher die einzelnen Passagen gründlicher vor.“

„Nachher ist Feierabend, Hans. Es ist gleich zehn Uhr. Wir machen Schluss für heute. Schlaf dich lieber zu Hause aus.“

„Ausschlafen kann ich, wenn ich in Rente gehe. Und zu Hause?“ Er winkte ab. „Da fällt mir nur die Decke auf den Kopf.“

Ich wusste, dass er zu Depressionen neigte, wenn er allein in der Wohnung war, in der er zuvor mit seiner Frau glücklich gewesen ist. Es ist schon drei Jahre her, dass sie starb. Er litt unter der häuslichen Einsamkeit. Ich wollte nicht daran rühren und wechselte das Thema. „Die Kinder“, sagte ich, aber es klang wohl wenig überzeugend, „vielleicht haben die etwas gesehen. Doch da müssen wir uns wenigstens bis morgen gedulden. Hans, hör dich bitte noch einmal in Gelmeroda um. Vielleicht ist jemandem eine Person aufgefallen, die dort nicht hingehörte. Ich meine, wer steckt sich schon einen Pflasterstein in die Tasche?“

Da erhob Elke Einspruch. „Moment, Chef, noch wissen wir gar nicht, ob der Stein von dort mitgenommen wurde. Und, ehrlich gesagt, lässt sich bestenfalls herausfinden, ob der Stein aus dem gleichen

Steinbruch stammt wie die vor der Kirche. Bestenfalls", erklärte sie nachdrücklich.

„Wir lassen nichts unversucht und ermitteln in alle Richtungen." Ich blickte auf die Uhr. „Heute finden wir nichts mehr, was uns weiterbringen kann. Also, morgen früh in aller Frische. Danke, Kollegen. Dann haben wir vielleicht auch die ersten Ergebnisse von Gregor Pause. Und du, Hans, übertreib es nicht. Ermüdung produziert Fehler." Damit hob ich die Besprechung auf.

Als ich nach Hause fuhr, gingen mir die Bilder des Unfalls nicht aus dem Kopf. Und ganz tief irgendwo in mir lauerte die Angst, Lilli hätte in dem Auto sitzen können, wenn sie nach Feierabend aus ihrer Legefelder Restaurationswerkstatt nach Hause fuhr. Eigentlich hatte ich gelernt, die Probleme meines Berufs in einer anderen Abteilung zu parken als in meinem Privatleben. Aber manchmal funktionierte diese Trennung nur scheinbar. Der Mensch ist kein Roboter. Mir war erst wieder wohl, als ich meine Frau in die Arme schließen konnte. Sie fragte nicht. Sie wusste, wann ich ihre Nähe besonders brauchte. In Hans lebt solche Vertrautheit nur noch in der Erinnerung. Nein, nicht daran denken, dass Lilli diese Strecke täglich fährt.

Warum wirft jemand einen Stein oder einen anderen schweren Gegenstand von einer Brücke auf eine viel befahrene Straße darunter? Es gibt selten eine logische Erklärung für derartige Verbrechen. Meistens geschieht so etwas aus einer absurden Laune heraus. Da liegt ein Stein. Dort unten fahren Autos. Mal sehen, was passiert, wenn ich den runterschmeiße. In aller Regel stellen die Täter zwischen dem Auto als einem Gegenstand und den Menschen, die sich in dem Auto befinden, keinen Zusammenhang her. Ich erinnere mich, vor längerer Zeit von einer solchen Attacke bei Darmstadt gelesen zu haben. Es muss um das Jahr 2000 geschehen sein. Drei Jugendliche zwischen 14 und 18 Jahren hatten sich einen Spaß daraus gemacht, von einer Brücke große Steine ziellos auf unten vorbeifahrende Autos zu werfen. Sie hatten Langeweile und wollten mal etwas erleben, erklärten sie ihre Tat vor dem Richter, der auf vorsätzliche Tötung erkannte. Der jüngste der drei Halbwüchsigen sagte, sie dachten, es sei cool. Zwei Frauen wurden getötet, fünf weitere Personen schwer verletzt. Die wegen versuchten Mordes ausgeurteilte Haftstrafe von acht Jahren für den Ältesten und jeweils sieben und siebeneinhalb Jahre für die Jüngeren machte die getöteten Menschen nicht wieder lebendig und ließ die traumatischen Erlebnisse der fünf Überlebenden nicht vergessen, selbst wenn der Haupttäter das Höchstmaß von 15 Jahren wegen der besonderen Schwere der Schuld erhalten hätte. Ich weiß nicht, ob den Tätern je wirklich bewusst geworden ist, was sie angerichtet hatten. Eine JVA ist selten eine Besserungsanstalt.

2008 hat ein Heroinabhängiger in der Nähe von Oldenburg einen schweren Holzklotz von der Autobahnbrücke geworfen. Ein Mann musste hilflos zusehen, wie seine Frau neben ihm starb. Die ebenfalls im Auto mitfahrenden beiden Kinder werden die Bilder vermutlich nie mehr los. Kann eine lebenslange Haftstrafe wegen dreifachen versuchten und eines vollendeten Mordes den überlebenden Opfern Genugtuung verschaffen?

Vor wenigen Jahren, ich glaube es ist 2016 in Baden-Württemberg geschehen, hat eine vierköpfige Familie mit ihrem Auto einen heruntergeworfenen Betonpflasterstein überfahren. Das Auto überschlug sich, ein Kind wurde herausgeschleudert, alle vier wurden schwer verletzt. Die Mutter ist seither teilweise gelähmt. Durch den Nachweis geringer DNA-Spuren an einem 12 Kilo schweren Stein konnte der Täter schließlich ermittelt werden. Er hatte ein bemerkenswertes Register an Vorstrafen und daher schon einmal eine Speichelprobe abgeben müssen. So kamen ihm die Kollegen auf die Spur. Für die Tat hatte er keine Erklärung. Aus unerfindlichen Gründen hatte er den Stein auf dem Gepäckträger seines Fahrrads transportiert. Als er nach 100 Metern eine Brücke erreichte, warf er den Stein hinab. Einfach so. Und fuhr weiter, ohne sich um die Folgen seiner Tat zu kümmern.

Da in der Regel kein nachvollziehbares Motiv vorliegt, sind wir Kriminalisten vor allem auf hinterlassene Spuren angewiesen und auf Zeugen. Zeugen, wenn es denn welche gibt, machen oft widersprüchliche Angaben. Man muss bei der Befragung sehr vorsichtig sein, um nicht vage Erinnerungen durch unbedacht geäußerte Details in eine ganz bestimmte, dann meistens falsche Richtung zu lenken. Wie oft habe ich erlebt, dass der eine Zeuge eine Person als blond, der zweite sie als dunkelhaarig beschrieb, und beide überzeugt waren, die Wahrheit zu sagen. Wie sich später herausstellte, trug der Täter ein Basecap, aber keine Haare mehr.

Um die Glaubwürdigkeit zu beurteilen, sind verschiedene Herangehensweisen entwickelt worden, die sich aber durchaus widersprechen können. Es gibt nicht die eine objektive Wahrheit, wie subjektiv ehrlich sie auch sein mag. Laut einer amerikanischen Untersuchung sind nahezu 70 Prozent von Fehlurteilen auf die scheinbare Glaubwürdigkeit von Zeugen zurückzuführen. Je später Menschen zu einem Vorgang befragt werden, desto höher ist die Gefahr, dass sie ihre inzwischen lückenhafte Erinnerung durch nachträgliche Details aufgefüllt haben, um ein überzeugendes Bild zu liefern. Unter dem Druck, die Wahrheit sagen zu müssen, entwickeln manche „Fakten“, von denen sie glauben oder glauben machen wollen, dass etwas so und nicht anders geschehen sei oder jemand so oder so ausgesehen habe.

Ich erinnere mich eines japanischen Films – Rashomon, das Lustwäldchen –, in dem eine Vergewaltigung und die Ermordung des Ehemanns der Vergewaltigten aus drei verschiedenen Perspektiven erzählt wurde, und immer war es ein anderer Tathergang. Unterschiedliche Interessen und Motive bestimmten die Schilderung der Situation. Der Zuschauer wurde mit der Ungewissheit entlassen: Wer war der Täter, was ist Wahrheit?

Warum kommt es leider immer noch zu solchen Verbrechen wie dem an der Autobahnbrücke Gelmeroda? Alkohol und Drogen spielen eine Rolle. Gewiss auch gewaltverherrlichende Filme, Videos und Bücher. Aber auch diesem Hintergrund liegen ganz andere Dinge zugrunde. Soziale Verödung, mangelnde Anerkennung durch Dritte, Perspektivlosigkeit im privaten und beruflichen Leben. Die Hemmschwelle ist herabgesetzt. Der Frust sucht sich ein Ventil. Die Wut richtet sich im Übrigen immer gegen andere. Selten steckt ein lang ausgedachter Plan dahinter. In den mir bekannten Fällen waren es häufig gelangweilte Jugendliche. Mutprobe. Du traust dich ja doch nicht! Und dann traut er sich, weil er kein Schwachmat sein will. Weil er es draufhat. Weil er es den anderen zeigen will. Ein irrwitziges Ritual, um in die Gang aufgenommen zu werden. Derart impulsiver und destruktiver Verhaltensweise liegt oft das Bedürfnis zugrunde, sich vor anderen auszeichnen zu wollen. Die fehlende

Fähigkeit zur Selbstkontrolle und geistige Unreife, plumpe Angeberei und diffuser Erlebnishunger treiben die Täter an. Es gibt keinen Plan. Es geschieht ohne erkennbare Absicht. Vielleicht, weil es cool ist.

Sollte sich aber herausstellen, dass der Pflasterstein aus Gelmeroda von dem vor der Kirche gelagerten Haufen stammt, war Zufall nahezu auszuschließen. Dann gab es einen Plan, eine Absicht. Ob zwischen Täter und Opfer eine Verbindung bestand oder ob es Julia Fleischer nur zufällig traf, war damit allerdings noch nicht bewiesen. Wir brauchten den oder die Steinewerfer.

Ich fuhr eine Stunde früher als gewohnt in die Dienststelle und hoffte, dass inzwischen aussagekräftige Spuren vorlagen, wenngleich ich wusste, dass niemand von Zauberhand unsere Arbeit gemacht haben konnte. Zu meiner Überraschung und Freude waren die Kollegen bereits da.

Hans hatte es sich nicht nehmen lassen, noch bis in die späte Nacht hinein den Film von der Unfallstelle und den sensationshungrigen Gaffern wieder und wieder durchlaufen zu lassen. Systematisch hatte er alle Personen einzeln herauskopiert und sie auf besondere Weise, die sich mir nicht gleich erschloss, sortiert.

„Frauen", erklärte er mir die erste Gruppe. „Die machen so etwas nicht. Jedenfalls diese nicht. Es war nämlich keine jünger als 40 Jahre."

Die Begründung leuchtete mir ein. Wir hatten es zwar neuerdings auch mit Mädchengangs zu tun, die marodierend, pöbelnd und randalierend durch die Gegend zogen, aber das waren in aller Regel junge Mädchen, fast noch Kinder, zwischen 12 und 18 Jahren.

„Männer A", erläuterte er die nächste Gruppierung. „50 und älter. Übrigens deutlich weniger als Frauen." Er machte eine entschuldigende Geste in Richtung unserer Kolleginnen, die die versteckte Anspielung auf weibliche Neugier mit einem verzeihenden Lächeln quittierten. „Die schleppen keine Pflastersteine durch die Kante, um sie dann auf Autos zu werfen. Männer B", fuhr er fort. „Zwischen 30 bis 50. Die will ich mir heute noch etwas genauer ansehen. Darunter könnte unser Mann sein. Schließlich", sagte er und zeigte auf die letzte Gruppe, „Kinder beiderlei Geschlechts. Den erwachsenen Gaffern, die sie mitgebracht haben, sollte man den Arsch versohlen." Hans machte kein Hehl aus seinem Unwillen. Dann blickte er herausfordernd in die Runde. „Und?", fragte er. „Was fällt euch auf?"

Wir taten ihm nicht den Gefallen zu raten. Das enttäuschte ihn ein wenig. Etwas missmutig sagte er: „Keine Jugendlichen."

Tatsächlich befand sich unter den Neugierigen keiner um die 20 und jünger. Nun war der Unfall zu einer Zeit geschehen, in der die, die Arbeit hatten, in der Regel noch nicht wieder zu Hause sein konnten. Dennoch wunderte ich mich ein wenig, dass niemand von den Jugendlichen des kleinen Ortes zur Autobahnbrücke gekommen war.

„Ich werde mich noch einmal selbst in Gelmeroda umsehen und umhören“, kündigte ich an. „Und dir, Hans, danke für deine Auflistung. Wir müssen systematisch vorgehen. Was ist mit dem Falschtipper? Also dem“, erklärte ich, weil die Kollegen mich fragend ansahen, „der Probleme mit seiner PIN an der Tankstelle hatte?“

Astrid erklärte, dass sie es bei der Bank schon versucht habe, aber dort erst ab 8 Uhr jemand zu erreichen sei. Sie blickte auf ihre Armbanduhr. „Zehn Minuten noch. Ich kümmere mich darum.“

Als nächste war Elke mit ihrem Bericht an der Reihe. Vor Ort, also auf der Brücke, ließen sich keine relevanten Spuren nachweisen, erklärte sie. Sie und die Kollegen von der Spurensicherung wären aber noch dabei, die gefundenen Zigarettenreste und ein paar Papierschnipsel auszuwerten, aber davon verspreche sie sich nicht viel. „Wir lassen trotzdem keine Spur aus. Nicht zu fassen, was die Leute aus dem Fenster ihres Autos werfen. Unser wichtigster Anhaltspunkt jedoch ist der Stein. Ich habe mir gestern Abend noch zwei Vergleichsstücke mitgenommen und mikroskopisch und chemisch untersucht. Bingo. Identisch mit dem Haufen vor der Kirche. Ist die gleiche Charge.“

Damit bestätigte sich meine Vermutung über die Herkunft des Pflastersteins. „Wenn der Stein von dem Haufen vor der Kirche stammt, dann müssen wir von Vorsatz ausgehen."

Elke korrigierte mich. „Ich habe gesagt, der Stein ist von der gleichen Charge. Das heißt nicht zwingend von dem Haufen vor der Kirche."

Der Einwand war berechtigt und die Übereinstimmung erklärte noch nicht den Grund, warum jemand einen Pflasterstein ein paar hundert Meter bis zur Autobahnbrücke mit sich trug, um ihn dann, einfach aus Spaß oder in böser Absicht, von oben auf die darunter befindliche Straße zu werfen. Wir sollten deshalb umgehend klären, ob der Anschlag gezielt dem Auto von Frau Fleischer galt oder ob es sie zufällig getroffen hatte. „Elke, was erzählt der Stein noch?"

Sie legte mehrere Fotos auf den Tisch. „Fingerspuren auf der rauen Oberfläche sind nicht identifizierbar. Das anhaftende Blut stammt eindeutig von der Fahrerin des Polos. Bis hierher nichts Unerwartetes. Aber", und dabei hob sie den Kopf, „etwas ist immer." Sie nahm eines der Fotos auf und zeigte es uns. Zu sehen war ein mehrfach vergrößerter Ausschnitt des Steins, an dem, gut zu erkennen, einige blaue Textilfäden hafteten. „Vermutlich ein Stoffbeutel", erklärte Elke. „Ich habe die Fasern extrahiert. Jetzt brauche ich nur noch den Beutel dazu. Und dann den Besitzer des Beutels." Das klang ein wenig spöttisch und war wohl in meine Richtung gedacht. Dabei hatte ich noch gar keinen Kommentar abgegeben. „Aber“, fuhr sie wieder sachlich fort, „eine Möglichkeit werde ich noch checken. Wer immer den Stein angefasst hat, hat seine DNA darauf hinterlassen.“

„Unbedingt“, sagte ich und dachte an den Erfolg jener Kollegen, die genau mit diesem Befund den Täter in Baden-Württemberg dingfest gemacht hatten.

Es war drei Minuten nach acht. Astrid wollte gerade zum Telefon greifen, da sagte Hans: „Lass mich das mal machen.“

„Wenn du meinst“, antwortete Astrid, „dass du besser mit dem Bankmenschen klarkommst ...“ Sie gab ihm die Nummer, die sie sich bereits notiert hatte.

Hans nahm den Hörer und wählte an. Wir hörten, dass sein Gesprächspartner nicht ohne weiteres bereit war, den Namen des Kunden preiszugeben. Aber da war er bei ihm an den Falschen geraten. Mit einer sehr dienstlichen Stimme verlangte er umgehend Auskunft. „Oder wollen Sie eine polizeiliche Ermittlung in einem Mordfall sabotieren?“ Das brachte den gewünschten Erfolg. Er schrieb die Auskunft mit. Dann legte er auf. „Geht doch!“, verkündete er. „Der nervöse Tankstellenkunde heißt Helmut Schnabel und wohnt ...“

„... in der Freiligrathstraße“, ergänzte ich.

Verblüfft starrte mich Hans an. „Woher weißt du ...? Also, Chef, das ist nicht fair. Ich muss den Bankmenschen erst zusammenniesen, damit er den Namen rausrückt, und du weißt sogar, wo der gesuchte Besitzer der Karte wohnt. Na prima!"

Aber da sprang mir Astrid zur Seite, die ebenso überrascht war wie ich, als sie den Namen gehört hatte. „Diesmal kann er nichts dafür, Hans. Wir waren doch gestern noch bei der Nachbarin von Frau Fleischer. Und die hat uns erzählt, wie der Ex von ihrer Nachbarin heißt. Dreimal darfst du raten", doch sie ließ ihn gar keinen Versuch unternehmen. „Helmut Schnabel! Und nun sag mir mal einer, Kommissar Zufall ist nicht unser bester Kollege."

„Das passt", war Elkes Reaktion. Und Hans, der mit seinen Vergleichen manchmal ein bisschen neben der Spur läuft, erklärte: „Wie Faust auf Gretchen."

Es war an mir, die allgemeine Euphorie zu dämpfen. „Ein merkwürdiger Zufall, Kollegen, aber das beweist noch gar nichts."

Hans kombinierte. „Zur Tatzeit, also kurz nach dem schweren Unfall mit tödlichem Ausgang, erscheint ein Mann an der Gelmerodaer Tankstelle, der ziemlich durch den Wind ist. Er benötigt drei Versuche, um seine PIN ins Lesegerät einzutippen. Und dieser Mann ist der Ex der Getöteten? Nix mit Kommissar Zufall – und her mit dem Kerl!"

Eine Stunde später führten zwei Polizisten der Bereitschaftspolizei Helmut Schnabel vor. Hans assistierte mir bei der Befragung. Der Mann, eigentlich von kräftiger Statur, saß uns klein und verunsichert gegenüber. Sieh an, dachte ich, der ist nur groß und stark, wenn er eine Frau verprügeln oder kleine Kinder anschreien kann. Er trug noch seine Arbeitsklamotten vom Bau. Die groben Schuhe waren vom Zementstaub grau. Mörtelspritzer hatten sich im struppigen Bart verfangen.

„Worum geht es hier eigentlich?", wollte er wissen.

„Gleich, Herr Schnabel. Vorher müssen wir erst einmal allgemeine Fragen zu ihrer Person klären", antwortete ich. Weil ich seine Frage nach dem Grund seiner Vorladung nicht beantwortet hatte, blickte er mich lauernd an. Baute er insgeheim seine Verteidigung auf oder hatte er wirklich keine Ahnung, weshalb er mir gegenübersaß?

Bei der Feststellung der Personalien mussten wir uns zunächst auf seine mündliche Aussage einlassen. Seinen Ausweis würde er nicht ständig mit sich herumtragen. Ihm sei einmal die Brieftasche geklaut worden, erklärte er. Sämtliche Papiere, sogar Impfausweis, Bankkarte und Zahnarztheft. Das sei vielleicht eine Rennerei gewesen, alles wieder neu zu beschaffen! Wenigstens hatte er nur etwas Kleingeld im Portemonnaie gehabt. Aber diese Lauferei wegen der blöden Fleppen! Er könne natürlich nach

Hause gehen und den Ausweis holen. Die Freiligrathstraße ist ja nur um die Ecke.

„Wir können die Feststellung der Personalien nachholen, Herr Schnabel. Im Moment haben wir ein ganz anderes Problem mit Ihnen", sagte ich.

Er ließ noch immer nicht erkennen, ob er den wahren Grund des Verhörs wüsste, wie er die Vorführung zur Klärung eines Sachverhaltes nannte.

„Sie arbeiten als Hilfsmaurer in Niedergrunstedt. Sind Sie schon länger bei der Firma?", wollte Hans wissen. Wir hatten abgesprochen, dass wir zunächst scheinbar harmlose Fragen stellen wollten, um ihn in Sicherheit zu wiegen, und setzten auf das Überraschungsmoment.

Schnabel überlegte, als sei es schwer, den Zeitpunkt zu errechnen. „Zwei Monate oder so", sagte er schließlich vage. „Ist ein Job auf Zeit. Wenn die Hütte steht, bin ich wieder draußen."

„Sie wohnen in der Freiligrathstraße. Seit wann?", stellte ich die nächste Frage.

Wieder überlegte er. „Halbes Jahr, vielleicht."

„Und vorher?", setzte Hans nach.

„In der Feiningerstraße bei meiner Verflossenen. Hat die mich mal wieder angeschissen bei der Polizei?"

Wir überhörten die Frage. „Und warum sind Sie dort ausgezogen?" Ich tat, als wüsste ich den Grund nicht.

„Was wird 'n das hier? Bin ich auf dem Wohnungsamt oder so?", brauste er plötzlich auf.

„Nein", erklärte ich betont höflich. „Sie sind bei der Kriminalpolizei, Dezernat 1, Höchstpersönliche Rechtsgüter. Früher hieß das mal MUK, Morduntersuchungskommission, wenn Ihnen das noch etwas sagt. Straftaten gegen das Leben und die Gesundheit neuerdings." Ich gab mir Mühe, ganz sachlich zu reden, als müsse ich jemandem eine einfache Erklärung über den Ort unseres Gespräches geben. Aber gemeint war es als unmissverständlicher Hinweis, dass er uns nicht für dumm verkaufen kann.

Da richtete er sich drohend auf. „He, he, was geht denn hier ab? Eure zwei Hanseln holen mich vom Bau, weil ich als Zeuge in einer Verkehrssache befragt werden soll. Und dann kommen Sie mir mit Mordkommission? Oder habe ich mich verhört?"

Bei der Tonlage konnte ich mir gut vorstellen, wie er gegen seine ehemalige Freundin und seine Kinder vorgegangen ist, wenn etwas nicht so lief, wie es nach seiner Meinung hätte gehen müssen. Er braust schnell auf und hat sich dann nicht mehr unter Kontrolle, registrierte ich.

„Ich schlage vor, dass Sie erst mal wieder auf zivile Tonlage umschalten, Herr Schnabel. Anschreien ist hier nicht." Ich bewegte beide Hände mehrfach Richtung Tischplatte, um ihm zu bedeuten, dass er sich mäßigen solle.

„Wir hätten sonst stabile Räumlichkeiten, in denen Sie sich austoben können, Herr Schnabel." Hans'

Stimme war um einige Akzente schärfer als meine. Das schien zu wirken.

„Die blöde Kuh hat mich rausgeschmissen."

„Von wem reden wir denn?", fragte ich, wohl wissend, wen er meinte.

„Meine Ex. Aber das hat sie nicht umsonst gemacht. Noch sind das auch meine Kinder. Wollen wir doch mal sehen!" Die Stimme nahm schon wieder an Lautstärke zu.

Scheinbar das Thema wechselnd, fragte ich: „Herr Schnabel, wo waren Sie denn gestern Nachmittag, sagen wir zwischen zwei und drei Uhr?"

Er musterte uns aus leicht zugekniffenen Augen. Dachte er angestrengt nach, wo er um diese Zeit war, oder überlegte er sich eine möglichst harmlose Ausrede? „Gestern Nachmittag zwischen zwei und drei, sagen Sie? Na, wo schon. Auf'm Bau."

„Wir haben Ihren Polier gefragt. Sie haben sich früher als Arbeitsschluss abgemeldet, weil Sie noch etwas zu erledigen hätten, Herr Schnabel. Was hatten Sie denn zu erledigen, das keinen Aufschub duldete?" Ich beobachtete seine Hände, mit denen er kräftig die Tischplatte umspannte. Die Haut über den Knöcheln war deutlich heller als die Hände sonst.

Zu unserer Überraschung sagte er: „Nichts. Ich hatte einfach keine Lust mehr. Ständig diese blöden Gasbetonsteine durch die Gegend wuchten. Is'n Scheißjob. Wahrscheinlich hau ich bald wieder in 'n Sack. Hartz IV ist doch 'ne gute Erfindung. Du kassierst deine Stütze und kannst bei der einen oder anderen Gelegenheit noch 'ne Markfuffzig kassieren. Cash." Er grinste unverfroren.

Solche Leute kann ich leiden! „Sie waren tanken in Gelmeroda." Ich ließ seine Erklärung nicht gelten.

„Ja? War ich das?" Er versuchte es auf die nassforsche Art.

„Herr Schnabel, Sie können gern glauben, dass wir heurige Hasen sind. Dann wird die Überraschung für Sie umso größer. Also, Sie waren in Gelmeroda tanken."

„Ja", antwortete er gedehnt. „Was fragen Sie denn, wenn Sie es sowieso wissen?"

Ich ging wiederum auf seine Frage nicht ein. „Das ist doch ein Umweg, Herr Schnabel. Statt auf der Lindenstraße direkt zur Aral-Tankstelle an der Berkaer Straße, fahren Sie den Holzdorfer Weg entlang nach Gelmeroda. Warum?"

„Vielleicht weil ich immer dort tanke?" Das klang nach schnell ausgedacht. Man sah ihm an, dass er immer unruhiger auf seinem Stuhl hin und her rutschte. Auch hartgesottene Burschen, schuldig oder nicht schuldig, verlieren manchmal die Nerven, wenn sie uns im Verhörraum gegenübersitzen. Er zuckte mit den Schultern. „Ist das wichtig? Ich tanke mal hier, mal da. Wie es sich gerade ergibt. War ich eben in Gelmeroda."

„So?", zweifelte Hans. „Dort kennt Sie aber keiner." Das war ein wenig ins Blaue hinein vermutet.

Aber man kann es ja mal versuchen, wird Hans gedacht haben.

„Da ist jetzt ’ne Neue“, erwiderte Schnabel prompt. „Die muss erst ein paar Tage dort sein. Dann kann sie mich gar nicht kennen.“

„Überprüfen wir, Herr Schnabel“, hielt ich fest. „Haben Sie bar bezahlt oder mit Karte?“

Er überlegte. „Karte, glaub ich“, antwortete er schließlich.

„Wie lautet denn Ihre PIN?“, legte ich sofort nach.

Er sah mich lauernd an und begriff, dass wir ihn langsam in die Zange bekamen. Das verunsicherte ihn. Wusste er wirklich nicht, weshalb er vorgeführt worden war? Aber bei „Mordkommission“ wird er sich doch denken können, dass es nicht darum ging, wo er getankt und ob er mit seiner Bankkarte bezahlt hatte. Oder war es umgekehrt, dass wir noch im Nebel stocherten? Denn beweisen konnten wir bisher noch nicht, dass er für den Tod seiner einstigen Freundin verantwortlich war.

„Die geht Sie gar nichts an. Ist doch ’ne Geheimzahl.“ Er lachte unverfroren. Jetzt fühlte er sich wieder obenauf.

„Haben Sie einen blauen Stoffbeutel?“, wollte ich scheinbar beiläufig wissen.

Wieder so eine Frage, deren eigentlichen Sinn er nicht verstand. Oder verstand er sehr wohl, in welcher Gefahr er sich befand? Wenn du nicht Schuld bist am Tod der Mutter deiner Kinder, dachte ich, verstehe ich deine Aufregung nicht. Aber falls du den Stein geworfen hast, lieferst du hier eine bühnenreife Vorstellung ab.

„Was für ’nen Stoffbeutel?“

„Herr Schnabel, beantworten Sie bitte unsere Fragen nicht mit einer Gegenfrage, sondern antworten Sie einfach mit ja oder nein.“

„Nein.“

„Was, nein? Wollen Sie nicht antworten oder verneinen Sie, einen blauen Stoffbeutel zu besitzen?“ Ich gab nicht nach.

„Stoffbeutel!“, sagte er und machte eine große Geste. „Kann sein. Kann aber auch nicht sein. Ach ja“, fiel ihm plötzlich ein. „So einen blauen? Der gehört mir nicht. Das ist ihrer.“

„Der Ihrer Ex?“

Er nickte zufrieden, eine scheinbar harmlose Frage ohne Umschweife beantworten zu können. „Die hat doch ’n Beutel- und Tütentick. Die nimmt die Dinger noch mit, wenn sie in die Grube fährt. Vielleicht gibt es unterwegs Bananen.“ Er lachte herzhaft über einen alten DDR-Witz, wonach man immer einen Beutel bei sich haben musste, falls es einmal Bananen gab oder andere Südfrüchte.

„Wie kommen Sie auf Grube, Herr Schnabel?“ Ich sah das Blitzen in Hans’ Augen. Der Tiger kurz vor dem Sprung, dachte ich fast erheitert.

„Es gab einen Unfall an der Autobahnbrücke, einen schweren Verkehrsunfall. Sie wollen uns doch nicht erzählen, dass Sie davon nichts erfahren haben?", setzte ich nach.

Schnabels Gelächter brach unvermittelt ab. Er musterte uns. Es schien, als ob sich in seinem Kopf plötzlich etwas bewegte. Er schluckte. „Also mal langsam mit den jungen Pferden und zum Mitschreiben für mich, Herr Kommissar. Ja, das Krachen habe ich zwar gehört, als der Sprit in meinen Tank einlief. Aber ich habe mich nicht weiter gekümmert. Da oben an der Ausfahrt scheppert es öfter mal."

„Sie waren aber ziemlich nervös, als Sie die PIN in das Lesegerät eintippen sollten. Warum waren Sie so nervös, Herr Schnabel?", wollte ich wissen.

Er gestikulierte mit beiden Händen, als wolle er einen Mückenschwarm abwehren. „Ich war doch nicht nervös. Warum sollte ich denn nervös gewesen sein?"

„Sagen Sie es uns, Herr Schnabel."

Er schwieg und dachte nach. War er dabei, das Eins und Eins unserer Fragen zusammenzuzählen? Dann erkundigte er sich vorsichtig: „War ... sie das? Ich meine, dass es um diese Zeit einen Unfall gegeben haben muss, weiß ich inzwischen." Ahnte oder wusste er etwas?

„Hätte Ihre Ex denn um diese Zeit in Höhe der Autobahnbrücke sein können?"

Er nickte bestätigend. Dabei machte er den Eindruck, dass er zwar auf unsere Fragen antwortete, aber in seinem Hinterkopf ein ganz anderes Problem zu wälzen hatte. „Hätte sie“ sagte er nachdenklich. „Sie holt doch immer die Kinder von ihren Eltern in Legefeld ab. Aber das ... nee ... das wollen Sie mir jetzt nicht irgendwie anhängen? Was soll ich denn mit dem Unfall zu tun haben, wenn ich gar nicht vor Ort war?“

Allmählich verlor ich die Geduld. „Herr Schnabel, Sie wollen uns hier ein X für ein U vormachen und erzählen Geschichten, die so gar nicht zusammenpassen. Ganz nebenbei erfahren wir, dass Sie beim Tanken mitbekommen haben, dass es weiter oben an der Autobahnauffahrt zur A4 einen Unfall gegeben haben muss. Und zwar einen ziemlich heftigen, wenn Sie das Scheppern gehört haben wollen. Oder waren Sie zu dem Zeitpunkt noch gar nicht an der Tankstelle und haben gesehen, wessen Auto gegen den Sattelschlepper prallte und auf den Acker geschleudert wurde? Herr Schnabel, was haben Sie gesehen und nicht nur gehört?“

Die Frage, noch mehr aber die Schärfe meines Tons hatten ihn sichtlich beeindruckt. Er rutschte wieder unruhig auf seinem Stuhl hin und her, setzte mehrmals zum Sprechen an, ohne einen vernünftigen Satz herauszubringen, und erklärte schließlich trotzig: „Ich hab’s nur krachen hören.“ Danach verschränkte er die Arme vor der Brust wie ein störrisches Kind.

Du lügst, dachte ich, aber du lügst ziemlich schlecht. „Dann will ich Ihnen mal eine Geschichte erzählen, Herr Schnabel. Sie waren vor einer

Woche stark angetrunken vor das Haus in der Lyonel-Feininger-Straße gezogen, wo Ihre ehemalige Freundin wohnt. Sie verlangten lautstark, Ihre Kinder zu sehen. Und weil Sie niemand ins Haus ließ, machten Sie ein ziemliches Bohei und drohten sogar Ihrer Ex. Da haben die Hausbewohner die Polizei gerufen, die Sie erst einmal in eine Ausnüchterungszelle steckten. Den Suff hatten Sie nach ein paar Stunden raus aus dem Kopf, aber die Wut im Bauch blieb."

„Ja, und? Es sind schließlich auch meine Kinder! Ich habe ein Recht, sie zu sehen", verteidigte er sich störrisch.

„Ob Sie ein Recht dazu haben, entscheidet notfalls das Jugendamt. Wenn Sie aber Ihre fünf Sinne nicht beisammenhalten können und im angetrunkenen Zustand pöbelnd und polternd durch die Landschaft ziehen, sieht es nicht gut aus mit Ihrer Forderung, die Kinder wenigstens gelegentlich sehen zu dürfen."

„Wieso kriegen eigentlich immer die Weiber recht?", brauste er auf. „Als Vater hat man doch auch Gefühle!"

„Sie glauben doch nicht etwa, dass ich Ihnen die Frage beantworte, Herr Schnabel?", stoppte ich seine Ausfälle. „Uns interessiert nämlich ein ganz anderes Detail. Sie haben gestern vorzeitig Ihre Arbeitsstelle in Niedergrunstedt verlassen und sind nicht etwa auf dem kürzesten Weg zur nahegelegenen Tankstelle an der Berkaer Straße gefahren, sondern haben einen Umweg über Gelmeroda genommen."

„Weil ich dort immer tanke", behauptete er.

„Falsch. Wir haben die Frau von der Tankstelle gefragt. Die kennt Sie gar nicht", hielt Hans dagegen.

„Die ist neu. Hab' ich doch gerade gesagt. Die kann mich noch gar nicht kennen." Er blieb stur bei seiner vorherigen Aussage.

„Unsere kleine Geschichte geht noch weiter", ließ Hans die Behauptung unkommentiert. „Sie haben eine mächtige Wut auf Ihre Ex. Sie wollen es ihr gründlich heimzahlen. Die soll einen Denkzettel bekommen, an dem sie noch lange zu knabbern haben muss. Sie wissen, wann sie von Legefeld kommt. Sie wissen, welche Strecke sie nimmt. Sie fahren nicht vor Arbeitsschluss nach Gelmeroda, um zu tanken. Sie haben einen ganz anderen Plan. Da entdecken Sie die Pflastersteine vor der Kirche, halten kurz an und nehmen sich einen mit. Dann fahren Sie zur Autobahnbrücke und stellen Ihr Auto kurz vorher ab."

„Die letzten paar Meter gehen Sie zu Fuß", setzte ich Hans' Erzählung fort. „Sie unterqueren die Brücke, steigen den kleinen Hang hinauf und warten, bis Ihre ehemalige Freundin mit ihrem kleinen Auto von Legefeld kommt. Sie kennen das Auto genau. Sie müssen nicht lange warten. Der blaue Polo naht. Jetzt! Sie werfen den Stein."

Schnabel wollte unsere Schilderung unterbrechen, aber wir gaben ihm keine Gelegenheit dazu.

„Sie sehen, wie der Stein die Scheibe durchschlägt. Auf der Gegenbahn kommt der Sattelschlepper und nimmt gerade Fahrt auf. Sie sehen, wie das kleine Auto durch die Luft fliegt ..."

„Nein!", schrie er plötzlich. „Nein, nein, nein. So war das nicht!" Und leise wiederholte er den letzten Satz: „So war das nicht."

Gestand er nun, den Stein geworfen zu haben?

„Sondern?", herrschte ich ihn an.

Er saß da, starrte auf die Tischplatte, weil er uns nicht in die Augen sehen konnte, und schüttelte immer wieder den Kopf. „So war das nicht."

Ich wiederholte meine Frage. „Wie war es denn?"

„Kann ich ein Glas Wasser haben?", bat er mit belegter Stimme.

Astrid, die das Verhör von außen mitverfolgt hatte, brachte einen Becher mit Wasser, den er hastig austrank. Bevor sie den Raum verließ, legte sie mir eine blaue Mappe auf den Tisch. „Von Elke", sagte sie bedeutungsvoll.

Sie war bereits wieder aus dem Zimmer, als ich die Akte öffnete und den Inhalt betrachtete. Es handelte sich um Fotografien von insgesamt drei Autospuren, die zweifelsfrei zum Pkw von Helmut Schnabel gehörten, und die in unmittelbarer Nähe der Autobahnbrücke entdeckt worden waren. Auf Elkes präzise Dokumentation konnte man sich verlassen.

Nachdem Hans auch einen Blick auf die Bilder geworfen hatte, schloss ich die Mappe wieder. „Sieh da, sieh da, Timotheus", kommentierte er. Da hätte ich fast laut gelacht. Hans und Schiller!

Schnabel wusste nicht, was sich in der kleinen blauen Mappe befand. Argwöhnisch fragte er: „Was ist das?"

Ich stand auf. „Herr Schnabel, wir müssen noch etwas klären. Sie warten."

„Aber ich ..."

„Sie warten."

Das war ein Treffer der besonderen Art. Schnabel ist an der Autobahnbrücke gewesen, denn ein anderer dürfte seine schon etwas schäbige Karre nicht gefahren haben.

„Sehr gute Arbeit, Elke", lobte ich sie. „Aber woher weißt du, dass es die Reifen von Schnabels Auto sind?"

Elke erklärte mir, dass es natürlich zahlreiche Spuren im Umfeld des Unfalls gab, die meisten mehrfach zerstört oder überlagert durch andere Autos. Während wir Schnabel verhörten, war sie mal schnell um die Ecke gegangen, wie sie das nannte, nämlich in die nahe Freiligrathstraße, wo mehrere Autos parkten. Sie fragte einen Passanten, der offensichtlich im selben Haus wie Schnabel wohnte, ob er wüsste, welches der geparkten Autos Helmut Schnabel gehöre. Der habe gelacht. Auto? Nennt man so etwas Auto? Da vorn steht die Rostlaube, hat er gemeint und zeigte auf einen alten Opel. Ob sie vom Ordnungsamt sei, habe der Mann von Elke wissen wollen. Verkehrskontrolle, hat sie geantwortet. Das schien ihm als Antwort zu genügen. Sie habe die Reifen fotografiert und mit den in Gelmeroda gesicherten Spuren verglichen. „Bingo!"

Wir gingen mit der blauen Mappe ins Verhörzimmer zurück. Ich legte sie demonstrativ vor mich hin, ohne sie zu öffnen. „Also, Herr Schnabel, wie war es wirklich? Ich kann Ihnen nur raten, ein umfassendes Geständnis abzulegen. Das wirkt sich auf die Zumessung des Strafmaßes positiv aus", wollte ich ihm helfen, die ganze Wahrheit zu erzählen.

Er sah mich an wie einer, der den Sinn meines Satzes erst langsam begriff. „Wieso Strafmaß, Herr Kommissar?" Dann starrte er auf die Mappe. Er argwöhnte, dass sie nichts Gutes für ihn enthielt.

Da schlug Hans mit der flachen Hand auf den Tisch. „Willst du uns verarschen, Schnabel? Du hast das Leben von Julia Fleischer auf dem Gewissen. Und fast wären auch noch deine Kinder draufgegangen. Mensch, mach's Maul auf und rede!"

Hans' Wutausbruch war gespielt. Wir hatten uns zwar nicht verabredet, aber er gab gern den Bad Cop. Die Nummer hatte er gut drauf.

Da stand Schnabel ruckartig auf. Sein Stuhl kippte nach hinten. Mit enormer Kraft packte er den schweren Tisch an der Kante und hob ihn an, als wolle er ihn umwerfen. Zwei Kollegen kamen sofort ins Zimmer, um den Wütenden zu bändigen. Sie stellten den Stuhl wieder auf und zwangen Schnabel, Platz zu nehmen. „Sollen wir ihn festmachen?"

„Ich denke, Herr Schnabel beruhigt sich wieder. Danke", entließ ich die Kollegen. Und zu Schnabel sagte ich: „Die beiden bleiben in Bereitschaft. Also reißen Sie sich zusammen. Was geschah, nachdem Sie den Stein geworfen haben?"

Er schüttelte heftig verneinend den Kopf. „Ich war das nicht. Ich habe keinen Stein geworfen. Ich war doch gar nicht an der Brücke."

Da öffnete ich den Hefter, entnahm ihm die drei Fotos, legte sie vor ihn hin und fragte: „Herr Schnabel, was ist das?"

Er warf nur einen flüchtigen Blick darauf. „Autospuren, sieht man doch."

„Rischtisch!", bestätigte Hans. „Und wem gehört das Auto dazu?"

„Woher soll ich das wissen?"

Um die Sache abzukürzen, erklärte ich ihm, woher die Spuren stammten und woher wir die Vergleichsspuren haben. „Es ist Ihr Auto, Herr Schnabel. Es stand eindeutig rechts hinter der Autobahnbrücke in einer kleinen Einbuchtung gegenüber der Auffahrt zur Autobahn Richtung Osten. Sie waren also dort."

Jetzt betrachtete er die Fotos genauer. Ich hatte den Eindruck, er wolle damit Zeit gewinnen, um sich eine passende Erklärung auszudenken. Zu unserer Überraschung sagte er schließlich: „Ja, ich war dort. Aber zwei Tage bevor das passiert ist."

Wenn ihm das als Erklärung eben erst eingefallen ist, musste ich zugeben, dass wir ihn bisher unterschätzt hatten. Er war offensichtlich cleverer, als wir gedacht hatten.

„Ach, nee", sagte Hans. „Und was wolltest du zwei Tage zuvor an der Gelmerodaer Brücke?"

Er senkte den Kopf. „Wegen Julia und den Kindern", sagte er leise. „Ich weiß doch, wann sie die Kinder abholt. Und weil ich sie nicht sehen darf, hatte ich die Hoffnung, dass sie mich entdecken und mir wenigstens zuwinken könnten. Es ist doch alles eine große Scheiße."

Die Tonart überraschte mich. Sie passte ganz und gar nicht zu seinem vorherigen Verhalten. Uns war sofort klar, dass er mit dieser Aussage, behauptet oder wahr, vor Gericht punkten würde. Mir fiel Giordano Bruno ein. Und wenn es nicht die Wahrheit ist, so ist es doch gut erfunden.

Als Schnabel wissen wollte, wieso wir wissen wollten, wann er wo war, umging ich wieder eine direkte Antwort. „Später, Herr Schnabel. Später. Wir bleiben erst einmal beim Thema. Sie waren auf der Brücke. Sie haben den Stein geworfen. Und Sie haben gesehen, dass Sie den Wagen Ihrer ehemaligen Freundin getroffen haben. Zufall? Mitnichten. Selbst wenn Sie betrunken gewesen sein sollten, was bei Ihnen häufig der Fall zu sein scheint, muss Ihnen doch klar geworden sein, was Sie angerichtet haben. Waren Sie betrunken?"

„Nein, Herr Kommissar. Nein! Ich bin doch nicht so bescheuert, einen Stein auf das Auto von Julia zu werfen, in dem meine Kinder sitzen. Ich war doch gar nicht auf der Brücke. Jedenfalls nicht an dem Tag."

„Ach! Und woher wusstest du von dem Unfall?", herrschte ihn Hans an.

Er wollte sein Auto betanken. Er habe den Knall gehört, ohne sich dabei etwas Bestimmtes zu denken. Da fuhren plötzlich Krankenwagen, Polizeiauto und Feuerwehr vorbei mit Blaulicht und Martinshorn. Er habe einen anderen Fahrer gefragt, der bereits getankt hatte und weiter in die Stadt wollte, ob er wisse, was passiert sei. Der habe erzählt, dass es einen blauen Polo erwischt hat, der gegen einen Sattelschlepper gedonnert ist. Aber er hätte das auch nur noch im Rückspiegel gesehen. „Muss ordentlich gescheppert haben, hat der gesagt. Ich weiß nicht wieso, aber bei blauer Polo von Legefeld kommend, da fuhr mir ein Schreck in die Glieder. Vor allem wegen der Kinder. Ich habe mein Auto abgestellt und bin schnell hingelaufen. Da standen schon mehrere Leute. Aber die Polizei war schon vor Ort und hat keinen mehr durchgelassen. Ich hätte ja eh nichts machen können", erzählte er. „Ich bin zurück, habe das Auto vollgetankt und dann mit Karte bezahlt. Ich war so durch den Wind, dass ich meine Nummer zweimal verkehrt eingetippt habe. Was ist mit Julia? Und den Kindern? Es war ihr Auto, stimmt's?"

„Sie hat den Unfall nicht überlebt, Herr Schnabel", antwortete ich. Fast hätte ich gesagt: Mein Beileid.

Völlig verblüfft starrte er mich an. „Was heißt das: nicht überlebt?"

War das gespielt oder wirkliches Erschrecken? „Julia Fleischer ist bei dem Unfall, ausgelöst durch einen Steinwurf auf ihr Auto, zu Tode gekommen."

Er schluckte. „Und die Kinder?"

„Die Großeltern kümmern sich um sie. Herr Schnabel", erklärte ich förmlich, „Sie werden die Stadt in den nächsten Tagen nicht verlassen. Wir überprüfen Ihre Angaben. Ihre Aussagen widersprechen sich zum Teil oder sind in sich nicht logisch. Sie müssen das Protokoll noch unterschreiben, dann können Sie gehen. Aber Sie verlassen Weimar nicht."

Er blieb sitzen, weil er nicht wusste, ob er damit entlassen war. Erst als ich ihm erneut sagte, dass er gehen könne, erhob er sich und verließ unsicheren Schrittes den Raum. Noch in der Tür blieb er stehen, drehte sich zu uns um und sagte mit leiser Stimme: „Es tut mir leid, dass Julia tot ist. Aber ich war es nicht. Ich hab sie mal sehr geliebt." Dann ging er.

„Was meinst du?", fragte ich Hans. „Hat er den Stein geworfen?"

„Wir können es ihm nicht beweisen. Auch nicht, an welchem Tag er dort gewesen ist. Irgendwie stimmt seine Geschichte, und irgendwie stimmt sie nicht. Mal sehen, was Elke inzwischen noch herausgefunden hat."

Ich blieb noch einen Moment sitzen, während Hans sich schon anschickte, den Raum zu verlassen. „Ich weiß nicht", sagte ich grübelnd. „So planvoll, wie er hätte vorgehen müssen, denkt der nicht. Der reagiert impulsiv." Dann schloss ich meinen Ordner mit den Aufzeichnungen, die ich mir während des Verhörs gemacht hatte. „Er macht sich Sorgen um die Kinder. Da passt etwas nicht. Das klang ehrlich."

Hans zuckte mit den Schultern. „Mer weeß es nich", murmelte er im reinsten Thüringisch.

Nein, wir wussten es noch nicht.

Astrid informierte mich, dass die Kinder von Julia Fleischer auf Wunsch der Großeltern aus dem Klinikum entlassen worden sind und sich zurzeit bei ihnen in Legefeld aufhielten. Sie hatte sich erkundigt, ob wir die beiden befragen dürften. Was sein muss, muss sein, habe der Großvater gesagt. Wir fuhren nach Legefeld. Hans bat ich, sich in Gelmeroda noch einmal umzuhören und umzusehen. Elke wollte sich um das Autowrack kümmern. Gregor Pause war mit seinen Untersuchungen noch nicht fertig.

Frau Fleischer trug ein schlichtes schwarzes Kleid. Man sah ihren Augen an, dass sie die Nacht wahrscheinlich mehr geweint als geschlafen hatte. Herr Fleischer saß mit den Kindern am Küchentisch. Er wirkte sehr verloren. Die beiden Jungs blickten nur kurz auf, als wir eintraten, dann beschäftigten sie sich wieder mit einem großen Puzzle, das sie etwa zur Hälfte fertig gelegt hatten. Laut Vorlage sollte es eine Dschungellandschaft werden.

„Mein Name ist Ponte und das ist meine Kollegin Astrid Korn. Wir sind von der Polizei", stellte ich uns den Jungs vor. Sie nickten, wandten sich aber gleich wieder ihrem Spiel zu. Die Großeltern hatten ihnen offensichtlich gesagt, dass wir kommen.

„Dürfen wir euch ein paar Fragen stellen? Es ist wichtig. Wir wollen herausfinden, wer das getan hat", erklärte ich den Jungs.

Der Ältere, Peter, hob den Kopf und nickte. Sein jüngerer Bruder sah vom Puzzle nicht auf.

Die Großmutter fuhr ihm über die Haare. „Er spricht nicht", sagte sie traurig. „Auch nicht mit uns."

Also wandte ich mich wieder an den Älteren. „Peter, wir müssen herausfinden, wer euch das angetan hat. Verstehst du mich?"

Er nickte, ohne mich anzusehen.

„Kannst du uns erzählen, was passiert ist?", fragte Astrid. Ich beschloss, ihr die Gesprächsführung zu überlassen. Frauen haben in solchen Fällen ein sichereres Gespür.

Peter legte die Puzzleteile, die er eben aufgenommen hatte, wieder zu den anderen auf den Tisch. „Mami hat uns abgeholt. Wie immer."

„Kannst du dich erinnern, wann das war?"

Er nickte erneut. „Kurz nach zwei. Ich hab doch jetzt eine Uhr." Stolz hob er den linken Arm.

Anerkennend sagte ich, dass das aber eine besonders schöne Uhr sei. „Hast du die zum Geburtstag bekommen?"

„Von Oma und Opa." Er drehte sich zu den Großeltern um, als müsse er sich die Bestätigung holen.

Ich beobachtete Heinrich, den jüngeren der beiden Brüder. Vermutlich ging er in die erste Klasse, während Peter wohl schon drei Jahre die Schule besuchte. Er blickte angestrengt auf die noch nicht eingesetzten Puzzleteile. Aber ich hatte nicht das Gefühl, dass er nach einem bestimmten Stück suchte. Ich sah ein Teil, das ins Fell des Tigers passen konnte, und zeigte darauf. „Das vielleicht?"

Er nahm es auf und legte es wortlos an die richtige Stelle. Ich rutschte auf seine Seite. „Darf ich mitspielen?" Da er keine Anstalten machte, das nächste Teil einzupassen, stöberte ich in dem kleinen Haufen und fand ein Stück vom Ohr des Tigers. „Das?" Er nickte zufrieden, sagte aber nichts.

Astrid fragte Peter: „Ihr seid also kurz nach zwei von Oma und Opa weggefahren. Da brauchtet ihr nicht viel Zeit, um die Autobahnbrücke zu erreichen, oder?"

„Mami ist nicht zu schnell gefahren“, baute er einer Frage vor, die Astrid gar nicht stellen wollte. Ich hörte es nebenbei mit und schmunzelte.

„Nein, bestimmt nicht“, fuhr Astrid fort. „Dann kam die Brücke.“

„Die kam nicht. Wir fuhren hin“, sagte er lausbübisch. Fast hätten wir beide laut gelacht. Pfiffiges Kerlchen. „Aber ich habe nichts gesehen, weil ich mit meinem Nintendo gespielt hab. Ich habe nur gehört, dass etwas gegen die Scheibe geschlagen ist. Mami wollte ausweichen, glaube ich. Dann war dieser riesengroße Sattelschlepper. Es hat ganz schlimm gekracht. Wir sind geflogen, haben uns mehrmals überschlagen. Dann war es still. Ganz still. Mami achtet immer darauf, dass wir den Gurt anlegen.“ Plötzlich schossen ihm die Tränen aus den Augen. Er lief zu seiner Großmutter, die ihn fest in die Arme nahm. Es wäre sinnlos gewesen, weitere Fragen zu stellen.

Der Großvater seufzte deutlich hörbar. „Wer macht so etwas?“, sagte er mit heiserer Stimme. „Wer macht so etwas?“

Der kleine Heinrich richtete seinen Blick nicht auf. Er sah mit leeren Augen auf das fast fertige Bild. Plötzlich stand er auf und ging zum Küchenschrank, wo einige Blätter lagen, die er bemalt hatte. Er legte sie wortlos vor mich hin.

„Du kannst aber gut malen“, lobte ich ihn. Erst danach blickte ich genauer hin und war überrascht.

Auf einer Brücke standen vier Personen. Eine hielt einen großen Stein hoch. Es gab keinen Zweifel, der Junge hatte genau gesehen, was passiert ist, als sie die Brücke erreichten. Er konnte es nicht aussprechen. Aber er hatte es gezeichnet. Vier Personen. Mich kroch die Kälte an. Welche Bilder musste der Junge im Kopf haben, dass er es nicht aussprechen konnte? „Darf ich mir die Blätter ausborgen, Heinrich? Du bekommst sie auch ganz bestimmt zurück."

Er schob sie auf meine Seite, dann nahm er sich ein passendes Stück für das rechte Ohr des Tigers und legte es an die richtige Stelle.

Als wir wieder im Auto saßen, brauchte ich einen Moment, um mich zu beruhigen. Astrid betrachtete die Bilder. „Damit ist Schnabel raus", sagte sie.

„Nicht unbedingt", widersprach ich ihr. „Er könnte eine der vier Personen sein." Dann startete ich und fuhr los. Als wir den Ortsausgang von Legefeld erreichten, blickte ich kurz nach links. Dort wusste ich Lillis Arbeitsstelle. Dann konzentrierte ich mich wieder auf die Straße. Wir näherten uns der Autobahnbrücke. Unwillkürlich musste ich nach oben blicken. Niemand stand da.

Hans kam von Gelmeroda zurück. Er hatte auch noch die Baustelle in Holzdorf aufgesucht, wo Schnabel arbeitete. Der Polier wunderte sich, dass sich die Kriminalpolizei für seinen Handlanger interessierte. Der macht seine Arbeit, sagte er.

Er sei zwar nicht der Fleißigste, und der alte Satz vom pünktlichen Maurer bezöge sich nur noch auf den Feierabend. Gestern? Ja, da wollte er etwas früher weg. Er hätte noch etwas zu erledigen. Wegen seiner Ex oder so. Er habe ihn gehen lassen. Wäre ohnehin bald Feierabend gewesen. Die Betonsteine sind nicht gekommen. Aber sonst? Nein, passt schon. Für heute habe er sich krankgemeldet. Attest? Vergiss es. Der hat die Faulenzia, dafür kriegt er keinen Krankenschein.

„Am Akzent habe ich gemerkt, woher der Polier kommt. Bayern“, sagte Hans. „Ich wollte noch wissen, ob er etwas von dem Unfall gehört habe. Was für ein Unfall? Auf dem Bau, hat er gefragt. Ich wollte ihm die Sache nicht auf die Nase binden. Und schon gar nicht, welche Vermutung wir in Richtung Schnabel haben. Gerüchte sind wie Wasser. Die dringen durch alle Ritzen.“

„Gut. Und Gelmeroda?“

Hans lachte. Er könne mir jetzt einen Vortrag halten über Gelmeroda und die Kirche und Lyonel Feininger. Er sei dem Pfarrer in die Arme gelaufen. „Wenn der liebe Gott mehrere solcher Mitarbeiter hat, überlege ich mir, ob ich nicht doch wieder in die Kirche eintrete. Wusstest du, dass bereits im 13. Jahrhundert der älteste Teil der Chorturmuhr errichtet wurde? Gut und gerne 700 Jahre. Die Mauern müssen viel gesehen haben. Zu DDR-Zeiten wäre die Kirche beinahe zur Ruine verkommen. Ich sage dir! Aber an das öffentliche Gießen der Glocke auf dem Weimarer Markt müsstest du dich doch erinnern. Ach nee, da warst du ja schon in Berlin. Jedenfalls kommen jährlich um die 10.000 Besucher ..."

„Hans", unterbrach ich ihn, „was hast du herausgefunden?"

Er hätte gern sein neues Wissen in Gänze vor uns ausgebreitet, deshalb reagierte er etwas unwirsch auf meine Unterbrechung. „Der tödliche Unfall ist natürlich Ortsgespräch. Die Leute rätseln, wer das gewesen sein kann. Vermutungen gibt es. Aber einig waren sich alle: Der Täter kommt nicht aus Gelmeroda. Das könne nur jemand aus der Stadt gewesen sein. Ich hätte das nicht anzweifeln sollen."

„Warum?"

„Die Leute wurden richtig biestig", erklärte Hans. „Eher glauben sie an einen tragischen Unfall, als dass sie es einem ihrer Mitbürger zutrauen. Als ich ihnen sagte, dass der Stein wahrscheinlich von eben dem Haufen stammt, der vor der Kirche zum Ausbessern des Weges abgeladen wurde, hat das keiner geglaubt. Kann ja möglich sein, sagten einige, aber von uns war das niemand. Willst du wirklich nicht wissen, was mir der Pfarrer alles erzählt hat?"

Ich hob unwillig die Brauen. „Wenn mir nach Regionalgeschichte und Konfirmandenunterricht ist, komme ich auf dich zurück."

„Na gut, dann erzähle ich dir eben nicht, dass gestern Jugendliche ziemlich lautstark durch den Ort gezogen sind."

Ich atmete hörbar ein und aus. Ich kannte ja Hans' umständliche Art, eine Geschichte zu erzählen nach der Methode von hinten durch die Brust geschossen, aber mir war nun wirklich nicht nach seinen Späßen oder Geheimniskrämereien. „Kannst du nicht einmal einen Bericht mit dem Satz beginnen: Nach Aussage des Pfarrers sind gestern Jugendliche lärmend durch den Ort gezogen. Stattdessen machst du es biblisch: Es begab sich aber zu der Zeit ... Mensch, Hans, wir müssen einen finden, der durch Leichtsinn oder böse Absicht eine Frau auf dem Gewissen hat und deren Kinder wie durch ein Wunder mit nur ein paar Schrammen davongekommen sind!"

„Nun sei doch nicht gleich so empfindlich. Ja, weiß ich. Und ich will den Kerl oder die Kerle genauso kriegen wie du. Ich begreife nur nicht, dass der Pfarrer die Truppe gehört, wenn auch nicht gesehen hat, und niemand sonst im Dorf erzählt mir davon. Und was deinen Anschiss betrifft, Chef – ich kann doch nichts dafür, dass du die letzte Nacht schlecht geschlafen hast! Mir geht deine Humorlosigkeit mächtig auf die Ketten. Und ich bin nicht der Einzige, der deine Allüren ziemlich daneben findet. Oder?" Er blickte sich in unserer kleinen Runde um.

„Könnt ihr eure Hahnenkämpfe auf einem anderen Misthaufen austragen?", fragte Astrid gereizt. „Eure persönlichen Animositäten bringen uns keinen Schritt weiter. Wir haben ein Verbrechen mit Todesfolge aufzuklären. Himmel, Arsch und Wolkenbruch!“

Da brach sich etwas Bahn, was sich vermutlich über einen längeren Zeitraum aufgestaut hatte. Es mag sein, dass sich Hans durch mich zurückgesetzt fühlte. Er ist der Ältere. Er ist auch der Erfahrenere. Aber ich bin der Boss und ich durfte mir den Vorwurf nicht gefallen lassen, zumal Astrids Beifall signalisierte, dass sich die Stimmung gegen mich zu wenden schien. Andererseits hatte ich weder Lust noch Neigung, es zum gegenwärtigen Zeitpunkt zu einer Auseinandersetzung kommen zu lassen. „Können wir wieder zu unserem gegenwärtigen Fall zurückkehren?“, fragte ich, vielleicht um eine Spur zu gereizt, aber ich durfte mir auch nicht die Butter vom Brot nehmen lassen. „Ja, Astrid, wir haben einen Mord aufzuklären, und da lege ich schon Wert auf klare Analysen. Halten wir fest: Der Pfarrer hat zu dem infrage kommenden Zeitraum eine Gruppe lärmender Jugendlicher gehört, die nicht aus Gelmeroda stammt. Ist das korrekt, Hans?“

Hans grollte noch ein wenig. „Hat er gesagt, sagt er. Ich weiß nur nicht, ob der aus dem Nachbarort stammende Pope alle Jugendlichen aus Gelmeroda kennt. In die Kirche geht bestimmt keiner von denen. Und von den Leuten aus dem Dorf will niemand etwas gesehen haben.“

Gelmeroda ist wirklich nur ein kleiner Ort, keine 500 Einwohner leben dort. Jeder kennt jeden und die meisten sind auch noch irgendwie miteinander verwandt. Wenn die jugendlichen Krawallmacher aus einem anderen Ort oder vielleicht sogar aus Weimar stammten, hätte sich der eine oder andere gewiss an sie erinnert. Kamen sie aber aus ihrer Mitte, wollte man vielleicht den Sohn vom Nachbarn oder den Enkel von einem reichen Bauern nicht an die Polizei verraten. Wagenburgmentalität.

Dieser Theorie mochte ich nicht einfach zustimmen. Die Leute von Gelmeroda sind auch nicht mehr von gestern. Der Ort, 1994 nach Weimar eingemeindet, gehört zum Kirchengemeindeverband Buchfart-Legefeld. Der zuständige Pfarrer ist in Buchfart zu Hause. Dort wird er sich auch die meiste Zeit aufhalten. „Kennt er die Jugendlichen des Ortes?“, fragte ich Hans.

„Jedenfalls nicht als Kirchgänger“, mutmaßte Hans. „Die Jugend von heute betet zu anderen Göttern. Ich kann nur wiederholen, was er zu mir gesagt hat. Warum sonst niemand im Dorf den Lärm gehört haben will, weiß ich nicht.“

Ich zeigte Hans die Bilder, die der kleine Heinrich gemalt hat. „Hoppla!“, rief er erstaunt aus. „Drei Burschen und ein Mädchen auf der Brücke. Und einer wirft den Stein! Das ist doch fast ein Tatortfoto.“

„Wieso Mädchen?“, fragte ich überrascht.

Er zeigte mit dem Finger auf eine der Figuren. Wenn man genau hinsah, trug die einen halblangen Zopf. Das war mir noch gar nicht aufgefallen. Ich hatte geglaubt, da sei Heinrich der Stift einfach weggerutscht. Mit dieser Beobachtung hatte Hans seine umständliche Redeweise von vorhin wieder wettgemacht. Das schien ihm die notwendige Genugtuung zu verschaffen, meinen Anraunzer zu vergessen.

„Der Ortskern von Gelmeroda befindet sich westlich der B85", setzte er seinen Bericht fort. „Geht man aber über die Hauptverkehrsstraße am Friedhof vorbei und den Ehringsdorfer Weg etwa 500 Meter in östliche Richtung weiter, kommt man zunächst durch eine kleine Siedlung, die wir bisher gar nicht auf dem Schirm hatten."

„Wieso eigentlich nicht?", fragte ich.

„Die Häuser gehören zwar zu Gelmeroda, aber auch irgendwie nicht. Die sind erst nach dem letzten Krieg gebaut worden. Da hatte der eigentliche Ort schon gut 700 Jahre Geschichte hinter sich. Neue Siedlung nennen die sich. Was für ein Unfall, hat mich eine ältere Frau gefragt. Aber Glück muss der Kriminalist haben. Adde Becker fuhr gerade auf sein Grundstück."

„Wer ist Adde Becker?", fragte ich mürrisch, weil ich befürchtete, Hans kommt mir wieder einmal mit seinen Weimargeschichten – und den kennst du nicht?

„Gleich. Du lässt mich ja nicht ausreden“, mokierte er sich. „Adde Becker war Fleischermeister in der Erfurter Straße. Meine Eltern haben immer bei ihm eingekauft. Auch meine Frau, wenn sie die Schwiegereltern besuchte.“

„Ein Fleischer, der Becker heißt.“ Elke lachte.

„Na eben. Da haben die Leute manchmal gelästert, er würde alte Brötchen in die Leberwurst mischen. Stimmte natürlich nicht. Seine grobe Leberwurst schmecke ich immer noch auf der Zunge.“

„Hans!“, bat ich inständig.

„Ja doch. Lass mich ausreden. Der wollte wissen, was mich in diese Gegend treibt. Wegen dem Unfall? Ja, hätte er gehört. Oder stand das in der Zeitung? Ach, das war gar kein Unfall? Umso schlimmer. Stimmt ja, du bist bei der Kripo. Mordkommission?“ Hans sprach gewissermaßen im Stenogrammstil.

Er habe ihm erklärt, warum er sich in der Gegend umsah und dass wir vermuten, Jugendliche hätten sich einen Spaß daraus gemacht, Steine auf die Fahrbahn zu schmeißen. „Ich habe ihn gefragt, ob er sich vorstellen könne, dass die aus der neuen Siedlung gekommen sind. Adde hat das verneint, aber er hat mir einen guten Tipp gegeben.“

„Nämlich?“ Wenn Hans zwei Punkte miteinander verbinden soll, wählt er bestimmt nicht die Gerade, aber er kommt immer exakt an der gewünschten Stelle an. Man muss ihn gewähren lassen; er wird sonst ungnädig. Ich hatte es gerade wieder erlebt.

„Die werden natürlich abgehauen sein, als sie sahen, was sie angerichtet haben. Ich glaube nicht, hat Adde gesagt, dass die sich nach Gelmeroda verdrückt haben. Hier hinten, den Ehringsdorfer Weg runter, da ist die alte Schäferei. Dort hängen die manchmal ab. Hat Adde gesagt."

„Und wer hängt dort ab?"

Das wusste Adde Becker nicht. Man höre sie nur manchmal feiern. Laute Musik und so. Aber weit genug weg. Eben junge Leute.

Hans erzählte, dass er den steinigen Weg Richtung Ehringsdorf gar nicht weit gehen musste, als er links die Schäferei entdeckte. Ein paar Schafe und zwei Ziegen standen herum. Und die einstigen Ställe zitterten wohl vor dem nächsten Sturm. Er habe sich das Gelände gründlich angesehen, allerdings nichts gefunden, was auf feiernde Jugendliche hingewiesen hätte. „Wäre ja auch zu schön gewesen", sagte Hans.

„Vielleicht sollte sich Elke dort einmal umsehen", schlug ich vor. Außer Spesen nichts gewesen, dachte ich. „War jedenfalls einen Versuch wert. Danke, Hans."

Ich dachte, damit hätte er das Ergebnis seiner Recherche in Gelmerodas Umgebung vorgetragen. Aber zu meiner Überraschung sagte er: „Sollte sie machen. Und dann kann sie sich auch gleich das Haus ansehen."

„Welches Haus?", fragte ich überrascht.

„Na, ich bin dann noch den Possendorfer Weg runtergegangen, weil ich einmal in der Ecke war. Lauter hübsche Einfamilienhäuser rechts und links, als ob sie der große Sämann mit der Hand ausgestreut hat."

Ich amüsierte mich über Hans' Versuch, poetisch zu werden. „Und dort hast du deine ehemalige Milchfrau getroffen."

Er verzog säuerlich das Gesicht. „Gleich oben, links vom Weg, steht ein leeres Haus in einem verwilderten Garten. Das Tor war abgeschlossen, der Zaun daneben niedergetreten. Trotzdem hatte ich den Eindruck, dass sich wenigstens zeitweise jemand im Haus zu schaffen macht. Also habe ich mich bei den Nachbarn erkundigt. Da war eine ältere Frau. Die Frau Gabelwitz."

„Die du natürlich kennst?", wollte ich wissen.

Erstaunt sah mich Hans an. „Nee, wie kommst du darauf? Das wird aber auch Zeit, hat sie gesagt, dass sich die Polizei mal blicken lässt. Erst vor ein paar Tagen haben die wieder ihr Unwesen getrieben. Es kämen immer mal Jugendliche. Die müssen aus der Stadt sein, jedenfalls nicht aus dem Ort. Das Haus steht seit einem Jahr leer. Die Leute sind weggezogen. Weiß der Kuckuck, was die feiern. Es geht jedenfalls immer laut her."

Ich fragte nicht, ob es die Leute wären, die weggezogen sind und die zum Feiern immer wiederkommen. Ich kannte mich in Hans' Erzählweise aus und übersetzte mir die lange Geschichte in einen knappen Text: Ein leerstehendes Haus, ziemlich abgelegen, aber nicht zu weit von der Autobahnbrücke entfernt. Feiernde Jugendliche, die erst vor ein, zwei Tagen ihr Unwesen auf dem unbewohnten Grundstück getrieben haben. Das war eine Spur. Das war sogar eine heiße Spur. Anerkennend klopfte ich Hans auf die Schulter. Ich dachte an die Bilder, die der kleine Heinrich gemalt hatte. Zwar passte Schnabel nicht richtig in die Gruppe feiernder Jugendlicher, aber ganz ablegen wollte ich diese Möglichkeit noch nicht. Dafür gab es zu viele Ungereimtheiten in seiner Aussage. Und ich war froh, dass sich die Wogen von vorhin wieder etwas geglättet hatten. Ich beschloss, bei nächster Gelegenheit mit Hans zu reden, bevor sich die gelegentlichen Hakeleien zu einem echten Konflikt ausweiten konnten. Ich mochte ihn und ich schätzte ihn. Aber manchmal ging er mir mächtig auf die Nerven mit seiner umständlichen Redeweise.

Ich bat Hans, Elke zu beschreiben, wo sie sich umsehen sollte. „Am besten ist es, wenn du es ihr vor Ort zeigst. Ich muss zu Pause. Die Obduktion ist abgeschlossen. Noch mal, Hans: Gute Arbeit."

Er ließ sich gern loben. „Und das alles zu Fuß! Ist lange her, dass ich so weit gelaufen bin."

Ein gerichtsmedizinisches Institut ist kein Ort, an den man gern und freiwillig geht. Schon der Geruch der Desinfektionsmittel schleicht sich einem unangenehm in die Nase und haftet noch lange in den Kleidern. Die Tatsache, dass man gewissermaßen einen Friedhof besucht, wo die Verstorbenen noch aufgebahrt in Kühlfächern liegen, lässt einen zögern, das Gebäude zu betreten.

Dr. Gregor Pause empfing mich auf gewohnt sarkastische Weise. „Mach nicht so ein schiefes Gesicht, Ponte. Du kommst hier wieder aufrecht raus." Er öffnete ein Kühlfach und zog den Schlitten heraus, auf dem der leblose Körper von Julia Fleischer lag. Dann schlug er das grüne Tuch zurück, mit dem sie bedeckt war. Ihr einst hübsches Gesicht war durch den Stein und die Glassplitter schwer in Mitleidenschaft gezogen worden, obwohl sich Pauses Assistent alle Mühe gegeben hatte, es wenigstens vom Blut zu reinigen. Der große Y-Schnitt, mit dem Pause ihren Oberkörper geöffnet hatte, war wieder mit groben Stichen geschlossen worden. Der Arzt zog das Tuch so weit zurück, dass der untere Teil des Körpers bedeckt blieb. Ich weiß nicht, ob das eine besondere Empfindlichkeit von mir ist, aber das am großen Zeh angebrachte Pappschild mit dem Namen der Toten ließ mich frösteln. Es macht den toten Menschen zu einem Gegenstand, der fürs Archiv registriert und seiner Persönlichkeit endgültig beraubt wird.

„Der Stein, der die Frontscheibe durchschlagen hat, traf sie mitten ins Gesicht und führte zu einer Fraktur des Nasenbeins und der Schädelbasis, wodurch neben Blut auch Liquor cerebrospinalis – Gehirnflüssigkeit – austrat“, fühlte Gregor Pause sich bemüßigt, mir zu übersetzen. Wie so häufig dieser Blick leicht von oben herab. Ungerührt fuhr er fort: „Die Medulla dorsalis – für Kriminalisten: das Rückenmark – wurde durch den schweren Aufprall ebenfalls genau am Axis schwer beschädigt. Zweiter Halswirbel, der Dreher.“

Obwohl die Situation alles andere als zum Lachen war, musste ich mir ob der Ausdrucksweise meines Rechtsmediziners ein Grinsen verkneifen. „Sag mal, redet ihr Mediziner privat auch so in Pidgin-Deutsch?“

Irritiert blickte er mich an. „Wie meinen? Ach so. Ist es bei euch Kriminalisten anders?“

Gut gebrüllt, Löwe, dachte ich. „Nein. Nur anders anders.“

„Aber zurück zum Fall“, konzentrierte sich Gregor Pause sofort wieder auf das Wesentliche. „Julia Fleischer hat bei dem Unfall allein schon durch eine Verletzung der Halsschlagader viel Blut verloren. Sie ist letztendlich verblutet, wenn du so willst. Bereits ein Liter wäre eine kritische Menge gewesen. Die Frau wog knapp 48 Kilogramm. Oder um es anders zu formulieren: 40 Prozent Blutverlust überschreiten die kritische Menge. Da ist kaum noch etwas zu machen.“

„Kann es sein", wollte ich wissen, und überhörte den provozierenden Unterton bei seinen lateinischen Vokabeln, „dass sie aufgrund einer Vorschädigung des Herzens bereits tot war, bevor der Stein einschlug? Ich meine, sie hatte nur den Bruchteil einer Sekunde die Chance, dem Geschoss auszuweichen. Hätte das gereicht, den Wagen unter Kontrolle zu bekommen?"

Er schüttelte verneinend den Kopf. „Ich weiß, worauf du hinauswillst. Ein cleverer Verteidiger versucht alles, um die Schuld seines Mandanten abzumildern, wenn er ihm sonst nicht mit probaten Mitteln den Hals aus der Schlinge ziehen kann."

Er hatte den eigentlichen Grund meiner Frage verstanden. „Allerdings", sagte ich, „müssen wir den oder die Steinewerfer erst einmal finden."

„Elke sagt, ihr sucht nach jugendlichen Tätern?"

„Wir suchen nach einem oder mehreren Tätern. Ob es sich um einen einzelnen Steinewerfer handelt, der unter das Jugendstrafrecht fällt und der dann mit ein paar wenigen Jahren davonkommt, oder um einen Erwachsenen, dem lebenslänglich droht, wissen wir erst, wenn wir ihn haben. Elke wird dir erzählt haben, dass es eine Gruppe von Halbwüchsigen gewesen sein kann. Sein kann", wiederholte ich nachdrücklich. „Aber in aller Regel wird ein solches Verbrechen aus einer Gruppe heraus verübt. Dafür muss ein geplanter Mord zunächst gar keine Rolle gespielt haben. Bodenloser Leichtsinn kann den

Ausschlag gegeben haben. Oder idiotische Angeberei. Wir wissen es noch nicht."

„Es war Mord", sagte Pause mit Nachdruck. „Wer immer es war – der Täter lebt. Das Opfer ist tot. In Frankfurt, habe ich gelesen, ist ein 17-Jähriger zu fünf Jahren Jugendhaft verurteilt worden, weil er einen Betonklotz von einer Brücke auf ein darunter fahrendes Auto geworfen hat. Aus Jux und Tollerei. Fünf Jahre! Nach drei Jahren war der wieder draußen. Mit 17 kann man doch nicht so bescheuert sein und sich nichts dabei denken. Jugendstrafrecht! Ich versteh die Richter nicht."

Ich kannte den Fall. Es war nicht ganz so, wie Gregor behauptete. Der Betonklotz hatte wie in unserem aktuellen Fall die Windschutzscheibe durchschlagen und war auf dem nichtbesetzten Beifahrersitz gelandet. Es hätte anders ausgehen können. Die Fahrerin reagierte geistesgegenwärtig, behielt den Wagen unter Kontrolle und kam auf dem Seitenstreifen zum Stehen. Sie hätte tot sein können. Ich wollte aber mit Gregor keine Diskussion über Sinn oder Unsinn des Jugendstrafrechts führen.

„Stell dir vor, dir passiert so etwas, und du kommst mit einem Schock davon. Meinst du nicht auch, dass dich ein Leben lang nächtliche Angstträume verfolgen? Lebenslänglich, mein Lieber! Ein ganzes beschissenes Leben lang."

Ich wunderte mich ein wenig über Pauses Zorn, als wäre er persönlich involviert.

„Der Bengel in Frankfurt hat die drei Jahre auf der halben Arschbacke abgesessen. Die Fahrerin dürfte ihr Trauma nie wieder los werden und vor jeder Brücke scheuen, weil sie die nie wirklich überwundene Angst hat, es könnte erneut passieren." Er machte eine Handbewegung in Richtung der jungen Frau, deren Leben jäh beendet worden war. „Elke sagt, ihre Kinder waren im Auto. Die haben gesehen, wie ihre Mutter starb. Wer immer es gewesen ist, Herr Kriminalhauptkommissar", sagte er in einem Ton, der Widerspruch nicht dulden wollte, „ein 17-Jähriger oder ein 70-Jähriger – der hat ein Menschenleben auf dem Gewissen. Ach, was sage ich Gewissen. Solche Leute können das Wort nicht einmal schreiben. Diese Frau war gerade mal 35 Jahre jung." Er schüttelte zornig den Kopf. „Er hat den Kindern nicht nur die Mutter genommen, sondern auch noch ihr Lächeln und ihre Unbekümmertheit erschlagen. Den sollte man ein Leben lang einbuchten und jeden Tag drei Mal in den Arsch treten!"

Ich dachte an die beiden Jungs und an ihre Großeltern. Dennoch hatte ich begreifen gelernt, dass Rachegedanken in einer modernen Rechtsprechung keinen Platz haben. „Rache zerfrisst am Ende den, der sie ergriffen hat."

Pause wollte nicht nachgegeben. „Das sagst du, solange es dich nicht selbst betrifft. Ich habe Julia Fleischer gekannt."

Nun verstand ich Gregor Pauses Zorn. „Aber eine alttestamentarische Rechtsprechung nach dem Prinzip Auge um Auge, Zahn um Zahn gehört nun mal in die Zeit Hammurapis, also um 1800 vor Christi. Im Übrigen, mein Lieber“, dozierte ich im Stile meines Vaters, „waren diese Gesetze gemessen an der bis dahin geübten Praxis ein Fortschritt. Dem Dieb wurde nicht mehr der Kopf mit dem Schwert abgeschlagen, sondern nur die Hand, mit der er gestohlen hatte. Wir sollten uns abgewöhnen, Dinge, die vor langer Zeit geschehen sind, zu bewerten, als wenn sie erst gestern passiert wären.“

Das schien den Arzt nicht wirklich zu überzeugen, und es war ja auch ein ganz anderes Thema. „Jeder Sau hat man den Garaus gemacht, wenn sie der Magd ins Bein gebissen hat. Im Mittelalter wurden renitente Tiere sogar vor Gericht gestellt, einschließlich Anklage in feinstem Latein, Zeugenbefragung, Verhandlung, Urteil und Vollstreckung!“

Ich musste lachen. „Lumpi hat zu laut gebellt und wird mit fünf Tagen Fernsehverbot beleget! Wir leben doch nicht mehr im Mittelalter, Gregor.“

Aber er wollte sich nicht geschlagen geben. „Anno 1916 hat man in den USA die Zirkuselefantin Mary an einen Kran gehängt und stranguliert, weil sie den Kopf ihres Trainers zerquetscht hat. Mittelalterlich, aber nicht Mittelalter, mein Lieber. Oder noch besser: Ein amerikanischer Richter hat den Hund Taro zum Tode verurteilt, weil er einem Mädchen in die Lippe gebissen hat. Erst nach 36 Monaten wurde die Töle begnadigt. Das war 1994."

Ich wusste nicht, ob das nur irgendwelche Gruselgeschichten waren, die Gregor, der ein Faible für solche Stories hat, gerade erfand, oder ob das wirklich stimmte. Also ließ ich mich vorsichtshalber nicht auf eine Diskussion ein. „Mag sein, dass das stimmt, aber inzwischen leben wir im 21. Jahrhundert. Da hackt man keinem Dieb die Hand ab, sondern verurteilt ihn angemessen."

„Ist fünf Jahre Jugendstrafe angemessen, wenn ein Mensch beinahe zu Tode gekommen ist?"

„Auch lebenslänglich macht nicht wieder lebendig, Gregor. Ich denke, wir haben uns vom Mittelalter verabschiedet, wenngleich ich deinen Zorn verstehe, zumal du Julia Fleischer gekannt hast. Woher eigentlich?"

„Wir sind in dieselbe Schule gegangen und ich mochte sie."

Ich wunderte mich ein wenig, dass er mir das erst jetzt erzählte. Manchmal war Freund Gregor ziemlich hart verpackt. Es ist ihm bestimmt nicht leichtgefallen, den Körper seiner einstigen Schulfreundin zu obduzieren. Aber er wollte diese Arbeit auch keinem Assistenten überlassen.

„Weißt du, was mich tröstet?" Er sah mich ernst an. „Die Rache ist mein, spricht der Herr."

Ich wusste gar nicht, dass Gregor bibelfest war, weshalb ich nicht auf das 5. Buch Mose verwies, um nicht als Besserwisser zu gelten. Hans hätte wahrscheinlich „Klugscheißer“ gesagt.

Gregor Pause schlug das Tuch wieder zurück und verdeckte das Gesicht von Julia Fleischer. Er schob den Schlitten, auf dem sie aufgebahrt lag, ins Kühlfach zurück. Das Letzte, was ich von Julia Fleischer sah, war der mit einem Bindfaden befestigte Zettel an ihrem großen Zeh.

„Sag mal“, hielt er mich auf, als ich schon im Gehen war, „bin ich maulfaul?“

Verblüfft starrte ich ihn an. „Du? Du bist der geschwätzigste Gerichtsmediziner, den ich kenne.“

„Von denen redet ja keiner mit mir.“ Er blickte in Richtung der Kühlfächer. „Da kriegt man das Monologisieren und abends ist mein Wortschatz aufgebraucht.“ Er verzog das Gesicht zu einem schiefen Verlegenheitsgrinsen. „Sagt Elke. Dabei ist es so, dass ich ihr lieber zuhöre. Was soll ich ihr auch erzählen? Von meinen Klienten? Na weißt du, beim Abendbrot von meiner Arbeit reden ... Lecker!“

„Sag ihr doch einfach, dass du sie liebst. Dann hört sie dir schon zu.“ Ich gab ihm einen freundlichen Klaps auf die Schulter. „Müsste ich übrigens auch mal wieder sagen.“

Er wollte es nicht zu ernst werden lassen. „Du und Elke?“

Wir lachten.

Als Elke und Hans vom Possendorfer Weg zurückkamen, hatten sie zwar vor Ort zahlreiche Spuren sichern können, die auf die zeitweilige Anwesenheit von sechs bis acht Leuten hinwiesen, aber um wen es sich dabei handeln könnte, war nicht zu belegen. Auch in der Nachbarschaft wusste man von den gelegentlichen lautstarken Gelagen junger Leute, aber Namen? Man tut gut daran, sich solchen Flegeln nicht zu nähern, sagte die alte Dame, von der einst der Hinweis auf die Jugendlichen gekommen war. Da kriegt man doch nur dumme Antworten. Meine Frage nach einem irgendwo herumliegenden blauen Stoffbeutel mussten beide verneinen. Wäre ja auch zu einfach gewesen. Also: Abwarten und Tee trinken, wie es so schön heißt. Sollten der oder die Täter von der Autobahnbrücke tatsächlich zu diesem Kreis gehören, stand zu vermuten, dass die Jugendlichen vorsichtshalber wegblieben oder sich einen anderen Treffpunkt aussuchten. Umso überraschter waren wir, als Frau Selber, die Nachbarin des leerstehenden Hauses vom Possendorfer Weg, am späten Nachmittag anrief und uns mitteilte: „Sie sind wieder da."

Ich bat Astrid, mich zu begleiten. Wir fuhren über die Berkaer Straße aus Weimar hinaus und bogen hinter der Aral-Tankstelle in den Possendorfer Weg ein. Nach Richters Kfz-Service erreichten wir die ersten Häuser der Siedlung. Wir fuhren die Straße hoch, vorbei an hübschen Häusern und gepflegten

Vorgärten rechts und links des Weges, bis wir den Ortsausgang erreichten. Allerdings parkte ich das Auto nicht direkt vor dem verlassenen Haus. Wir wollten den Eindruck harmloser Spaziergänger erwecken, um keinen Verdacht zu erregen, in einer bestimmten Absicht zu erscheinen. Also fuhr ich noch etwa hundert Meter weiter und hielt unterhalb der alten Schäferei in einer kleinen Ausbuchtung, geschützt von hohen Bäumen. Dann gingen wir zurück zu dem leerstehenden Haus.

Offenbar funktionierte die Klingel nicht. Das Gartentor ließ sich ohne Weiteres öffnen. Wir sahen uns um wie Leute, die sich für Haus und Grundstück interessierten, und mussten nicht lange warten. Ein junger Mann öffnete das vordere, vermutlich zur Küche gehörige Fenster, und rief: „Is' was?"

Astrid reagierte schnell. „Ja. Wir haben gehört, das Haus stünde zum Verkauf. Können wir uns einmal umsehen?"

„Wir verkaufen nicht!", lautete die knappe Antwort. Dann war das Fenster wieder zu. Ich verständigte mich schnell mit Astrid. Sie würde auf der Vorderseite bleiben, ich wollte die Rückseite sichern, falls jemand die Absicht hätte, sich unbemerkt davonzumachen. Und tatsächlich, kaum hatte ich die Rückseite des Hauses erreicht, öffnete sich die in den Garten führende Kellertür und vier Jugendliche wollten sich fluchtartig entfernen. Verunsichert blieben sie stehen, als sie meiner ansichtig wurden. Ich hielt meinen Ausweis hoch. „Nicht so eilig, Herrschaften. Wir haben doch nur ein paar Fragen." Da blieb ihnen nichts anderes übrig, als von mir begleitet zurück ins Haus zu gehen. Astrid stand bereits oben im Flur.

„Wir haben uns hier nur einmal umgesehen. Ist doch schade um das schöne Haus, wenn es leer steht", sagte der Ältere aus der Gruppe. „Wir wollen eine WG gründen und sind auf der Suche nach einem geeigneten Objekt. Wär' doch schade um das schöne Haus", betonte er noch einmal. Er mochte etwa 19 oder 20 Jahre alt sein und hatte seine Haare zu einem halblangen, ziemlich ungepflegten Zopf geflochten. Sofort musste ich an die Bilder des kleinen Heinrich denken.

Ich wollte nicht gleich auf das Geschehen an der Autobahnbrücke zu sprechen kommen. Sie sollten glauben, unser Besuch hätte einen ganz anderen, harmlosen Grund. Freilich, als interessierte Käufer konnten wir nicht mehr agieren. „Aus der Nachbarschaft liegen Beschwerden vor, dass Sie sich unberechtigt in dem Haus aufhalten und mitunter lautstark feiern. Stimmt das?" Ich richtete die Frage an den mit dem Zopf.

Er machte ein unschuldiges Gesicht. „Nun ja, das stimmt schon. Die Musik, Sie wissen doch, die ist eben ein bisschen laut. Walzer ist nicht so unser Ding."

„Und das Haus?", fragte Astrid, die auf den scheinbar harmlosen Ton nicht einging. „Sind Sie die Besitzer?"

Wieder der mit dem Zopf: „Nicht so richtig. Es steht eben leer. Es gehört keinem. Da haben wir gedacht ..."

„Das mit dem Denken ist so eine Sache", unterbrach ich ihn. „Zeigen Sie uns erst einmal Ihre Ausweise."

„Sind Sie überhaupt von der Polizei?", fragte der Bezopfte, offenbar der Anführer der Gruppe. „Sie haben zwar vorhin mit etwas herumgefuchtelt, aber das hätte genauso gut ein Angelschein sein können."

Ich zeigte ihm meinen Dienstausweis. „Hauptkommissar Ponte. Und das ist meine Kollegin, Hauptkommissarin Korn. Also, können Sie sich ausweisen?"

„Kriminalpolizei?", sagte ein etwas blasser Junge, der wahrscheinlich noch nicht einmal 14 Jahre alt war. Er passte auch nach seinem Habitus nicht unbedingt zu den drei anderen Jugendlichen. „Wie denn das? Wir haben hier doch nur ein bisschen gefeiert und so."

„Ihre Ausweise, bitte!"

Der mit dem Zopf langte in die Tasche und übergab mir seinen Personalausweis. Ich verglich das Foto mit dem Besitzer des Passes. „Hellwig, Mike. 15.08.1998 in Weimar geboren. Augenfarbe: blau. Größe: 178 cm. Ausgestellt in Weimar." Ich gab Astrid den Ausweis weiter. Sie fotografierte ihn mit ihrem Smartphone. Dann reichte sie Mike Hellwig das Dokument zurück.

„Und die anderen?", forderte ich die drei Verbliebenen auf. Zwei hatten ihren Ausweis nicht mit, beide seien ihrer Aussage nach 16 Jahre alt. Der eine stellte sich als Nico Biegel vor, der andere hieß Konrad Kahlow.

„Überprüfen wir. Und Sie?“, fragte ich den Jüngsten, den blassen Jungen. Er sei erst 13 und habe noch keinen Ausweis. Ich könnte Du sagen.

„Was wird uns denn vorgeworfen?“, verlangte Mike Hellwig zu wissen. „Das bisschen Musik kann es ja wohl nicht sein.“

„Gegen Sie liegt eine Anzeige vor wegen Lärmbelästigung und unberechtigten Betretens eines fremden Grundstücks. Sie sind auch nicht das erste Mal in diesem Haus. Wann waren Sie denn das letzte Mal hier?“ Ich richtete die Frage bewusst nicht an Mike Hellwig, sondern an den Jüngsten. „Wie war doch gleich Ihr Name?“

„Jan Karl Planer. Aber sagen Sie doch Jan Karl zu mir und Du.“

„Gut, Jan Karl, wann seid ihr das letzte Mal hier gewesen?“

Ich sah, dass Mike Hellwig antworten wollte, aber ich gebot ihm mit der vorgestreckten Hand, den Jungen reden zu lassen.

„Gestern?“ Er blickte sich unsicher bei seinen Freunden um, weil er nicht wusste, ob er das hätte sagen dürfen.

Da ließ sich Mike Hellwig nicht mehr zurückhalten. „Ich weiß ja nicht, wo du gestern gewesen bist, Kleiner. Aber ich war nicht hier!“ Seiner Stimme lag ein drohender Ton zugrunde.

„Aber du hast doch gesagt …“

„Nichts habe ich gesagt!“, schnitt er ihm das Wort ab.

Und weil auch die beiden anderen erklärten, am gestrigen Tag nicht hier gewesen zu sein, korrigierte Jan Karl seine Aussage. „Dann war es vielleicht vorgestern.“

Ich überlegte, wie sinnvoll es ist, sie vorläufig laufen zu lassen, um sie für den nächsten Tag einzubestellen, aber offensichtlich hatten sie sich schon auf eine gemeinsame Aussage verabredet. Da kam es auf den einen Tag auch nicht mehr an. Wir hatten mit der Auswertung der Spuren ohnehin genug Arbeit auf dem Tisch.

„Übrigens“, sagte ich wie beiläufig, „gab es gestern einen schweren Verkehrsunfall an der Autobahnbrücke bei Gelmeroda mit tödlichem Ausgang. Haben Sie davon gehört? Es gibt ein Bild von vier Personen auf der Autobahnbrücke. Wir sind nämlich von der Mordkommission.“

Mike Hellwig zuckte nur mit den Schultern. Aber der Jüngste, Jan Karl, wurde noch um eine Spur blasser.

„Morgen, Punkt zehn Uhr. Alle vier!“ Ich hinterließ meine Karte. „Sollten Sie nicht freiwillig kommen, lass ich Sie abholen. Und Sie bringen Ihre Ausweise mit“, sagte ich zu Nico Biegel und Konrad Kahlow. „Und du“, wandte ich mich an den Jüngsten, „informierst bitte deine Eltern.“

Auf dem kurzen Weg zurück zum Auto sagte Astrid: „Planer. Ich kenne einen Gisbert Planer."

Den kannte ich auch und ich hoffte, dass es nur eine Namensgleichheit ist. Sollte aber Jan Karl sein Sohn sein, wusste ich, würden wir ein Problem haben. Gisbert Planer war ein hoher Beamter im Innenministerium. „Wir ermitteln ohne Ansehen der Person", sagte ich zu Astrid.

Sie sah mich schräg an. „Und was ist mit Persönlichkeit?"

Was sollte ich darauf antworten? Ich wusste, dass manch einer der hohen Herren, nicht minder eine der hohen Damen, gelegentlich ihre Position ausnutzten oder wenigstens nutzten, um sich den einen oder anderen Vorteil zu verschaffen. Ich wusste auch, dass diese Leute in der Minderheit waren. Aber ausgerechnet Planer gehörte besagter Minderheit an. „Ich hoffe nicht, dass der Junge den Stein geworfen hat, falls es überhaupt einer von den Vieren war."

Astrid hielt dagegen, dass die Burschen etwas zu verbergen hatten und dass Jan Karl das schwächste Glied in der Kette ist. „Die waren gestern hier. Warum setzt Mike Hellwig ihn unter Druck? Und was macht ein halbes Kind wie dieser 13-Jährige bei Burschen, die deutlich älter sind als er und die vermutlich auch aus einem ganz anderen Stall kommen?"

„Astrid", sagte ich, als wir wieder im Auto saßen und den Possendorfer Weg bis zur B85 fuhren, „das kann auch einen ganz anderen, aus unserer Sicht sogar relativ einfachen Grund haben. Ich möchte vermeiden, dass wir uns selbst unter Erfolgszwang setzen. War es Schnabel, war es der mit dem Zopf, was das Bild von Heinrich nahelegte? Kann sein. Kann aber auch nicht sein. Also konzentrieren wir uns jetzt auf die vier Jugendlichen? Und was, wenn uns morgen ein Lkw-Fahrer meldet, er habe im Vorbeifahren zwei Frauen auf der Brücke beobachtet, die ihm im Nachhinein verdächtig erschienen, als er von dem tödlichen Unfall las?"

Astrid schwieg. Ich sah ihr an, dass sie angestrengt über etwas nachdachte. In unser Schweigen hinein sagte sie: „Die armen Kinder." Ich dachte erst, sie meinte die vier Jugendlichen, aber dann begriff ich, dass sie in Gedanken bei Julia Fleischers Söhnen war. Ich nickte.

Als die Jugendlichen vom Possendorfer Weg am nächsten Tag zu uns in die Dienststelle kamen, waren es nur noch drei. Konrad Kahlow, einer der beiden 16-Jährigen, fehlte. Sie wüssten nicht, wo er ist, sagte Mike Hellwig. „Wird schon noch kommen. Der ist nie pünktlich."

„Gut", erwiderte ich. „Sie beide warten bitte hier draußen. Der Kollege leistet Ihnen Gesellschaft." Und zu dem Wachtmeister sagte ich: „Wenn Konrad Kahlow kommt, setzen Sie ihn einfach dazu." Dann wandte ich mich an Jan Karl Planer. „Wissen deine Eltern Bescheid?"

Das bestätigte er, aber sie wären beide verhindert. Das gefiel mir nicht, weil er erst 13 war. Dennoch forderte ich ihn auf, mir zu folgen. Bei einer einfachen Befragung müssen die Erziehungsberechtigten nicht unbedingt dabei sein. Kinder, und Jan Karl galt noch als Kind, dürfen allerdings nur angehört, aber nicht im Zusammenhang mit einer Straftat vernommen werden.

Es war ihm nicht recht, dass er der Erste sein sollte, der zum Verhör gerufen wurde.

„Kein Verhör", erklärte ich ihm. „Eine routinemäßige Befragung zu einem Sachverhalt. Oder gibt es etwas, weswegen wir dich verhören sollten?"

Als er mir gegenübersaß, war ich bemüht, ihm seine Aufregung zu nehmen. „Kaffee? Ach nein, du willst lieber eine Cola oder so?"

„Ein Wasser, bitte." Er hatte einen trockenen Hals.

Mir war klar, dass ich mir Ärger einhandeln könnte, wenn sein Vater erführe, dass sein Sprössling von der Polizei vorgeladen wurde. Deshalb baute ich vor. „Jan Karl, noch einmal: das hier ist kein Verhör. Wir bitten dich nur um eine Auskunft. Und ich möchte, dass du das so deinen Eltern erzählst. Du bist minderjährig."

Er nickte.

„Wie geht es dir, Jan Karl?", schlug Astrid einen möglichst harmlosen Ton an. „Ich meine Schule und so? Hast du ein Lieblingsfach?"

Er sah uns erstaunt an, weil wir so locker mit ihm redeten. „Deutsch", sagte er. „Ich finde Deutsch spannend. Ich lese viel. Aber ich will einmal Jura studieren wie mein Papa."

„Warum nicht?", erwiderte ich. „Habe ich übrigens auch. Und vorgestern warst du mit deinen Kumpels im Possendorfer Weg."

Es klappte nicht.

„Nein, nein", wehrte er schnell ab. „Da habe ich mich geirrt. Mike hat recht. Gestern waren wir dort, aber vorgestern nicht."

„Stimmt", sagte ich. „Da warst du ja in der Schule. Ihr hattet Nachmittagsunterricht. Englisch?"

„Spanisch", korrigierte er mich. „Ich mache Spanisch fakultativ."

„Wir haben uns erkundigt, Jan Karl. Du warst vorgestern gar nicht in der Schule."

Er erschrak. Dann verfiel er plötzlich ins Betteln. Das dürften seine Eltern nicht erfahren, dass er die Schule geschwänzt hat. Ihm sei so komisch im Magen gewesen, vorgestern Vormittag schon. Irgendetwas müsse ihm nicht bekommen sein. Vielleicht war es der Burger. Da ist er lieber zu Hause geblieben.

„Und das hat niemand gemerkt?"

„Nein. Papa ist schon ganz früh von seinem Fahrer abgeholt worden. Er musste nach Berlin. Und Mami geht immer kurz vor sieben aus dem Haus. Sie arbeitet in Erfurt und kommt frühestens abends um acht wieder."

„Dann bist du ja den ganzen Tag allein. Hast du Geschwister?"

Er sei ein Einzelkind. „Ich hätte gern einen Bruder gehabt." Aber auf keinen Fall dürfe sein Papa erfahren, dass er nicht in der Schule war. Um sich krank zu melden, müsse man seinen Kopf unterm Arm tragen und eine amtliche Bescheinigung vorlegen, dass es sich um den eigenen Kopf handelte. Nur seine Mutter dürfe es wissen. „Aber das ist schon in Ordnung. Papa duldet so etwas nicht." Das sagte er mit einem um Verzeihung bittenden Lächeln, das ihm aber nicht richtig gelang. Ich spürte es: Der Junge hat Angst. Vor seinem Vater? Vor Mike? Oder einfach nur, weil er vorgeladen war, um eine Aussage bei der Kriminalpolizei zu machen?

„Was treibt ihr eigentlich dort draußen im Possendorfer Weg? Ist doch ziemlich weit vom Schuss."

Er machte eine nichtssagende Geste. Sie würden chillen, eben abhängen. Das war so ein Modewort unter der Jugend, mit dem ich nicht viel anfangen kann. Neulich fragte ich meinen Sohn Bastian, wo seine Schwester sei. Seine Antwort: „Die chillt." Nun ja, dachte ich, so lange sie noch nicht stillt.

„Aha, ihr chillt. Und warum ausgerechnet dort draußen? Ich meine, du wohnst am anderen Ende der Stadt. Wie kommt ihr denn dort hin?"

Mike habe ein Auto, alte Kiste, aber noch fährt sie. Hat sogar vor vier Wochen den TÜV bestanden.

Ich erinnerte mich nicht, ein Auto in der Nähe des verlassenen Hauses gesehen zu haben.

„Mike stellt es immer oben bei der alten Schäferei ab. Muss ja nicht jeder sehen, wo wir sind, sagt er."

„Hatte er das Auto auch vorgestern bei der Schäferei abgestellt oder vielleicht woanders? In Gelmeroda zum Beispiel?"

Der Junge war schlauer als ich dachte. Das wisse er nicht. Er ist doch krank gewesen. Magensache, habe er öfter. Die Schule ist nicht einfach und Papa duldet keine Zwei auf dem Zeugnis.

Einerseits empfand ich sogar ein wenig Mitleid mit dem Jungen. Mein Vater war auch streng, ja, aber gedrillt hat er mich nie, höchstens manchmal genervt mit seinen vielen Zitaten und dass ich das doch wissen müsste und Jura sei das Letzte, was er sich von seinem Sohn vorgestellt habe. Aber wie korrekt und geradlinig er auch gewesen ist – er hat mich geliebt, das wusste ich. Nur zeigen konnte er es mir nicht so richtig. Aber andererseits, sagte ich mir, steht dieser 13-Jährige offensichtlich unter einem starken Druck. Mein Vater hat damals die Hände über dem Kopf zusammengeschlagen, als ich mit einer Vier in Latein auf dem Zeugnis nach Hause kam. Aber geschlagen hat er mich nicht. Ich glaube, dann wäre meine sanfte Mutter mit der heißen Bratpfanne auf ihn losgegangen.

Aber Mitleid war das Verkehrteste gegenüber einem Jungen, der möglicherweise an einem schweren Verbrechen beteiligt war. Leicht machte er es mir wirklich nicht. Er wich mir aus, rutschte mir durch die Finger wie ein Aal. Also ließ ich alle Umwege beiseite und ging ihn direkt an. „Jan Karl, wir vermuten, dass ihr zu viert auf der Autobahnbrücke von Gelmeroda gestanden habt und einer von euch hat einen Pflasterstein auf die unten fahrenden Autos geworfen. Warst du es?"

Er presste die Zähne fest aufeinander. Und er saß da, als müsste er sich gleich vor Angst in die Hosen machen. Er ist doch noch ein Kind, sagte ich mir. Aber er ist vielleicht an einem Mord beteiligt, warnte ich mich.

Langsam löste sich die Erstarrung in seinem Gesicht. Mit einer Festigkeit, die ich nicht von ihm erwartet hatte, sagte er plötzlich kalt: „Was Sie hier machen, ist verboten, Herr Kommissar. Sie verhören mich, einen Minderjährigen, ohne meine Eltern verständigt zu haben oder einen Rechtsbeistand an meine Seite zu setzen. Sie haben mich unter dem Vorwand, es ginge um eine einfache Befragung, einbestellt. Aber Sie führen ein Verhör in Bezug auf eine schwere Straftat. Das ist illegal! Herr Ponte, mein Vater wird Anzeige gegen Sie erstatten. Ich glaube, da reicht eine Dienstaufsichtsbeschwerde nicht mehr. Darf ich jetzt gehen oder halten Sie mich gegen alles Gesetz fest?"

Da legte ich die Zeichnungen vor ihn hin. „Ihr seid gesehen worden."

Er blickte auf die Kinderzeichnungen, dann sah er mich gerade an. „Wollen Sie mich mit der Krakelei eines Kindes verarschen, Herr Hauptkommissar?"

Mit so viel Chuzpe hatte ich nicht gerechnet. „Du kannst gehen", sagte ich. „Ich wünsche dir sehr, dass ich mich irre."

Jetzt lächelte er. „Sie irren sich." Dann stand er auf und ging, ohne sich noch einmal nach mir oder Astrid umzudrehen.

Hans kam ins Zimmer. „Was war denn das eben?"

Ich sagte in Richtung des Stuhles, auf dem der Junge eben noch gesessen hatte: „Ich glaube, der wird schlimmer als sein Vater."

Hans hatte in der Zeit, als wir uns mit Jan Karl beschäftigten, Nico Biegel befragt. Konrad Kahlow war immer noch nicht erschienen. Hans hatte zwei Kollegen losgeschickt. Sie sollten ihn vorführen.

Er war nicht in dem Haus, behauptete Biegel. Er habe ein Alibi. Den halben Tag habe er verpennt, weil er am Tag vorher mit Mike Hellwig ordentlich einen abgebissen hat.

„Die saufen heutzutage nicht mehr wie wir früher", sagte Hans sarkastisch. „Die beißen einen ab. Komasaufen, ich fass es nicht. Wahrscheinlich hat er auch noch gekifft. Alibi sieht anders aus. Wie war es bei euch?"

Ich rekapitulierte das Gespräch mit Jan Karl. „Der wird uns seinen Papa auf den Hals jagen. Kennst du Gisbert Planer?"

„Regierungsdirektor Dr. Planer. Scharfer Hund. Innenministerium. Da zieh dich schon mal warm an."

Die Kollegen hatten Konrad Kahlow zwischenzeitlich nicht angetroffen. „Schule?", fragte ich. Die habe er nach zehn Jahren aus der 8. Klasse verlassen, sagte eine Nachbarin. „Ein Tunichtgut wie er im Buche steht. Was ist es denn diesmal?"

Die beiden ersten Befragungen hatten keine befriedigenden Antworten gebracht. Dass sich Planers Muttersöhnchen plötzlich als eine harte Nuss herausstellen würde, hatte mich überrascht. Der passt doch eigentlich gar nicht zu den anderen, deutlich älteren Jugendlichen aus der Weststadt.

„Vielleicht will er aber dazu passen", gab Hans zu bedenken. „Weißt du, diese Schnösel sind oft so arrogant, dass keiner mit ihnen wirklich etwas zu tun haben will. Die taugen auch nicht für eine Freundschaft. Bei der Mannschaftsauswahl im Sport gehört der kleine Planer garantiert zu den Letzten, die gewählt werden. Und bei Mädchen wird er wenig Glück haben mit seinem Pickelgesicht. Ich kenne diese Knaben. Sieh dich vor. Heimtücke ist deren zweiter Vorname."

Ich wollte mich dem harten Urteil nicht anschließen. Jan Karls plötzlichen Ausfall deutete ich eher als eine Angstreaktion. Gesetzt dem Fall, er war wirklich mit auf der Brücke, als der Stein geworfen wurde, musste ihm klar sein, in welcher Gefahr er sich befand. Eine Gefahr, die aber gar nicht von unserer Seite drohte. Er war 13. Er wusste, dass er strafrechtlich nicht zur Verantwortung gezogen werden konnte. Er hatte Angst vor seinem Vater. Seine Reaktion ähnelte eher der eines in die Enge getriebenen Tieres, das sich fauchend und mit gesträubtem Fell zur Wehr setzt.

„Weißt du, manchmal suchen sich die Einserschüler gerade unter den Letzten in der Klasse Verbündete, um nicht für einen Streber gehalten zu werden", gab Hans zu bedenken. „Der Erzengel fraternisiert sich mit Luzifer."

Ich musste lachen. „Du hast die Bibel wirklich nicht gelesen! Das wäre ja eine ganz neue Konstellation. Aber es stimmt schon, Kinder aus sogenanntem gutem Hause haben oft eine Affinität zu den sogenannten Schmuddelkindern. Sie wollen auch mal mit einer zerrissenen Hose oder mit verdreckten Schuhen herumlaufen und nicht mit Bügelfalte in den Jeans. Ich weiß, ich wollte einmal mit dem noch nicht ganz kaputten und gerade noch zu gebrauchenden Arbeitskittel meines Großvaters in die Schule gehen. Das hat mir mein Vater, der Herr Bibliotheksdirektor, aber strikt untersagt."

„Kommst du aus gutem Hause?", fragte Hans spöttisch.

„Aus bestem, mein Lieber. Aus bestem!", konterte ich. „Aber zurück zum Thema. Wir haben die Aussage des Jungen. Wir haben die Aussage von Nico Biegel. Beide behaupten, zur Tatzeit nicht im Possendorfer Weg und schon gar nicht auf der Autobahnbrücke gewesen zu sein. Beide Alibis sind dürftig, zurzeit aber nicht widerlegbar. Den Hellwig lassen wir noch ein bisschen schmoren. Ist Konrad Kahlow inzwischen da?"

Hans verneinte. „Die Kollegen bleiben dran."

„Gut, dann hören wir uns an, was Mike Hellwig erzählt."

„Ist damit Helmut Schnabel aus dem Rennen?"

„Nein", sagte ich. Das sei er noch nicht. Ich hatte Elke gebeten, den Pflasterstein noch einmal zu untersuchen. Es reicht eine noch so kleine Spur, um die DNA des möglichen Täters zu bestimmen. Aber da gab Hans zu bedenken, es sei nicht auszuschließen, dass zum Beispiel einer der Pflasterer den Stein in der Hand gehalten, aber wieder zurück auf den Haufen geworfen hat, weil die Größe nicht ausreichte, um eine bestimmte Lücke zu schließen.

„Das stimmt", gab ich zu. „Es wäre aber ein wichtiges Vergleichsmaterial. Warten wir ab, was Elke herausfindet. Und hören wir, was uns Mike Hellwig erzählt."

Hans war sehr skeptisch. „Wahrscheinlich ist er an dem Tag in Erfurt oder Jena gewesen, wo ihn keiner kennt. Auf der Autobahnbrücke war er ganz bestimmt nicht, wird er behaupten."

Ich dachte an die Bilder, die Heinrich gemalt hatte. Unser Gehirn, auch das kleiner Kinder schon, speichert bestimmte Bilder wie ein Fotoapparat, dessen Auslöser im richtigen Moment gedrückt wird. Von den mehreren tausend Bildern, die unsere Sinne in einer Sekunde erfassen, deponieren wir alle im Unterbewusstsein, und nur ganz wenige davon lagern sich in unserem bewussten Gedächtnis ab. Dieses eine Bild, das Heinrich gesehen hat, als der Stein geworfen wurde, dieses eine Bild hat sich ihm fest eingeprägt. Er weiß vielleicht gar nicht, was er gesehen und dann gemalt hat. Aber wir können es ahnen. Er hat die vier auf der Brücke gesehen, genauer, er hat vier Personen auf der Brücke gesehen, von denen eine vermutlich einen Zopf trägt wie dieser Mike Hellwig. Wir mussten herausfinden, wen er erblickt hat.

Als Mike Hellwig uns gegenüber an dem großen Tisch Platz genommen hatte, lächelte er freundlich, als säßen wir in einem Café und hätten uns zu einem netten Plausch verabredet. Er sagte, dass er es sehr bedaure, uns mit sachdienlichen Hinweisen nicht helfen zu können. Die Tat selbst, sagte er, von der er im Grunde genommen erst heute Morgen im Radio gehört habe, verurteile er aufs Schärfste. Er hätte einen Neffen, fünf Jahre alt. Er möchte sich gar nicht vorstellen, dass der Junge irgendwann auf eine so heimtückische Weise getötet werden könnte. Wer so etwas macht, behauptete er, der weiß, was er tut. Das passiere nicht aus Versehen. Abscheulich!

Wir glaubten ihm kein Wort.

Er sei, sagte er, an besagtem Tag gar nicht in Weimar gewesen, sondern habe einen Kumpel in Goschon hinter uns hatten, erzählte ein Mann, der gerade dabei war, seinen Rasen zu mähen, dass ihm gelegentlich ein schon etwas lädiertes Auto aufgefallen sei, der Lack an einigen Stellen unsachgemäß ausgebessert, die Roststellen einfach mit Mennige überschmiert. Ein alter Opel, fast schon ein Oldtimer. Aber ob da ein, zwei oder mehr Leute im Auto saßen, könne er nicht mit Sicherheit sagen. So genau habe er nicht hingesehen. „Aber fragen Sie mal weiter oben. Ich glaube, die treiben sich in dem leeren Haus am Ende der Straße herum."

Es war Mike Hellwigs Auto, kein Zweifel. Und ja, hatte der Mann gesagt, an dem Nachmittag sind die vorbeigefahren. Oder war es ein Tag früher? Ich wollte schon weitergehen, da blieb ich wie angewurzelt stehen. „Sie haben Ihren Weg neu pflastern lassen?", fragte ich verblüfft, denn vor dem Zaun lagen noch einige Steine.

„Ja?", fragte er mehr, als dass er antwortete. „Aber machen lassen. Das schaffe ich nicht mehr mit meinem Kreuz."

„Dürfte ich einen der Steine mitnehmen?"

Er sah mich erstaunt an. Dann sagte er: „Fünf Mark das Stück!" Und lachte. „Sie können auch zwei nehmen. Wollen Sie Ihren Hof pflastern lassen?"

Ich nahm mir einen Stein von dem Haufen. Noch wusste ich nicht genau, was ich damit machen wollte. „Wo haben Sie die denn gekauft?"

„Warum?" Jetzt sah er mich irritiert an.

Ich vermutete, seine misstrauische Frage habe etwas mit der Herkunft der Steine und dem nicht ganz legalen Erwerb zu tun. Deshalb beruhigte ich den Mann. „Ich kenne einen, der würde mir den Hof pflastern, wenn ich die Steine besorge. So nach Feierabend, wenn Sie verstehen, was ich meine."

Er musterte mich, ließ dann aber seine Vorsicht weg und sagte: „Autobahnmeisterei. Fragen Sie nach Erwin."

Am liebsten hätte ich mir mit der flachen Hand vor den Kopf geschlagen, wie man das tut, wenn einem plötzlich etwas einfällt, was doch eigentlich offensichtlich ist. Die Autobahnmeisterei befand sich in unmittelbarer Nähe zur Autobahnbrücke Gelmeroda. „Danke für den Tipp!"

Astrid und Elke sahen, was ich in der Hand hielt, als ich den Hof des freundlichen Anwohners verließ und zurück auf den Weg kam, den Stein wie eine Trophäe hochhaltend.

„Was schleppst du denn durch die Kante?", fragte Elke.

„Arbeit für dich", antwortete ich. „Stell bitte fest, ob die Herkunft dieses Steins mit dem, der die Scheibe durchschlagen hat, übereinstimmt. Wir sehen uns bei der Autobahnmeisterei in Gelmeroda um. Dort treffen wir hoffentlich Erwin." Wer Erwin ist, erklärte ich nicht, obwohl mich die beiden fragend ansahen.

tha besucht, den er selbstverständlich als Zeugen benennen könne. Wir waren sicher, dass es diesen Zeugen gibt. Ob er das Alibi bestätigen oder nur behaupten würde, verständigte ich mich mit einem kurzen Blick zu Hans, war irrelevant. Wir waren überzeugt, dass Mike Hellwig auf der Brücke gestanden und den Stein geworfen hatte oder wenigstens zugegen war, als einer aus seinem etwas merkwürdigen Freundeskreis den Stein warf. Merkwürdig, weil es sich bei den drei anderen, besonders aber bei Jan Karl, um Jüngere handelte. Gefiel er sich in der Führerrolle, die er in anderer Zusammensetzung mit Gleichaltrigen nicht hätte innehaben können?

„Herr Hellwig", hielt ich ihm vor, „wir werden Ihr Alibi selbstverständlich überprüfen. Gut wäre natürlich, wenn Sie uns noch andere Zeugen als Ihren Freund benennen könnten, die Ihre Anwesenheit in Gotha beweisen. Kommen wir auf den Unfall, den Unfall zu nennen ich einige Probleme habe. Wenn jemand, Sie sagen es selbst, einen Stein von der Brücke auf unten fahrende Autos wirft, ist das ein Verbrechen, ein Mordanschlag sogar, und kein Zufall. Noch einmal die Frage: Waren Sie auf der Brücke?"

„Herr Kommissar", wehrte sich Mike Hellwig entschieden, „wie oft soll ich Ihnen denn noch sagen, dass ich in Gotha gewesen bin? Und um auch das gleich festzuhalten: Für meine Jungs lege ich die Hand ins Feuer."

Meine Jungs. Er ist der Boss. Der Anführer. Der Führer? Was treiben die vier? Man fährt doch nicht von einem Ende der Stadt an das entgegengesetzte Ende in eine abgelegene Siedlung, um zu chillen? Meine Vermutung, dass sie sich dort getroffen haben, um in aller Abgeschiedenheit ihr Gras zu rauchen, konnte Elke nicht stützen. Kein Krümelchen war zu finden gewesen. Um eine Blutprobe abzunehmen, brauchten wir einen richterlichen Beschluss, für den es wichtige Argumente geben musste. Und THC lässt sich nun einmal nicht lange im Blut nachweisen.

„Wenn Sie für Ihre Jungs die Hand ins Feuer legen würden, wissen Sie gewiss auch, wo Konrad Kahlow ist."

„Konni? Ich denke, den haben Sie auch geladen?"

„Haben wir", bestätigte ich. „Sie haben aber selbst gesehen, dass er nicht erschienen ist. Wissen Sie, wo er sich befindet? Zu Hause war er nicht."

Da griff Mike Hellwig in seine Tasche und holte sein Handy hervor. „Wenn Sie erlauben, Herr Kommissar, rufe ich ihn an. Schließlich macht uns das doch verdächtig, wenn einer von uns der Aufforderung der Polizei nicht folgt. Darf ich?" Er war schon dabei, die Nummer anzuwählen.

„Stellen Sie bitte auf laut, Herr Hellwig", forderte ihn Hans auf.

„Aber selbstverständlich, Herr Kommissar."

Da meldete sich Konrad Kahlow. „Was liegt an, Chef?"

„Was liegt an?“, wies ihn Mike Hellwig in einem schnarrenden Kasernenton zurecht. „Du hast einen Termin bei der Polizei. Wo bleibst du denn?“

„Ich hab mir eben mal ’ne Bratwurst auf ’m Markt geholt. Warum?“

„Wenn du in zehn Minuten nicht hier bei der Polizei auf der Matte stehst, kriegst du ein Problem! Übrigens nicht nur mit der Polizei, sondern auch mit mir! Ist das klar?“

„Ja, Chef“, kam es kleinlaut zurück. „Ich dachte, das ist nicht so wichtig.“

„Darüber reden wir noch, was wichtig ist, mein Freund. Also, zehn Minuten!“ Er beendete das Gespräch abrupt, ohne einen weiteren Kommentar zuzulassen. „Ich muss mich für ihn entschuldigen, Herr Kommissar. Disziplin ist nicht gerade sein Ding. Aber er kommt. Das traut er sich nicht.“ Was sich Konrad Kahlow traute oder nicht traute, ließ Mike Hellwig offen. Wahrscheinlich meinte er, dass es sich Konni, wie er ihn nannte, nicht traute, einen Befehl seines Chefs zu missachten.

„Wo wohnt Herr Kahlow eigentlich?“, fragte Hans. Was mich wunderte, denn er selbst hatte doch die beiden Kollegen losgeschickt, den Jungen vorzuführen.

„In der Puschkinstraße“, antwortete Hellwig. „Das schafft er in zehn Minuten, wenn er eben noch auf dem Markt war.“

Ich schlug vor, eine kleine Pause zu machen, bis der Vierte im Bunde erschien. „Wenn Sie bitte draußen warten würden, Herr Hellwig."

Er blickte auf die Uhr. „Ich habe in dreißig Minuten ein Vorstellungsgespräch bei einer Reinigungsfirma, Herr Kommissar. Wenn ich nicht pünktlich bin, kann ich den Job vergessen."

„Sagen Sie uns, wen wir anrufen sollen. Man wird Verständnis für Ihre Verspätung haben."

Er lachte trocken. „Wenn die Polizei bei der Firma anruft, bin ich den Job los, bevor ich ihn antreten könnte. Also gut, ich warte draußen. Wäre ohnehin nicht mein Ding gewesen, den Lappen zu schwingen." Er erhob sich und nahm draußen vor der Tür Platz.

„Wirst du vergesslich, Hans?", wunderte ich mich. „Du hast doch die Kollegen selbst in die Puschkinstraße geschickt, um den Kahlow abzuholen."

Er machte ein sehr überlegenes Gesicht. „Ich will dir mal eine Geschichte erzählen", begann er bedeutungsvoll. Hans' Geschichtenerzählen kannte ich. Er würde einen großen Bogen schlagen, um irgendwann auf den Punkt zu kommen, wie er es eben liebte, die gerade Verbindung zwischen zwei Punkten zu vermeiden. Manchmal sind Hans' Geschichten ganz amüsant, und eine kleine Pause konnte ich durchaus gebrauchen. „Na, schieß los", forderte ich ihn auf.

„Hat mir Inge mal erzählt, als sie noch arbeiten gehen konnten. Die Filialleiter in Thüringen hatten sich wiederholt über ihren Gebietsleiter beim obersten Chef in Kassel beschwert. Dieser Mensch, also der Gebietsleiter, drangsalierte die Leute mit den oft unsinnigsten Anordnungen und benahm sich, wenn er eine Filiale besuchte, wie die Axt im Walde. Weil einzelne Beschwerden der Mitarbeiter nichts halfen, beschlossen die Thüringer Filialleiter, den Chef und den Personalrat um ein Gespräch zu bitten. Das sagte man ihnen zu. Ein Hotel in Erfurt wurde als Treffpunkt vereinbart."

„Komm auf den Punkt, Hans."

„Du wirst gleich merken, worauf auf ich hinauswill", ließ der sich nicht beirren. „Also, sie kamen aus allen Landesteilen des schönen Freistaats nach Erfurt in besagtes Hotel. 20 Minuten nach der vereinbarten Zeit erschien ein Kellner mit der Nachricht bei ihnen, dass sich die Herren aus Kassel wegen eines unerwarteten Staus um etwa 30 Minuten verspäten würden. Die Filialleiter nutzten die Zeit, um ihre Positionen noch einmal abzustimmen. Dabei stellte sich heraus, dass zwar alle Probleme mit dem Gebietsleiter hatten, aber nicht jeder oder jede unbedingt Beschwerde einlegen wollte beim großen Chef aus Kassel. Die meisten wollten den Job, den sie hatten, nicht durch Unbotmäßigkeit und am Ende doch sinnlose Beschwerde, wie sie sagten, riskieren. Die da oben sitzen immer am längeren Hebel. Es bringt doch nichts, wenn man die Sache an die große Glocke hängt." Bei dem Wort Glocke hob Hans bedeutungsvoll den Kopf, um fortzufahren.

„Merk dir das Wort Glocke. Sie kriegten sich bald das Streiten. Und als nach einer Stunde der Chef und der Personalleiter endlich eintrafen, hatten die ein relativ leichtes Spiel und es ging aus wie das berühmte Hornberger Schießen." Hans sah mich bedeutungsvoll an.

Ich verstand nicht, was er mir mit der Geschichte erzählen wollte.

„Die beiden Herren aus Kassel waren eine Stunde vor der vereinbarten Zeit im Hotel eingetroffen und hatten sich in einem separaten Zimmer erst einmal ein ausführliches Frühstück servieren lassen."

„Du meinst, wir sollten uns in die Kantine setzen, Kaffee trinken, ein paar belegte Brötchen zu uns nehmen, und die Jungs schmoren lassen in der Hoffnung, dass sie sich in der Zwischenzeit in die Wolle kriegen?"

„Auch nicht schlecht", gab Hans zu. „Aber wo wohnt Mike Hellwig?"

„Am Rollplatz, das weißt du doch."

Hans nickte. „Und jetzt kommt es. Hast du dir das Wort Glocke gemerkt? Ich hab früher mal mit meiner Inge in der Jakobstraße gewohnt, oberes Ende. Als Hellwig mit Kahlow telefonierte, läuteten im Hintergrund die Glocken. Welche? Na, ich sag's dir: Die Glocken von der Jakobskirche. Und wo steht die Jakobskirche? Na, wo?"

Jetzt endlich begriff ich Hans' Geschichte. „Die Kasseler saßen nebenan und ließen sich vom Ober ein reichliches Frühstück servieren. Kahlow machte es sich in Hellwigs Wohnung gemütlich und wartete auf den verabredeten Anruf seines Bosses."

„Bist ein kluger Chef", sagte Hans anerkennend.

Dennoch hatte ich das Manöver noch nicht wirklich begriffen. Hans erklärte mir seine Vermutung. „Konrad Kahlow kommt nicht zum bestimmten Termin. Die Kollegen treffen ihn nicht zu Hause an. Wie auch, er sitzt ja in Hellwigs Wohnung. Und nun zieht der die große Nummer ab. Er macht uns zu Ohrenzeugen, wie er den Burschen maßregelt, damit wir glauben, er sei an der Aufklärung des Verbrechens so interessiert wie wir selber. Er spielt den Hilfssheriff und sorgt dafür, dass Kahlow umgehend bei uns erscheint. Ich bin doch ein Guter, Herr Kommissar. Ich bin doch auf Ihrer Seite. Ich werfe doch keine Steine von der Brücke! Und diesem Burschen werde ich die Hammelbeine langziehen."

Ich musste zugeben, dass ich die Glocken zwar gehört, aber nicht wirklich wahrgenommen hatte. Und dass es die von der Jakobskirche am Rollplatz waren, hätte ich eh nicht bestimmen können. Auch wenn Hans ein rechter Umstandskrämer ist, er hat eine verdammt gute Kriminalistennase. Und gute Ohren. Ich klopfte ihm anerkennend auf die Schulter. „Sehr gut kombiniert, Watson. Ich wäre nicht auf die Idee gekommen." Da reckte er stolz die Brust und leistete sich den gönnerhaften Spruch: „Chef, früher oder später wäre dir das auch aufgefallen."

Von der Pforte kam die Nachricht, dass sich ein Konrad Kahlow eingefunden habe, der zu Kriminalhauptkommissar Ponte kommen solle. Ich bat Hans, ihn abzuholen und eine Begegnung mit Mike Hellwig zu vermeiden, damit die beiden sich nicht noch schnell mit wenigen Worten oder Gesten verständigen konnten. Gerade als ich Mike Hellwig Bescheid sagen wollte, dass er sich noch etwas gedulden möge, klingelte mein Telefon. Die Sekretärin des Oberstaatsanwalts teilte mir mit, dass Oberst Zahn, wie wir ihn nennen, mich zu sprechen wünsche. „Gleich. Sofort. Dicke Luft", fügte sie noch knapp warnend hinzu. Das konnte nichts Gutes bedeuten.

Im Zimmer des Oberstaatsanwalts saß Regierungsdirektor Dr. Planer mit seinem Sprössling. Ich grüßte ihn mit einem Kopfnicken, weil er offensichtlich an einem Handschlag nicht interessiert war. Man gibt Domestiken nicht die Hand.

„Sie kennen Herrn Regierungsdirektor Dr. Planer?", fragte Oberst Zahn in einem sehr sachlichen Ton. Sonst duzte er mich immer.

„Nicht persönlich", antwortete ich.

„Nun, dann werden Sie mich kennenlernen, Herr Kriminalhauptkommissar", sagte Dr. Planer kalt. Sein Sohn, schien mir, fühlte sich an der Seite seines Vaters unverwundbar.

„Herr Kriminalhauptkommissar", hob Dr. Planer belehrend an, und er benutzte den korrekten Dienstgrad, weil er gewiss mit Herr Regierungsrat oder Herr Doktor angesprochen werden wollte. „Herr Hauptkommissar, wie kommen Sie dazu, meinen minderjährigen Sohn polizeilich zu verhören? Und ich stelle fest, es handelt sich nicht um einen läppischen Ladendiebstahl. Hier steht Herbeiführung eines schweren Verkehrsunfalls mit Todesfolge im Raum!"

Er hätte eigentlich hinter jedes Wort ein Ausrufezeichen setzen können. „Ist Ihnen möglicherweise Paragraph 67 JGG, in Sonderheit Absatz 2, nicht bekannt?"

„Herr Regierungsdirektor, der Paragraph ist mir durchaus bekannt. Aber es handelte sich nicht um ein Verhör, sondern um eine informelle Befragung Ihres Sohnes zur Klärung eines Sachverhalts. Das habe ich gegenüber Ihrem Sohn ausdrücklich betont. Paragraph 46 OWiG. Im Übrigen bin ich davon ausgegangen, dass Ihr Sohn Sie natürlich vorher unterrichtet hat. Darauf hatte ich ihn hingewiesen. Oder hat er das unterlassen?" Die Frage war natürlich ironisch gemeint, wenngleich ich ein möglichst unschuldiges Gesicht machte. Du doch nicht!

„Lass die Wortklauberei, Ponte", unterbrach mich Oberst Zahn und fiel wieder ins gewohnte Du zurück. „Bei Ermittlungshandlungen gegen Jugendliche müssen die Eltern informiert und – vor allem bei Kindern – hinzugezogen werden. Kinder können nicht Beschuldigte einer Straftat sein."

„Nicht nur die Anwesenheit des Erziehungsberechtigten ist erforderlich, sondern auch die Erlaubnis, dass das Kind befragt werden darf", betonte Planer. „In aller Regel sind die Fragen an den Erziehungsberechtigten zu stellen. Nennen Sie es Befragung, ich bin eher der Meinung, dass es sich bereits um ein Verhör gehandelt hat. Ich konstatiere: Die Belehrung meines Sohnes und die Herbeiziehung des Erziehungsberechtigten ist nicht erfolgt. Damit sind etwaige Aussagen hinfällig."

Mir fiel auf, dass er stets in der Einzahl, also von dem Erziehungsberechtigten sprach. Das ließ Rückschlüsse auf sein Verständnis von Gleichberechtigung der Eltern zu. Er hat das Sagen. Ihn hätten wir verständigen müssen. Ich wusste, dass ich in der Sache nicht die besten Karten hatte. Also versuchte ich, Planer auf andere Weise ins Abseits zu stellen. „Herr Regierungsdirektor, Ihr Sohn hat uns angelogen. Meine Frage, ob seine Eltern Bescheid wüssten, hat er mit Ja beantwortet. Er hat zudem behauptet, nicht im Possendorfer Weg gewesen zu sein, wogegen die Aussage einer Zeugin spricht. Er war aber auch nicht in der Schule, wie sich herausstellte, obwohl er gerade seine Anwesenheit im fakultativen Spanischunterricht als Beweis anführen wollte. Das wissen wir von seiner Spanischlehrerin. Er hat an diesem Tag die Schule geschwänzt."

Jan Karl wollte etwas sagen, aber sein Vater schnitt ihm das Wort ab. „Darüber reden wir noch, mein Herr Sohn!“ Und mehr in den Raum hinein gesprochen, als sich direkt an mich zu wenden, behauptete Planer: „Mein Sohn war krank. Er hat mich von zu Hause im Auto angerufen. Ich war auf dem Weg zum Innenminister in einer wichtigen Angelegenheit. Jan Karl hat mir gesagt, dass er sich den Magen verdorben habe und deswegen nicht in die Schule gehen könne. Das habe ich ihm ausnahmsweise gestattet. Wollen Sie meine Aussage anzweifeln?“

„Das hätte Ihr Sohn Herrn Ponte allerdings auch sagen können“, brachte sich Oberst Zahn mürrisch in unser Gespräch ein. Er litt es nicht, dass einer seiner Mitarbeiter von Dritten in seiner Gegenwart gemaßregelt wurde.

„Mein Junge ist durch Herrn Ponte dermaßen eingeschüchtert worden, dass er Angst hatte, ihm würde nicht geglaubt. Das kennen wir doch, dass Unschuldige im Verhör – ja, Befragung“, wehrte er meinen möglichen Widerspruch ab. „dass sie, um einer erheblichen Beschuldigung zu entgehen, lässliche Ungereimtheiten von sich geben. Ich stelle fest: Mein Sohn Jan Karl kann an besagtem Tag und zu besagter Zeit nicht im Possendorfer Weg und schon gar nicht auf der Autobahnbrücke Gelmeroda gewesen sein, was Sie ja wohl eigentlich unterstellen wollen. Ich sehe im Übrigen von einer Dienstaufsichtsbeschwerde ab. Herr Ponte und seine Mitarbeiter stehen unter einem erheblichen

Druck. Das will ich konzedieren. Der Tod dieser jungen Frau verlangt schnelle Aufklärung."

Das war keine nette Geste, sondern der Versuch, die Behauptung von der telefonischen Krankmeldung als wahr zu akzeptieren. „Herr Oberstaatsanwalt, ich bitte Sie, mich im Rahmen Ihrer Möglichkeiten über den Verlauf der Ermittlungen zu informieren. Meinen Sohn aber", damit wandte er sich an mich, „befragen Sie in Zukunft nur in meiner Gegenwart, falls das überhaupt noch erforderlich ist. Ich danke Ihnen, meine Herren. Jan Karl!", forderte er seinen Sohn in paramilitärischem Ton auf, sich zu erheben und in Begleitung seines Vorgesetzten den Raum zu verlassen.

Der Herr Regierungsdirektor neigte leicht seinen Kopf, natürlich kein Handschlag, dann drehte er sich um und ging zur Tür. Er machte sich nicht die Mühe nachzuschauen, ob sein Sohn parierte. Natürlich dackelte der Junge dem Vater hinterher. Die Tür fiel leise ins Schloss. Der Junge tat mir leid.

Ich erinnerte mich eines Falls noch aus meiner Berliner Zeit. Ein Junge, 13 Jahre alt wie Jan Karl, hatte seinen Vater, einen Oberstleutnant der Fallschirmjäger, mit dessen Jagdgewehr erschossen. Der Schuss hatte sich nicht versehentlich gelöst, wie uns die Mutter damals glauben machen wollte, sondern war in voller Tötungsabsicht abgefeuert worden. Wie die Befragung der Witwe ergab, hätte der Vater seinen noch ungeborenen Sohn am liebsten bereits im Mutterleib erzogen oder richtiger: dressiert. Er nannte das „preußisches Pflichtbewusstsein". Der Junge konnte dem Vater nichts recht machen. Noch vor dem Frühstück hatte er in strammer Haltung Report zu erstatten, was auf dem Tagesplan stand. Gespräche während des Essens waren verboten. Absurde Verhaltensregeln, wie man sie schon längst nicht mehr auf dem Kasernenhof einforderte, bestimmten die Kindheit des Knaben. Es fehlte nur, hatte die Mutter unter Tränen ausgesagt, dass er hätte „Herr Vater" und „Sie" sagen müssen. Das Irre an der Geschichte war, dass eben dieser gedrillte Sohn seinen Vater abgrundtief hasste – und gleichzeitig innig liebte, während er seine Mutter verachtete, die ihn mit ihrer hemmungslosen Liebe verzog und verhätschelte. Nein, so bizarr war das Familienleben der Planers bestimmt nicht, aber gewisse Parallelen taten sich mir schon auf.

„Uff!", seufzte Zahn, als wir allein waren. „So ein Herzchen." Aber weil ich ihm kopfnickend zustimmen wollte, raunzte er mich an: „Aber du erst! Hast du nicht gewusst, wessen Sprössling das ist?"

„Ich habe es geahnt. Und der Herr Regierungsdirektor Dr. Planer lügt. Von wegen telefonisch krankgemeldet."

„Natürlich lügt er, aber das kannst du ihm nicht beweisen. Du hast doch noch die drei anderen, Ponte. Wenn einer von denen kippt, kippt Planers Söhnchen mit. Allerdings – der ist erst 13. Dem können wir gar nichts. Und was ist mit diesem Schnabel?", wechselte Zahn ohne Übergang zum nächsten Verdächtigen.

„Der kleine Heinrich hat vier Personen auf der Brücke gemalt, nicht nur eine."

„Das nimmt uns kein Richter als Beweis ab. Kapriziere dich nicht auf den kleinen Heinrich", warnte mich der Oberstaatsanwalt. „Was machst du denn, wenn die vier Burschen vom Possendorfer Weg tatsächlich nicht auf der Brücke waren? Es könnten auch vier andere gewesen sein, einer davon dieser Helmut Schnabel. Und wie beweiskräftig sind die Bilderchen des Jungen? Die Frau ist mit den beiden Kindern fast jeden Tag unter der Brücke hindurchgefahren. Jeder Psychologe wird dir erklären, dass sich Erinnerungen verschieben und Ereignisse, die länger zurückliegen, vor allem in Gefahrensituationen plötzlich in einem ganz anderen Kontext und zu einem anderen Zeitpunkt aufleuchten. Ein Kind, Ponte. Da haben wir ganz schlechte Karten."

Ich wusste sehr wohl, dass unsere bisherigen Erkenntnisse noch lückenhaft und noch nicht gerichtsfest waren. Also sagte ich, dass ich seine Bedenken durchaus teile und dass wir noch die Untersuchungsergebnisse zur DNA aus dem Labor abwarten müssten. Leider reichten unsere technischen Möglichkeiten nicht aus, die selbst zu ermitteln. Elke Otto habe den Stein ins Institut für forensische Genetik nach Münster geschickt.

„Mach Dampf, Ponte. Viel Zeit haben wir nicht. Und was den Planer betrifft – er ist fachlich eine Koryphäe. Seine Partei will ihn zum Ministerpräsidenten küren. Dass du den Bengel verhört hast, war grenzwertig."

„Weil der Herr Papa Ministerpräsident werden will?" Die Frage hätte ich mir verkneifen sollen. Zahn sah mich über seine Brillenränder hinweg böse an.

„Ich entschuldige mich, Herr Oberstaatsanwalt. Das war wohl etwas daneben."

„Du kannst dich gar nicht entschuldigen, sondern bestenfalls um Entschuldigung bitten, mein Lieber. Den Unterschied hättest du bei deinem Vater lernen können."

Das saß. Ich schluckte.

„Lass den Bengel nicht aus den Augen", riet Oberst Zahn wieder in gewohnt sachlichem Ton. „Er ist das schwächste Glied in der Kette. Falls es", schränkte er ein, „diese Kette gibt."

Das wusste ich selber, dass über ihn am ehesten an die drei anderen heranzukommen war. Noch hatte ich Mike Hellwig und Konrad Kahlow, die mir einige Fragen beantworten mussten. Außerdem war da Hans mit seiner Geschichte und den Glocken der Jakobskirche.

„Halte mich auf dem Laufenden!" Damit war ich entlassen.

Als ich den Flur betrat, der zu meinem Zimmer führte, kam mir Mike Hellwig aufgebracht entgegen. „Herr Kommissar, das ist doch glatt Freiheitsberaubung! Ich sitze hier seit einer Stunde auf dem Flur wie bestellt und nicht abgeholt."

Ich ließ mich durch den herausfordernden Ton nicht beeindrucken. „Jetzt werden Sie abgeholt. Verhörzimmer zwei."

Verdutzt sah er mich an. „Wieso Verhör?"

Ich öffnete die Tür zur Zwei. „Nehmen Sie Platz. Mein Kollege kommt gleich."

„Ich verlange einen Anwalt!"

Den würde er auch brauchen, entgegnete ich.

Hans, der sich in der Zwischenzeit der Befragung Konrad Kahlows gewidmet hatte, trat zufriedenen Gesichts ein und sagte zu mir: „Das Vögelchen hat gesungen." Die Bemerkung galt aber eigentlich Mike Hellwig, der verunsichert aufblickte. Und Hans hatte schließlich nicht gesagt, von welchem Vögelchen die Rede war.

„Herr Hellwig, wir setzen die Befragung fort", begann ich. „Wo, sagen Sie, wohnen Sie?"

„Am Rollplatz. Das wissen Sie doch!"

„Richtig, am Rollplatz", wiederholte Hans. „Und wo war Konrad Kahlow, als Sie vorhin mit ihm telefonierten?"

„Bei sich zu Hause in der Puschkinstraße, denke ich." Es klang, als lauere eine Unsicherheit hinter der Behauptung, als ob er bereits ahnte, dass wir mehr wussten, als er bisher zugegeben hatte.

Hans lächelte. „War er nicht."

„Dann irgendwo unterwegs. Woher soll ich das wissen? Jetzt ist er jedenfalls da. Vermerken Sie bitte im Protokoll, dass das auf meine Veranlassung hin geschah."

„Er sagt, er habe sich eine Bratwurst auf dem Markt einverleibt."

Zufrieden lehnte sich Mike Hellwig zurück. „Na, dann wissen Sie es doch."

„Glauben Sie, dass er die Bratwurst bis zum Rollplatz mitgenommen hat, um sie dann in Ihrer Wohnung zu verzehren?", erkundigte sich Hans lauernd.

Die Frage erschütterte Mike Hellwigs Großkotzigkeit. „Wieso in meiner Wohnung?"

„Ich habe mich vorhin sehr angeregt mit Freund Konrad unterhalten." Hans sagte nicht, dass der Bursche geständig gewesen wäre.

Es dauerte eine Weile, bis sich Mike Hellwig neu sortiert hatte. Schließlich sagte er mit zerknirschter Miene: „Das war falsch. 'tschuldigung. Sie sollten glauben, dass ich die Jungs fest im Griff habe. Und dass wir nicht im Possendorfer Weg gewesen sind, wenn ich sage, wir waren nicht da. Ich weiß doch, dass wir dort nichts zu suchen haben. Aber ich weiß auch, dass Sie eins und eins zusammenzählen und sagen, wir wären dann auch auf der Autobahnbrücke gewesen. Aber da waren wir nun wirklich nicht. Wir sind doch nicht so bescheuert und werfen Pflastersteine auf die Autos. Da kann doch sonst was passieren … ist passiert“, setzte er leise hinzu.

Solange wir nicht beweisen konnten, dass die vier Jugendlichen auf der Brücke gewesen sind, durften wir sie nicht festhalten. Wir hatten als einzigen Anhaltspunkt die Zeichnung eines Kindes. Ich unternahm einen letzten Versuch. „Herr Hellwig, der Pflasterstein, der die Frontscheibe des Autos durchschlagen und damit den Tod der Fahrerin verursacht hat, befindet sich zurzeit in Münster in einem Speziallabor. Wir haben mit unseren vergleichsweise einfachen Mitteln einen Textilfaden nachweisen können, der vermutlich zu einem blauen Stoffbeutel gehört. Den werden wir finden, bei Ihnen oder bei einem der drei anderen. Aber was wir mit bloßem Auge oder relativ guter Lupe nicht sehen können, sind kleinste Spuren einer DNA. Was nicht heißt, es gäbe sie nicht. Jeder Mensch hinterlässt Spuren. So ein Stein hat eine raue Oberfläche. Fingerabdrücke Fehlanzeige. Aber schon eine einzelne kleine Zelle, ein My von einem Hautpartikel reicht aus, um im Vergleich mit verdächtig erscheinenden Personen einen gerichtsfesten Beweis zu erbringen. Die forensische Wissenschaft, Herr Hellwig, hat bereits einen hohen Stand erreicht.“

Er hörte sich meine Vorhaltung an, als befänden wir uns in einem freundschaftlichen Gespräch, und nickte mehrmals bestätigend. „Sie werden nichts von mir finden“, erklärte er schließlich.

„Wie sieht es denn mit Ihren Freunden aus? Es reicht, wenn Sie dabei waren, Herr Hellwig. Mitgefangen, mitgehangen, sagt man. War es Nico, war es Konrad? Oder war es Jan Karl, der beweisen wollte, dass er kein Weichei ist?"

„Jan Karl ist ein Weichei. Eigentlich gehört der noch in den Kindergarten. Aber er dackelt uns ständig hinterher. Nico hat ihn mal mitgebracht und seither kriegen wir den einfach nicht mehr los."

„Hat er den Stein geworfen?", hakte ich schnell ein.

„Herr Kommissar, wir waren nicht auf der Brücke!" Er lehnte sich steif zurück und verschränkte die Arme gleich einer Festungsmauer vor der Brust.

Ich klappte meine Mappe zu und schaltete das Aufnahmegerät ab. „Sie können gehen, Herr Hellwig. Sehen Sie sich trotzdem schon einmal prophylaktisch nach einem guten Anwalt um. Ich sage auf Wiedersehen, denn wir sehen uns wieder. Halten Sie sich zu unserer Verfügung und bleiben Sie in der Stadt. Sie melden sich täglich bis zehn Uhr bei uns." Das mochte er als Drohung empfinden oder als Versprechen. Ich war mir sicher, dass es nicht unsere letzte Begegnung gewesen ist, wenn auch dieses erste Verhör unentschieden ausgegangen war.

Als er den Raum verlassen hatte und bis zur Pforte begleitet von einem Beamten wieder auf die Straße trat, was ich von meinem Fenster aus sehen konnte, fragte Hans: „Du lässt ihn laufen?"

„Er hat meinen Hinweis auf die DNA-Spuren an dem Stein ziemlich gelassen zur Kenntnis genommen. Ich kann ihm die Tat nicht beweisen. Noch nicht“, fügte ich entschlossen hinzu.

Hans kratzte sich am Hinterkopf, als müsste er eine bestimmte Idee herauslocken. Schließlich sagte er: „Weißt du, was ich denke?“

„Nämlich?“

„Hellwig war es nicht. Aber er weiß, wer den Stein geworfen hat.“

Meine Überlegungen gingen in eine ähnliche Richtung. „Und wer könnte es gewesen sein? Nico Biegel? Konrad Kahlow?“

Da schüttelte er verneinend den Kopf und erklärte mit Überzeugung: „Der Bambino war’s. Er wollte den großen Jungs zeigen, was er draufhat. Oder sie haben ihn angestachelt, eine Mutprobe abzuliefern.“

„Dann hätten wir aber ein Problem, Hans. Der Bengel ist erst 13. Und wenn die drei anderen behaupten, sie hätten erst hinterher begriffen, was der Knabe gemacht hat und was sie ihm nie erlaubt hätten, sehen wir ziemlich alt aus.“

„Hast du ’n Schnaps in deinem Schreibtisch?“

Ich sah ihn überrascht an. „Warum?“

„Weil das alles Scheiße ist.“

Ich kannte seine gelegentlichen Anwandlungen. Nach dem Tod seiner Frau, hatte mir Astrid einmal erzählt, hat er sich verändert. Außer Mord und Totschlag gebe es nichts mehr in seinem Leben. Er hat sie sehr geliebt. Was war ihm noch geblieben in seiner Einsamkeit? Nichts als Mord und Totschlag. Irgendwie konnte ich seine Stimmung verstehen.

Ich öffnete die linke Tür meines Schreibtischs und entnahm ihm eine Flasche. „Kognak?", fragte ich Hans.

„Egal, Hauptsache, es dreht."

Da stellte ich zwei Gläser dazu.

Niemand in Gelmeroda wollte die vier Jugendlichen gesehen haben. Das konnte ich einfach nicht glauben. Sie hätten an der Kirche anhalten und wenigstens einer hätte aussteigen müssen, um den Stein von dem Haufen zu nehmen. Warum sollte er das tun? Es gab noch keinen Anhaltspunkt für ein ausreichendes Motiv. Und wäre es so gewesen, wie unsere Arbeitsthese lautete, müssten wir von Vorsatz ausgehen. Jedenfalls, der Stein, hatte Elke nachgewiesen, war von der gleichen Charge wie die Steine vor der Kirche.

Hans meldete Bedenken an. „Das mag stimmen, aber woher kommen die Steine vor der Kirche? Vielleicht suchen wir am falschen Ort."

Das war nicht von der Hand zu weisen. Also galt es herauszufinden, woher die Steine stammten und welche Firma sie angeliefert hatte. Hans bot sich an, das zu klären. Es ist kreuzgefährlich, sich bereits am Anfang einer Untersuchung auf eine gefällige Spur zu versteifen. Alles musste gleichermaßen bedacht werden, der eigene Irrtum nicht ausgeschlossen.

Hans' Einwurf hatte mich nachdenklich gemacht. Woher der oder die Täter auch gekommen sein mochten, sie hätten von der Hauptstraße aus wenigstens nach rechts ein Stück in den Ort hinein fahren müssen, denn direkt führte die Straße Richtung Possendorfer Weg nicht an der Stelle vorbei, an der die Steine lagen. Die Möglichkeit, dass die spätere Tatwaffe von anderswoher mitgebracht worden war, erschien mir trotzdem zu abwegig. Wenn nun einer auf dem Holzdorfer Weg zur Tankstelle an der B85 fuhr, der vielleicht häufig auf dieser Strecke unterwegs war, dann ist er den Gelmerodaern möglicherweise gar nicht mehr aufgefallen. Der kommt hier jeden Tag vorbei. Das ist kein Fremder mehr. Gewohnheit macht blind. Kurzer Halt, Stein aufnehmen, weiterfahren zur Brücke. Er weiß doch, wann seine Ex von Legefeld kommt – wenn es Helmut Schnabel war.

Astrid hatte sich die Wegeverhältnisse auf der großen Karte noch einmal genau angesehen. Sie bezweifelte unsere bisherige Annahme, dass Mike Hellwig mit seinen Freunden von Weimar kommend bis zur Gelmerodaer Kirche fuhr, um von da über den Ehringsdorfer Weg an der alten Schäferei zum Possendorfer Weg zu gelangen. Viel eher hielt sie es für möglich, dass sie sich bei McDonald's hinter der Araltankstelle, also weit vor Gelmeroda, einen Burger einverleibt oder einen von dort mitgenommen hatten, um ihn dann gleich hinter dem Restaurant in den Possendorfer Weg einbiegend zu ihrem jüngst entdeckten Treffpunkt mitzunehmen und dort zu verzehren.

„Das Bild“, sagte ich nachdenklich. „Wie kommt der Junge dazu, vier Personen auf einer Brücke zu zeichnen?“

„Julia Fleischer holt ihre Kinder fünf Tage die Woche von ihren Eltern aus Legefeld ab“, überlegte Hans laut. Man sah ihm an, dass er seine Theorie langsam formulierte, weil er selbst noch nicht recht überzeugt davon war. „Es hätten auch an jedem anderen Tag Menschen auf der Brücke stehen können. Vielleicht Mitarbeiter der Autobahnmeisterei, die etwas überprüfen wollten oder die eine routinemäßige Kontrolle machten. In seinem Erschrecken wegen des einschlagenden Steines überlagern sich die Bilder bei dem Jungen. Und weil er sich nicht anders erklären kann, wie das alles geschehen ist, bringt er zwei unterschiedliche Vorgänge in einem Bild unter, das uns kein Haftrichter als Indiz, geschweige denn als Beweis abnimmt.“

Ähnliche Überlegungen hatte ich auch schon angestellt. Und der Oberstaatsanwalt hatte auf die gleiche Deutung verwiesen. Wir durften nichts unversucht lassen. Ich bat Hans, bei der Autobahnmeisterei nachzufragen, ob in den letzten

Wochen jemand auf der Gelmerodaer Brücke irgendwelche Untersuchungen oder Reparaturen vorgenommen habe.

Da die Sache keinen Aufschub duldete, rief Hans noch in unserer Gegenwart an. „Grüß dich, Günter“, sagte er und wir mussten alle drei lachen, weil Hans mal wieder jemanden kannte. Er erklärte seinem Gesprächspartner, worum es ging. Bei der Antwort Günters nickte er wiederholt mit dem Kopf, dann bedankte er sich und legte schließlich auf. Er machte ein bedeutungsvolles Gesicht, wie er es immer tut, wenn er uns mit einer verblüffenden Neuigkeit überraschen konnte. „Vorige Woche, Mittwoch, haben vier Kollegen der Autobahnmeisterei, konkret drei Männer und eine Frau, am Nachmittag zu der infrage kommenden Zeit routinemäßige Untersuchungen an der Autobahnbrücke in Gelmeroda unternommen. Es seien keine Unregelmäßigkeiten festgestellt worden.“ Er blickte sich bedeutungsvoll um. Betroffenes Schweigen.

„Ich kannte einen“, zog Hans wieder einmal ein Kaninchen aus seinem Zylinder, „der hätte schwören können, bei der Neueröffnung eines Irish Pubs in Gotha gewesen zu sein, in dem er, wie sich später herausstellte, erst Wochen später war, weil er sich zu diesem Zeitpunkt in der Reha-Klinik Bad Tabarz kurieren ließ. Es hat mich interessiert, wie er zu dieser Überzeugung kommen konnte. Ich nutzte die Gelegenheit eines zufälligen Aufenthalts in Gotha und habe mich in dem Pub umgesehen. Weil zu der Stunde noch nicht viel los war, unterhielt ich mich mit dem Koch. Es stellte sich heraus, dass der Bekannte zur Eröffnung gar nicht hätte anwesend sein konnte, weil er sich, wie gesagt, exakt zu diesem Zeitpunkt im schönen Tabarz kurieren lassen mussten. Schultergelenk und so. Aber sein Chef hätte ihn drei Tage nach der Eröffnung in der Reha besucht und ihm auf dem Laptop die Bilder der Eröffnungsfeier gezeigt. Eine ähnliche Fete hat es kurz nach seiner Entlassung noch einmal gegeben. Mein Bekannter saß zufällig mit am Tisch."

„Ja, und?", fragte Elke.

„Er war nicht in dem Irish Pub zu Gotha, als der nach einer aufwendigen Renovierung wiedereröffnet wurde. Er schwörte Stein und Bein, dort zur Feier der Wiedereröffnung ein Wrasslers Stout getrunken zu haben, das er jedoch, wie sich später herausstellte, im Weimarischen Smuggler´s, gleich hier um die Ecke vom Polizeipräsidium, bekommen hatte."

„Pseudoerinnerung", sagte ich. „Das gibt es tatsächlich. Und gar nicht so selten. Wie oft erleben wir, dass Augenzeugen unter Stress oder nach Hörensagen Behauptungen aufstellen und Dinge gesehen haben wollen, die sie in ihrer emotionalen Erinnerung mit anderen Ereignissen verknüpfen, aber in Wirklichkeit gar nicht erlebt haben. Implantierte Erinnerung nennen das die Psychologen."

„Du meinst also“, schlussfolgerte Astrid, „dass der kleine Heinrich das Bild von den vier Mitarbeitern der Autobahnmeisterei mit dem Steinwurf aus früherer Erinnerung gemalt und mit dem furchtbaren Crash in Verbindung gebracht hat, und die Erinnerungen haben sich einfach nur überlagert?“

So abwegig war das gar nicht. Das völlig geschockte Kind hört von seinen Großeltern, dass jemand von der Brücke einen Stein geworfen hat. Er muss den Vorgang gar nicht bewusst wahrgenommen, wohl aber in seinem Unterbewusstsein gespeichert habe. Wir wissen nicht, aus welchen Tiefen er die Beobachtung von vor einer Woche mit dem aktuellen Ereignis verbindet. Warum einfach, wenn es umständlich auch geht, hätte mein Großvater in solch einem Fall gesagt. Aber ich kannte Hans’ Art zu denken. Er nahm nie den kürzesten Weg. Und nicht immer war das der falscheste. Die kürzeste Verbindung zwischen zwei Punkten kann manchmal auch eine Serpentine sein.

„Was meinst du, Astrid, fahren wir noch einmal nach Legefeld und reden mit den Kindern?“

Sie war einverstanden, auch wenn sie nicht glaubte, dass uns das neue Erkenntnisse bringen könnte. Wenn Kinder etwas nicht erklären können, aber immer wieder danach gefragt werden, weichen sie dem Druck aus und erfinden eine Geschichte, weil sie glauben, sie tun dem Fragenden einen Gefallen. Oder sie wollen eine ihnen weniger angenehme Erinnerung mit einer anderen, angenehmeren überblenden. Sie schaffen sich eine eigene Wahrheit, die sie schließlich für tatsächlich geschehen abspeichern.

Mein Sohn Bastian, erzählte ich, antwortete mir, als ich ihn einmal aus dem Kindergarten abholte und fragte, was er zu Mittag gegessen habe: Makkaroni. Makkaroni ist seine Lieblingsspeise. Ich wusste aber, dass es an dem Tag Spinat gegeben hat. Spinat mag er gar nicht. Als ich ihn korrigierte, behauptete er jedoch entschieden, dass es Makkaroni gewesen seien. Selbst als ich ihn auf einen Spinatfleck an seinem Hemd hingewiesen hatte, blieb er dabei. Es gab Makkaroni! Noch während ich das als Beleg für meine Theorie erzählte, merkte ich, wie die Kollegen mich seltsam ansahen. Aber ich ließ mich nicht beirren. In das für mich etwas peinliche Schweigen hinein sagte Hans: „Chef, nicht alles, was hinkt, ist ein Vergleich."

Astrid überspielte die Situation, indem sie wieder auf das eigentliche Thema unserer Besprechung zurückkam. Wichtiger als eine erneute Befragung, sagte sie, wäre mit den Großeltern und den Kindern Kontakt zu halten, um nicht Gefahr zu laufen, dem Täter oder den Tätern eine größere Aufmerksamkeit zukommen zu lassen als den Opfern.

Erleichtert stimmte ich zu. Und als ich am Abend Lilli von meinem verkorksten Vergleich erzählte, lachte sie und meinte, das seien die Gene meines

Vaters, der auch ständig das Bedürfnis hatte, anderen umständlich etwas zu erklären, was doch offensichtlich und einfach zu erklären war.

Kinder haben oft eine sehr rege Fantasie, um sich Dinge, die sie sich nicht erklären können, auf einfache Weise zurechtzurücken. Bei verfälschten Erinnerungen fügen sich zu verschiedenen Zeiten erfolgte Begebenheiten und Ereignisse wie in einem Kaleidoskop zu immer neuen Bildern. Es wäre also leichtfertig, die Zeichnungen des Jungen als Beweis für die Schuld der vier Jugendlichen heranzuziehen. Sie taugten bestenfalls als Indiz. Ich war mir aber auch im Klaren darüber, dass eine gezielte Befragung des Kindes eher zu einer Verfestigung seines Bildes führen würde, als dass er sich von dieser Vorstellung lösen könnte. Vier Personen hatte er auf der Brücke beobachtet. Das konnten die Täter sein. Das konnten die vier Personen sein, die die Brücke Tage vorher auf mögliche Schäden untersucht hatten. Ich war mir der Gefahr durchaus bewusst, eine naheliegende Erklärung zu akzeptieren, weil ich den Tod von Julia Fleischer schnell aufgeklärt haben wollte. Noch ließ sich keine überzeugende Theorie finden, um den Tathergang zu erklären. Wir hatten ja noch nicht einmal ein stichhaltiges Motiv für einen von Julia Fleischers Ex geplanten Mord finden können. Oder war der schlimme Unfall tatsächlich nur – und das nur setzte ich gedanklich in Anführungsstriche – die ungeplante Folge eines leichtsinnigen Steinwurfes?

Es ist nicht immer möglich, die Probleme meines Berufs von denen meines Privatlebens zu trennen. Dienst ist Dienst und Schnaps ist Schnaps, wie Hans gern behauptet, ist mir zu billig. Man nimmt es sich zwar vor und es gelingt auch meistens, aber der gegenwärtige Fall beschäftigte mich heftiger als frühere. Die Blicke der beiden Söhne von Julia Fleischer verfolgten mich bis nach Hause. Der Gedanke, dass etwas Ähnliches Lilli und unseren Kindern widerfahren könnte, war nicht einfach aus meinem Kopf zu streichen.

Peter, der ältere der beiden Söhne von Julia Fleischer, flüchtete sich an die Seite seiner Großmutter, als ich in die Stube trat. Er wollte auf meine Frage, ob er sich erinnern könne, wie es zu dem Unfall gekommen war, nicht antworten. Heinrich übergab mir wortlos ein neues Bild. Es ähnelte den anderen sehr deutlich. Allerdings fehlte der Stein. Das fiel mir sofort auf.

„Du kannst sehr schön malen“, sagte Astrid. „Gehst du schon in die Schule wie dein Bruder Peter?“

Überraschend für uns erklärte er stolz: „Ich bin jetzt ein Elefantenkind. Omi hat mich heute abgeholt. Mami ist auf Arbeit.“ Wusste er nicht, was geschehen war, oder verdrängte er es?

„Und was ist ein Elefantenkind?“, wollte Astrid wissen, erfreut, dass der Junge ihr geantwortet hatte.

Er sah sie groß an und verstand nicht, wieso ein erwachsener Mensch das nicht wusste. „Elefantenkind eben." Mit einem mürrischen Gesicht setzte er sich wieder an den großen Tisch in der Wohnküche und malte ein neues Bild. Es glich den anderen. Er ließ deutlich erkennen, dass er nicht mehr gestört werden wollte.

„So heißen die Vorschulkinder in seinem Kindergarten", erklärte der Großvater. Und traurig fügte er hinzu: „Was soll werden? Wir sind doch schon viel zu alt."

Ich hätte ihm erzählen können, dass das Jugendamt sich kümmern wird. Auf gar keinen Fall würde der Vater die Kinder bekommen. Es wären nur Worte gewesen. Da sagte die Großmutter entschieden: „Das wird schon, Vater. Das wird schon."

„Sagst du immer", brummelte der alte Mann. „Nichts wird." Dann blickte er wieder mit leeren Augen aus dem Fenster, als ob es draußen etwas Wichtiges zu sehen gäbe.

Ich blickte mich in der geräumigen Wohnküche um. Bei meinen Großeltern hatte es ähnlich ausgesehen. Diese Erinnerung half mir gegen das beklemmende Gefühl, was mich gleich beim Eintreten erfasst hatte. Was wollten wir eigentlich hier? Sollten wir die Großeltern und vor allem die Kinder nicht erst einmal zur Ruhe kommen lassen? Wir wussten doch, dass mit neuen Informationen kaum zu rechnen war.

Scheinbar interessiert sah ich mich um. Solche Gefäße aus Feinsteinzeug, blaue Schrift mit Blumenranken umgrenzt, Zimt, Zucker, Salz und Mehl, standen auch bei meinen Großeltern auf dem Bord über dem Herd. Und neben der gusseisernen Spüle hingen die Geschirrtücher mit einem Tuch aus grobem Leinen überdeckt. Eigener Herd ist Goldes wert. Die Kaffeemühle an der seitlichen Schrankwand fehlte. Es roch sogar ein wenig wie bei Großmutter und Großvater: zwischen Bratapfel und Zimtstange. Die Ähnlichkeit beider Küchen gab mir die Ruhe zurück. Es hätte so viel Frieden sein können in dem Haus. Es war so viel Trauer.

Wir hatten nichts Neues erfahren können. Dennoch war der Besuch nicht umsonst gewesen. Die Großeltern sollten wissen, dass wir nicht einfach einen Fall lösen wollten. Es ist nicht gut, die Opfer zu vergessen vor lauter Eifer, die Täter zu finden und sie dingfest machen zu wollen. Es kann Eltern nichts Schlimmeres geschehen, als allein gelassen am Grab ihres Kindes stehen zu müssen.

Frau Fleischer brachte uns noch bis zum Gartentor. „Es ist auch für die Leute im Ort schwierig“, sagte sie. „Julia ist hier aufgewachsen. Sie war ein fröhliches Kind. Alle kannten sie. Manche kommen und versuchen ein tröstendes Wort oder nehmen uns einfach in die Arme. Manche wechseln die Straßenseite oder gehen schnell ins Haus, weil sie nicht wissen, was sie uns sagen sollen. Der Herr Pfarrer von der Trinitatiskirche hat uns auch schon besucht. Ich weiß nicht", sagte sie müde, „warum Gott so etwas zulässt. Nehmen Sie uns nicht die Kinder weg, Herr Ponte. Dann braucht uns niemand mehr in dieser Welt." Kleine Tränen rollten über ihre runzeligen Wangen. „Die Trauer wird euer Begleiter sein, hat er gesagt, doch nehmt sie an, denn vertreiben lässt sie sich nicht." Die sicherlich gut gemeinten Worte des Geistlichen schienen sie kaum erreicht zu haben.

Sie hob den Blick. „Habt ihr Kinder?" Sie dachte wohl, wir seien miteinander verheiratet.

„Ja", sagte Astrid. „Drei."

„Passt gut auf sie auf." Sie nickte uns noch einmal zu, dann ging sie zurück ins Haus. Ich sah, dass Fritz Fleischer zusammen mit seinem jüngsten Enkel Heinrich am Küchenfenster hinter der Gardine stand und beide zu uns blickten. „Wir werden den finden, der Ihnen das angetan hat, Frau Fleischer", sagte ich entschlossen. Ich wusste nicht, ob sie es noch gehört hat.

Astrid lächelte sanft. Als wir im Auto saßen, sagte sie: „Vielleicht hilft der Glaube den Großeltern. Die Kinder kennen keinen Gott."

Das alles ging mir den ganzen Tag durch den Kopf und durchs Gemüt. Als es am Abend Zeit für unsere Kinder war ins Bett zu gehen, versprach ich, ihnen eine Geschichte vorzulesen. Lilli blickte erstaunt auf. So oft geschah das nicht. Sie ahnte wohl, wie mir zumute war.

Bastian und Bastienne beeilten sich, in ihre Betten zu kommen. Ich setzte mich zu ihnen und las die Geschichte von den Geschwistern, die ihre Mutter durch eine schlimme Krankheit verloren haben. „Da kam eine kleine graue Nachtigall. Eine Nachtigall muss nicht besonders schön oder bunt aussehen, denn sie hat eine wunderbare Stimme. Das Vögelchen nahm die Seele der Mutter, setzte sie sich auf den Rücken und flog sie mit einem lieblichen Lied auf dem Schnabel in den unendlichen Himmel."

Ich klappte das Buch zu. Die Kinder hatten aufmerksam zugehört. „Warum bist du denn so traurig, Papa?", fragte Bastienne. „Das war doch eine schöne Geschichte."

Das mit der Seele hatten sie ganz selbstverständlich akzeptiert. Ich hätte Schwierigkeiten gehabt, es ihnen zu erklären.

Ich war gerade dabei, die Protokolle der vier Befragungen noch einmal durchzusehen, um mögliche Widersprüche in den Aussagen der Jugendlichen zu finden. Ganz offensichtlich hatten sie ihre Antworten gut aufeinander abgestimmt. Da klingelte das Telefon. Meine Kollegin aus Jena rief an. Wir kannten uns von einem Seminar, das wir gemeinsam besucht hatten. „Melanie", sagte ich erfreut. „Was treibt dich denn an?"

Die Heiterkeit verging mir schnell. Zwei Jugendliche hatten von der neuen Saalebrücke ein vermutlich vorher gestohlenes Fahrrad auf die darunterliegenden Bahngleise geworfen. Glücklicherweise hatte der Zug das Hindernis nur überfahren, ohne selbst großen Schaden zu nehmen. Allerdings musste der Lokführer eine Vollbremsung machen. Die Strecke sei vorsorglich gesperrt worden. Die beiden Jugendlichen, 16 und 17 Jahre alt und aus einem Ort nahe Jena stammend, konnten kurz nach der Tat gestellt werden.

Ich bat Astrid, mich zu begleiten. Wir fuhren auf der A4 nach Jena. Die neue Dienststelle befand sich in der Carl-Pulfrich-Straße in einem ehemaligen Fabrikgebäude auf dem Industriegelände. Sie war im August 2016 bezogen worden, weil das alte Gebäude am Anger wegen des baulichen Zustandes und der räumlichen Enge nicht mehr tragbar war. Katastrophale Mängel der elektrischen Leitungen, der Fußböden, der Beleuchtung, der Heizungsanlage und der Fenster, vor allem aber der Fluchtwege hätten einer aufwendigen Reparatur bedurft, die der Vermieter nicht vornehmen wollte. Nach einer Zwischenlösung im Pharma-Park in der Otto-Schott-Straße erfolgte der Umzug in die neuen Räume einer ehemaligen Gießereihalle in Jenas Westen. Es roch noch nach frischem Kiefernholz und Farbe.

Die Kriminalpolizeiinspektion Jena ist zuständig für die Stadt Jena, den umgebenden Saale-Holzland-Kreis und den Raum rund um Apolda als Teil des Kreises Weimarer Land. Melanie empfing uns in ihrem Amtszimmer. Ich stellte ihr Astrid vor. Die beiden Frauen waren etwa gleichaltrig und hatten offensichtlich sofort einen guten Draht zueinander.

Melanie schilderte uns kurz, was vorgefallen war. Zwei minderjährige Jugendliche hatten aus Übermut ein Fahrrad von der Brücke geworfen, ohne sich darüber Gedanken zu machen, welche Folgen so etwas haben könnte. Ein Lkw-Fahrer hatte sie dabei beobachtet und sofort die Polizei verständigt. „Die waren noch nicht einmal richtig von der Brücke runter", erzählte Melanie, „da liefen sie unseren Kollegen direkt in die Arme. Ich habe dich angerufen, Ekke, weil ich von dem schweren Verkehrsunfall an der Gelmerodaer Brücke weiß, bei dem es sogar eine Tote gegeben hat. Die zeitliche und räumliche Nähe legt den Verdacht nahe, dass es sich um dieselben Täter handeln könnte. Jedenfalls gleichen sich die Tathergänge."

Ich bedankte mich noch einmal für die Information. Zwar hatte ich Zweifel, dass es sich um dieselben Täter handeln könnte, dafür war mir die Entfernung zwischen Weimar und Jena zu groß. Warum sollten die Burschen nach Weimar gefahren sein, um einen Stein von der Brücke zu werfen? Die beiden Halbwüchsigen besaßen kein Auto und hätten auch keines fahren dürfen. Aber einfach ausschließen wollte ich einen Zusammenhang nicht. „Sind die beiden noch hier?", fragte ich Melanie.

„Na klar“, antwortete sie. „Sie sitzen im Verhörzimmer.“ Damit erhob sie sich, um uns zu den beiden Übeltätern zu bringen.

Die eingeschüchterten Jungs hätte ich nicht auf 16 Jahre geschätzt. Sie hockten wie ein Häufchen Unglück auf ihren Stühlen, waren blass und zitterten vor Aufregung. Nein, wie skrupellose Serientäter, die Brücken aufsuchen, um Steine oder andere Gegenstände in die Tiefe zu werfen, sahen sie wirklich nicht aus. Aber wie sieht jemand aus, der so etwas tut?

Ob sie wirklich wussten, was sie angerichtet hatten, bezweifelte ich. Sie hatten ein altes Fahrrad gefunden, mit dem sie versucht hatten, zu zweit zu fahren; einer auf dem Sattel, der andere auf dem wackeligen Gepäckträger. Aber sie kamen nicht weit. Die Kette sprang zweimal vom Ritzel. Verärgert wollten sie sich des Drahtesels entledigen. Sie hätten es beide gepackt und über das Geländer geworfen. Einfach so. Es täte ihnen furchtbar leid. Sie würden so etwas auch nie wieder machen. Ehrlich!

Ich fragte sie, wann sie das letzte Mal in Weimar gewesen seien. Überrascht blickten sie mich an. Weimar? Vor zwei Jahren mit der Schulklasse. Buchenwald und Goethehaus. Seither nicht wieder. Das klang sehr überzeugend.

„Oder doch vor wenigen Tagen?“, hakte Astrid nach.

Nein. Warum hätten sie in Weimar sein sollen?

Es war richtig, dass mich Melanie informiert hatte, aber diese beiden Halbwüchsigen dürften kaum mit den Steinewerfern aus Weimar identisch sein. „Wisst ihr, was in Weimar passiert ist?“, fragte ich sie. Sie schüttelten verneinend die Köpfe. Ich erzählte es ihnen, um ihnen klarzumachen, was bei ihrer Aktion hätte passieren können. Das Fahrrad hätte die Frontscheibe der Lok durchschlagen und den Zugführer schwer verletzen können. Als Sofortreaktion hätte der instinktiv die Notbremsung ausgelöst. Die Reisenden wären durch den Waggon geschleudert worden, dabei vielleicht gegen Metallteile geschlagen. Panik hätte ausbrechen können. „Möchtet ihr in einem solchen Zug gesessen haben?“

Das verneinten sie vehement, wenngleich ich nicht sicher war, dass sie die Tragweite ihrer Handlung tatsächlich begriffen hatten.

„Ihr könnt gehen“, sagte Melanie. „Die Bahn hat Strafantrag gestellt. Eure Eltern bekommen Post von der Staatsanwaltschaft. Es ist zwar glücklicherweise nichts Schwerwiegendes passiert, aber es hätte durchaus gefährliche Folgen haben können. Und dafür müsst ihr euch vor dem Jugendrichter verantworten.“

Als die beiden gegangen waren, lud uns Melanie noch zu einem Kaffee ein. „Damit ihr nicht ganz umsonst gekommen seid“, sagte sie entschuldigend, weil die beiden Anschläge offensichtlich nichts mit-

einander zu tun hatten. Aber ich beteuerte noch einmal, dass es richtig war, uns zu informieren.

„Ich meine“, sagte Melanie nachdenklich, „wir haben als Kinder auch allerhand Unsinn angestellt. Äpfel geklaut, leere Brieftaschen an einem Faden auf die Straße gelegt und sie weggezogen, wenn sich jemand danach bückte.“ Sie kicherte in Erinnerung an solche Streiche. „Klingelrutscher. Aber Steine oder andere schwere Gegenstände auf Autos und Züge werfen, nee, auf die Idee wären wir nicht gekommen.“

Ich schwieg lieber dazu, denn ich erinnerte mich sehr wohl daran, zusammen mit zwei Freunden ein Gewächshaus in der Gartenanlage mit Steinen beworfen zu haben. Das hat so schön geklirrt. Erwischt hat uns Gott sei Dank niemand. Aber das schlechte Gewissen ließ mich lange nicht los. Ich habe um die Gartenanlage noch nach Jahren einen großen Bogen gemacht. Das waren Dummejungenstreiche. Und wenn jemand gerade zu diesem Zeitpunkt im Gewächshaus gewesen wäre, um Tomaten zu ernten? Eine herunterfallende Scherbe ... Den Gedanken dachte ich lieber nicht zu Ende.

„Woran liegt das?“, fragte Astrid, als wir schon wieder auf dem Weg nach Weimar waren.

„Was?“, fragte ich.

„Es sind keine Dummejungenstreiche mehr. Natürlich haben wir auch mal Nagellack in der Drogerie geklaut oder Reißzwecken auf den Leh-

rerstuhl gelegt. Aber was die heute unter Spaß verstehen, ist um einiges schärfer als unsere kleinen Sünden. Ich meine, hast du einer alten Frau mal die Handtasche wegen drei Mark fuffzig weggerissen oder vorbeifahrende Autos mit Steinen beworfen? Warum ist das so? Warum machen die das? Und vor allem, es sind oft Kinder aus sogenanntem gutem Hause. Die müssen eine Oma nicht beklauen. Manche von ihnen haben mehr Taschengeld als andere Rente im Monat."

„Vielleicht gerade deswegen", sagte ich. Mir fiel Jan Karl ein. Seine Eltern hatten ein gutes Einkommen und waren angesehene Persönlichkeiten. Sie besaßen zwei Autos, ein schönes Haus, konnten sich teure Hobbys leisten und Urlaub auf den Malediven machen. Was sie offensichtlich nicht hatten, war Zeit für ihren Sohn. Ein kaltes Nest lässt keine Wärme aufkommen. Soziale Verantwortung wächst nicht auf goldenem Stroh.

„Es ist überhaupt kälter geworden", sagte Astrid. „Ich weiß gar nicht mehr, ob ich noch den richtigen Beruf habe. Man will es zwar nicht, aber man schleppt es mit nach Hause."

Ich nickte zustimmend. „Ja", sagte ich, „man gibt die Probleme nicht an der Pforte ab, wenn man die Dienststelle verlässt. Mir wäre einer, der das könnte, aber auch verdächtig. Du hast den richtigen Beruf, Astrid. Roboter besitzen keine Seele."

Oder war es doch Helmut Schnabel? Zu viele Verdachtsmomente gegen eine Person oder gegen eine Gruppe sind mir eigentlich suspekt, weil sie mich verführen könnten, der großen Herde nachzulaufen, statt das eine schwarze Schaf zu suchen.

Frau Fleischer, die Großmutter aus Legefeld, hatte angerufen. „Der Kerl lungert vor unserem Haus herum und brüllt. Wir sollen ihm die Kinder rausgeben. Er sei schließlich der Vater. Schöner Vater, kann ich nur sagen! Hat er überhaupt ein Recht auf die Kinder?"

Das entscheide das Jugendamt, erklärte ich ihr. Ich würde einen Streifenwagen schicken. Die Kollegen würden den Wütenden entsprechend belehren. Das sei nicht mehr nötig, sagte sie, weil ihm der Nachbar mit der Mistgabel klargemacht hat, dass er zu verschwinden habe. „Gut", sagte ich. „Wir kümmern uns trotzdem darum."

„Um die Kinder?"

„Um den Herrn Schnabel. Und grüßen Sie die Jungs."

„Das ist nicht mehr unser Job, Chef", sagte Hans, der das Gespräch mitgehört hatte. „Am Ende verlassen sich die Großeltern darauf, dass wir alles regeln, und du stehst außen vor."

Natürlich hatte Hans recht. Ich durfte den Großeltern keine falschen Hoffnungen machen, aber ich wollte mich auch nicht mit dem Hinweis auf meine fehlende Zuständigkeit davonstehlen. „Julias Eltern können ein wenig Trost durchaus gebrauchen", verteidigte ich mich.

„Siehst du", sagte Hans, „jetzt ist es schon Julia."

Wenn ich nur Dienst nach Vorschrift mache, bin ich in dem Beruf fehl am Platz. Nicht nur der Fall ist zu klären, sondern auch dem Opfer eines Verbrechens oder doch wenigstens seinen Hinterbliebenen bin ich verpflichtet – und deshalb will ich den Täter ausfindig machen, um der Gerechtigkeit willen.

Ich hatte mir die Akte Helmut Schnabel noch einmal vorgenommen. Manchmal fallen einem erst beim dritten Lesen Passagen auf, bei denen die Aussagen nicht logisch ineinandergreifen, ein Indiz dafür, dass der Verdächtigte uns etwas vormachen wollte, um von seiner Verstrickung in ein Verbrechen abzulenken. Die Frage, die nicht zu meiner Zufriedenheit beantwortet wurde, war die nach dem unlogischen Umweg von Niedergrunstedt zur Tankstelle in Gelmeroda, statt den kürzeren und direkten Weg zur B85 auf der Lindenstraße zu fahren. Helmut Schnabel behauptete entschieden, meistens dort zu tanken und erklärte die Aussage der Frau von der Tankstelle, dass sie ihn nicht kenne, damit, dass sie neu sei. Astrid hatte das überprüft. Die Frau arbeitete schon seit einem Jahr in Gelmeroda. An der Araltankstelle stadteinwärts, wo der Possendorfer Weg in die B85, in diesem Abschnitt als Rudolstädter Straße firmiert, mündet, erinnerte man sich an ihn bei Vorlage des Bildes. Ja, der kommt öfter zu uns. Warum sagt er die Unwahrheit und warum ausgerechnet für diesen Nachmittag?

Hans kam in mein Zimmer und legte mir wortlos einige Fotos auf den Tisch, die er in Gelmeroda von den neugierigen Zuschauern gemacht hatte. Er zeigte mit dem Finger auf eine Person, die nur ungenau zu identifizieren war. Er hatte eine Ausschnittvergrößerung angefertigt. Auch jetzt musste man sehr genau hinschauen, aber ich war mir sicher, warum Hans dieses Bild ausgewählt hatte. „Schnabel", sagte ich. „Das ist doch Helmut Schnabel unter den Gaffern!"

„Sag ich doch! Der Ex wollte sich an ihr rächen und ihr eins auswischen. Auch wenn ich nicht glaube, dass es ein geplanter Mord war. Der denkt immer bloß von zwölf bis Mittag. Über die Folgen des Steinwurfes wird er sich schon keine Gedanken mehr gemacht haben."

„Falls er es war", bremste ich Hans' Eifer. Aber recht hatte er insofern, als die Anwesenheit Schnabels am Unfallort kaum Zufall genannt werden konnte. „Das ist ein weiteres Indiz dafür, dass er uns nicht die Wahrheit gesagt hatte. Was will er vor uns verbergen? Was dürfen wir nicht wissen?"

Ich griff zum Telefon und rief den Polier auf der Baustelle in Niedergrunstedt an. Vorsichtshalber hatte ich mir seine Handynummer notiert. „Ja, der ist hier", antwortete er auf meine Frage, ob Helmut

Schnabel noch auf der Baustelle sei. „Aber den können Sie auch gerne abholen. Die Arbeit hat der eh nicht erfunden. Und die letzten Tage läuft er nur neben der Mütze. Worum geht es denn?"

Reine Routine, behauptete ich. Er müsse noch das Protokoll unterschreiben. „Sagen Sie ihm, er soll heute Nachmittag zu uns kommen."

„Ich schicke ihn gleich los. Er steht mir heute nur im Weg." Das war nicht die beste Auskunft, die ein Maurerpolier über seinen Hilfsarbeiter geben konnte.

„Gut", sagte ich. „Schicken Sie ihn los." Ich legte auf und betrachtete mir die Bilder noch einmal. Da muss man schon ein sehr gutes Auge haben, um in dem nur zum Teil sichtbaren Kopf in der Menge Helmut Schnabel zu erkennen. „Gute Arbeit, Hans!"

Eine Stunde später erschien Schnabel. Er trat ziemlich forsch auf und verlangte zu wissen, weshalb er noch einmal kommen musste. Schließlich habe er alles erzählt.

„Nicht alles, Herr Schnabel", korrigierte ich ihn, „sondern alles Mögliche. Und um das gleich zu sagen, Ihr Auftreten in Legefeld gestern hat Ihnen eine Anzeige eingebracht."

Er machte eine wegwerfende Handbewegung. „Na und? Es sind meine Kinder. Die brauchen ihren Vater gerade jetzt."

„War das dein Plan?", herrschte ihn Hans unvermittelt an.

„Was heißt hier Plan? Ich habe mit der Sache nichts zu tun!“

„Mit der Sache meinst du aber nicht den tödlichen Unfall?“

Er wollte erneut aufbrausen, aber ich forderte ihn auf, wieder Platz zu nehmen. Wir hätten noch einige Fragen. Als er sich unwillig gesetzt hatte, sagte ich: „Herr Schnabel, Sie haben behauptet, die Verkäuferin von der Gelmerodaer Tankstelle kenne Sie deshalb nicht, weil sie neu sei.“

„Stimmt“, erklärte er lauernd, weil er zu Recht mehr hinter der Frage vermutete als nur eine Routineauskunft.

„Nein, stimmt nicht. Sie arbeitet bereits seit einem Jahr dort.“

Er zuckte mit den Schultern, als ginge ihn die Sache nichts an. „Wenn das hier ein Verhör werden soll, verlange ich einen Anwalt“, erklärte er trotzig.

„Das ist Ihr gutes Recht, Herr Schnabel. Aber es handelt sich, vorläufig jedenfalls, um eine Anhörung. Wir ermitteln in einem Sachverhalt.“ Ich war nicht willens, ihm die Unterschiede zwischen Verhör und Anhörung deutlich zu machen. Tatsächlich ging es uns zunächst darum, seine Aussagen zu präzisieren und uns die Widersprüche erklären zu lassen, falls er dazu in der Lage war.

„Ich halte fest“, sagte ich, „dass Sie uns bezüglich Ihrer Tankgewohnheiten belogen haben.“ Und weil er zum Widerspruch ansetzte, schnitt ich ihm einfach das Wort ab. „Sie kennen das Sprichwort von den Lügen und den kurzen Beinen. Und weil Sie zwei Beine haben, folgt die nächste Lüge gleich hinterher. Sie behaupten, nach dem Tanken unmittelbar nach Weimar weitergefahren zu sein. Auf gar keinen Fall wollen Sie am Unfallort gewesen sein."

„War ich auch nicht!"

Hans fasste sich scheinbar verzweifelt an den Kopf. „Mensch, Schnabel, du redest dich um Kopf und Kragen! Natürlich warst du unter den Gaffern. Du hast dich zwar bemüht, im Hintergrund zu bleiben, aber das ist dir nicht ganz gelungen." Er legte das Foto auf den Tisch, auf dem man eine Person nur schemenhaft erkennen konnte.

„Das soll ich sein?" Er lachte überlegen. „Wer weiß, wer sich da verdrücken will. Ich war es jedenfalls nicht."

„Mit Photoshop kennst du dich wohl nicht aus?" Hans legte die Ausschnittvergrößerung neben das erste Bild.

Er sah sich beide Bilder genau an, dann schob er sie über den Tisch zurück. „Na und? Dann war ich eben dort. Als ich das von dem Unfall gehört habe, hatte ich so ein komisches Gefühl. Also nicht wegen der Schlam… also der Frau, die mir die Kinder weggenommen hat. Ich dachte nur: Hoffentlich ist den Jungs nichts passiert."

Hans legte die Bilder in seine Mappe zurück. „Da gibt es noch so ein Sprichwort: Wer einmal lügt, dem glaubt man nicht, und wenn er auch die Wahrheit spricht. Warum sollen wir dir glauben, dass du an diesem Nachmittag nicht zur Brücke gefahren bist, um deiner Ex eins auszuwischen? Vielleicht wolltest du ihr bloß einen Schreck einjagen in der Annahme, der Stein poltert nur aufs Wagendach und schlägt nicht in die Frontscheibe ein. Vielleicht wolltest du nur deine Wut rauslassen. Aber du hast sie getötet, Helmut Schnabel. Du hast Julia Fleischer getötet und deine Kinder haben einfach nur Glück gehabt, dass sie relativ unbeschadet aus dem Auto klettern konnten."

„Körperlich unbeschadet", ergänzte ich. „Wie sie das mit ihrer kleinen Seele verarbeiten sollen, weiß ich nicht. Solche Wunden heilen sehr, sehr langsam. Und Narben auf der Seele sind die schmerzhaftesten."

Ich hatte nicht den Eindruck, dass Schnabel davon besonders beeindruckt war. Ich glaubte ihm nicht einmal, dass er sich um die Kinder besondere Sorgen machte. Oft werden Trennungskinder rücksichtslos als Waffe gegen den einstigen Partner benutzt.

Hans versuchte es mit einem Frontalangriff, der nicht aus dem kriminalistischen Lehrbuch stammte. „Es gibt Zeugen", behauptete er. „Einer hat sogar eine Zeichnung angefertigt, auf dem der Steinewerfer dir ziemlich ähnlich sieht. Gib's doch einfach zu. Mensch, ich kann ja verstehen, dass du sauer auf die Frau bist. Sie hat dich rausgeworfen. Die Kinder darfst du nicht sehen. Dir ist die Sicherung durchgebrannt. Ja, passiert. Aber dann muss man hinterher so viel Arsch in der Hose haben und zu seiner Tat stehen."

Es gibt die aus den USA stammende Reid-Methode, mit der ein Geständnis erlangt werden soll, benannt nach ihrem Urheber, einem Chicagoer Polizeibeamten. Danach wird zunächst eine sogenannte Benehmensanalyse durchgeführt. Signifikante körperliche und psychische Verhaltensweisen werden durch scheinbar harmlose Fragen herausgefordert und danach analysiert, um sich ein Bild von dem Befragten zu verschaffen. Legt das Ergebnis eine Tatbeteiligung nahe, folgt die eigentliche Vernehmung in mehreren Stufen. Der Täter oder der vermeintliche Täter wird mit Details des begangenen Verbrechens konfrontiert. Fotos, Zeugenaussagen, mögliche Motive. Dabei soll ihm nicht die Gelegenheit gegeben werden, ständig seine Unschuld zu behaupten. Das würde ihn nur immer störrischer und widerspenstiger machen. Die Befragenden, also mindestens zwei Beamte, lassen keine Pause zwischen den einzelnen Behauptungen zu. Oft versuchen die Täter zu erklären, warum sie die Tat gar nicht begangen haben oder hätten begehen können. Dann soll einer der befragenden Beamten scheinbar milde gestimmt ein gewisses Verständnis aufbringen, um den Widerstand abzumildern, der andere aber weiterhin den Bad Cop geben.

Mir ist diese Art der Befragung suspekt. Die Methode kann sehr schnell zu falschen Geständnissen führen, weshalb sie in Deutschland untersagt ist. Geständnisse, die durch welchen auch immer gearteten Druck oder durch Täuschung zustande gekommen sind, dürfen in Deutschland nicht verwendet werden. Im Gegenteil, jeder auch nur halbwegs clevere Verteidiger wird spätestens vor Gericht alle anderen Aussagen seines Mandanten ebenfalls als nicht gemacht abweisen beziehungsweise von der Staatsanwaltschaft vorgetragene Beweise als Behauptungen abtun können. Die Folgen für die untersuchende Behörde wären mindestens fatal.

Hans wusste das und er sah meinen Unwillen, weshalb er einlenkte. „Schnabel, du musst uns verstehen. Wir haben einen verdammten Mord aufzuklären. Du warst in der Nähe. Du kennst das Opfer. Und du erzählst uns irgendwelchen Scheiß von schon immer dort getankt und nicht am Unfallort gewesen. Wie sollen wir dir glauben, dass du unschuldig bist, wenn du schon bei Kleinigkeiten lügst? Jeder Staatsanwalt zerreißt dich wie nasses Papier in der Luft!"

„Weil ich's nicht war, Mann!" Die Stirnader schwoll ihm vor Wut. Ich sah, wie schnell Helmut Schnabel die Kontrolle über sich verlor und einfach nicht mehr Herr seiner Sinne war. In dieser Verfassung hatte er auf seine Freundin eingeschlagen. Mit solcher Wut schrie er seine Kinder an. Aber das waren Reaktionen, die aus der Situation heraus entstanden. Um einen Stein von der Brücke auf das Auto der Ex zu werfen, braucht es einen langen Zorn und einen gut vorbereiteten Plan. Helmut Schnabel war keiner, der planvoll handelte. Möglicherweise hatte er gelogen, weil er es nicht war und Angst hatte, die einfache Wahrheit würde nicht ausreichen. Hinzu kam, dass er nicht nur wegen der Tankstelle gelogen hatte, sondern auch noch auf einem Foto – wenn auch nur undeutlich – erkannt worden war. In der verzweifelten Absicht, seine Unschuld zu beweisen, hatte er sich in lauter Lügen verstrickt, die ihn erst recht verdächtig machten.

Unsere Vermutung, dass er es hätte sein können, reichte nicht aus, um ihn dem Haftrichter zu überstellen. Indizien sind keine Beweise. Selbst vor Gericht darf ein Angeklagter lügen, wenn er meint, damit seine Haut zu retten. Schnabel hätte ein Motiv, wenn er die Tat begangen hätte: Hass auf seine ehemalige Freundin. Wir konnten es ihm allerdings nicht beweisen. Noch nicht. Falls er es überhaupt war.

Ich beendete die Befragung. „Sie können gehen, Herr Schnabel, aber Sie halten sich zu unserer Verfügung. Sie verlassen Weimar nicht."

„Und noch etwas", fügte Hans hinzu. „Lass die Kinder doch erst einmal zur Ruhe kommen und randaliere nicht vor dem Haus der Großeltern. Vielleicht sind unsere Kollegen das nächste Mal nicht so flink vor Ort und die Legefelder mit der Mistgabel schneller." Die Drohung konnte er sich nicht verkneifen.

Etwas unsicher, ob er wirklich gehen dürfe, stand Helmut Schnabel auf. Er versuchte, mir in die Augen zu sehen, senkte aber dann den Blick und sagte leise: „Ich war es nicht, Herr Kommissar. Ich würde das meinen Kindern doch nie antun." Dann ging er mit hängenden Schultern aus dem Raum. Vielleicht liebte er seine Kinder wirklich. Vielleicht liebte er sogar seine einstige Freundin noch. Aber die Unbeherrschtheit überkam ihn wohl oft wie aus heiterem Himmel. Ein geringster Anlass genügte, dass ihm die Sicherungen durchbrannten und er konnte seine aufbrausende Wut nicht mehr bändigen.

„Der reagiert von jetzt auf sofort, Hans", sagte ich. „Der macht keine Pläne. Der nimmt keinen Pflasterstein von einem Haufen, um ihn dreihundert Meter weiter gezielt und mit voller Absicht von einer Autobahnbrücke auf das Auto seiner ehemaligen Freundin zu werfen. Er weiß schließlich, dass seine Kinder in dem Auto sitzen. Seine Wut auf die Frau, die ihn rausgeworfen hat, kann ich mir noch erklären. Aber die Kinder, nein, Hans, so merkwürdig das klingen mag, die Kinder liebt er. Die Randale vor dem Haus der Großeltern waren nicht gespielt. Wenn er schon die Frau verloren hat, will er seine Jungs nicht auch noch verlieren. Was wäre das für ein Vater."

Hans wurde nachdenklich. „Vielleicht hast du recht. Aber ich kenne einen, der sich solche Sachen wie Steine von der Brücke schmeißen ausdenkt. Ich weiß nur nicht, welches Motiv er haben könnte, wenn es nicht ein tragischer Unfall war, dass es ausgerechnet Julia Fleischer traf und es jedes andere Auto hätte auch erwischen können."

Ich hatte eine Bitte an die Presse gerichtet, sie möge sich an ihre Leser wenden, um nach möglichen Zeugen des Unfalls zu fragen. Auch die regionalen Radiosender hatte ich um Unterstützung gebeten. Wenn ein Autofahrer zu dem bestimmten Zeitpunkt eine Person oder mehrere Personen auf der Gelmerodaer Brücke gesehen hat, ohne dem zunächst eine besondere Bedeutung beizumessen, sollte er sich melden. Jeder Hinweis sei wichtig. Wir zweifelten zwar, ob wir damit Erfolg haben würden, wollten aber nichts unversucht lassen. Die Presse hatte von dem Unfall mit tödlichem Ausgang berichtet. Wenn es einen Zeugen gibt, würde der sich vermutlich schon gemeldet haben. Es würde eine Sisyphusarbeit bedeuten, die Spreu vom Weizen zu trennen. Es gab zu viele Wichtigtuer, die uns mit unnützen Meldungen die Arbeit erschweren würden. Aber das mussten wir riskieren. Ich war mir sicher, unter den selbst ernannten Zeugen zahlreiche alte Bekannte zu finden, die immer etwas zu berichten hatten. Polizeiarbeit ist nicht zuletzt Fleißarbeit.

Uns lief die Zeit davon. Ich fragte Elke, wie weit das Institut für forensische Genetik Münster mit der Untersuchung des Steins gekommen sei. Noch lag kein endgültiges Ergebnis vor. Sie versprach, noch einmal Druck zu machen, ohne dass ich sie dazu aufgefordert hatte.

„Ich kann mir nicht helfen“, gab Astrid zu bedenken, „aber irgendwie liegt die Lösung zwischen dem Possendorfer Weg und der Brücke hinter Gelmeroda.“

Ein Irgendwie ist kein befriedigender Ausgangspunkt. Da machte ich einen Vorschlag. „Wir fahren noch einmal zur Araltankstelle und erkundigen uns, wer an dem Nachmittag bei McDonald's gewesen ist. Vielleicht hat einer der Mitarbeiter doch etwas gesehen oder bemerkt, was ihm ursprünglich bedeutungslos erschienen war. Dann gehen wir den Possendorfer Weg hoch bis zu dem leerstehenden Haus.“

„Zu Fuß?“, fragte Hans.

Wir lachten. Er war nicht der überzeugteste Wanderer.

„Zu Fuß. Wir befragen die Anwohner, möglichst alle, ob ihnen etwas aufgefallen oder in Erinnerung geblieben ist. Dann laufen wir hoch bis zur alten Schäferei und von da an weiter bis nach Gelmeroda. Hans“, wandte ich mich an den Kollegen, „du gehst zurück zum Auto und holst uns in Gelmeroda ab. Alles klar?“ Die Kollegen stimmten zu. „Gut, dann machen wir uns auf die Strecke.“

Bei McDonald's erfuhren wir auf gezielte Fragen, dass sich eine Gruppe von vier Jugendlichen hin und wieder zum Essen und Colatrinken einfindet. Ihr Anführer sei ein hochgewachsener, schlaksiger Bursche, vielleicht 19, 20 Jahre alt. Die schmuddeligen Haare habe er zu einem Zopf zusammengedreht. Woran sie merkten, dass er der Anführer sei, wollte ich wissen. „Der hat das Sagen. Er bestellt nie selber. Er schickt meistens den Jüngsten, so einen pickeligen Halbwüchsigen, an die Theke. Der zahlt auch. Seltener kommt einer der beiden anderen." Nein, randalieren würden die nicht. Ein bisschen laut seien sie. Aber es sind halt junge Leute. Ja, an dem Nachmittag waren sie hier. Oder? Die junge Frau, die sich an die vier Jugendlichen erinnerte, blickte sich fragend bei ihren Kollegen um. Ja. Kann sein. Weiß ich nicht. Ungewisse Antworten.

Diese Auskünfte waren nicht neu für uns und vor allem zu vage, um die vier mit dem Geschehen an der Autobahnbrücke in Verbindung zu bringen.

„Worum geht es eigentlich?", wollte eine der jungen Frauen wissen, die die Burger ausgab.

Ich erklärte den Grund für unsere Fragen. Von dem Unfall hatten sie natürlich gehört. Schlimme Sache. Die Gerüchteküche wusste inzwischen von drei Toten. „Nein", sagte ich. „Aber schon die eine Tote ist eine zu viel. Wenn Sie zufällig etwas mitbekommen oder sich an irgendwelche Kleinigkeiten erinnern, die im Zusammenhang mit dem Unfall stehen könnten, sollten Sie uns unbedingt anrufen. Wir sortieren dann schon, was relevant ist und was nicht." Ich wusste aus Erfahrung, dass Mitarbeiter und Mitarbeiterinnen gastronomischer Einrichtungen über eine gute Beobachtungsgabe und ein erstaunliches Personengedächtnis verfügen. Ich kannte eine Kellnerin während meiner Studienzeit, die sich nach Jahren, als ich zufällig wieder einmal in die Gaststätte kam, zwar nicht mehr an meinen Namen erinnerte, aber überrascht sagte, als sie mich sah: „Rumpsteak, einen doppelten Cognac und Tee wie damals?"

Hans hatte die Idee, gleich mit dem Auto nach Gelmeroda zu fahren und dort auf uns zu warten. Er habe sich neulich den Fuß vertreten. Ich lachte. „Auf dem Gaspedal?"

Mürrisch erwiderte er, dass er auch zum Arzt gehen könne. Der würde ihn bestimmt krankschreiben.

„Also gut", sagte ich. „Dann wartest du eben in Gelmeroda auf uns." Auf dem Weg zum Auto vergaß er das Humpeln.

Zu dritt gingen wir den Possendorfer Weg hoch. Er stieg leicht an. Astrid und Elke klingelten auf der linken Seite, ich versuchte mein Glück auf der rechten. Im unteren Teil der Straße erinnerte sich niemand an vier Jugendliche, die in unregelmäßigen Abständen durch die Siedlung gefahren oder gelaufen sind. Erst als wir die Hälfte der Strecke

Ansonsten war das Ergebnis unserer Recherche mager. Die Siegel an dem leerstehenden Haus, die wir angebracht hatten, waren unbeschädigt. Vor der alten Schäferei entdeckten wir Reifenspuren, die Elke fotografierte. Möglicherweise hatte Mike Hellwig hier sein Auto geparkt. Als wir den Ehringsdorfer Weg erreichten, kam uns Hans entgegengefahren. Er nahm uns auf und drehte auf der schmalen Straße Richtung Gelmeroda um.

„Zur Autobahnmeisterei", gab ich das Ziel an. Hans blickte erstaunt auf und sagte unwillig: „Wieso bin ich nicht darauf gekommen? Klar, Autobahnmeisterei. Da kenn ich einen. Erwin."

Elke hielt den Pflasterstein hoch. „Hat der Chef gefunden", erklärte sie.

Hans begriff den Zusammenhang und fuhr uns zur Autobahnmeisterei. Wir trafen zwei Männer an, die gerade damit beschäftigt waren, einen Hänger mit Verkehrsschildern zu beladen. Einer von ihnen war Erwin. Er hob grüßend die rechte Hand in Richtung Hans. „Was machst denn du hier?"

Ich antwortete anstelle meines Kollegen. „Sie haben im Possendorfer Weg Pflastersteine verlegt?"

Er sah mich misstrauisch an. „Wer will das wissen?"

Ich zeigte meinen Ausweis.

„Machst du mal weiter?", fragte er seinen Kollegen. Dann wandte er sich wieder an mich. „Polizei? Mann, ich wollte dem doch nur einen Gefallen tun."

Ich beruhigte ihn. „Schwarzarbeit ist nicht mein Revier. Sind die Steine, die Sie verlegt haben, von der Autobahnmeisterei?"

„Ja", sagte er erleichtert. „Aber die hat er ganz legal gekauft. Nur das Verlegen, Sie verstehen ... wir haben uns halt einen kleinen Nebenverdienst gegönnt."

„Wir?"

„Mein Kumpel und ich."

„Den Sie eben weggeschickt haben?"

„Nein. Mein Kumpel Helmut."

„Helmut ... wie weiter?"

„Schnabel. Aber lassen Sie den in Ruhe. Der ist ziemlich klamm zwischen Daumen und Zeigefinger. Der kann paar Mark fuffzig gut gebrauchen. Da habe ich ihn mitgenommen."

Ich konnte meine Überraschung nur mühsam verbergen. „Helmut Schnabel?"

„Ja, Helmut Schnabel. Allein hätte ich das doch gar nicht übers Wochenende geschafft."

Ich fragte Erwin, ob er von dem Unfall gehört habe, bei dem eine junge Frau ums Leben gekommen ist. Hatte er, sagte Erwin. Allerdings erst, als er von der Tour zurück war. Sie hatten hinter Mellingen einen Teil der Autobahn absperren müssen, weil dort gebaut werden soll.

„Wissen Sie, wer die junge Frau ist, die ums Leben kam, weil jemand einen Pflasterstein von der Brücke geworfen hat?"

„Nö. Wer denn?"

„Julia Fleischer."

Er sah mich fragend an. „Muss ich die kennen?"

„Sie nicht, aber Helmut Schnabel. Sie war seine Freundin. Sie haben sogar zwei gemeinsame Kinder."

Da kriegte er vor Staunen den Mund nicht zu. „Der hat doch nicht etwa ..." Der Satz blieb unvollendet.

„Das sind mir aber jetzt ein paar Zufälle zu viel", erklärte Hans. „Nun ist Schluss mit lustig, Erwin! Deine Schwarzarbeit interessiert uns wenig. Dafür haben wir eine andere Abteilung im Haus. Aber du willst mir doch nicht erzählen, dass du mit deinem Spannemann Schnabel nicht über den Unfall gesprochen hast, bei dem seine Ex ums Leben gekommen ist? Mensch, Erwin!"

Die Wendung von einer einfachen Frage zu einem berechtigten Vorwurf behagte dem Mann offensichtlich nicht. „He!", widersprach er. „Ich habe Helmut seit mindestens einer Woche nicht gesehen. Wie soll ich da mit ihm über seine Ex geredet haben?" Erwins Empörung schien echt zu sein.

Da ich nicht mit der gesamten Kavallerie auf dem Hof einreiten wollte, hatte ich Astrid und Elke gebeten, den Hang rechts und links der Autobahn zu untersuchen. Vielleicht fand sich etwas, was bei der ersten Prüfung nicht aufgefallen war oder als unwichtig angesehen wurde. Ich musste den Kolleginnen nicht erklären, dass vier Polizisten auf einmal in der Autobahnmeisterei wenigstens Verwunderung erzeugen konnten. Elke hatte einen besseren Vorschlag. „Wir sehen uns noch einmal bei der Tanke um. Vielleicht haben die einen guten Kaffee." Sie zwinkerte mir fröhlich zu. Es war mir recht. „Wir holen euch nachher dort ab."

Ich sah den beiden kurz hinterher, dann blickte ich mich auf dem Hof um. Mehrere Männer waren dabei, einen kleinen LKW mit Schildern und Pylonen zu beladen. „Trägt einer von Ihren Kollegen einen Zopf?", wollte ich von Erwin wissen.

Die Frage schien er nicht zu verstehen. „Zopf? Wir sind nur Kerle auf dem Hof. Höchstens Martina aus dem Büro. Aber nein", korrigierte er sich schnell. „Die hat sich vor zwei Tagen fast eine Glatze schneiden lassen. Die sieht jetzt vielleicht aus!" Er lachte, wenn er auch nicht ahnte, warum ich mich für die Frisuren seiner Kollegen interessierte.

Hans hatte sofort begriffen. „An dem Tag, als das mit dem Unfall passierte, trug Martina noch einen langen Zopf?"

„Sagte ich doch! Was wollt ihr nun eigentlich von mir wissen? Ob jemand von uns einen Zopf trägt oder ob ich mit Helmut die letzten Tage gesprochen habe?" Erwin zuckte mit den Schultern.

„Wir wollen wissen, wer Julia Fleischer mit einem Pflasterstein, der durchaus von Ihrem Hof stammen könnte, getötet hat."

Mürrisch sagte Erwin. „Ich nicht. War's das?" Und weil wir zunächst keine weiteren Fragen an ihn hatten, trollte er sich. Doch ehe er gehen konnte, erkundigte ich mich noch danach, wo wir diese Martina finden würden.

Er drehte sich nicht mehr um, sondern zeigte mit dem abgespreizten Daumen der rechten Hand in Richtung Büro. Dann ging er, um seinen Kollegen beim Beladen des kleinen LKW zu helfen.

Als wir uns dem Büro näherten, öffnete eine etwa 35-jährige Frau mit einer sehr kurz geschnittenen Frisur ihr Fenster und sagte: „Bürozeiten erst wieder ab vierzehn Uhr. Worum geht es?"

„Hatten Sie nicht noch vor wenigen Tagen einen langen Zopf?", wollte ich wissen, als hätte ich sie erst vor einer Woche gesehen.

Verblüfft sah sie uns an. „Wer will das wissen?"

Ich hielt meinen Ausweis hoch.

„Polizei? Hat meine Friseurin meine Mähne auf dem Schwarzmarkt verkauft?" Aber plötzlich wechselte ihr Gesichtsausdruck von erstaunt-heiter zu ernst. „Es ist wegen Julia." Das war nicht einmal eine Frage.

„Sie kennen Julia Fleischer?", wollte Hans wissen und korrigierte gleich: „Kannten sie?"

Sie kamen beide aus Legefeld, waren gleichaltrig und sind vor Jahren in eine Klasse gegangen. „Das ist furchtbar. Die armen Kinder! Und Julias Eltern. Wer macht so etwas?"

Ich sagte, dass wir es noch nicht wüssten, aber einen bestimmten Verdacht hätten. „Kannten Sie auch ihren Ex, den Helmut Schnabel?"

Irritiert sah sie uns an. „Helmut?" Dann schüttelte sie entschieden den Kopf. „Nicht Helmut. Der ist zwar ein Arsch, aber nie würde er etwas tun, was gegen seine Kinder ginge. Wie kommen Sie auf Helmut?"

„Gar nicht", sagte ich. „Wir wollten nur wissen, ob Sie ihn kennen."

„Kennen!", sagte sie. „Wer kennt schon jemanden? Er ist der Ex meiner Freundin und die ist jetzt tot. So kenne ich ihn."

Ich merkte, dass sie sich innerlich sperrte gegen unsere Fragen, aber ich wusste nicht, warum sie sich so verhielt. „Frau...", setzte ich um einen möglichst unverfänglichen Ton bemüht an, stoppte aber und sagte: „Entschuldigung, ich habe Ihren Familiennamen vergessen."

„Rydzyna. Den hatte ich Ihnen noch gar nicht genannt."

„Frau Rydzyna", setzte ich erneut an. „Sie haben keine hohe Meinung von Herrn Schnabel. Warum?"

„Das habe ich nicht gesagt. Ich habe nur gesagt, dass er ein Arsch ist. Und das ist er eigentlich erst geworden. Oder glauben Sie, Julia hätte sich mit einem Suffkopf zusammengetan?"

Das glaubte ich tatsächlich nicht. „Er war früher anders?"

Die Kurzfassung ihrer Erzählung ging so: Helmut Schnabel war gelernter Bauzeichner. Aber eines Tages machte die Firma, bei der er beschäftigt war, dicht. Wer benötigt im Zeitalter modernster computergesteuerter Zeichenprogramme noch einen Bauzeichner der alten Schule? Helmut Schnabel schrieb Bewerbungen, zunächst in seinem Fach, später war er auch bereit, einfachste Jobs anzunehmen. Job sagt man, nicht mehr Arbeit. Er lief von Pontius zu Pilatus. Auf dem Arbeitsamt galt er als überqualifiziert für einfache Arbeiten und als schwer vermittelbar wegen seiner speziellen Ausbildung. Absage auf Absage. Und irgendwann, vielleicht erst nach der hundertsten Bewerbung, gab er auf. Ein Mensch, der seine Arbeit verliert, verliert vor allem sein Selbstwertgefühl. Da fing er das Saufen an. Manche in seiner Situation werden depressiv, manche aggressiv. Helmut Schnabel wurde beides. Wenn Julia versuchte, ihm Mut zu machen und ihm aus einer trübseligen Stimmung heraushelfen wollte, konnte es passieren, dass er sich wehrte, laut wurde. Und eines Tages schlug er nach ihr. Da hat sie ihn rausgeworfen.

„Hat er auch die Kinder geschlagen?", wollte Hans wissen.

Nein, das nicht. Eigentlich ist er ein guter Vater gewesen, bevor er abstürzte. Nein, geschlagen hat er sie nicht, aber angeschnauzt bei der kleinsten Kleinigkeit. Wenn der von einer seiner Sauftouren nach Hause kam, gingen die Jungs in Deckung. Julia musste seine ganze Wut ertragen. Bis es eben nicht mehr ging. „Wieso fragen Sie mich eigentlich nach meinem Zopf?“, erinnerte sie sich plötzlich.

„Es gibt ein Bild“, erklärte ich ihr. „Vier Personen auf einer Brücke, eine davon mit einem langen Zopf.“

Verblüfft starrte sie uns an – doch plötzlich lachte sie lauthals los. „Und das soll ich sein? He, Leute, ihr habt wohl auf ’m nassen Lappen geschlafen? Ich werfe doch keine Steine von der Autobahnbrücke. Und schon gar nicht auf Julias Auto!“

Das konnte ich mir bei der jungen Frau zwar auch nicht vorstellen, aber meine eingangs gestellte Frage war noch nicht beantwortet. Sie hatte sich kurz nach dem tödlichen Unfall ihrer Freundin Julia die langen Haare abschneiden lassen. Wann trennt sich eine Frau von solchem Schmuck?

„Es geht Sie zwar nichts an, aber gut. Mein Sohn brachte aus dem Kindergarten ständig Kopfläuse mit, die sich immer natürlich sofort bei mir eingenistet haben. Haben Sie eine Ahnung, was das bei der Mähne bedeutete, die ich vorher hatte? Da half nur eine Radikalkur. Das Zeug wächst ja wieder nach. Zufrieden?“

Ich nickte. „Entschuldigung, aber wir von der Polizei sind eben etwas neugierig. Sie meinen also, Helmut Schnabel kann es nicht gewesen sein.“

„Ich meine gar nichts. Was weiß ich denn, was dem in seinem Suff alles einfällt.“

Sie hatte ihn einen alten Arsch genannt und sie hatte ihn andererseits verteidigt. Was nun? Und die Geschichte mit dem abgeschnittenen Zopf – sie mochte stimmen, aber lässt sich eine Frau wegen ein paar Kopfläusen gleich die ganze Haarpracht abschneiden? Vorsichtshalber würde ich in dem Kindergarten nachfragen.

„Ich weiß doch, wie die Polizei tickt", sagte sie zu unserer Überraschung. „Sie zählen eins und eins zusammen und bekommen eine Summe, die Ihnen in den Kram passt. Zwei ist es selten."

„Wie meinen Sie das?", wollte ich wissen.

„Herr Kommissar, Sie werden sich sagen: Die war mit Julia befreundet, die kannte den Schnabel. Sie glaubt nicht, dass er es war, aber große Stücke hält sie auch nicht auf ihn. Stimmt's?"

Ich nickte.

„Sie werden meine Aussagen überprüfen und dann herausfinden, dass wir früher einmal etwas miteinander gehabt haben, der Helmut und ich. Vor Julia."

Das war ein erstaunliches Eingeständnis. Ich wusste allerdings nicht, wie ich die Aussage bewerten sollte.

„Ich kannte ihn, da war er ein netter Kerl. Wir sind ein paar Mal miteinander ausgegangen. Aber so richtig gefunkt hat es nicht. Ich war allerdings eifersüchtig, als er mit meiner Freundin aufkreuzte. Aber das ist lange her, Herr Kommissar. Er fing das Saufen an, da waren wir längst auseinander. Die Liebe und der Suff, das reibt den Menschen uff, sagt man. Nein, er hat Julia nicht getötet, jedenfalls nicht absichtlich. Er wusste doch, dass die Kinder im Auto sitzen. Ich halte es für möglich, dass er mit der Situation einfach nicht mehr klargekommen ist. Und statt auf sich wütend zu sein, weil er es nicht gepackt hat, weil er versagt hat, weil ihn die Frau rausgeschmissen hat, die er liebte ..."

„Schöne Liebe", unterbrach Hans, der nie gelten ließ, wenn einer sein Leben nicht auf die Reihe brachte und stattdessen zur Flasche griff.

„... die er liebte!", betonte Martina Rydzyna mit Nachdruck. „Vielleicht war er es wirklich. Vielleicht war er wirklich schon so weit unten. Ich habe ihn die letzten Jahre nur noch selten gesehen. Julia auch nicht, seit sie in der Stadt wohnt. Ich weiß nur von ihren Eltern, wie es ihr ergangen ist mit ihm. Die armen Kinder."

„Warum erzählen Sie uns das?"

„Weil es zur Wahrheit gehört. Die wollten Sie doch wissen."

Wir verabschiedeten uns von Frau Rydzyna mit den kurzen Haaren. Sie zögerte einen Moment, als ich ihr die Hand reichte. „Kann sein, kann nicht sein. Wer weiß schon, was in so einem vorgeht. Er ist ein Choleriker. Ich weiß es nicht." Und nach kurzem Zögern sagte sie: „Julia hat das nicht verdient."

Keiner verdient so etwas, dachte ich mir still, nickte aber nur. Die Zweifel blieben. Ich war mir nicht ganz sicher, wie ich die Äußerungen von Martina Rydzyna deuten sollte. Entschuldigte sie seine gelegentlichen Wutanfälle oder hielt sie es am Ende doch für möglich, dass er in seiner Unberechenbarkeit den Stein geworfen hatte? Nicht unbedingt in der Absicht, Julia Fleischer zu töten, aber doch, um ihr Schaden zuzufügen.

Helmut Schnabel war noch nicht aus dem Schneider. Vom Auto aus rief ich in der Dienststelle an und bat zwei Kollegen, ihn unverzüglich vorzuführen.

Als ich den Wagen startete, fragte mich Hans: „Warum hat sie uns das erzählt?"

Ich wusste, was er meinte. „Vielleicht", erwiderte ich vorsichtig, „wollte sie uns sagen, dass er es war, oder nein, dass er es gewesen sein könnte. Sie will ihn nicht denunzieren und hält es auch nicht für ausgeschlossen, dass er es getan hat."

„Und warum sagt sie es nicht so?"

„Frauen, Hans. Frauen. Davon verstehen wir beide nicht genug. Was hältst du von einem Tankstellenkaffee?"

Als wir nach einer halben Stunde und einem guten Kaffee in der Dienststelle eintrafen, saß Helmut Schnabel bereits im Verhörzimmer. Ich hielt ihm vor, dass er zu allen Lügen, die er uns erzählt hatte, auch noch wichtige Details weggelassen beziehungsweise nicht erwähnt hatte, zum Beispiel wo er am Wochenende Pflastersteine verlegt hat.

„Nichts von dem, was Sie uns erzählt haben, stimmt, und alles, was wir Ihnen zu Recht vorhalten, streiten Sie ab." Unter diesen Umständen erwog ich, ihn vorläufig festzunehmen, bevor er auf die Idee kommen könnte, sich durch Flucht der Verantwortung zu entziehen, Beweismittel zu unterschlagen oder mögliche Zeugen zu seinem Vorteil zu beeinflussen.

„Sie kennen Martina Rydzyna?", fragte ich ihn.

Überrascht blickte er auf. „Was ist mit der Schnepfe?"

„Kennen Sie sie?", wiederholte ich meine Frage.

Er wusste nicht, was der Grund meiner Frage war. „Ich kenn 'ne Menge Leute. Würde mich nicht wundern, wenn die mich angeschissen hat."

Zu seiner Überraschung sagte ich, sie habe ihn eher verteidigt, jedenfalls sei sie der Meinung, dass er es nicht gewesen sein könne.

„Wen die verteidigt, der muss sich warm anziehen." Er lehnte sich in seinem Stuhl zurück und verschränkte die Arme vor der Brust.

„Herr Schnabel, Ihre Aussagen sind mir zu widersprüchlich. Ich gebe Ihnen Gelegenheit, in aller Ruhe nachzudenken, was Sie uns wirklich zu erzählen haben. Sie werden morgen dem Haftrichter vorgeführt, denn Sie stehen unter dem dringenden Tatverdacht, Ihre ehemalige Freundin durch einen Steinwurf von der Autobahnbrücke getötet beziehungsweise ihren Tod billigend in Kauf genommen zu haben. Hinzu kommen schwerwiegende Störung des Straßenverkehrs und diverse andere Delikte." Mit einer Kopfbewegung bedeutete ich dem an der Tür stehenden Beamten, den Delinquenten abzuführen. Er leistete keinen Widerstand. Eher machte Helmut Schnabel den Eindruck, es sei ihm alles gleichgültig, was geschieht. Ich hörte ihn nur leise fluchen wie einen, der über seine eigene Dummheit gestolpert ist.

„Was ist eigentlich mit diesem Erwin von der Autobahnmeisterei?", fragte ich Hans, als wir wieder in meinem Zimmer waren.

„Habe ich überprüft", sagte Astrid, die sich zu uns gesellt hatte, an seiner statt. „Der war zur Tatzeit auf der A4 zwischen Mellingen und Magdala unterwegs, um die rechte Fahrspur zu sperren."

Ich atmete erleichtert auf. Noch ein Verdächtiger hätte mir nicht ins Konzept gepasst. Elke hatte den von mir mitgebrachten Stein inzwischen untersucht. Bingo. Er gehörte zur gleichen Charge wie der von der Brücke und wie die vor der Kirche. Es handelte sich in allen drei Fällen um Steine von der Autobahnmeisterei. Viel ließ sich mit diesem Wissen nicht anfangen. Wer weiß, wo noch mehr von der Sorte lagerten.

War es Helmut Schnabel, der den Stein geworfen hatte, oder einer aus der Gruppe der vier Jugendlichen, oder jemand, den wir noch gar nicht kannten? Wenn man das Für und Wider auf eine Waage legen könnte, würde die Nadel bei Helmut Schnabel am weitesten nach rechts ausschlagen. Er hatte uns mehrfach belogen. Er hielt sich in der Nähe des Unfallortes auf. Er konnte einen Stein mitgenommen haben. Und er hätte, wenn er es denn war, ein starkes Motiv.

Gewalt in der Ehe oder überhaupt in partnerschaftlichen Beziehungen ist leider keine Seltenheit, Tendenz steigend. Für das Jahr 2017, las ich neulich eine Statistik des Bundeskriminalamtes, wurden 114.000 Frauen von ihren Partnern bedroht, gestalkt, eingesperrt, verprügelt, vergewaltigt – 147 sogar auf die oft martialischste Weise mit Messern oder Äxten getötet. Die Dunkelziffer dürfte um ein Mehrfaches höher liegen. Gewalt in der Ehe ist noch immer weitgehend ein Tabu-Thema.

„Es gibt aber auch die umgekehrten Fälle", warf Hans ein, „ohne dass ich das eine gegen das andere aufrechnen will."

„Selbst wenn", hielt Elke dagegen, die offensichtlich dieselbe Statistik gelesen hatte, „82 Prozent der Opfer partnerschaftlicher Gewalt sind Frauen." Sie wusste aus bitterer eigener Erfahrung, wovon sie redete.

„Ist Helmut Schnabel der Typ, dem vorsätzlicher Mord an seiner Ex zuzutrauen wäre?", fragte ich in die Runde.

„Was heißt Typ?", wollte Astrid wissen. „Es gibt soziale Unterschiede bei den Tätern und es passiert überall. Ein 48-jähriger Mann in Baden-Württemberg erschießt seine Ehefrau und die vier gemeinsamen Kinder, weil sie ihn verlassen wollte. Ein 24-jähriger Saarländer erwürgt seine Lebensgefährtin, weil sie sich in einen anderen Mann verliebt hat. Ein 33-jähriger Münchener Manager erdrosselt seine Frau mit einem Strick, weil sie ihn wegen einer Affäre zur Rede stellt. Es gibt kein Muster."

„Und ein Arbeitsloser in Weimar wirft gezielt einen Pflasterstein auf das Auto, in dem seine ehemalige Freundin mit den gemeinsamen Kindern nach Hause fährt", ergänzte ich Astrids Aufzählung. „Wenn er es war", schränkte ich ein. „Vieles ist möglich."

Ob es aber auch einer der vier Jugendlichen gewesen ist, konnte noch nicht ausgeschlossen werden. Gegen sie sprach ihr unerlaubtes Zusammenkommen in dem leeren Haus. Ihre Aussagen stimmten zu deutlich und fast wörtlich überein, wie es nur sein konnte, wenn eine Verabredung vorlag, um eine mögliche Straftat zu überdecken. Am schwersten wog allerdings das vom kleinen Heinrich gemalte Bild. So etwas denkt sich ein Kind nicht aus.

Festlegen wollten wir uns noch nicht. Wir hielten es durchaus für möglich, mit einer dritten Variante konfrontiert zu werden. Sobald das Geld im Kasten klingt, die Seele in den Himmel springt, fiel mir der Spruch des Ablasshändlers Tetzel ein. Erst wenn wir einen wirklichen Schuldbeweis hatten oder doch wenigstens belastbare Indizien, konnten wir den Täter dingfest machen.

„Es kommt meistens alles anders und zweitens, als man denkt." Hans überbrachte mir die Nachricht, dass der Haftrichter Helmut Schnabel laufen lassen habe. Unsere Begründung, ihn vorläufig in Gewahrsam zu nehmen, die Hans in meiner Vertretung vorgetragen hatte, reichte nicht aus. Ich ärgerte mich. Weniger über die Entscheidung des Haftrichters, die ich ohnehin akzeptieren musste, als über die Tatsache, dass wir im Grunde genommen noch nicht viel weiter als zu Beginn unserer Untersuchungen waren; denn bei Lichte besehen handelte es sich wirklich eher um eine Vermutung als um eine gesicherte Erkenntnis. Der Druck, der auf uns lastete, wurde damit nur größer.

Helmut Schnabel wurde beauflagt, sich täglich bei uns zu melden und die Stadt vorerst nicht zu verlassen. Wenigstens das konnte ich erreichen. Von der Hinterlegung einer Kaution, ohnehin im Gegensatz zu den USA kaum noch in Deutschland angewendet, musste abgesehen werden. Schnabel war arm wie eine Kirchenmaus. Die Kinder dürfe er vorerst nicht sehen und sich ihnen auch nicht auf weniger als hundert Meter nähern. Überhaupt riet ich ihm, sich von Legefeld fernzuhalten.

„Ich weiß ja, dass Sie denken, ich war es, Herr Kommissar. Aber ich war es nicht. Schon wegen der Kinder. Und Julia … Alles Scheiße." Er ging, ohne sich noch einmal umzudrehen. Da stand ich nun, ich armer Tor, und war so klug als wie zuvor. Herzliche Grüße, Ihr Johann Wolfgang. Meine Hoffnung war, dass die Untersuchung des Steins im Institut für forensische Genetik Münster endlich ein brauchbares Ergebnis brachte, denn wenn DNA-Spuren gefunden wurden, dann konnten wir diese auch zuordnen.

Seit unser Gerichtsmediziner Dr. Gregor Pause mit Elke Otto liiert war, wie die beiden ihre Verbindung bezeichneten, kam er häufiger zu uns, um sie zu sehen, während er früher die Treffen stets in seinem Institut angesetzt hatte. Er legte mir das Ergebnis seiner Untersuchung auf den Tisch.

„In Kurzfassung, Gregor", bat ich ihn.

„Nur gegen eine Tasse Kaffee!"

Ich lachte. „Verstehe, die Brühe, die man bei dir bekommt, schmeckt immer irgendwie nach Arsen."

„Wieso darf man bei euch eigentlich nicht rauchen?", fragte er, als ich ihm den Kaffee eingoss.

„Weil bei uns bereits die Köpfe rauchen. Also, kurz und knapp."

„Wir haben es mit einer rhinobasalen Fraktur zu tun. Die Bruchspalte reicht bis zur Nasennebenhöhle und zur Schädelbasis allgemein. Dadurch kam es zu einer offenen Verbindung zwischen Nasenhöhle und dem Raum zwischen Hirnhaut und Gehirn. Die Folge: Austritt von Liquor cerebrospinalis unter Beimischung von Blut."

„Ich denke, daran ist sie nicht gestorben?", erinnerte ich mich seines Erstbefunds.

„Wäre sie aber. Dafür waren die Verletzungen zu heftig. Du musst mich schon ausreden lassen. Die Arteria carotis externa, die äußere Halsschlagader, ist durch einen eindringenden Glassplitter durchtrennt worden. Da die Verunfallte erst mühsam aus dem Auto herausgeschnitten werden musste, hat sie in der Zwischenzeit etwas über zwei Liter Blut und durch die Fraktur der Schädelbasis auch Gehirnflüssigkeit verloren. An dem massiven Blutverlust ist sie letztendlich gestorben."

„Hast du sonst noch etwas gefunden, irgendwelche Vorschädigungen?"

Er schüttelte den Kopf.

„Alkohol?"

Erneutes Kopfschütteln.

Das beruhigte mich, denn hätte auch nur eine geringe Menge Alkohol im Blutspiegel nachgewiesen werden können, wäre das vom Verteidiger des Steinewerfers aufgegriffen und als entlastend angeführt worden. „Julia Fleischer ist demnach verblutet, hätte aber auch sonst kaum eine Chance gehabt zu überleben", resümierte ich.

„Im Laiendeutsch korrekt formuliert", bestätigte

Pause. „Dein Kaffee ist auch nicht besser als meiner. Mir fehlt der Arsengeschmack. Ist Elke im Haus?" Er wartete die Antwort gar nicht mehr ab, klopfte noch einmal mit der flachen Hand auf seinen Obduktionsbericht und verließ das Zimmer.

Ich überlegte, ob ich mich gleich der Lektüre von Pauses Bericht widmen oder doch noch einmal die Aussagen der vier Jugendlichen durchsehen sollte. Ich legte den Obduktionsbericht beiseite und nahm den anderen Ordner aus dem Schrank. Wieso hatte Mike Hellwig das Schmierentheater mit Konrad Kahlow inszeniert? Ich kam zu keinem anderen logischen Schluss als zu der Erklärung, wir sollten ihm durch seine demonstrativen Bemühungen, uns bei der Aufklärung des Verbrechens zu helfen, Glauben schenken. Doch genau das machte ihn verdächtig, dass er etwas verbergen wollte. Aber was?

Die vier Jugendlichen hatten sich bis zu einzelnen Formulierungen abgesprochen. Zu welchem Zweck? Das schwächste Glied in dieser Kette war zweifellos Jan Karl Planer. Ihn noch einmal vorzuladen und zu befragen, hatte sein Vater mit dem Hinweis auf das Alter des Jungen leider untersagt. Bei der Überlegung, ob ich Nico Biegel oder Konrad Kahlow erneut einbestellen sollte, entschied ich mich für Letzteren. Der hatte uns wissentlich getäuscht, was ich ihm vorhalten konnte. Behinderung einer polizeilichen Untersuchung. Laut Legalitätsprinzip und Amtsermittlungsgrundsatz kann, wer eine polizeiliche Ermittlung stört, sogar vorläufig festgenommen werden. Ich beschloss, Konrad Kahlow unter Verweis auf den Paragraphen 161 Strafgesetzbuch zu bewegen, seine Aussage noch einmal zu überdenken, wenn ich auch die ganz große Keule nicht anwenden wollte. Aber ich brauchte eine Aussage, mit der ich etwas anfangen konnte. Ein bisschen Druck dürfte nicht schaden. Wenn er bei seiner Behauptung bliebe, wollte ich ihm vorhalten, könnte er vor Gericht aufgefordert werden, unter Eid auszusagen. Wäre ihm dann im Nachhinein eine Falschaussage nachzuweisen, bedeutete das mindestens ein Jahr Gefängnis. Schon eine uneidliche Falschaussage kann gemäß Paragraph 3, 153 Absatz 1 StGB, mit drei Monaten bis zu fünf Jahren Freiheitsentzug geahndet werden, je nach Schwere des zu verhandelnden Falles. Bei Meineid ist ein Jahr Haft das Mindeste. Und dafür kann man auch nach zwanzig Jahren noch zur Verantwortung gezogen werden. Vielleicht genügte es, Konrad Kahlow die Instrumente zu zeigen, damit er begriff, in welche Gefahr ihn eine Falschaussage bringen würde.

Gerade wollte ich Astrid deswegen zu mir bitten, als sie wie auf Stichwort plötzlich in meiner Tür stand, blass, die Klinke noch in der Hand. Mit einer Stimme, der man das Erschrecken noch anhörte, sagte sie: „Er ist gesprungen."

Überrascht blickte ich auf. „Wer?"

„Schnabel. Von der Autobahnbrücke."

Doktor Schlohs von der Intensivstation bat mich in sein Zimmer. Der Patient habe die Operation überstanden, sei aber noch nicht wieder bei Bewusstsein. Er würde auch noch einige Zeit im künstlichen Koma gehalten werden müssen. Im Übrigen habe er einen Blutalkoholspiegel von 2,83 Promille festgestellt. Die Verletzungen seien so schwerwiegend, dass er zurzeit noch keine Prognose geben könne, ob der Patient überhaupt wieder zu Bewusstsein gelangen würde. „Ehrlich gesagt", erklärte der Arzt, „wünsche ich ihm einen gnädigen Gott. Denn selbst wenn der Mann wieder aufwacht – und wir werden alles versuchen, um sein Leben zu retten", fügte er ein, „weiß ich nicht, ob man das, was ihn dann erwartet, noch Leben nennen kann. Tetraplegie, das ist eine Schädigung des Rückenmarks in Brusthöhe. Er wird weder Arme noch Beine je wieder bewegen können. Da zählen die zahlreichen anderen Frakturen kaum noch. Ist er verheiratet?"

Das verneinte ich. Er lebe getrennt von seiner Partnerin, mit der er zwei Kinder hat.

„Haben Sie eine Ahnung, warum er das getan hat?"

Ich hatte eine. „Nein", sagte ich.

„Und warum interessiert sich dann die Kriminalpolizei für ihn?"

„Seine ehemalige Freundin ist vor wenigen Tagen auf tragische Weise ums Leben gekommen. Übrigens genau an der Stelle, wo er gesprungen ist."

„Vielleicht deswegen", sagte der Arzt. „Das würde die Handlung erklären."

Ich bat ihn, mich umgehend zu informieren, wenn Helmut Schnabel wieder zu Bewusstsein kommt. Seine Aussage sei von entscheidender Bedeutung für unsere Ermittlungen im Fall des tödlichen Unfalls von Julia Fleischer.

Das versprach er mir, wenngleich er sehr daran zweifelte, ob sich der Patient überhaupt an etwas erinnern könne. „Das liegt in Gottes Hand, Herr Kommissar."

Ich bin ein Gottloser. Als Kind hat mich meine Großmutter zwar, wenn ich die Ferien bei ihr und Großvater auf dem Land verbrachte, sehr zum Verdruss meines Vaters immer mal wieder in die kleine Dorfkirche mitgenommen. Das fand ich stets sehr beeindruckend, auch ein wenig unheimlich. Aber Gott gesehen habe ich nie. Wenn Großmutter die Hände zum Gebet faltete, tat ich es ihr nach. Meine Andacht bestand allerdings darin, die schönen farbigen Fenster zu bewundern und die Bilder an den Wänden zu betrachten. Manchmal spielte der Kantor auf der Orgel. Das war schön. Aber nie fasste mich ein heiliger Schauer an. Später habe ich mich manchmal gefragt, ob es einen Gott gibt, weil doch selbst kluge Leute an seine Existenz glauben. Und Oma, die ich sehr liebte, hatte stets gesagt, ich würde ihn suchen und finden, wenn ich ihn einmal brauche. Doch ich wusste keinen Weg, der mich zu ihm geführt hätte. Gibt es ihn? Für die, die Gott brauchen, existiert er aber ganz bestimmt. Ich hatte meine Mutter in Verdacht, dass sie insgeheim wenigstens das Bedürfnis verspürte, glauben zu können, aber sie hätte es meinem Vater gegenüber nicht zugeben wollen. Das war ein Gottloser, wie sie manchmal und scheinbar nur im Scherz zu ihm sagte. „Du Atheist glaubst eben an deinen Marx und so. Ist nur ein anderer Glaube."

Es berührte mich, wie der Arzt auf höheren Beistand vertraute und dennoch alles tat, um seinen Patienten wieder gesund werden zu lassen. „Das liegt in Gottes Hand, Herr Kommissar." Wahrscheinlich meinte er, dass die ärztliche Kunst Grenzen hat, die anderenorts nicht gelten.

Nachdenklich fuhr ich in die Dienststelle zurück und fragte mich, warum Helmut Schnabel gesprungen ist, und zwar genau dort, wo die Mutter seiner Kinder ums Leben gekommen war. Ist Selbstmord die brutalste Form eines Schuldeingeständnisses? Hatte er die aus blinder Wut begangene Tat in ihrer Tragweite erst begriffen, als alles zu spät war? Liebte er sie noch immer und war aus lauter Verzweiflung über sein verpfuschtes Leben gesprungen?

Wir saßen beisammen und rätselten, wie wir Helmut Schnabels Sprung von der Autobahnbrücke verstehen sollten. Hans war ganz entschieden der Meinung, dass es sich um eine Verzweiflungstat handelte, weil der Mann mit der Schuld am Tod seiner einstigen Freundin nicht leben konnte. Er habe den Stein geworfen, um ihr einen Denkzettel zu verpassen. In seiner Wut und sicher vom Alkohol schon halb um den Verstand gebracht, habe er gar nicht überlegt, welche Folgen seine Tat haben könnte. Das sei ihm erst im Nachhinein klar geworden. Da war Julia Fleischer bereits tot.

Astrid bezweifelte diese Deutung. „Ich glaube, er liebte seine Kinder. Vielleicht liebte er auch seine Freundin noch. Der Jähzorn war ihm immer wieder in die Quere gekommen. Hinterher bereute er, Julia geschlagen oder die Kinder angebrüllt zu haben. Das gibt es doch. Wir haben nicht selten damit zu tun. Warum kann es nicht eine Verzweiflungstat gewesen sein? Freundin verloren, von den Kindern entfremdet, Arbeit verloren. Gelegentliche Jobs, die ihn nicht befriedigen konnten. Er ist gelernter Bauzeichner, nicht zeitweiser Hilfsarbeiter mit Gelegenheitsjobs. Er fühlt sich hin und her gestoßen und weiß doch, dass er es selbst ist, der mit dem Leben nicht klarkommt. Und zu guter Letzt droht ihm ein Prozess für eine Tat, die er gar nicht begangen hat. Er besäuft sich und springt. Ist das so abwegig?“

Elke stimmte ihr zu. „Wir waren zu voreilig.“

Das gab mir einen Stich, denn ich war es, der ihn dem Haftrichter vorgeführt hat, obwohl die Schuld noch gar nicht erwiesen war. Aber hatte ich voreilig gehandelt? Niemand widersprach Elke.

„Gut“, sagte ich und schloss damit die Besprechung ab, „wollen wir hoffen, dass Helmut Schnabel wieder zu Bewusstsein kommt, ob er nun schuldig ist oder nicht. Der Arzt will mich informieren, wann und ob wir mit seinem Patienten sprechen können. Ich hoffe, wir können es bald.“

Die Kollegen von der Verkehrspolizei hatten mir eine Kopie ihres vor Ort aufgenommenen Protokolls zukommen lassen. Helmut Schnabel war weder gestoßen noch gedrängt worden. Er war dorthin gefahren, wo seine Ex zu Tode gekommen ist. Er hatte sich Mut angetrunken. Eine fast leere Wodkaflasche war sichergestellt worden. Mir fiel auf, dass er nicht direkt auf der Fahrbahn aufgeschlagen ist, als ob er vermeiden wollte, dass ein zufällig vorbeikommendes Fahrzeug durch scharfes Bremsen oder hektisches Ausweichen einen Crash verursacht und vielleicht Dritte in Mitleidenschaft gezogen hätte. Zufall? Das glaubte ich nicht. Es sei denn, er war so betrunken, dass er zu einer bewussten Handlung nicht mehr fähig gewesen und über das Brückengeländer gestürzt ist. 2,83 Promille hatte Doktor Schlohs gesagt. Das ist auch für einen, der regelmäßig zur Flasche greift, grenzwertig.

Niemand konnte mir einen Vorwurf machen, außer ich tat es selbst. Ich hatte nur das eine Ziel gehabt: den Mörder von Julia Fleischer zu überführen. Hatte ich Signale übersehen? War Helmut Schnabel für mich einfach der Schläger und Randalierer und nicht auch ein unglücklicher Mensch? Ich dachte an die Aussagen der Frau von der Autobahnmeisterei. Was wusste ich von ihm außer dem, was ich sehen wollte? Kein Mensch ist nur gut oder nur schlecht. Niemand wird geboren und ist sofort ein Unhold. Ich wusste nicht, warum sich Helmut Schnabel gelegentlich nicht unter Kontrolle halten konnte. Nicht jeder, der seine Arbeit verliert, verliert auch sein Selbstbewusstsein. Ich wünschte plötzlich, er wäre es nicht gewesen. Er sollte aufwachen aus seiner Ohnmacht und auf wundersame Weise genesen. Es liegt in Gottes Hand, hatte der Arzt gesagt. Vielleicht vollbrachte der ein Wunder, wie es Jesus an Lazarus vollbracht haben soll. Helmut Schnabel, komm heraus und wandle! Es war absurd, aber so, wie ich ihn liegen wusste auf der Intensivstation, tat er mir leid, selbst wenn er den Stein geworfen hatte. Ekke Ponte, fragte ich mich, taugst du noch zu deinem Beruf?

Es klopfte. Erst auf meine Aufforderung trat Hans ein. Das tat er sonst nie. Ich hatte manchmal den Eindruck, er war eher in meinem Zimmer, als dass er klopfen konnte. Sein Gesichtsausdruck passte zu meiner Stimmung.

„Hast 'n Schnaps im Schreibtisch?"

Ich bot ihm Platz an und wartete.

„Ist Scheiße."

Ich nickte.

„Egal, ob er es war oder nicht war."

Ich nickte.
„Was ist nun mit Schnaps?“
„Wir gehen nach Feierabend zu Mario in den Sächsischen Hof. Einverstanden?“
Er nickte.
„Was machen die Mädels?“
„Lassen die Köpfe hängen. Damit konnte keiner rechnen, dass er springt.“
Ich nickte.
„Ist auch besser so“, sagte er.
„Was?“, fragte ich.
„Mit dem Feierabend.“
Ich nickte.
Das Telefon klingelte. Doktor Schlohs vom Klinikum meldete sich. „Herr Schnabel ist soeben an den Folgen seiner inneren Verletzungen verstorben.“
„Sag ich doch“, kommentierte Hans sarkastisch. „Alles Scheiße.“

Wir hatten die Hoffnung schon aufgegeben, dass sich jemand mit einem brauchbaren Hinweis auf unseren Aufruf meldete. Einige der Anrufer kannten wir von früheren Fällen. Wichtigtuer. Trotzdem mussten ihre Angaben überprüft werden. Es hätte ja können sein. Ein Heuhaufen ohne eine Nadel. Da klopfte eine junge Frau an meine Tür. Ich bat sie einzutreten.
„Grit Hausen“, stellte sie sich vor. „Ich komme wegen einer Beobachtung. Ich wohne in Jena und

ein Bekannter hat mich im Auto mitgenommen. Er ist LKW-Fahrer. Ich wollte nach Frankfurt, also Frankfurt am Main", hielt sie für erforderlich zu erklären, obwohl sie, hätte sie an die Oder reisen wollen, nicht über Weimar gekommen wäre. Das ist mir schon häufiger aufgefallen, dass die Unterscheidung mit besonderer Betonung eine mehr im Osten angesiedelte Bemerkung ist. Ich war nur überrascht, weil die junge Frau deutlich nach der sogenannten Wende geboren wurde. Ossistolz? „Weil ich dort studiere. BWL", setzte sie erklärend hinzu.

„Und um welche Beobachtung handelt es sich?", erkundigte ich mich, ahnte aber bereits, weswegen sie gekommen ist.

„Mir fiel das erst hinterher ein. Ich achte nicht unbedingt auf alles, was einem unterwegs begegnet. Eigentlich hatte ich mich mit meinem Bekannten unterhalten. Und dass es sich um die Brücke bei Gelmeroda handelte, hat er mir erst gesagt, als ich ihn fragte, was die Leute auf der Brücke zu tun haben könnten. Nichts, hat er gesagt. Die gehören da gar nicht hin."

Ich hörte ihr interessiert zu, unterbrach sie aber nach den ersten Sätzen, weil ich meine Kollegin hinzuziehen wollte. Astrid kam sofort.

„Also", begann die junge Frau noch einmal, „ich war unterwegs nach Frankfurt. Mein Freund fährt einen Lkw. Der hat mich mitgenommen. Und als wir über die Brücke bei Gelmeroda fuhren, fiel mir eine Gruppe von vier jungen Leuten auf. Ich wusste erst gar nicht, dass es Gelmeroda war. Das hat er mir hinterher gesagt, als ich ihm von dem Aufruf erzählte. Er konnte sich zwar nicht an die Vier erinnern, meinte aber, das müsse Gelmeroda gewesen sein. Er fährt die Strecke häufig. Jedenfalls, es waren vier junge Leute auf der Brücke. Daran erinnere ich mich."

Ich sah Astrid die Erleichterung an. Nach all den vergeblichen Versuchen herauszufinden, wer für den Anschlag verantwortlich ist, nach den zahlreichen, aber nicht wirklich belastbaren Indizien und den unterschiedlichen, sich entweder widersprechenden oder allzu auffällig ähnlichen Aussagen war die Beobachtung der Studentin aus Jena ein wichtiger Anhaltspunkt, zumal ihre Beobachtung mit dem Bild des kleinen Heinrich Fleischer übereinstimmte. Er hatte vier Personen gemalt, sie hatte vier junge Leute zur Tatzeit auf der Brücke gesehen.

„Würden Sie die Personen wiedererkennen, Frau Hausen?", wollte ich wissen.

Da machte sie ein bedenkliches Gesicht. „Wissen Sie, es war ja nur ein Moment. Und wirklich hingesehen habe ich auch nicht. Was man eben so nebenbei mitbekommt, wenn man auf der Autobahn unterwegs ist. Ich hatte nur neulich im Radio Ihren Aufruf gehört und dachte, dass es vielleicht wichtig sei, was ich gesehen habe. Aber wiedererkennen?"

Sie schüttelte den Kopf. „Vielleicht wenn Sie Fotos hätten. Aber auch dann ... Nein, es waren vier Personen. Das kann ich mit Sicherheit sagen. Hilft Ihnen das weiter?"

„Durchaus", sagte ich. „Es räumt jedenfalls gewisse Zweifel aus." Ich dachte an Helmut Schnabel. Der wird sich kaum mit drei weiteren Personen auf die Brücke gestellt haben. Nein, Hellwig, Biegel, Kahlow und der kleine Planer waren es. Da konnten wir uns ziemlich sicher sein. Ich bat Astrid, das Protokoll aufzunehmen und bedankte mich bei der jungen Frau, die übrigens nicht nach einer Belohnung gefragt hat.

Als ob die guten Nachrichten die schlechte von Helmut Schnabels Tod ausgleichen wollten, hatte Elke das Ergebnis aus dem Institut für forensische Genetik Münster bekommen. Dank hochempfindlicher Geräte war es den Wissenschaftlern um Professor Brinkmann gelungen, geringe Spuren zu extrahieren und zu bestimmen. Das Problem: Sie hatten vier verschiedene Spuren sichern können. Wir besaßen allerdings noch kein Vergleichsmaterial. „Einer der vier hat den Stein in der Hand gehabt und geworfen", sagte Elke. „Handschuhe hat der bestimmt nicht getragen. Ich werde ihnen der Reihe nach Speichelproben abnehmen. Die richterliche Genehmigung hole ich mir sofort. Ladet ihr die Herrschaften vor?"

Ich riet, Hellwig, Biegel und Kahlow zu Hause, in der Schule oder am Arbeitsplatz aufzusuchen, um vor Ort die Proben zu nehmen.

„Und Jan Karl?“, fragte Astrid. „Hast du bei dem irgendwelche Beißhemmungen?“

Ich wusste, worauf sie anspielte. „Der Bengel ist erst 13. Und wenn sein Papa nein sagt, müssten wir eine begründete richterliche Anordnung präsentieren. Ich glaube nicht, dass unser Oberstaatsanwalt so schnell seine Einwilligung gibt. Wir sehen, was bei den ersten drei herauskommt. Sollte keiner von ihnen infrage kommen, gibt es nur noch die vierte Möglichkeit. Da wird auch der Herr Regierungsdirektor sich nicht mehr sperren können.“

Die DNA ist Träger der Erbinformationen aller Lebewesen. Sie speichert und gibt sämtliche relevanten Informationen weiter, um den Tochterzellen mit der Teilung die gleiche, unverwechselbare Ausstattung zu installieren. Dieser sogenannte genetische Fingerabdruck ist noch genauer als daktyloskopische Vergleichsuntersuchungen. Es genügt ein einzelnes Haar oder eine Hautzelle, um den absolut sicheren Nachweis zu erbringen, von wem die untersuchte Spur stammt. Dieses Verfahren ist noch relativ jung. 1988 wurde es in Deutschland zum ersten Mal in einem Strafprozess vor Gericht zugelassen. Der klassische Fingerabdruck darf im Rahmen einer polizeilichen Ermittlung von der verdächtigten Person abgefordert werden. Für die Abnahme eines genetischen Fingerabdrucks zur Aufklärung einer schweren Straftat muss laut Strafprozessordnung Paragraph 81 g ein richterlicher Beschluss vorliegen. Fingerspuren waren an dem Stein, der von der Brücke geworfen wurde, nicht nachzuweisen.

Gemeinsam mit Elke begab ich mich zum Rollplatz, wo Mike Hellwig wohnt. Wir hatten Glück, nicht nur ihn, sondern auch die beiden 16-Jährigen anzutreffen. Hellwig machte erst einmal auf dicke Hose. Wir hätten kein Recht auf die Entnahme der Speichelprobe. Die richterliche Anordnung musste er schließlich akzeptieren.

„Wo ist Jan Karl?“, fragte ich Mike Hellwig.

„Keine Ahnung. Der darf nicht mehr mit uns spielen, hat sein Papa gesagt.“ Die beiden anderen lachten gehässig.

Ich ließ mich nicht provozieren. „Herr Hellwig, es interessiert Sie vielleicht, dass sich heute eine Zeugin gemeldet hat, die vier Jugendliche auf der Autobahnbrücke Gelmeroda gesehen hat und zwar zu exakt dem Zeitpunkt, als der Stein geworfen wurde. Was glauben Sie denn, was passiert, wenn wir eine Gegenüberstellung vornehmen?“ Das war nicht ganz korrekt nach Vorschrift, aber die Wirkung gab mir recht.

Den beiden anderen gefror das Grinsen im Gesicht. Mike Hellwig blickte mich misstrauisch an. „Was für eine Zeugin? Die will uns gesehen haben?“ Er drehte sich zu Nico Biegel und Konrad

Kahlow um. „Waren wir auf der Brücke oder waren wir es nicht, Leute? Sagt doch auch mal was!“

Es kam ziemlich dünn von beiden. „Wir waren nicht auf der Brücke. Wir haben keine Steine geworfen.“

„Da hören Sie es!“, triumphierte Mike Hellwig. Aber ich hatte den Eindruck, dass er nicht mehr ganz so großspurig auftrat. Möglicherweise wollte er auch nur noch den starken Mann markieren, um den beiden Jüngeren zu imponieren. Wenn er den Stein geworfen hatte, konnte er nicht mehr davon ausgehen, als Jugendlicher oder Heranwachsender vor dem Richter zu stehen, obwohl er auch dann mit einer längeren Freiheitsstrafe rechnen müsste. Für ihn konnte durchaus das Erwachsenenstrafrecht angewandt werden, falls ihm nicht ein cleverer Anwalt im Verein mit einem Gutachter mangelnde geistige Reife attestieren ließ und Jugendstrafrecht forderte. Ich habe schon Pferde in der Apotheke kotzen gesehen.

„Übrigens“, sagte ich zu Nico Biegel und Konrad Kahlow, „wenn es einer von euch war, wird der Richter immer von einer gemeinschaftlich ausgeführten Tat ausgehen. Und das heißt im Klartext: Mitgefangen, mitgehangen. Ich würde es mir an eurer Stelle genau überlegen, ob ein rechtzeitiges Geständnis nicht doch angebracht ist. Ihr wisst ja, wo ihr mich erreichen könnt.“ Mit dieser Ansage ließ ich sie zurück. Ich hatte die leise Hoffnung, dass einer der beiden 16-Jährigen seine Chance nutzen würde.

Elke begab sich sofort in ihr Labor, um die Vergleichsanalyse vorzunehmen. Wir wussten, dass wir uns gut 18 bis 24 Stunden gedulden mussten, ehe ein sicheres Ergebnis vorlag. Deshalb rief ich Hans an, nachdem wir Mike Hellwigs Wohnung verlassen hatten. Er möge dafür Sorge tragen, dass zwei Kollegen vom Rollplatz aus, der ein gut besuchter Parkplatz ist, das Haus im Auge behalten sollten.

Die gedrückte Stimmung, die mir seit der Nachricht von Helmut Schnabels Sprung von der Brücke und mehr noch von seinem Ableben auf dem Magen lag, löste sich allmählich. Ich war mir sicher, jetzt den Faden am richtigen Ende erwischt zu haben, der uns zum Täter führen würde. Auch wenn man den Selbstmord Helmut Schnabels als Eingeständnis der Schuld interpretieren konnte: Ich glaubte nicht mehr, dass er den Stein geworfen hat. Nur – glauben hilft in meinem Beruf nicht. Es müssen Beweise her, hieb- und stichfest, um später nicht mit hängenden Ohren aus dem Gerichtssaal schleichen zu müssen.

Nein, eine große Überraschung war das nicht, als mir Elke das Ergebnis der DNA-Analyse aus Münster mitteilte. Geringe Partikel stimmten mit der Speichelprobe von Mike Hellwig überein. Leider bewies das nur, dass Hellwig den Stein irgendwann einmal angefasst hatte, mehr nicht. Und es kam noch etwas dicker. Die Wissenschaftler hatten drei weitere Befunde nachgewiesen, die Elke nur in einem zweiten Fall zuordnen konnte: Julia Fleischer. Klar, sie war von dem Stein getroffen worden. Wem gehörte Nummer drei?

Da gab es verschiedene Möglichkeiten, die abgeklärt werden mussten. „Zum Beispiel die anderen aus Hellwigs Gang“, überlegte Astrid laut. „Ich nehme an, du hast die Proben?“, fragte sie Elke.

„Habe ich, mit der einen Ausnahme. An den Knaben komme ich nicht heran.“

„Immerhin können wir damit zwei weitere Verdächtige ausschließen. Bliebe also das Söhnchen.“ Hans machte eine unwillige Geste.

„Ich rede mit Oberst Zahn“, sagte ich. „Allerdings müssen wir dann alle anderen Möglichkeiten ausschließen können.“

„Definitiv“, bekräftigte Hans mit seinem Lieblingswort.

„Was ist mit diesem Erwin? Er hat mit Helmut Schnabel den Hof im Possendorfer Weg gepflastert.“

Ich entschied, dass wir der Reihe nach vorgehen sollten. Mike Hellwig stand fest. Als Nächste auf unserer Liste standen die drei Jugendlichen – vorerst mit der Ausnahme Jan Karl. Dann dieser Erwin von der Autobahnmeisterei und der Hofbesitzer im Possendorfer Weg. Oder doch Helmut Schnabel?

„Der hat sich leider davongemacht“, konstatierte Hans scheinbar herzlos. „Falls er es war, steht er inzwischen vor einem ganz anderen Gericht.“

Mir gefiel die Tonart des Kollegen nicht, aber ich ließ es bei einem tadelnden Blick. Stattdessen resümierte ich unsere bisherigen Ergebnisse. „Wenn es kein Dummejungenstreich war oder das Imponiergehabe eines Halbwüchsigen, der sich Anerkennung in der Gruppe verschaffen wollte, oder wenn es nicht einfach ein tragischer Unfall gewesen ist, dass ein vorbeifahrendes Auto einen auf der Straße liegenden Stein weggeschleudert hat, der auf eine Autoscheibe unter der Brücke einschlug ..."

„... dann bleibt eigentlich nur Absicht", vollendete Astrid meine Gedanken. „Dann hat der Täter den Stein gezielt auf das Auto geworfen, das nach seinem Wissen zu einer bestimmten Zeit von Legefeld nach Weimar unterwegs sein musste?"

Ich schüttelte verneinend den Kopf. „Helmut Schnabel nicht."

„Ich werde das prüfen", sagte Elke. „Wenn seine DNA auf dem Stein ist, nützt es ihm nicht, dass er gesprungen ist."

Uns aber auch nicht, dachte ich, ohne den Satz auszusprechen. Ich erinnerte mich der Einschätzung von Martina Rydzyna: Er ist ein Arsch. Aber nahezu im gleichen Satz hatte sie ihn verteidigt. Er sei zu einer solchen Tat nicht fähig. Oder doch?

Die Observation von Mike Hellwigs Wohnung hatte ergeben, dass zwar die beiden Halbwüchsigen weggegangen waren, aber Hellwig selbst noch oben sein musste. Ich fuhr mit Hans zum Rollplatz. Wir parkten das Auto vor dem Hotel Sonne. Vor dem Haus stand ein Schild. „Schön, dass Sie da sind." Mike Hellwig würde das anders sehen. Dann gingen wir in das Nebenhaus, in dem Hellwig wohnte. Wir klingelten. Er machte auf. „Ihr schon wieder?"

„Dürfen wir eintreten oder sollen wir Sie gleich im Treppenhaus verhaften?" Hans machte nicht viel Federlesens.

Mike Hellwig leistete zu unserem Erstaunen keinen Widerstand. Vermutlich hatte er schon seit gestern darauf gewartet, verhaftet zu werden. Er hätte über den Hinterausgang fliehen können, wenn er unser Kommen vom Fenster aus bemerkt hätte. Ich fragte mich, warum er es nicht getan hat, denn der Parkplatz war gut überschaubar. Lässig hielt er uns beide Hände entgegen. War der Bursche so kaltschnäuzig oder steckte hinter dem Ganzen ein Plan, den wir noch nicht kannten?

Als er dann Hans und mir im Verhörraum gegenübersaß, lehnte er sich in seinem Stuhl zurück und machte wahrhaftig nicht den Eindruck, als könnte ihm irgendwas oder irgendwer aus der Ruhe bringen. Er saß nicht da. Er fläzte, beide Arme in Abwehrhaltung vor der Brust verschränkt. Falls er uns damit provozieren wollte, wusste er nicht, dass uns solche Art von Herausforderung kaum beeindrucken konnte.

„Herr Hellwig, die wissenschaftliche Überprüfung des Pflastersteins, mit dem von der Autobahnbrücke auf die Frontscheibe eines unten vorbeifahrenden Autos geworfen wurde, weist eindeutig Ihre DNA aus. Die Folgen des Anschlags kennen Sie. Wir reden also nicht über einen etwas makabren Scherz. Mal sehen, was passiert, wenn ich so eine Klamotte auf die Fahrbahn werfe. Wir reden mindestens von einem gefährlichen Eingriff in den Straßenverkehr mit tödlichem Ausgang, wenn nicht gar von einem Mord. Sie sind nicht so unbedarft, dass Sie sich nichts weiter dabei gedacht haben, als Sie den Stein warfen, um Ihren Gefolgsleuten zu imponieren. Wie gesagt, Dummejungenstreiche sehen anders aus."

„Was für ein Pflasterstein?", fragte er trocken.

„Pass mal auf, Bursche, unsere Kollegen von der Spurensicherung sind gerade dabei, deine Wohnung auf den Kopf zu stellen. Wir interessieren uns zum Beispiel für einen blauen Stoffbeutel. Die Kollegen sind sehr gründlich", hielt ihm Hans vor. „Und wer weiß, was die noch alles finden."

„Das ist Hausfriedensbruch! In meiner Abwesenheit hat niemand etwas in meinen vier Wänden zu suchen."

„Schon mal was von richterlichem Durchsuchungsbeschluss gehört?"

Er machte eine wegwerfende Geste, als wolle er uns das Papier aus den Händen schlagen. „Ich hoffe, die räumen hinterher auch wieder alles schön auf. Oder machst du das, Bulle?“

Hans lächelte maliziös. Solche Unverschämtheiten brachten ihn nicht aus der Ruhe. Das gehörte sogar irgendwie zu seiner unorthodoxen Art, Beschuldigte zu verhören. Er selbst hatte schließlich mit der Anrede das Du provoziert.

„Herr Hellwig, Sie sollten sich einen Anwalt nehmen“, schaltete ich mich wieder ein. Mit einem kurzen Blick zu Hans hatte ich ihm bedeutet, dass wir uns keine Fehler leisten durften. Jeder Anwalt hätte zumindest sein Erstaunen ausgedrückt, wenn ihm sein Mandant erzählte, dass er geduzt und verächtlich behandelt worden wäre. Manchmal, fand ich, griff Hans auf Verhörmethoden zurück, die er in einer anderen Zeit gelernt und praktiziert hatte.

„Ich kann mich gut genug selber verteidigen“, erklärte Mike Hellwig. „Schließlich habe ich nichts verbrochen. Was weiß ich, wie meine DNA an den Stein gekommen ist. Vielleicht lag mir die Klamotte irgendwo im Weg und ich habe sie – richtig“, sagte er, als ob ihm plötzlich eine Erinnerung kam, „da hat einer im Possendorfer Weg seinen Hof pflastern lassen und beim Abladen der Steine ist wohl einer auf den Weg gekullert. Ich habe ihn genommen und zu den anderen geworfen. Jetzt erinnere ich mich wieder. War ja nichts von Bedeutung. Ist mir entfallen. ’tschuldigung.“ Er blieb bei seinem überlegenen Grinsen.

„Aha. Und dann hat der, der den Hof gepflastert hat, ausgerechnet diesen Stein mitgenommen, um ihn in eine Frontscheibe zu werfen."

„Zum Bleistift." Das Grinsen wurde noch etwas unverschämter.

„Es sind aber eindeutig Ihre Hinterlassenschaften, Herr Hellwig."

Er zuckte mit den Schultern. Dass er den Stein in der Hand gehabt hat, war noch längst kein Beweis, dass er ihn auch von der Brücke geworfen hat, wo er im Übrigen weder zu der Zeit noch ein andermal sonst gewesen sein will. Er sei nie auf der Brücke gewesen. Das wäre doch verboten, auf der Autobahn herumzuspazieren. Er grinste.

Ich gestand ihm nicht zu, dass seine DNA an dem Stein lediglich bewies, dass er ihn irgendwann angefasst, aber nicht unbedingt auf das Auto geworfen haben musste. Ein solcher Zusammenhang, würde ein geschickter Anwalt behaupten, sei kein Beweis, sondern nichts als eine Vermutung. Dünnes Eis. So war er nicht zu packen. Außerdem hatten die Experten aus Münster, wie dem beigefügten Schreiben zu entnehmen war, weitere DNA-Spuren anderer Personen gefunden, womit Hellwig nicht zweifelsfrei als Täter überführt werden konnte. Das sagte ich ihm natürlich nicht.

Leider kam er selbst darauf. Mit einem überlegenen, scheinbar freundlichen Lächeln erklärte er: „Herr Kommissar, es sollte mich wundern, wenn nur meine DNA auf dem Stein wäre. Ich sagte doch, dass mir so eine Klamotte im Weg lag und ich sie zurück auf den Haufen geworfen habe. Was ist mit dem Mann, dem der Hof gehört? Was mit den Männern, die die Steine verlegt haben? Und dann die Leute aus dem Steinbruch oder wo das Zeug herkommt. Nee, nee, Herr Kommissar, Sie kennen den Satz mit X. War wohl nix." Er lehnte sich zufrieden zurück.

Hans versuchte es wieder mit seiner Methode, indem er behauptete: „Sie sind gesehen worden, Sie und Ihre Jungs, wie Sie Ihre Gefolgschaft nennen."

„Ach, wissen Sie, Herr Kommissar", hielt er dagegen, „wir können ja mal einen Test machen. Sie fahren mich ein bisschen spazieren und ich frage Sie hinterher, was die Frau für einen Hund hatte, der gerade gegen einen Baum pinkelte, als wir an ihr vorbeifuhren. War's ein Pudel oder ein Straßenköter oder hatte sie gar keinen Hund an der Leine?"

Mike Hellwig war kein heuriger Hase. Er hatte schon häufiger wegen kleinerer Delikte vor einem Richter gestanden. Er hatte bestimmt dabei die Erfahrung gemacht, dass sich Zeugen irren können.

Ich wusste von einem Fall, der durch die Fachpresse ging. Ein Mann stand vor einem Schaufenster und betrachtete die Auslage, als es plötzlich hinter ihm krachte. Zwei Autos waren frontal aufeinandergeprallt. Der Mann hatte den Unfall nicht gesehen, aber in seinem Gehirn entstand die Vorstellung, wie der Unfall passiert sein musste. Und dieses Bild setzte sich fest. Bei seiner Beschreibung vor Gericht wäre er bereit gewesen, einen Eid zu schwören. Der Richter war klug genug, die Aussage nicht in seine Bewertung einzuschließen, denn der tatsächliche Vorgang war von der Verkehrspolizei anders dokumentiert worden, als ihn der Zeuge gesehen haben wollte. Der aber blieb bei seiner Aussage, er habe es schließlich mit seinen eigenen Augen gesehen. Analog zu sogenannten verschmutzten Spuren, die zu falschen Schlüssen führen können, spricht man auch von verschmutzten Gedächtnisspuren. Offensichtlich setzte Mike Hellwig auf Fehlurteile, die später revidiert werden mussten, weil sich eine Zeugenaussage im Nachhinein als Irrtum erwies.

Es wurde an die Tür geklopft. „Jetzt nicht!“, rief ich. Die Tür ging auf und Elke trat ein. In einer Plastiktüte hielt sie einen blauen Stoffbeutel hoch. „Er lag in einem Container am Langen Jakob. Ist nicht weit vom Rollplatz.“

„Ja, so ein Zufall!“, sagte ich in Valentin'scher Tonart.

„Und was hab ich mit dem hässlichen Studentenwohnheim zu tun?“, fragte Mike Hellwig herausfordernd. Ich sah ihm an, dass Elkes Beweisstück nicht in seine Strategie passte.

„Wahrscheinlich nichts“, sagte Elke. „Aber es ist Ihr blauer Beutel, in dem der Pflasterstein transportiert wurde. Passt übrigens prima zu Ihrer DNA." Sie legte das Corpus Delicti auf den Tisch.

„Danke, Elke." Ich gab mir Mühe, meine Erleichterung zu verbergen. Nach und nach fanden sich immer mehr Puzzleteile an, die bereits ein Bild erkennen ließen. Ich dachte an das Tigerohr, das ich für den kleinen Heinrich gefunden hatte.

Elke verließ das Verhörzimmer, meinen Dank mit einem Lächeln quittierend. Dann drehte ich mich wieder zu Mike Hellwig. „Sie kennen die Geschichte von den gescheiten Hühnern, Herr Hellwig?"

„Und Sie kennen bestimmt die Geschichte vom blinden Huhn." Er grinste frech. „Den Beutel habe ich vor Wochen verloren, als ich im Atrium einkaufen war. Dort gehen auch viele von den Fidschis hin, die im Langen Jakob wohnen."

„Können wir uns darauf verständigen, Herr Hellwig, dass die abwertende Bezeichnung Fidschi als beleidigend und rassistisch gemeint ist?"

„Geschenkt, Herr Kommissar. So billig wollen Sie mir doch nicht an die Wäsche. Oder schwimmen Ihnen die Felle davon und Sie versuchen, mir irgendetwas anzuhängen, damit Sie Ihre kostbare Zeit nicht vergebens verbraucht haben? Ich war's nicht!"

Ich grübelte, was Mike Hellwig in der Hinterhand haben konnte, dass er so unverschämt log und alle Schuld abstritt. Ich sollte es am folgenden Tag erfahren.

„Herr Hellwig, Sie sind dringend verdächtig, durch das Werfen eines Pflastersteins einen schweren Verkehrsunfall mit Todesfolge herbeigeführt zu haben. Deshalb nehme ich Sie vorläufig fest. Sie werden morgen dem Haftrichter vorgeführt."

Er behielt sein überhebliches Grinsen, als er aus dem Zimmer in eine Zelle gebracht wurde.

„Ich fresse einen Besen, wenn der nicht noch ein Ass im Ärmel hat", sagte Hans. Und damit traf er genau meine Empfindung.

Als ich am späten Abend nach Hause kam, sah ich, dass Bastian gerade anfing, seine Hausaufgaben für den nächsten Tag zu erledigen, die er vor einer Woche schon aufbekommen hatte. Ich stellte ihn zur Rede und bekam eine Antwort, die mir um eine Spur zu forsch war. Ich solle mich nicht aufregen, es sei ja noch rechtzeitig.

„Werd nicht patzig!", herrschte ich ihn an. „Hausaufgaben werden an dem Tag erledigt, an dem du sie aufbekommst und nicht auf den letzten Pfiff. Wenn ich meine Arbeit so vernachlässigen würde, könnte ich mir aber ein Pfeifchen anstecken, Herr Sohn!" Ich spürte im gleichen Moment, dass ich zwar in der Sache recht hatte, aber die Schärfe des Tons unangemessen war. Ekke Ponte, dachte ich reuig, du heißt doch nicht Dr. Planer! Aber zurücknehmen wollte ich auch nichts. Ein bisschen mehr Ordnung in seinen Sachen konnte dem Jungen wirklich nicht schaden.

Das hörte Lilli, die sich zufällig auch in der oberen Etage aufhielt. Als hätte sie meine Schelte nicht mitbekommen, sagte sie sanft, sehr sanft: „Kommst du mal bitte, Ekke?“ Diese Art von Sanftheit kenne ich. Aber vor dem Jungen wollte ich die Diskussion nicht führen. Ich folgte meiner Frau. Sie ging vor mir die Treppe hinab, steuerte die Küche an, machte eine Handbewegung in Richtung meines Stuhles und fragte, immer noch in diesem sanften Ton: „Möchtest du einen Tee, Liebling? Vielleicht einen Beruhigungstee?“

Meinen Widerspruch ließ sie nicht gelten. „Was ist los, Ekke? Die verspätet erledigten Hausaufgaben von Bastian sind es nicht. Du bist seit ein paar Tagen gereizt wie ein verwundeter Tiger. Du selbst hast immer gesagt, dass du das trennen kannst. Es ist wegen der getöteten Frau, ja?“ Der leicht drohende Unterton von eben war einer eher besorgten Stimme gewichen.

Ich ließ mir tatsächlich einen Tee servieren. Lilli setzte sich mir gegenüber. „Ekke, der Junge kann nichts dafür.“

Natürlich meinte sie nicht seine zu spät erledigten Hausaufgaben. So schnell wollte ich aber nicht klein beigeben. „Ist doch wahr“, sagte ich trotzig. „Er hat eine ganze Woche Zeit gehabt.“

„Bei uns in der Werkstatt“, sagte Lilli scheinbar ohne Zusammenhang, „arbeiten zwei Frauen aus Legefeld. Im Ort gibt es zurzeit kein anderes Thema.

Die wissen zwar nicht, dass du den Fall bearbeitest, aber sie wissen, dass ich mit einem Kriminaler verheiratet bin. Wenn sie in meiner Gegenwart von dem Unfall reden, habe ich das Gefühl, es geschehe nicht zufällig."

Erstaunt blickte ich auf. „Wie das?"

„Neulich hörte ich, wie eine sagte, beim Falschparken sind die jedenfalls schneller."

„Und, was hast du geantwortet?"

„Nichts. Ich habe getan, als hätte ich es nicht gehört."

Ich wunderte mich mal wieder über Lillis feine Antennen. Sie spürte meine innere Unruhe und sie ahnte den Grund, ohne ihn direkt anzusprechen.

„Der Junge kann nichts dafür."

„Jan Karl?", fragte ich verblüfft.

„Nein, dein Sohn." Sie lächelte. „Wer ist Jan Karl?"

Da erzählte ich ihr von dem jüngsten Bandenmitglied. Lilli hörte aufmerksam zu, als ich ihr von dem Jungen erzählte und den kasernösen Ton des Herrn Regierungsdirektors schilderte. Ich spürte dabei, wie sich die Spannung langsam löste, mit der ich nach Hause gekommen war. Lag es am Tee? Oder an Lilli?

Als ich geendet hatte, sagte sie nachdenklich: „Vielleicht war er es." Damit folgte sie meiner vagen Spur, die in Jan Karls Richtung führen konnte. „Er ist minderjährig und kann nicht verurteilt werden. Vielleicht war er es gar nicht und er will sich an seinem Vater rächen. Gesteht er die Tat, ob er sie nun begangen oder nicht begangen hat, sind die Aussichten seines Vaters, Ministerpräsident zu werden, auf lange Sicht ziemlich eingetrübt."

Kann ein Kind so hinterhältig denken, um sich für die permanenten Erniedrigungen durch seinen Vater zu rächen?

„Du sagst, der Junge will unbedingt bei den Älteren punkten, um als gleichwertig anerkannt zu werden? Vielleicht war es eine Mutprobe auf der Brücke, um den anderen zu imponieren. Passieren kann ihm in beiden Fällen nichts. Das weiß er."

Ich blickte meiner Frau gerade in die Augen. „Was war das für ein Tee?"

„Baldrian. Beruhigt ungemein. Und jetzt geh zu deinem Sohn und entschuldige dich."

„Auf keinen Fall! Der muss lernen, seine Pflichten etwas ernster zu nehmen. Hausaufgaben kurz vor Ultimo! Wo gibt es denn sowas?"

„Ich kenne einen", sagte Lilli, „der hat mir mal erzählt, dass er seine Matheaufgaben erst in der großen Pause vor der nächsten Stunde erledigt hat, meistens unter Mithilfe eines Freundes. Mathe war nicht sein Fach. Am Ende konnte er froh sein, wenigstens eine Drei auf dem Zeugnis zu haben."

„Dir erzähle ich noch mal was von früher!", sagte ich mit drohendem Zeigefinger. Dann ging ich nach oben, um mit meinem Sohn zu reden.

Ich hatte am nächsten Tag gerade meine Unterschrift unter den Bericht gesetzt, in dem ich alle Beweise und Indizien gegen Mike Hellwig aufgelistet hatte, als jemand zaghaft an meine Tür klopfte. Auf meine Aufforderung einzutreten, wurde erneut angeklopft. Ich stand auf, öffnete die Tür und stand Jan Karl gegenüber. „Du?"

„Darf ich reinkommen? Mein Papa weiß allerdings nicht, dass ich hier bin", sagte er, als müsse er seinen unerwarteten Besuch bei der Kriminalpolizei entschuldigen.

Ich bat ihn einzutreten und Platz zu nehmen. „Worum geht es, Jan Karl? Du weißt, dass ich dich nicht befragen darf."

Er blieb gleichsam in der Tür stehen und lächelte milde. „Ich war es."

Er hätte auch sagen können, mein Papa hat den Stein geworfen, so verblüfft war ich. „Nimm Platz, Jan Karl." Ich wollte etwas Zeit gewinnen, um meine Überraschung zu bewältigen.

„Danke", sagte er höflich und setzte sich auf die Stuhlkante.

„Also", begann ich, „der Reihe nach. Du sagst, du hast den Stein geworfen."

Er nickte. „Ich wollte das nicht."

„Was wolltest du nicht?"

„Das mit dem Stein. Es ist einfach passiert."

Sollte er tatsächlich den Stein geworfen haben und nicht Mike Hellwig, hatten wir ein Problem.

Der, den wir für den Täter hielten, war damit entlastet, und der, der die Tat eben gestanden hatte, war strafunmündig. Außerdem war er der Sohn eines hochrangigen Politikers. Das sollte keine Rolle spielen, aber natürlich wusste ich, dass das in den oberen Etagen unseres Hauses erheblichen Wirbel auslösen würde. Die Sache war ziemlich heiß.

„Jan Karl, ich werde das Gespräch mit dir nur in Gegenwart deines Vaters fortsetzen. Du wartest bitte draußen. Ich rufe deinen Vater an."

Er zögerte aufzustehen. „Muss Papa dabei sein?"

„Ja, er muss. Du bist minderjährig.

„Ich weiß. Paragraph 67 JGG." Das klang fast belehrend.

„Du hast dich kundig gemacht?"

„Ich will einmal Jura studieren wie mein Papa."

Ich hatte meine Zweifel, ob er dafür eine Zulassung bekommen würde, wenn er den Stein tatsächlich geworfen hat, aber das sagte ich nicht. „Du wartest bitte draußen."

Als der Junge auf dem Flur Platz genommen hatte, bat ich Astrid und Hans zu mir, um ihnen die neue Lage zu eröffnen. Sie waren nicht weniger überrascht als ich.

„Wieso erzählt er das?", fragte Astrid.

„Die verarschen uns", erklärte sich Hans das Geständnis. „Der Bengel ist noch keine 14. Wenn der den Kopf hinhält, können wir die anderen bestenfalls nur wegen Mitwisserschaft drankriegen. Ihm passiert im Grunde genommen nichts. Wir sind hier nicht in den USA. Da buchten sie auch Kinder ein."

„Hast du seinen Vater schon verständigt?", wollte Astrid wissen.

Das hatte ich noch nicht. Ich wollte erst mit meinen Kollegen reden. „Ich ruf ihn jetzt an."

Dr. Planer hatte mir seine Visitenkarte gegeben, als er kürzlich beim Oberstaatsanwalt war, um sich über mich zu beschweren. Ich tippte die Nummer ein. Seine Sekretärin meldete sich. Auf meine Bitte, mich mit ihrem Chef zu verbinden, erwiderte sie, dass das zurzeit nicht möglich sei. Der Herr Regierungsdirektor ist in einer wichtigen Besprechung. Ich ließ mich aber nicht abwimmeln. „Dann möchte er bitte umgehend zu einer noch wichtigeren Besprechung bei mir erscheinen. Hauptkommissar Ponte, Mordkommission. Sagen Sie ihm, sein Sohn sitzt bei uns. Danke." Ich wartete die Antwort nicht ab und legte auf.

„Und du meinst, er kommt?", fragte Astrid zweifelnd.

„Der kommt!"

Und er kam. 30 Minuten nach meinem Anruf trat er ein, genauer: trat er auf. Wahrscheinlich war er mit Blaulicht von Erfurt gekommen. „Sagen Sie, Herr Ponte, was soll das? Sie rufen mich aus einer wichtigen Besprechung ab und beordern mich wie einen Schuljungen zum Rektor?"

Ich blieb ruhig. „Herr Dr. Planer, vor knapp einer Stunde hat Ihr Sohn gestanden, den Stein mit den

Ihnen bekannten Folgen von der Autobahnbrücke geworfen zu haben."

„Wa-was hat er?" Es schien ihm fast die Sprache verschlagen zu haben.

Ich wiederholte den Satz. „Ihr Sohn hat gestanden, den Stein auf die Fahrbahn geworfen und damit einen schweren Verkehrsunfall einschließlich Tötung der Pkw-Fahrerin verursacht zu haben."

Ich konnte mir vorstellen, welche Wirkung diese Mitteilung auf ihn haben musste. Er war ein schneller und präziser Denker. Blitzartig muss er begriffen haben, wie die Öffentlichkeit reagiert, wenn das publik würde, denn Reputation ist für manchen alles.

„Wo ist mein Sohn? Sie haben ihn doch nicht etwa verhaftet? Das dürfen Sie gar nicht!"

„Er sitzt bei meiner Kollegin und trinkt eine Cola. Ich habe ihn weder verhört noch eingesperrt. Er kam unaufgefordert zu mir mit dem ausdrücklichen Hinweis, dass Sie nichts von seinem Besuch wissen. Er kennt sich übrigens gut aus im Jugendstrafrecht."

Ein kleines Lächeln huschte über sein Gesicht. „Mein Junge wird Jura studieren wie ich einst. Er interessiert sich sehr und liest viel. Ziemlich ungewöhnlich für einen 13-Jährigen." Aber das stolze Lächeln verschwand schnell wieder aus seinem Gesicht. „Wo ist der Bengel?"

Ich nahm den Hörer auf und bat Astrid, sie möge Jan Karl bringen und auch Hans Bescheid geben. Ich wollte dem selbstgefälligen Regierungsdirektor mit einer geschlossenen Front entgegentreten, denn mir war klar, dass er alles tun und versuchen würde, um möglichst unbeschadet aus der Sache herauszukommen. Außerdem konnte es nicht verkehrt sein, zwei Ohrenzeugen zu haben, falls Planer später das Gespräch modifiziert wiedergeben würde.

Die Formulierung „mit hängenden Ohren“ fiel mir ein, als Jan Karl in Begleitung meiner beiden Kollegen das Zimmer betrat. Gesenkten Hauptes in Erwartung einer Strafpredigt stand er vor seinem Vater und traute sich nicht, den Kopf zu heben. In dem Moment hatte ich Mitleid mit dem Jungen. Diese demutsvolle Haltung war nicht für diesen Auftritt eingeübt, so wird der Junge auch zu Hause Strafe empfangen. Da musste er nicht einmal geschlagen werden. Jan Karl hatte keinen Stolz. Der war ihm über die Jahre ausgetrieben worden. Es fehlte nur, dass er sagte: „… und bitte ich um eine gerechte Strafe.“

„Ja, bist du denn von allen guten Geistern verlassen, Bursche?“, herrschte ihn sein Vater an, ohne sich durch unsere Anwesenheit mäßigen zu lassen. „Was erzählst du denn für einen Unfug? Wie oft habe ich dir gesagt, du sollst dich nicht mit solch einem Gesindel einlassen? Wie oft, Jan Karl? Wie oft?“

Der Junge wusste, dass er nicht antworten durfte, sondern das Donnerwetter über sich ergehen lassen musste.

„Herr Dr. Planer, wenn ich Sie bitten darf?" Ich zeigte auf einen Stuhl am Besprechungstisch. Aber er wollte sich nicht beruhigen lassen. „Ich möchte jetzt von meinem Herrn Sohn wissen, wie er auf die unerhörte Behauptung kommt, den Stein geworfen zu haben."

Jan Karl schwieg.

„Junge, du hast es uns doch eben auch erzählt", sprach Astrid beruhigend auf ihn ein. „Du hast gesagt, es war ein Unfall."

Da sah ich, wie sich Planers Gesichtszüge etwas entspannten. „Ein Unfall? Na, das hört sich doch schon ganz anders an." Jetzt nahm er den angebotenen Platz an. Ich wollte Jan Karl auch an den Tisch bitten, aber sein Vater entschied: „Der bleibt stehen, bis ich die ganze Wahrheit weiß!"

Ich missachtete die Anweisung des überstrengen Vaters. „Setz dich ruhig, Jan Karl. Im Sitzen spricht es sich besser."

Ich schaltete das Aufnahmegerät ein.

Dankbar schaute mich der Junge an und nahm Platz, ohne zu seinem Vater zu sehen. „Erzähl uns bitte, wie das alles passiert ist."

„Von Anfang an?", fragte er leise.

„Von Anfang an, ja. Ihr seid mit Mikes Auto aus Weimar losgefahren, weil ihr zu dem leerstehenden Haus im Possendorfer Weg wolltet."

„Eigentlich wollten wir nur zu McDonald's", korrigierte er mich. Dort hätten sie jeder einen Burger gegessen und eine Cola getrunken. Als sie weiterfahren wollte, sprang der Wagen nicht an. „Die Batterie", erklärte er. Also ließen sie das Auto stehen und sind zu Fuß den Weg hochgegangen bis zu dem leerstehenden Haus.

„Moment", unterbrach ich ihn, „war da nicht noch etwas auf dem Weg?"

„Nein", sagte er. Das klang eher wie die Frage: Was soll gewesen sein?

„Ihr seid an einem Grundstück vorbeigekommen, wo kurz vorher der Hof gepflastert worden war. Es lagen noch einige Steine herum. Da habt ihr einen mitgenommen", sagte Hans.

„Das ist unzulässig. Sie reden dem Jungen etwas ein, Herr Kommissar. Wenn sie einen Stein mitgenommen hätten, hätte er das gesagt. Und was will er mit einem Pflasterstein?"

„Mutprobe", meinte Hans. „Er sollte vielleicht eine Mutprobe ablegen, um den anderen zu beweisen, dass er kein Hosenscheißer mehr ist, wie sie ihn gelegentlich titulieren. Er wollte anerkannt werden. Nicht mehr Bambino oder Schütze Arsch im letzten Glied, sondern Gleicher unter Gleichen."

„Unfug!", widersprach Dr. Planer. „Mein Sohn braucht nicht die Anerkennung von zwielichtigen Gestalten. Die erwirbt er sich durch beste Leistungen in der Schule! Junge, was hast du mit diesen lichtscheuen Subjekten zu tun? Habe ich dir nicht immer wieder eingeschärft, deine Freunde in anderen Kreisen zu suchen, Gleichaltrige und aus gutem Haus?“

Es fehlte das Wort Prekariat. Mir sträubten sich die Nackenhaare. Oh Gott, dachte ich, was hatte ich doch für einen guten Vater, der mich nur mit klassischen Zitaten traktiert, aber nie ein böses Wort an mich gerichtet und mich schon gar nicht wie einen unmündigen Kadetten behandelt hat.

„Erzähl weiter“, bat ich Jan Karl. „Ihr habt also keinen Pflasterstein von dem kleinen Haufen mitgenommen und seid den Weg hoch bis kurz vor dessen Einmündung in den Ehringsdorfer Weg gegangen.“

Offensichtlich gelang es mir, ihn mit meiner Tonlage zu beruhigen. Er empfand mich vermutlich als Verbündeten gegen seinen Vater.

„Richtig, Herr Kommissar. Dann haben wir uns in den Garten hinter dem Haus gesetzt und ein bisschen gechillt.“

„Was ist das für eine Sprache!“, herrschte ihn der Vater an.

„Englisch“, sagte Hans trocken.

„Also abgehangen. Gequatscht. Nach einer Stunde haben wir uns wieder auf den Weg gemacht. Wir sind an der alten Schäferei vorbei den Ehringsdorfer Weg Richtung Gelmeroda gelaufen, weil wir den Bus kriegen wollten. Mikes Auto hat ja gestreikt. Er hat es erst am nächsten Tag abschleppen lassen.“

„Die Bushaltestelle der Linie 6 befindet sich innerhalb des Ortes. Um zur Autobahnbrücke zu kommen, musstet ihr entgegengesetzt in Richtung Legefeld ein paar hundert Meter laufen. Warum das?", fragte Astrid.

„Wir haben nur noch die Rücklichter vom Bus gesehen. Der nächste kommt erst eine Stunde später. Da sind wir eben Richtung Autobahn geschlendert, um uns die Zeit zu vertreiben."

„Ihr hattet nicht die Absicht, ein paar Steine von der Brücke auf die Straße zu werfen?", wollte ich wissen.

Er wehrte sich entschieden gegen die Unterstellung. Sie wären einfach den Hang zur Brücke hochgestiegen, weil man aus der Höhe und Perspektive sehen kann, wann der Bus aus Legefeld herausfährt. Dann wären sie schnell zurückgespurtet, um nicht auch den zweiten Bus zu verpassen.

Ich sah, wie unwohl sich Dr. Planer fühlte. Er wartete, freilich aus einem ganz anderen Grund als wir, auf die Lösung der Geschichte.

„Aber?", ermunterte ich Jan Karl.

„Na ja, wir hatten uns irgendwie die Zeit vertrieben. Da lag so ein Stein, ziemlich dicht an der Fahrbahn. Mike meinte, der könne einem Autofahrer zum Verhängnis werden, und hat ihn weggebolzt mit dem Fuß."

„Er hat wahrscheinlich zu heftig zugetreten", versuchte Dr. Planer eine einfache Erklärung. „Da ist der Pflasterstein auf die darunter befindliche Fahrbahn geflogen. Unglücklicherweise in die Frontscheibe eines Autos. Die Frau riss das Steuer herum, prallte gegen den entgegenkommenden Sattelschlepper und wurde aufs Feld geschleudert, wo sie verstarb. Tragisch. Aber was hat das mit meinem Sohn zu tun?“

„Nicht ganz, Papa. Der Stein flog gegen mein rechtes Bein.“ Er zog das Hosenbein hoch. Eine bereits vergrindete Wunde war zu sehen, das Bein handtellergroß blutunterlaufen. Er rollte das Hosenbein wieder herab. „Ich bin dermaßen erschrocken, dass ich den Stein genommen und ihn weggeschleudert habe.“

„Auf die untere Fahrbahn“, hielt Hans fest.

Das sei ihm in dem Moment völlig egal gewesen, wohin der Stein flog. Er habe es nur krachen hören. Als sie sahen, was geschehen war, sind sie schnell weggerannt. Wegen des Unfalls ist der Bus nicht gekommen. Da seien sie über die Humboldtstraße Richtung Stadt gelaufen, vorbei am Kaufland. Gesprochen haben sie unterwegs kaum. „Ich habe das nicht gewollt, Papa. Ehrlich. Ich habe das nicht gewollt.“ Jetzt liefen ihm Tränen übers Gesicht, vermutlich aber nicht wegen des schweren Unfalls. Die Angst vor seinem Vater war größer als eine mögliche Anzeige durch die Polizei.

„Da hören Sie es, Herr Kommissar, ein tragischer Unfall, den mein Sohn natürlich bereut. Geben Sie mir gelegentlich die Adresse des Vaters, damit ich etwas für die Kinder spenden kann.“ Er stand auf. „Komm, Jan Karl, ab nach Hause.“

„Einen Augenblick noch, Herr Doktor Planer. Das ist eine fast rührende Geschichte. Und wenn es sich so abgespielt hätte, wüsste ich keinen Grund, warum die Jugendlichen sie uns nicht gleich erzählt haben, statt sich in Lügen zu verstricken. Jan Karl, der Stein lag nicht einfach auf der Fahrbahn. Die kriminaltechnische Untersuchung hat ergeben, dass er von einem ganz bestimmten Haufen stammte, an dem ihr vorbeigegangen seid. Und er wurde in einem blauen Beutel transportiert, den wir – Überraschung! – in einem Container unweit von Mike Hellwigs Wohnung gefunden haben. Das Institut für forensische Genetik Münster hat Spuren einer DNA analysiert, die eindeutig deinem Freund Mike Hellwig zugeordnet werden konnten. Wie passt das alles in deine Geschichte?"

Er blickte ängstlich zu seinem Vater und hoffte wohl, der könne es erklären. Und der reagierte schnell. „Bist du sicher, dass Mike den Stein mit dem Fuß gestoßen hat? Er kann ihn doch auch aufgehoben und geworfen haben?"

Jan Karl überlegte kurz und sagte schließlich: „Ja, kann er. Ich stand mit dem Rücken zu ihm. Kann schon sein, Papa."

„Herr Doktor Planer, Ihr Sohn kam zu uns, um zu gestehen, dass er einen Pflasterstein auf ein Auto geworfen hat, ohne sich Gedanken zu machen, was passieren könnte. Was passiert ist, hat er gleich darauf gesehen. Er kommt zu uns, weil er mit der Schuld nicht leben kann," sagte ich.

„Warum soll er zu Ihnen kommen, wenn er doch einen Vater hat, zu dem er mit allen Problemen gehen kann?“

„Eben, Herr Regierungsdirektor, das ist die Frage.“ Der Satz ließ keine zweite Deutung zu.

Planer schluckte. „Wie auch immer, Herr Kommissar, ich nehme jetzt meinen Sohn mit nach Hause. Alles Weitere überlassen wir dem Gericht, falls es überhaupt zu einer Anklage kommt. Ich werde unverzüglich meinen Anwalt konsultieren. Dr. Dr. Plaasch. Ich glaube, Sie kennen ihn.“

Ich hoffte, das wäre nicht als Drohung gemeint. Den kannte ich. Pittiplatsch. Seine Angriffe vor Gericht musste ich schon öfter abwehren. Knallharter Verteidiger, der alle Lücken im Gesetz auswendig gelernt haben musste.

„Im Übrigen“, erklärte Planer in einem herablassenden Ton, „gehe ich davon aus, dass Sie die Strafprozessordnung kennen. Mein Sohn ist strafunmündig, unabhängig davon, ob er an der unterstellten Tat beteiligt war oder nicht.“

Ich konnte mir die Replik nicht verkneifen. „Herr Dr. Planer, Sie kennen natürlich auch die Zivilprozessordnung. Wenn Ihr Sohn an der Straftat beteiligt war, mittelbar oder unmittelbar, ist er mitverantwortlich und kann zivilrechtlich zur Verantwortung gezogen werden.“

Planer ließ sich nicht beeindrucken. „Das ist ein Konditionalsatz, Herr Ponte. Wenn!“ Dann stand er ruckartig auf und befahl seinem Sohn, ihm zu folgen. „Jan Karl!" Das klang wie „Links um! Abmarsch!" Ich stellte mir vor, sie würden den Raum im Stechschritt verlassen. Den Gefallen taten sie mir leider nicht.

Für einen Moment herrschte Ruhe im Raum. Jeder hing seinen Gedanken nach. Schließlich sagte Hans: „Das ist die größte Verarsche, die ich seit dem Dreißigjährigen Krieg erlebt habe." Verdutzt schauten wir ihn an, aber plötzlich brachen wir in Gelächter über seinen Vergleich aus. Es war ein befreiendes Lachen, denn die schneidende Kälte des Regierungsdirektors war schwer zu ertragen gewesen. Normalerweise müssten sich Eisblumen auf den Fenstern gebildet haben.

„Der Beginn einer wunderbaren Freundschaft sieht anders aus", kommentierte Astrid.

„Kaffee", sagte ich. „Ich brauche jetzt einen kräftigen Kaffee. Wer noch?"

Die Hände beider Kollegen gingen hoch. Ich stellte vier Tassen hin. „Elke soll kommen."

Sie war überrascht, uns an meinem Tisch versammelt zu sehen. „Gibt es etwas zu feiern?" Wir erzählten ihr, was für eine Posse eben aufgeführt worden war. Keiner glaubte Jan Karl die Geschichte. Sie war zu glatt, zu einfach, zu durchschaubar. Wahrscheinlich war es Mike Hellwigs Idee, ausgerechnet Jan Karl vorzuschicken, denn gegen einen 13-Jährigen hatten wir wenig Mittel. Blieb er bei seiner Version, konnten wir die drei anderen nicht einmal wegen Mittäterschaft, sondern nur wegen Mitwisserschaft belangen, denn dann handelte es sich um einen tragischen Unfall, den keiner gewollt hatte und niemand voraussehen konnte.

„Wir haben die DNA von Mike Hellwig, seinen blauen Beutel und die Zeugenaussage der Studentin aus Jena", sagte Elke. „Ich finde auch, dass die Kinderzeichnung wenigstens als Indiz gewertet werden muss."

„Er hat uns die Verletzung an seinem Bein gezeigt", gab Astrid zu bedenken. „Die wird er sich nicht selber beigebracht haben."

„Der Hellwig war es", blieb Hans bei seiner Überzeugung. „Er hat Jan Karl vorgeschickt und von ihm gleichsam einen Treuebeweis eingefordert. Du erzählst den Bullen, du hättest den Stein ohne bestimmte Absicht weggeworfen. Dir können sie nicht am Zeug flicken. Und wenn das klappt, bist du Vollmitglied in unserer Gang. Beweist mir mal das Gegenteil."

„Eine Chance haben wir noch", sagte ich, als spräche ich mit mir selber. Die Idee kreiselte noch in meinem Kopf. Es war riskant. Es war auch nicht ganz legal. Eigentlich hätte der Vorschlag von Hans kommen können, der ein Faible für unorthodoxe Methoden hat.

Die Kollegen blickten erstaunt auf. „Welche?", fragten sie fast wie aus einem Mund.

„Astrid, du fährst nach Legefeld und redest mit den Großeltern. Ich weiß nicht, ob sie zustimmen, aber den Versuch ist es wert."

„Du willst doch nicht etwa die beiden Jungs für eine Gegenüberstellung haben?", fragte Astrid.

Ich schüttelte den Kopf. Nein, ich wüsste doch selbst, dass jeder Richter die Aussage eines Vorschulkindes zurückweisen und mir unlautere Methoden vorhalten würde. „Natürlich nicht", erwiderte ich deshalb. „Es könnte klappen. Astrid, bitte, hol Julia Fleischers Söhne." Und an Elke gewandt sagte ich, sie möge sich umgehend um die Speichelproben von Nico Biegel und Konrad Kahlow kümmern.

„Was ist nun mit Mike Hellwig?", wollte Hans wissen.

Ich entschied, dass er noch in U-Haft bleiben solle. Ich hätte da eine Idee.

Vorsichtshalber informierte ich den Oberstaatsanwalt Zahn, um mir Rückendeckung zu holen. Er fragte mich, bei wem ich mir solche Methoden abgeguckt habe und knirschte mit den Zähnen, als müsse er einen besonders dicken Knochen zerbeißen. „Das nimmst du auf deine Kappe, Ekke Ponte! Ich wasche meine Hände in Unschuld."

Ich hätte gern gelacht über das Zitat der biblischen Erzählung von Pontius Pilatus, aber das unterließ ich. Mir genügte, dass er mein Vorgehen nicht strikt untersagte.

Ich beeilte mich, wieder in mein Zimmer zu kommen, bevor Astrid mit den Kindern und deren Großeltern erschien. Ich hatte ihr noch eingeschärft, Julia Fleischers Eltern den eigentlichen Plan nicht zu verraten. Wahrscheinlich hätten sie dann nicht zugestimmt, zu uns zu kommen. Ganz koscher war die Sache nicht, das wusste ich. Aber wir hatten schon zu viel Zeit verloren. 48 Stunden nach einer Tat sind die Spuren meistens schon kalt.

Hans war begeistert von meinem Plan. Elke blieb eher skeptisch.

Astrid rief aus Legefeld an. „Wir fahren jetzt los. Der Große ist übrigens in der Schule. Soll ich ihn mitbringen?"

Das schien mir nicht erforderlich. Der kleine Heinrich hatte die Bilder gemalt. „Geh in Position", forderte ich Hans auf. „Spätestens in 20 Minuten sind sie hier."

Er hob die Hand an die Stirn. „Aye aye, Sir!" War es nur ein Spiel für ihn oder freute er sich darauf, Mike Hellwigs hinterhältiges Manöver auffliegen zu lassen? Wahrscheinlich beides. Mit meinem unorthodoxen Vorgehen hatte er kein Problem.

Von meinem Fenster aus konnte ich unseren Parkplatz einsehen. Astrid kam. „Hans!", rief ich durch die offene Tür. „Es geht los."

Astrid stieg aus. Sie half Herrn Fleischer und dem Jungen aus dem Wagen. Zu dritt betraten sie das Gebäude durch den hinteren Eingang. Jetzt mussten sie nur eine Treppe hochkommen. Als sie unseren Flur erreichten, trat Hans wie zufällig aus seinem Zimmer, Mike Hellwig dabei fest am Arm haltend. Noch zwei, drei Schritte.

„Der!“, rief der kleine Heinrich aufgeregt, zeigte mit dem ausgestreckten Arm auf Mike Hellwig und suchte sofort Schutz bei seinem Großvater. Bevor der reagieren konnte, schob Astrid ihn und den Jungen in das vordere Zimmer.

Völlig überrumpelt blieb Mike Hellwig stehen. „Wer war das?“

Hans antwortete ihm nicht. Er blickte zu mir. „Verhörzimmer?“

„Und Handschellen!“, antwortete ich. Ich nahm den Ordner von meinem Schreibtisch und begab mich ins Verhörzimmer. Mike Hellwig sah man die Verblüffung noch immer an. „Was wird hier gespielt, Herr Kommissar?“

„Kein Spiel, Herr Hellwig. Bitterer Ernst. Sie sind eben von einem Augenzeugen identifiziert worden. Und erzählen Sie uns nicht, die zufällige Begegnung mit dem Jungen auf unserem Flur hätte keinen Beweischarakter. Herr Hellwig, ich bezichtige Sie der Herbeiführung eines schweren Verkehrsunfalls mit tödlichem Ausgang.“

„Wie-wieso ich? Jan Karl hat doch gestanden!“ Das konnte er aber gar nicht wissen, wenn er die Farce nicht selbst inszeniert hätte. Er begriff seinen Fehler und setzte eilig hinzu: „Denke ich doch.“

Ich wusste jetzt, dass seine Überheblichkeit zu bröckeln begann. Fast freundlich sagte ich: „Herr Hellwig, das Wort Verdacht kann man auch anders interpretieren. Sie haben sich eben mächtig verdacht. Von Jan Karls Geständnis konnten Sie gar nicht wissen, es sei denn, der Coup war vorher abgesprochen."

Er hatte seine Verwirrung noch nicht völlig unter Kontrolle. Also legte ich sofort nach. „Wir hatten vor einer Stunde ein sehr angeregtes Gespräch mit Herrn Regierungsdirektor Doktor Planer und seinem Sohn Jan Karl."

„Sehr anregend!", assistierte mir Hans vieldeutig.

„Eine schöne Geschichte", setzte ich nach.

„Leider war es nur ein Märchen."

„Und das hat seinem Papa gar nicht gefallen."

„Der ist richtig böse geworden, der Herr Regierungsdirektor."

Wir hatten verabredet, Mike Hellwig wie mit einem Maschinengewehr mit unseren Fragen zu beschießen, so dass er, wenn er auf die eine Frage antworten wollte, schon mit der nächsten konfrontiert wurde. Er wollte zwar etwas sagen, musste aber ständig von Hans zu mir und von mir zu Hans blicken.

Da schlug ich den Hefter auf und entnahm ihm Bilder vom Unfallort, die ich mit Nachdruck vor ihm ausbreitete. „Das, Herr Hellwig, waren Sie! Nicht der minderjährige Jan Karl, den Sie vorgeschickt haben. Er sollte die Kastanien für Sie aus dem Feuer holen. Er hat's vermasselt, Herr Hellwig. Sie haben den Stein geworfen. Und zwar nicht versehentlich, sondern sehr gezielt und mit voller Absicht. Wobei ich Ihnen nicht unterstelle, bewusst auf dieses eine Auto gewartet zu haben. Es hätte jedes andere treffen können. Das war Ihnen egal. Sie sind verantwortlich für den Tod dieser Frau. Ihre DNA befindet sich am Stein. Eine blaue Faser Ihres Beutels konnte ebenfalls gesichert werden. Unsere Spurensicherung arbeitet gründlich. Wir werden Fasern des Beutels auch in Ihrer Wohnung finden."

„Der Trick mit dem angeblichen Herbeizitieren deines Kumpels aus Gotha ging schon in die Hose", fuhr Hans fort. „Deine Gefolgsleute werden übrigens eben vorgeführt. Und glaub mir, die haben nicht deine Kaltschnäuzigkeit. Die werden reden. Die wollen doch nicht wegen Mittäterschaft angeklagt und zu langer Haft verurteilt werden."

Mike Hellwig starrte auf die Fotos. Als er den Blick hob, sah ich die Eiseskälte in seinen Augen. „Ohne Anwalt sage ich nichts mehr."

Ich nickte. „Das ist Ihr gutes Recht. Sie werden ihn brauchen. Abführen!"

Die beiden Beamten, die vor der Tür gewartet hatten, nahmen Mike Hellwig mit.

„Den lassen wir jetzt 24 Stunden schmoren. Der soll sich ausmalen, was seine beiden Hansels erzählen." Ich spürte, wie sich die Anspannung der letzten Tage langsam löste.

„Hast du zufällig eine Tüte Bonbons in deinem Schreibtisch?“, fragte Hans.

Ich lachte. „Ich dachte, du fragst schon wieder nach einer Flasche Schnaps.“

„Hast du welchen?“

Ich könnte den Eltern von Julia und den Großeltern der beiden Kinder nicht mit dem Satz gegenübertreten: „Wir wissen zwar, wer es war, aber wir können es ihm nicht beweisen.“

Bliebe es bei der Lesart, wie sie uns Jan Karl und Mike Hellwig präsentiert hatte, würde ich das als eine schmerzliche Niederlage empfinden. Und ich wusste, dass auch meine Kollegen nicht den bequemen Weg genommen und die Dinge akzeptiert hätten, wie sie scheinen sollten. Wir besprachen die weitere Vorgehensweise und beschlossen, Konrad Kahlow zuerst zu verhören. Der hatte versucht, instruiert von Mike Hellwig, uns an der Nase herumzuführen.

„Pass mal auf, Konrad, die Polizei ist dein Freund und Helfer, stimmt's?“, fragte Hans den Jugendlichen.

Der wusste nicht, wie er auf die Frage antworten sollte, denn sagte er nein, riskierte er, nicht freundlich behandelt zu werden. Und sagte er ja, wäre er zu einer ehrlichen Antwort verpflichtet, denn Freunde belügt man nicht.

„Die Sache ist doch ganz einfach, Konrad“, redete Hans sanft auf ihn ein. „Du erzählst uns, wie es wirklich gewesen ist, und wir vergessen, dass du versucht hast, die Polizei für dumm zu verkaufen."

Konrad Kahlow hielt sich an die Instruktionen, die er ganz offensichtlich von Mike Hellwig bekommen hatte, und sagte störrisch: „Es war so, wie ich es bereits erzählt habe." Er verschränkte die Arme vor der Brust.

„Lass mich ausreden, Junge", ging Hans nicht auf ihn ein. „Wenn du nämlich bei dem Stuss bleibst, den euch euer Guru eingeimpft hat, fällt uns plötzlich wieder ein, dass du uns verarschen wolltest. Und dann", plötzlich schlug er mit der flachen Hand auf den Tisch, „machst du den Onkel Kommissar richtig böse. Dann ziehen wir dich prophylaktisch aus dem Verkehr. Du bekommst ein hübsches Einzelzimmer bei uns mit einem geregelten Wohlfühlpaket für ein paar Jährchen. Auch Jugendknast ist kein Wellnessurlaub. Dann kannst du noch einmal nachdenken, ob es nicht doch anders war. Das leuchtet dir doch ein. Oder?"

Ich tat, als wollte ich meinen Kollegen besänftigen, und sagte: „Hans, erschrecke den Jungen nicht. Er weiß doch noch gar nicht, dass wir Hellwigs DNA und eine Faser seines blauen Beutels, den er in unmittelbarer Nähe seiner Wohnung in einem Container entsorgt hat, an dem Stein und in seiner Wohnung gefunden haben."

„Das weiß er nicht?", tat Hans überrascht. „Konrad, Junge, das weißt du nicht? Na, dann sagen wir es ihm jetzt. Wir können ihn doch nicht ins offene Messer laufen lassen, Chef."

„In Hellwigs Messer."

Konrad Kahlow wusste nicht, was er von unserer kleinen Vorstellung halten sollte, aber offensichtlich ahnte er, dass er aus der ganzen Sache nur dann heil herauskommen konnte, wenn er seine Aussage etwas modifizierte. Und das tat er schließlich.

„Ja, also", begann er umständlich, „so richtig gesehen habe ich es auch nicht. Aber Mike hat erzählt, wie das passiert ist mit dem Stein. Und ich dachte, na ja, das könnte schon so, also das könnte so gewesen sein. Der Stein lag da rum und Mike hat ihn weggeworfen. Da ist er blöderweise an Jan Karls Bein geflogen. Er hat Ihnen bestimmt die Stelle gezeigt. Es war hier." Er tippte gegen sein rechtes Bein.

„Es war das linke Bein, Konrad", korrigierte ich ihn, ohne in dem Moment selbst sicher zu sein, ob es wirklich das linke oder doch das rechte war. Darum ging es auch gar nicht. Wir mussten ihn verunsichern.

„Hast du die Stelle gesehen?"

„Ja, ich denk schon." Er grübelte, weil er nicht wusste, ob wir nette Polizisten sind, die ihm im Grunde genommen glaubten, oder ob wir ihn in eine Falle lockten.

„So, du denkst schon. Weißt du, das mit dem Denken ..." Hans winkte ab. „Er hat uns die Wunde nämlich auch gezeigt. Die war aber schon im Abheilen, also mindestens eine Woche alt. Da passt etwas nicht. Meinst du nicht auch?“

Das war eine von Hans’ plötzlichen Ideen. Ich hatte Sorge, die Befragung könne uns entgleiten. Nicht Druck wollte ich ausüben, sondern an Konrads Verstand appellieren. Bei Druck liefen wir Gefahr, dass er später seine Aussage widerrufen könnte mit der Begründung, wir hätten ihn überrumpelt und ein Geständnis geradezu aus ihm herausgepresst. Was hätten wir dann gewonnen?

„Konrad“, versuchte ich in ruhigem Ton. „Du bist doch ein kluger Junge. 16 Jahre. Du hast dein Leben noch vor dir. Wenn du die Schule abgeschlossen hast, willst du einen Beruf erlernen. Hast du schon Pläne?“

„Ja“, antwortete er. „Ich würde gern in einer Druckerei arbeiten.“

„Dein Vater war Drucker. Stimmt das?“

Er nickte. Die Erinnerung an seinen Vater stimmte ihn weich. „Krebs. Da war nicht mehr viel zu machen.“

„Ich finde gut, dass du in deines Vaters Fußstapfen treten willst. Darüber hätte er sich bestimmt gefreut.“

Konrad nickte. „Sagt Mama auch.“

„Warum willst du dann deine Zukunft kaputtmachen, bevor sie überhaupt begonnen hat? Sieh dir an, was Mike Hellwig zustande gebracht hat. Mit

20 noch immer keinen Beruf. Hängt mit Jüngeren herum, weil er bei Gleichaltrigen nichts gilt. Muss sich jeden Monat eine weiß Gott nicht üppige Stütze abholen. Ist es das, was du willst?“

Ich merkte, dass wir ihn an der richtigen Stelle getroffen hatten.

„Konrad“, stellte sich jetzt auch Hans auf meine Tonlage ein, „wir wissen, dass es anders war. Nicht Jan Karl hat den Stein geworfen, sondern Mike. Er wollte euch zeigen, was er draufhat. Und weil er ein beschissener Feigling ist, schiebt er den Kleinen vor. Der ist nicht strafmündig. Der Kleine spielt mit, weil er zu euch gehören will, zu Mikes Gang. Weißt du, wie sehr es den Richter interessiert, wer den Stein wirklich geworfen hat, wenn ihr alle gemeinsam die gleiche Lügengeschichte erzählt? Jan Karl passiert nichts, wenn ich einmal davon absehe, was sein Vater mit ihm anstellt. Aber ihr drei, und nicht nur Mike, müsst mit einer deftigen Strafe rechnen. Gemeinsam begangene Straftaten werden als gemeinsam begangene Straftat geahndet. Selbst bei Jugendstrafrecht kommt ihr nicht mit einem blauen Auge davon. Eine junge Frau ist getötet worden, die Mutter von zwei kleinen Jungs. Möchtest du die Bilder vom Unfall und von der blutüberströmten Julia Fleischer sehen?“ Ich machte Anstalten, die Fotos aus meiner Mappe zu nehmen.

Da wehrte Konrad ab. Kleinlaut sagte er: „Wir sollten sagen, es war ein Unfall. Er hat versprochen, uns mit seinem Auto an die Ostsee zu kutschieren. Camping und so. Mädels am Strand aufreißen. Er wüsste, wo die zu finden sind."

„Es war aber kein Unfall, Konrad."

Es dauerte einen Moment, bis er sich entschließen konnte zu antworten.

„Nein." Jetzt, da er es gesagt hatte, schien eine Last von ihm abgefallen zu sein. Sie hatten im McDonald's gesessen, jeder einen Burger gegessen und eine Cola getrunken. Aber so richtig was los war nicht. Und dann sprang auch noch Mikes Hütte nicht an. Sie wollten noch etwas rauchen, doch das ging natürlich nicht im Mac. Riecht man ja, was das für ein Kraut ist. Also stapften sie den Weg hoch bis zu dem Haus, wo sie sich ungestört wussten.

Zwei, drei Stunden höchstens. Schließlich blieb ihnen nichts anderes übrig, als mit dem Bus in die Stadt zurückzufahren. Aber dazu mussten sie wieder ein ganzes Stück laufen. „Durch die Kante latschen ist nicht gerade unser Ding", wollte er eine Entschuldigung vorbauen. Da war dieser kleine Haufen Pflastersteine. Mike hat sich einen geschnappt und triumphierend gesagt: „Jungs, heute drehen wir das ganz große Ding!" Sie wussten zunächst nicht, was das sein sollte. Aber Mike ist der Boss. Und wenn der sagt, sie würden das ganz große Ding drehen, dann musste das schon etwas Besonderes sein. Der Kleine musste den Beutel mit dem Stein tragen.

„Ihr hattet keine Ahnung?“

Nein, das hatten sie nicht. Als sie an dem leerstehenden Haus angekommen waren, machten sie es sich gemütlich. „Sie wissen schon.“ Er führte Mittel- und Zeigefinger Richtung Mund und tat, als rauche er eine Zigarette. Dann haben sie sich auf den Heimweg Richtung Gelmeroda gemacht. Zu diesem Zeitpunkt wussten sie noch immer nicht, was Mikes Plan war. Erst als sie auf der Brücke standen, haben sie begriffen, was sich Mike ausgedacht hatte. „Na, wer von euch hat genug Arsch in der Hose, hat er gesagt. Aber wir wollten das nicht. Da hat er uns feige Säcke genannt, denen er es zeigen würde. Und dann kam dieses kleine Auto. Da hat er den Stein geworfen. Einfach so. Als ich sah, was passiert ist, hätte ich mir fast in die Hosen geschissen.“ Er legte eine kurze Pause ein. „Muss ich jetzt ins Gefängnis?“

Die Frage ließ ich unbeantwortet. „Also wusstet ihr, was er vorhatte?“

„Erst als wir auf der Brücke waren.“

„Ihr hättet ihn demnach daran hindern können?“, fragte Hans nachdrücklich.

Da lächelte Konrad Kahlow müde. „Mike hindern? Wie denn, Herr Kommissar?“

Ich griff zum Telefon. „Bringen Sie mir Mike Hellwig.“

Konrad erschrak. „Mike soll kommen?“

„Konrad“, sagte ich, „wenn du nicht ein verdammter Feigling bist, stehst du die Sache jetzt durch. Das Gericht wird dein Geständnis positiv bewerten. Aber sei einmal ein ganzer Kerl und zeige diesem windigen Burschen, dass er keine Macht mehr über dich hat."

„Tu's für deinen Vater", setzte Hans eindringlich hinzu. „Der hat es nicht verdient, dass sein Sohn ein verdammter Feigling ist. Tu's für ihn."

Da machte sich Konrad Kahlow gerade auf seinem Stuhl. „Ich tu's."

Lilli hatte wieder einmal eine Idee, was wir am Wochenende unternehmen könnten. „Du hast mich neugierig gemacht", sagte sie. „Weißt du, dass ich noch nie in Gelmeroda in der Feininger-Kirche war? Bis dorthin fahren wir mit dem Bus. Danach spazieren wir den Ehringsdorfer Weg entlang, an der alten Schäferei vorbei und den Possendorfer Weg Richtung Stadt abwärts. Was hältst du davon?"

Was sollte ich schon davon halten? Ich ahnte natürlich, was der eigentliche Grund für ihren Vorschlag war. Die Kirche war es bestimmt nicht.

„Wenn es das Wetter erlaubt", sagte ich mit gedämpfter Begeisterung. Doch sie hatte einen schnellen Spruch als Erwiderung. „Wir erlauben es dem Wetter."

Gleich nach dem Frühstück brachen wir auf. Bis zur Bushaltestelle an der Berkaer Straße war es ein kurzer Weg durch das Villenviertel. Am Haupteingang zum Friedhof stiegen wir in den Bus der Linie 6 und fuhren bis Gelmeroda. Links am Ortseingang erblickten wir den in sattem Blau leuchtenden Kubus, der, 1999 im Weimarer Kulturstadtjahr errichtet, an den Bauhaus-Architekten Ernst Neufert erinnert.

Als wir in Gelmeroda ausstiegen, sah ich die Straße aufwärts zur Autobahnbrücke. Niemand stand oben, der einen Stein werfen konnte. Dennoch hatte ich kein gutes Gefühl.

„Na, komm schon", sagte Lilli und nahm mich am Arm, weil ich vor dem Gotteshaus warten wollte, bis sie wieder mit den Kindern herauskam. Aus freien Stücken hätte ich die Kirche in Gelmeroda wahrscheinlich nicht betreten. Ich tat es Lilli zuliebe. Und ich staunte, mit welcher Andacht die Kinder am hinteren Ende des Gotteshauses standen und mit Ehrfurcht das Altarbild betrachteten. Gleich links war eine hölzerne Tafel an einer Säule angebracht, auf der ein Spruch zu lesen war. „Denn der Herr ist unser Richter. Jesaja 33,22."

Lilli setzte sich auf eine der hinteren Bänke, die Kinder nahmen neben ihr Platz. Ich setzte mich zu ihnen und musste unverwandt auf den Spruch sehen. Als ob er für mich gemacht wäre. Wohl dem, der glauben kann, dass jeder seinen gerechten Richter findet. Drei Jahre und sechs Monate hatte der Jugendrichter für Mike Hellwig ausgeurteilt. Das Gericht hatte ihm verzögerte Reife zugebilligt. Julia Fleischers Kinder hatten keine Mutter, die Eltern keine Tochter mehr – lebenslänglich.

Als wir die Kirche wieder verließen, hakte sich Lilli bei mir unter. Ihre Wärme tat mir gut. „Weißt du, was ich nicht verstehen kann? Was treibt einen 13-jährigen Jungen aus, nun ja, gutem Hause an, unbedingt zur Gang eines verkrachten 20-Jährigen gehören zu wollen? Und wie kommt er dazu, sich als Verursacher eines schweren Verkehrsunfalls auszugeben? Das ist doch absurd", sagte ich.

„Eins und eins ist eben nur in der Mathematik zwei", erwiderte Lilli. „Hätte es dir als Kind gefallen, wie ein dressierter Affe immer sagen zu müssen: Ja, Papa; du hast recht, Papa; das mache ich, Papa."

Ich lachte, weil ich mir vorstellte, auf dem Leierkasten meines Vaters wie ein dressiertes Äffchen zu sitzen. „Nein", sagte ich. Da erinnerte ich mich des Satzes eines sowjetischen Schriftstellers – war es Aksjonow? vergessen –, der gesagt hat: Die Kinder von Multifunktionären und die Kinder von Multimillionären zeitigen etwa ähnliche Erscheinungsbilder. Nun war Planer kein Multifunktionär, aber doch so etwas Ähnliches. Er hat keine Zeit für seinen Sohn, weil er in seinem Amt ständig unterwegs war. Mangels Zuwendung gebrauchte er den Drill, um seinen Sohn nach seinem Bilde zu formen. Und Jan Karl funktionierte scheinbar. Scheinbar, nicht anscheinend. Den Unterschied hatte mir mein Vater rechtzeitig beigebracht. Aber was ist mit dem, was man nicht sehen konnte? Wuchs da ein kleines Ungeheuer in dem gehorsamen Jan Karl?

„Dass er sich aus Protest gegen den Vater einen Freundeskreis sucht, der von so ganz anderer Beschaffenheit als seine häusliche Erziehungsanstalt ist, kann ich ja noch nachvollziehen", sagte ich. „Aber sich zu einer Tat zu bekennen, die er gar nicht begangen hat, das leuchtet mir nicht ganz ein."

Da hatte Lilli eine andere Meinung. „Er ist klug genug, um zu wissen, dass ihm im Grunde genommen nichts passieren kann, wenn er sich selbst als Täter anzeigt. Er giert nach Anerkennung, die er von seinem Vater nicht zu erwarten hat. Da ist dieser Mike. Dem will er imponieren. Und er weiß, wie sehr er seinem Vater damit schaden kann. Drill produziert nicht immer Gehorsam, manchmal wuchert auch Hinterhältigkeit in so einem Geschundenen. Sohn des Regierungsdirektors Dr. Planer verantwortlich für den Tod einer jungen Frau und Mutter von zwei Kindern! So einen kann man doch nicht aufs Schild heben und zum Ministerpräsidenten werden lassen."

„Du meinst, er hat sich an seinem Vater rächen wollen?"

Lilli nickte. „Und das ist ihm auch ein Stück weit gelungen."

Eine etwas seltsame Logik, schien mir, aber nicht einfach abwegig. „Du solltest Psychologie studieren, mein Schatz. Mit 35 ist es noch nicht zu spät, die Schulbank zu drücken."

Lilli lachte. „Bloß nicht! Ein Verrückter in der Familie reicht doch."

Wir hatten die alte Schäferei erreicht. Die Kinder entdeckten die Schafe und Ziegen. Sie hatten die ersten Jahre ihrer Kindheit in einem Berliner Neubauviertel zugebracht. Und Bastienne war lange der Meinung, Kühe sähen lila aus. Es war gar nicht so einfach, die beiden zum Weitergehen zu bewegen.

„Wie kommt man nur auf die Idee, Kinder dressieren zu wollen?", fragte ich Lilli. Doch sie wollte es nicht zu schwermütig werden lassen. Blauer Himmel über einer sanften thüringischen Landschaft. Ein Sonntag. Ein Sonnentag. Die Kinder rannten übermütig am Zaun der Schäferei entlang. Lilli machte eine theatralisch-komische Geste. „Das ist ein weites Feld, Herr Kommissar."

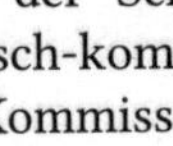

Dr. Zane R. Kime

Sonnenlicht und Gesundheit

Sonnenlicht kann Ihr Leben retten

„Sonnenlicht kann Ihr Leben retten". Diese Aussage zieht sich wie ein roter Faden durch das Buch von Dr. Kime. Es enthält die umfassendste heute erhältliche Darstellung des Sonnenlichts und dessen Einfluß auf die Gesundheit der Menschen. Es wird gezeigt, wie richtig angewandtes Sonnenlicht hohen Blutdruck senken kann, zur Senkung des Blutzuckers beiträgt, den Gesamtcholesteringehalt im Körper vermindert, körperliches Training unterstützt, die Widerstandsfähigkeit gegen Infektionen erhöht, das Krebsrisiko herabsetzt, das vorzeitige Altern verhindert sowie chronische degenerative Erkrankungen vermeidet, die in der westlichen Welt immer mehr Verbreitung finden.

Auch auf die Vorteile künstlicher Sonnen, die in letzter Zeit etwas in Verruf gekommen sind, wird eingegangen, wobei gleichzeitig die nachteiligen Wirkungen beschrieben werden, die bei falscher bzw. zu intensiver Anwendung von natürlichem und künstlichem Sonnenlicht entstehen können.

Ein empfehlenswertes Buch für alle Heilberufe und alle Menschen, die länger leben wollen und an einer besseren Gesundheit interessiert sind.

ISBN 3-926453-06-0

Dr. John Yiamouyiannis

Fluoride machen alt

Immer wieder werden auch in der Bundesrepublik Stimmen laut, die nach einer Fluoridierung des Trinkwassers rufen, weil damit angeblich die Zahnkarries eingedämmt werden könne. Wenn man dahinterschaut, sind es immer dieselben Kräfte aus der Wirtschaft und dem Dentalbereich, die an der Fluoridierung interessiert sind. Zahnkarries ist aber gar keine Fluormangelkrankheit, sondern eine Stoffwechselkrankheit aufgrund falscher Ernährung. Zu welchen Krankheiten die Trinkwasserfluoridierung sowie die Verabreichung von Fluortabletten in Kindergärten und Schulen führen kann, belegt Dr. Yiamouyiannis in seinem Buch eindeutig. Selbst die Zugabe von Fluorid zu pasten ist unsinnig und kann bei Kindern zu erheblichen Gesundheitsstörungen führen, ja, es wird sogar von Todesfällen berichtet.

Dieses Buch soll dazu beitragen, daß der Leser über die Gefahren der immer wieder verlangten Fluoridierung des Trinkwassers aufgeklärt wird. Es liegen genügend Erfahrungsberichte aus den USA vor, die beweisen, daß Fluoride einerlei ob im Trinkwasser, in Zahnpasten oder als Fluortabletten für den Menschen auch in kleinen Dosen giftige Wirkungen haben.

Dr. Yiamouyiannis zeigt auch, wie man sich vor Fluoriden im Trinkwasser, in der Nahrung, beim Zahnarzt, in der Schule und im Kindergarten schützen kann.

ISBN 3-926453-07-9

FIT FÜR'S LEBEN
(FIT FOR LIFE

Harvey und Marilyn Diamond

FIT FÜR'S LEBEN
(FIT FOR LIFE)

Gesund und schlank ein Leben lang

Harvey und Marilyn Diamond

Waldthausen Verlag · Ritterhude

Die Verfasser geben weder direkt noch indirekt medizinische Ratschläge, noch verordnen sie die Anwendung einer Diät als Behandlungsform für Krankheiten ohne medizinische Beratung. Ernährungsfachleute und andere Experten auf dem Gebiete der Gesundheit und Ernährung vertreten unterschiedliche Meinungen. Es liegt nicht in der Absicht der Verfasser, Diagnosen zu stellen oder Verordnungen zu erteilen. Ihre Zielsetzung besteht lediglich darin, Informationen auf dem gesundheitlichen Sektor anzubieten und die Zusammenarbeit mit Ihrem Arzt im gegenseitigen Suchen nach Gesundheit zu unterstützen. Wenn Sie die vorliegenden Informationen ohne Einschaltung eines Arztes anwenden, so verordnen Sie sich eine Selbstbehandlung – ein Recht, das Ihnen zusteht. Herausgeber und Verfasser übernehmen jedoch keine Verantwortung.

2. Auflage 1988

Satz und Druck: Westholsteinische Verlagsdruckerei Boyens & Co., Heide
Buchgestaltung: Hanns-Christoph Adams
ISBN 3-926453-03-6
Printed in Germany

Widmung

Wir widmen dieses Buch in liebevoller Zuneigung unseren drei bezaubernden Kindern Greg, Lisa und Beau sowie allen Kindern dieser Welt, deren Gesundheit uns am Herzen liegt.

Im „Fit für's Leben"-Ernährungsprogramm finden Sie viele Früchte und Gemüsesorten. Einige davon sind Ihnen möglicherweise unbekannt oder in Ihrer Gegend nicht erhältlich. Denken Sie immer daran, daß es die Einhaltung der grundlegenden Prinzipien des „Fit für's Leben"-Programms ist, die den Erfolg garantieren. Sie können die gleichen Ergebnisse erzielen, wenn Sie einheimische Früchte und Gemüse verwenden.

Auf den Seiten 184–198 finden Sie eine reichhaltige Auswahl von Früchten und Gemüsen und anderen wichtigen Grundnahrungsmitteln. Es handelt sich hierbei sozusagen um das vitale Rohmaterial des „Fit für's Leben"-Programms. Co-Autorin Marilyn Diamond stellt Ihnen anheim, daraus Ihre eigene Auswahl zu treffen. Bedenken Sie, daß Obst- und Gemüsegeschäfte, Naturkostläden, Reformhäuser, inzwischen auch viele Supermärkte ihre Auswahl an Früchten, Gemüsen und anderen Naturprodukten erweitern, um das Angebot der Nachfrage nach gesunder Ernährung anzupassen.

Inhaltsverzeichnis

Vorwort

„Fit für's Leben" ist wie eine Offenbarung. Es gibt keine Schuldgefühle, keine Gebote, keine Verbote. Sie werden rasch gesund, schlank und voller Energie. Den Rhythmus bestimmen Sie selbst. Sie können den Weg, der zur Gesundheit führt, schnell oder langsam gehen, ganz wie Sie wollen. Sie brauchen Ihre bisherigen Lieblingsspeisen und -getränke wie Schokolade, Steaks, Kekse und Bier nicht zu verschmähen. Das ist alles erlaubt, sagen Harvey und Marilyn Diamond. Aber schon kleine Veränderungen in Ihrer Lebensweise, kleine ständige Bemühungen werden mit einer besseren Gesundheit und einem besseren Wohlbefinden belohnt.

Meine eigene Erfahrung? Ich habe in zwei Monaten 18 Pfund abgenommen. Gelegentlich esse ich Fisch oder Geflügel, trinke auch mal ein Bier und esse Brezeln dazu. Auch endlich kann ich einen Fernsehfilm anschauen, ohne Schokolade, Kekse oder Chips in der Hand haben zu müssen.

„Fit für's Leben" ist ein wichtiges Buch. Ihm gebührt ein Platz im Bücherregal neben anderen Büchern der ganzheitlichen Medizin.

Ganzheitliche Medizin ist eine Wissenschaft, die auf der Förderung der Gesundheit und des Wohlbefindens basiert – die eine natürliche Behandlung des Patienten erlaubt, ihn nicht als Kranken oder Problemfall einstuft, sondern als einen Menschen, der beim Ausgleich seiner physischen, emotionalen, geistigen und seelischen Ordnung Hilfe braucht. Wenn diese Bereiche in Harmonie aufeinander abgestimmt sind, fügen sie sich zu einer Einheit von Gesundheit, Fitneß und Wohlbefinden – einem Gefühl des Wohlseins. Bisher sah der Arzt seine höchste Berufung dann erfüllt, wenn er einen krankhaften Prozeß in seinem frühesten Stadium durch sein Geschick, seine Urteilsfähigkeit und seine Weisheit zu erkennen vermochte und dem Problem dann durch chirurgische und medizinische Maßnahmen oder Bestrahlung begegnen konnte. Der Arzt von heute benutzt seine Kenntnisse, Krankheiten gar nicht erst entstehen zu lassen, er arbeitet auf die Gesundheit hin orientiert. Er unterstützt Faktoren, die zur Homöostase, dem natürlichen, dynamischen Gleichgewicht des Körpers beitragen. Anstatt sich auf die medizinische Behandlung körperlicher Krankheitserscheinungen zu konzentrieren oder schlecht funktionierende Organe zu entfernen und es dabei zu belassen, sieht der Naturarzt seine Aufgabe darin, dem Patienten dabei zu helfen, seine Gemütsruhe, geistige Gelassenheit, sein körperliches Leistungsvermögen und seinen Seelenfrieden wieder zu gewinnen.

Der menschliche Körper kann eine Lebensdauer von 140 Jahren erreichen, oder anders ausgedrückt, zweimal so lang wie unsere gegenwärtige Lebenszeit.

Trotz der großen medizinischen Fortschritte haben wir dieses Ziel erst zur Hälfte erreicht. **„Fit für's Leben“** und die Diamonds haben uns auf diesem Weg ein großes Stück weitergebracht, sowohl in der Verlängerung der Lebensdauer, als auch in der Verbesserung der Lebensqualität – ein perfektes Beispiel ganzheitlich verstandener Medizin. **„Fit für's Leben“** sieht in der Aufnahme der Nährstoffe ein Mittel zum Energieausgleich. Eine wirkungsvolle Nahrungsaufnahme und ebenso wirkungsvolle Ausscheidung der Nahrungsreste schaffen für den Körper ein Gleichgewicht. Er wird dann weder zu dünn noch zu dick und erhält sich ein Höchstmaß an Kräften, das ihn in die Lage versetzt, die Gesundheit wiederzugewinnen oder Krankheiten abzuwehren.

„Fit für's Leben“ entkräftet die orthodoxen medizinischen Dogmen über die vier Grundnahrungsgruppen sowie die Ansichten, Milch sei gesund, Eiweiß von großer Bedeutung und Kalorienzählen notwendig, um abzunehmen.

In unserem Zeitalter des Stresses ist das Wissen um richtige Ernährung von allergrößter Bedeutung. Nahrungsmittel werden durch chemische Zusätze, Konservierungsstoffe, künstliche Geschmackszutaten, durch Entwässerung, Konzentrieren, Tiefkühlen und durch die Behandlung mit Mikrowellen verändert. Auf dem Ernährungssektor ist eine Neuorientierung erforderlich, die nicht weniger bedeutsam ist, als Ignaz Semmelweis' Forderung an die Ärzte, sich vor chirurgischen Eingriffen und bei der Geburtshilfe die Hände zu waschen.

Es ist erst hundert Jahre her, seit diese Erkenntnis der Wissenschaft zugänglich wurde. Nur hundert Jahre sind vergangen, seit die Wissenschaft den Aderlaß, das Abführen und die Blutegelbehandlung, die ein Teil des Lebens unserer Großeltern waren, gestoppt hat. Unsere heutigen Versuche, Kalorien zu zählen und abzunehmen, werden vielleicht von unseren Enkelkindern als die Narretei unserer Generation angesehen.

„Fit für's Leben" ist das Beispiel für ganzheitliche Medizin als einer Wissenschaft, die der Energie eine grundlegende Bedeutung beimißt. Sowohl die ganzheitliche Medizin als auch dieses Buch sind verbraucherorientiert, man ist bemüht, die Kluft zwischen früherem biologischem Verständnis und neuen psychologischen Erkenntnissen zu überbrücken. Diese Erkenntnisse haben ans Tageslicht gebracht, daß unser Körper heilende Substanzen selbst produziert. Endlich sind wir fähig zu begreifen, wie ungeheuer mächtig die Heilkräfte unseres Körpers sind, daß sie uns gesund machen und gesund erhalten können. Die ganzheitliche Medizin verschmilzt das Wissen jahrhundertealter vorbeugender medizinischer Konzepte aus hunderten verschiedener Kulturen mit dem modernen Bedürfnis, Streß zu reduzieren, Konflikte zu lösen, schädliche Lebensweisen zu vermeiden und Verhaltensmuster zu ändern, die zu Übergewicht und Fettsucht geführt haben und dadurch Erkrankungen der Herzkranzgefäße, hohen Blutdruck, Magengeschwüre, Rückenschmerzen, Migräne, Arthritis, Schlaganfall und Krebs mit verursachen.

Ganzheitliche Medizin setzt sich zum Ziel, Gemütsruhe und Seelenfrieden mit körperlichem Leistungsvermögen zu vereinen. Sie verbindet die holistischen (ganzheitlichen) Konzepte der Lebensart des „Lotuslandes" Californiens mit den Konzepten der vorbeugenden Medizin, die im „Mekka" der Medizin in Boston entstanden sind.

Die Ärzte des östlichen Teils der Vereinigten Staaten, Traditionalisten von der Harvard-Universität geprägt, weisen darauf hin, daß die Ärzte bei 80 % aller Krankheitsfälle nicht mehr helfen können, daß die Medizin und die Chirurgie nur noch 10 % heilen können, die restlichen 10 % Folgeerscheinungen chirurgischer Fehler darstellen oder als Folge der Nebenwirkung von Medikamenten auftreten. Sie erklären, daß der Gesundheitszustand der Menschen in den 80iger Jahren nicht davon abhängig sein wird, was andere für sie tun, sondern davon, was sie bereit sind, selbst für sich zu tun. Die Ärzte aus dem Westen in Los Angeles, Stanford und Berkeley pflichten aus ganzem Herzen bei und wiesen beständig auf Lachen, Hoffnung, Glaube und Liebe als die grundlegenden Voraussetzungen der Gesundheit hin. Durch die ganzheitliche Medizin werden beide Richtungen miteinander verbunden. Die ganzheitliche Medizin bietet den Patienten eine Kombination der traditionellen und der holistischen Richtung: Diät, Bewegungstraining, Sonneneinwirkung, Ruhe, Massagen und Gebet stehen in enger Verbindung zur Behandlung mit Medikamenten und chirurgischen Leistungen sowie dem Einsatz von medizinischen Apparaten mit hoher Technologie.

Es wurde mir die Ehre zuteil, Wesen und Art ganzheitlicher Medizin der kalifornischen Ärztegesellschaft, der amerikanischen Akademie für Kinderheilkunde in Detroit und der nationalen Akademie der Wissenschaften in Washington D.C., vorzustellen. Die ganzheitliche Medizin ist ein Ansatz, Gesundheit biosozial und seelisch-geistig zu verstehen und mit Krankheit umzugehen. Persönliches Verantwortungsgefühl, Selbstwertgefühl sowie hohe Achtung vor dem Leben werden als primäre Voraussetzungen für Gesundheit angesehen. In der ganzheitlichen Medizin wird den wunderbaren Selbstheilkräften des Kör-

(Fußnote: Californiens beste Vertreter der ganzheitlich ausgerichteten Gesundheitsvorsorge sind u. a. Norman Cousins, George Leonard, David Harris, Dr. Charles Kleeman, Dr. Karl Pribram, Dr. Harold Bloomsfield, Dr. Paul Brenner, Dr. Brugh Joy und Dr. Ron Pion. Die Vertreter der Bostoner Richtung der vorbeugenden Medizin sind u. a. Dr. Julius Richmond, Dr. Franz Inglefinger, Dr. Rick Ingrasci und Dr. Herbert Benson.)

pers die Fähigkeit zugesprochen, jede Art von Krankheit zurückbilden zu können. Sie versteht den Körper als ein Energiesystem und glaubt, daß Gesundheit zu wichtig ist, um sie einfach der Wissenschaft zu überlassen, aber auch zu wichtig, um unwissenschaftlich damit umzugehen.

Wissenschaft ist nur der Versuch des menschlichen Geistes, Naturgesetze zu erklären. **„Fit für's Leben"** erklärt Ernährung in naturgesetzlichen Begriffen und nicht in Vorstellungen, die sich der menschliche Geist bis jetzt vorgestellt hat. Als Harvey Diamond mich bat, das **„Fit für's Leben"**-Manuskript durchzulesen, sagte er mir, daß ich berechtigt sei, alles zu ändern, was in irgendeiner Weise meine medizinischen Kollegen vor den Kopf stoßen könnte. Seine Absicht sei nicht, Widerstand zu erzeugen, sondern Verständnis zu fördern. Nun gut, das Buch ist ein Rippenstoß gegen viele medizinische Theorien, aber keine Beleidigung. Es erklärt die Lehren der Schulmedizin über Ernährung für veraltet, ja sogar gefährlich und kennzeichnet die uns lange gelehrten Dogmen als bloße, ungesunde Beeinflussung, die aus kommerziellen Gründen von der Milchwirtschaft, der Zucker- und Fleischindustrie und der Gastronomie verbreitet worden sind.

Meinen medizinischen Kollegen kann ich nur sagen, daß sich unter dem Wust chemischer Gleichungen, die wir gelernt haben, Energie befand. Alles ist Energie. Der Körper ist ein Energiesystem. Unsere Organe sind Ansammlungen von Zellen mit gleichen Schwingungen. Die Zellen haben nicht nur histologische Ähnlichkeit, sie haben die gleiche energetische Frequenz. Homöostase hält sie zusammen. Bruch in der Zellenergie bezeichnen wir als Krankheit.

Auf Energiebasis beruhende Systeme funktionieren optimal, wenn sie den richtigen Brennstoff bekommen. Gesundes, dynamisches Zellgleichgewicht wird durch Energieaufnahme, die der Energieabgabe entspricht, aufrechterhalten. Der Brennstoff der Nahrungsmittel hat die größte Wirkung in seiner von der Natur gegebenen Form, denn auch unser Körper ist von der Natur gegeben. Es gibt keine wogenden Weißbrotfelder. Eingedost, mit Mikrowellen behandelt und gekocht, ist Nahrung nicht mehr natürlich. Obst hat kein natürliches Vorkommen in Zuckersyrup, der mit Chemikalien und Konservierungsmitteln durchsetzt ist. In unseren Flüssen fließen keine „soft drinks" (Limonaden). So wie wir heute Nahrungszustände und „junk food" (Imbißnahrung) als selbstverständlich hinnehmen, nahmen wir auch das Rauchen jahrelang als selbstverständlich hin und ignorierten die Gefahr. Energie, die uns durch natürlich vorkommende Nahrung in unverfälschtem Zustand zur Verfügung steht, ist die Energie, die von unserem natürlich aufgebauten, unverfälschten Körper gebraucht wird. Ein neues Gesundheitsmuster schwingt durch das Land, getragen von einer Welle von Verbraucherbewußtsein, in Gymnastik, Leibesübungen, Stressreduzierung, Nichtrauchen und Ernährungsbewußtsein. **„Fit für's Leben"** kommt im richtigen Moment. Es stellt einen wichtigen Beitrag dar zu gesünderem Leben und für die Medizin der Zukunft – ein System für Gesundheit, nicht für Krankheit.

Dr. Edward A. Taub

Präsident der Stiftung für Gesundheitsangelegenheiten,
(Foundation for Health Awareness)
Assistent-Professor der Universität
von Californien,
Irvine-Gründer,
Ganzheitsmedizin.

Teil I

„Fit für's Leben"

GRUNDSÄTZE

Harvey Diamond

Fit für's Leben

Einleitung

Gehören Sie zu jenen, die versuchen, abzunehmen, das Gewicht zu halten und trotzdem Freude am Essen behalten möchten? Wenn Ihre Antwort auf diese Frage „Ja" ist, dann freuen Sie sich jetzt, denn dieses Buch wird Ihnen die Möglichkeit dazu geben.

Dieses Buch ist das Ergebnis einer über 15jährigen intensiven Forschung über die Zusammenhänge zwischen unserer Ernährung und unserer körperlichen Gestalt und Beschaffenheit. Wenn Sie vom Karussell der Diätkuren genug haben und nach einer praktischen und vernünftigen Lösung suchen, die Ihnen eine absolute Kontrolle über Ihr Gewicht gestattet, finden Sie hier aufregend Neues. Sie werden erfahren, wie man dauerhaft abnehmen und trotzdem essen kann. Ich weiß, daß einige von Ihnen jetzt denken werden, das ist zu schön, um wahr zu sein. Mir ging es ebenso, aber ich habe durch Erfahrung gelernt, daß man sich tatsächlich zu seinem Wunschgewicht hinessen kann – ohne vorherige Hungerkur!

Wäre es nicht herrlich, mit Genuß essen zu können, sich immer satt zu fühlen, sich auf eine Mahlzeit zu freuen und – als das Wichtigste – immer ein vernünftiges Gewicht zu haben? Genau darum geht es in **„Fit für's Leben"**. Hier handelt es sich um *keine Diät*, sondern um eine Art zu essen, die als Lebensweise in Ihren Lebensstil eingebaut werden kann. Keine dogmatischen Verhaltensregeln, kein Kalorienzählen, keine Hungerkur, keine Mengenbeschränkung, keine Verhaltenstherapie, keine Pillen oder Pülverchen, keine nur zeitweilige Maßnahme. Es handelt sich um Ernährungs-Grundsätze, die Sie nach Lust und Laune – wie Sie es wünschen – anwenden können. Es wird kein Druck ausgeübt. Sie werden sich wohl fühlen, und Sie werden Erfolg haben.

Durch **„Fit für's Leben“** erzielen Sie **dauerhafte Ergebnisse**. Wenn Sie diesen Richtlinien folgen, werden Sie essen, um zu leben, und nicht leben, um zu essen. Möglicherweise erscheint es Ihnen unglaublich, gut essen zu dürfen, keine Kalorien zählen zu müssen, Ihren Kühlschrank nicht abschließen zu müssen, keine Diät halten zu müssen, und doch ist es so. Es ist kein Traum, es funktioniert.

Vielleicht sind Sie es müde geworden, ständig gegen Ihr Gewicht zu kämpfen. Sie möchten ein für alle Mal eine Ernährungsweise finden, die funktioniert, der Sie vertrauen können. Sie möchten sicher sein, daß Ihr Körper alle notwendigen Nährstoffe erhält, Ihnen gleichmäßig ausreichend Energie zur Verfügung steht und Ihr Gewicht – nach vielen Schwankungen – endlich stabil bleibt. Kurz gesagt, Sie wollen regelmäßig und gut essen, sich aber gleichzeitig nicht ständig um Pfunde und Zentimeter sorgen müssen.

In diesem Buch finden Sie dazu die erforderlichen Informationen. Keine Angst, es bedeutet nicht, daß Sie in Zukunft Ihren Speiseplan auf Körnerbrei, Salat und Weizenkeime umstellen müssen, daß der Nachtisch aus geriebenen Karotten zu bestehen hat. Dieser Schule gehören wir nicht an! Um Sie zu beruhigen, werden wir Ihnen einen typischen Speiseplan vorstellen.

Gleich nach dem Aufwachen essen Sie **frische** Früchte oder trinken ein großes Glas frischen Fruchtsaft. Sie können nach Geschmack auswählen, was die Jahreszeit zu bieten hat: Orangen, Tangerinen oder Grapefruit. Wenn Sie eine Saftpresse besitzen, können Sie das Angebot erweitern auf Apfelsaft, Apfel-Erdbeer-Saft, Wassermelonensaft oder eine Mischung verschiedener Melonenarten. Wichtig ist nur, daß Sie den Tag mit frischen Früchten oder mit einem Fruchtsaft beginnen. **Sie können soviel Obst essen, wie Sie wollen, mit Ausnahme von Dosenobst**. (Darauf werden wir später noch zurückkommen.)

Achten Sie darauf, Fruchtsäfte *langsam* in kleinen Schlückchen zu trinken. *Fruchtsäfte niemals hinunterstürzen!*

Nehmen wir an, Sie hatten zum Frühstück Obstsaft und eine halbe Melone. Gegen 10 Uhr sind Sie wieder hungrig. Sie können dann wieder frisches Obst essen, z. B. ein bis zwei Apfelsinen, einen Apfel, frische Pfirsiche, nochmal Melone, Nektarinen, Mandarinen oder einige Kirschen oder Trauben, je nach Jahreszeit. Sollten Sie nach den saftigen Früchten immer noch Hunger haben, können Sie ein oder zwei Bananen essen. Wichtig ist lediglich, daß Sie bis Mittag nur Obst essen, wenn Sie Appetit haben.

Zum Mittagessen gibt es eine große Schüssel Salat aus frischem Gemüse nach Wahl mit einer schmackhaften Salatsoße, wenn Sie wollen, etwas Vollkorn-Toast mit Butter oder etwas Suppe. Auch ein Avocado-Sandwich mit Tomate, Gurke, Kopfsalat, Keimlingen, dazu etwas Mayonaise oder Butter, wäre eine köstliche Bereicherung Ihres Speisezettels.

Zum Abendessen gibt es einen Salat aus frischem Gemüse oder einen großen Cocktail daraus, den Sie mit einer Saftpresse selbst herstellen können. Danach Süß-Kartoffeln mit Butter, Reis oder im Ofen gebackene Kartoffeln, dazu eine Auswahl von gedünstetem Gemüse und Salat oder als Hauptgericht einen Reissalat à la Mediterrain oder Fleisch, Huhn, Fisch nach Wahl mit Gemüse und Salat. Zur Abwechslung eine köstliche Suppe mit getoastetem gebutterten Vollkornbrot. Es gibt unzählige Möglichkeiten und Ideen zum Ausprobieren. Es ist nicht langweilig! Es gibt genug zu essen, aufregend köstliche Mahlzeiten, die durch ihren Abwechslungsreichtum und ihre hochwertigen Nährstoffe zum Wohlbefinden und gutem Aussehen beitragen. Die meisten Gerichte werden Ihnen vertraut sein, so daß Sie keine Schwierigkeiten haben werden, dem Programm zu folgen. Neue und originelle Zubereitungen bringen Abwechslung.

Absolut neu in diesem Programm ist folgendes: *Nicht nur, was Sie essen, ist von Bedeutung, sondern von besonderer Wichtigkeit ist, wann Sie essen und wie die Mahlzeiten zusammengestellt sind.* Dieses „was“,„wann“ und „wie“ ist der entscheidende Faktor, der Faktor, nach dem Sie bis jetzt gesucht haben und der den Erfolg garantieren wird.

Das Aufregende an der Sache ist, daß hier ein vernünftiges Programm zum Abnehmen und zur Erhaltung der Gesundheit angeboten wird, eine Lebensweise, die zur täglichen Gewohnheit werden kann. Es funktioniert! Es ist neu und macht Spaß! Sie werden Erfolg haben! Keine Modediät, die nur für eine kurze Zeit wirkt. Nie wieder werden Sie die Enttäuschung erleben, mühsam heruntergehungerte Pfunde wieder zuzunehmen. Wann immer unerwünschte Pfunde sich einschleichen wollen, von jetzt an haben Sie es selbst in der Hand, Ihr Gewicht zu steuern. Im Gegensatz zu den sogenannten Wunderdiäten, deren Versagen vorprogrammiert ist, ist das Übergewicht, das Sie nach unserem System verlieren, für immer fort. **„Fit für's Leben“** bietet ein sicheres und ausgewogenes Programm, das auf den natürlichen, physiologischen Gesetzen und Abläufen des menschlichen Körpers beruht. Darin liegt sein Erfolg. Alles im Leben – auch Ihr Körper – wird durch natürliche physikalische Gesetze reguliert, und nur im Einklang mit diesen natürlichen Gesetzen kann eine wirkungsvolle Gewichtsabnahme erfolgen.

Unser System basiert auf einer universellen Wahrheit, die bisher zu wenig verstanden wurde: **Eine sichere und dauerhafte Gewichtsabnahme steht in direkter Beziehung zu der Ihnen zur Verfügung stehenden Lebensenergie und zur wirksamen Verwendung dieser Energie, um Abfallprodukte (überschüssiges Gewicht) aus Ihrem Körper zu entfernen.** Der Schlüssel zu diesem System ist, daß dieses System mit Ihrem Körper arbeitet, um Energie freizusetzen. Mit dieser neuen Ansammlung von Energie arbeitet Ihr Körper automatisch, um Übergewicht loszuwerden. Je mehr Energie freigesetzt wird, um so mehr Gewicht werden Sie verlieren. Da Sie in Zukunft essen werden, um Energie freizusetzen, werden Sie mehr Energie als jemals zuvor zur Verfügung haben. Somit ist es ein wesentlicher Teil unseres **„Fit für's Leben“**-Programms, Ihre Energiereserven zu mobilisieren.

Wir haben uns nicht nur die Gewichtsabnahme zum Ziel gesetzt, sondern auch die Behebung der persönlichen Energiekrise, von der so viele befallen sind, weil sie den richtigen Ablauf ihrer Körperfunktionen ständig behindern. Selbst wenn Sie es nicht nötig haben sollten, Gewicht zu verlieren, so werden Sie durch dieses Programm einen bedeutenden Energieaufschwung erleben und Ihren Körper gesund erhalten.

Hören Sie auf, an Abmagerungskuren zu denken. Geben Sie die Diät-Mentalität auf. Wenn Sie aus irgendeinem Grund mit dem Programm nicht weiter machen können, machen Sie sich keine Sorgen. Wichtig ist nur, daß Sie so bald wie irgend möglich das Programm wieder aufnehmen. Da unser System kein zeitweiliges Verhaltensmuster, sondern ein Lebensstil ist, können Sie es nicht torpedieren. Sie können es zu jeder Zeit wieder aufnehmen, an jedem Punkt, und Sie werden sofort Resultate sehen. Je enger Sie sich jedoch an die empfohlenen Richtlinien halten und je weniger Sie vom Wege abgehen, um so schneller werden Sie an Gewicht verlieren und die besten Ergebnisse erzielen.

Dr. Ralph Cinque vom Gesundheits-Sanatorium in Yorktown, Texas, schreibt im Gesundheits-Reporter: „Die Amerikaner haben sich an Beleibtheit gewöhnt, trotzdem handelt es sich keinesfalls um einen allgemein akzeptierten Zustand. Alle langlebigen Menschen auf der Welt, von Asien bis Südamerika und Neuseeland, neigen im wesentlichen zum Schlanksein. In Amerika zeigen die Statistiken der Lebensversicherungen, daß beste Gesundheit, langes Leben und Freisein von degenerativen Krankheiten unter denjenigen zu finden sind, die 15% unter dem üblicherweise angegebenen Standardgewicht liegen. Ohne Zweifel sind die Normen für Körpergewicht zu hoch, wenn man den gegenwärtigen Gesundheitszustand der Bevölkerung ansieht!“

Anmerkung der Redaktion:
„Üblicherweise angegebenes Standardgewicht“ ist eine sehr ungenaue Angabe. Die bei uns üblichen Standardgewichte (nach Broca cm-Körperlänge über 100 abzüglich 10% = optimales Gewicht in kg) basieren auf früheren statistischen

amerikanischen Versicherungen. Erneute statistische Nachuntersuchungen derselben amerikanischen Versicherungen ergaben bei dem Gewicht in kg = 10 % unter cm-Zahl über 100 Körperlänge ein deutlich erhöhtes (!) Krankheits- und Todesrisiko, dieses Gewicht war also gesundheitsschädlich zu niedrig. Nach diesen neuen Statistiken aus den USA ist im Durchschnitt das optimale Gewicht Körperlänge in cm minus 100, in kg; bis 10 % darüber (!) ist ohne eindeutigen Gesundheitsschaden. Dabei werden immer noch nicht die unterschiedlichsten Körperbautypen berücksichtigt. Mit Sicherheit hat ein Mensch mit ganz zartem, grazilem Körper- und Knochenbau ein deutlich niedrigeres Normalgewicht als ein Mensch mit stämmigem Körperbau.

Eine Lebensweise, die Übergewicht begünstigt, ist eine Lebensweise, die meistens in die Krankheit führt. Das **„Fit für's Leben"**-Programm wurde entworfen, um den Menschen einen neuen Lebensstil zu vermitteln. Viele durch Übergewicht verursachte Probleme und Gesundheitsstörungen entstehen durch Unwissenheit. Unwissenheit über die Art und Weise, wie der menschliche Körper funktioniert, über die kritische Rolle, die die Energie beim Gewichtsverlust spielt, und nicht zuletzt einige sehr falsche Vorstellungen über richtiges Eßverhalten. Joy Gross sagt in ihrem Buch „Positive Kraftmenschen", daß das Leben auf unveränderlichen Naturgesetzen basiert. Die Unkenntnis dieser Naturgesetze ist keine Entschuldigung für deren Nichtanwendung oder deren Bruch und den daraus entstehenden Konsequenzen.

Das vorliegende Programm gründet sich auf universelle Gesetze und physiologische Wahrheiten, die Sie in Ihrem Leben anwenden sollten. Sie werden reichlich belohnt werden mit einem jugendlichen, schlanken Körper, mit Schönheit, Vitalität . . . und physischer, seelischer und geistiger Gesundheit.

Vor ungefähr 17 Jahren sagte ein guter Freund in einem ärgerlichen Moment zu mir: „Hör mal, Dicker, du bist nun mal fett und solltest dich damit abfinden!" Dicker! Ich? Dieser Satz meines Freundes traf mich, als hätte jemand einen großen Kochtopf auf meinen Kopf gestülpt und mit einem Metallöffel draufgeschlagen. Es gab mehrere Gründe dafür, daß ich so betroffen war. Einerseits war ich überzeugt, daß es mir immer gut gelungen war, meine Taille mit modischer, locker fallender

Kleidung zu verstecken, wenn Sie verstehen, was ich meine. Was mich jedoch noch mehr frustrierte, war die Tatsache, daß ich eine „Diät-Karriere" hinter mir hatte und die Bemerkung meines Freundes mir klar machte, wie erfolglos ich gewesen war. Jedes Diät-Programm, von dem ich erfahren hatte, hatte ich ausprobiert. Ob es 30 Tage Eier und Käse waren oder Sellerie und Frikadellen, ich lebte danach und verlor Gewicht. Aber, kaum war das Programm zu Ende, und ich zu meinen alten Eßgewohnheiten zurückgekehrt war, kehrte auch das alte Gewicht wieder zurück. Wenn Sie selbst je Abmagerungskuren gemacht haben, dann wissen Sie genau, was ich meine, denn – machen wir uns doch nichts vor – woran denkt man die ganze Zeit? An Essen! Kaum war die Leidenszeit überstanden, rannte ich aus dem Haus, um den Entbehrungen ein Ende zu setzen. Ich fand heraus, daß ich, egal wieviel Gewicht ich auch verloren hatte, es in weniger Zeit, als ich zum Abnehmen gebraucht hatte, wieder zugenommen hatte und noch ein paar Pfunde dazu.

Ich war kein dickes Kind gewesen. Erst nach meiner Entlassung aus der Luftwaffe, Anfang 20, begann der Kampf mit meinem Gewicht. Erfolglos. Zu einer Zeit, in der ich eigentlich aktiv und unternehmungslustig sein sollte, hatte ich fast 50 Pfund Übergewicht. Als ich schließlich die gefürchtete 200-Pfund-Grenze erreicht hatte und dann sogar überschritt, war ich verzweifelt. Zur selben Zeit starb mein Vater – verhältnismäßig jung – an Magenkrebs. Es war eine schreckliche, lang andauernde Leidenszeit, die ich nie vergessen werde. In seiner Jugend war er Boxer gewesen, von Beruf Hafenarbeiter, ein kräftiger und stattlicher Mann, mit einem Gewicht von über 200 Pfund. Bei seinem Tod wog er keine 100 Pfund mehr. Kurz nachdem er gestorben war, erwachte ich eines Nachts, schreckerfüllt, mit der Erkenntnis, daß ich bei einer Größe von 1,78 m und einem Gewicht von 200 Pfund, aber von zartem Knochenbau, die gleichen Probleme hatte, die ihn sein Leben lang geplagt hatten. Auch er wog über 200 Pfund, und genau wie er fühlte ich mich nie richtig wohl. Meine Studien in den folgenden Jahren zeigten, daß auch andere Probleme auftreten, wenn man an die 50 Pfund Übergewicht mit sich herumträgt. Mein Vater war oft erkältet gewesen, hatte an Kopfschmerzen gelitten und Magenbeschwerden gehabt. Energiemangel war seine ständige Klage. Auch ich hatte diese Probleme. Ich nahm weder an sportlichen noch an gesellschaftlichen Aktivitäten Anteil. Ich schämte mich, am Strand mein Hemd auszuziehen. Hatte ich einen Arbeitstag hinter mich gebracht, reichte meine Energie gerade noch zum Essen, und um mich zu bedauern. Die Kraft zum Essen war immer vorhanden. Als mein Vater starb, tat ich mir nicht mehr nur leid . . . ich hatte Angst.

Diese Angst war der Anstoß zum Wendepunkt in meinem Leben. Die Furcht, jung zu sterben, der Wunsch nicht mehr „Dicker" genannt zu werden, veranlaßte mich schließlich, energisch etwas zu unternehmen. Ich war bereit, die „Big Mac's" und Colas aufzugeben und mich mit der Rettung meines Körpers zu befassen. Mit Begeisterung stürzte ich mich in eine Reihe von Abmagerungskuren, die versprachen, mein Gewicht endlich zum Verschwinden zu bringen. Nach meiner ersten, zweiten und dritten Kur, die nichts als Frustration und Enttäuschung hinterließen, erkannte ich, daß . . .

Kapitel I

Abmagerungskuren nützen nichts!

Eine der wirkungslosesten und seltsamsten aller menschlichen Erfahrungen ist der Verlauf einer Abmagerungskur. Wann sonst unterwerfen Menschen sich mit großer Disziplin, tagelang, wochenlang, ja sogar monatelang, Entbehrungen und Einschränkungen, um ein bestimmtes Ziel zu erreichen, das kaum erlangt, schon in Gefahr ist, sabotiert zu werden? Und nicht genug damit, unterziehen sich viele dieser enttäuschenden Prozedur regelmäßig. Begeistert verlieren sie ein paar Pfunde (für kurze Zeit), die sie ebenso schnell wieder zunehmen. Sie treiben Raubbau an sich selbst, geistig, physisch und seelisch, immer auf der Suche nach einem dauerhaften Ergebnis, das sie doch nie erreichen. Dieses häufige, erfolglose Suchen erzeugt jenen schrecklichen Streß und die seelische Belastung, die Abmagerungswillige nur allzu gut kennen.

Was genau ist denn so eine Diät? Die Leute frönen ihrer Eßlust, bis sie sich im Spiegel nicht mehr sehen können ober bis ihre Kleider nicht mehr passen. Dann zwingen sie sich widerwillig zum Abspecken, um die Sünden der Vergangenheit wieder gut zu machen. Man schließt, sozusagen, die Garage, nachdem das Auto gestohlen wurde. Zu spät, der Schaden ist schon geschehen. Als „Heilmittel" für die Eßsünden folgt die „Entbehrung". Fast jede heute auf dem Markt befindliche Diät fordert vom Diätwilligen, Pfunde um jeden Preis zu verlieren. So sind Diätsysteme eine sehr teure Angelegenheit auf dem Weg zur Gewichtsreduzierung, und viele Male bedeuten sie den Verlust des allgemeinen Wohlbefindens.

Warum funktioniert eine Diät nicht? Die Antwort ist eigentlich ganz einfach. An was denken Sie während des Abnehmens? Genau wie ich wahrscheinlich an das, was Sie essen werden, wenn die Plage vorbei ist. Wie aber können Sie mit einer Diät Erfolg haben, wenn Sie nur an Essen denken? Zu einem gesunden anhaltenden Gewichtsverlust kommt man nicht durch Entbehrungen. Sie verführen lediglich dazu, nach Beendigung der Diät drauf los zu essen, es entsteht ein Teufelskreis aus Entsagung und Eßlust, ein Teufelskreis, der nur eines der vielen Probleme bei einer Diätkur darstellt.

Ein anderes Problem ist, daß eine Diät vorübergehend ist, die aus diesem Grund auch nur vorübergehende Ergebnisse bringen kann. Möchten Sie für immer oder nur auf Zeit schlank sein? Dauer-Maßnahmen bringen auch dauerhafte Resultate, zeitweilige Maßnahmen können nur kurzzeitige Ergebnisse bringen. Haben Sie auch schon jemanden sagen hören, er habe jede auf dem Markt befindliche Diät versucht und keine habe funktioniert? Warum hat er *jede* versucht? Weil jede erfolglos war, weil sie die falsche Methode darstellen. Diäten sind wegen der dabei erforderlichen strengen Reglementierung unserer Eßgewohnheiten erfolglos.

Nur wenige von uns können sich für lange Zeit einer solchen Disziplin unterwerfen. Und doch unterziehen sich viele Leute nach wie vor einer Abmagerungskur, weil ihnen nie jemand eine brauchbare Alternative angeboten hat. Sie fahren fort, nach dem Allheilmittel zu suchen, das ein für alle Mal ihren Kampf gegen das Übergewicht beenden soll.

Wenn wir eine Abmagerungskur machen, gerät unser Körperhaushalt in Aufruhr, während er versucht, sich der neuen Lage anzupassen. Ist die Reglementierung beendet, muß er sich wieder nach den alten Eßgewohnheiten richten. Es ist, als wenn Sie einen Metallstab immer wieder biegen würden, allmählich wird er schwach werden und abbrechen. Wenn Sie Ihren Körper einem ständigen Hin und Her durch wechselnde Eßgewohnheiten unterwerfen, wird er ebenso geschwächt und schließlich zusammenbrechen.

Es ist mir klar, daß ich, wenn ich gegen Abmagerungskuren zu Felde ziehe, Institutionen angreife. Nach einer amerikanischen Auszählung sind 62 % der Amerikaner übergewichtig. Über 44

Millionen Amerikaner gelten als klinisch fettleibig, d. h., sie haben 20 Pfund oder mehr Übergewicht. Mehr als die Hälfte der Nation unterzieht sich Abmagerungskuren oder hat sich in der Vergangenheit solchen Kuren unterzogen. Ähnlich sieht es in den meisten europäischen Industrieländern aus.

Das ändert nichts an der Tatsache, daß diese Kuren erfolglos sind und erfolglos bleiben werden. Die Zahlen beweisen es. Wie viele Abmagerungskuren hat es in den letzten 20 Jahren gegeben. Fünfzig? Einhundert? Wären sie erfolgreich gewesen, gäbe es nicht immer wieder neue Diät-Vorschläge. Warum werden die Übergewichtigen nicht weniger, sondern mehr? 1982 wurden 15 Milliarden Dollar für gewichtsreduzierende Programme allein in den USA ausgegeben. 15 Milliarden Dollar! Wenn Sie 15 Milliarden Dollar auszugeben hätten, könnten Sie 40 Jahre lang jeden Tag eine Million Dollar ausgeben und immer noch 400 Millionen Dollar übrig haben. Wenn Diätkuren Erfolg hätten, würde diese riesige Geldsumme das Problem sicher beenden, nicht wahr? Tatsache ist jedoch, daß diese unglaubliche Summe jährlich um eine Milliarde zunimmt. Trotz ständig neuer Diätsysteme, die kommen und gehen, wird das Problem immer größer.

Es ist offensichtlich, daß die Leute von der Diät-Mentalität genug haben. Verwirrung und Frustration nehmen überhand, denn die meisten Diätpläne widersprechen einander. Wenn die sogenannten Autoritäten sich nicht einig sind, was kann dann der Laie glauben? In einer bekannten Diätvorschrift heißt es, man müsse viel Eiweiß zu sich nehmen und wenig Kohlenhydrate. In einer anderen, ebenso bekannten ist es genau umgekehrt.

Können beide recht haben? Ein anderes System schreibt vor, so viel zu essen, wie man will und es dann mit Ananas und Papayas wieder auszugleichen. Oder, man esse kleine Mengen irgendeines Gebräus nach Wunsch, ergänzt durch Gymnastik und positiver Lebenseinstellung. Oder essen Sie, was Sie wollen, aber wiegen Sie es zuerst. Nach einem anderen Vorschlag gilt das Gesagte jeweils nur immer für zwei Wochen. Viele Diäten bestehen nur aus lästigem Kalorienzählen. Die gefährlichste von allen ist die jüngst erschienene, die vorschlägt, die Nahrung weitgehend durch Pillen und Pulver zu ersetzen. Welche Nachteile sich durch all dies für unsere Gesundheit ergeben, wird sich erst noch herausstellen. Da wir uns in der Vergangenheit so sehr auf diese Diätsysteme verlassen haben, wir aber nur wissen, daß sie nicht funktionieren, stellt sich die Frage, welche Alternative wir haben.

Nun, wir geben Ihnen die Lösung! Was wir Ihnen hier anbieten, ist eine Information, die von gesundem Menschenverstand geprägt ist. Jeder kann für sich entscheiden und auswählen, was am besten für ihn ist. Es ist an der Zeit, jenen die Kontrolle und Verantwortung zu entziehen, die sich darüber streiten, wer recht hat. Was wir vorlegen, ist eine neue Idee, eine neue Denkungsweise, eine neue Art zu essen, die Abmagerungskuren überflüssig macht. Da sie nicht funktionieren, ist es an der Zeit, sie loszuwerden, sich von ihnen zu befreien. Warum nicht aus erster Hand erfahren, daß die einzigen und dauerhaften Resultate in der Gewichtsreduzierung dann erscheinen werden, wenn wir *mit den Diätkuren Schluß machen*. Das ist genau das, was ich getan habe. Ich habe es schließlich geschafft. Ich gab die sinnlosen Diätkuren auf und entschloß mich, eine Antwort zu finden, die sinnvoll und vernünftig erschien und dauerhafte Ergebnisse versprach. Nachdem ich mich drei Jahre lang mit Diätkuren verrückt gemacht hatte, wurde mir klar, daß ich lernen mußte, mit meinem Körper richtig umzugehen. Ich mußte herausfinden, was ich zu tun hatte, um diesen schlanken und gesunden Körper, von dem ich wußte, daß er in mir steckte, zu erlangen und zu erhalten.

Eines Abends hörte ich bei einem Musikfest, wie sich zwei gesund aussehende Leute über die seltsamen Praktiken eines Freundes in Santa Barbara, Kalifornien, unterhielten. Sie erwähnten seine ausführlichen Erläuterungen über die Schönheit guter Gesundheit. Ich spitzte die Ohren. „Entschuldigen Sie", unterbrach ich sie, „wer ist der Mann, von dem Sie sprechen?" In weniger als 24 Stunden war ich auf dem Weg nach Santa Barbara. Ich hatte keine Ahnung, daß ich vor einer der tollsten Entdeckungen meines Lebens stand. Ich war auf dem Weg, in die außergewöhnliche uralte Wissenschaft, bekannt als „natürliche Gesundheitslehre“, eingeführt zu werden.

Kapitel II

Natürliche Gesundheit

,,Natürliche Gesundheit" (amerikanisch: ,,Natural Hygiene") – als ich diesen Begriff zum ersten Male hörte, dachte ich, wie viele andere, das bedeutet Zähne putzen und hinter den Ohren waschen. In Wirklichkeit umfaßt dieser Begriff in bemerkenswerter Weise die Pflege und Gesunderhaltung des menschlichen Körpers in seiner Gesamtheit. „Natural Hygiene" ist die Lehre von der natürlichen Gesundheit. Als ich diesen Begriff kennenlernte, stand ich vor der gesündesten Person, die ich je gesehen hatte. Ein Blick auf diesen Mann genügte mir, um zu erkennen, daß er etwas darüber wissen müsse, wie man seinen Körper pflegte. Als ich seine strahlenden Augen sah, seine klare Haut, sein gelassenes Benehmen, seinen gut proportionierten Körper, konnte ich nicht umhin, an all die medzinischen Fachleute zu denken, deren Rat ich in der Vergangenheit gesucht hatte. Sie entsprachen dem physischen Ideal genau so wenig wie ich selbst. Bei unserer Begegnung sagte er: „Sie sind dabei, sich zu töten, und das ist ganz und gar nicht notwendig." Ich leuchtete auf wie ein Weihnachtsbaum. Dieser Satz war meine Einführung in die Lehre von der natürlichen Gesundheit und der Beginn einer lohnenden Freundschaft. In wenigen Stunden erklärte mir Mr. Jensen (Pseudonym auf seine Bitte) in einer knappen, bündigen und leicht verständlichen Weise, warum ich dick war, warum ich solche Schwierigkeiten hatte, Gewicht zu verlieren, und warum ich mein Gewicht nicht halten konnte. Es klang so vernünftig und so einfach, daß ich sprachlos war. Schon bei seiner einleitenden Erklärung darüber, wie man einen vitalen Körper, auf den man stolz sein könne, gewinnen und erhalten könne, war ich derart mit Freude und Erleichterung erfüllt, wie ich sie nie zuvor gekannt hatte. Hier bekam ich endlich die Information, von der ich gewußt hatte, daß ich sie eines Tages finden würde.

Ich hatte das große Glück, bei Mr. Jensen während der nächsten dreieinhalb Jahre lernen zu dürfen. Wie gingen mir die Augen auf! Ich profitierte nicht nur täglich von seinem Wissen, ich verschaffte mir auch alles, was ich über die Lehre von der natürlichen Gesundheit in Erfahrung bringen konnte. Ich beschloß, das Studium, die Ausübung und die Unterrichtung dieser Lehre zu meiner Lebensaufgabe zu machen. Nachdem ich Santa Barbara verlassen hatte, befaßte ich mich zehn Jahre lang intensiv mit dem Studium der natürlichen Gesundheit. Seit mehreren Jahren berate ich meine Mitmenschen darüber, wie sie die Prinzipien der natürlichen Gesundheit in ihren Lebensstil einbauen können. 1981 begann ich mit Seminaren, die unter dem Begriff „Diamond Methode" bekannt wurden. Seither habe ich zu Tausenden von Leuten gesprochen. Hunderte von begeisterten Briefen, die ich aus allen Schichten erhielt, bestätigen die Wirksamkeit dieser Ernährungsweise. 1983 wurde mir der Doktortitel in Ernährungswissenschaften von der Akademie für Gesundheitswissenschaft in Austin, Texas, verliehen. Diese Institution ist die einzige in den Vereinigten Staaten, die berechtigt ist, einen akademischen Grad in natürlicher Gesundheitslehre zu verleihen.

Bereits einen Monat, nachdem ich mit der natürlichen Gesundheitslehre bekannt geworden war, hatte ich die 50 Pfund verloren, mit denen ich so lange gerungen hatte. Das war 1970. Seitdem habe ich mein Gewicht gehalten. Ich esse gerne. Ich gehöre zu der Art von Leuten, die schon zunehmen, wenn sie eine Feinschmecker-Zeitschrift nur in die Hand nehmen. Der Unterschied in meinen Eßgewohnheiten besteht jedoch darin, daß ich gelernt habe, *wie* zu essen. Ich befriedige nicht nur mein Verlangen nach Nahrung, sondern ich helfe meinem Körper, sich bei dem Gewicht zu halten, das mir am besten zusagt. Ich habe gelernt, zu essen, um zu leben, und nicht zu leben, um zu essen. In anderen Worten, ich habe das Gewicht, das ich verloren hatte, nur deshalb in all der Zeit nicht wieder zugenommen, weil ich es nicht durch eine Diät verloren hatte. *Ich änderte meine Eßgewohnheiten, das ist alles.*

Gewichtsverlust ist jedoch nur eine der Wohltaten, die man erfährt, wenn man die Lehre von der natürlichen Gesundheit in seine Lebensweise einbaut. Energie-Steigerung und allgemeines Wohlbefinden sind willkommene Zugaben in meinem Leben geworden. Nicht einmal im Traum hatte ich daran gedacht, jemals über ein derart beständiges, hohes Energieniveau verfügen zu können. Einigen meiner Bekannten gehe ich mit meinem Energieüberschuß bereits auf die Nerven! In einem Alter von über 40 Jahren kann ich nur mit Freude feststellen, wieviel gesünder ich bin als mit 25 – dank der Lehre von der natürlichen Gesundheit.

Diese Lehre kann ihre Geschichte bis ins alte Griechenland zurück verfolgen. 400 Jahre vor Christi Geburt erklärte Hippokrates bereits seine Philosophie, als er sagte: „Eure Nahrung sei euer Heilmittel!“ Die moderne Geschichte der Lehre von der natürlichen Gesundheit begann in den Vereinigten Staaten im Jahre 1830, als eine Organisation gegründet wurde, die sich amerikanische physiologische Gesellschaft nannte. Acht Jahre später gründete die Gesellschaft eine Bibliothek und eröffnete einen Laden in Boston, den man mit Fug und Recht den ersten Gesundheitsladen des Landes nennen konnte.

Um 1850 entstand durch die Initiative von vier Ärzten, Dr. Sylvester Graham, Dr. William Alcott, Dr. Mary Gove und Dr. Isaac Jennings, die erste größere Bewegung für natürliche Gesundheit. Schnell schlossen sich andere Mitglieder des ärztlichen Berufsstandes an, die eine natürlichere Ausrichtung der traditionellen Medizin wünschten. 1862 gründete Dr. Russell Trall eine nationale Gesundheits-Gesellschaft. 1872 publizierte Dr. Trall „Das Gesundheits-System“, eine Arbeit, die sehr gut aufgenommen wurde. Sie war der Vorläufer vieler Veröffentlichungen über natürliche Gesundheit, die alle die Wichtigkeit einer bestimmten Ernährungsform zur Rückgewinnung und Erhaltung eines hohen gesundheitlichen Niveaus zum Thema hatten.

Einer der meist respektierten und kenntnisreichsten Gesundheitswissenschaftler unserer Zeit war Dr. Herbert M. Shelton, der von 1928 bis 1981 eine Gesundheitsschule mit Klinik, Labor und Lehrprogramm in San Antonio, Texas, leitete. Dr. Shelton galt allgemein als bekannteste Fachgröße auf dem Gebiet der natürlichen Gesundheit, ihrer Philosophie, ihrer Prinzipien und praktischen Ausübung. Wie kein anderer bereicherte er die Lehre von der natürlichen Gesundheit durch eine Fülle von Veröffentlichungen über neue Erkenntnisse und Gedanken. Er sagte: „Die Gesetze der Natur, die Wahrheiten des Universums, die Prinzipien der Wissenschaft sind genau so wahr, so unveränderlich und so unverletzbar in ihrer Beziehung zu allem anderen. Die Lehre von der natürlichen Gesundheit ist jener Zweig der Biologie, der die Bedingungen erforscht, von denen Leben und Gesundheit abhängen, und die Mittel anwendet, wodurch Gesundheit in all ihrer Vollkommenheit und Reinheit erhalten bzw. wieder hergestellt werden kann, wenn sie verloren oder geschädigt worden ist."

Einer der bedeutendsten, aktiven Vertreter der natürlichen Gesundheitslehre ist heutzutage mit Sicherheit T. C. Fry, Dekan der amerikanischen Akademie für Gesundheitswissenschaften, ein glänzender Fürsprecher in Sachen Gesundheit. Er sagt: „Die natürliche Gesundheit befindet sich in Harmonie mit der Natur, im Einklang mit den Prinzipien einer vitalen, organischen Existenz, ist wissenschaftlich korrekt, fest in Philosophie und Ethik verwurzelt, befindet sich in Übereinstimmung mit dem gesunden Menschenverstand, ist erfolgreich in der Praxis und ein Segen für die Menschheit." Sein Glaubensbekenntnis lautet: „Gesundheit entsteht nur durch eine gesunde Lebensweise."

Dr. K. R. Sidhwa, ein führender Gesundheitsarzt in London, beschrieb kürzlich die Lehre von der natürlichen Gesundheit auf dem dritten Weltkongreß für alternative Medizin „als die höchste Philosophie oder Technik des Heilens".

Was bedeutet der Begriff natürliche Gesundheit genau? Sie waren am Anfang schon auf der richtigen Spur, als Sie an das Zähneputzen dachten. Das Wort Hygiene bedeutet auch Reinlichkeit. Der Ausdruck „natürlich" bedeutet einen Prozeß ohne künstliche Beeinflussung.

Die fundamentale Aussage der Lehre von der natürlichen Gesundheit ist, daß der Körper sich ständig um Gesundheit bemüht, und daß er dies durch ständige Reinigung seiner selbst von schädlichen Abfallprodukten erreicht.

Diese Lehre bemüht sich, die Auswirkungen der Nahrung auf Dauer und Qualität unseres Lebens zu ermitteln. Ihr Hauptanliegen ist Vorbeugung und gesunde Lebensweise. Sie lehrt die Menschen, die *Verursachung* ihrer gesundheitlichen Probleme auszuschalten, anstatt ständig mit den Auswirkungen der Verletzungen der Naturgesetze zu kämpfen. Der der natürlichen Gesundheitslehre zugrunde liegende Leitgedanke ist, daß der Körper selbstreinigende, selbstheilende und selbsterhaltende Kräfte besitzt, daß alle Heilkräfte des Universums sich innerhalb des menschlichen Körpers befinden, daß die Natur immer recht hat und nicht verbessert werden kann. So wird die Natur niemals ihren eigenen Gesetzen zuwiderhandeln. Wir werden nur dann von Gesundheitsproblemen heimgesucht (d. h. Übergewicht, Schmerzen, Streß), wenn wir die Naturgesetze des Lebens verletzen. Das Schönste an der Lehre von der natürlichen Gesundheit ist, daß Sie Ihnen Gelegenheit gibt, Ihr Gewicht dadurch zu kontrollieren, daß Sie ihnen das dazu notwendige Rüstzeug zur Verfügung stellt. Ein Teil davon ist von Geburt an in uns vorhanden: Gesunder Menschenverstand, Instinkte, Logik und Vernunft. Diese kritischen Hilfsmittel sind zwar angeboren, aber, aus diesem oder jenem Grund, verlassen wir uns im Laufe unseres Lebens immer weniger auf sie. Unzählige Male habe ich Leute nach einem Vortrag sagen hören: „Wissen Sie, ich hatte schon immer das Gefühl, daß es so sein sollte . . . aber . . .!“ Ihre Instinkte zeigten den richtigen Weg, aber durch Druck von außen wurden sie dazu verleitet, sich anders zu verhalten. Im Laufe der Zeit verließen sie sich immer weniger und weniger auf ihre Instinkte, bis sie sie schließlich gar nicht mehr beachteten. In diesem Buch wird Ihnen an Hand vieler Beispiele gezeigt, wie Sie gesunden Menschenverstand, Instinkt und Logik einsetzen können, um Ihr Körpergewicht kontrollieren zu können, und auf Dauer gesund bleiben.

Der menschliche Körper mit der überragenden Weisheit, die ihn leitet, ist das wunderbarste Gebilde, in der Tat das größte Geschenk, er ist der Natur herrlichste Schöpfung. Nichts kommt ihm gleich an Kraft, Aufnahmevermögen und Anpassungsfähigkeit. Die unserem Körper innewohnende Intelligenz ist überwältigend. Das menschliche Herz schlägt ungefähr hundertausendmal in 24 Stunden. Bedenken Sie, daß das Herz und seine Pumpanlage – die Wissenschaftler vergeblich nachzuahmen versucht haben – 6 Liter Blut durch über 150 000 km Blutgefäße pumpt. Das entspricht einer Menge von 9000 Litern täglich. Das sind fast 165 Millionen Liter in 50 Jahren.

Die 6 Liter Blut bestehen aus über 24 Billionen Zellen, die sich täglich 35 000mal durch unseren Körper bewegen. Zwei Millionen neue Blutzellen werden in jeder Sekunde produziert. Dieses Pumpsystem hat die Fähigkeit – nonstop – jahrzehntelang zu arbeiten, ohne jemals einen Schlag auszulassen. Und das ist nur das Kreislaufsystem.

Bedenken Sie die Wärme, die in dieser Maschine durch den Ablauf dieser Funktionen entstehen muß, und doch hält sie die Körpertemperatur konstant auf ca. 37 °C. Das größte Organ des Körpers, die Haut, besteht aus über 4 Millionen Poren, die als konstantes Kühlsystem für diese Maschine fungiert. Das Verdauungs- und Stoffwechselsystem hat die Fähigkeit, die aufgenommene Nahrung in gesundes Blut, Knochen und Zellstrukturen umzuwandeln. Ein perfektes Gleichgewicht ist ständig gewährleistet. Nur einen Bruchteil abweichen würde die Balance zerstören. Die Lungen verschaffen dem Blut den notwendigen Sauerstoff. Ein komplettes Knochengerüst gibt den stützenden Rahmen und ermöglicht damit dem Körper, aufrecht zu stehen und zu gehen. Dieses Knochengerüst arbeitet harmonisch mit einem erstaunlichen Muskelsystem zusammen, wodurch der Bewegungsablauf ermöglicht wird.

Diese „Maschine" kann sich erstaunlicherweise selbst erneuern. Die Kraft und Weisheit, die nötig sind, ein befruchtetes Ei in einen ausgewachsenen Mann oder eine Frau zu verwandeln, übersteigen unser Vorstellungsvermögen. Es geht fast über unseren Verstand, die Fähigkeiten unserer fünf Sinne zu begreifen. Die Liste der Aktivitäten, die von unserem Körper regelmäßig durchgeführt werden, könnten viele Bücher füllen.

Am Steuer dieses Gipfels der Perfektion befindet sich das Gehirn, das alle diese wunderbaren Aktivitäten überwacht und sicherstellt, mit einer Präzision, die einen Meisteruhrmacher unbeholfen erscheinen lassen. Das Gehirn besteht aus mehr als 25 Milliarden Zellen, die höchst entwickelten Zellen, die wir kennen.

Bei der Betrachtung einer einzelnen Zelle werden Sie noch mehr beeindruckt sein. Man kann sie ohne Hilfe eines Mikroskops nicht sehen und doch ist das, was in ihr vorgeht, erstaunlich. Die Weisheit einer einzigen Zelle – so wird gesagt – übertrifft alles bis heute angesammelte Wissen der menschlichen Rasse. Sogar die kleinste Zelle in Ihrem Körper ist ungefähr eine Milliarde mal größer als ihr kleinster Teil. Die Zelle ist der Schauplatz von mehr chemischen Reaktionen, als in allen Chemiefabriken der Welt zusammengenommen. Eine Zelle hat Tausende von Bestandteilen: Chromosome, Gene, DNS, Organellen, Mitochondrien, Enzyme, Hormone, Aminosäuren sowie Tausende von verschiedenen chemischen Stoffen und Verbindungen, zu zahlreich, um sie alle zu erwähnen. Und doch hat keiner auf dieser Welt eine Erklärung dafür, wodurch die Zelle arbeitet. Ihre Funktionen können benannt werden, doch die Kraft, die sie in Bewegung setzt, geht über unseren Verstand. In anderen Worten, die angeborene Intelligenz des Körpers ist ungleich größer als unser denkender Verstand. Dazu muß man sich vorstellen, daß über 75 Billionen (75 000 000 000 000) dieser erstaunlichen Zellen mit nadelscharfer Perfektion Jahr für Jahr arbeiten.

In jeder Zelle ist ein Kern, der Chromosome enthält, die Gene enthalten. Und in den Genen befindet sich der Lebenscode: DNS (Desoxyribosenukleinsäure). DNS bestimmt die Augenfarbe, den Duft einer Blume, oder das Farbenspiel der Vogelfedern. Wenn Sie alle DNS aus allen Genen Ihrer 75 Billionen Zellen herausnehmen würden, so paßten sie in eine Schachtel von der Größe eines Eiswürfels. Und doch, wenn alle diese DNS abgewickelt und aneinander gereiht werden würden, würde die Schnur 400mal von der Erde zur Sonne und zurück reichen. Das sind 130 Milliarden Kilometer!

Um Ihnen verständlich zu machen, welche Größenordnungen nötig sind, um die Zusammenarbeit in derart riesigen Ausmaßen zu ermöglichen, wird folgender Vergleich gemacht: Es gibt ungefähr 5 Milliarden Menschen auf der Erde. Es dürfte schon schwierig sein, sich vorzustellen, daß ein paar Millionen dieser Erdbewohner zusammenkommen und in allen Bereichen harmonisch zusammenarbeiten würden. Nun stellen Sie sich aber 5 Milliarden Einzelwesen auf dieser Erde im Einklang vor! So unmöglich Ihnen das erscheinen mag, im Vergleich mit der inneren Arbeit unseres Körpers ist es nichts! Stellen Sie sich 18 000 Erdbälle vor, jeden mit 5 Milliarden Menschen und jeder einzelne davon in Zusammenarbeit und im Einklang mit allen anderen! Alle haben dieselbe politische Überzeugung, dieselbe Religion, dieselbe intellektuelle Einstellung und alle arbeiten für das gleiche Ziel! Ja, da wäre es wirklich leichter zu glauben, daß der Mond aus grünem Käse besteht! Und trotzdem, genau das geschieht täglich mit den Billionen Zellen in unserem Körper.

Eine einzige Zelle, isoliert in einem Labor, frei von jeder körperlichen Beeinflussung, wird sich ungefähr 50mal teilen, ehe sie stirbt. Würden sich alle unsere Zellen derart oft teilen, würden wir ein Gewicht von mehr als 80 Billionen Tonnen erreichen. Nur mit Hilfe solch schwindelerregender Zahlen ist es möglich, sich eine Vorstellung von der unendlichen Intelligenz zu machen, die notwendig ist, die Aktivitäten einer derart astronomischen Anzahl zusammenarbeitender Zellen zu koordinieren.

Als letztes Beispiel stellen Sie sich vor, daß Sie einen äußerst wichtigen Brief an einen Freund zu schreiben hätten und dabei gleichzeitig Ihr Lieblingsprogramm im Fernsehen anschauen würden. Doch nicht genug, auch ein Tonband über positive, geistige Einstellung müßte gleichzeitig abgehört werden. Wie gut würden diese drei Aufgaben gelingen? Wahrscheinlich nicht besonders gut. Aber nun bereiten Sie auch noch gleichzeitig das Abendessen zu und putzen den Boden! Vergessen Sie es! Keine dieser fünf Aufgaben könnte von Ihnen mit Gründlichkeit ausgeführt werden, wenn Sie sie gleichzeitig zu erfüllen hätten. Nicht einmal fünf! Ihr Körper führt aber in 24 Stunden Quadrillionen verschiedener Prozesse durch! Nicht Millionen oder Milliarden oder Trillionen, nein, Quadrillionen! Alle für den Stoffwechsel und die Erhaltung Ihrer Existenz lebensnotwendigen Prozesse werden nicht etwa wahllos, sondern mit äußerster Präzision durchgeführt. Wenn wir uns das ungeheure Ausmaß der Fähigkeiten unseres Körpers und der darin ablaufenden Prozesse vergegenwärtigen, müssen wir in Ehrfurcht vor dieser gewaltigen Intelligenz erstarren.

Ist es mit diesen Tatsachen vor Augen vorstellbar, daß diese wahrhaftig großartige ,,Maschinerie“ ohne Mechanismus zur Erhaltung des richtigen Körpergewichts arbeiten könnte? Nein! Das ist unvorstellbar! Die notwendigen Mechanismen zur Erhaltung der Körperfunktionen sind von Geburt an vorhanden. **Gesundheit ist Ihr Recht von Geburt an! Übergewicht und Krankheit ist nicht Gesundheit!** So wie eine Pflanze sich immer nach dem Licht streckt, egal, wo sie im Zimmer steht, so wird Ihr Körper sich ständig um Perfektion bemühen. Automatisch, biologisch, wie Atmen und Blinzeln mit den Augen, bemüht sich der menschliche Körper, fit zu sein. *Das Geheimnis besteht darin, diesen Prozeß zu fördern, statt ihn zu behindern.* Jede Einwirkung auf unseren Lebensbereich beeinflußt unser Wohlbefinden, aber nirgendwo werden die biologischen Erfordernisse offenkundiger verletzt, als in unseren Eßgewohnheiten. Wenn Sie ein Gewichtsproblem haben, ist zweifellos die Nahrung, die Sie Ihrem Körper zuführen, der Hauptgrund für dieses Problem. Aus allen Bereichen der Heilberufe kommen mehr und mehr Informationen ans Licht, die die Beziehung zwischen richtiger Nahrung und Wohlbefinden zum Thema haben.

Dr. David Reuben schreibt in einem Brief an seine Kollegen in seinen Bestseller: „Alles, was Sie schon immer über Ernährung wissen wollten“, folgendes: ,,Es gibt eine ganze Reihe von Substanzen, die eine weit intensivere Wirkung auf unsere Patienten haben als Medikamente, nämlich unsere Nahrungsmittel. Ohne eigene Schuld haben wir diesen speziellen Bereich in der Medizin vernachlässigt.

Er wurde in unserer medizinischen Ausbildung, sowohl an den Universitäten als auch an den Krankenhäusern vernachlässigt.

Aus gutem Grunde – wir mußten uns um sehr viele kranke Leute kümmern.

Aber jetzt geht aus jeder neuen Ausgabe unserer verantwortungsbewußten medizinischen Fachzeitschriften immer deutlicher hervor, daß viele dieser ‚Kranken' besonders deshalb krank sind, weil ihre Ernährungsgewohnheiten falsch sind." Er fügte dann hinzu: „Leute von Amerika, die größte Bedrohung für Euer und Eurer Kinder Überleben ist nicht irgendeine Atomwaffe, sondern das, was Sie heute abend von Ihrem Teller essen."

Die vom Komitee über Ernährung und Lebensnotwendigkeiten des US-Senats herausgegebenen „Ernährungsregeln für die Vereinigten Staaten" führen aus: „Als Nation sind wir zu der Überzeugung gekommen, daß die Medizin und die medizinische Technologie unsere größten Gesundheitsprobleme lösen können. Die Rolle eines so wichtigen Faktors wie der Diät bei Krebs und Herzerkrankungen wurde in den Hintergrund gedrängt durch den Wunderglauben an die moderne Medizin. Nicht die Vermeidung der Krankheit, sondern ihre Behandlung war die Parole.

Diese Probleme können niemals nur durch vermehrte medizinische Betreuung gelöst werden. Die Gesundheit des einzelnen und der Bevölkerung wird durch eine Vielfalt biologischer, verhaltensmäßiger und umgebungsmäßiger Faktoren bestimmt, *deren wichtigster die Nahrung ist, die wir zu uns nehmen!"*

Man kann davon ausgehen, daß Menschen, die über richtige Ernährung Bescheid wissen (wie man ißt und was man ißt), in der Lage sind, das Auftreten der „Killer" Nr. 1 und 2, nämlich Herzerkrankungen und Krebs, herabzusetzen. Wie gut könnte dieses Wissen bei Übergewicht – oft ein Vorläufer dieser Krankheiten – angewandt werden. Ein Glücksfall! Da es offenkundig ist, daß die Nahrung, die wir zu uns nehmen, mit Fettsüchtigkeit und degenerativen Erkrankungen in gegenseitiger Beziehung steht, können wir diese Erkenntnis mit dem ganzen Reichtum an Wissen, daß der Wirkung der Nahrung auf den menschlichen Körper gewidmet ist, in Einklang bringen.

Interessant ist, daß die natürliche Gesundheitslehre in USA seit über eineinhalb Jahrhunderten existiert und von Tausenden ausgeübt wurde, und doch wenig Leute je von ihr gehört haben. Auch Sie machen wahrscheinlich erst jetzt ihre Bekanntschaft. Während meiner Seminare fragte ich jedesmal das Publikum: ,,Wie viele von Ihnen haben schon von der natürlichen Gesundheitslehre gehört?“ *Weniger als 1 % hob die Hand!* Ist es nicht seltsam, daß eine so einfache, praktische und erfolgreiche Methode so unbekannt ist? Abgesehen davon, daß die Medien wenig Interesse zeigten, liegt es wohl auch daran, daß die Richtlinien der Bewegung bisher zu keinem allgemeinverständlichen Programm zusammengefaßt worden waren.

Diese Aufgabe haben Marilyn und ich übernommen. Wir haben die grundlegenden Aussagen der natürlichen Gesundheitslehre in eine Reihe vernünftiger, leicht zu befolgender, diätischer Richtlinien gefaßt, die auf einfache Weise zum Ziele führen, nämlich Fettsucht abzubauen und Gewichtsabnahme zu erleichtern.

Jack D. Trop, früherer Präsident der amerikanischen Gesellschaft für natürliche Gesundheit (gegründet 1948), sagt: **,,Fit für's Leben“** vereinfacht die grundlegenden Aussagen der natürlichen Gesundheitslehre und bringt sie zum erstenmal in der Geschichte vor ein großes öffentliches Forum.“

Die natürliche Gesundheitslehre bietet dem ernsthaft interessierten Anhänger eine Fülle von Anregungen und in die Tiefe gehenden Informationen in Büchern, Zeitschriften und einem – meiner Meinung nach – der besten Fernkurse, die es überhaupt gibt.

Informationen erhalten Sie in Deutschland durch die ,,Gesellschaft für natürliche Lebenskunde e. V.“, 2862 Worpswede, Heinrich-Vogeler-Weg 8, oder direkt bei ,,American College of Health Science“, 6600-D Burleson Road, Austin/Texas 78744, USA.

Lassen Sie uns nun ein wenig tiefer in die Philosophie der natürlichen Gesundheitslehre eindringen, indem wir eines der interessanteren Phänomene des menschlichen Körpers betrachten. Wenn wir auf leichte Weise eine dauerhafte Gewichtsreduzierung erreichen wollen, müssen wir lernen, uns mit diesem Phänomen zu befassen. Obwohl Sie in der Vergangenheit sicherlich auch schon Diätkuren mitgemacht haben, sind Sie wahrscheinlich nie mit einem so faszinierenden und geheimnisvollen Konzept wie mit den **natürlichen Körperzyklen (Körperkreisläufen)** bekannt gemacht worden.

Kapitel 3

Die natürlichen Körperzyklen

Was sind das für Zyklen? Die meisten von uns wissen nicht einmal, daß sie existieren. Und doch gibt es über diese physiologischen Zyklen umfangreiche Forschungen. Besondere Beachtung verdienen in diesem Zusammenhang die Arbeiten des schwedischen Wissenschaftlers Are Waerland, T. C. Fry's von der amerikanischen Akademie für Gesundheitswissenschaft, die Schriften über den Bio-Rhythmus des Psychologen Gay Gaer-Luce sowie die Forschungen unzähliger Wissenschaftler über die circadianen Rhythmen. Informationen aus diesen Quellen sind die Grundlage für unsere Ansicht, daß die Fähigkeit des Menschen, Nahrung zu verarbeiten, vom wirksamen Funktionieren dreier, gewohnheitsmäßig ablaufender, täglicher Zyklen abhängt.

Diesen Zyklen liegen recht augenfällige Körperfunktionen zugrunde. Das heißt, einfach ausgedrückt, daß wir täglich Nahrung zu uns nehmen *(Aufnahme)*, einen Teil der Nahrung absorbieren und verwerten *(Ausnutzung oder Assimilation)* und ausscheiden, was wir nicht brauchen können *(Ausscheidung)*.

Obwohl jede dieser drei Funktionen in einem gewissen Ausmaß immer abläuft, hat jede einzelne dieser Funktionen während bestimmter Stunden des Tages ihre Hauptwirkzeit.

von mittags 12.00 bis abends 20.00 Uhr
Nahrungsaufnahme (Essen und Aufschließen)

von 20.00 bis morgens 4.00 Uhr
Ausnutzung (Absorption in die inneren Organe und Verwertung)

von 4.00 bis mittags 12.00 Uhr
Ausscheidung (von Schlacken und Nahrungsresten)

Durch einfaches Beobachten unserer Körpertätigkeit können wir uns unserer Körperzyklen bewußt werden. Während der Wachstunden nehmen wir Nahrung auf, verzichten wir aber auf Essen, nimmt der Hunger im Verlauf des Tages zu. Wenn wir schlafen und der Körper keine Arbeit zu leisten hat, assimilieren wir, was wir während des Tages zu uns genommen haben. Wenn wir aufwachen, haben wir den sogenannten „Morgenatem" und vielleicht auch eine belegte Zunge, denn jetzt befindet sich unser Körper mitten in der Ausscheidungsphase all dessen, was er nicht gebrauchen kann – die Schlacken.

Haben Sie schon einmal beobachtet, was passiert, wenn Sie spät abends noch gegessen haben? Wie fühlen Sie sich am nächsten Morgen? Beim Aufwachen fühlen Sie sich benommen, wie betäubt. Die Umwandlungsphase, die beginnt, wenn die Nahrung den Magen verlassen hat, war gestört worden. Physiologisch gesehen, will unser Körper seine Nahrung früh am Abend zu sich nehmen, so daß mindestens drei Stunden vergehen können, bis die Nahrung den Magen verlassen hat und dadurch gewährleistet ist, daß die Assimilationsphase rechtzeitig beginnen kann. Da aber die Nahrung der späten Mahlzeit wegen noch nicht verdaut ist, ist sie noch nicht für die Umwandlung bereit. Sie haben die Aufnahmephase weit über ihre Grenzen hinaus in die Länge gezogen und dadurch die Ausnutzungsphase weit in die Ausscheidungsphase hinein verlängert. Der reguläre Acht-Stunden-Zyklus ist deshalb durcheinander gebracht worden. Der natürliche Arbeitsrhythmus Ihres Körpers wurde gestört, daher fühlen Sie sich beim Aufwachen müde, schlapp und mißgelaunt (Morgenmuffel). Lassen Sie aber das Frühstück aus, kommen Sie wahrscheinlich bis Mittag ohne Essen aus, denn Ihr Körper befand sich in der Ausscheidungsphase und wollte sowieso nichts zu sich nehmen. Würden Sie nun jedoch noch länger ohne Nahrung bleiben, würden Sie sich unbehaglich fühlen, denn Ihr Körper ist inzwischen in die Aufnahmephase eingetreten und ist nun bereit, Nahrung aufzunehmen.

Das vorliegende Programm wurde entwickelt, Sie zu einem Lebensstil zurückzuführen, der auf Ihren natürlichen Körperzyklen aufgebaut ist. Je mehr Sie mit den Richtlinien dieses

Programms vertraut werden, um so mehr wird Ihnen die Nützlichkeit der Körperzyklen klar werden. Für den Augenblick genügt es, daß all die, die mit Übergewicht zu kämpfen haben, sich hauptsächlich mit der Ausscheidungsphase befassen. Wird diese Phase gefördert statt behindert, wird der Erfolg nicht ausbleiben und der in Ihnen vorhandene, schlanke Körper wird zu Tage treten. Sie müssen wissen, daß Ausscheidung die Entfernung giftiger Schlacken und des Übergewichtes bedeutet. Der Grund, warum über 60 % der Menschen übergewichtig sind, liegt darin, daß unsere traditionellen Eßgewohnheiten die so wichtige Ausscheidungsphase behindern. Anders ausgedrückt, wir haben Nahrung zu uns genommen, (in Rekordgeschwindigkeit) unser Körper hat alles, was er brauchen konnte, der Nahrung entnommen, aber wir haben Überflüssiges *nicht* ausgeschieden. Da die meisten Menschen ein kräftiges Frühstück, ein kräftiges Mittagessen und ein kräftiges Abendessen zu sich nehmen, wird viel mehr Zeit für die Aufnahme als für die Ausscheidung verwendet. Wen wundert es da, daß so viele von uns so viel Übergewicht mit sich herumtragen!

Das ist also das Geheimnis einer erfolgreichen Gewichtsreduzierung! Wir müssen die giftigen Abfallprodukte und Stoffwechselschlacken, die wir mit uns herumschleppen, wieder loswerden! Woher kommen nun diese Abfallprodukte in erster Linie, und wie wird man sie wieder los?

Kapitel 4

Die Theorie des gestörten Stoffwechsels

Toxämie – die Vergiftung des Blutes – wurde als Begriff von den Pionieren der natürlichen Gesundheitslehre geprägt, um zu beschreiben, was heute von der modernen Medizin als Stoffwechselstörung bezeichnet wird. Als erster berichtete der Arzt J. H. Tilden darüber. Der menschliche Körper ist so angelegt, daß das Gleichgewicht zwischen aufbauendem Stoffwechsel (Anabolismus) und abbauendem Stoffwechsel (Katabolismus) in wunderbarer Weise gewährleistet ist. Wird das Gleichgewicht verschoben, entsteht eine sogenannte Stoffwechselstörung.

1926 schrieb Dr. Tilden ein Buch mit dem Titel: „Bestätigung der Toxämie". Im Gegensatz zu all den Diätbüchern, die ich gelesen hatte, fand ich hier zum ersten Male eine verständliche Erklärung über die Funktionen meines Körpers und über die Ursache seiner Weigerung, in Punkto Gewicht mit mir zusammenarbeiten zu wollen. Auf einfachste Weise wurde dargelegt, was falsch war und warum es falsch war. Was man dagegen tun kann, und wie man etwas dagegen tun kann. Zum ersten Mal hatte ich die Hoffnung, mein Watscheln in Gehen verwandeln zu können. Obwohl sich das Buch mit dem Thema Gesundheit im Ganzen befaßte, erfuhr ich endlich genau, **warum man zu dick wird**!

Seither sind viele Bücher über Toxämie geschrieben worden, für die natürliche Gesundheitslehre gilt aber nach wie vor Dr. Tildens Buch als bahnbrechend. Dr. Tilden zufolge kann Toxämie als Ausgangssituation für die Entstehung von Übergewicht bezeichnet werden.

Hält man den Körper jedoch frei von Giftstoffen, erhöht sich die Chance, ein vernünftiges Körpergewicht zu halten, denn der Überschuß an giftigen Abfallprodukten im Körper gilt als Vorbote der Fettsucht.

Was ist also Toxämie? Woher kommt sie? Und was kann man tun, um sie einzuschränken? Entsprechend den Erkenntnissen der natürlichen Gesundheitslehre, gibt es zwei grundlegende Ursachen für die Entstehung der Toxämie im Organismus. Einerseits kann sie durch normale, natürliche Körperfunktionen entstehen, andererseits – wissentlich oder unwissentlich – durch unsere eigene Lebensweise. In beiden Fällen ist jedoch Energie nötig, um die Vergiftung des Blutes wieder aus unserem Körper zu entfernen.

Im ersteren Fall wird das Blut durch den Stoffwechsel mit Schlacken belastet. Während Sie diese Seite lesen, ist Ihr Körperinneres keineswegs in Ruhestellung, es wird hart gearbeitet. Alte (verbrauchte) Zellen werden ständig durch neue ersetzt. Tatsächlich werden täglich dreihundert bis achthundert Milliarden alter Zellen durch neue Zellen ersetzt. *Die Anzahl von Zellen, die täglich ersetzt werden muß, hängt davon ab, wieviel gekochte oder kaustische Nahrung (scharfe, ätzende) gegessen wird. Diese Art von Nahrung verursacht Zellenverlust aus dem Verdauungskanal.* Diese alten Zellen sind für den Körper giftig und müssen so schnell wie möglich aus unserem Organismus durch eines der vier Ausscheidungsorgane, nämlich die Eingeweide, die Blase, die Lunge oder die Haut, ausgeschieden werden. Es handelt sich dabei um einen normalen, natürlichen Vorgang in unserem Körper, mit dem wir uns nicht zu befassen brauchen, es sei denn, die giftigen Abfallprodukte werden nicht ebenso schnell ausgeschieden, wie sie produziert werden. *So lange allerdings die körpereigene Energie ausreicht*, werden diese Abfälle einwandfrei ausgeleitet.

Im zweiten Fall wird die Vergiftung des Blutes (Toxämie) im Organismus durch Nebenprodukte der Nahrung herbeigeführt, die nicht richtig verdaut, nicht richtig assimiliert und nicht richtig in die Zellstruktur eingebaut werden. Wir haben die seltsame Angewohnheit, praktisch alles zu verändern, ehe wir es essen. Anstatt eine ausreichende Menge frischer Lebensmittel zu uns zu nehmen, essen wir einen zu großen Anteil an gekochter und denaturierter Nahrung. Was nicht schon in der Lebensmittelindustrie zu Tode behandelt worden ist, ehe es in unsere Hände kam, ändern wir auf irgendeine Weise selbst.

Wir braten, grillen, dünsten, schmoren, kochen fast alles, ehe wir es essen. Der Originalzustand der Nahrung wird verändert. Da unser Körper aber biologisch nicht darauf eingestellt ist, so viel veränderte (denaturierte) Nahrung aufzunehmen, ergeben sich durch die unvollständige Verdauung und Assimilation Rückstände und diese sind giftig. Besteht nun der **überwiegende** Teil unserer Ernährung aus denaturierter Nahrung, *wird der Organismus ständig überlastet.*

So sammelt unser Körper auf zweierlei Weise Giftstoffe, einerseits durch den normalen Stoffwechsel, andererseits durch Nahrungsrückstände, die nicht genügend ausgewertet wurden. Ihr gesunder Menschenverstand wird Ihnen sagen, daß sich Überschüsse bilden müssen, wenn mehr Abfallprodukte anfallen als ausgeschieden werden. Aus diesem Überschuß entsteht nun das *Übergewicht.* Noch größer wird das Problem dadurch, daß diese Giftstoffe saurer Natur sind. Ist aber ein Säureüberschuß vorhanden, hält der Organismus Wasser zurück, um die Säure zu neutralisieren. Der Körper wird aufgeschwemmt, und es entsteht noch mehr Gewicht.

Stellen Sie sich einmal vor, Sie arbeiten in einer großen Firma, wo Sie täglich 20 Kartons mit Schriftstücken zu zerreißen haben und wegwerfen müssen. Nehmen wir an, daß Sie – sei es aus Zeitmangel oder fehlender Energie oder beidem – täglich nur 15 Kartons aufarbeiten können. Am nächsten Tag werden Ihnen wieder 20 Kartons geliefert, aber Sie haben noch fünf Kartons vom gestrigen Tag übrig. Da Sie aber nur 15 Kartons aufarbeiten können, bleiben am zweiten Tag zehn Kartons übrig. Wenn Sie am Montag anfangen und sieben Tage gearbeitet haben, werden Sie am zweiten Montag nach Arbeitsbeginn 55 Kartons zu zerreißen haben und können doch täglich nur 15 verarbeiten. Nach nur einer Woche bleiben Ihnen 40 Kartons übrig. Diese Kartons müssen irgendwo gelagert werden, bis sie verarbeitet werden können. Aber wo? Wenn Sie also ein Gewichtsproblem haben, gerät Ihr Körper in die oben beschriebene Notlage. Wenn Sie täglich mehr Schlacken produzieren, als Ihr Körper ausscheiden kann, müssen sie irgendwo gelagert werden. Ihr Körper, ständig bemüht, sich zu schützen und sich vor Schlacken zu bewahren, wird diesen Abfall nun keineswegs in die Nähe lebenswichtiger Organe transportieren. Er wird ihn in den Muskeln und im Fettgewebe deponieren, d. h. in den Oberschenkeln, am Gesäß, um die Körpermitte, an den Oberarmen, unter dem Kinn, überall dort, wo wir die Fettpolster am meisten beklagen. Wird das Problem nicht bewältigt, entsteht nicht nur Fettsucht, sondern auch ein allgemeines körperliches Unbehagen und Lethargie, denn der Körper verbraucht einen Großteil seiner Energie bei dem Versuch, sich von den angehäuften giftigen Schlacken zu befreien.

So berichtete Dr. Tilden seinen Lesern vor einem halben Jahrhundert: „Es sieht zwar so aus, als ob sich das Gewichtsproblem der Kontrolle der einzelnen entzöge, dem ist aber nicht so! Es handelt sich um kein Geheimnis, sondern um ein einfaches, physiologisches Phänomen. Jeder kann diese Situation meistern und sie auf sein Wunschmaß reduzieren. Es geht lediglich darum, die durch die Vergiftung des Blutes (Toxämie) entstehende Situation zu begreifen und das Nötige zu veranlassen, damit die bereits im Körper vorhandenen giftigen Schlakken ausgeschieden werden. Weiterhin ist darauf zu achten, daß Schlacken sich nicht schneller ansammeln, als sie ausgeschieden werden.“

Wenn Sie das verstanden haben, werden Sie auch begreifen, wie wichtig es ist, die Ausscheidungsphase ungestört ablaufen zu lassen. Wenn Sie die Ausscheidungsphase stören – auch unwissentlich –, Ihren Körper also zwingen, giftige Abfallprodukte zurückzubehalten und abzulagern, so schaffen Sie damit zunächst die Voraussetzung für Gewichtsprobleme, die später in die Krankheit führen können.

So weit, so gut – alles, was zu tun ist, ist die Schlacken aus dem Körper zu entfernen und dafür zu sorgen, daß sie sich nicht wieder ansammeln. Aber wie geht das vor sich? Genau das ist das Problem. Wir haben erkannt, daß aus den Lehren der natürlichen Gesundheitslehre eine natürliche Lebensweise entwickelt werden kann, die auf der Erkenntnis beruht, daß man seinen Körper gleichmäßig von Schlacken reinigen und dabei auch verhindern kann, daß sich Schlacken im Übermaß wieder ansammeln. Das Schönste an diesem Programm ist, daß es Spaß macht und keine Einschränkungen damit verbunden sind. Essen bleibt Freude, es bekommt keinen klinischen Beigeschmack. Ich könnte niemals Eßgewohnheiten annehmen, die meinen Feinschmeckergaumen beleidigen würden.

Meine Frau Marilyn nahm dies zum Anlaß, ihre Erfahrungen als „Gourmet" in die Tat umzusetzen. Sie stellte Rezepte zusammen, die das Programm kulinarisch bereichern und es in ein köstliches Eßerlebnis verwandeln, das zum Lebensstil entwickelt werden kann. (Dieses Programm wird in Teil II vorgestellt.)

Wie kann man also den Stoffwechsel im Gleichgewicht halten, die Entfernung giftiger Abfallprodukte aus dem Organismus fördern und trotzdem gut essen? Es gibt drei leicht verständliche und leicht nachvollziehbare Regeln, die Ihnen dabei helfen werden. Die erste kritische und wichtige Richtlinie, die Ihnen zu einem dauerhaften Gewichtsverlust verhelfen wird, ist der . . .

Kapitel 5

Grundsatz I: Nahrung mit hohem Wassergehalt

Bevor wir Sie mit diesem Grundsatz bekannt machen, möchte ich Sie einladen, an einer einfachen und interessanten Übung teilzunehmen. Schreiben Sie alles auf ein Blatt Papier, was Sie heute gegessen haben. Wenn Ihr heutiges Eßprogramm noch nicht vollständig ist, so schreiben Sie auf, was Sie gestern gegessen haben. Am Ende dieses Kapitels wird diese Liste dazu dienen, auf eindrucksvolle Weise einen sehr wichtigen Punkt zu beleuchten. Schreiben Sie alles auf, auch wenn Sie nur mal probiert haben. Ihre Freundin hat z. B. ihr berühmtes Souflé gemacht, von dem Sie ein Häppchen versuchten. Schreiben Sie alles auf, was Sie Ihrem Körper zugeführt haben, soweit Sie sich erinnern können. Dann legen Sie die Liste für eine Weile beiseite, während wir uns mit dem obigen Prinzip näher befassen.

Unter den absolut lebensnotwendigen Stoffen steht Wasser neben Luft und Nahrung an oberster Stelle. Vom Augenblicke Ihrer Geburt an bis zum Tode verlangt Ihr Körper instinktiv nach Luft, Wasser und Nahrung, um überleben zu können. Sie wissen, was mit einer Pflanze passiert, wenn Ihr das Wasser entzogen wird. Sie welkt und stirbt. Ebenso erginge es Ihrem Körper, wenn er kein Wasser bekäme. Seine Bedeutung ist also klar.

Was versteht man nun aber unter Nahrung mit hohem Wassergehalt? Dazu müssen Sie wissen, daß wir auf einem Planeten leben, der zu über 70 % aus Wasser besteht. Wenn Sie auf dem Mond stünden und zur Erde blicken würden, könnten Sie erkennen, daß 71 % der Erdoberfläche aus Wasser besteht. Die restlichen 29 % sind Land. Alles ist ein Mikrokosmos (Kleinwelt, Welt der Einzelwesen) des Makrokosmos (Weltall).

Wenn wir uns noch näher mit dem Planeten Erde befassen und uns die Säugetiere ansehen, werden Sie feststellen, daß unsere Körper (die ja auch zu dieser Gattung gehören) ebenfalls mindestens zu 70 % aus Wasser bestehen. Als ich das zum ersten Mal hörte, konnte ich es fast nicht glauben. Ich konnte das Wasser in meinem Körper weder sehen noch hören. Und doch verhält es sich so, 70 % des menschlichen Körpers besteht tatsächlich aus Wasser. Erlauben Sie mir, Ihnen eine logische Frage zu stellen (darum geht es nämlich bei der natürlichen Gesundheitslehre, sie wendet sich an Ihren angeborenen Sinn für das Richtige). Wenn unser Planet zu 70 % aus Wasser besteht und diese Wassermenge braucht, um überleben zu können, erscheint es dann nicht logisch, Ihren Körper, der auch zu 70 % aus Wasser besteht, dadurch in bester Kondition zu erhalten, daß Sie ihm eine zu 70 % wasserhaltige Nahrung zuführen?

Wenn Ihr Körper zu 70 % aus Wasser besteht, woher soll er sonst das Wasser nehmen, wenn Sie es ihm nicht regelmäßig zuführen? Vom Augenblick Ihrer Geburt an bis zu Ihrem letzten Atemzug verlangt Ihr Körper nach diesem wesentlichen Bestandteil des Lebens. Sie müssen Wasser haben, um überleben zu können. Aber ich *spreche nicht vom Wassertrinken*.

Manche Leute werden jetzt sagen: „Prima, ich trinke meine acht Glas Wasser täglich." Aber Wasser trinken bringt Ihnen keineswegs den Erfolg, von dem ich spreche. Wenn ich von Nahrung mit hohem Wassergehalt spreche, meine ich damit zwei Arten von Nahrungsmitteln, die auf diesem Planeten wachsen und die einen natürlichen, hohen Wassergehalt besitzen, nämlich **Obst und Gemüse**. Alles andere ist konzentrierte Nahrung. *Konzentriert* heißt, der Wassergehalt wurde reduziert, entweder durch bestimmte Behandlung, wie z. B. Konservierung usw., oder durch Kochen. Nun meine ich nicht etwa, daß Sie ausschließlich Obst und Gemüse essen müssen, um Gewicht zu verlieren und gesund zu bleiben. Aber Sie sollten eine Ernährungsweise anstreben, die annähernd 70 % Wassergehalt haben sollte, weil eben unser Körper zu 70 % aus Wasser besteht. Das bedeutet, *daß Obst und Gemüse in unserer Ernährung überwiegen sollten*! Die restlichen 30 % können aus konzentrierter Nahrung bestehen: Brot, Getreide, Fleisch, Milchprodukte, Hülsenfrüchte usw.

Es gibt zwei äußerst wichtige Gründe, weshalb wir gerade Wasser brauchen und weshalb das Trinken von Wasser oder anderen Getränken den Zweck nicht erfüllt: *Ernährung und Reinigung des Organismus*.

Wasser ist das Transportmittel für die Nährstoffe zu den Zellen des Körpers und für die Ausscheidung der Schlacken.

Der Körper findet in Obst und Gemüse alle Nährstoffe wie z. B. Vitamine, Mineralstoffe, Proteine (Eiweiß), Aminosäuren, Enzyme, Kohlenhydrate und Fettsäuren, die es gibt und die er für sein Überleben braucht. Diese notwendigen Nährstoffe werden durch das in den Früchten und im Gemüse enthaltene Wasser in Ihren Magen und anschließend in die Därme gebracht, wo alle Nährstoffe aufgenommen werden. Wenn Sie also Nahrung mit hohem Wassergehalt zu sich nehmen, bedeutet das, daß Sie Nahrung zu sich nehmen, die allen Anforderungen des menschlichen Körpers genügt. Einige von Ihnen werden nun vielleicht sagen: „Ich nehme zusätzlich Vitamine und Mineralstoffe ein.“ Aber darum geht es nicht. Die Vitamine und Mineralstoffe, von denen ich spreche und die vom menschlichen Körper verwertet werden können, findet man reichlich in Obst- und Gemüsegärten, nicht aber in Apotheken.

Neben seiner Aufgabe, die Nährstoffe im Körper zu transportieren, hat Wasser noch die wesentliche Aufgabe, den Körper von Schlacken zu reinigen. Für unseren Sprachgebrauch ist „Rcinigcn“ und „Entgiftcn“ dassclbc. In dcr Fragc dcr Gewichtsabnahme ist dieser Reinigungs- bzw. Entgiftungsprozeß von allergrößter Wichtigkeit.

Alles, was Sie besitzen, ganz gleich was es ist, muß gewaschen oder gereinigt werden, wenn es sauber sein soll. Sicher haben Sie heute ein Bad genommen oder sich geduscht. Wenn nicht heute, dann war es gestern oder wird morgen sein. Sie werden nur so lange warten, bis Sie wieder das Bedürfnis nach Sauberkeit haben. Genauso verhält es sich mit Ihrer Kleidung. Was wäre, wenn Sie die Kleider, die Sie jetzt tragen, sechs Monate lang anbehielten? Sie würden so etwas nicht tun. Die Kleidung würde derart schlecht riechen, daß Sie niemanden zu nahe kommen könnten. Was wäre, wenn Sie Ihr Auto sechs Monate nicht waschen würden und es würde nicht regnen? Sie könnten beim Fahren nicht mehr aus den Scheiben sehen, so schmutzig wären sie. Alles wird schmutzig, wenn es nicht gereinigt wird.

Raten Sie mal, was nicht regelmäßig gewaschen und gereinigt wird? Das Innere Ihres Körpers! Wir essen und leben auf eine Art und Weise, die unserem Körperinneren keine ausreichende Reinigung ermöglicht. Das ist der Grund, warum 62 % der Menschen übergewichtig sind. Dieser Umstand trägt auch dazu bei, daß drei von vier Personen eine Herzerkrankung oder Krebs bekommen. Das Äußere unserer Körper wird gereinigt, aber das Innere – was weit wichtiger wäre – wird nicht gereinigt. Es gibt Leute, die jahrzehntelang, ja **in Ihrem ganzen Leben**, nicht einmal das tun, was notwendig wäre, nämlich die giftigen Schlacken aus ihrem Körper herauszuwaschen. Dies ist nur möglich durch die Aufnahme von Nahrung mit hohem Wassergehalt, nicht jedoch durch Trinken von Wasser. Durch Wassertrinken werden keine Enzyme und andere lebenserhaltende Elemente im Körper transportiert. Das kann nur das Wasser, das in Obst und Gemüse enthalten ist.

Alle drei Körperzyklen funktionieren nur dann bestens, wenn sie regelmäßig mit diesem natürlichen, reinen Wasser versorgt werden, und das finden wir in wasserhaltigem Obst und Gemüse.

Wir essen so, daß wir unseren Körper dabei nicht reinigen, sondern *verschmutzen*. Wir essen so, daß wir ihn verkleben und verstopfen. Von jetzt an möchten wir aber nicht mehr verkleistert und verschlackt sein, denn je mehr wir uns zuschlacken, umso mehr nehmen wir zu, und umso schwieriger wird es, dieses Gewicht wieder loszuwerden. Von jetzt an, wenn Sie Ihre Mahlzeiten anschauen, die Sie zu sich nehmen, tun Sie genau das – *schauen* Sie sich das Essen an, das Sie zu sich nehmen wollen und fragen Sie sich: „Ist diese Nahrung, die ich meinem Körper zuführen werde, ist diese Nahrung gut für meine innere Reinigung, oder wird sie meinen Körper verkleistern und verstopfen?" Anders ausgedrückt: *„Überwiegen in dieser Mahlzeit Obst und Gemüse?"* Eine wichtige Frage, die Sie sich regelmäßig stellen sollten. Es ist sehr einfach. Esse ich jetzt etwas, was mich reinigt (entgiftet) oder wird es mich verstopfen und verschlacken?

Die meisten Mahlzeiten, die wir zu uns nehmen, haben eine verstopfende Wirkung (schlackenbildende Wirkung). Unsere Nahrung verschlackt unseren Körper und dann, weil wir verschlackt sind, fühlen wir uns schlecht. Wir nehmen etwas, um unser Befinden zu bessern, z. B. Kaffee, Alkohol, Magenbitter, aber gleichzeitig essen wir weiter das, was unseren Organismus verschlackt. Also, von jetzt an fragen Sie sich, wenn Sie Ihre Mahlzeiten betrachten: Enthält diese Mahlzeit etwa 70 % wasserhaltige Lebensmittel? Denn ich werde Ihnen ohne Einschränkung sagen: Wenn es nicht so ist, haben Sie nicht die geringste Chance, erfolgreich und auf Dauer abzunehmen und gesund zu bleiben. Wenn Sie wirklich gesund sein wollen, den Körper haben wollen, von dem Sie wissen, daß Sie ihn verdienen, dann ist es unerläßlich, daß Sie sich diese Frage vor jeder Mahlzeit stellen. In USA werden jährlich 200 000 „Bypass-Operationen" ausgeführt, weil die Arterien der Patienten verstopft sind. Ich bin bereit zu wetten, daß wenige, wenn überhaupt einer dieser unglücklichen 200 000 eine Kost mit überwiegend hoch-wasserhaltigen Bestandteilen eingehalten hat. Es ist schon seltsam: alles, was wir umsonst bekommen, mißbrauchen wir am meisten. Weil wir diesen wunderbaren Körper bei unserer Geburt umsonst bekommen haben, nehmen wir ihn als selbstverständlich hin und mißbrauchen ihn. *Wir müssen aber mit unserem Körper arbeiten, nicht gegen ihn.* Der richtige Weg ist, ihn zu reinigen, nicht zu verschlacken.

Der Grund, warum wir so viel Nahrung zu uns nehmen, die verschlackt statt reinigt, ist, daß wir Gefangene unserer selbst sind. Jawohl, Gefangene! Sklaven unseres Gaumens! Wir tun alles für unseren Gaumen. Wir stopfen alles in uns hinein, was in unseren Mund paßt, was uns schmeckt, ohne darüber nachzudenken. Uns interessiert am Essen nur, **wie** es schmeckt.

Aber wie ist es mit dem übrigen Körper? Wenn Sie den winzigen Bereich betrachten, den unser Geschmackssinn einnimmt und dann den Rest unseres Körpers, der ja schließlich die Nahrung verarbeiten muß, die über unsere Geschmackssinnesorgane gelaufen ist, sollten Sie sich wundern, weshalb die Menschen so viel Aufmerksamkeit auf diesen kleinen Teil Ihres Körpers richten und einen so große Bereich ignorieren.

Wie oft haben Sie jemand sagen hören: „Heute morgen war ich spät dran, ich hatte keine Gelegenheit, auch nur einen Bissen zu essen, ehe ich aus dem Haus ging. Ich rannte aus dem Hause zur Arbeit. Ich hatte mehr zu tun, als ich bewältigen konnte, ich hatte nicht einmal Zeit für eine Kaffeepause. Ich hatte keine Zeit zum Mittagessen. Ich arbeitete den ganzen Tag durch." Sie haben das wahrscheinlich alle schon einmal gehört. Aber jetzt gegen 17.00 Uhr ist es Zeit, nach Hause zu gehen. Plötzlich erkennt der Betreffende, wie hungrig er ist. Er reibt seinen Magen und sagt: „Mensch, bin ich hungrig, den ganzen Tag habe ich nichts gegessen. Ich werde mir gleich etwas besorgen, etwas, was meine Därme durchwäscht und meinen Dickdarm reinigt." Keineswegs! Das haben Sie bestimmt nicht gehört! Schon eher, jetzt werde ich mir eine Pizza oder eine Bockwurst besorgen. Wenn die Leute hungrig sind, kaufen sie sich, was ihnen am besten schmeckt. Dabei geben sie ihrem Körper natürlich nie die Gelegenheit, sich zu reinigen oder zu entgiften. Sie essen, was gut schmeckt, verschlacken ihren Körper, nehmen dabei zu und machen alles nur noch schlimmer. Ich will damit nicht sagen, daß Ihnen das Essen keinen Spaß machen soll. Ich sage ja nicht, daß Sie etwas essen sollen, das Ihren Gaumen nicht erfreut. Nein! Ich sage, Sie können essen, was phantastisch schmeckt und gleichzeitig den Anforderungen Ihres Körpers genügt.

Wir schlagen lediglich vor, daran zu denken, daß Ihre Mahlzeiten zu 70 % wasserhaltige Nahrung (Obst und Gemüse) enthalten sollen und nur 30 % konzentrierte Nahrung. Sie werden staunen, welche herrlichen Mahlzeiten man aus Obst und Gemüse zaubern kann, weitaus mehr, als die meisten von Ihnen sich vorstellen können. Wir werden Ihnen in **„Fit für's Leben"** so kreative und neuartige Eßideen vorschlagen, daß Ihnen das

Wasser im Munde zusammenlaufen wird und Sie Ihre Eßgewohnheiten für immer verändern werden. Immer wenn Sie hungrig sind und an Essen denken, werden Sie von jetzt an eine Auswahl köstlicher Rezepte haben, die Ihren Körper nicht belasten.

Dies alles kann in einem einzigen Satz zusammengefaßt werden. **Wenn Sie überschäumende Lebensfreude empfinden und sich in der bestmöglichen Verfassung befinden wollen, müssen Sie lebendige Nahrung zu sich nehmen.** Um das zu verstehen, brauchen Sie weder einen Doktortitel, noch müssen Sie ein Wissenschaftler sein. Ein lebendiger Körper kann nur auf lebendiger Nahrung aufgebaut sein. Lebendige Nahrung hat aber immer einen hohen Wassergehalt. Wenn sie keinen hohen Wassergehalt hat, ist sie auch nicht lebendig. Wenn 70 % oder mehr Ihrer Nahrung aus Lebensmitteln besteht, die tot sind, verändert und denaturiert wurden, überlasse ich es Ihnen, sich vorzustellen, was aus Ihrem Körper werden wird. Obst und Gemüse haben einen sehr hohen Wassergehalt. Andere Nahrungsmittel sind konzentriert, und das bedeutet, daß das Wasser entweder durch Kochen oder eine andere Behandlung entzogen wurde.

Ich vergleiche uns – als Art – gerne mit den Säugetieren, zu deren Gattung wir ja gehören, und die die Erde mit uns bewohnen. Sehen Sie sich all diese Säugetiere einmal an. Ich meine damit nicht die Tiere, die wir als Haustiere kennen oder die in zoologischen Gärten leben, denn sie leben unter unserer Herrschaft und teilen deshalb viele unsere Probleme. Aber, haben Sie jemals einen dicken Tiger oder eine dicke Antilope in der Wildnis gesehen? Haben Sie jemals in der freien Natur lebende Tiere gesehen, die ihre Zähne verloren hatten und zum Fressen ein künstliches Gebiß benützen? Oder Hörgeräte trugen oder Brillen? Die Perücken tragen, weil sie kahl waren, oder Herzschrittmacher brauchten? Die Dialysemaschinen brauchten für ihre Nieren?

Haben Sie je gehört, daß eine Million Tiere im Jahr an Herzerkrankungen sterben oder ½ Million an Krebs? Oder eine Viertelmillion Schlaganfälle erleiden oder Tausende zuckerkrank sind? Nein! Teilweise ist es darauf zurückzuführen, daß Tiere, die in der Wildnis leben, *nur* überleben können, indem sie sich richtig ernähren und deshalb fit bleiben. Andernfalls würden sie durch Stärkere (Gesetz der Auslese) getötet werden. Meistens jedoch besitzen wilde Tiere – im Gegensatz zu den menschlichen Erdenbewohnern – eine großartige Gesundheit. Und sie haben kein Übergewicht! Warum ist das so?

Um das zu verstehen, ist es lediglich nötig zu vergleichen, was wir essen und was die Tiere zu sich nehmen. Säugetiere, die in der freien Natur leben, nehmen lebendige Nahrung mit sehr hohem Wassergehalt zu sich. In freier Wildbahn gibt es keine Nahrung, der das Wasser durch Kochen oder eine andere Behandlung entzogen wurde. Deshalb haben sie eine weitaus bessere Gesundheit als wir. Sogar die ausschließlich fleischfressenden Tiere fressen Nahrung mit hohem Wassergehalt. Wenn Sie jemals Gelegenheit hatten, in der freien Natur oder in einem Film zu sehen, wie ein Löwe ein Zebra oder ein Gnu reißt, werden Sie gemerkt haben, daß der Löwe unweigerlich die Unterseite seiner Beute aufreißt, den Bauch öffnet und die Eingeweide frißt. Ich weiß, das klingt nicht besonders appetitlich, aber so ist es nun mal im Dschungel.

Warum frißt nun der Löwe zuerst die Eingeweide, wenn er ein Zebra schlägt? Nun, fleischfressende Tiere fressen im großen und ganzen keine anderen fleischfressenden Tiere. Denken Sie mal nach! Löwen fressen keine Tiger, Bären keine Wölfe. Fleischfressende Tiere fressen pflanzenfressende Tiere! *Alle* Tiere brauchen Nahrung aus dem Pflanzenreich. Entweder das Tier frißt die Pflanzen direkt, oder es frißt pflanzenfressende Tiere. Der Löwe macht sich sofort an die Eingeweide, weil er dort vorverdaute Nahrung mit hohem Wassergehalt findet. Dann frißt er die Organe, denn auch sie enthalten viel Wasser. Dann leckt er das Blut auf, denn Blut besteht zu 90 % aus Wasser. Mit anderen Worten, er geht vom Körperinneren zu den äußeren Teilen. Was zuletzt bleibt, ist Muskelfleisch.

So sollte auch bei uns der größte Teil unserer Ernährung aus wasserhaltigen, lebendigen Bestandteilen bestehen. Natürlich kann nicht immer alles perfekt und ausbalanciert sein mit exakt

70 % wasserhaltiger und 30 % konzentrierter Nahrung. Das ist in Ordnung! Wir versuchen nicht, Ihnen eine Diät wie eine Gefängnisstrafe aufzubrummen. Manchmal wird die konzentrierte Nahrung dominieren. Sie brauchen deshalb kein schlechtes Gewissen zu haben! Dafür gibt es keinen Grund. Sie haben nun mal Ihre Gelüste, die sich im Laufe der Jahre entwickelt haben. Es wird einige Zeit dauern, bis Sie diese Gelüste überwunden haben. Sie sollten immer wieder einen Ausgleich finden. An einem Tag haben Sie schwere Mahlzeiten zu sich genommen, aber dann kommt der nächste Tag. Ein neuer Tag! An diesem neuen Tag sollten Mahlzeiten mit hohem Wassergehalt überwiegen, um so den Ausgleich wieder herzustellen. Entscheidend ist, daß Sie regelmäßig Nahrung mit hohem Wassergehalt zu sich nehmen. Nur so wird es Ihnen gelingen, auf Dauer Gewicht zu verlieren und gesund zu bleiben.

Die Bedeutung, die dieser Ernährungsweise zukommt, kann am besten durch die Aussage eines Mediziners erläutert werden, der diese Richtlinien ein halbes Jahrhundert lang studiert hat. Dr. Norman Walker ist 116 Jahre alt geworden. Er lebte bis vor kurzem in Arizona. Er zog sein Gemüse selbst und schrieb viele Bücher. Niemand fuhr ihn im Rollstuhl oder fütterte ihn mit zerdrückten Bananen. Er war völlig unabhängig. Was war der Schlüssel zu seiner hervorragenden Gesundheit und Langlebigkeit? In seinem letzten Buch „Die natürliche Gewichtskontrolle“ schreibt Dr. Walker: „Jede Pflanze, Gemüse, Früchte, Nüsse und Samen sind in ihrem Rohzustand aus Atomen und Molekülen zusammengesetzt. Innerhalb dieser Atome und Moleküle befinden sich die vitalen Elemente, die wir als Enzyme kennen. Enzyme sind keine Sache oder Substanzen. Sie stellen das Lebensprinzip in den Atomen und Molekülen jeder lebenden Zelle dar. Die Enzyme in den Zellen des menschlichen Körpers entsprechen in exakter Weise den Enzymen der Vegetation, und die Atome im menschlichen Körper befinden sich in Übereinstimmung mit den gleichen Atomen in der Vegetation. Folglich, wenn für den Aufbau oder den Ersatz einer Zelle bestimmte Atome gebraucht werden, findet eine magnetähnliche Anziehung statt, die aus der von uns genossenen Rohkost das atomare Element entnehmen wird, das in der Art und im Typ genau diesen Körperzellen entspricht. So ist jede Zelle im Gefüge unseres Körpers und jede Zelle in der uns von der Natur gegebenen Nahrung durchdrungen und belebt von diesem lautlosen Leben, das als Enzym bekannt ist. Diese magnetartige Anziehung ist jedoch nur in lebendigen Molekülen gegenwärtig. Enzyme sind hitzeempfindlich. Bei Temperaturen über 54 °C sterben sie ab. Wird Nahrung über 54 °C erhitzt, wird damit den darin enthaltenen Enzymen das Todesurteil gesprochen, diese Nahrung ist tot.

Natürlich kann tote Materie nicht die Arbeit lebendiger Organismen leisten. Folglich hat Nahrung, die über 54 °C erhitzt wurde, ihren lebensspendenden Nährwert verloren. Zwar kann Nahrung dieser Art das Leben im menschlichen Organismus erhalten, aber nur um den Preis fortschreitenden Verfalls der Gesundheit, der Energie und der Vitalität."

In diesem und allen anderen Büchern, die Dr. Walker geschrieben hat, betont er energisch die Wichtigkeit, die dem Verzehr von Lebensmitteln mit hohem Wassergehalt beizumessen ist, wenn ein schlanker und vitaler Körper Ihr Ziel ist, **Erfolg hinterläßt Spuren**! Er ist 116 Jahre alt geworden und war bis zu seinem Tode überaus vital. Ich würde auf ihn hören!

1980 brachten sowohl die Los Angeles Times als auch die Weekly World News Artikel über einen in China lebenden Mann, mit dem Namen Wu Yunquing. Herr Yunquing ist 142 Jahre alt und wird beim Radfahren gezeigt. Nach seiner Ernährung befragt, antwortete er: „Ich esse Mais, Reis, süße Kartoffeln, Obst und Gemüse." **Erfolg hinterläßt Spuren**!

Im Jahre 1973 brachte National Geographic einen Bericht von einem Wissenschaftler namens Alexander Leaf. Dr. Leaf hatte nach den ältesten Leuten der Welt gesucht. Er fand heraus, daß die Abkhazianen aus Rußland, die Vilcabambanen aus Ecuador und die Hunzukuten aus Pakistan zu den langlebigsten Völkern gehörten. Abgesehen davon, daß er bei den Vilcabambanen und bei den Hunzukuten überhaupt keine Fettsucht und bei den Abkhazianen nur sehr wenig davon feststellen konnte, entdeckte er, daß diese Menschen in erstaunlichem Maße frei von Krankheiten waren. Kein Krebs! Keine Herzkrankheiten! Darüber hinaus wurden die meisten von ihnen über hundert Jahre alt und blieben körperlich sehr aktiv. Die Nachforschungen Dr. Leafs über die Eßgewohnheiten dieser Völker ergaben, daß die Abkhazianen ungefähr zu 70 % stark wasserhaltige Nahrung zu sich nahmen, die Vilcabambanen und die Hunzukuten sogar über 80 %. Er und viele andere Gerontologen (Alterswissenschaftler) waren in hohem Maße von der Langlebigkeit dieser Völker beeindruckt. Aber wie gesagt: **Erfolg hinterläßt Spuren**!

Wenn Sie alles, was Sie an einem Tag gegessen haben, auf einer Liste aufgeführt haben, nehmen Sie sie jetzt vor und schauen Sie sie sich an. Ich habe zwei Fragen an Sie. Erstens, was haben Sie an Nahrung zu sich genommen, die einen Wassergehalt von 70 % (frisches Obst, Gemüse und Säfte) hat? Und zweitens, ist das typisch für Ihre täglichen Mahlzeiten? Wenn die Liste keine 70 % wasserhaltige Nahrung enthält und es sich dabei um Ihr typisches tägliches Eßverhalten handelt, erklärt sich daraus die Hauptursache Ihres Gewichtsproblems und Ihrer Gebrechen. Natürlich tragen auch andere Faktoren in unserem Leben zu einem Gewichtsproblem oder schlechtem Gesundheitszustand bei. Streß, psychologische Faktoren, der Beruf, Gefühle haben ihren Anteil daran. Den größten Einfluß auf unser Gewicht hat jedoch ohne Zweifel die Nahrung, die wir zu uns nehmen. Der alte englische Spruch: „Täglich einen Apfel und du brauchst keinen Arzt“ lag sicher auf der richtigen Linie. Es sollte heißen: „Täglich einen Apfel (eine Orange und ein paar andere Früchte), dazu einen Salat und du brauchst keinen Doktor.“ Klingt ein bißchen ungewandter, ist aber goldrichtig.

Ehe wir weiter machen, lassen Sie mich die übliche Frage beantworten: „Wie ist es mit dem Trinken? Ich trinke am Tag 8 Glas Wasser, sollte ich das tun oder nicht?“ Nun, sobald Sie mehr Nahrung mit hohem Wassergehalt zu sich nehmen, werden Sie kein großes Verlangen nach Getränken mehr haben. In anderen Worten, Menschen, die 8 Glas Wasser oder andere Getränke am Tag zu sich nehmen, tun das, weil sie die notwendige Flüssigkeit nicht aus der Nahrung bekommen können. In ihrer Ernährung überwiegen die konzentrierten Bestandteile, so daß Ihr Körper ständig nach Flüssigkeit verlangt und sie ständig Durst haben. Sie werden herausfinden, daß Sie viel weniger Durst haben werden, wenn Sie Nahrung mit hohem Wassergehalt zu sich nehmen, als wenn Sie Nahrung essen, die kein Wasser enthält und Sie dadurch das Wasser zusätzlich trinken müssen. Wenn Sie jedoch Wasser trinken wollen, dann sollten Sie dampfdestilliertes Wasser trinken, sofern es erhältlich ist. Sie können sich dampfdestilliertes Wasser selbst mit einem Heimdestilliergerät zubereiten. Nähere Auskünfte hierüber können Sie bei der Lebenskunde e. V. in 2862 Worpswede, Heinrich-Vogeler-Weg 8 erhalten. Bergquellwasser ist nicht ideal für den menschlichen Körper, da es anorganische Mineralstoffe enthält, die der Körper weder verwenden noch ausscheiden kann. Diese anorganischen Materialien neigen dazu, sich im Organismus mit Cholesterin zu verbinden und sich als sogenannte dicke Placques (Ablagerungen) in den Arterien niederzuschlagen. Dampfdestilliertes Wasser hat diese Wirkung nicht. Wenn Sie ein Stück Obst oder Gemüse essen, nehmen Sie destilliertes Wasser zu sich. Die Mineralstoffe werden dem Boden entnommen, die Pflanze destilliert sie und Sie nehmen sie auf.

Sie haben vielleicht gehört, daß angeblich durch destilliertes Wasser Mineralstoffe aus dem Körper gezogen werden. Das ist nur teilweise richtig. Die Mineralstoffe, die durch destilliertes Wasser dem Körper entzogen werden, sind anorganische Mineralstoffe, die der Körper sowieso nicht verwerten kann. So ist die Wirkung eine gesunde. Destilliertes Wasser wäscht keine organischen Mineralstoffe aus, die ein Teil der Zellstruktur des Organismus geworden sind. Ist ein Mineralstoff Teil der Zellstruktur geworden, kann er nicht mehr ausgewaschen werden.

Noch eine wichtige Bemerkung zum Wasser. Es ist sehr ungesund, Wasser oder andere Getränke zu den Mahlzeiten zu trinken. Viele Leute essen und trinken zur selben Zeit. Das ist nicht gut für die Verdauungssäfte, die die Nahrung aufschließen müssen. Wenn Sie Getränke zu den Mahlzeiten trinken, verdünnen Sie diese Verdauungssäfte und verhindern so, daß die Mahlzeit richtig verdaut wird. Zudem wird sowohl die Aufnahmephase als auch die Ausnutzungsphase behindert, was wie-

derum eine negative Wirkung auf die besonders wichtige Ausscheidungsphase hat, da dadurch sehr viel Energie verschwendet wird.
Zusammengefaßt kann man sagen, daß Sie durch das Essen von Nahrung mit hohem Wassergehalt giftige Schlacken aus Ihrem Körper ausspülen und dabei Ihr Gewicht verringern. Wenn Sie damit fortfahren, vermeiden Sie eine neuerliche Anhäufung von Giftstoffen und Sie werden nicht wieder zunehmen. Wir haben deutlich gemacht, wie wichtig die Ausscheidungsphase für den Gewichtsverlust ist. **Nichts beschleunigt die Ausscheidungsphase mehr, als der regelmäßige Verzehr einer ausreichenden Menge an Nahrung mit hohem Wassergehalt.**

So wichtig wie Lebensmittel mit hohem Wassergehalt sind, so ist die richtige Lebensmittelkombination als zweiter Grundsatz ebenso wichtig . . .

Kapitel 6

Grundsatz II: Richtige Lebensmittelkombination

Sie haben vielleicht schon davon gehört, wie wichtig es ist, Lebensmittel in der richtigen Kombination zu essen. Diese Erkenntnis wird immer populärer, und zwar mit Recht. Die Bedeutung der richtigen Zusammenstellung der Nahrung wurde während der letzten 85 Jahre durch intensive Forschungen immer wieder bewiesen. Vielleicht haben Sie schon von Ivan Pavlov gehört, der sich als einer der ersten mit diesem Thema befaßte. Neben seinen Experimenten über bedingte Reflexe befaßte sich Pavlov auch mit der richtigen Nahrungsmittelkombination und veröffentlichte 1902 ein Buch mit dem Titel „Die Arbeit der Verdauungsdrüsen", worin er die grundlegenden Voraussetzungen der richtigen Zusammenstellung der Nahrung hervorhob. Richtige Kombination zeigt hervorragende Ergebnisse. Viele Forschungen wurden durchgeführt, die ihren Wert bewiesen, vor allem durch Dr. Herbert M. Shelton, der von 1928–1981 eine Gesundheitsschule in San Antonio, Texas, besaß. Dort stellte er alle zur Verfügung stehenden Forschungsunterlagen über die richtige Kombination von Lebensmitteln in umfassendster Weise zusammen.

Dr. Sheltons Arbeiten, die schon 1924 im „Journal of the American Medical Association" von Dr. Philip Norman bestätigt wurden, zeigen die Wirksamkeit und wissenschaftliche Gültigkeit der richtigen Nahrungsmittelzusammenstellung.

Wird sie mißachtet, entstehen viele Probleme, die ein enormes Hindernis für eine erfolgreiche Gewichtsabnahme und -kontrolle darstellen. Viele Gründe sprechen dafür, daß die Störung der Aufnahmephase der Nahrung auch die nachfolgenden Zyk-

len beeinträchtigt. **Nichts fördert die Aufnahmephase besser, als die Beachtung der Grundsätze der richtigen Lebensmittelkombination.**
Was hat nun die richtige Kombination der Nahrung mit dem Abbau von Übergewicht zu tun? Wie beginnen Sie Ihren Tag? Springen Sie morgens mit einem Gefühl unbeschreiblicher Lebensfreude aus dem Bett, bereit, sich in Ihre Tagesarbeit zu stürzen? Oder quälen Sie sich aus dem Bett, schütten Kaffee hinunter, um den Tag überhaupt beginnen zu können? Verbringen Sie Ihren Tag im Gefühl freudiger Erwartung? Oder denken Sie, oh je, wie werde ich es nur bis Freitag schaffen? Sind Sie am Ende des Tages noch voller Energie? Freuen Sie sich auf das Zusammensein mit Ihren Kindern, Ihrem Ehepartner oder Ihren Freunden? Oder haben Sie am Abend kaum noch die Kraft, Ihr Abendessen einzunehmen, ehe Sie kurz vor dem Einschlafen auf der Couch vor dem Fernseher zusammenfallen? Der Unterschied besteht in einem entscheidenden Punkt: **Energie**!

Es wird kaum einen Leser dieser Zeilen geben, der nicht gerne mehr Energie zur Verfügung hätte. Es ist wie mit Geld. Wenn ich Ihnen einen Hundertmarkschein geben würde, würden Sie ihn zerreißen und auf die Straße werfen? Ich bezweifle es. Wenn Sie also einen Hundertmarkschein nicht wegwerfen würden, würden Sie dann etwas wegwerfen, was viel wichtiger ist als Geld, nämlich Energie? Wissentlich sicher nicht, aber doch unwissentlich, unter Umständen sogar regelmäßig. Ganz egal, was Sie tun wollen, ob laufen, lesen, spielen oder irgend etwas anderes, Sie brauchen dazu Energie. Tatsächlich bedeutet Energiemangel in Ihrem Körper, daß Sie nicht richtig leben. Keine Energie, kein richtiges Leben.

Jeder von uns möchte gerne mehr Energie haben. Raten Sie einmal, welche Funktion Ihres Körpers am meisten Energie beansprucht? *Die Verdauung!* Ist das nicht interessant? Waren Sie nicht auch oft müde nach einer Mahlzeit? Wer war das noch nicht! Der Grund dafür liegt darin, daß unsere ganze Energie auf die Verarbeitung der Nahrung in unserem Organismus konzentriert ist. Die Verdauung der Nahrung verbraucht mehr Energie als Laufen, Schwimmen oder Radeln. Es gibt in der Tat nichts, wozu mehr Energie nötig ist, als für die Verdauung.

Energie ist jedoch ebenso unentbehrlich für die überaus wichtige Entgiftung (Ausscheidung giftiger Schlacken) des Körpers. Wenn es uns gelingt, giftige Schlacken regelmäßig aus unserem Körper zu entfernen, werden wir auch regelmäßig Gewicht verlieren und nicht wieder zunehmen. Die Ausscheidung braucht Energie, die Ausscheidungsphase ist von allergrößter Bedeutung. Ohne Ihre Mitarbeit kann der Körper aber keine giftigen Schlacken ausscheiden. Deshalb müssen wir unserem Körper dabei helfen, indem wir ihm den nötigen Energievorrat regelmäßig zur Verfügung stellen. Nur so können wir gesund und schlank sein, nur dadurch, daß wir dem Körper für seine Entgiftungsarbeit eine ausreichende Menge an Energie verschaffen. Wenn also die Verdauung der Nahrung mehr Energie beansprucht als jede andere Tätigkeit unseres Körpers, wo glauben Sie, können wir am ehesten Energie für andere Zwecke freisetzen? Von unseren Verdauungsorganen natürlich.

Der Begriff „richtige Lebensmittelkombination“ entstand durch die Entdeckung, daß bestimmte Nahrungszusammenstellungen leichter verdaut und besser ausgewertet werden als andere. Der Erfolg, der durch die richtige Kombination der Nahrung erzielt wird, kann durch Erkenntnisse aus dem Bereich der physiologischen Chemie, insbesondere aber der Verdauungschemie erklärt und erhärtet werden. Energie ist der Schlüssel. Nichts fördert den Verdauungsprozeß, der wiederum Energie steigert, mehr als die richtige Zusammensetzung der Nahrung.

Die richtige Lebensmittelkombination lehrt uns folgendes: **Der menschliche Organismus ist nicht dafür geschaffen, im Magen mehr als eine konzentrierte Nahrung gleichzeitig zu verdauen.** Eine einfache, aber bedeutsame Feststellung. Vergegenwärtigen Sie sich, was man unter konzentrierter Nahrung versteht: **Alles, außer Obst und Gemüse, ist konzentriert.** So bedeutet der Begriff ,,richtige Lebensmittelkombination“ lediglich, daß Sie – aufgrund der Unfähigkeit des Magens, mehr als eine konzentrierete Nahrung gleichzeitig zu verdauen – auch nicht mehr als eine konzentrierte Nahrung gleichzeitig zu sich nehmen sollen. So einfach ist das.

Jede Säugetiergattung hat ein bestimmtes Verdauungssystem, das biologisch einer bestimmten Nahrungsart angepaßt ist. Angefangen beim Löwen, dessen Verdauungskanal ungefähr 3,65 m lang ist, bis zur Giraffe, deren Verdauungskanal ungefähr 85 m lang ist! Es gibt auf dieser Erde fleischfressende, pflanzenfressende, allesfressende, grasfressende und fruchtfressende Tiere. Man ist sich nicht ganz einig, welchem Verdauungssystem man die Menschen zuordnen soll, aber eines ist sicher: Sie besitzen sicher nicht *alle* diese verschiedenen Verdauungssysteme. Trotzdem essen Menschen wie die Löwen, die Giraffen, die Schweine, die Pferde und die Affen und nicht nur das, wir essen auch noch alles durcheinander bei ein und derselben Mahlzeit. Dadurch wird unsere Verdauungskraft enorm belastet, die Entstehung giftiger Abfallprodukte wird gefördert und eine Menge kostbarer Energie wird verschwendet.

Haben Sie nicht schon immer Fleisch und Kartoffeln zusammen gegessen? Fisch und Reis? Geflügel und Nudeln? Eier und Toast? Käse und Brot? Getreide und Milch? Jetzt werden Sie fragen, was bleibt denn da noch übrig? Keine Sorge, mehr als genug. Die obigen Zusammenstellungen, ich muß es Ihnen sagen, sind nicht zu Ihrem Besten und verhindern außerdem, daß Sie die gewünschte schlanke Linie erreichen und zusätzlich Energie gewinnen. Kostzusammenstellungen dieser Art sind geradezu *eine Garantie* dafür, nie ausreichend Energie zu haben. Die Voraussetzung für Gewichtsverlust ist Entgiftung, und Entgiftung hängt gänzlich von der zur Verfügung stehenden Energie ab. Weil wir unsere Nahrung falsch zusammenstellen, haben wir eine Energiekrise in unserem Körper. Diese falsche Ernährungsweise führt auch dazu, daß Leute schon im Alter von 50 Jahren sterben. Der Tod tritt ein, weil der Körper keine Kraft mehr hat, seine Probleme zu meistern. Das Leben ist dann mit 50 Jahren zu Ende.

Nahezu ⅔ unserer Bevölkerung ist übergewichtig. Das ist zum großen Teil auf unsere willkürliche und wahllose Nahrungszusammenstellung zurückzuführen. Lassen Sie es mich erklären. Nehmen wir z. B. Fleisch und Kartoffeln, eine allgemein übliche Kombination. Ebensogut könnte ich Fisch und Reis, Hähnchen und Nudeln oder Brot mit Käse sagen. Sie essen ein Steak. Sie bereiten es zu, wie Sie es gerne mögen und dann essen Sie es. Im Magen angekommen, ist ein bestimmter Verdauungssaft erforderlich, um diese konzentrierte Eiweißnahrung aufzuschließen, nämlich eine Säurelösung. Gleichzeitig essen Sie auch eine gebackene Kartoffel.

Nun könnten Sie einwenden, daß es sich bei der Kartoffel doch um Pflanzenkost handle. Richtig. Wenn Sie in eine *rohe* Kartoffel beißen würden und diesen Bissen kauen würden, bekämen Sie Nahrung mit einem hohen Wassergehalt in Ihren Magen. Einmal gebacken, können Sie die Kartoffel kauen, bis Ihnen die Zähne ausfallen, sie wird sich nicht mehr in eine wasserhaltige Nahrung verwandeln. Durch das Backen ist das Wasser verloren gegangen, es bleibt eine konzentrierte, stärkehaltige Nahrung. Nun kommt diese konzentrierte Stärke zusammen mit dem Steak in den Magen. Für die Verdauung der Stärke ist aber eine alkalische Lösung erforderlich. Aus Ihrem Chemieunterricht wissen Sie, was passiert, wenn saure und alkalische Lösungen miteinander in Kontakt kommen. Sie neutralisieren sich gegenseitig.

Sie haben also ein Steak mit Kartoffeln gegessen, diese Mahlzeit befindet sich in Ihrem Magen. Die zur Verdauung notwendigen Säfte haben sich neutralisiert. Was geschieht nun mit dieser Mahlzeit? Unser Organismus – in seiner unendlichen Weisheit – erkennt sofort die Notsituation, denn die Verdauung hat für den Körper absolute Priorität. Er gerät in Aufruhr. Mehr Verdauungssäfte müssen bereitgestellt werden. Das braucht Zeit und kostet Energie. Erneut werden Verdauungssäfte abgesondert, die wieder neutralisiert werden. Der Organismus ist bis an seine Grenzen beansprucht. Noch mehr Energie wird verbraucht, um noch mehr Säfte in den Magen fließen zu lassen. Viel Zeit vergeht während dieser Vorgänge. Tatsächlich vergehen mehrere Stunden, während der Körper die Verdauungssäfte produziert, die in den Magen fließen und schließlich Verdauungsstörungen und Sodbrennen verursachen. Endlich wird diese nicht richtig verdaute Mahlzeit durch die Darmperistaltik aus dem Magen befördert. Die schlecht verdaute Nahrung wird nach stundenlangem Aufenthalt im Magen dem Verdauungstrakt aufgezwungen. Es ist, als ob der Magen sagen wollte: „Da, nimm du es für eine Weile".

Es ist wichtig zu wissen, was sich zugetragen hat. Der größte Teil des Eiweisses hat sich durch den langen Aufenthalt im Magen durch Fäulnis zersetzt. Der größte Teil der Kohlenhydrate ist in Gärung übergegangen. Fäulnis und Gärung kann der Körper aber unter keinen Umständen brauchen. Nährstoffe, die auf diese Weise beeinflußt wurden, können nicht mehr in *gesunde* Zellstruktur eingebaut werden.

Nahrung, die sich durch Fäulnis zersetzt hat oder vergoren wurde, erzeugt im Körper giftige Säuren. Aufgrund der Fäulnis und Gärung entstehen Gase, Blähungen, Sodbrennen, saures Aufstoßen. Jetzt braucht man Magentabletten wie Pepsaldra, Pepsaletten, Aludrox, Gelusil-lac, Kompensan, Riopan, Nervogastrol, Rohasal, Maaloxan, Rennie, Solngastril, Soczulen Rollkur, Ulgastrin und viele andere mehr. Die Liste ist lang. In Amerika und Europa werden täglich Wagenladungen an säurebindenden Mitteln eingenommen. Warum? Weil wir willkürlich und wahllos essen. Wenn alles zusammen in den Magen gestopft wird, wird der Organismus überfordert. Wir sind die einzigen Geschöpfe auf dieser Welt, die nach dem Essen Medikamente einnehmen müssen, um die Nahrung aus unserem Darm wieder herauszubekommen.

Wegen all der Fäulnis, Gärung und daraus entstehender Säure verbleibt im Magen letztlich eine verdorbene, faulende, übelriechende Masse. Nun, ich weiß, das klingt nicht gerade appetitlich, ich möchte nicht unmanierlich erscheinen, aber doch bei der Wahrheit bleiben. So sieht es tatsächlich in unserem Organismus aus. Die Nahrung, die unverdaut im Magen bleiben mußte, fault buchstäblich vor sich hin. Die einmal in der Nahrung vorhanden gewesenen Nährstoffe sind verloren gegangen. Durch die lange Verweildauer im Magen ist eine unglaubliche Menge Energie verbraucht worden. Dann wird die Nahrung den Eingeweiden aufgezwungen, schiebt sich durch ca. 9m Verdauungskanal. Stellen Sie sich das vor! 9 m Eingeweide werden gezwungen, sich mit dieser faulenden Nahrung zu befassen. Deshalb hat man keine Energie. Diese Nahrung braucht etwa acht Stunden, um aus dem Magen herauszukommen, und 24 Stunden und mehr, um durch den Verdauungskanal zu kommen.

In „The Hygienic System" (Das Gesundheitssystem), Band II, beschreibt Herbert M. Shelton die Arbeiten des Arztes Arthur Cason. Dr. Cason berichtete 1945 von Experimenten, die von ihm und seinen Helfern durchgeführt wurden. Bei diesen Experimenten wurde bewiesen, daß der gleichzeitige Verzehr von Eiweiß und Kohlenhydraten bei derselben Mahlzeit die Verdauung verzögert, ja sogar verhindert. Er führte Kontrolluntersuchungen durch, bei denen die Verdauungsgeschwindigkeit notiert und Analysen der Ausscheidungen gemacht wurden. Er sagt: „Derartige Versuche zeigen immer, daß sich die Eiweißverdauung im Magen verzögert, wenn gleichzeitig stärkehaltige Nahrung aufgenommen wird, und zwar in unterschiedlichen Ausmaßen, je nach Person und je nach Art des verzehrten Eiweisses oder der verzehrten Stärke. Bei der Untersuchung des Kots zeigten sich sowohl unverdaute Stärkekörnchen als auch Eiweißstückchen und Fasern, während bei getrennter Verdauung keine derartigen Rückstände verbleiben." Bei richtiger Nahrungskombination wird sie vollständig abgebaut, absorbiert und vom Organismus ihrer Bestimmung zugeführt.

Weiterhin wurde festgestellt, daß sich beim Verzehr von Nahrung in unverträglicher Kombination – wobei Gärung entsteht – im Verdauungstrakt Alkohol bildet – mit den gleichen Folgeerscheinungen, wie sie beim Trinken von Alkohol entstehen und mit den gleichen Möglichkeiten eines späteren Leberschadens.

Das Prinzip der richtigen Lebensmittelkombination will Ihnen lediglich folgendes deutlich machen: Wir wollen keine Energie vergeuden, wir wollen die Nahrung nicht acht Stunden lang im Magen faulen lassen und die Därme 24 Stunden lang und länger mit zersetzter Nahrung belasten. Was wir wirklich wollen, ist Nahrung, die nicht länger als drei Stunden im Magen verbleibt, die *keine* Fäulnis, *keine* Gärung, *kein* Gas, *keine* Blähungen, *kein* Sodbrennen und *kein* saures Aufstoßen verursacht und somit keiner medikamentösen Behandlung bedarf. Wir wollen Nahrung, die die Därme schnell und wirkungsvoll durchwandert. Dies wird durch den Verzehr von nur *einer* konzentrierten Nahrungsart bei einer Mahlzeit ermöglicht. Wenn Sie zwei konzentrierte Bestandteile in einer Mahlzeit gleichzeitig essen, fängt die Nahrung an zu faulen. Verfaulte Nahrung **kann nicht assimiliert** werden. Falsche Nahrungsmittelkombination behindert auf drastische Weise die Ausnutzungsphase und die Ausscheidungsphase.

Es gibt einen einfachen Weg, das ganze Problem zu vermeiden. Sie wollen ein Steak, Fisch oder Hähnchen essen, also gut. Sie müssen sich lediglich bewußt sein, daß Fleisch in dieser Mahlzeit der konzentrierte Bestandteil ist. Das bedeutet, daß Sie nicht noch mehr konzentrierte Nahrung in dieser Mahlzeit zu sich nehmen sollten. Also – keine Kartoffeln, Reis, Nudeln, Käse oder Brot, sondern Nahrung mit hohem Wassergehalt. In anderen Worten, zum Steak sollten Sie Gemüse essen, wie z. B. Brokkoli oder Zucchini oder auch andere Sorten, je nach dem, was Sie am liebsten mögen. Gemüse braucht keinen besonderen Verdauungssaft, es kann sowohl in saurer als auch alkalischer Lösung abgebaut werden. Sie können das Gemüse dämpfen oder dünsten, bedenken Sie aber, daß bei längerer Kochzeit mehr Wasser und damit Lebenssaft entzogen wird. Zusätzlich zu Steak und Gemüse gibt es noch Salat. Daß Sie bei dieser Mahlzeit nicht hungrig vom Tisch aufstehen, ist doch klar, nicht wahr?

Es ist nicht unsere Absicht, Sie hungern zu lassen. Was wir Ihnen klarmachen wollen, ist folgendes: Es gibt für den Organismus gewisse physiologische Grenzen, die beachtet werden müssen, das ist alles. Wenn Sie eine gebackene Kartoffel essen wollen, gut, dann essen Sie sie. Essen Sie sie mit Butter, am besten mit nicht pasteurisierter Butter, wenn es möglich ist. Dazu gibt es Gemüse wie Zucchini, grüne Bohnen, Brokkoli oder was Sie wollen und natürlich Salat. Auch mit dieser Mahlzeit werden Sie satt werden. Ist Ihnen klar, was mit dem Begriff richtige Nahrungskombination gemeint ist? Sie möchten Fleisch essen, gut – essen Sie es mit Gemüse und Salat. Sie möchten Kartoffeln essen, essen Sie sie mit Gemüse und Salat. Sie möchten Brot essen, essen Sie es mit Gemüse und Salat. Sie möchten Teigwaren essen, essen Sie sie mit Butter und Salat. Sie möchten Käse essen? Nehmen Sie den Käse, hobeln Sie ihn und geben Sie ihn in Ihren Salat, aber ohne Croutons. Oder schmelzen Sie ihn über das Gemüse. Für Menschen, die befürchten, zu wenig Eiweiß zu sich zu nehmen, wenn Sie nicht zu jeder Mahlzeit Fleisch essen, mag das zu einfach erscheinen, aber darauf kommen wir in Kapitel 7 zurück.

Wie Sie sehen, können Sie sich nach wie vor am Essen erfreuen, Sie essen, was Ihnen schmeckt. Der Unterschied besteht lediglich darin, daß Sie nicht alles zusammenmischen und alles zu gleicher Zeit essen. Damit fördern Sie nicht nur die Auswertung und Ausnützung der Nährstoffe (dann gibt es weder Fäulnis noch Gärung), sondern Sie bereiten auch den schmerzlichen Verdauungsstörungen ein Ende, vor allem aber, steigern Sie die Ihnen zur Verfügung stehende Energie. Wenn wir die Gesetze der richtigen Lebensmittelkombination verletzen, entstehen negative Folgen, während sich durch das Befolgen der entsprechenden Richtlinien viele positive Resultate zeigen. Halten wir uns an das Positive! **Nummer 1: Gewichtsverlust!**

Gelegentlich wird argumentiert, daß die Natur selbst Stärke und Eiweiß in der Nahrung kombiniert. Was die Natur tut, dürfen wir auch tun. Dieser Einwand ist jedoch nicht zutreffend. Wenn in einem Lebensmittel eine natürliche Kombination von Eiweiß und Stärke gegeben ist (Hülsenfrüchte), und dieses Lebensmittel allein verzehrt wird, hat der Körper die Fähigkeit, seine Verdauungssäfte anzupassen und deren Zufluß zeitlich so zu bestimmen, daß die Verdauung einigermaßen rationell erfolgen kann. *Wir sagen „einigermaßen", denn Hülsenfrüchte sind als schwerverdaulich bekannt. Viele Menschen leiden nach dem Genuß von Hülsenfrüchten an Gasbildung und Blähungen, wodurch bewiesen wird, daß Eiweiß-Stärke-Kombinationen* ***jeder*** *Art Probleme verursachen.*

Wenn aber in einer Mahlzeit ein separates stärkehaltiges und ein separates eiweißhaltiges Nahrungsmittel verzehrt werden, können sich die Verdauungssäfte dieser Sachlage nicht anpas-

sen. Es besteht zwischen einer natürlichen Eiweiß-Stärke-Kombination und zwei separaten Nahrungsmitteln, von denen das eine stärke- und das andere eiweißhaltig ist, ein gewaltiger Unterschied.
Wenn es also nicht gut ist, Stärke und Eiweiß miteinander zu mischen, wie verhält es sich dann mit zwei verschiedenen eiweißhaltigen Nahrungsmitteln oder zwei verschiedenen stärkehaltigen Nahrungsmitteln? Genau genommen ist es am besten, nur ein konzentriertes Nahrungsmittel pro Mahlzeit zu verzehren, also auch nicht Eiweiß mit Eiweiß, oder Stärke mit Stärke mischen. Die Kombination Stärke mit Stärke kann allerdings akzeptiert werden. Der Grund, warum zwei eiweißhaltige Nahrungsmittel nicht gleichzeitig verzehrt werden sollten, liegt darin, daß eiweißhaltige Nahrung so verschieden und so kompliziert in ihrer Zusammensetzung ist, daß die notwendige Anpassung der Verdauungssäfte nicht möglich ist. Beide Eiweißarten gehen zusammen in Fäulnis über. Das heißt jedoch nicht, daß nicht zwei verschiedene Fleischarten zusammen verzehrt werden dürfen oder beispielsweise zwei verschiedene Nußsorten. Es bedeutet jedoch, daß auf keinen Fall zwei gänzlich *verschiedene* Eiweißarten, wie z. B. Fleisch, Fisch, Eier, Milchprodukte oder Nüsse, gleichzeitig verzehrt werden dürfen.

Stärke ist leichter abzubauen als Eiweiß, deshalb können mehr als eine Stärkeart zusammen verzehrt werden. Wenn Sie z. B. zu Ihrem Salat Croutons und gebackene Kartoffeln essen wollen, geht die Verdauung ohne Gärung vor sich. Reis mit Hülsenfrüchten ist auch eine Kombination, die zwar schwerverdaulich, aber im Magen einigermaßen verträglich ist. Auch Avokados und Süßmais können miteinander verzehrt werden. Natürlich wäre ein Lebensmittel dieser Art alleine genossen am besten zu verdauen, es würde für den Körper weniger Arbeit, weniger Energieaufwand bedeuten. Jedoch können zwei Stärkearten ohne Schaden für den Magen miteinander kombiniert werden.

Um Sie mit der richtigen Lebensmittelkombination vertraut machen zu können, schlagen wir vor, daß Sie anfangen, Ihre gegenwärtigen Eßgewohnheiten zu ändern. Denken Sie nicht, daß Sie Ihr Leben von Grund auf ändern sollen. Alles soll so weit wie möglich in Ihrem bisherigen Rhythmus stattfinden. Natürlich wird der Erfolg um so größer sein, je radikaler Sie sich umstellen. Der erwünschte Gewichtsverlust wird um so schneller eintreten, je mehr Sie sich mit der neuen Lebensweise befassen. Können Sie erkennen, wie einfach das eigentlich alles ist? Wir sprechen von neuen Eßgewohnheiten. Daß wir sie brauchen, ist offensichtlich. So wie wir in den letzten hundert Jahren gegessen haben, hat zur Folge gehabt, daß mehr als die Hälfte von uns übergewichtig geworden ist. Nie hat man uns gesagt, wie man sich richtig ernährt. Die übliche Ernährungsweise, die Philosophie der vier Nahrungsgruppen (Zucker, Stärke, Eiweiß und Fette), funktioniert offensichtlich nicht, nach dem, was wir gerade gelernt haben. Sie ist eine veraltete, unproduktive Ernährungsweise. Ich weiß, daß die Philosophie der vier Nahrungsgruppen jahrelang das Ernährungsevangelium war, aber wir können das, was dagegen spricht, nicht mehr länger übersehen. Daß so viele Menschen krank und übergewichtig sind, ist der beste Gegenbeweis. Dieses Problem ist bei weitem nicht unter Kontrolle. Vor kurzem fand an der medizinischen Fakultät der John Hopkins Universität eine Konferenz statt, an der Forscher und Ärzte, die sich mit Fettsucht befassen, teilnahmen. Dr. Gerard Smith vom medizinischen Zentrum der Cornell Universität sprach über die physiologischen Merkmale, die dem Auf und Ab des Eßverhaltens zugrundeliegen. Er sagte: „Wir wissen nicht, wonach wir Ausschau halten sollen und wir haben auch keine Hinweise gefunden. Das Ausmaß unserer Unwissenheit ist absolut." Das bei dieser Zusammenkunft servierte Mittagessen bestand aus Roastbeef, Kartoffelbrei mit Soße, Brokkoli, Götterspeise und Schokoladenkuchen. Es kann kein Zweifel darüber bestehen, daß ihre Unwissenheit auf dem Gebiet der richtigen Lebensmittelkombination absolut ist. Nur durch den altehrwürdigen Glauben an die Philosophie der vier Nahrungsgruppen konnten derartig traurige Speisefolgen allgemein üblich werden.

Für einige von uns mag die Trennung von diesem Vier-Nahrungs-Gruppen-Mythos schwer sein. Was es schwer macht, ist jedoch lediglich die Tatsache, daß über Jahre hinweg ein Dogma daraus gemacht wurde. Lehrmeinungen dieser Art können das größte Hindernis für den Fortschritt sein. Wenn der Glaube an irgendetwas nur stark genug ist, können keine noch so gültigen Beweise über die Unrichtigkeit einer Theorie den Gläubigen überzeugen. Denken Sie an die Bedrängnis, der Galilei vor drei Jahrhunderten ausgesetzt war. Er wurde streng bestraft, weil er von seinem lächerlichen Glauben nicht ablassen wollte, daß die Sonne sich nicht um die Erde drehe. Seine Erkenntnisse gründeten sich auf die früheren Studien des Kopernikus. Er wurde wegen seiner Überzeugung ins Gefängnis gesteckt. Jeder Narr konnte sich doch am Morgen hinausbegeben und die Sonne beobachten, wie sie über den Horizont wanderte und jeden Abend am Horizont versinkt oder hinter einem Berg verschwand. Richtig? Falsch! Ich wage zu behaupten, daß heute keiner mehr daran glaubt, daß die Sonne die Erde umkreist. Und doch sieht es genau so aus, nicht wahr? Genauso ist es mit gewissen Eßgewohnheiten, die wir haben. Sie scheinen richtig zu sein, und doch sind sie falsch. Über 300 Jahre dauerte es, nachdem die Beobachtungen Galileis veröffentlicht worden waren, obwohl er recht hatte und alle anderen unrecht, bis die katholische Kirche bereit war, ihm Genugtuung zu verschaffen und ihn zu rehabilitieren. Überlieferungen, egal, wie unrichtig sie sein mögen, sind schwer auszurotten.

Richtige Lebensmittelkombination bedeutet nicht, daß Sie auf Dinge verzichten müssen, die Ihnen schmecken, Sie sollten nur nicht alles gleichzeitig essen. Wenn Sie Ihre Nahrung nach Verträglichkeit zusammenstellen, werden Sie anstatt eines enormen Energieverlustes *einen Energieüberschuß* haben. Erinnern Sie sich an Ihre letzte Weihnachts-Mahlzeit? Sprachen Sie nach dem Essen die berühmten Worte: „Ich bringe keinen Bissen mehr hinunter!“? Die meisten von uns kennen das. Nach der Mahlzeit waren Sie gerade noch fähig, ins Wohnzimmer zu gehen und in einen Sessel zu fallen. „Ich schaue mir nur das Ende des Fußball-Spieles an.“ „Eine Tasse Kaffee, gut.“ „Oh je, auch noch ein Stück Kuchen, meinetwegen.“ Sie können sich nicht mehr bücken, müssen sich in den Stuhl fallen lassen. Warum? Weil Sie soviel durcheinander gegessen haben. Es gab Gänsebraten – und ich sage nicht, daß Sie das nicht essen sollen, aber . . . zusammen mit dem Braten gab es vorweg wahrscheinlich noch Roastbeef oder einen Schinken oder Lachs oder sogar alles zusammen. Von allem haben Sie ein bißchen gegessen. Dazu gab es Kartoffeln und Gemüse. Auch davon aßen Sie etwas. Und die Füllung der Gans! Natürlich mußten Sie von der Füllung essen, mit Soße! Auf der Seite stand noch eine Platte mit kleinen Pastetchen und Gemüsehäppchen, die keiner anrührte. Sie wissen, wovon ich spreche? Ich meine damit nicht, daß Sie an einer Fest-Mahlzeit nicht teilhaben sollen. Aber, daß der Organismus nach einer solchen Mahlzeit total erschöpft ist, liegt daran, daß zu viele verschiedene, konzentrierte, unverträgliche Nahrungsmittel gleichzeitig in den Magen gelangten. Unser Verdauungssystem gerät in Aufruhr. Kommt das nur gelegentlich vor, kann der Körper mit dieser Situation fertig werden. Geschieht es jedoch regelmäßig, bricht er zusammen. Eigentlich sollten wir uns nach einer Mahlzeit – besonders nach einem Festmahl – großartig fühlen, bereit, die Welt zu erobern. Statt dessen sind wir gerade noch fähig, auf die Couch zu sinken.

Erinnern Sie sich an den Löwen, von dem wir sprachen, der das Zebra riß? Der Löwe fraß das Zebra ohne eine Beilage von Backkartoffeln. Im Dschungel geht es genau à la carte. Die Tiere der Wildnis erfreuen sich einer besseren Gesundheit als wir. Sie nehmen nicht nur Nahrung mit hohem Wassergehalt zu sich, sie stellen ihre Nahrung auch richtig zusammen. *Wild lebende Tiere stellen ihre Nahrung nicht falsch zusammen.* Das ist das Schöne daran. Sie fressen eines zur Zeit. Nicht so wie wir. Wir essen alles, was wir in die Finger bekommen, einschließlich der Tiere.

Sie werden überrascht sein zu hören, daß Henry Ford auch ein Verfechter der richtigen Lebensmittelkombination war. In einem Artikel in „Early American Life“ beschreibt Dr. David L. Lewis die „Wayside Inn“, eine Berufsschule, die 1928 von Henry Ford ins Leben gerufen worden war, um „junge Leute zu lehren, wie man mit den Händen arbeitet und wie man denkt“. Junge Leute aus sozial schwachen Schichten im Alter von 12 – 17 Jahren wurden von der 9. bis 12. Klasse in Landwirtschaft, Technik, Installation, Zimmerei und anderen Berufen – auch akademischen Berufen – unterrichtet. Zusammen mit dem von Ford finanzierten Unterricht mußten sie auch seine Ernährungsweise annehmen. Zucker, Süßigkeiten, Kuchen, Pasteten, Puddings sowie andere süße Nachspeisen waren genau wie Tee, Kakao und Salz verboten. **Stärke und Eiweiß wurden nie gemischt, da sie als chemisch unvereinbar galten.** Salate und Gemüse wurden jedoch täglich zweimal gereicht! Richtig, Henry! Er dachte nicht daran, ihnen falsch zusammengestellte Mahlzeiten zu geben, sie hätten keine Energie mehr zum Arbeiten gehabt!

Wir müssen damit beginnen, unsere Grenzen im Bereich der Verdauung zu respektieren. Wir müssen Energie freisetzen, um die giftigen Schlacken aus unserem Körper herauszubekommen. Die Verdauung verbraucht mehr Energie, als jede andere Funktion unseres Körpers. Richtige Lebensmittelkombination setzt Energien frei, die dann zur Entgiftung unseres Körpers zur Verfügung stehen. Das Schöne daran ist, Sie brauchen *dabei nicht zu hungern.*

Wie würde es Ihnen gefallen, in zehn Tagen um zehn Pfund leichter zu sein, *obwohl Sie essen?* Das würde jedem Übergewichtigen gefallen. Sie haben nichts weiter zu tun, als Ihre neu gewonnenen Erkenntnisse über richtige Nahrungszusammenstellung in die Tat umzusetzen und Sie werden dieses Ziel erreichen. Richtige Kombination der Nahrung funktioniert! Sie können sich selbst überzeugen, indem Sie einfach das, was Sie über die richtige Lebensmittelkombination gelernt haben, in die Tat umsetzen. Das ist es doch, was zählt, oder nicht? Ob es funktioniert? Ob bewiesen oder nicht, hat nichts zu sagen. Wenn Sie Ihre Energie auf unglaubliche Weise steigern können, Ihre Magenbeschwerden loswerden, abnehmen und sich wohlfühlen, nur dadurch, daß Sie Ihre Nahrung richtig zusammenstellen, interessiert es Sie, ob ,,bewiesen" wurde, daß es nicht funktioniert? Natürlich nicht. Sie sollen mir nicht glauben, Sie sollen es ausprobieren.

Die richtige Lebensmittelkombination schafft die Voraussetzung für Gewichtsabnahme. Wenn Sie Lebensmittel zu sich nehmen, die Ihren Magen in drei Stunden passieren statt in acht Stunden, bleiben Energiereserven für fünf Stunden. Energie, die Sie für die Entgiftung Ihres Körpers und für die Gewichtsabnahme einsetzen können. Und Sie werden noch mehr Energie gewinnen, wenn diese Nahrung Ihre Verdauungsorgane mit großer Leichtigkeit durchwandert.

Einige Leute haben zu mir gesagt: „das klingt alles schön und gut, das muß ich zugeben, aber ich bin Geschäftsmann, ich kann mich nicht danach richten". Warum nicht? Sie können in den meisten Restaurants nach diesen Richtlinien speisen. In jedem guten Lokal können Sie bestellen, was Sie wollen. Sie sind der Kunde, Sie bezahlen, Sie können haben, was Sie wollen. Sie können mit Ihren Geschäftsfreunden in ein Lokal gehen und sagen: ,,Was gibt es heute Besonderes?" ,,Heute haben wir frische Forellen, einfach köstlich."

„Sehr schön, ich nehme Forelle, und anstelle von Reis, den Sie als Beilage haben, was gibt es für Gemüse?"

„Es gibt frischen Spargel und Blumenkohl."

„Großartig, ich nehme Forelle und Gemüse und außerdem einen Salat."

Sie können an der Bestellung teilnehmen, Sie essen Ihre Mahlzeit und keiner Ihrer Geschäftsfreunde wird danach fragen, warum Sie keinen Reis essen. Niemand wird etwas sagen. Aber das Beste daran ist, daß Sie sich nach dieser Mahlzeit unbeschwert fühlen und Sie für den Rest des Tages reichlich mit Energie versorgt sind, während Ihre Geschäftsfreunde den Magen voll faulender Nahrung haben, die sie belastet. Sie sind müde und müssen sich mit Kaffee oder einem anderen süchtig machenden Anregungsmittel aufputschen. Das Großartige an der richtigen Kombination der Nahrung ist, daß sie Ihre Energiereserven gewaltig ansteigen läßt und gleichzeitig die Kräfte in Ihrem Körper freisetzt, die notwendig sind, das Übermaß an belastenden Stoffwechselschlacken auszuscheiden.

Ich weiß, das klingt sehr einfach, aber das ist ja das Großartige an dieser Methode, daß sie tatsächlich so unkompliziert ist. Sie nehmen nur kleine Veränderungen vor. Wenn es zwanzig, dreißig oder vierzig Jahre gedauert hat, bis das Problem entstehen konnte, können Sie sich mit der Umkehr auch Zeit lassen, wichtig ist nur, *Sie müssen anfangen.* Jedesmal, wenn ich über dieses Thema spreche, werde ich ganz aufgeregt und gerate in Begeisterung, denn ich weiß, wie einfach und einleuchtend diese Methode ist. Ich habe den Erfolg bei Tausenden von Leuten gesehen, und ich weiß, daß weitere Tausende – Sie eingeschlossen – an diesem wunderbaren Gefühl teilhaben können, was es bedeutet, die Kontrolle darüber zu besitzen und das Wissen zu haben, einen schlanken Körper entstehen zu lassen, das Erforderliche dazu beitragen zu können. Es liegt an Ihnen, Sie haben es in der Hand.

Nebenbei bemerkt, werden von den Amerikanern jährlich $ 30 Milliarden für Medikamente ausgegeben. Stündlich schlukken sie 25 Millionen Tabletten. In Europa ist es nicht viel anders. Wissen Sie, welches rezeptpflichtige Medikament in den USA an erster Stelle steht? Es war bisher Valium. Laut Bericht des „Wall Street Journals" ist es jetzt „Tagamet". Wofür ist Tagamet? *Für Magenbeschwerden!* Könnte das nicht damit zusammenhängen, daß die Mägen der Leute täglich überfordert werden? Sobald Sie anfangen, sich mit der richtigen Lebensmittelkombination zu befassen, werden Sie die erstklassigen Möglichkeiten erkennen, die Ihnen damit – sozusagen aus erster Hand – für die Gewichtsreduzierung geboten werden.

Dies führt uns nun zu der dritten Möglichkeit, giftige Schlacken aus Ihrem Körper zu entfernen. Darüber spreche ich am liebsten, denn es betrifft . . .

Anmerkung der Redaktion: Eine **Lebensmittelkombinations-Tabelle,** aus der hervorgeht, welche Lebensmittel gut zusammen passen und welche nicht miteinander gemischt werden sollten, kann beim Verlag angefordert werden.

Kapitel 7

Grundsatz III: Richtiger Obstverzehr

Innerhalb des weit verzweigten Bereiches gesundheitlicher Themen gibt es kaum ein Gebiet, das mehr zu Mißverständnissen Anlaß gegeben hat, mehr zu Unrecht verdammt wurde oder mehr in falschem Licht gezeigt wurde, als die Ernährung mit Obst. Man weiß einfach nicht, wie man Obst essen soll. Ich meine damit nicht, daß die Menschen nicht wissen, wie man Obst pflückt und in den Mund steckt, da kommen sie schon zurecht. Ich meine, daß sie nicht wissen, **wann** und **wie** sie Obst essen sollen. Die richtige Art, Obst zu verzehren, steht nämlich in direkter Beziehung zur richtigen Lebensmittelkombination.

Wie viele Leute kennen Sie, die kein Obst mögen? Wahrscheinlich niemand. Fast alle Leute geben ihre Vorliebe für Obst gern zu. Was Sie allenfalls an negativen Bemerkungen über Obst hören, ist: ,,Ich liebe Obst, aber es liebt *mich* nicht“. Oder: ,,Ich würde es gerne essen, aber ich vertrage es nicht.“ Warum Sie es nicht essen können oder nicht vertragen, beruht meistens auf einem Mißverständnis, d. h. über die richtige Art, Obst zu essen.

In jedem meiner Seminare bitte ich die Zuhörer, die Obst nicht mögen, die Hand zu heben. Selbst in Gruppen von 700 Leuten oder mehr, ist es allenfalls einer. Der Grund dafür liegt darin, daß unser Körper instinktiv nach Obst verlangt. Das köstliche Aroma, die feinen Geschmacksnuancen, die das Auge erfreuenden Farben der Früchte sind eine große Verlockung für unseren Gaumen. Ohne Zweifel ist Obst die beste, Energie spendende, das Lebensgefühl stärkende Nahrung, die Sie zu sich nehmen können. *Wenn!* Ja, wenn es richtig verzehrt wird! Was Sie nun erfahren werden, mag Ihnen zunächst zweifelhaft

erscheinen, denn es wird Ihre bisherigen Vorstellungen in bezug auf Obst erschüttern, aber das ist richtig so. Eine neuartige Denkweise über Ihren Körper und wie Sie ihn ernähren sollen, ist damit verbunden.
Für alt und jung ist Obstgenuß ein Vergnügen. Eine gekühlte Melonenschnitte an einem heißen Tag – köstlich! Ein Stück Obst nach einer gut gewürzten Mahlzeit erfrischt und schmeichelt dem Gaumen.
Sie werden überrascht sein. Der Grund, warum wir instinktiv nach Obst verlangen, liegt darin, daß Obst, ohne jede Frage, die wichtigste Nahrung für unseren Körper ist. Es ist die Nahrung, der der menschliche Körper biologisch angepaßt ist.

Am 15. Mai 1979 brachte die New York Times einen Bericht über die Arbeit von Dr. Alan Walkers, einem berühmten Antropologen an der John Hopkins Universität. Der Bericht schlug für all jene Ärzte, Diätspezialisten und Ernährungsfachleute, die die immense Bedeutung des Obstes in der menschlichen Ernährung nicht erkannt hatten, wie eine Bombe ein. Dr. Walkers Erkenntnisse zeigen, daß unsere frühen Vorfahren nicht hauptsächlich Fleischesser waren, ja nicht einmal Samen, Schößlinge, Blätter oder Gräser verzehrten. Sie waren auch *keine* Allesesser. Statt dessen, so zeigte es sich, ernährten sie sich hauptsächlich von Früchten. Dr. Walker hatte eine faszinierende Methode entwickelt, Ernährungsgewohnheiten an Hand von Markierungen an den Zähnen zu bestimmen. Jede Art von Nahrung hinterläßt auf den Zähnen Spuren. Bei seinen Untersuchungen fossiler (versteinerter) Zähne stellte Dr. Walker bis heute folgendes fest: ,,Ohne Ausnahme war jeder untersuchte Zahn von den Menschen, die vor 12 Millionen Jahren bis zum ‚Homo erectus‘ lebten, der eines Früchteessers.“ Ha! Jetzt können Sie das Zähneknirschen der Leute von der Metzgerinnung hören.

Da wir also biologisch zum Früchteesser bestimmt sind, ist es für uns viel wichtiger zu überlegen, wieviel Obst wir essen, als wieviel Eiweiß wir täglich zu uns nehmen. Ich habe in 15 Jahren keinen Menschen getroffen, der unter Eiweißmangel litt, trotz der Tatsache, daß Eiweißmangel unter gewissen, äußerst mißlichen Umständen, wie z. B. als ,,Kwashiorkor" vorkommen kann. Aber ich habe Hunderte von Menschen getroffen, die an Eiweißvergiftung litten und die meisten von ihnen aßen zu wenig Obst. Zu hoher Eiweißkonsum steht in Beziehung zu Brust-, Leber- und Blasenkrebs, auch die Ausbreitung von Leukämie wird damit in Zusammenhang gebracht. (*Viktoras Kulvinskas: Leben und Überleben. Kursbuch ins 21. Jahrhundert.)*

William J. Mayo, der Gründer der Mayo Klinik, sagte in einem Vortrag vor Chirurgen im ,,American College of Surgeons", daß der Fleischverzehr in den vergangenen 100 Jahren um 400 % zugenommen habe. Magenkrebs stellt fast ein Drittel aller Krebserkrankungen des menschlichen Körpers dar. Wenn Fleischnahrung nicht restlos abgebaut wird, zersetzt sie sich und die daraus entstehenden aktiven Gifte werden einem Organismus zugemutet, der darauf nicht vorbereitet ist. (*Blanche Leonardo, Ph. D.: Krebs und andere Erkrankungen als Folge des Fleischkonsums. Santa Monica, California: Leaves of Healing, 1979)*

Eiweißvergiftung bedeutet Übersäuerung des Körpers. Wir kommen in Kapitel 9 darauf zurück.

Wir haben in den vorherigen Kapiteln darauf hingewiesen, wie dringend es für den Organismus ist, ständig von den sich bildenden giftigen Schlacken gereinigt zu werden. Am wirkungsvollsten vollzieht sich diese Reinigung durch den Verzehr von Nahrung mit hohem Wassergehalt. Sie ahnen, was jetzt kommt. **Obst hat von allen Nahrungsmitteln den höchsten Wassergehalt.** Jede Obstart enthält zwischen 80 und 90 % reinigendes, lebensspendendes Wasser. Dazu kommen all die Vitamine, Mineralstoffe, Kohlenhydrate, Aminosäuren und Fettsäuren, die der menschliche Organismus für seine Existenz braucht. Die in Obst enthaltene Lebenskraft wird von keiner anderen Nahrung übertroffen. Wenn Obst *richtig* verzehrt wird, kann seine wohltätige Wirkung von nichts übertroffen werden. Durch seine Zusammensetzung ermöglicht Obst dem Körper, sich von seinen angesammelten Schlacken zu reinigen. Gereinigt steigert der ganze Organismus durch und durch sein

Lebensgefühl. Der Körper wird fähig, mit höchster Wirtschaftlichkeit zu arbeiten.

Als wirkungsvolle Hilfe beim Abnehmen ist die richtige Art, Obst zu essen, unübertroffen in ihrer Wirksamkeit. Im Oktober 1983 legte Frau Professor Judith Rodin von der Yale Universität dem internationalen Kongreß über Fettsucht in New York einige interessante Unterlagen vor. Ihre Forschungen über die günstige Wirkung des Fruchtzuckers zeigen, daß ,,der Einfluß einer Mahlzeit auf das, was in der nächsten Mahlzeit gegessen wird, tatsächlich sehr groß ist". Der ,,Bergen Record" berichtete, daß Frau Rodin einer Gruppe von Versuchspersonen reines Wasser, das mit verschiedenen Zuckerarten gesüßt war, zu trinken gab. Diejenigen, die das Wasser mit dem Fruchtzukker getrunken hatten, aßen bedeutend weniger als jene, die entweder Wasser oder eine andere Flüssigkeit getrunken hatten, die mit dem üblichen Rohrzucker gesüßt war. Frau Rodin und ihre Mitarbeiter stellten fest, daß die Versuchspersonen, die Fruchtzucker genossen hatten, bei der nächsten Mahlzeit durchschnittlich 479 Kalorien weniger zu sich nahmen als die Personen, die Rohrzucker gegessen hatten.

Dr. William Castelli, medizinischer Direktor der berühmten Studie über Herzkrankheiten in Framingham (Massachusetts) und Mitglied der medizinischen Fakultät der Harvard Universität, berichtet, daß eine aufsehenerregende Substanz, die in vielen Obstarten gefunden wurde, das Risiko einer Herzerkrankung oder eines Herzanfalls herabsetzen kann. Diese Substanz schützt das Herz, indem sie verhindert, daß das Blut zu dick wird und somit die Arterien verstopft. *Obst verschlackt nicht, es reinigt.* Die wesentliche Voraussetzung für ein vitales Leben ist Energie. Wir wissen bereits, daß dic Vcrdauung viel Energie verbraucht. Hier spielt das Obst nun eine äußerst lebenswichtige und bedeutende Rolle. *Obst verbraucht zu seiner Verdauung weniger Energie als jede andere Nahrung.* Es verbraucht eigentlich fast keine!

Hier ist die Erklärung dafür: Alles, was wir an Nahrung zu uns nehmen, muß schließlich abgebaut und in Glukose, Fruktose, Glyzerin, Aminosäuren und Fettsäuren umgewandelt werden.

Das Gehirn kann mit *nichts anderem* als Glukose (Zucker) funktionieren. Früchte *sind* Glukose für den Körper. Ihre Verdauung, Aufnahme (Absorption) und Assimilation benötigt nur einen winzigen Teil der Energie, die nötig ist, andere Nahrungsmittel abzubauen. Andere Nahrungsmittel verbleiben zwischen 1½ und 4 Stunden im Magen (aber auch nur, wenn es sich um richtig zusammengestellte Nahrung handelt). Je weniger konzentriert und je besser zusammengestellt die Nahrung ist, um so kürzer ist die Verweildauer im Magen. Je konzentrierter und schlechter zusammengestellt die Nahrung ist, um so länger muß sie im Magen bleiben. Im Magen findet der erste Energieverbrauch statt. **Obst wird nicht im Magen verdaut.** Kein bißchen! Alle Früchte (mit Ausnahme von Bananen, Datteln und Trockenfrüchten, die ein bißchen länger im Magen bleiben) halten sich nur sehr kurz im Magen auf. Sie passieren den Magen in 20–30 Minuten, als gingen sie durch einen Tunnel. Sie werden abgebaut und ergießen ihre überreichen, lebensspendenden Nährstoffe in den Darm. Die bei der Obstverdauung gesparte Energiemenge ist beachtlich. Diese Energie wird automatisch für die Reinigung des Körpers von giftigen Schlacken verwendet und führt dadurch zur Gewichtsreduzierung. Dies trifft aber nur zu, wenn das Obst in der richtigen Weise verzehrt wird. Worin besteht nun die richtige Art, Obst zu essen? Es ist eigentlich sehr einfach. Da Obst nicht lange im Magen verbleiben sollte, darf **es nie zusammen mit anderer Nahrung oder unmittelbar nach anderer Nahrung verzehrt werden.** Es ist äußerst wichtig, Obst nur auf den *leeren* Magen zu essen. **Ohne Frage ist dies der Kernpunkt des „Fit für's Leben"-Programms.**

Wenn Sie Obst in der richtigen Weise essen, spielt es – aufgrund seines hohen Wassergehaltes und seines geringen Energieaufwandes bei der Verdauung – bei der Entgiftung Ihres Körpers eine wichtige Rolle. Gleichzeitig versorgt es Sie mit einer Menge Energie, die für den Gewichtsabbau und andere Körperaktivitäten nutzbar gemacht werden kann. Obst ist von allen Nahrungsmitteln das Wichtigste. Es darf jedoch keinesfalls noch andere Nahrung verzehrt werden, sonst entstehen viele Probleme.

Nehmen wir an, Sie essen ein Sandwich und danach ein Stück Obst, z. B. ein Stück Melone. Die Melone könnte direkt vom Magen in den Darm aufgenommen werden, wird jedoch daran gehindert. Die ganze Mahlzeit beginnt zu faulen und zu gären, verwandelt sich in Säure. Sobald Obst mit bereits im Magen befindlicher Nahrung und den entsprechenden Verdauungssäften in Kontakt kommt, beginnt sich die ganze Masse zu zersetzen. Das vorhandene Eiweiß geht in Fäulnis über, die Kohlenhydrate fangen an zu gären. Alles verwandelt sich in Säure, und wir greifen nach Medikamenten, denn wir fühlen uns unpäßlich. All das ist leicht zu beweisen, vielleicht haben Sie es selbst schon erlebt.

Nach einer Mahlzeit haben Sie vielleicht ein Stück Obst gegessen oder ein Glas Saft getrunken. Kurz danach spürten Sie einen scharfen Schmerz im Magen, Völlegefühl und Sodbrennen. Der Grund für diese Beschwerden ist, daß das Obst durch die vorher genossene Nahrung verhindert wurde, geradewegs durch den Magen in den Darm überzugehen. Von medizinischer Seite kann dieser Vorgang nicht bewiesen werden, weil die Auswirkungen unserer Ernährungsweise auf den Organismus noch nicht genügend erforscht sind. Die Mediziner geben das auch offen zu. Dr. H. M. Shelton, *die* Autorität auf dem Gebiet der richtigen Lebensmittelkombination, betont jedoch, daß der besondere Wert des Obstes nur dann zutage tritt, wenn es auf den *leeren* Magen gegessen wird. Auch wenn Sie schon öfter Obst auf die falsche Weise verzehrt haben, ohne Beschwerden danach zu empfinden, heißt das noch lange nicht, daß Sie deswegen kein Ernährungsgesetz verletzt haben, sondern es zeigt lediglich, welch große Anpassungsfähigkeit unser Organismus besitzt. Sie können Steuern hinterziehen und dabei nicht erwischt werden, das Gesetz haben Sie jedoch trotzdem verletzt. Irgendwann einmal wird die Steuerbehörde schon dahinter kommen, und irgendwann einmal müssen Sie auch die Zeche dafür bezahlen, wenn sie Ihr Obst auf die falsche Weise essen.

Wieviele Leute essen Melonen auf die falsche Weise und schieben dann die Schuld auf die Melone. Sie sagen: „Wissen Sie, ich vertrage einfach keine Melonen. Nach jedem Melonenessen habe ich die ganze Nacht Aufstoßen!“ Was war geschehen? Sie hatten Ihr Stück Melone *nach* einem Sandwich oder einer anderen Mahlzeit gegessen. So konnte die Melone den Magen nicht rasch durchlaufen, sie wurde von der vorher gegessenen Mahlzeit aufgehalten. Sie fing im Magen an zu gären, und der arme Mensch hatte die ganze Nacht zu leiden. Die Schuld wurde der Melone gegeben. Hätte man sie 20 Minuten vor der anderen Nahrung gegessen, hätte sie genügend Zeit gehabt, den Magen ungehindert zu verlassen, es hätte keine Probleme gegeben.

Es wird Ihnen hier eine einfache Methode gezeigt, von der die meisten noch nie etwas gehört haben. Physiologisch gesehen hat Obst die rascheste Passage durch den Organismus und verbraucht dabei im Gegensatz zu anderen Nahrungsmitteln kaum Energieaufwand. Deshalb sage ich ohne jede Einschränkung, daß **Obst das wichtigste Lebensmittel ist, daß Sie überhaupt essen können.** Dies gilt für alle Früchte, auch für saure Früchte wie Orangen, Ananas und Pampelmusen. Der Begriff „sauer“ ist in diesem Fall eine botanische Klassifizierung. Sobald sie sich innerhalb des Körpers befinden, reagieren sie basisch (alkalisch), vorausgesetzt, sie werden auf die richtige Weise gegessen. Tatsächlich hat sowohl das Obst als auch das Gemüse die einmalige Fähigkeit, die unserem Körper entstehenden Säuren zu neutralisieren. Falsche Zusammensetzung der Nahrung, eine unzureichende Menge an Nahrung mit hohem Wassergehalt, die Schlacken der konzentrierten Nahrung, der Nahrung beigefügte Zusätze, verunreinigte Luft und unsauberes Wasser, Streß – dies alles und noch mehr – sind die Ursachen für die Vergiftung und Übersäuerung unseres Systems. Ein vergifteter übersäuerter Organismus ist aufgeschwemmt, übergewichtig, es entstehen Entzündungen im Zellgewebe, graues Haar, Kahlköpfigkeit, nervöse Anfälle, dunkle Ringe unter den Augen und frühzeitig Falten im Gesicht. Magengeschwüre sind die direkte Folge zersetzender Säuren im Organismus. Obst, wenn richtig verzehrt, hat die großartige verjüngende Fähigkeit, den Säuren im Körper entgegenzuwirken. Sowie Sie sich das Prinzip des richtigen Obstverzehrs zu eigen gemacht haben, haben Sie eines der Geheimnisse der Natur über Schönheit, langes Leben, Gesundheit, Energie, Glück und normales Gewicht für sich erschlossen.

Mehr als jedes andere Nahrungsmittel versorgt Obst den Körper mit allem, was er braucht, um sich auf höchster gesundheitlicher Ebene entwickeln zu können. Neben seinem hohen Wassergehalt – erforderlich für die innere Reinigung – bildet Obst keine giftigen Schlacken im Körper und beansprucht für die Verdauung kaum Energie, so daß Obst das Lebensmittel mit der besten Zusammensetzung für die für unseren Körper notwendigen Lebensbedingungen darstellt.

Die fünf wesentlichen lebensnotwendigen Bestandteile, die wir aus der Nahrung beziehen müssen, sind Glukose als Brennstoff (aus den Kohlenhydraten), Aminosäuren, Mineralstoffe, Fettsäuren und Vitamine. In jeder Nahrung ist der Brennwert das Wichtigste, die Nummer eins, er hat absoluten Vorrang. Ohne Brennstoff kann der Körper nicht existieren. Bei der Beurteilung des Wertes jeder Nahrung sollte dem Brennwert die höchste Bedeutung zugemessen werden. Die für den Organismus notwendigen, fünf wesentlichen Bestandteile der Nahrung sollten in folgender, idealer Zusammensetzung vorhanden sein:

Glukose	90 %
Aminosäuren	4–5 %
Mineralstoffe	3–4 %
Fettsäuren	1 +%
Vitamine	unter 1 %

Die Aufstellung zeigt dic für die Belange unseres Körpers ideale Zusammensetzung der Nahrung. Es gibt nur ein Nahrungsmittel auf dieser Erde, das in perfekter Weise allen Anforderungen entspricht. **Obst!**

Diese Erkenntnis bestätigt Dr. Alan Walkers Entdeckung, daß die Menschen über Jahrmillionen eindeutig Früchteesser waren. Ehe wir – als Rasse – durch äußere Einflüsse bedingt von dieser Ernährungsform abirrten, aßen wir instinktiv – wie alle anderen Geschöpfe in der Natur – das, was uns am besten mit den lebensnotwendigen Stoffen versorgte, nämlich Früchte.

Für den richtigen Obstverzehr sind zwei wichtige Überlegungen bedeutsam. Als erstes ist zu bedenken, welche Obstart oder welche Saftart genossen werden soll. Darauf gibt es nur eine Antwort: Alles muß **frisch** sein! Das kann nicht deutlich genug betont werden. Obst, dessen Zustand in irgendeiner Weise verändert wurde, das z. B. gekocht wurde, hat für den Körper keinen großen Nutzen mehr. Im Gegenteil, durch die Behandlung findet eine Denaturierung statt (Zerstörung an Nährstoffen). Der Körper kann Obst nur in reinem natürlichen Zustand auswerten. Gebratene Äpfel, Dosenfrüchte, gekochtes Apfelmus sowie Obstpasteten, Obstkuchen sind insofern schädlich, als sie den Körper weder reinigen noch Nährstoffe zuführen. Sie sind toxisch, säurebildend und schädigen möglicherweise die empfindlichen Schleimhäute der inneren Organe. Sie zwingen den Körper, seine kostbare Energie zur Neutralisierung der durch sie entstehenden Säuren einzusetzen und sie auszuscheiden. Obst hat eine empfindliche Beschaffenheit! Durch Kochen wird sein potentieller Wert *zerstört*.

Es gibt keinen Zweifel, daß die Anhänger der makrobiotischen Lehre (sie lehnen den Obstverzehr ab) in diesem Punkt nicht mit der natürlichen Gesundheitslehre übereinstimmen. Ich hatte in den vergangenen zehn Jahren in meiner Privatpraxis Gelegenheit, Dutzende von begeisterten Anhängern der makrobiotischen Lehre zu beraten. Sie kamen zu mir, weil sie sich nach längerem Befolgen der makrobiotischen Theorien nicht mehr wohlfühlten. Nachdem sie einige Wochen lang unserer Ernährungsweise gefolgt waren, begannen sie sich *alle* besser zu fühlen. Die deutliche Besserung kam wahrscheinlich deshalb so schnell, weil sie durch die makrobiotische Lehre bereits gute Voraussetzungen mitbrachten. Diese Ernährungsweise steht ohne Zweifel haushoch über der amerikanischen und europäischen Zivilisationskost, ihr Nachteil besteht lediglich in ihrer Mißdeutung des Wertes der Früchte, deren Rohverzehr sie ablehnen. Diese Auffassung ist falsch. Obst muß in frischem, ungekochtem Zustand gegessen werden, andernfalls kommt sein hier beschriebener Nutzen nicht zur Geltung. Das gleiche gilt für Obstsäfte. Sie müssen frisch sein. Wenn sie pasteurisiert werden, wie es bei den Organgensäften aus der Fabrik, die aus Konzentraten hergestellt werden, der Fall ist, sind sie pure Säure, schon ehe sie getrunken werden. Flüssigkeiten, die reine Säure darstellen, beeinträchtigen die Gesundheit, anstatt sie zu fördern.

Sie fragen vielleicht, warum man überhaupt Saft trinken soll. Wäre die ganze Frucht nicht besser? So ist es tatsächlich. Unzerteilte Nahrung ist zerkleinerter Nahrung immer überlegen. Da die meisten Menschen jedoch etwas trinken wollen, sind Obst- und Gemüsesäfte den gesundheitsschädlichen und süchtig machenden Getränken wie Kaffee, Tee, Alkohol, Sodawasser und Colagetränke vorzuziehen. Was Sie unbedingt beherzigen sollten: **Säfte nicht hinunterschütten, sondern in kleinen Schlucken, die Sie gut einspeicheln sollten, trinken.**

Obst ist vollgepackt, ja geradezu überladen mit lebensspendenden Kräften. Richtig gegessen kommt es Ihrem Körper unmittelbar zugute. Die erfolgende Reinigung des Körpers, der eintretende Gewichtsverlust sowie die eingesparte Energie sind Ergebnisse, die von keinem anderen Lebensmittel erreicht werden. Seine Wirkung durch falsche Eßgewohnheiten zu zerstören, kommt einer Sünde gegen Ihren Körper gleich! Könnten Sie sich am Anblick der Mona Lisa erfreuen, wenn sie mit Dreck beschmiert wäre? Könnten Sie eine Mozartsonate genießen, wenn ein tiefer Kratzer in der Schallplatte wäre? Könnte Sie der Duft einer Rose begeistern, wenn sie zwischen Küchenabfall liegen würde? Sie betrügen sich selbst um die vielen guten Eigenschaften des Obstes, wenn Sie es in Ihrem Darm verderben lassen.

Als zweiter Punkt ist beim Obstverzehr zu beachten, daß ausreichend Zeit zwischen dem Essen anderer Nahrung und einer Obstmahlzeit verstreichen sollte. Solange Ihr Magen leer ist, können Sie Obst essen, soviel Sie wollen und so oft Sie wollen. Lediglich vor dem Verzehr anderer Nahrung sollten Sie *20–30 Minuten* vergehen lassen, damit das Obst oder der Saft Zeit haben, den Magen zu verlassen. Saft und einige Obstarten benötigen sogar noch weniger Zeit, aber 20–30 Minuten sind ein guter Maßstab, um ganz sicher zu gehen. Bananen, Datteln sowie getrocknete Früchte benötigen 45 Minuten bis zu eine Stunde.

Haben Sie etwas *anderes* als Obst gegessen, müssen Sie mindestens drei Stunden warten. Nach Fleischmahlzeiten mindestens vier Stunden. Diese Zeitangaben gelten jedoch nur für Mahlzeiten, die nach den Empfehlungen der richtigen Lebensmittelkombination eingenommen wurden. Wenn Sie eine nicht richtig zusammengestellte Mahlzeit gegessen haben, müssen Sie mit einer Verweildauer im Magen von *mindestens acht Stunden* rechnen. Während dieser Zeit sollten Sie weder Obst noch Obstsaft zu sich nehmen.

Wie lange muß man nach dem Verzehr anderer Nahrung warten, bis wieder Obst gegessen werden darf?

Nahrung	**Wartezeit**
Salat oder rohes Gemüse	2 Stunden
Richtig zusammengestellte Mahlzeit ohne Fleisch	3 Stunden
Richtig zusammengestellte Mahlzeit mit Fleisch	4 Stunden
Irgendeine falsch zusammengestellte Mahlzeit	8 Stunden

Obst spielt in **„Fit für's Leben"** eine äußerst wichtige Rolle. Wir werden Ihnen aber keine seltsamen Dinge erzählen, wie z. B., daß die Enzyme bestimmter Obstarten Fett so schnell verbrennen, daß Sie das Gefühl haben, so viel essen zu können, wie Sie wollen, um es dann mit unvernünftigen Mengen einer bestimmten Obstsorte wieder los zu werden. Das wäre nicht nur unverantwortlich, sondern sogar physiologisch absurd.
In **„Fit für's Leben"** hat Obst in erster Linie die Aufgabe, dem Darm eine Ruhepause zu gönnen, wodurch Energie freigesetzt wird, die dann dem Körper zur Reinigung und Stabilisierung seines Inneren sowie zur Gewichtsabnahme zur Verfügung steht.

Wie Sie sehen, handelt es sich bei der richtigen Lebensmittelkombination und dem richtigen Obstverzehr nicht nur darum, **was** Sie essen, sondern auch **wann**.

Wenn man Sie fragen würde, was Ihrer Meinung nach die ungünstigste Zeit für eine Mahlzeit wäre, was würden Sie antworten? Wahrscheinlich „vor dem zu Bett gehen", wie so viele andere Menschen. Nun ist zwar Essen unmittelbar vor dem Schlafengehen tatsächlich eine schlechte Angewohnheit, aber auch wieder nicht so schlecht, wie das Frühstück gleich nach dem Erwachen am Morgen. **Was**? Bis hierher kann ich Ihre ungläubigen Ausrufe hören. „Ja, was ist dann mit all den Ermahnungen, doch ein herzhaftes Frühstück zu essen, um genügend Energie für den Tag zu haben?" Nun, was ist damit? Wissen Sie, was die überall übliche Kaffeepause bedeutet? Die Menschen essen ein herzhaftes, üppiges Frühstück, um Energie zu gewinnen, belasten aber dabei ihren Körper mit so viel Verdauungsarbeit, daß „Muntermacher" die einzige Möglichkeit sind, sich bis zum Mittagessen vor dem Einschlafen zu bewahren. Es ist mir durchaus bewußt, welchen Tiefschlag ich damit einer weit verbreiteten und tief verwurzelten Auffassung versetze.

Vergessen Sie für eine Weile alles, was Sie über das Frühstück zu wissen glauben. Vergessen Sie für eine Weile all die guten Ratschläge der Ernährungsfachleute, Diätberater, Ärzte und anderer Experten. Verlassen Sie sich für einen Augenblick auf

Ihren eigenen gesunden Menschenverstand, der Ihnen sagen wird, ob das Frühstück einen positiven oder negativen Einfluß auf ihr Gewicht und die Gesundheit haben kann.

Bedenken Sie, **Energie ist der Inbegriff des Lebens**. Wenn Sie am Morgen erwachen, sind sie ausgeruht und auf der Höhe Ihres Energiepegels, vorausgesetzt, Ihr Organismus mußte sich nicht die ganze Nacht mit den Folgen eines Mitternachtsimbiß oder einer falsch zusammengestellten Mahlzeit herumschlagen. Wie werden Sie diese morgendliche Energiereserve auswerten? Für ein „herzhaftes Frühstück?“ Sie wissen inzwischen, daß die Verdauung einen großen Energieaufwand benötigt. Ein herzhaftes Frühstück, das meistens nicht einmal richtig zusammengestellt ist, kann Ihnen keine Energie verschaffen, *sondern wird sie verbrauchen!* Wie könnte die Nahrung sonst verdaut werden, wenn nicht mit Energieverbrauch. Das traditionelle Frühstück, bestehend aus Toast, Brötchen, Brot mit Eiern, Käse, Schinken oder Wurstauflage, Getreidegerichten mit Milch oder sogar Fleisch und Kartoffeln, ist falsch zusammengestellt und zwingt den Körper zu stundenlanger Verdauungsarbeit, bei der seine Energie verbraucht wird. Schon eine richtig zusammengestellte Mahlzeit verbleibt ungefähr drei Stunden im Magen oder sogar noch länger. Und solange die Nahrung nicht aus dem Darm absorbiert wird, kann sie keine Energie bilden. Ist es also – vom Standpunkt der Energie her gesehen – überhaupt sinnvoll, nach dem Erwachen zu frühstücken? Sie werden nicht in Ohnmacht fallen, wenn Sie Ihr Früstück ausfallen lassen (Ihr Körper zehrt ohnehin noch von der Nahrung des vergangenen Tages), sondern im Gegenteil weit munterer und energiegeladener sein.

Der Begriff „breakfast“ für Frühstück in der englischen Sprache ist genau genommen eine Verzerrung der Worte „brechen“ und „fasten“. Ursprünglich diente dieser Begriff dazu, die erste Mahlzeit nach dem Fasten zu bezeichnen, das „Fastenbrechen“. Beim Fasten enthält sich der Körper für längere Zeit der Nahrung, nicht nur für eine Nacht.

Ein wesentlicher Bestandteil des **„Fit für's Leben“**-Programmes ist folgendes: **Vom Augenblick des Erwachens am Morgen**

bis mindestens zur Mittagszeit sollten Sie nur frisches Obst oder frisch gepreßten Saft zu sich nehmen.

Sie können davon essen und trinken, soviel Sie wollen, Sie brauchen sich in dieser Hinsicht keine Einschränkung auferlegen. Essen Sie, wann immer Sie wollen, aber hören Sie auf Ihren Körper, überessen Sie sich nicht! Wenn Sie tatsächlich nur Obst und Obstsaft zu sich nehmen, können Sie sich einen riesigen Energievorrat für den Tag anlegen, anstatt Energie zu verbrauchen, denn es braucht im Magen nicht verdaut zu werden; es muß allerdings gut gekaut werden.

Erst im Darm werden die Nährstoffe absorbiert. Da Obst innerhalb von Minuten statt Stunden in den Darm übergeht, können seine Nährstoffe sofort aufgenommen und vom Körper verwertet werden. Durch den Verzehr von Obst wird Ihr Tag produktiver und energiegeladener werden, denn Sie haben Energie gesammelt, statt verbraucht. Sie werden erstaunt sein, auf welch dramatische Weise sich Ihr ganzes Leben verändern wird, wenn Sie sich einmal daran gewöhnt haben, bis zum Mittag nichts als Obst und Obstsäfte zu sich zu nehmen. Wenn Sie diese Wohltat einmal erfahren haben, werden Sie sich fragen, warum Sie jemals am Morgen eine schwere Mahlzeit gegessen haben. Auf ein schweres Frühstück folgt ein schwerer Tag. Auf ein leichtes Frühstück folgt ein leichter, lebensfroher Tag. **Sie können während des ganzen Morgens soviel Obst essen, wie Sie wollen**, bis ungefähr 20–30 Minuten vor einer anderen Mahlzeit.

Sobald Sie etwas anderes gegessen haben, sollten mindestens 3 Stunden vergehen, bis sie wieder etwas essen. Noch einmal, hören Sie auf Ihren Körper. Sobald Ihr Magen leer ist, können Sie wieder Obst essen.

Tausende, die an meinen Seminaren teilgenommen hatten, haben damit aufgehört, am Morgen schwere Mahlzeiten zu essen und haben damit begonnen, nur noch Obst und Obstsaft zu sich zu nehmen. Sie haben eine unglaubliche Kehrtwendung gemacht. Viele kommen zu mir und sagen: „Ich war ein starker Esser am Morgen, aber ich wollte wenigstens einmal versuchen,

Ihre Methode auszuprobieren und dann wieder mein Frühstück essen wie früher." Es gelang Ihnen nicht, sie konnten kein schweres Frühstück mehr essen.
Wenn sie sich mal wie ein Amboß fühlen wollen oder wie ein Kartoffelsack, dann machen Sie folgenden Versuch: Nehmen Sie 10 Tage lang nur Obst und Saft am Morgen zu sich, und dann versuchen Sie am 11. Tag ein reichhaltiges Frühstück zu essen. Sie werden es einfach nicht können, (oder: doch nicht tun). Ja, vielleicht manchmal, und das ist ganz in Ordnung. Manchmal ist eine Sache, jeden Tag ist etwas völlig anderes.

Der ausschließliche Verzehr von Obst und Obstsäften am Morgen ist der Schwerpunkt des **„Fit für's Leben"**-Programms. Interessanterweise sagen viele Leute, daß Sie dem Programm zwar nicht immer genau folgen, den alleinigen Obstverzehr bis Mittag jedoch ziemlich konsequent einhalten, denn allein schon damit seien enorme Wohltaten für den Organismus verbunden. Ohne Frage handelt es sich dabei um den Hauptbeitrag zum Erfolg unseres Programms. Wenn Sie nur mit einem Prinzip beginnen wollen, sollte es dieses sein. **Morgens nur Obst**.
Manche Leute sind der Meinung, daß Obst und Obstsäfte, in größeren Mengen genossen, dick machen. Ein zu reichhaltiger Obstgenuß kann jedoch nur dann negative Folgen haben, wenn er zusammen mit oder unmittelbar nach anderer Nahrung erfolgt oder das Obst gekocht ist. **Wird Obst jedoch auf leeren Magen gegessen, hat es eine ausgesprochen positive Wirkung, es beschleunigt den Gewichtsverlust bei Übergewicht.** Wenn wir den Menschen sagen, daß sie ohne weiteres auch mehr Obst essen können und es sogar zur Gewohnheit werden lassen können, machen sie sich anfänglich Sorgen über die Menge der Kalorien. Kalorien sind jedoch nur dann unsere Feinde, wenn sie in Form stark behandelter oder schlecht zusammengestellter Nahrung aufgenommen werden. Kalorien hoher Qualität, wie sie in Nahrung mit hohem Wassergehalt vorkommen, tragen keinesweg zu Ihrem Gewichtsproblem bei. Im Gegenteil, sie versorgen Sie mit der nötigen Energie zum Abnehmen.

Kalorienzählen war mir immer sehr lästig. Ich finde, es ist eine deprimierende Art und Weise, zu bestimmen, was man essen darf. Ich schlage den Menschen vor, das Kalorienzählen zu vergessen und statt dessen an hochwertige Nahrung zu denken. Kalorienzählen ist eine veraltete und wirkungslose Methode zur Gewichtsregulierung. Sie klingt theoretisch gut, aber so war es auch mit der Theorie, daß die Sonne die Erde umkreist. Kalorienzählen ist eine unrealistische Methode, um Fortschritte zu messen. Deshalb haben so viele Menschen, die fleißig Kalorien zählen, keinen Erfolg bei ihren Bemühungen, überflüssiges Gewicht loszuwerden.

Eines Tages ging ich in ein sehr nettes Restaurant, um zu frühstücken. Dieses Lokal hält sich viel darauf zugute, bei allen Speisen den Kalorienwert anzugeben. Nun werde ich Ihnen beweisen, warum das Zählen von Kalorien praktisch wertlos ist. Ich stellte zwei Frühstücksmöglichkeiten zusammen mit jeweils drei Bestandteilen. Das eine Frühstück hatte 220 Kalorien, das andere 190. Wenn man nun davon ausgeht, daß eine Kalorie eine Kalorie ist und man in einer Mahlzeit davon so wenig wie möglich essen soll, hätte ich das Frühstück mit 190 Kalorien auswählen müssen. Da ich aber die Prinzipien der natürlichen Gesundheitslehre kenne, nahm ich ohne Zögern das Frühstück mit 220 Kalorien. Glücklicherweise. Es wäre in höchstem Maße töricht zu glauben, daß eine Kalorie in denaturierter, nicht mehr lebendiger sozusagen zu Tode behandelter Nahrung den gleichen Wert besäße, wie eine Kalorie in frischer, unveränderter Nahrung. Alle Autos sind Autos. Was hätten Sie lieber, eine alte Kiste ohne Bremsen, die kaum mehr fährt oder einen chromglänzenden, neuen Rolls-Royce? Beide sind Autos, aber das erste bringt Ihr Leben in Gefahr, das andere dient ihm. So ist es auch mit den Kalorien. Die einen können das Gewicht ansteigen lassen, die anderen stellen die Energie zur Verfügung, die Ihnen hilft, Gewicht zu verlieren. Im Umgang mit Kalorien ist die Qualität von weit größerer Bedeutung als die Quantität.

Das 190-Kalorien-Frühstück bestand aus einer Schüssel Haferbrei, einem Stück Weizentoast und Frischkäse. Das 220-Kalorien-Frühstück enthielt ein Glas frisch gepreßten Orangensaft, eine Scheibe frischer Melone der Jahreszeit und eine Schüssel frischer Erdbeeren. Da Sie nun die große Bedeutung der richtig zusammengestellten Nahrung mit hohem Wassergehalt kennen, werden Sie verstehen, warum ich das 220-Kalorien-Frühstück wählte. In dem 190-Kalorien-Frühstück gab es drei Bestandteile ohne Wasser. Einmal Eiweiß (Frischkäse) und zweimal Kohlenhydrate (Toast und Haferbrei). Dieses Frühstück hätte sich 6–8 Stunden in meinem Magen festgesetzt, hätte mich meiner kostbaren Energie beraubt, mir keine Nährstoffe vermittelt und eine dicke Schicht Schlacken in meinem Organismus hinterlassen. Es hätte mir in keinster Weise bei meinen Bemühungen, Gewicht zu verlieren, geholfen. Statt dessen hätte ich zugenommen. Das 220 Kalorien-Frühstück dagegen bestand aus Nahrung mit hohem Wassergehalt. Keine Fäulnis oder Gärung mit den schädlichen Folgen für meinen Organismus war zu befürchten. Es hatte meinen Magen in weniger als einer halben Stunde verlassen und mir innerhalb einer Stunde echten Energiegewinn verschafft. Meinem Körper wurde geholfen und nicht gehindert, sich von seinen Schlacken zu reinigen, denn die Ausscheidungsphase wurde nicht gestört.

Jeder, der den Erfolg dieses Programms darauf zurückführt, daß es auf geringerer Kalorienzufuhr beruht als eine „reguläre“ Diät, hat seinen Sinn völlig verkannt. Durch Herabsetzen der Kalorienzahl allein wird kein Gewichtsverlust erzielt, sofern es sich dabei um denaturierte, falsch zusammengestellte, toxische und schlackenbildende Nahrung handelt. Aus diesem Grund ist dieses Programm für so viele Leute so erfolgreich, die vorher so hingebungsvoll Kalorien gezählt haben. Es handelt sich um eine Änderung der Lebensgewohnheiten, die nichts mit Kalorienzählen zu tun hat.

Der Obstverzehr am Morgen ist eng verknüpft mit dem reibungslosen Funktionieren Ihrer Körperzyklen. Es ist der richtige Moment, sich diese Zyklen noch einmal anzusehen und zu erkennen, warum das so ist. Bei der Gewichtsreduzierung geht es in erster Linie darum, die Ausscheidungsphase nicht zu blockieren, deshalb sehen wir sie uns zuerst an.

– Zyklus Nr. 1 –
Ausscheidung
(04.00 morgens bis mittags)

Sie haben bereits erfahren, daß die Aufnahme herkömmlicher Speisen mehr Energie verbraucht als jede andere Körpertätigkeit. Sie haben auch erfahren, daß Obst den geringsten Energieverbrauch bei der Verdauung hat. Wenn wir also während der Ausscheidungsphase als einzige Nahrung Obst und Obstsäfte zu uns nehmen – sofern wir überhaupt etwas essen –, haben wir damit unserem Organismus die größte Wohltat erwiesen. Alles andere behindert den Ausscheidungsprozeß, die Abfallprodukte der genossenen Speisen, die ausgeschieden hätten werden sollen, werden statt dessen den bereits vorhandenen giftigen Schlacken und den unerwünschten Pfunden hinzugefügt. Aus diesem Grund hängt der Erfolg dieses Programms (und Ihr Erfolgt beim Abnehmen) davon ab, daß Sie bis mittags ausschließlich Obst und Obstsäfte zu sich nehmen. Erfolgreiches und bequemes Abnehmen hängt vom reibungslosen Wirken der Ausscheidungsphase ab. Wenn Sie diese Phase sabotieren, sabotieren Sie Ihren Erfolg. **Der alleinige Verzehr von Obst und Obstsaft vormittags ist der absolut wichtigste Leitgedanke dieses Systems**. (Auch wenn sie weiterhin Kaffee trinken oder zusätzlich etwas anderes essen wollen, tun sie es **nicht** während der Ausscheidungsphase. Tun Sie es am Nachmittag. Das ist sehr wichtig!)

– Zyklus Nr. 2 –
Nahrungsaufnahme
(Mittags bis 20.00 abends)

Nach 12.00 Uhr beginnt die tägliche Essensperiode. Wenn Sie hungrig sind, dann ist das die Zeit zu essen, aber auch hier gilt es, einige Regeln zu beachten. Vergessen Sie nicht, daß die Verdauung mehr Energie beansprucht, als alles andere. So sollten Sie eine Mahlzeit zu sich nehmen, die Ihren Energievorrat nicht beeinträchtigt, obwohl natürlich etwas Energie für die Verdauung erforderlich ist. (Siehe Energieleiter auf Seite 182.) Das bedeutet, daß Sie sich an das Prinzip der richtigen Lebensmittelkombination halten müssen, um ein Minimum an Verdauungsenergie für den Abbau einer Mahlzeit zu verbrauchen.

– Zyklus Nr. 3 –
Ausnutzung
(20.00 abends bis 04.00 morgens)

Sie haben die Nahrung aufgenommen. Jetzt ist es an der Zeit, Ihrem Körper eine Chance zu geben, die Nährstoffe zu lösen, zu absorbieren und nutzbar zu machen. Dies kann erst geschehen, wenn die Nahrung den Verdauungstrakt erreicht hat. Eine richtig kombinierte Mahlzeit hat den Magen in ungefähr 3 Stunden verlassen und ist bereit, absorbiert und assimiliert zu werden. Eine falsch kombinierte Mahlzeit kann bis zu acht, ja sogar zwölf Stunden und länger im Magen verbleiben. Essen Sie früh genug, so daß die Speisen den Magen verlassen haben, ehe Sie zu Bett gehen. Eine ausreichende Nachtruhe (sie sollte so oft wie möglich vor Mitternacht beginnen), hilft dem Körper, die Ausnutzungsphase zu beenden, ehe die Ausscheidungsphase gegen 04.00 Uhr morgens einsetzt.

Nachdem wir Ihnen dieses Wissen vermittelt haben und Ihnen die Schritte zum Erfolg vorgestellt haben, ist es von Bedeutung, Ihnen ein klares Verständnis zu übermitteln über . . .

Kapitel 8

Die Entgiftungstheorie

In allen Kapiteln dieses Buches haben wir betont, wie wichtig es ist, giftige Schlacken aus dem Organismus zu entfernen, um erfolgreich und dauerhaft abzunehmen. Um diese Prozesse zu erleichtern, haben wir eine Lebensweise entwickelt, die nicht nur wirkungsvoll, sondern auch leicht und bequem ist.

Das von **„Fit für's Leben"** verfolgte Ziel ist die Entgiftung Ihres Körpers. Dieser Entgiftungsprozeß ist natürlich nicht immer ein reines Vergnügen, aber ist notwendig, um die Voraussetzung für Gewichtsverlust und eine beständige Gesundheit zu schaffen. Wir wollen Ihnen nicht vormachen, daß wir im Besitz einer Zauberformel sind, und daß Sie nur durch die Lektüre dieses Buches mühelos über Nacht in ein glückliches, gesundes und schlankes Wesen verwandelt werden können. *Ohne Ihre Mitarbeit geht es nicht.* Aus der Erfahrung der letzten Jahre kann ich Ihnen sagen, daß ungefähr 10 % der Leute, die nach unserem Programm leben, ein *anfängliches* Unwohlsein verspüren. Ein *gewisses* Unbehagen ist durchaus möglich, es ist jedoch leicht in den Griff zu bekommen. Nur wenn der Entgiftungsprozeß zu rasch erfolgt, können stärkere Beschwerden auftreten. Deshalb haben wir neun Jahre damit verbracht, Erfahrungen zu sammeln, die es ermöglichen sollen, die von uns vorgeschlagene Lebensweise so perfekt zu gestalten, daß mögliche Beschwerden auf ein Minimum reduziert werden.

Sie müssen allerdings bedenken, daß die Ansammlung giftiger Schlacken in Ihrem Körper wahrscheinlich zwanzig, dreißig, vierzig, fünfzig Jahre oder noch länger gedauert hat. Sie können nicht über Nacht entfernt werden. Ich kann es nicht oft genug betonen, wie wichtig diese Entgiftung für Ihren Körper ist. Der Organismus muß unbedingt gereinigt werden, um für die Gewichtsabnahme und die Rückgewinnung der Gesundheit

Energie freisetzen zu können. So lange giftige Schlacken im Körper sind, wird ein Teil der vorhandenen Energie für die Ausscheidung eingesetzt. Erfolg ist nur bei einem gereinigten Körper möglich! *Entgiftung heißt Reinigung, sie ist unerläßlich.* Sie ist der Schlüssel zum Erfolg!

Eventuell auftretende Beschwerden hängen vom Ausmaß der Vergiftung ab. Besonders stark verschlackte Personen oder diejenigen, die regelmäßig Medikamente eingenommen haben, können unter Umständen eher unter zeitweiligen Beschwerden zu leiden haben als die weniger verschlackten. Die Ausscheidung toxischer Schlacken *kann* unangenehm sein. Es ist aber besser, jetzt kleinere Beschwerden zu ertragen, als später einen totalen Zusammenbruch zu erleiden. Es ist also wichtig, daß die Ernährungsweise eine Reinigung in Gang setzt, allerdings nicht mit halsbrecherischer Geschwindigkeit. Sie sollte so eingestellt sein, daß das auftretende Unbehagen für den Betreffenden so gering wie nur irgend möglich ist. Genau das wird mit den im zweiten Teil des Buches vorgestellten Rezepten erreicht. Bedenken Sie, daß es sich dabei nicht um irgendwelche Phantasie-Menüs handelt. Wir haben sehr viel Zeit aufgewendet, uns die größte Mühe gegeben und viele Versuche gemacht, um genau die richtige Abwechslung in die Speisenfolge zu bringen, so daß dann die Entgiftung so sanft und angenehm wie möglich erfolgen kann. In der Tat ist das **„Fit für's Leben“**-Programm nichts anderes als ein Entgiftungsprogramm.

Welche möglichen Beschwerden können eventuell auftreten? Am häufigsten entstehen anfangs gewisse Blähungen. Sobald Sie damit beginnen, Obst auf leeren Magen zu essen, wird die Reinigungskraft des Obstes angesammelte giftige Schlacken in Bewegung setzen und damit Gasansammlungen und Blähungen erzeugen. Im allgemeinen verschwinden diese Beschwerden jedoch innerhalb von 48 Stunden. Selten dauert es länger als 72 Stunden. Sollten diese Blähungen zu einer Gewichtszunahme von zwei oder drei Pfund während der ersten Tage führen, brauchen Sie sich deshalb aber keine Sorgen zu machen. Der Körper bereitet sich lediglich auf seine bevorstehende Aufgabe vor. Sie können Kopfschmerzen oder andere Schmerzen bekommen. Sie können sich plötzlich müde fühlen oder ängstlich. Es können sich dünne Stuhlentleerungen einstellen, die man mit Durchfall verwechseln kann. Kein Grund zur Aufregung, und kein Anlaß, aus dem Haus zu rennen, um Kohle-Medikamente zu besorgen. Ob sie es glauben oder nicht, diese Stuhlentleerungen haben eine positive Wirkung, keine negative. Die reinigende Kraft des Obstes wäscht harte Kotreste aus den Darmwänden und spült sie in Form von weichen Stühlen aus dem Körper. Sie werden sich danach leicht und wie neugeboren fühlen. Es kann unangenehm sein, dient aber einem guten Zweck. Auf keinen Fall dürfen diese oder andere Ausscheidungsprozesse unterbunden werden. Ihr Körper befreit sich von giftigen Schlacken. Sie brauchen keine Entwässerung zu befürchten. Sie werden weder Fieber noch andere Anzeichen von Krankheit bei diesen Ausscheidungen verspüren.

Durch den Verzehr von Früchten und Gemüse mit hohem Wassergehalt kann nichts derartiges passieren. Diese Ausscheidungen zu unterbinden würde bedeuten, daß die Schlacken im Körper bleiben und damit weiter zur Gewichtszunahme beitragen. Die dünnen Stuhlentleerungen dauern selten länger als zwei Tage. Es kann Ihnen auch mal übel werden, wenn die Gifte im Körper aufgescheucht werden und über den Kreislauf ausgeschieden werden.

Es kann auch sein, daß sich reichliche Schleimabsonderungen aus der Nase einstellen. **Das ist keine Erkältung!** Ihr Körper entledigt sich lediglich der Gifte, die sich angehäuft hatten und in den Schleimhäuten abgelagert worden waren. Eine Erkältung ist die klassische Form der Ausscheidung giftiger Schlakken. Wenn die Schleimhäute Ihres Körpers mit mehr Schleim beladen werden, als der Körper tolerieren kann, dieser Schleim aber nicht schnell genug ausgeschieden wird, werden die Selbstheilungskräfte des Körpers eingeschaltet, die dann die Ausscheidung des Schleims durch Hals und Nase erzwingen. Wenn Sie ein Glas in die Hand nähmen und fortlaufend Wasser hineinschütten würden, würde es schließlich überfließen. So geht es auch mit Ihrem Körper. Bildet sich mehr Schleim in Ihrem Körper als er verkraften kann, fließt er über.

Ein ernsthaftes Problem bei den meisten Menschen sind Verdauungsstörungen, angefangen von Gasbildung und Blähungen bis zu ernsthaften chronischen Schmerzen und Colitis. Einer der Hauptvorteile der in diesem Buch vorgeschlagenen Lebensweise ist, daß diese Störungen zum Verschwinden gebracht werden. Die richtige Lebensmittelkombination und der empfohlene Obstverzehr tragen am meisten dazu bei. Gelegentlich können – auch bei richtigem Obstverzehr – Gasansammlungen und Blähungen entstehen. Obwohl Sie Obst absolut in der richtigen Weise verzehren (am Morgen auf leeren Magen), können Beschwerden auftreten. Der Hauptgrund dafür ist eine Anhäufung von Nahrungsrückständen und Schlacken, die sich im Laufe der Jahre angesammelt haben und in die Magen- und Darmwände eingedrungen sind. Obst hat die Eigenschaft, diese Giftstoffe aufzuspüren und hinauszuspülen und dadurch entstehen Gase und Blähungen. Viele Menschen bleiben aber von diesen Beschwerden verschont, aber ich kenne einige, die besonders verschlackt waren und zwei bis drei Wochen lang in einem mehr oder weniger starkem Ausmaß darunter litten. Es hängt davon ab, wie stark oder wie geringfügig die Vergiftung Ihres Körpers ist. In jedem Fall ist es positiv zu werten, daß die Ursache des Problems beseitigt wird, wenn auch unangenehme und ärgerliche Empfindungen damit verbunden sein mögen.

Sie dürfen nicht vergessen, daß Ihr Körper sich bei jeder Änderung Ihres Eßverhaltens dieser Veränderung anpassen muß und Ihnen dabei anfänglich ein gewisses Unwohlsein nicht erspart werden kann. Die richtige Einstellung gegenüber diesen vorübergehenden Beschwerden ist, **sie als einen die Gesundheit zurückbringenden Reinigungsprozeß zu sehen**.

Sie erleben sozusagen Gesundheit in Aktion. Der Körper besinnt sich auf seine Kräfte, möchte seine Chance wahrnehmen und ans Ziel kommen. Dies kann auf verschiedene Weise geschehen. Die Reaktion des Körpers auf den plötzlichen Energieanstieg zeigt sich in seinem vermehrten Bemühen, alles Giftige auszuscheiden, solange Energie zur Verfügung steht. Hat er jedoch einmal begriffen, daß von nun an Energie regelmäßig vorhanden ist, wird die Ausscheidung reguliert und die

Beschwerden verschwinden wieder. **Es werden jedoch von denen, die das „Fit für's Leben"-Programm befolgen, weniger als 10 % von Beschwerden geplagt.** Das sollten Sie sich vor Augen halten. Sollten Sie nun zu diesem Personenkreis gehören, so machen Sie bitte nicht den Fehler, Ihre neuen Eßgewohnheiten gleich wieder aufzugeben. Das würde Ihren Organismus nämlich in großen Aufruhr versetzen. Haben Sie Vertrauen in die Weisheit, Intelligenz und in die wunderbare Erholungsfähigkeit Ihres Körpers. Seien Sie dankbar, daß er die Kraft und die Fähigkeit besitzt, eine Reinigung durchzuführen. Sollten die Beschwerden länger als ein paar Tage anhalten, können Sie – zu Ihrer Beruhigung und um ganz sicher zu gehen – Ihren Arzt befragen.

Die restlose Ausscheidung aller giftigen Stoffe kann sich über Monate oder Jahre hinziehen, innerhalb von Tagen werden Sie jedoch an Gewicht verlieren und gleichzeitig unwahrscheinlich energiegeladen und lebensfroh sein. Gewöhnlich vollzieht sich die ständige Ausscheidung ohne weitere äußere Anzeichen oder Beschwerden. Übergewicht verliert sich, Energie steigt an, alles wird besser. Der größte Fehler, den Sie machen könnten, wäre, bei leichtem Unwohlsein sofort die Flinte ins Korn zu werfen und zu Ihren alten Eßgewohnheiten zurückzukehren. Die Beschwerden zeigen an, wie notwendig die Entgiftung für Sie ist. Es handelt sich um eine kritische Phase, die Sie durchstehen und nicht vereiteln sollten. Eines ist sicher: Ihr Körper *möchte* sich von allem befreien, was seiner Gesundheit nicht dienlich ist. Stören Sie diese Arbeit nicht. Sie sind bei weitem besser dran, wenn sich das Gift außerhalb Ihres Körpers befindet. Noch einmal möchten wir darauf hinweisen, **daß nicht jeder von Beschwerden befallen wird. Die meisten haben überhaupt keine Probleme.** Wir meinen aber, daß wir Sie auf die Möglichkeit hinweisen sollten. Falls Sie zu denen gehören, die keine Beschwerden empfinden, so ist das großartig! Wenn nicht, wird unsere auf den folgenden Seiten beschriebene Lebensweise diese Beschwerden auf ein Minimum reduzieren. Sie können absolut sicher sein, daß es Beweise in großer Zahl für die Richtigkeit dieses Eßprogramms gibt. Zum Beispiel haben wir bereits erwähnt, daß die Killer Nr. 1 und 2 in USA und Europa Herzerkrankungen und Krebs sind. Etwa 4000

Menschen sterben in Amerika täglich an diesen beiden Krankheiten. Vor kurzem kam aus einem wissenschaftlichen Arbeitskreis die Information, daß man durch Erhöhung der Obst- und Gemüseanteile in der Ernährung das Auftreten dieser beiden Killer einschränken kann. Im September 1982 verkündeten Ärzte des „Nationalen Krebs-Institutes", daß eine Änderung unserer Eßgewohnheiten einen gewissen Schutz gegen Krebs bieten könne. Als erstes ist der Fettverbrauch einzuschränken, als zweites die Obst- und Gemüsezufuhr zu steigern. Das „Nationale Krebs-Institut" hat jetzt die Ernährung in den Mittelpunkt der Forschung über Krebsverhütung gestellt. Im September 1983 hat auch die „Amerikanische Krebs-Gesellschaft" bekräftigt, daß ein größerer Verbrauch an Obst und Gemüse das Risiko einer Krebserkrankung bedeutend herabsetzen könne.

Wie bereits im vorhergehenden Kapitel bemerkt, ist Dr. Castelli von der Harvard Universität der Überzeugung, daß das Risiko einer Herzerkrankung durch Obstverzehr gemindert werden kann.

Ich bin sicher, daß Obst und Gemüse helfen können, dieses Problem einzuschränken, da diese Lebensmittel ungemein wirksam bei der Entgiftung des Körpers sind. Ganz zu schweigen von dem enormen Beitrag, den die Entgiftung des Körpers zur Gewichtsreduzierung leistet. Wenn Sie unsere Empfehlungen befolgen, werden Sie abnehmen und Ihr Gewicht auch halten. Nur festgefahrene Gewohnheiten können ein Hindernis für die von uns vorgeschlagenen einfachen Änderungen in Ihrer Lebensweise sein. Aus Gewohnheit ißt man ein reichhaltiges Frühstück. Aus Gewohnheit mischt man Eiweiß und Kohlenhydrate. Aus Gewohnheit ißt man Obst nach dem Essen. Es ist wichtig, sich neue Gewohnheiten anzueignen. Nicht immer sind alte Gewohnheiten gute Gewohnheiten. Am besten wird man sie los, wenn man neue und bessere einführt.

Genau das ist es, was wir Ihnen anbieten, bessere Gewohnheiten, die Sie nach eigenem Ermessen anwenden können. Sie sollen sich nicht unter Druck gesetzt fühlen. Lassen Sie sich Zeit, haben Sie Spaß dabei. Es soll keine Belastung für Sie werden. *Es handelt sich um keine Diät.* Dieses Programm brauchen Sie nicht buchstabengetreu durchzuführen. Was wir Ihnen anbieten, ist ein einfacher Weg zu lernen, die biologischen Grenzen und Zyklen Ihres Körpers zu respektieren. Dem Rat der Experten folgend – nämlich mehr Obst und Gemüse zu essen –, haben wir eine brauchbare Ernährungsweise für Sie zusammengestellt. Es wird eine erfreuliche Erfahrung für Sie werden, einen lebensfrohen, gut aussehenden Körper zu bekommen, von dem Sie instinktiv wissen, daß Sie ein Recht darauf haben.

Es steht Ihnen frei, bei diesem Programm Ihre eigene Gangart einzuschlagen. Ob Sie sich die angebotene Information nur teilweise oder ganz zunutze machen, ist völlig Ihnen überlassen. Einige von Ihnen werden sich voller Eifer auf das Programm stürzen und die erwünschten Ergebnisse schneller erzielen als andere. Wir möchten, daß Sie verstehen, daß es sich um ein Programm für's Leben handelt, nicht nur für ein paar Wochen. Es handelt sich um Informationen, die Sie sich aneignen sollen und die für immer zu Ihrer Lebensweise gehören sollen. Dann werden Sie das Wohlbefinden erleben, das Ihnen eigentlich zusteht – von Geburt an.

Sie wissen, daß Ihnen Ihr Körper vom Leben geschenkt wurde. Ihr Dank dafür ist, ihn so gut wie nur irgend möglich zu behandeln. Geben Sie ihm die Chance, auf höchster Ebene zu funktionieren, ungehindert von giftigen Schlacken und Abfall. Ihr Körper möchte gesund und schlank sein. Er will nicht übergewichtig sein. Er möchte die Gestalt haben, von der Sie wissen, daß er sie haben könnte. Sie brauchen nichts anderes zu tun, als die natürlichen Gesetze zu beachten, und Sie werden mit einem Körper belohnt werden, auf den Sie stolz sein können. Erleben Sie mit Freude das Erscheinen eines schlanken Körpers, von dem Sie wissen, daß er schon immer in Ihnen verborgen war.

Ich glaube, daß Sie aus dem, was Sie bisher über unsere Prinzipien gelesen haben, ersehen können, daß wir Ihnen kein Blitzprogramm für schnelle oder nur kurzfristige Ergebnisse angeboten haben, sondern ein Programm für's Leben. Statt eines kurzen Diätplans haben wir Ihnen ein Lebensprogramm vorgestellt. Vielleicht fragen Sie sich: „Kann es denn so einfach sein?“ Nur Lebensmittel mit hohem Wassergehalt zu essen, Nahrung richtig zusammenzustellen und Obst auf richtige Weise zu verzehren? Ist das alles? Ja, es ist alles. Das Großartige daran ist, daß es so einfach ist. Das **„Fit für's Leben“**-Programm will Sie nicht an die Kandare nehmen. Sie kennen nun die Richtlinien, befolgen Sie sie, so gut Sie können. Das Programm kann nicht scheitern. Sie können es nicht torpedieren. Tun Sie Ihr Bestes, wann immer Sie können. So lange Sie sich ehrlich bemühen, werden Sie auch belohnt werden. Sie haben Ihr Leben vor sich, Sie brauchen keinen Druck auszuüben. Wenn Ihnen unsere Richtlinien sinnvoll erscheinen, und Sie bereit sind, sie auszuprobieren, dann haben Sie alles Wesentliche getan. Sie haben das Rüstzeug erhalten, benutzen Sie es, wann Sie wollen. Sie haben die Sache selbst in der Hand. So wie Meisterschnitzer in der ganzen Welt arbeiten können, wenn sie ihr Handwerkszeug dabei haben, **so können auch Sie unsere Richtlinien überall, bei jeder Tätigkeit, in allen Lebenslagen einsetzen**. Die Zeiten, in denen Sie Ihren Kühlschrank absperren mußten, Appetitzügler nahmen, Kalorien zählten, von armseligen Portionen lebten, sind ein für allemal vorbei. Welche Befreiung!

Sie können essen, gut essen und Ihre Mahlzeiten genießen. Nie wieder müssen Sie diese entsagungsvollen, entmutigenden zwei bis vier Wochen dauernden Geduldsproben ertragen, die nichts bringen, als Frustration und kurzlebige Ergebnisse. Jetzt sind Sie im Besitz einer realistischen Methode, mit der Sie **leben** können, im wahrsten Sinne des Wortes.

Nachdem wir mit den Grundsätzen abgeschlossen haben, bleiben uns zwei Bereiche der Ernährung, denen wir wegen ihres außergewöhnlichen Einflusses auf eine erfolgreiche Gewichtskontrolle und Energiesteigerung Aufmerksamkeit widmen müssen.

Das erste davon ist . . .

Kapitel 9

Eiweiß (Protein)

Die wahrscheinlich am häufigsten gestellte Frage auf den Gebieten Diät, Gesundheit und Gewichtsreduzierung ist, „woher bekommen Sie Ihr Eiweiß?“ Die Menschen haben in den Industrienationen mehr Angst vor Eiweißmangel, als sie Furcht vor dem Tode haben. Das Problem ist aber ein ganz anderes. Die Gefahr, *zu viel Eiweiß* zu bekommen, ist viel größer, als an Eiweißmangel zu leiden. Zuviel Eiweiß aufgenommen zu haben ist genau so gefährlich wie zu wenig.

Mike Benton von der Amerikanischen Akademie für Gesundheitswissenschaft drückt es folgendermaßen aus: „Vielleicht waren noch nie so viele Leute verwirrt über ein Gebiet, von dem sie so wenig wußten.“

Ich weiß, wie außerordentlich verwirrend dieses Thema ist. Jedermann scheint eine andere Meinung darüber zu haben, wieviel Eiweiß oder wie wenig Eiweiß gegessen werden sollte und warum. Was mich immer am meisten frustrierte, war einer amtlich beglaubigten Autorität zuhören zu müssen, die mir in überzeugendster Weise darlegte, was ich über Eiweiß wissen sollte. Bald darauf versicherte mir ein gleichfalls bekannter „Experte“ in ebenso überzeugenden Worten das genaue *Gegenteil*! So geht es, glaube ich, den meisten Leuten. Die Experten argumentieren hin und her, begraben den Zuhörer unter einer Lawine von Tatsachen, Zahlen, Statistiken und Beweisen. Die Zuhörer fühlen sich am Ende wie der Ball in einem Tennis-Match. Nur eines ist in diesem Hin und Her ohne Zweifel sicher: Die Leute sind verwirrt!

Sie können jetzt mit Recht fragen: „Woher sollen wir wissen, daß Sie nicht auch noch zu dieser Verwirrung beitragen werden?“ Eine gute Frage. Ich hätte Sie auch gefragt. Meine

Absicht ist jedoch nicht, Sie von etwas einfach deshalb überzeugen zu wollen, weil *ich* weiß, daß es richtig ist, noch will ich Sie sofort und jetzt umerziehen. Um Ihnen ein klares Verständnis in der Eiweißfrage zu vermitteln, bedarf es mehr als nur das, was ich Ihnen erzählen werde. Sie selbst müssen da ein wenig forschen und experimentieren. Meine Absicht ist, Sie davon zu überzeugen, daß Sie selbst eine intelligente Entscheidung treffen können, ohne darauf hören zu müssen, worüber die Experten streiten. Das nötige Rüstzeug dazu haben wir Ihnen bereits vermittelt. Sie kennen dieses Rüstzeug bereits: gesunder Menschenverstand, Logik und Instinkt. Es wird Ihnen gefallen, Ihre angeborene Fähigkeit, zu „wissen, was richtig ist", einsetzen zu können. Am Ende dieses Kapitels wird Ihnen dazu reichlich Gelegenheit gegeben werden.

Es stehen uns umfangreiche Forschungsergebnisse zur Verfügung, die zeigen, daß zwischen dem Verzehr konzentrierter Eiweißnahrung und Herzerkrankungen, Bluthochdruck, Krebs, Arthritis, Osteoporose (Knochenerweichung), Gicht, Magengeschwüren und eine Menge anderer Krankheiten eine Beziehung besteht. Diese Zusammenhänge wurden von T. C. Fry, Victoras Kulvinskas, Blanche Leonardo, Barbara Parham, John A. Scharffenberg, Orville Schell und Herbert M. Shelton und vielen anderen bestätigt. Wir werden uns jedoch auf die Auswirkungen des Verzehrs konzentrierten Eiweisses in Zusammenhang mit Gewichtsproblemen und Energiemangel beschränken.

Eiweiß ist das komplizierteste aller Nahrungsbestandteile. Seine Assimilation und Auswertung sind äußerst schwierig. Obst kann vom Organismus am leichtesten aufgenommen werden, Eiweiß steht am anderen Ende der Skala, es gehört zu den schwerstverdaulichen Nahrungsbestandteilen. Beim Verzehr von Eiweiß wird mehr Energie für die Verdauung benötigt als für jede andere Nahrung. Um den ganzen Verdauungstrakt zu durchwandern, braucht Nahrung (mit Ausnahme von Obst) durchschnittlich zwischen 25 und 30 Stunden. Beim Fleischverzehr *verdoppelt* sich diese Zeit. So ergibt sich logischerweise daraus, daß bei reichlichem Eiweißverzehr weniger Energie für andere notwendige Funktionen des Organismus wie z. B. für die Ausscheidung von giftigen Schlacken zur Verfügung steht. Die ganze Eiweißfrage ist derart aus den Fugen geraten, daß es zweifelhaft ist, ob die Menschen jemals damit zurecht kommen werden. Im Grunde ist es so, daß wir einfach gar nicht so viel Eiweiß brauchen, wie man uns glauben machen wollte.[1])

Als erstes gilt es zu bedenken, daß der menschliche Organismus 70 % seiner eiweißhaltigen Schlacken wieder verwendet. 70 %! Zweitens verliert der menschliche Körper lediglich ungefähr 23 g täglich mit dem Stuhlgang, dem Urin, über das Haar, durch abgeschuppte Haut und durch Schweiß. Um diese 23 g Eiweiß zu ersetzen, würde es genügen, *im Monat* eineinhalb Pfund zu essen. Die meisten Menschen verzehren aber weit mehr, da sie bei jeder Mahlzeit Eiweiß zu sich nehmen. Die offiziell vorgeschlagene Eiweißmenge beträgt 56 g täglich, wobei man, um ganz sicher zu gehen, die tatsächlich nötige Menge verdoppelt hat. Mehr Eiweiß zu verbrauchen, als der Organismus tatsächlich nötig hat, bedeutet eine schwere Belastung für den Körper, der sich bemühen muß, diesen Überschuß wieder loszuwerden. Eine schreckliche Verschwendung unserer kostbaren Energie, die wir so dringend für die Gewichtsreduzierung brauchen. Ein ¼ Liter Glas kann nur ¼ Liter an Flüssigkeit fassen. Wenn Sie ½ Liter in das Glas schütten, geht alles, was über ¼ Liter ist, verloren. So ist es auch mit unserem Körper. Hat er die täglich erforderlichen 23 g bekommen, ist der Fall erledigt. Als weiteres Problem ergibt sich, daß der Eiweißüberschuß uns nicht nur unserer Energie beraubt, sondern auch als giftiges Abfallprodukt in unserem Körper gespeichert werden muß, und zwar so lange – als zusätzliches Gewicht –, bis der Körper wieder über genügend freie Energie verfügt, sich dieser Schlacken zu entledigen. Am nächsten Tag kommt aber wieder ein Überschuß, der verarbeitet werden muß, und die Lage verschlechtert sich.

1) Arthur C. Guyton: „Textbuch der medizinischen Physiologie" (Guidance Textbook of Medical Physiology), Philadelphia: Saunders Publishing 1981.
T. C. Fry: „Protein in der Diät" (Lesson No. 8, Protein in the Diet. In The Life Science Health System). Austin, Texas: Life Science 1983.

Tatsächlich ist Eiweiß nicht mehr oder weniger wichtig als jeder andere Nahrungsbestandteil. Man hat uns glauben machen wollen, daß bestimmte Bestandteile wichtiger seien, aber das stimmt einfach nicht. Alle Bestandteile der Nahrung spielen eine wichtige Rolle, um als Nahrung gelten zu können. Wenn Sie die Wahl hätten zwischen Herz und Hirn, was würden Sie aufgeben? So ist es auch mit der Nahrung. Die für eine typische Mahlzeit erforderlichen Bestandteile sind immer die gleichen. Vitamine, Mineralstoffe, Kohlenhydrate, Fettsäuren, Aminosäuren und viele andere Stoffe, die erst noch entdeckt und bekannt werden müssen. *Sie sind alle wichtig!* Sie werden alle in Verbindung miteinander benötigt. Einzelnen Bestandteilen mehr Bedeutung zuzumessen als anderen zeigt, daß man die biologischen und physiologischen Bedürfnisse des Organismus nicht begriffen hat.

Eine Debatte über Eiweiß wäre nicht vollständig, ohne den Fleischverzehr einzubeziehen. Fleisch wird im allgemeinen als die idealste Eiweißquelle angesehen. Als Hauptargument wird angeführt, daß tierisches Eiweiß dem Eiweiß des menschlichen Organismus ähnlicher ist als pflanzliches Eiweiß. Eigentlich eine ausgezeichnete Begründung, seinen nächsten Nachbarn zu verspeisen, allerdings wird selbst der überzeugteste Fleischesser diese Idee abstoßend finden. Eine der Haupttiergruppen, die als Eiweißlieferant verspeist werden, sind Rinder: 33 Millionen Stück im Jahr werden allein in USA verzehrt (BRD= 5 Millionen Rinder plus 30 Millionen Schweine!). Das ist eine Menge Fleisch. Um Kraft zu gewinnen! Dieses Argument wird meistens als erstes gebraucht, um den Fleischverzehr zu rechtfertigen. Wir müssen unsere Kräfte erhalten. Nun gut, sehen wir uns diese Begründung einmal näher an. Welche Tiere halten Sie für die stärksten auf diesem Planeten? Die meisten von Ihnen werden sagen, die Elefanten. Ich stimme zu. Ohne Zweifel sind die stärksten Tiere der Welt die Tiere, die jahrhundertelang wegen ihrer überragenden Kraft und Ausdauer vom Menschen eingesetzt wurden, nämlich die Elefanten, Ochsen, Pferde, Maultiere, Kamele und Wasserbüffel. Was fressen diese Tiere? Blätter, Gras und Früchte. Haben Sie je einen Silberrücken-Gorilla gesehen? Er ähnelt physiologisch dem Menschen. Er ist unglaublich stark.

Zwar ist er nur dreimal so groß wie ein Mann, aber *dreißigmal* stärker. Ein Gorilla könnte einen Zwei-Zentner-Mann über die Straße werfen wie eine Plastikscheibe. Was frißt nun der Silberrücken-Gorilla? Früchte und andere Pflanzen![2])

Welche Schlußfolgerungen können wir nun aus der Behauptung ziehen, man müsse Fleisch essen, um Kräfte zu gewinnen? Vergessen Sie einmal für einen Moment alles, was man Ihnen darüber gesagt hat. Was denken *Sie* über die Angelegenheit? Was meinen Sie zu der Behauptung, man müsse Rindfleisch wegen seines nahezu perfekten Eiweißes essen? Was fraß das Rind, um dieses Eiweiß in seinem Körper aufzubauen? Fleisch? Nein, Gras, Rüben und Getreide! Das ist interessant, nicht wahr? Wie ist das möglich? Einerseits haben wir all die wissenschaftlichen Daten, die uns die Wohltaten des Fleischverzehrs vor Augen führen, und andererseits sagt uns der gesunde Menschenverstand, daß diese Ansichten schwer zu verstehen sind.

So kommen wir zu dem am meisten mißverstandenen Bereich hinsichtlich des Fleischverzehrs. Diejenigen, die die Sachlage von Grund auf kennen, sind sich der Ironie dieses Sachverhalts bewußt. *Eiweiß entsteht im Körper nicht durch Eiweißverzehr*. Jawohl, das haben Sie richtig gelesen. Eiweiß wird aus in der Nahrung vorhandenen Aminosäuren gebildet. Bis zu welchem Grad Eiweiß aus eiweißhaltiger Nahrung gebildet werden kann, hängt davon ab, wie gut die Aminosäuren in der Nahrung ausgewertet werden. Es ist absurd zu glauben, daß durch den Verzehr von einem Stück Fleisch, sei es vom Rind, Schwein oder Geflügel, Eiweiß in unserem Körper entsteht. Tierisches Eiweiß ist tierisches Eiweiß, kein menschliches Eiweiß. Man muß über die Aminosäuren Bescheid wissen, um das Thema Eiweiß zu verstehen. Der Körper kann Eiweiß in seinem Originalzustand – so wie es gegessen wird – weder verwerten noch assimilieren. Es muß zuerst verdaut und in seine Aminosäuren-

2) Zwei anerkannte Autoritäten auf dem Gebiet der Lebensgewohnheiten der Gorillas sind John Aspinal, der in England eine weltberühmte Schutzfarm unterhält, sowie Adrien de Schryver. Beide haben bestätigt, daß Gorillas in ihrer natürlichen Umgebung gierige Früchteesser sind. Ist Obst im Überfluß vorhanden, wird es anderer Nahrung vorgezogen.

Bestandteile aufgespalten werden. Dann kann der Körper aus diesen Aminosäuren das benötigte Eiweiß bilden. So liegt der Wert des Nahrungseiweißes letztlich in der Zusammensetzung seiner Aminosäuren. Die Aminosäuren sind die wesentlichen Bestandteile. Alles für die Ernährung geeignete Material wird im Reich der Pflanzen gebildet. Tiere haben die Fähigkeit, die Eiweißquelle, nämlich die acht wesentlichen Aminosäuren, aufzunehmen, aber nicht, sie zu bilden oder herzustellen. Pflanzen können Aminosäuren aus der Luft, aus der Erde und aus dem Wasser bilden, Tiere jedoch, so wie auch die Menschen, sind abhängig vom pflanzlichen Eiweiß, entweder direkt durch Verzehr der Pflanzen oder indirekt durch Verzehr pflanzenfressender Tiere.

Es gibt keine „essentiellen" Aminosäuren im Fleisch, die die Tiere nicht aus Pflanzen erhalten haben und die nicht auch von den Menschen aus Pflanzen bezogen werden können. Aus diesem Grund haben alle starken Tiere das von ihnen benötigte Eiweiß in ausreichender Menge. Sie bilden es aus der Überfülle von Aminosäuren, die sie durch den Verzehr von Pflanzen aufnehmen. Deswegen fressen fleischfressende Tiere auch im allgemeinen keine anderen fleischfressende Tiere, es sei denn, in Notfällen. Sie halten sich instinktiv an pflanzenfressende Tiere.

Es gibt 23 verschiedene Aminosäuren. Sie sind alle wichtig, sonst würde es sie nicht geben. 15 davon können vom Organismus selbst hergestellt werden, acht müssen aus der Nahrung bezogen werden. Nur diese acht werden „essentiell" genannt. Wenn Sie regelmäßig Obst, Gemüse, Nüsse, Samen oder Keimlinge essen, erhält Ihr Körper alle notwendigen Aminosäuren, die er in das für ihn erforderliche Eiweiß umwandeln kann, genau so wie die Säugetiere, die sehr gut ohne Fleisch auskommen können. Sie können gar keinen Eiweißmangel haben, es sei denn, Sie würden sich sehr darum bemühen. Kennen Sie einen Menschen, der unter *Eiweißmangel* leidet? Ich kenne keinen.

Aber lassen Sie sich von den Aminosäuren nicht verwirren. Das ganze Gerede über die Notwendigkeit, bei einer Mahlzeit oder

zumindest an einem Tag alle „essentiellen“ Aminosäuren zu sich nehmen zu müssen, ist Geschwätz. Ohne Zweifel handelt es sich hier um die wichtigste Streitfrage dieses Buches. Es ist mir bewußt, daß der Glaube an die Notwendigkeit, bei jeder Mahlzeit die acht essentiellen Aminosäuren zu sich nehmen zu müssen, seit Jahren ein Ernährungsevangelium ist. Die Beweise, die dagegen sprechen, werden jedoch mehr und mehr. Bücher wie z. B. „Die Ernährung für einen kleinen Planeten“ sind in der wohlmeinenden Absicht geschrieben worden, die Menschen davon zu überzeugen, weniger Fleisch zu essen, aber diese haben unnötige Ängste erzeugt. Ich mußte Hunderte von Leuten beruhigen, die in Sorge waren, unter Eiweißmangel zu leiden, weil sie weniger Fleisch und Milchprodukte gegessen hatten. Sie hatten versucht, die komplizierten Anweisungen des Buches zu befolgen und waren dabei hinsichtlich ihres Eiweißkonsums in Verwirrung geraten. Durch die persönliche Beratung vieler Leute fand ich außerdem heraus, daß die Behauptung, bei jeder Mahlzeit alle Aminosäuren aufnehmen zu müssen, unnötige Gewichtsprobleme mit sich brachte. Diese Ansicht hat zur Folge, daß die Leute viel zu viel konzentrierte Nahrung zu sich nehmen! *(Anmerkung: Frances Moore Lappé, Verfasser des Buches „Ernährung für einen kleinen Planeten“ sagt: „Ich bin in meinem Streben nach Genauigkeit zu weit gegangen. Ich wollte es allen Ärzten und Ernährungsfachleuten recht machen, um das Buch in jeder Hinsicht wissenschaftlichen Einwänden gegenüber abzusichern.*
Ich glaube, ich habe die Menschen hinsichtlich der Eiweißkombination verunsichert . . . seien Sie beruhigt, die meisten von uns brauchen sich um ihren Eiweißverbrauch ohnehin keine Sorgen zu machen“).[3]*)*

Mein gesunder Menschenverstand läßt mich fragen, warum ausgerechnet wir Menschen so viel Schwierigkeiten haben sollten, die nötigen Eiweißbestandteile zu bekommen. Kein in der Natur lebendes Tier muß verschiedene Nahrungsmittel miteinander kombinieren, um alle essentiellen Aminosäuren zu erhal-

3) Zitat aus: „Das Vegetarische Kind“ (The Vegetarian Child) von Joy Gross. Secaucus, New Jersey: Lyle Stuart, Inc. 1983: 55–56.

ten. Ich behaupte, daß die Menschen aufgrund ihres Verstandes die Angelegenheit komplizierter machen, als sie tatsächlich ist.

Nur weil man jahrelang an irgend etwas geglaubt hat, muß es noch lange nicht wahr sein. 1914 bekam Robert Bárány den Nobelpreis in Physiologie und Medizin für seine Theorien auf dem Gebiet des inneren Ohres und des Gleichgewichts-Mechanismus des menschlichen Körpers. Im Dezember 1983 zeigte ein Test an Bord eines Raumschiffes, daß seine Theorie falsch war. Obwohl man auf allen Universitäten lehrte, was er angeblich entdeckt hatte, wurde es in einem einzigen Augenblick widerlegt. Der Umstand, daß man seine Theorie beinahe ein ¾ Jahrhundert gelehrt hatte, hatte sie nicht zur Wahrheit werden lassen. Jetzt müssen die Textbücher revidiert werden. Ich kann mich mit meiner Aussage in der Eiweißfrage auf zuverlässige Quellen stützen, aber im obigen Fall genügte ein einziger Test, um einen 70 Jahre alten Glauben zu zerstören. Jahrzehntelang haben Hals-Nasen-Ohren-Spezialisten routinemäßig im Ohrinnern einen Test auf dieser falschen Grundlage vorgenommen, der das Gleichgewicht eines Menschen bestimmen sollte. Die in diesem Buch vorgestellten Erkenntnisse werden die gegenwärtig verbreiteten Theorien über Aminosäuren und ihre Gewinnung veraltet erscheinen lassen. Die Zeit wird es beweisen.[4])

Sie werden sich erinnern, daß wir von der unendlichen Weisheit unseres Körpers gesprochen haben. Er weiß nur zu gut, wie er sich eine ausreichende Eiweißversorgung verschaffen kann. Wie könnte es auch anders sein. Unser Körper verfügt über einen bemerkenswerten Mechanismus, um etwas so Wichtiges wie die Eiweißversorgung sicherzustellen. Das ist der *Aminosäuren-Pool*. Durch die Verdauung der Nahrung und aus der Wiederaufbereitung (Recycling) des eiweißhaltigen, körperei-

4) Arthur C. Guyton: „Physiologie des Körpers“ (Physiology of the Body), Philadelphia: W. B. Saunders. 1981. T. C. Fry: „Das Gesundheits-System der Life Science“ (The Life Science Health System), Austin, Texas: College of Life Science, 1983. Victoras Kulvinskas: „Leben und Überleben, Kursbuch ins 21. Jahrhundert“.

genen Abfalls stehen dem Körper alle verschiedenen Aminosäuren zur Verfügung, die im Blut- und Lymphsystem zirkulieren. Wenn der Körper Aminosäuren braucht, kann er sie aus dem Blutstrom oder der Lymphflüssigkeit entnehmen. Dieser ständig zirkulierende, ständig verfügbare Vorrat an Aminosäuren ist als Aminosäuren-Pool bekannt. Dieser Pool ist wie eine Bank, die 24 Stunden geöffnet hat. Leber und Zellen lagern ständig Aminosäuren ab oder entnehmen sie, je nachdem, wie stark die Konzentration der Aminosäuren im Blut ist.

Ist die Konzentration hoch, absorbiert die Leber die Aminosäuren und lagert sie ein, bis sie gebraucht werden. Fällt der Aminosäurenspiegel im Blut ab, weil die Zellen Aminosäuren entzogen haben, gibt die Leber gespeicherte Aminosäuren an den Kreislauf zurück.

Auch die Zellen haben die Fähigkeit, Aminosäuren zu speichern. Fällt der Aminosäuregehalt des Blutes ab oder benötigt eine andere Zelle bestimmte Aminosäuren, können die Zellen ihre gespeicherte Aminosäure in die Zirkulation abgeben. Da die meisten Körperzellen mehr Eiweiß herstellen als nötig wäre, um das Leben in der Zelle zu erhalten, können die Zellen ihr Eiweiß wieder in Aminosäuren zurückverwandeln und sie im Aminosäurepool deponieren. Dieser Vorgang ist entscheidend für das Verständnis der Tatsache, daß vollständige Eiweißstoffe in der Ernährung nicht nötig sind.

Ich weiß, das klingt alles ein bißchen verwirrend, aber Sie können beruhigt sein, das ist das Äußerste an technischem Verständnis, was ich Ihnen in diesem Buch abfordern werde. Der Aminosäurepool existiert, und wenn Sie seine Wirkungsweise verstehen, werden Sie von dem lästigen Eiweißmythos erlöst sein.

Das Vorhandensein des Aminosäurepools ist keinesfalls eine Neuentdeckung. Einem Großteil des heutigen Wissens über Ernährung liegen veraltete Daten zugrunde, die nicht dem neuesten Stand angepaßt wurden. Neues Wissen hat die alte Theorie umgestoßen, die sich auf Forschungen der Jahre von

1929 bis 1950 aufbaute und derzufolge reine Aminosäuren verwendet wurden. Wir essen Nahrung, keine reinen Aminosäuren. Meine Studien und die Forschungen anderer, die seit 1950 betrieben wurden,[5)] haben gezeigt, daß es nicht notwendig ist, bei jeder Mahlzeit oder täglich vollwertige Eiweiße zu sich zu nehmen.

In einer Studie, die von E. S. Nasset durchgeführt wurde und in „World Review of Nutrition and Dietetics" detailliert besprochen wurde, heißt es, daß „der Körper alle Aminosäuren ersetzen kann, die in einer Mahlzeit fehlen, und zwar aus einem Pool von Reserven, sofern eine vielfältige Nahrungsauswahl gewährleistet ist".

Auch in Büchern über Physiologie von Arthur C. Guyton werden überzeugende Beweise für das Existieren eines Aminosäurepools vorgelegt. Seine Bücher gehören zu den physiologischen Standardwerken an den Hochschulen der USA. Schon 1964 erwähnte er in seinem Werk „Physiology of the Body" den Aminosäurepool und die Fähigkeit des Körpers, eiweißhaltige Abfallstoffe der Wiederverwertung zuzuführen.

T. C. Fry, Dekan der Amerikanischen Akademie für Gesundheitswissenschaft, ist eine weitere Autorität auf diesem Gebiet. In seinem Kurs des Gesundheits- und Lebenswissenschafts-Systems lehrt er die Theorie des Aminosäurepools. Diese Erkenntnisse bestehen seit 20 Jahren und kommen jetzt ans Licht. Der Hauptgrund, warum sie angezweifelt werden, liegt darin, daß sie nicht mit der traditionellen Lehrmeinung übereinstimmen. Es scheint das Schicksal neuer Erkenntnisse zu sein, erst einmal zurückgewiesen zu werden, ehe sie dann schließlich doch akzeptiert werden. Es werden immer wieder neue Einsichten aus dem riesigen Bereich des Wissens zu uns durchdringen, was ich das „große Unbekannte" nenne. Kriti-

5) Paul Bianchi und Russel Hilf: „Eiweißstoffwechsel und biologische Funktion" (Protein Metabolism and Biological Function). New Brunswick, New Jersey, Rutgers University Press, 1970. Henry Brown, M. D.: „Eiweißernährung" (Protein Nutrition), Springfield, Illinois: Charles C. Thomas Publishers, 1974. H. N. Munro et al.: „Eiweißstoffwechsel der Säugetiere" (Mammalian Protein Metabolism), New York: Academie Press, 1970.

sche Prüfung ist richtig, zu verdammen ohne geprüft zu haben ist Dummheit. Zusätzlich zu wissenschaftlicher Bestätigung können die in diesem Buch gegebenen Informationen einfach dadurch bestätigt werden, daß sie in die Praxis umgesetzt werden. Menschen, die sich über längere Zeiträume oder sogar ihr Leben lang auf diese Weise ernähren, kennen kein Eiweißproblem. Verglichen mit der Bevölkerung westlicher Länder essen die Hunzas, Vilcabambanen, Asiaten und eine halbe Milliarde Hindus sehr wenig eiweißhaltige Nahrung und haben doch keinen Eiweißmangel und, es überrascht nicht, auch keine Gewichtsprobleme!

Es gibt acht Aminosäuren, die der Körper von außerhalb aufnehmen muß, und obwohl alle Früchte und Gemüse die meisten dieser acht Aminosäuren enthalten, gibt es viele Früchte und Gemüse, die *alle* Aminosäuren enthalten, die der Körper nicht produziert. Es sind Karotten, Bananen, Rosenkohl, Kohl, Blumenkohl, Mais, Gurken, Auberginen, Grünkohl, Erbsen, Kartoffeln, Squash (Kürbis), Süß-Kartoffeln und Tomaten. Ebenso enthalten alle Nüsse, Sonnenblumen- und Sesamkerne, Erdnüsse und Bohnen alle acht Aminosäuren.

Es wird Sie interessieren zu erfahren, daß der verwendbare Aminosäuregehalt der Pflanzen weit höher ist als der der Fleischnahrung. Ich weiß, es hört sich an, als ob ich versuchen wollte, aus Ihnen allen Vegetarier zu machen. Das ist zwar nicht meine Absicht, aber ich gehe doch einig mit Albert Einstein, der sagt: „Meiner Ansicht nach würde die vegetarische Art zu leben schon allein durch ihre physische Wirkung auf das menschliche Temperament die ganze Menschheit auf das wohltuendste beeinflussen.“ Sie werden es schon erraten haben, ich bin Vegetarier. Ich habe schon vor langer Zeit gelernt, daß es viel leichter ist, von Pflanzen zu stiebitzen. Ich will den Vegetarismus jedoch keinem aufzwingen, der nicht von sich aus daran interessiert ist. Man kann durchaus etwas Fleisch essen und dabei gesund bleiben. Ich kenne einige Vegetarier, die der Meinung sind, sie könnten alles essen, was sie wollten, wenn es nur kein Fleisch ist. Als Folge dieser Ernährungsweise sind sie viel ungesünder als so mancher mir bekannte Fleischesser, der seinen Fleischverzehr in vernünftigen Grenzen hält.

Die Frage, auf die es ankommt ist: Sollen Menschen Fleisch essen, sind sie dafür geschaffen? Nun, alle verfügbaren Beweise deuten darauf hin, daß keine berechtigten Gründe, weder ernährungsmäßig, physiologisch oder psychologisch, für den Fleischverzehr der Menschen vorliegen. Uff! Falls dieser Satz Sie zu Boden geworfen hat, stehen Sie bitte wieder auf, ich werde es Ihnen erklären.

Sehen wir uns Fleisch zuerst vom Standpunkt der Ernährung her an. Wie wir schon früher erklärt haben, ist das Wichtigste an der Nahrung mit Sicherheit ihr Brennwert, und zwar in bezug auf die für den Körper daraus zu gewinnende Energie. Fleischnahrung hat keinen Brennwert und versorgt den Körper daher auch nicht mit Energie. Brennstoff wird aus Kohlehydraten aufgebaut. Fleisch besitzt so gut wie keine Kohlehydrate, in anderen Worten **keinen Brennwert**. Fette versorgen den Körper zwar mit Energie, aber sie benötigen einen längeren und weniger wirkungsvollen Verdauungsvorgang. Außerdem können Fette erst dann in Brennstoff umgewandelt werden, **wenn die Kohlehydratreserven des Körpers aufgezehrt sind.** Es ist wichtig zu verstehen, daß Fett im Körper ganz und gar nicht aus dem verzehrten Nahrungsfett gewonnen wird. Es sind die im Überfluß verzehrten Kohlenhydrate, die vom Körper in Fett umgewandelt und gespeichert werden. Auf diese Weise kann der Körper Fett speichern und verwenden, auch wenn in der Nahrung keine große Menge an Fett vorhanden ist. Die Fettdepots sollten als eine Art Kohlenhydratebank angesehen werden, in der nach Bedarf deponiert und entnommen werden kann. So ist *verwendbares* Fett letztlich davon abhängig, wieviel Kohlenhydrate man zu sich nimmt.

Außerdem ist der Gehalt an Faserstoffen (Ballaststoffe) zu bedenken, deren Bedeutung in der Ernährung in allen Bereichen der Gesundheitslehre hervorgehoben wird. Faserstoffe dienen unter anderem dazu, Verstopfung und Hämorrhoiden zu vermeiden. Fleisch hat so gut wie keinen Faserstoffgehalt.

Wie steht es nun mit dem Vorhandensein der Aminosäuren in der Fleischnahrung? Eine Aminosäurenkette kann eine beliebige Anzahl – im Bereich von 51 bis 200 000 – Aminosäuren enthalten. Bei der Verdauung von Fleischeiweiß muß die Kette abgebaut und in für den menschlichen Körper verwendbares Eiweiß wieder zusammengefügt werden. Aminosäuren sind ziemlich empfindlich. Durch Hitze beim Kochen werden viele Aminosäuren zerstört oder sie gerinnen, so daß sie der Körper gar nicht mehr verwenden kann.[6])

Die nicht verwendbaren Aminosäuren werden giftig, tragen zur Gewichtszunahme bei, belasten den Körper bei seiner Arbeit und kosten Energie. Um eine mögliche Nutzung der Aminosäuren zu gewährleisten, müßte das Fleisch roh genossen werden, so wie bei den fleisch- und allesfressenden Tieren. Wenn man von der jüngsten „Sushi"-Begeisterung absieht, die eine Menge Nachteile mit sich bringt, essen die Leute kaum ihr Fleisch roh.

Japanisches „Sushi" ist immer schlecht zusammengestellt – Fleisch und Reis, Eiweiß und Stärke – und roher Fisch wird oft für die Zunahme von Würmern in den menschlichen Därmen verantwortlich gemacht.

Dazu kommt, daß roher Fisch geradezu ein Lagerhaus für industrielle Wasserverschmutzung ist. Fleisch besitzt außerdem einen hohen Anteil an gesättigten Fettsäuren! Nicht gerade günstig für Energiegewinn – sondern im Gegenteil, günstig für Herzanfälle! So hat Fleisch – trotz aller gegenteiligen Propaganda – wenig, wenn überhaupt etwas für die Ernährung zu bieten.

Was hat der Fleischverzehr nun in physiologischer Hinsicht zu bieten? Die Zähne eines fleischfressenden Tieres sind lang,

6) A. Okitani, et al.: „Hitzeinduzierte Veränderungen von freien Aminosäuren in fabrikmäßig erhitzten Tomatenpulpen und -säften" (Heat Induced Changes in Free Amino Acids on Manufatured Heat Pulp and Pastes from Tomatoes). The Journal of Food Science 48 (1983) 1366–1367. E. J. Bigwood, „Protein- und Aminosäurefunktionen" (Protein und Amino Acid Functions). New York: Pergamon Press, 1972. C. E. Bodwell, Ph. D.: „Proteine für Menschen" (Evaluation of Protein for Humans). Westport, Connecticut: The Air Publishing Company, 1977. T. C. Fry: „Proteine in der Diät" (Lesson No. 8, Proteins in the Diet). In The Life Science Health System. Austin, Texas: Life Science, 1983.

scharf und spitz, und zwar alle! Unsere Backenzähne haben die Aufgabe zu zerquetschen und zu zermahlen. Die Kiefer eines Fleischfressers bewegen sich nur aufwärts und abwärts, zum Reißen und Beißen. Unsere Kiefer bewegen sich seitwärts, um zu mahlen. Der Speichel eines Fleischfressers ist säurehaltig und für die Verdauung tierischen Eiweißes eingerichtet, er enthält kein Ptyalin, ein Wirkstoff für die Stärkeverdauung. Unser Speichel ist alkalisch und enthält Ptyalin für die Verdauung der Stärke. Der Magen eines Fleischfressers ist ein einfacher runder Sack, der zehnmal soviel Salzsäure absondert wie der Magen eines Nichtfleischfressers. Unser Magen hat eine längliche Form, eine komplizierte Struktur und ist in einer Windung mit dem Zwölffingerdarm verbunden. Die Därme eines Fleischfressers sind dreimal so lang wie sein Körper, um eine rasche Ausscheidung schnell faulender Nahrung zu gewährleisten. Unsere Därme sind zwölfmal so lang wie unser Körper, um Nahrung lange zu behalten, damit alle Nährstoffe aufgenommen werden können. Die Leber eines Fleischfressers kann zehn- bis 15mal mehr Harnsäure ausfiltern als die Leber eines Nichtfleischfressers. Unsere Leber kann nur eine kleine Menge Harnsäure ausfiltern. Harnsäure ist ein äußerst gefährliches Gift, das eine Menge Unheil in unserem Körper anrichten kann. Jeder Fleischverzehr hinterläßt große Mengen Harnsäure in unserem Organismus. Der menschliche Organismus verfügt jedoch nicht über das Enzym Uricase, wie es die Fleisch- und Allesfresser haben, um Harnsäure abbauen zu können. Ein Fleischfresser kann keinen Schweiß durch die Haut absondern, er hat keine Hautporen. Wir können schwitzen, wir haben Poren. Der Urin eines Fleischfressers ist sauer. Unser Urin ist alkalisch. Die Zunge eines Fleischfressers ist rauh, unsere Zunge ist glatt. Unsere Hände haben die perfekte Form, um Obst vom Baum pflücken zu können, sie sind nicht dafür geschaffen, Därme aus dem Kadaver eines toten Tieres zu reißen, wie es die Klauen eines Fleischfressers können.
Menschen besitzen nicht eine einzige anatomische Voraussetzung, die darauf hinweist, daß es zum Reißen, Aufschlitzen und Zerreißen von Fleisch für den Verzehr geschaffen ist.

Schließlich wäre noch zu sagen, daß wir Menschen nicht einmal psychologisch für das Essen von Fleisch geeignet sind. Stellen

Sie sich vor, Sie wandern durch einen grünen Park, Sie füllen Ihre Lungen mit frischer Luft und hören den Vögeln beim Singen zu. Vielleicht hatte es kurz vorher geregnet, und alles ist frisch und sauber. Die Sonne scheint durch die Bäume, die Tropfen auf Blumen und Gras glitzern in ihrem Licht. In diesem Augenblick huscht ein Eichhörnchen über den Weg. Was war beim Anblick des Eichhörnchens Ihr **erster instinktiver Impuls**, ehe Sie überhaupt Zeit hatten, einen Gedanken zu fassen? Sich darüber zu werfen, es mit den Zähnen zu packen, es aufzureißen und zu verschlucken, Blut und Därme, sozusagen alles mit Haut und Haar? Sich dann mit Genuß die Lippen zu lecken, Ihrem Schicksal zu danken, daß es Sie gerade jetzt diesen Weg geführt hatte, der Ihnen diesen Leckerbissen bescherte? *Oder* würden Sie beim Anblick des pelzigen, kleinen Geschöpfes spontan gesagt haben: „Oh, hast du dieses süße kleine Eichhörnchen gesehen?“ Ich möchte wissen, um wieviel mehr Vegetarier es geben würde, wenn jeder, der ein Steak essen wollte, hinausgehen müßte, ein wehrloses Rind erschlagen, es aufschneiden, durch das Blut und die Därme wandern müßte, um sich schließlich das gewünschte Stück Fleisch holen zu können.

Kinder sind die richtigen Testpersonen. Setzen Sie ein kleines Kind zusammen mit einem Kaninchen und einem Apfel in einen Laufstall. Wenn das Kind das Kaninchen ißt und mit dem Apfel spielt, kaufe ich Ihnen ein neues Auto.

Also, *warum essen die Leute Fleisch?* Dafür gibt es zwei sehr einfache Gründe. Erstens: Gewohnheit und Beeinflussung. Wenn Hunderte von Milliarden Dollar regelmäßig dafür ausgegeben werden würden, um die Leute davon zu überzeugen, daß sie sich nicht mehr an den Zehen stoßen könnten, wenn sie sich ihre Füße abhacken würden, gäbe es sicher einige, die den Wert dieser Maßnahme erkennen würden. Zweitens: Einige Leute essen nun mal gerne Fleisch. Und damit hat es sich. Solange die Menschen nicht glauben, daß sie das Fleisch für ihre Gesundheit essen, mag das noch angehen, denn die einzige Wirkung, die Fleisch auf die Gesundheit hat, ist nämlich die, daß es sie beeinträchtigt. Die Verdauung von Fleisch erfordert riesige Mengen an Energie und erschwert die Aufgabe, das Gewicht zu halten bzw. zu reduzieren.

Wenn Sie wirklich weiterhin Fleisch essen wollen, möchte ich Ihnen drei einfache Hinweise geben, um die negativen Auswirkungen auf ein Minimum zu reduzieren:

1. Suchen Sie nach einer guten Bezugsquelle. Einige der Chemikalien, die dem Schlachtvieh gegeben werden, sind gefährlich. Es kann sich dabei um Penicillin, Tetracylin, mit Cäsium 137 verseuchten Klärschlamm, radioaktiven Abfall, Stoffe, die den Fettansatz begünstigen, eine Menge anderer Chemikalien sowie Antibiotika, um Tiere für den Verkauf „aufzuwerten", handeln. Ganz zu schweigen von der chemischen Behandlung, der das Fleisch teilweise unterzogen wird, indem man es in schwefelsaures Natron taucht, um den Verwesungsgestank zu mildern und ihm statt der grauen Farbe toten Fleisches eine rote Farbe zu verleihen. Sogar Zementstaub ist schon verfüttert worden! Jawohl, Sie haben richtig gelesen. 1981 berichtete „Nutrition Health", daß einige Viehzüchter aus dem Mittleren Westen ihre Rinder zentnerweise mit Zementstaub gefüttert hätten, um das Verkaufsgewicht zu erhöhen. Eine Gruppe von Verbrauchern, die von diesen Manipulationen erfuhren, beschwerte sich bei der zuständigen Behörde FDA (Food and Drug Administration – US-Lebensmittelbehörde), damit etwas dagegen unternommen würde. Nach erfolgter Untersuchung erhielten sie von der Behörde die Antwort, daß, nachdem sich nicht gezeigt habe, daß durch die Einnahme von Zementstaub Schaden für die Verbraucher entstünde, diese Praxis weiterhin ausgeübt werden könne, bis bewiesen sei, daß sie schädlich wäre. Können Sie sich vorstellen, Gewicht zu verlieren, wenn Sie Zementstaub essen? Mir gefällt das nicht. Es gibt Zuchtbetriebe, die für die *natürliche Aufzucht* ihrer Rinder und Hühner ohne irgendwelche chemischen Zusätze garantieren. Suchen Sie nach diesen Bezugsquellen. Wenn Ihr Metzger diese Produkte nicht führt, fragen Sie danach.

2. Essen Sie *nur einmal am Tag Fleisch*. Wenn Fleisch öfter als einmal täglich gegessen wird, verhindert der für die Verdauung nötige, enorme Energieverbrauch, daß für andere wich-

tige Körperfunktionen, wie die Ausscheidung, genügend Energie zur Verfügung steht. In Übereinstimmung mit der Energieleiter auf Seite 182 sollte die Fleischmahlzeit spät am Tag eingenommen werden. Einige Tage sollten absolut fleischfrei sein. Machen Sie sich keine Sorgen, Sie werden am nächsten Tag bestimmt wieder aufwachen, wahrscheinlich sogar in besserer Verfassung als am vorhergehenden Tag.

3. *Stellen Sie die Nahrung richtig zusammen.* Es wird vorkommen, daß Sie Nahrung zu sich nehmen, die nicht richtig zusammengestellt wurde. Lassen Sie das nicht zu, wenn es sich um eine Fleischmahlzeit handelt. Schon eine richtig zusammengestellte Fleischmahlzeit bedeutet für den Körper eine genügend große Belastung, machen Sie es ihm nicht noch schwerer.

Die aktiven Sportler unter Ihnen werden einwenden: „Aber ich brauche mehr Eiweiß, ich treibe Sport." Der folgende interessante Kommentar erschien 1978 in einer Ausgabe des „Journal of the American Medical Association". In der Nahrungsmittel- und Ernährungsabteilung der „Association" hieß es: „Aktiv Sporttreibende mit einer ausgewogenen Ernährung haben es nicht nötig, zusätzliches Eiweiß zum Aufbau ihrer Muskulatur einzunehmen. Sportler benötigen dieselbe Menge Eiweißnahrung wie Nichtsportler. Durch Eiweiß wird die Kraft nicht erhöht. Tatsächlich erfordert der Überschuß an Eiweiß nicht selten mehr Energie für die Verdauung und den Stoffwechsel. Außerdem kann der Eiweißüberschuß beim Sportler zur Entwässerung, Appetitverlust und Durchfall führen."[7])

Wenn Sie mit verstärkter körperlicher Aktivität rechnen, ist es lediglich erforderlich, die Aufnahme von Kohlenhydraten zu erhöhen, um über den nötigen Brennstoff verfügen zu können. Eiweiß hat auf die Wirksamkeit des Brennstoffs einen verheerenden Einluß, es unterstützt die Muskeltätigkeit weder direkt

7) Cyborski, Cathy Kapica: „Proteine und Body Building Programme" (Protein Supplements and Body Building Programms). Journal of the American Medical Association. 240 (1978) S. 481.

noch wirkungsvoll. Eiweiß produziert keine Energie, *es verbraucht sie!* Ein Löwe, der ausschließlich Fleisch frißt, schläft 20 Stunden am Tag. Ein Orang Utan, der sich ausschließlich von Pflanzenkost ernährt, schläft sechs Stunden. Das ,,Journal of the American Medical Association" berichtet 1961, daß „eine vegetarische Ernährung 90–97 % der Herzerkrankungen verhindern könne".[8])

Als letztes Thema wäre noch Vitamin B 12 zu erwähnen. Es wird angenommen, daß Sie einen Vitamin-B-12-Mangel entwickeln, wenn Sie kein Fleisch essen! Unsinn! Woher bekommen die Tiere, dessen Fleisch wir essen, ihr Vitamin B 12? Vitamin B 12 findet sich in kleinen Mengen in Pflanzen. In der Hauptsache wird das benötigte Vitamin B 12 *im Körper selbst produziert.* Der Magen sondert eine Substanz ab, die „intrinsic factor" genannt wird, welcher das von der Bakterienflora im Darm erzeugte Vitamin B 12 in die Eingeweide transportiert. Das Vitamin B 12-Thema ist ein wesentlicher Bestandteil des Eiweißmythos. **Woher bekommen die Rinder, die uns mit Fleisch und Milch versorgen, ihr Vitamin B 12 ?** Angenommen, wir würden ohne Fleisch oder Milchprodukte zugrunde gehen. Selbst wenn wir uns nur auf unseren gesunden Menschenverstand verlassen müßten, könnten wir diese Ansicht vergessen. Es gibt jedoch eine ganze Reihe von Quellen, von denen einige unten aufgeführt sind.[9])

8) „Diät und Streß in Gefäß-Krankheiten" (Diet and Streß in Vascular Disease). Journal of the American Medical Association. 176 (1961) S. 134.

9) T. C. Fry: „Warum sollten wir kein Fleisch essen? (Why We Should Not Eat Meat). In The Life Science Health System. Austin, Texas: Life Science, 1984. Paavo Airola: „Fleisch wegen Vitamin B 12?" (Meat for B 12?). Nutrition Health Review. Summer 1983, S. 13, Robin A. Hur: „Nahrungsmittel-Refom – Wichtige Notwendigkeit" (Food Reform – Our Desperate Need). Herr – Heidelberg, 1975. Victoras Kulvinskas: „Leben und Überleben, Kursbuch ins 21. Jahrhundert". R. P. Spencer: „Der Verdauungstrakt" (The Intestinal Tract). Springfield, Illinois: Charles Thomas, Publ. 1960. D. K. Benerjee and J. B. Chatterjea: „Vitamin-B-12-Gehalt der indischen Küche und die Wirkung des Kochens" (Vitamin B 12 Content of Some Articles of Indian Diet and Effect of Cooking on It). British Journal of Nutrition 94 (1968) S. 289.

Unser tatsächlicher Bedarf an Vitamin B 12 ist so winzig, daß er in Microgramm (Millionstel eines Gramms) oder Nanogramm (Milliardstel eines Gramms) gemessen wird. Ein Milligramm (Tausendstel Gramm) Vitamin B 12 reicht 2 Jahre. Ein gesunder Mensch besitzt in der Regel einen Vorrat für 5 Jahre. Aber hier sitzt der Haken: Fäulnis behindert die Sekretion des „intrinsic factors" im Magen und verzögert somit die Produktion von Vitamin B 12. Infolgedessen entwickeln Fleischesser eher einen Mangel an Vitamin B 12 als Vegetarier. Diese Tatsache ist seit einiger Zeit bekannt und wurde in einem Bericht unter dem Titel „Vitamine des B-Komplexes" (Vitamins of the B-Complex) 1959 im United States Department of Agriculture Yearbook diskutiert. In der Werbung wird jedoch genau das Gegenteil behauptet!

Sie fragen sich, ob Eier als Eiweißquelle einen höheren Stellenwert besitzen als Fleischprodukte. Tatsächlich sollten wir gar nicht nach Eiweiß hoher Qualität suchen. Es sind die hochqualitativen Aminosäuren, die wir brauchen, um das von uns benötigte Eiweiß herzustellen. Wenn wir Eier nicht roh essen, gerinnen die Aminosäuren durch die Hitze und gehen dadurch verloren. Aber selbst wenn wir Eier roh essen würden, müssen wir bedenken, daß die Eier von Hühnern gelegt werden, die oftmals mit giftigen chemischen Stoffen wie z. B. Arsen gefüttert werden, um Parasiten abzutöten und die Eierproduktion anzuregen. Es kann nicht ausgeschlossen werden, daß Sie etwas von diesen gefährlichen Giften aufnehmen. Außerdem enthalten Eier sehr viel Schwefel, der wiederum die Leber und die Nieren belastet. Der menschliche Körper braucht zu seinem Überleben keine Eier.

Die „International Society for Research on Nutrition and Vital Statistics", deren Mitglieder aus 400 Doktoren der Medizien, Biochemie, Ernährungswissenschaft und Naturheilkunde zusammengesetzt sind, versetzte dem Glauben an einen riesigen Eiweißbedarf einen heftigen Schlag. Während eines 1980 stattfindenden Seminars in Los Angeles stieß ich auf ihren Bericht, der aussagt, daß unsere klassischen Tabellen über den Eiweißbedarf einer Überholung bedürfen. Fleisch, Fisch und

Eier können als Ergänzung zu den Grundnahrungsmitteln verzehrt werden, es ist jedoch nicht notwendig, täglich davon zu essen.[10]) Können Sie sich vorstellen, wie überzeugend die Beweise gewesen sein mußten, um diese Gruppe von Wissenschaftlern zu dieser Aussage zu veranlassen.

Dr. Carl Lumholtz, ein norwegischer Wissenschaftler, führte ausgedehnte Studien über Anthropophagie (Kannibalismus) durch. Er berichtete, daß gewissen Eingeborenen-Stämme in Australien sich weigerten, das Fleisch von Kaukasiern zu essen, weil es salzig war und Übelkeit verursachte. Asiaten jedoch und andere Eingeborenen-Stämme wurden als gute Kost angesehen, weil ihre Nahrung überwiegend vegetabil war.[11])

Um Ihr Leben zu erhalten und Ihrem Leben Leben hinzuzugeben, können Sie nichts Besseres tun, als überwiegend lebendige Natur zu essen. Nebenbei bemerkt kommt das Wort „vegetarisch" von „vegetus" und das heißt **voll des Lebens**!

Nachdem wir nun das Thema Eiweiß und seinen Einfluß auf Gewichtsverlust und Energiegewinn behandelt haben, kommen wir zum nächsten ebenso wichtigen Faktor in diesem Bereich, nämlich . . .

10) Diese Organisation wird jetzt „the International Society for Reserach on Civilization and Environment" genannt. Die Adresse ist: 61 Rue E. Bouillot, BTE 11, B – 1060 Brussels, Belgium.
11) George M. Gould, M. D. und Walter L. Pyle, M. D.: „Anomalitäten und Kuriositäten der Medizin" (Anomalies and Curiosities of Medicine). New York: The Julien Press, 1956, S. 407. Original Copyright 1896.

Kapitel 10

Milch und Milchprodukte

Milch und Milchprodukte zu verzehren ist ebenso umstritten wie der Fleischverzehr. Nach 15jähriger Forschung bin ich zu der Auffassung gekommen, daß nichts – außer den Fleischprodukten – eine erfolgreiche, *gesunde Gewichtsreduzierung* schneller verhindert als der Verzehr von Milch und Milchprodukten. Es ist mir klar, daß ich auch hier gegen eingefahrene Überzeugungen zu Felde ziehe. Ich weiß, wie schwer es für einige Leute sein wird, mir zuzustimmen. Ich kann es förmlich hören, wie sie sagen: „Wenn Sie damit auch ‚Eiscreme' meinen, so können Sie das vergessen, mein Lieber!" Vielleicht haben Sie sogar einmal eine Diät durchgeführt, die nur aus Fleisch und Milchprodukten bestand und dabei Gewicht verloren. Ich auch! Ich habe einmal einen Monat lang nichts anderes als Eier, Fleisch und Käse gegessen und dabei 25 Pfund abgenommen. Aber . . . ich fühlte mich dabei miserabel und bereits einen Monat später, nachdem ich zu meinen normalen Eßgewohnheiten zurückgekehrt war, hatte ich die 25 Pfund wieder. Ich hatte abgenommen, weil der Körper immer Gewicht verliert, wenn eine oder zwei Nahrungsgruppen aus der Ernährung weggelassen werden. Ganz einfach deshalb, weil der Körper weniger zu tun hat. Mein Wohlbefinden war jedoch gestört, ich fühlte mich über alle Maßen gelangweilt, und mein Atem roch schrecklich, denn die Nahrung, die ich zu mir nahm, hatte so gut wie keinen Wassergehalt. Natürlich hatte ich keine Lust, den Rest meines Lebens mit einer Ernährung dieser Art zu verbringen.

In den USA werden mehr Milchprodukte verzehrt, als im Rest der Welt zusammengenommen. In einer Umfrage vom September 1982 ergab sich, daß Milchprodukte gegenüber anderen wichtigen Nahrungsmitteln im Verbrauch an höchster Stelle liegen. Nur 6 % der Amerikaner sagen, daß sie keine Milchprodukte zu sich nehmen.

Wenn Milchprodukte tatsächlich derart wertvolle Nahrungsmittel sind und in den Vereinigten Staaten mehr davon verzehrt wird als vom Rest der Welt, sollte man eigentlich annehmen können, daß sich die Gesundheit der Amerikaner auf dem höchsten Stand befindet. Tatsächlich aber steht der amerikanische Arbeiter an der Weltspitze der degenerativen Erkrankungen, wie aus einem Bericht von Richard O. Keeler in der „Los Angeles Times“ vom April 1981 hervorgeht.

Ebenso wie bei Eiweiß gibt es auch bei Milchprodukten eine Fülle von Veröffentlichungen, die den Verzehr mit Herzerkrankungen, Krebs, Arthritis, Migräne, Allergien, Ohrinfektionen, Erkältungen, Heuschnupfen, Asthma, Erkrankungen der Atemwege und einer Vielzahl anderer Probleme in Zusammenhang bringen, wie die Arbeiten von Hannah Allen, Alec Burton, Viktoras Kulvinskas, F. M. Pottenger, Herbert M. Shelton und N. W. Walker und vieler anderer aussagen. Für unsere Zwecke hier werden wir die Milchprodukte nur im Zusammenhang mit ihrer Wirkung auf die Gewichtsreduzierung und Energiegewinnung besprechen.
Eines müssen Sie wissen: Milch ist das politischste Nahrungsmittel in Amerika und in Europa. Der „Los Angeles Times“ zufolge, wird die Milch- und Käseindustrie in Amerika mit einem Betrag von fast drei Milliarden Dollar jährlich subventioniert, d. h., daß der Steuerzahler die Rechnung bezahlt. Das sind 342 000 Dollar stündlich, die bezahlt werden, um Milchprodukte im Wert von Hunderten von Millionen Dollar zu kaufen, die zum großen Teil nie gegessen werden. Sie werden eingelagert, und ein Teil davon ist bereits total verdorben. Allein die Rechnung für den eingelagerten Überfluß, der nie Verwendung finden wird, beläuft sich in USA auf 47 Mill. Dollar jährlich. Die Nachfrage ist in beachtlichem Maße zurückgegangen, nachdem mehr und mehr offenkundig wird, daß Milchprodukte doch nicht die perfekten Nahrungsmittel sind, wie die Werbung uns weismachen wollte.

Anmerkung: Die Milcherzeugung in der BRD lag 1985 bei 25 674 000 Tonnen. Das entspricht einem Pro-Kopf-Verbrauch von 88,1 kg. Die Kosten für die Milchmarktordnung der EG lagen 1985 bei 14,85 Milliarden DM = 33 % der gesamten EG-Agrarmarktordnungszahlen. Der Butterbestand (Butterberg) betrug 1985 für die EG 1 120 000 Tonnen.

Die Produktion hält jedoch an. Sie können sicher sein, daß ein großer Teil der Propaganda für Milchprodukte wirtschaftlich motiviert ist. Im März 1984 berichtete die ,,Los Angeles Times" von einem Beschluß des Landwirtschaftsministeriums, wonach 140 Millionen Dollar für eine Werbekampagne aufgewendet werden sollen, um ,,das Trinken von Milch zu fördern und damit zu helfen, den Milliarden-Überschuß abzubauen". Obwohl der tatsächliche Grund für die Werbekampagne die Reduzierung des Überschusses ist, versucht man, Sie durch die Anzeigen zu überzeugen, Milch wegen ihres sogenannten gesundheitlichen Wertes zu kaufen.

Es ist völlig nutzlos, das Für und Wider hinsichtlich des Verzehrs von Milchprodukten zu diskutieren, verlassen Sie sich statt dessen wieder auf Ihren gesunden Menschenverstand, um die richtige Entscheidung zu treffen.

Kommen wir zur Sache. Ich werde Ihnen eine Frage stellen, für deren Beantwortung Sie nur Ihren gesunden Menschenverstand gebrauchen sollen. Kühe trinken keine Kuhmilch, weshalb sollen dann die Menschen sie trinken?

Warum in aller Welt sollen Menschen die Milch der Kühe trinken? Wenn man einer ausgewachsenen Kuh Milch anbieten würde, würde sie daran lediglich schnuppern und sagen: ,,Nein danke, ich nehme lieber Gras." Denken Sie darüber nach. Könnte unser Schöpfer die Dinge möglicherweise so eingerichtet haben, daß die Menschen die einzigen Geschöpfe auf dieser Erde sind, die Kuhmilch trinken? Vielleicht denken Sie bei sich, ,,wovon redet er denn, Kälber trinken doch Kuhmilch!" *Richtig!* Die Kuhmilch wurde für einen einzigen Zweck und nur für diesen geschaffen, nämlich für *die Fütterung der arteigenen Nachkommen*. Wenn Tiere einmal entwöhnt sind, wollen sie keine Milch mehr trinken. Ausgenommen natürlich Haustiere, die ihren natürlichen Instinkten nicht mehr folgen können. In der Anfangsphase ihres Lebens trinken alle Säugetiere die Milch ihrer Mütter, dann werden sie entwöhnt und für den Rest ihres Lebens mit anderer Nahrung versorgt. Die Natur schreibt vor, daß wir in einem frühen Stadium unseres Lebens entwöhnt werden sollen. Die Menschen aber wollen uns lehren, daß nach dem Stillen durch die Mutter, die Kuh uns weiter versorgen soll. Heißt das mit anderen Worten, daß es ein Geschöpf dieser Gattung auf der Erde gibt, das nie, niemals entwöhnt werden soll von der Milch, nämlich der Mensch? Warum? Natürlich ist es schwierig, das Thema objektiv zu betrachten, es gibt zu viele Widersprüche. Aber ist Ihr Sinn für Logik und Ihr gesunder Menschenverstand nicht ein wenig verstimmt bei dem Gedanken, daß ausgerechnet die Menschen nie entwöhnt werden sollten?

Haben Sie jemals ein Zebra bei einer Giraffe trinken sehen? Nein? Haben Sie jemals einen Hund bei einem Pferde trinken sehen? Nein? Gut, haben Sie dann jemals einen Menschen bei einer Kuh trinken sehen? Alle drei Beispiele sind gleichermaßen lächerlich. Und doch haben Sie Menschen gesehen, die von Kühen trinken, jeder, der Milch trinkt oder andere Milchprodukte verzehrt, tut es. Nur weil jemand die Kuh melkt und die Milch dem Verbraucher in einem sauberen Glas anbietet, hat sich an der Tatsache, daß von der Kuh getrunken wird, nichts geändert. Natürlich ist nichts besonderes daran, jemanden ein Glas Milch trinken zu sehen. Was würden Sie aber sagen, wenn Sie bei einer Fahrt über's Land auf einer Weide einen gut gekleideten Mann oder eine gut angezogene Frau sehen würden, die sich hinknieten, um an dem Euter einer Kuh zu saugen? Würden Sie durch den Mist stapfen, auf eine Kuh zugehen und die Milch direkt von ihrem Euter trinken? Nein? Aber Sie lassen zu, daß ein anderer die Milch für Sie melkt und Sie Ihnen in einem Glas bringt, ja? Natürlich versuche ich jetzt witzig zu sein. Aber es ist nur deshalb komisch, weil die Menschen mit ihrem Sinn für Logik und ihrem gesunden Menschenverstand nicht daran denken würden, Milch direkt von der Kuh zu trinken.

In einem Punkt gibt es keinen Zweifel. Die Kuhmilch hat eine andere chemische Zusammensetzung als die menschliche Milch. Wenn Ihr Körper sprechen könnte, würde er, nachdem er ein Glas Milch erhalten hat, fragen: „Was habe ich denn mit einer Kuh zu tun?“

Die für den Abbau und die Verdauung der Milch notwendigen Enzyme sind Rennin und Lactase. Bei den meisten Menschen sind sie vom dritten Lebensjahr an nicht mehr vorhanden. In allen Milcharten gibt es einen Bestandteil, der Kasein genannt wird. Die Kuhmilch enthält dreihundertmal mehr Kasein als die menschliche Milch. Kasein wird für die Entwicklung großer Knochen gebraucht. Kasein gerinnt im Magen und bildet große, zähe, kompakte, schwerverdauliche, quarkartige Brokken, die dem Vier-Magen-Verdauungssystem einer Kuh angepaßt sind. Befindet sich diese dicke Masse einmal innerhalb des menschlichen Verdauungssystems, hat der Körper große Mühe, sich ihrer wieder zu entledigen. Mit anderen Worten, ein beträchtlicher Aufwand an Energie ist erforderlich, um damit fertig zu werden. Unglücklicherweise verhärtet ein Teil dieser Masse, verklebt die Auskleidung der Darmwände und verhindert so die Aufnahme der Nährstoffe durch den Körper. Ergebnis: Darmträgheit. Zusätzlich hinterlassen die Nebenprodukte der Milchverdauung eine Menge giftigen Schleims im Körper, der sehr säurehaltig ist und teilweise im Körper gespeichert werden muß, bis er zu einem späteren Zeitpunkt aufgearbeitet werden kann. Wenn Sie das nächste Mal in Ihrer Wohnung Staub wischen, rate ich Ihnen, vorher alles mit einer Paste zu beschmieren. Sie können dann sehen, wie leicht das Abstauben geht. Milchprodukte haben die gleiche Wirkung auf Ihr Körperinneres. Sie verursachen Gewichtszunahme anstelle von Gewichtsreduzierung. Nebenbei bemerkt ist Kasein der Ausgangsstoff für einen idealen Klebstoff, der bei der Holzverarbeitung verwendet wird.

Dr. Norman Walker, der 116 Jahre alt gewordene Gesundheitsspezialist, von dem wir schon in einem früheren Kapitel sprachen, hat sich mit diesem Thema über ein halbes Jahrhundert lang befaßt und kann als Experte auf dem Gebiet des Drüsensystems angesehen werden. Seiner Auffassung nach verursacht Kasein Schilddrüsenprobleme. Dazu kommt die Tatsache, daß Milchprodukte durch ihre Verarbeitung weit von ihrem natürlichen Zustand entfernt sind, immer Spuren von Penicillin und Antibiotika enthalten und somit den Körper zusätzlich belasten.

Viele Menschen leiden unter einer Allergie gegen Antibiotika, und wer will schon etwas einnehmen, wenn er gesund ist. Man sollte sich immer bemühen, so wenig Medikamente einzunehmen wie möglich. Der Körper muß Energie aufwenden, sie abzubauen und wieder auszuscheiden. Die Ärzte Holmberg, Osterholm u. a. berichten, daß „die weitverbreitete Maßnahme, dem Viehfutter Antibiotika beizumischen, um das Wachstum der Tiere zu beschleunigen, potentiell tödliche Bakterien erzeugt, von denen Menschen infiziert werden können. 17 Personen wurden krank, und einer starb, weil eine Herde von Rindern mit Antibiotika gefüttert worden war.“[1])

Dr. Stuart Levy schreibt: „Sicher ist jetzt die Zeit gekommen, das Herumspielen mit Antibiotika aufzugeben. Obwohl ihre Verwendung als Futterzusätze in der Vergangenheit eine bedeutende Rolle bei der Anhebung der Viehproduktion gespielt haben, sind die Folgeerscheinungen inzwischen zu auffällig geworden, um ignoriert werden zu können.“[2])

Es wurde darauf hingewiesen, daß in den 50er Jahren Antibiotika in Mengen von Tausenden von Pfunden verwendet wurden. Heute sind es Millionen von Pfunden. Die Gefahr ist offensichtlich!

Die mit dem Genuß von Milchprodukten verbundene Schleimbildung stellt die am meisten ernstzunehmende Schwierigkeit dar. Die Schleimhäute werden mit einem Film überzogen, der ihre Durchlässigkeit stark behindert. Dabei wird immer lebenswichtige Energie verschwendet. Eine Situation ist entstanden, die bereinigt werden muß und noch besser vermieden werden sollte. Wenn der Organismus mit Schleim überladen ist, wird die Gewichtsreduzierung um das Zwei- bis Dreifache erschwert.

1) Holmberg, Osterholm, et al.: „Medikamentenresistente Salmonellen von Tieren, die mit Antimikrobiotika gefüttert wurden“ (Drug Resistant Salmonella from Animals Fed Antimicrobials). New England Journal of Medicine 311 (1984) S. 617.

2) Stuart Levy: „Das Spiel mit dem antibiotischen Pool“ (Playing Antibiotica Pool). New England Journal of Medicine 311 (1984) s. 663

Haben Sie auch schon mit Leuten gesprochen, die immer nach etwa zehn Worten eine Art gutturalen Laut von sich geben, als ob sie versuchen würden, Schleim aus ihrem Rachen zu entfernen? Wenn Sie wieder mit so jemand zusammentreffen, fragen Sie ihn oder sie, wieviel Milchprodukte sie zu sich nehmen. Sie werden kaum zur Antwort bekommen, selten oder nie! Dr. William Ellis, im Ruhestand lebender Spezialist für Knochenleiden und Chirurg, gehört zu den Autoritäten, die am freimütigsten die traditionellen Ansichten hinsichtlich der Milchprodukte in Frage stellen. Dr. Ellis ist eine im wissenschaftlichen Bereich hoch angesehene Persönlichkeit, die sich seit 42 Jahren mit der Milchforschung und den dazugehörigen Problemen befaßt. Die von ihm aufgezeigte Verbindung zwischen Milchprodukten und Herzerkrankungen, Arthritis, Allergien und Migräne ist sehr beeindruckend. Außerdem hebt er zwei wichtige Punkte hervor. Erstens, so sagt er, gibt es überwältigende Beweise, daß Milch und Milchprodukte eine führende Rolle bei der Fettsucht spielen, und zweitens sagt er, daß er in 42jähriger Praxis mehr als 25 000 Blutuntersuchungen bei seinen Patienten durchgeführt habe, die eindeutig beweisen, daß Erwachsene, die Milchprodukte essen, Nährstoffe nicht so gut aufnehmen wie Erwachsene, die keine Milchprodukte essen. Natürlich bedeutet schlechte Nährstoffaufnahme chronische Müdigkeit.[3])

Nun, alle die Probleme existieren auch dann, wenn Milchprodukte in richtiger Kombination gegessen werden. Da Milchprodukte konzentrierte Nahrung sind, sollte keine weitere konzentrierte Nahrung zusammen mit ihnen verzehrt werden. Milch wird jedoch oft zusammen mit einer Mahlzeit, mit Kuchen oder Plätzchen oder mit Haferflocken gegessen – was immer einer Verletzung der Gesetze der richtigen Nahrungsmittelkombination bedeutet. Käse wird gewöhnlich zusammen mit Brot, Crackers, mit Brötchen, auf Toast oder zusammen mit Obst verzehrt, immer ist es eine falsche Zusammenstellung der Nahrung. Schon für sich alleine gegessen, stellen Milchprodukte eine Belastung der Körperfunktionen dar, schlecht kombiniert sind sie eine Katastrophe. Und damit ist auch Joghurt gemeint.

3) Samuel Biser: „Die Wahrheit über Milch“ (The Truth About Milk). The Healthview Newsletter, 14, Charlottesville, Virginia (Spring 1978) S. 1–5.

Was? „Joghurt ist doch so gesund!" Kaum. Er wird aus Kuhmilch gewonnen, und Kuhmilch ist von der Natur für Kuhbabys vorgesehen. Die Bakterien, von denen Sie glauben, sie mit dem Joghurt zu sich zu nehmen, werden von Ihrem Körper selbst bereits in ausreichenden Mengen produziert. Was immer man Ihnen über Russen erzählt hat, die hundertdreißig Jahre alt werden, weil sie täglich einen der bekannten, handelsüblichen Joghurts verzehrt haben, ist ein Witz.[4]) Bis zum Auftauchen dieser Film-Mannschaft, hatten sie von diesem Produkt nie etwas gesehen. Sie verdanken ihr langes Leben der frischen Luft, harter körperlicher Arbeit, sauberem Wasser und unbelasteter Nahrung, die sie mit ihren eigenen Händen erzeugt haben!

Wenn Sie Milchprodukte essen, so achten Sie bitte auf die richtige Zusammenstellung, um den Schaden für Ihren Körper so gering wie möglich zu halten. Milch sollte unbedingt nur für sich allein getrunken werden, denn kein anderes Nahrungsmittel auf dieser Erde bildet so viel Schleim. Milch verträgt sich mit gar nichts. Wenn Sie gerne Käse essen, würfeln Sie ihn und essen Sie ihn in einem Salat (ohne Croutons) oder schmelzen Sie ihn über Ihr Gemüse. – Essen Sie keinen gelben Käse, denn er wird meistens durch chemische Farbstoffe gelb. Vielleicht sind unter Ihnen einige Pizza-Fans, die sich bereits anschicken, diese Seiten herauszureißen. Wenn Sie ab und zu Pizza essen wollen, gut. Abcr halten Sie sich wenigstens den möglichen Schaden vor Augen, und übertreiben Sie nicht. Wenn Sie heute Pizza essen, so fasten Sie morgen, damit Ihr Körper „Hausputz" machen kann. Tun Sie das, was Ihrem Organismus am besten bekommt. Möchten Sie Eiscreme essen? Auf keinen Fall nach einem würzigen italienischen Essen. Essen Sie es ab und zu auf leeren Magen, damit Ihr Organismus wenigstens eine Chance hat, zurecht zu kommen.

Das gleiche gilt für Joghurt. Essen Sie ihn auf keinen Fall zusammen mit Obst im Becher, er wird sonst in Ihrem Verdauungssystem zu gären und zu faulen beginnen. Essen Sie ihn

4) Die Russen essen Joghurt, aber in kleinen Mengen, er ist ziemlich frisch und nicht so stark vergoren wie handelsüblicher Joghurt.

allein auf leeren Magen oder rühren Sie ihn in Ihre Salatsoße. Richten Sie einen Salat an und mischen Sie ihn mit Joghurt.

Es gibt Leute, die die Meinung vertreten, Milchprodukte wären für die Ernährung wichtig wegen des Kalziums. Man will uns glauben machen, daß Milch eine bedeutende Kalziumquelle sei und unsere Zähne ausfallen und unsere Knochen leicht brechen, wenn wir keine Milch trinken. Dazu ist in erster Linie zu sagen, daß das Kalzium der Kuhmilch nicht nur anders ist als das der menschlichen Muttermilch, sondern daß es auch an Kasein gebunden ist. Dadurch wird verhindert, daß Kalzium absorbiert werden kann. Zweitens gilt es zu bedenken, daß die meisten Milchtrinker und Käseesser pasteurisierte, homogenisierte oder auf andere Weise behandelte Produkte verzehren. Dadurch wird das Kalzium in seinem Wert beeinträchtigt und die Auswertung erschwert. Selbst wenn Sie Milch roh verzehren, wiegen die vielen Nachteile das mögliche Gute nicht auf. Würden Sie Tabakblätter wegen ihres hohen Gehalts an Aminosäuren essen? Der menschliche Körper ist ungemein anpassungsfähig, aber Kuhmilch ist nun einmal nicht für Menschen gedacht.[5])

Tatsächlich enthalten alle grünen Blattgemüse Kalzium. Alle rohen Nüsse enthalten Kalzium. Und roher Sesamsamen enthält mehr Kalzium als irgendein anderes Nahrungsmittel auf dieser Welt. Auch die meisten Früchte enthalten ausreichend Kalzium. Wenn Sie täglich Obst und Gemüse essen und gelegentlich einige rohe Nüsse, können Sie nicht an Kalziummangel leiden. Als beste Kalziumquellen gelten:

5) Herbert M. Shelton, PH. D.: „Gesundheitsfürsorge für Kinder“ (The Hygienic Care of Children). Bridgeport Connecticut: Natual Hygiene Press, 1970. N. W. Walker, M.D.: „Diät und Salat“ (Diet and Salad Suggestions). Phoenix, Arizona, Norwald Press, 1971. Hannah Allen: ,,Lesson No. 33, ,,Warum wir keine Tierprodukte essen sollen“ (Why We Should Not Eat Animal Products In Any Form). In the Life Science Health System, Austin, Texas: Life Science, 1984.

rohe Sesamsamen,
alle rohen Nüsse,
Seetang,
Blattgrün und
getrocknete Früchte wie Feigen,
Datteln und Pflaumen.

Wenn Sie immer noch besorgt sind, dann streuen Sie etwas rohen Sesamsamen über Ihren Salat oder Ihr Gemüse, so oft Sie wollen. Sie können keinen Kalziummangel bekommen, selbst wenn Sie es wollten. Wir sind hinsichtlich unseres Kalziumbedarfes von unseren Freunden, den Rindern, ganz gewiß nicht abhängig. Woher bekommt die Kuh ihr Kalzium? Von *Korn und Gras!* Ganz bestimmt nicht vom Milchtrinken oder Käseessen.

Es ist wichtig zu verstehen, welche Rolle das Kalzium im menschlichen Körper spielt. Eine seiner Hauptfunktionen in unserem System ist die Neutralisierung von Säure. Viele Leute, die glauben, an Kalziummangel zu leiden, essen sehr säurebildende Nahrung, so daß das Kalzium ständig für die Neutralisierung der Säure verbraucht wird. Ihre Ernährung enthält genügend Kalzium, aber es wird ständig verbraucht. **Alle Milchprodukte, mit Ausnahme der Butter, sind stark säurebildend.** Butter ist ein Fett und daher neutral. Da Fett die Eiweißverdauung verzögert, ist es besser, Butter nicht gleichzeitig mit Eiweiß zu verzehren, sie *kann* jedoch zusammen mit Kohlenhydraten gegessen werden. Das Ironische an der Sache ist, daß die Menschen Milchprodukte verzehren, um genügend Kalzium zu erhalten, jedoch das in ihrem Körper vorhandene Kalzium für die Neutralisierung der Auswirkungen jener Milchprodukte gebraucht wird. Es geht also nicht darum, den Körper mit Kalzium aufzuladen, sondern statt dessen die Eßgewohnheiten zu ändern, so daß weniger Säure im Körper gebildet wird. Auf diese Weise wird das Kalzium am besten ausgewertet.

Wenn Sie weniger Milchprodukte essen, kann es vorkommen, daß sich Ihre Haut ein wenig schuppt, die Nägel brüchig werden oder sogar etwas Haarausfall eintritt. Dieses darf nicht verwechselt werden mit ähnlichen Erscheinungen, die in den seltenen Fällen eines Eiweißmangels auftreten. Wenn Sie tatsächlich beunruhigt sind, fragen Sie Ihren Arzt. Ihr Körper ist dabei, sich vom Kalzium der Milchprodukte auf Kalzium, das in rohen Nüssen, Samen, Früchten und Gemüse vorkommt, *umzustellen.*

Der Organismus wird die Nägel und das Haar genau so ersetzen, wie er abgelöste Haut ersetzt. Man bemerkt es kaum, aber ihre Haut wird ständig abgelöst und von gesundem Gewebe ersetzt. Auf dieselbe Weise wird ausgefallenes Haar durch glänzenderes Haar ersetzt und abgebrochene Fingernägel durch festere Nägel.

Sollten sich tatsächlich Veränderungen an Ihren Nägeln oder Ihrem Haar ergeben, sind rohe Nüsse ganz besonders hilfreich. Sie werden zusammen mit rohem Gemüse verzehrt und so in das Programm mit einbezogen. Eine halbe Tasse roher Nüsse täglich dürfte im allgemeinen genügen. Wenn Sie sich sofort nach dem Einschränken der Milchprodukte die Vorteile roher Nüsse und Samen zunutze machen und sie zwei- bis dreimal in der Woche zu sich nehmen, werden Ihre Nägel und Ihre Haare fast ausnahmslos kräftiger und glänzender werden als je zuvor.

Ich habe in den letzten 15 Jahren die Erfahrung gemacht, daß viele Allergien und Atemprobleme, besonders Asthma, direkt mit dem Verzehr von Milchprodukten in Verbindung gebracht werden können. Ich habe persönlich mehr als zwei Dutzend Personen geholfen, Asthma aus ihrem Leben auszuschließen, und ich kenne noch viel mehr Leute, denen von anderen Gesundheitsexperten geholfen wurde. In *allen Fällen* hatten die Betreffenden Milchprodukte verzehrt. Ich habe ähnliche Beobachtungen gemacht wie Beth Snodgrass und Dr. Herbert Shelton. Dasselbe gilt für Kinder mit Ohrinfektionen. Ohrinfektionen sind so weit verbreitet, daß man sie als normale Störungen in der Kindheit ansieht. Ich möchte wetten, daß jedes Kind, das jemals eine Ohrinfektion hatte, entweder mit Milchprodukten oder künstlicher Babynahrung (oder beidem) aufgezogen worden war. Kinder, die weder Milchprodukte noch künstliche Babynahrung bekommen, haben selten Ohrinfektionen. Kinder, die mit diesen Produkten gefüttert werden, haben sie. Ich kenne viele Kinder, die nie Ohrinfektionen hatten, weil ihre Eltern klug genug waren, sie nie auf Kuhmilch- und/oder Baby-Fertignahrung festzulegen.

Ich weiß, daß Sie von Experten gehört haben, Milchprodukte wären ein wichtiger Bestandteil einer gesunden Ernährung. Es gibt aber auch Experten, die das Gegenteil behaupten. Um zu verhindern, daß Sie vor Ärger und Frustration die Hände ringen, schlage ich Ihnen vor, Ihre eigene Entscheidung aufgrund Ihrer eigenen Überlegungen zu treffen. Ist es für Menschen *sinnvoll,* Kuhmilch zu trinken? Ob Sie Milchprodukte verzehren sollen oder nicht, hängt von der Antwort auf diese Frage ab. Denn ganz egal, in welcher Form sie gegessen werden, egal wie gut sie schmecken, wenn Sie Milchprodukte zu sich nehmen, ist es, als ob Sie an einer Kuh saugen würden, ist es nun sinnvoll oder nicht?

Ein wesentlicher Bestandteil bei jedem Schlankheits- und Gesundheitsprogramm, ohne den kein Erfolg möglich ist, ist natürlich . . .

Kapitel 11

Bewegung

Kein Gesundheitsprogramm zur Gewichtsabnahme kann erfolgreich sein ohne Bewegungstraining. Da macht **„Fit für's Leben“** keine Ausnahme. Um wirklich den Erfolg zu haben, der Ihnen für Ihre Bemühungen zusteht, sollten Sie täglich Gymnastik in irgendeiner Form machen. Damit die Körperzyklen richtig funktionieren können, ist es unerläßlich, die Ihnen vorgeschlagene Ernährungsumstellung mit einem Übungsprogramm zu verbinden. Sie sollen nicht turnen, bis Sie erschöpft sind, das wäre nur Energieverschwendung. Aber Sie sollten sich täglich darum bemühen, Ihr Herz durch Übungen zu fordern. Körperübungen regen das Atemsystem und den Kreislauf an. Auf diese Weise wird frisches, mit Sauerstoff angereichertes Blut in alle Bereiche Ihres Körpers gebracht. Das ist unerläßlich, wenn er wirkungsvoll funktionieren soll. Das Herz ist ein Muskel und muß wie jeder andere Muskel trainiert werden, wenn es nicht versagen soll. Jeden Tag einmal nach Luft japsen und schwitzen. Genaugenommen schwitzen nur die Pferde, die Männer transpirieren und die Damen glühen. Also, meine Herrschaften, hinaus mit Ihnen zum Glühen und Transpirieren! **Ohne Bewegungstraining wird das Programm nur halb so erfolgreich sein!** Die in den vorausgegangenen Kapiteln dargestellten Erfolge werden in ihrer Wirkung geschmälert, wenn Sie Ihrem Körper das notwendige Bewegungstraining vorenthalten.

Sie können unter vielen Möglichkeiten wählen: Schwimmen, Tennis, Seilspringen, leichtes Jogging, Radfahren, schnelles Gehen, Aerobic-Kurse. Je nach Wunsch können Sie auch Dehn- und Streckübungen machen oder Gewichtheben. Die Bewegungsübungen sollten allerdings zum festen täglichen Trainingsprogramm gehören.

Einige Leute haben sich Übungsgeräte für zu Hause angeschafft. Es gibt Fahrräder, Rudermaschinen, Minitrampoline und viele andere ausgezeichnete Turngeräte für den Hausgebrauch zu vernünftigen Preisen. Wenn Ihre Zeit kostbar ist (und bei wem ist sie das nicht) und Sie nicht immer in den Turnverein gehen können, wäre die Anschaffung einiger Übungsgeräte sicher eine große Hilfe.

Zum Beispiel Trampolinhüpfen: Eine phantastische Möglichkeit, Ihren Körper täglich durchzuarbeiten. Sie können sich eines dieser preisgünstigen Minitrampoline besorgen und am Morgen gleich nach dem Aufstehen darauf herumhüpfen. Es ist keine Spezialkleidung erforderlich, und Sie brauchen keine Entfernungen zu überwinden. Seit Jahren haben sich Astronauten und Sportmannschaften damit fit gemacht. Sie können bequem zu Hause oder noch besser in Ihrem Garten in frischer Luft herumhopsen. Eine herrliche Übung, geeignet für alle Altersklassen, ohne Risiko für das Knochengerüst, wie es sich beim Jogging auf dem Pflaster ergeben kann, ohne Gefahr für die unteren Rückenbereiche, die oft eine Folge bestimmter Aerobic-Übungen ist. Es kräftigt und tonisiert jede Zelle Ihres Körpers, denn es arbeitet gegen die Anziehungskraft.

Als Minimum täglichen Trainings sollten Sie einen 20 Minuten dauernden flotten Spaziergang machen. Das wäre aber wirklich das Minimum, mehr wäre besser. Wenn Sie jedoch mindestens 20 Minuten schnell gehen, hätten Sie zur Unterstützung des Programms genug an Training beigetragen. Die ideale Übungszeit für diese und jede andere Übung ist der frühe Morgen. Nicht nur die Luft ist dann am frischesten, sondern auch Ihr Körper. Neben dem physischen Wert des Trainings am frühen Morgen (zu der Zeit ist der Körper am besten in der Lage, die Übungen für sich nutzbar zu machen), zeigt sich auch ein enormer psychologischer Nutzen. Ich glaube, daß jeder, der daran interessiert ist, Gewicht zu verlieren oder ganz allgemein sein Wohlbefinden zu erhöhen, tief in seinem Herzen die Bedeutung des Bewegungstrainings erkennt. Leider ist es für viele so leicht, sich davor zu drücken. Zu wissen, daß man regelmäßig turnen sollte und es nicht zu tun, kann negative

Gefühle gegen sich selbst auslösen, die wiederum Energieverlust zur Folge haben. Dies geschieht auf folgende Weise. Jedesmal, wenn Sie tagsüber ans Turnen denken und es noch nicht getan haben, sagen Sie zu sich selbst: „Ich habe heute noch nichts gemacht, wahrscheinlich habe ich auch später keine Zeit, also mache ich es morgen." Aber in der Zwischenzeit können Sie nicht verhindern, sich schuldig zu fühlen. Wenn Sie jedoch gleich am Morgen Ihre Übungen hinter sich bringen, können Sie den ganzen Tag über mit dem Gefühl der Zufriedenheit, das sich in alle Lebensbereiche erstreckt, an Ihr geleistetes Training denken. Sie fühlen sich hochgestimmt. Haben Sie sich erst einmal daran gewöhnt, jeden Morgen zu turnen, wird jeder ausgelassene Tag eine Enttäuschung bedeuten.

Ich selbst litt unter der für Übergewichtige so typischen Ablehnung gegen jede Art von Bewegungstraining, so daß ich mich selber an die Kandare nehmen mußte, jeden Morgen zu turnen. Es gab Tage, an denen ich zu mir sagte, „mein Junge, du warst so gut, du hast einen freien Tag verdient", oder „selbst die Profis sagen, man dürfe ab und zu mal Pause machen". Aber während ich mit mir selber sprach – genaugenommen war es die Stimme meines Fettes oder: es war mein altes „Dickerchen, der sich an die Vergangenheit klammerte" –, zog ich schon meinen Trainingsanzug an und bereitete mich auf mein Training vor. Noch während ich auf meinen Heimtrainer kletterte, war da eine innere Stimme, die mich daran hindern wollte. Aber mein neues Selbst, das schlank und gesund sein und bleiben wollte, gewann schließlich die Oberhand. Jetzt bin ich soweit, daß ich mich auf mein morgendliches Training freue. Der tatsächliche Nutzen zeigte sich einen Monat nach Beginn. Als ich regelmäßig zu üben anfing, betrug mein Puls in der Ruhelage 72 Schläge pro Minute. Einen Monat später waren es 54! In einem Monat hatte ich meine Herztätigkeit gekräftigt und um 18 Pulsschläge verbessert. Das sind mehr als 15 000 Herzschläge weniger pro Tag. Das sind Millionen Schläge pro Jahr. Wir sprechen von Langlebigkeit! Die Bürde der Herztätigkeit um mehrere Millionen Schläge pro Jahr zu erleichtern, kann nichts anderes bedeuten als eine Verlängerung des Lebens. Ist das nicht aufregend! So macht mir mein Bewegungstraining nicht nur Spaß, es bringt mir auch enormen Nutzen.

Ich habe nicht den geringsten Zweifel, daß die Kombination der veränderten Eßgewohnheiten mit einem regelmäßigen Bewegungstraining die Ursache dafür ist, mein Gewicht auf der von mir gewünschten Höhe zu halten.

Bitte machen Sie nicht den Fehler, Bewegungstraining aus Ihrem täglichen Leben auszuschließen. Der Erfolg dieses Programmes hängt davon ab!

Es gibt wohl kaum Leute, die nicht wenigstens einen flotten Spaziergang machen können. Genau so wie die Grundsätze Ihrer neuen Eßgewohnheiten Teil Ihres Lebens sein sollen, muß auch das Bewegungstraining eine wichtige Rolle spielen. In Ihrer neuen Lebensweise sollte es aber noch einige andere Dinge geben, die Ihre Aufmerksamkeit verdienen: **Frische Luft und Sonnenschein**. Nur wenige Menschen sind sich darüber klar, wieviel Kraft wir der Luft, die wir einatmen, entnehmen können. Frische, klare Luft ist eine äußerst wertvolle, lebensspendende Kraft, genauso wie der Sonnenschein, der die Quelle allen Lebens auf dieser Erde ist. Versorgen Sie sich mit diesen beiden so wichtigen Elementen der Gesundheit, so oft Sie können. Sie werden Ihre Fortschritte bei der Gewichtsabnahme und Gesundung Ihres Körpers beschleunigen.

Ein Spaziergang im Wald oder an der Küste, eine Wanderung über Land können für Ihr physisches Wohlbefinden geradezu Wunder vollbringen. Von größter Wichtigkeit ist, bei geöffnetem Fenster zu schlafen. Auch wenn Sie eine zusätzliche Decke benötigen sollten, frische Luft während des Schlafes ist von unschätzbarem Wert. Der Körper kann seine Aufgaben während der Ausnutzungs- und Ausscheidungsphase besser bewältigen, wenn ihm frische Luft zugeführt wird und er nicht gezwungen ist, mit Giftstoffen beladene Luft, die er gerade ausgeatmet hat, wieder einzuatmen.

Es gibt heutzutage leider wieder Stimmen, die glauben, daß die Sonne schädlich ist. **Die Sonne ist die Quelle allen Lebens auf dieser Erde! Das ist eine Wahrheit, die nie vergessen werden darf!** Ohne Sonne gibt es kein uns bekanntes Leben. Mit Hilfe des Sonnenlichtes erzeugen wir wertvolle Nährstoffe. Es hilft uns auch bei der Entgiftung unseres Körpers und bei der Gewichtsabnahme, denn es öffnet unsere Poren, um die Giftstoffe über die Haut auszuleiten. Gefährlich ist allerdings alles, was im Übermaß genossen wird. Wenn Sie Ihren Kopf unter Wasser halten, werden Sie ertrinken. Heißt das, daß wir kein Wasser verwenden sollten? Gefahr ist offensichtlich gegeben. Das heißt jedoch nicht, daß wir Wasser meiden sollen. So ist es auch mit der Sonne. Zuviel davon kann Sie verbrennen, so wie zu viel Wasser Sie ertrinken lassen kann. Aber sprechen wir nicht von Mißbrauch. **Sie sollen die Sonne nicht meiden! Nutzen Sie sie zu Ihrem Vorteil!** Bräunungsmittel und Sonnenfilter empfehlen wir allerdings nicht. Es ist viel besser, sich langsam an die Sonne zu gewöhnen als Öle, Filter oder Sonnenschutzmittel zu verwenden, die die Aufnahme der ultravioletten und infraroten Strahlen verhindern. Sie verhindern nämlich auch die Arbeit der ölabsondernden Drüsen. Es ist wichtig, sich vor Augen zu halten, daß wir von der Sonne nicht nur gebräunt werden, sondern daß sie unseren ganzen Körper revitalisiert – ihre Wirkung ist nicht nur auf die Haut beschränkt. Wenn Sie unbedingt Öle oder andere Sonnenschutzmittel benützen wollen, vermeiden Sie solche mit chemischen Zusätzen. Gehen Sie, wenn Sie können, täglich für eine halbe Stunde in die Sonne oder zumindest so oft wie möglich, am besten am Morgen. Dann wird Ihre Haut diesen schönen Goldton gewinnen, der das sichtbare Zeichen Ihres neuen, **energiegeladenen Lebensstils** ist.

Ganz sicher spielen körperliche Bewegung, frische Luft und Sonnenlicht eine ganz wichtige Rolle bei der Zurückgewinnung Ihres Wohlbefindens. Aber es steht noch ein anderes wichtiges Instrument, das Ihre Gesundheit in jeder Hinsicht verbessern kann, zu Ihrer Verfügung. Es befindet sich bereits in Ihrem Besitz, und seine Anwendung wird Sie auf manche Weise belohnen. Es handelt sich dabei um ein Phänomen, das aus dem Glauben erwächst, daß . . .

Kapitel 12

Sie sind, was Sie denken, was Sie sind

Es scheint den Anschein zu haben, als hätten wir keine bewußte Kontrolle über den Zustand unseres Körpers, denn man hat uns im allgemeinen beigebracht, daß es zwischen unseren Gedanken und unserem physischen Körper wenig Verbindung gibt. Ob das nun stimmt oder nicht, eines ist gewiß, eine auf uns selbst gerichtete positive Denkweise wird uns keinesfalls schaden. Es ist meine persönliche Überzeugung und es gibt viele, die sie teilen, daß wir tatsächlich das Verlangen unseres Körpers nach Gesundheit mit unseren Gedanken sehr unterstützen können. In seinem mit großen Beifall aufgenommenen Bestseller „Anatomie der Krankheit" (Anatomie of an Illness) berichtet Dr. Norman Cousins, daß seine Genesung zum großen Teil darauf zurückzuführen sei, daß er seinen Zustand in positiver Weise betrachtet habe. In „Jenseits der Entspannungsfrage" (Beyond the Relaxation Response) von Dr. Herbert Benson, Leiter der Abteilung für Verhaltensmedizin im Beth Israel Krankenhaus in Boston und Professoer für Kardiologie (Herzspezialist) in Harvard, wird in überzeugender Weise dargestellt, wie die Kraft der Gedanken den Körper physisch verändern kann.

Jede Zelle Ihres Körpers strotzt vor Leben und ist mit eigener Intelligenz ausgestattet, jede Zelle ist wie ein Soldat in der Armee in Erwartung ihrer Instruktionen. Fortwährend senden wir Botschaften und Befehle an unsere Zellen, die von ihnen fleißig ausgeführt werden. Ich meine damit, daß wir ganz bewußt unsere Zellen anleiten können, das zu tun, was wir von ihnen wollen. Der Körper führt aus, was immer unser bewußtes Denken von ihm verlangt. Unser Bewußtsein bestimmt ohne Unterlaß unsere körperliche Verfassung und bildet Vorstellungen in Übereinstimmung mit dem, was es für richtig hält. Wir können unseren Körper buchstäblich durch eine Änderung unserer Denkungsweise verändern, sogar im Angesicht gegenteiliger Tatsachen und Beweise.

Wir übermitteln uns selbst fortlaufend eine Flut von Gedanken über unser Gewicht und unsere Gesundheit. Diese Gedanken können positiv oder negativ sein – hilfreich oder schädlich. Wir haben die Mittel zur Verfügung, unserem Körper bei der Gewichtsabnahme zu helfen, aber um gesund zu *sein,* müssen wir damit beginnen zu *glauben,* daß wir gesund sind! Um Gewicht zu verlieren, ist es notwendig, zuerst daran zu glauben, daß wir **können** und **wollen**! Ihre Zellen erwarten Ihre Anweisungen.

Wenn Sie z. B. in den Spiegel schauen und zu sich selbst sagen „meine Güte, was bin ich fett", übermitteln Sie Ihrem Körper dadurch eine geistige Botschaft, die automatisch genau diese Wirkung eintreten läßt. Sie befehlen damit Ihrer Zellstruktur, das Übergewicht zu halten. Wenn Sie sich immer und immer wieder vorsagen, daß Sie fette oder unansehnliche Oberschenkel haben, erreichen Sie damit nur, daß sie so bleiben. Das Großartige an der Sache ist jedoch, daß Ihre Zellen sich automatisch an die *letzte* Anweisung halten. Das bedeutet, daß Sie – auch wenn Sie über Jahre hinweg eine negatives Bild von sich hatten und gewohnheitsmäßig sich selbst negative Botschaften übermittelten – *in diesem Augenblick* die Umkehr einleiten können. Wenn Sie aus Gewohnheit etwas Negatives über sich sagen, nehmen Sie es zur Kenntnis, ohne es sich groß einzuhämmern. Statt dessen schlagen Sie sich einfach selbst ein positives Hilfsmittel vor. Wenn Sie zum Beispiel sagen, „oh je, was bin ich schlapp um die Magengegend", sollten Sie diese Bemerkung sofort durch ein „wie schön, ich nehme um die Mitte herum ab" ersetzen, oder „meine Oberschenkel werden dünner" oder **„Ich nehme ab!"** Ihr Körper wird diese positiven Vorschläge in sich aufnehmen und dadurch die negativen Gedanken verdrängen. Sie geben ihm die *Erlaubnis* abzunehmen. Es ist ein Mittel, das funktioniert und das Sie anwenden können, so oft Sie wollen.

Die durch das dargelegte Programm verbesserte Ernährung, das tägliche Bewegungstraining zur Versorgung Ihrer Zellen mit frischem, durch Sauerstoff angereichertem Blut und das Aussenden einer Flut von positiven Gedanken, die den gewünschten Erfolg verstärken, bilden eine Kombination, die einfach unschlagbar ist.

Die größten Denker dieser Erde, angefangen von Da Vinci bis zu Einstein und Mark Twain, waren sich immer darüber einig, daß wir mit unserem Wissen nur einen winzigen Bruchteil von dem erfassen können, was es tatsächlich zu wissen gibt. Sprichwörter, wie „je mehr wir wissen, um so mehr erkennen wir, wieviel wir nicht wissen", zeigen, daß der riesige Bereich des Wissens, der in dem großen Unbekannten verborgen ist, immer wieder neue Erkenntnisse ans Licht bringen wird. Es ist kaum vorstellbar, was uns an Wissen über den menschlichen Körper und seine Funktionen noch fehlt.

Sicher gibt es eine Reihe von Leuten, deren Überzeugung oder Glaube sie davon abhält zu akzeptieren, daß sie fähig wären, die Gestalt ihres Körpers durch bewußtes Denken zu verändern. Jeder jedoch, der Gewicht verlieren und seine Gesundheit verbessern möchte, sollte in seinem eigenen Interesse alle Maßnahmen, die ihm zur Verfügung stehen und hilfreich sein könnten, anwenden. Auch dieses Mittel wie all die anderen in diesem Buch angebotenen sollte Sie zum Nachdenken anregen. Probieren Sie es aus, und Sie werden sehen, ob es hilft. Ich glaube, Sie werden eine angenehme Überraschung erleben.

Nachdem wir nun alle Grundsätze besprochen haben, ist es an der Zeit, Antwort zu geben auf . . .

Die Themen Bewegung, Luft, Wasser, Ruhe und Schlaf, Sonnenschein, Liebe, Hygiene und Milieu und glückliche, gesunde Kinder sind in dem Buch H. u. M. Diamond „Gesund leben" umfassend dargestellt.

Kapitel 13

Die am häufigsten gestellten Fragen

Sicher haben Sie einige Fragen, die Sie beantwortet haben möchten. Der Zweck dieses Kapitels ist, auf die am häufigsten gestellten Fragen eine Antwort zu geben.

Frage: *Wie paßt **Kaffee oder Tee** in diese neue Ernährungsweise?*

Antwort: Die Tatsache, daß nur etwa 9 % der Bevölkerung keinen Kaffee oder Tee trinken, zeigt deutlich, wie sehr diese Gewohnheit vorherrscht. Ungefähr die Hälfte der Menschen in den Vereinigten Staaten und Europa trinken von diesen Getränken zwei oder drei Tassen täglich, und ein Viertel der Bevölkerung trinkt sechs oder mehr Tassen täglich. Das bedeutet, daß allein in USA weit über zweihundert Milliarden Tassen mit der Droge Coffein jedes Jahr konsumiert werden. Kaum jemand hält seine morgendliche Tasse Kaffee oder seinen Nachmittagstee für eine Droge. Doch Coffein macht süchtig, es verursacht Entzugserscheinungen und führt zu psychologischer und physischer Abhängigkeit. Schon sein Name klingt nach Droge. Coffein ist ein Anregungsmittel für das zentrale Nervensystem – ähnlich wie Kokain – und wird mit einer Reihe von Leiden, wie erhöhte Herztätigkeit, Veränderung des Durchmessers der Blutgefäße, ungleichmäßige Durchblutung der Herzkranzgefäße, erhöhter Blutdruck, Geburtsfehler, Zuckerkrankheit, Nierenversagen, Magengeschwüre, Bauchspeicheldrüsenkrebs, Ohrgeräuschen, Muskelzittern, Ruhelosigkeit, Schlafstörungen und Verdauungsstörungen in Verbindung gebracht. Außerdem bringt es den Blutzuckerspiegel in Unordnung, denn es zwingt die Bauchspeicheldrüse, Insulin abzusondern.

Nun fragen Sie vielleicht, ob coffeinfreier Kaffee oder Tee besser wären. Lassen Sie mich die Frage mit einer Frage beantworten: Würden Sie sich lieber den Arm oder den Fuß brechen? Der zur Entziehung des Coffeins notwendige Prozeß erfordert die Verwendung einer stark kaustischen chemischen Lösung, die in die Kaffeebohne eindringt und von Ihnen verdaut werden muß. *Eine Tasse Kaffee oder Tee* benötigt 24 Stunden, um die Nieren und die Harnwege zu passieren. Wenn Sie in diesen 24 Stunden mehr als eine Tasse Kaffee trinken, belasten Sie diese Organe außerordentlich stark. Wenn Sie zu den Menschen gehören, die sieben oder acht Tassen Kaffee oder Tee täglich trinken, sollten Sie sich ernsthaft mit dem Gedanken befassen, einen eigenen Dialyse-Apparat zu kaufen. Natürlich ist Kaffee, dem das Coffein mit Hilfe von Dampf oder anderen nicht chemischen Mitteln entzogen wurde, dem chemisch entcoffeinierten Kaffee vorzuziehen, aber das sollte Sie trotzdem nicht zum Trinken ermuntern, säurebildend ist er trotzdem – das ist das Problem.

Wird Kaffee zu einer Mahlzeit getrunken, zwingt er die Nahrung, den Magen früher zu verlassen und er verlangsamt die Beweglichkeit der Därme. Unverdaute Nahrung in einem langsam funktionierenden Verdauungstrakt ist aber eine Hauptursache für Verstopfung. Es ist die kaustische Wirkung des Kaffees, der bei manchen Leuten dazu führt, die Nahrung rasch durch ihre Därme zu befördern. Der Kaffee selbst benötigt 24 Stunden, bis er den Körper über die Nieren verlassen hat.

In diesem Buch wurde immer wieder betont, wie ungeheuer wichtig es ist, säurebildende Nahrungsmittel zu vermeiden. Der menschliche Körper verfügt über ein pH-Gleichgewicht, welches das Verhältnis der Säuren zu den Basen widerspiegelt. Der pH-Wert kann zwischen 0 und 14 sein, wobei 0 total sauer, 14 total alkalisch (basisch) und 7 neutral bedeutet. Das Blut ist leicht alkalisch mit einem pH-Wert von 7,35–7,40. Würde der pH-Wert des Blutes eines Menschen den immerhin noch neutralen Wert von 7,0 erreichen, wäre der Betreffende in großer Gefahr. Der Toleranzbereich zwischen 7,35 und 7,40 ist sehr klein, die Grenze ist schnell überschritten. Das Blut kann leicht aus dem Säure-Basen-Gleichgewicht geraten. Kaffee und Tee bedeuten für den Körper reine Säure. Je mehr Säure Sie im Blut haben, um so mehr Wasser hält der Körper zurück, um die

Säure zu neutralisieren. Das bedeutet eine Belastung des Körpers und . . . Gewichtszunahme!

Wir erzählen Ihnen das nicht, um Ihnen den Kaffee- und Teegenuß zu vergällen, sondern um Ihnen zu helfen, sich bewußt zu werden, welche Wirkung diese „Genußmittel" auf Ihre Gesundheit haben und in welchem Ausmaß sie den Gewichtsverlust begünstigen oder verhindern können.

Es gibt Leute, die von heute auf morgen auf diese Getränke verzichten können, andere müssen sich langsam entwöhnen. Einige von Ihnen haben jahrelang am Morgen eine einzige Tasse getrunken und möchten dabei bleiben.[1])

Das geht in Ordnung. Eine einzige Tasse Kaffee am Tag wird dieses Programm weder fördern noch untergehen lassen. Freilich wäre es am besten, Kaffee und Tee ganz aus Ihrer Ernährung zu streichen, aber es ist schon viel gewonnen, wenn Sie den Verbrauch dieser Genußmittel einschränken. Je besser Sie sich fühlen, um so mehr werden Sie daran interessiert sein, dieses Wohlbefinden nach Kräften zu steigern. Wenn Sie gelegentlich ein großes Bedürfnis nach einem warmen Getränk haben und nicht auf Kaffee oder Tee zurückzugreifen wollen, empfehlen wir Ihnen, Kräutertees zu trinken. Es gibt gut schmeckende Tees, die sehr bekömmlich sind.

Am wichtigsten ist, das Ziel nicht aus den Augen zu verlieren. Der schlanke, gesunde Körper sollte in Ihrer Vorstellungskraft immer gegenwärtig sein. Sie sind auf einer Reise, die ein Genuß und keine Prüfung sein soll. Sie können natürlich mit halsbrecherischer Geschwindigkeit in drei Tagen von New York an der Westküste von USA nach San Francisco an die Ostküste fahren, an allen Sehenswürdigkeiten und Schönheiten vorbei, die das Land zu bieten hat.

1) Wenn es Ihnen am Morgen lediglich um ein heißes Getränk geht, versuchen Sie es doch einmal mit heißem Wasser und Zitrone. Das ist ein bekömmliches Getränk, da die Zitrone im Gegensatz zu anderen Früchten keinen Zucker enthält und deshalb im heißen Wasser nicht zu gären beginnt.

Oder aber, Sie lassen sich drei Wochen Zeit und genießen die Fahrt. Sich Zeit lassen und Vertrauen haben, dann werden Sie Ihr Ziel als ein glücklicherer, gesünderer Mensch erreichen und für die aufgewendete Mühe reichlich belohnt werden.

Frage: *Wie verhält es sich mit **Limonaden (alkoholfreie Getränke)?***

Antwort: Der Konsum alkoholfreier Getränke, sogenannte „soft drinks", ist in den letzten Jahren enorm gestiegen. Aber sie sind anders als „soft" für Ihren Organismus. Dr. Clive McCay von der Cornell Universität zeigte, daß diese Getränke den Zahnschmelz angreifen und die Zähne weich werden lassen. (Bericht in: „Die vergiftete Nadel" [The Poisoned Needle], von Eleanor McBean). Der Missetäter, der hierfür in Frage kommt, ist die meistens enthaltene Phosphorsäure. Außerdem enthalten diese Getränke unter anderem Apfelsäure und Kohlensäure. Die in Früchten und Gemüse auf natürliche Weise vorkommenden Apfel- und Zitronensäuren werden im Körper alkalisch. Die Säuren jedoch, die in alkoholfreien Getränken vorhanden sind, bleiben sauer, weil sie destilliert und durch Hitzeeinwirkung extrahiert wurden. Das pH-Gleichgewicht in Ihrem Körper kommt durcheinander. Das sind jedoch nicht die einzigen schädlichen Bestandteile, dazu kommt noch der raffinierte weiße Zucker, ungefähr 20 Teelöffel pro Liter. Der einzige Unterschied zwischen normalen Limonaden und Diätgetränken besteht darin, daß statt Zucker Süßstoff verwendet wird, der wiederum so schädlich ist, daß auf dem Etikett eine Warnung aufgedruckt sein muß wie bei den Zigaretten. Dazu kommt, daß etliche dieser Getränke die Droge Coffein enthalten. Einige der verwendeten Zusätze sind Teerderivate, die zu den krebserzeugenden Stoffen gerechnet werden. Werden diese Getränke zusammen mit einer Mahlzeit genossen, entsteht Gärung anstelle einer guten Verdauung. Abgesehen vom Geschmack enthalten diese Getränke nichts, was Ihnen bekömmlich wäre.

Es ist völlig falsch, Kindern regelmäßig solche Getränke zu geben. Schon das Coffein allein wäre Grund genug, Kindern diese Getränke vorzuenthalten. Interessanterweise erlauben die wenigsten Eltern ihren Kindern Kaffee zu trinken, während sie ihnen das Trinken von Colagetränken oder anderer coffeinhaltiger Limonaden gestatten. Vielleicht wundern Sie sich, warum Coffein diesen Getränken zugefügt wird. Nach Aussage von Dr. Royal Lee, Mitarbeiter der ,,Foundation for Nutritional Research", werden Colagetränke mit dem süchtig machenden Coffein angereichert, damit die Verbraucher an die stimulierende Wirkung gewöhnt werden und später ohne sie nicht mehr auskommen. Es gibt nur einen Grund, alkoholfreie Getränke mit Coffein zu versehen: Den Verbraucher von ihnen abhängig zu machen!

Meiden Sie diese Getränke! Vor allem halten Sie diese Getränke von Ihren Kindern fern!

Es sind genügend Mineralwässer auf dem Markt, die zwar wegen ihres Gehalts an Salzen und anorganischen Mineralien auch nicht gerade ideal sind, aber immer noch weit besser, als die „soft drinks".

Am besten, Sie trinken frisch gepreßte Fruchtsäfte, reines destilliertes Wasser oder mineralarmes Wasser.

Frage: *Ist ein bißchen* ***Schokolade*** *wirklich so schlimm?*

Antwort: Es gibt kaum etwas, wovon ein kleines bißchen ernstlich schaden würde. Es gibt allerdings in der Schokolade einige Bestandteile, die man kaum als positiven Beitrag zur Gesundheit ansehen kann. Da ist erstens eine dem Coffein verwandte Substanz mit dem Namen Theobromin. (Es sieht fast so aus, als ob wir uns auf einem Feldzug gegen das Coffein befänden.) Den Ausführungen Dr. Bruce Ames von der University of California, Berkeley, zufolge stärkt Theobromin gewisse krebserzeugende Stoffe in den menschlichen Zellen, die der Desoxyribonukleinsäure (Bestandteil der Zelle) Schaden zufügen. Außerdem verursacht es Hodenschwund.

Der andere Bestandteil, der jedem Schlankheitsprogramm einen Dämpfer versetzen kann, ist der raffinierte weiße Zukker. Er enthält nach dem Raffinieren keine Spur von Leben mehr, alle Nährstoffe werden ihm durch diesen Prozeß entzogen. Fasern, Vitamine, Mineralstoffe, alles wird entfernt. Was bleibt, ist ein toter Rest. Fabrikzucker macht die Leute dick, denn er liefert nur leere Kalorien und Kohlenhydrate im Übermaß, die in Fett verwandelt werden. Dadurch werden Sie veranlaßt, zu viel zu essen, um die nötigen Nährstoffe zu erhalten. Wenn Sie stark zuckerhaltige Nahrungsmittel zu sich nehmen, braucht der Körper zusätzliche Frischkost, um die nötigen Nährstoffe zu erhalten. Die Neigung zuzunehmen wird dadurch verstärkt. Um die Gier nach Süßigkeiten auszuschalten, hilft nichts besser, als Obst auf die richtige Weise zu verzehren. Der in den Früchten enthaltene Zucker ist unbehandelt, er versorgt Ihren Organismus mit allen Nährstoffen, die er braucht. Außerdem vermittelt er durch seine Faserstoffe ein Gefühl der Sättigung, während der raffinierte Zucker – auch in größeren Mengen genossen – ein Gefühl der Leere hinterläßt. Raffinierter Zucker, ganz egal in welcher Form er verzehrt wird, ob in Nahrungsmitteln, in Bonbons oder in Flüssigkeiten, fängt im Organismus an zu gären, verursacht die Bildung von Essigsäure, Kohlensäure und Alkohol. Durch den Vorgang des Raffinierens wird die Grundlage für die Gärung des Zuckers im Körper gelegt.

Es ist schwierig aufzuzeigen, wie ein bestimmtes Nahrungsmittel das gesamte Eßverhalten nachteilig beeinflussen kann. Aus dem Zusammenhang gerissen, scheint alles nur halb so schlimm zu sein. Kommen jedoch mehrere negative Einflüsse zusammen, führen sie schließlich zum Zusammenbruch. Stellen Sie sich ein großes Erkerfenster vor. Ein kleiner Kieselstein, dagegengeworfen, kann das Glas nicht brechen. Aber hunderttausend Kieselsteine werden es zerschmettern. Jeder negative Einfluß, dem Ihr Körper ausgesetzt ist, ist wie ein Kieselstein und all die Einflüsse zusammengenommen können und werden die Gesundheit Ihres Körpers zerstören. Je weniger Steine Sie gegen das Fenster werfen, um so eher wird es standhalten. Je weniger negative Einflüsse Ihr Körper zu ertragen hat, sei es durch Kaffee, Tee, Limonade, Alkohol, Tabak oder Süßigkeiten, um so geringer ist die Aussicht, übergewichtig zu bleiben. Schon die Einschränkung ist eine Wohltat für Ihren Körper, sie bedeutet weniger Kieselsteine.

Frage: *Ich habe gehört, daß* ***Wein*** *zu den Mahlzeiten die Verdauung fördert? Ist das wahr?*

Antwort: Wer auch immer für diesen Blödsinn verantwortlich ist, sitzt bestimmt im Vorstand einer der großen Weinkellereien. Der Körper braucht ebensowenig eine Verdauungshilfe, wie er Hilfe zum Blinzeln oder Atmen braucht. Es handelt sich um autonome Vorgänge, die wir nicht beeinflussen können. Die Verdauung setzt ganz einfach ein, wenn Nahrung in den Magen kommt. Wenn überhaupt dem Wein ein Einfluß zugeschrieben werden kann, dann der, daß er die Verdauung *verzögert.* So wie das Verhalten Ihres Motors unter dem Einfluß von Alkohol langsamer wird, wird auch die Verdauung langsamer.

Wein ist vergoren, wodurch jedes mit ihm in Berührung kommende Nahrungsmittel verändert wird. Jede Art von Alkohol belastet die Nieren und die Leber. Wenn Sie gerne Wein trinken, versuchen Sie ihn auf leeren Magen zu trinken. Er wird Sie dann schneller „auflockern" und keine Nahrung beeinflußen. Mäßigkeit sei Ihre Devise. Denken Sie daran, je weniger Kieselsteine gegen das Fenster geworfen werden, um so besser.

Frage: *Mir scheint, daß bei dieser Ernährung die Einnahme von* ***Vitamin- und Mineralstoffpräparaten*** *überflüssig ist. Stimmt das?*

Antwort: Ohne jeden Zweifel! Über die gegensätzlichen Meinungen hinsichtlich zusätzlicher Vitamin- und Mineralstoffgaben könnte man ein Buch schreiben. Wie sind wir nur jahrhundertelang ohne sie ausgekommen? Die Herstellung und der Verkauf dieser Produkte ist einer der größten Wirtschaftszweige mit einem riesigen Umsatz geworden. Ich möchte gerne wissen, inwieweit die Gebote und Empfehlungen wirtschaftlich motiviert sind.

Im Zusammenhang mit der zusätzlichen Einnahme von Vitamin- und Mineralstoffpräparaten gibt es viele Experten auf dem Gebiet der Ernährungswissenschaften, sowohl innerhalb als auch außerhalb der medizinischen Zunft, die sehr besorgt sind über die Auswirkungen dieser Produkte auf unsere Gesundheit. Dr. Myron Winick, Direktor des ,,Institutes für menschliche Ernährung“ an der Columbia Universität, folgert, daß einige der altbewährten Vitaminpräparate, die lange als völlig unschädlich galten, medizinische Probleme verursachen, wie z. B. Nervenschäden, leichte Verdauungsstörungen sowie gefährliche Leberschäden. (Bericht der „Los Angeles Times“ vom 20. Dezember 1983.)

Unser tatsächlicher Vitamin- und Mineralstoffbedarf ist viel zu hoch eingeschätzt worden. Die Menge, die der menschliche Körper in einem ganzen *Jahr* braucht, füllt nicht einmal einen Fingerhut voll. Und diese empfohlene Tagesmenge ist schon zweimal so hoch wie der tatsächliche Bedarf. So aufschreckend diese Aussagen auch klingen mögen, sie entsprechen den Tatsachen. Jedes für unseren Körper notwendige Vitamin und jeder erforderliche Mineralstoff ist in Früchten und Gemüsen in überreicher Fülle vorhanden. Der Bedarf des Körpers für diese Elemente ist so gering, daß Sie selbst bei bescheidenem Verzehr von frischen Früchten und Gemüsen ausreichend damit versorgt wären. Das vorliegende Programm ist so gestaltet, daß alle in Ihrer Ernährung notwendigen Bestandteile in ihrer reinsten Form so leicht aufnehmbar wie nur möglich in reichlicher Menge vorhanden sind. Kein von Menschenhand hergestelltes Produkt kann in seiner Qualität dem gleichkommen, was in Früchten und Gemüsen enthalten ist, ungeachtet aller gegenteiligen Reklame der Hersteller und ihrer Behauptung, 100%ig natürliche Produkte herzustellen. 100%ig natürlich hieße von der Natur selbst geschaffen. Ich persönlich habe noch nie einen Vitamin- oder Mineralstoffpillenbaum gesehen.

Von den Menschen gefertigte Ersatzstoffe können einfach nicht das sein, was der menschliche Körper braucht. Durch die Bearbeitungsvorgänge, das Herauslösen und Zerkleinern der Bestandteile, werden sie ihres Wertes beraubt. Solche Vitamingaben werden im Körper toxisch.[2])

2) Robert McCarter, Ph. D., und Elizabeth McCarter, Ph. D.: „Eine Betrachtung über Vitamine“ (A Statement on Vitamins), ,,Vitamine und Kuren“ (Vitamins and Cures) und ,,Andere unnötige Zusatzstoffe“ (Other Unnecessary Supplements). Health Reporter 11 (1984) S. 10, 24.

Am besten kann der Körper Vitamine und Mineralstoffe auswerten, wenn sie zusammen mit all den anderen Bestandteilen der Nahrung aufgenommen werden. Aus der natürlichen Verbindung herausgelöst, isoliert, verlieren sie ihren Wert. Künstlich hergestellt sind sie völlig nutzlos. Zur Zeit gibt es eine Technologie, der zufolge ein Weizenkorn im Labor hergestellt werden kann. Man ist in der Lage, jede Komponente nachzumachen und das Korn entstehen zu lassen. Aber wenn es in die Erde gelegt wird, keimt es nicht. Andererseits gibt es Körner, die in Gräbern gefunden wurden, viertausend Jahre alt sind und ihre Keimfähigkeit nicht verloren haben. Dem künstlichen Weizen fehlt ein subtiler Bestandteil: Die *Lebenskraft!* Und eben dieser Bestandteil fehlt auch den künstlich hergestellten Vitaminen und Mineralstoffen. Schlimmer noch als wertlos verhalten sich diese Produkte im Körper wie giftiger Abfall. Unser Ziel ist es, giftige Abfallprodukte *auszuscheiden,* nicht noch mehr zu produzieren.

Der Körper folgt dem Gesetz des Mindestmaßes. Das heißt in anderen Worten, daß er, wenn sein Bedarf an Vitaminen und Mineralstoffen gedeckt ist, den Rest als Überschuß ausscheidet. Wenn Sie ein kleines Glas hätten und einen Krug voller Saft, könnten Sie das Glas doch nur bis zum Rande füllen. Sowie Sie weiter Saft zugießen, läuft das Glas über, der Saft wird verschwendet. Genau so geht es, wenn Sie Ihrem Körper mehr Vitamine und Mineralstoffe zuführen, als er brauchen kann. Allerdings wird der Überschuß zu giftigen Schlacken, die der Körper nur mit Hilfe Ihrer kostbaren Energie wieder los werden kann. Dieser Vorgang belastet Leber und Nieren. Wenn Sie also derartige Zusatzstoffe einnehmen, müssen Sie davon ausgehen, daß sie *immer* überflüssig sind, es sei denn, Ihre Ernährung wäre in höchstem Maße devitalisiert, (tote Nahrung) überbehandelt (verändert) und denaturiert (entwertet). Die in **„Fit für's Leben"** vorgestellte Lebensweise versorgt Sie randvoll mit allen erforderlichen Vitaminen und Mineralstoffen. Gesundheit entsteht durch gesunde Lebensweise. Sie kann nicht in einer Flasche gekauft werden. Gehen Sie sparsam um mit Ihrer Energie . . . und mit Ihrem Geld.

Frage: *Wie schädlich ist eigentlich* ***Kochsalz?***

Antwort: Die Ägypter benutzten Salz zur Einbalsamierung. Lassen wir uns das gesagt sein. In diesem Jahr werden die Amerikaner fünfhundert Millionen Pfund Salz verbrauchen. Damit wird viel einbalsamiert. Salz befindet sich überall und in allem, angefangen von der Tiernahrung bis zur Babynahrung. Salz ist die Hauptursache für hohen Blutdruck. Seine Wirkung auf die empfindlichen inneren Gewebe zwingt den Körper, Wasser zurückzuhalten, um es zu neutralisieren.

Dadurch nimmt der Körper an Gewicht zu. Übermäßiger Salzverbrauch kann zu einer ernsthaften Nierenerkrankung beitragen, der Nephritis.

Wenn man bedenkt, daß die Menschen täglich Kaffee, Tee, Limonaden und Alkohol trinken, täglich Vitamin- und Mineralstofftabletten einnehmen, einen hohen Salzverbrauch haben und dies alles durch die Nieren ausgeschieden werden muß, kann man sich da noch wundern, daß so viele Leute jährlich an Nierenversagen sterben? Wir sollten alles tun, was in unseren Kräften steht, um unsere armen überarbeiteten Nieren zu schonen. Salz sollte, wenn überhaupt, nur sehr sparsam verwendet werden. Für alle diejenigen, die meinen, auf Salz nicht verzichten zu können, ist grob gemahlenes Meersalz zu empfehlen. Grob gemahlenes Meersalz kann in einer Salzmühle verwendet werden. Es gibt viele Gewürzsalze und salzfreie Gewürze (siehe Einkaufsliste, Seite 184), die Ihnen helfen, Ihren Salzverbrauch zu senken.

Frage: *Wie kommt es, daß heutzutage so viele Leute an* ***Hypoglykämie (stark herabgesetzter Zuckergehalt des Blutes)*** *zu leiden haben oder glauben, daran zu leiden? Wird dieser Zustand durch den Verzehr von Obst verschlimmert?*

Antwort: Daß so viele Leute Hypoglykämie haben und daß so viele glauben, daran zu leiden, hat zwei Gründe. Erstens sind die bei Hypoglykämie möglichen Symptome derart breit gefächert, daß es schon fast überraschen würde, jemanden zu finden, der nicht wenigstens eines dieser Symptome aufweisen kann. Die Liste mit 62 möglichen Symptomen enthält u. a.

Gefühlsausbrüche, Launenhaftigkeit, verstopfte Nase, Müdigkeit, Erschöpfung, Verwirrung, die Unfähigkeit, richtig zu denken, Ängstlichkeit, Gereiztheit und Entschlußlosigkeit. Sogar Gasbildung, Verdauungsstörungen, Blähungen und *Schläfrigkeit nach Mahlzeiten* sind mögliche Folgen. Ach, du meine Güte! Es gibt wahrscheinlich keine drei Leute in der westlichen Welt, die nicht irgendwann einmal zumindest eines dieser Symptome gehabt haben. Und es gibt davon noch 45 mehr! Zweitens ist die übliche Ernährungsweise mit ihrem energieverschwendenden, säurebildenden Charakter durchaus in der Lage, einen niederen Blutzuckerspiegel zu verursachen (Unterzuckerung).

Im Kapitel über den richtigen Obstverzehr wurde festgestellt, daß Obst, mehr als jedes andere Lebensmittel, heftiger Kritik ausgesetzt war. Der zweite Teil der Frage ist ein klassisches Beispiel für das weitverbreitete Mißverständnis über die so überaus bedeutende Rolle des Obstes bei der Gewinnung und Erhaltung einer guten Gesundheit. Es mag seltsam klingen, aber mit Obst kann man tatsächlich die Hypoglykämie am wirkungsvollsten bekämpfen. Ich meine damit nicht das Unterdrücken der Symptome, sondern die Entfernung der Ursache, so daß gar keine Symptome mehr auftreten. Das zur Unterdrückung von Symptomen am meisten angewandte Mittel ist Essen; in der Regel schwere Eiweißnahrung wie z. B. Fleisch oder Eier. Durch das Ablenken der die Symptome verursachenden Energie auf den Magen zur Verdauung werden die Beschwerden gelindert. Eine vorübergehende Maßnahme, die das eigentliche Problem nicht beseitigt, sondern zu nur noch häufigerem Essen verführt. Es gibt jedoch eine viel einleuchtendere Maßnahme, die die häufigen Mahlzeiten *und* die Hypoglykämie aus der Welt schafft.

Was bedeutet nun niedriger Blutzucker? Wir haben bereits ausgeführt, daß das wichtigste Qualitätsmerkmal der Nahrung ihr Brennwert sein sollte. Daß ungefähr 90 % unserer Nahrung uns mit der für die Lebensfunktionen notwendigen Glukose (Traubenzucker) versorgen sollte. Das Gehirn verwendet nur einen einzigen Brennstoff, nämlich Zucker in Form von Glukose. Es verwendet weder Fett, Eiweiß, noch irgendetwas anderes als Glukose, die es für seine Zwecke dem Blut entnimmt. Wenn keine ausreichende Menge verwendbaren Zuckers für das Gehirn im Blut vorhanden ist, wird Alarm gegeben. Dieser Alarm zeigt sich als Hypoglykämie-Symptom. Das Problem ist letztlich nichts anderes als Zuckermangel im Blut. Um dieser Situation zu begegnen, genügt es, dem Blut Zucker zuzuführen. Hier setzt nun gewöhnlich die Verwirrung ein. Es ist absolut notwendig, dem Blut die *richtige* Zuckerart zuzuführen. Jede Art von behandeltem Zucker macht alles nur noch schlimmer. Nur der in frischen Früchten enthaltene Zucker – genannt Fruktose – ist für diesen Zweck geeignet, innerhalb des Körpers kann er schneller in Glukose umgewandelt werden als jedes andere Kohlenhydrat. Von wesentlicher Bedeutung dabei ist, daß das Obst auf *richtige Weise* verzehrt wird, d. h. auf *leeren Magen.* In seinem natürlichen organischen Zustand passiert der Zucker den Magen sehr schnell und befindet sich innerhalb einer Stunde im Blut.

Wenn Sie dem Programm in Teil II dieses Buches folgen, werden Sie Obst automatisch auf die richtige Weise verzehren und somit die *Ursache* der Hypoglykämie beseitigen. Für alle diejenigen, die jahrelang an Hypoglykämie gelitten haben, ohne Befreiung von ihrem Leiden gefunden zu haben, mag das allzu einfach klingen. Wir sind jedoch im Besitz vieler Krankengeschichten von Leuten, die jahrelang an Hypoglykämie gelitten haben. Vielen gelang es, durch den Glukose-Toleranz-Test das Leiden nachzuweisen und durch Befolgen des **Fit für's Leben**“-Programms zu heilen.

Frage: *Kann eine Frau auch in der* ***Schwangerschaft*** *diesem Programm folgen?* (Die Beantwortung dieser Frage überlasse ich meiner Frau Marilyn.)

Antwort: Ja, aber die Vorbereitung für die Geburt eines gesunden Kindes sollte vor der Empfängnis beginnen, mindestens sechs Monate vorher oder noch länger, wenn es möglich ist. Da der Ernährungsweise in der Schwangerschaft eine große Bedeutung zukommt, sollte jede Änderung mit dem Arzt besprochen werden. Es ist jedoch auch während der Schwangerschaft nie zu spät, die Ernährung schrittweise zu verbessern. Jede Veränderung im positiven Sinn kann das Befinden von Mutter und Kind nur verbessern und eine leichtere Geburt ermöglichen. Das vorliegende Programm erfüllt alle diätischen Anforderungen während der Schwangerschaft, sowohl für die Mutter als auch für das Kind. Durch das große Angebot frischer Früchte wird der Hauptanspruch, nämlich ausreichend Brennstoff in Form von Glukose bereitzustellen, erfüllt. Viele der in den täglichen rohen Salaten enthaltenen Bestandteile tragen auch dazu bei, den Glukosebedarf zu decken; außerdem versorgen diese Salate Mutter und Kind mit den für gesundes Wachstum und Entwicklung notwendigen Mineralstoffen und Vitaminen. Tatsächlich ist die für die Schwangerschaft (aber auch für jede andere Zeit) beste Kost eine Ernährung, die überwiegend aus rohen Früchten und Gemüsen sowie Nüssen und Samen besteht. Dadurch wird die Versorgung mit all den Brennstoffen, Aminosäuren, Mineralstoffen, Fettsäuren und Vitaminen gewährleistet, die notwendig sind, ein beständiges, hohes gesundheitliches Niveau zu erhalten. Dieses Programm erfüllt diese Anforderungen in hohem Maße. Die richtige Kombination der Nahrung sorgt dafür, daß ein Höchstmaß an Nährstoffen bei jeder Mahlzeit vorhanden ist und die Menge an Abfallprodukten (Schlacken) so gering wie möglich gehalten wird.

Eine *richtige* Ernährung ist die Voraussetzung für eine aktive, angenehme Schwangerschaft. *Falsche* Ernährungsweise kann die Schwangerschaft zu einer Prüfung werden lassen. Sehr häufig wird schwangeren Frauen empfohlen, reichlich pasteurisierte Milch zu trinken, um so sicherzustellen, daß sie für Zähne und Knochen ihrer Babys genügend Kalzium bekommen. Tatsächlich verfügen die meisten Erwachsenen jedoch nicht über die Verdauungsenzyme Laktase und Rennie, die erforderlich sind, um das Kalzium aus der Milch zu gewinnen, denn es ist an das unverdauliche Eiweißkomplement Kasein gebunden. Dazu kommt, daß das Kalzium durch die mit der Pasteurisierung verbundene Erhitzung geschädigt und damit nicht mehr verwendbar wird.[3])

3) Es gibt mehr Autoritäten auf dem Gebiet der Gesundheitslehre, die sich einig darüber sind, daß Kalzium aus pasteurisierter Kuhmilch nicht verwendbar ist.

Um die Versorgung mit verwendbarem Kalzium sicherzustellen, sollten schwangere Frauen das gut verwertbare, reichlich vorhandene Kalzium in frischen Früchten, Bohnen, Blumenkohl, Kohl, Kopfsalat und anderem grünem Blattgemüse, Nüssen und Samen (wobei Mandeln und Sesamsamen besonders hervorzuheben sind), Spargel und Feigen in Erwägung ziehen.[4])

Den Ausführungen Dr. Herbert Sheltons in ,,Die Gesundheitsvorsorge für Kinder" (The Hygienic Care of Children) zufolge hilft *frischer* Orangensaft dem Körper, seine Kalziumvorräte zu erhalten. Außerdem ist für den Kalziumstoffwechsel Sonneneinwirkung in ausreichendem Maße erforderlich. Das Ungeborene ist in der Lage, in seinen Geweben einen Kalziumvorrat anzulegen, auf den es im späteren Stadium der Schwangerschaft zurückgreifen kann. Deshalb ist es für die Schwangere von größter Bedeutung, in den *ersten* Monaten der Schwangerschaft Kalzium in ausreichendem Maße zu sich zu nehmen und im Körper zu speichern.

Schwangere Frauen wird außerdem geraten, Kuhmilch zu trinken, um für das Baby einen reichlichen Milchvorrat zu schaffen. Das ist lächerlich. Kühe trinken doch auch nicht die Milch anderer Tiere, um ihren eigenen Milchvorrat zu decken. Sie fressen Körner und viel Gras. Auch wir beginnen – genau wie die Säugetiere, zu deren Gattung wir ja gehören – automatisch Milch zu produzieren, wenn wir schwanger werden. Durch den

Herbert M. Shelton, Ph. D.: „Gesundheitsvorsorge für Kinder" (The Hygienic Care of Children). Bridgeport, Connecticut: Natural Hygiene Press, 1970.
N. W. Walker, M. D.: „Diät- und Salatempfehlungen" (Diet and and Salad Suggestions). Phoenix, Arizona: Norwalk Press, 1971.
Robin A. Hur: „Nahrungsmittelreform: Eine dringende Notwendigkeit" (Food Reform – Our Desperate Need). Austin, Texas: Heidelburg 1975.
Joyce M. Kling: „Schwangerschaftsvorsorge für eine bessere Gesundheit von Mutter und Kind und einer weniger schmerzhaften Geburt" (Prenatal Care for Better Infant and Material Health and Less Painful Childbirth). In The Life Science Health System, by T. C. Fry. Austin, Texas. Life Science, 1984.
M. Bircher-Benner: „Essen Sie sich gesund" (Eating Your Way to Health). Baltimore: Penguin Books, 1973.
4) Siehe: 16. Tag des Programms, frische Mandelmilch, Seite 275

Verzehr reichlicher Mengen frischer Früchte und frischem Blattgemüse können wir unsere Milch weitaus besser anreichern und vermehren. Übrigens, falls man Ihnen Folsäuretabletten ,,für Ihre Milch" verordnen sollte, könnten Sie sie durch einen täglichen grünen Salat ersetzen, der eine hervorragende, leicht verfügbare, natürliche Quelle für Folsäure darstellt.

Sie dürfen nie vergessen, daß es nicht darum geht, *wieviel* Kalzium in dem von uns verzehrten Nahrungsmitteln enthalten ist, sondern wieviel davon tatsächlich *verwendbar* ist, d.h. absorbierbar und vom Körper deponierbar. Die Einnahme von Kalziumtabletten während der Schwangerschaft versorgt Sie *nicht* mit *verwendbarem* Kalzium. Sehr häufig entstehen dadurch schädliche Kalziumdepots in der Plazenta. Diese Mittel versorgen uns mit anorganischem Kalzium (auch wenn auf dem Etikett ,,organisch" steht), das unser Körper einfach nicht verwenden kann. Dr. Ralph C. Cinque hat auf dem Gebiet weitreichende Experimente und Untersuchungen durchgeführt. Die hier gebotene Information entstammt direkt den von ihm veröffentlichten Unterlagen.[5])

Auch hier sehen wir uns wieder mit verschiedenen Anschauungen konfrontiert. Die natürliche Gesundheitslehre steht in direktem Gegensatz zur zusätzlichen Einnahme von Vitaminen und Mineralstoffen, die nicht aus natürlichen Quellen kommen, wobei mit natürlichen Quellen Gärten und Obstplantagen gemeint sind und keine Tabletten. Ich bin ganz sicher, daß sich die Vertreter beider Richtungen in der Überzeugung, recht zu haben, noch die Köpfe einschlagen werden. Die Tatsache bleibt jedoch bestehen, daß für die natürliche Gesundheitslehre, die

5) Ralph C. Cinque, Ph. D.: „Schwangerschaftsvorsorge für eine bessere Gesundheit von Mutter und Kind und einer weniger schmerzhaften Geburt" (Prenatal Care for Better Infant and Maternal Health and Less Painful Childbirth). In The Life Science Health System, by T. C. Fry. Austin, Texas: Life Science, 1984.
Rosi Dosti: „Ernährung ist wichtiger für schwangere Teenager und über 30-jährige" (Nutrition Needs Greater for Pregnant Teenagers, over 30s). Los Angeles Times, 31. Mai 1984. ,,Vitamin-Überdosen können schädlich sein" (Vitamin Megadoses Can Be Harmful). Los Angeles Times, 20. Dez. 1983.

in *diesem* Buch vertreten wird, alle Vitamin- und Mineralstoffzusätze aufgrund ihrer Zerlegung in ihre Einzelbestandteile als belastende giftige Produkte für den Körper gelten. Wie auf so vielen anderen die Ernährung betreffenden Gebieten beginnen auch hier einige Vertreter der traditionellen Ärzteschaft den Standpunkt der natürlichen Gesundheitslehre anzuerkennen. Dr. Vicki G. Hufnagel vertrat auf der 14. jährlichen Ernährungskonferenz die Meinung, ,,daß wir gerade dabei sind zu lernen, welchen Schaden sie einem kleinen Embryo zufügen können. Vitamine sind Drogen.“ Dr. Hufnagel ist Geburtshelferin und Gynäkologin. Dr. Myron Winick, Direktor des Instituts of Human Nutrition an der Columbia Universität, sagt: „Manche Leute halten Vitamintabletten für Bonbons, aber das sind sie nicht. Sie haben mehr den Charakter von Medikamenten. Und wir alle wissen, daß es keine sicheren Medikamente gibt, allenfalls sichere Dosierungen.“

Es wäre bei weitem besser, das Mineral Kalzium in Ihrem Garten wie Kalk auszubringen und damit schönen grünen Salat zu ziehen, der Sie dann reichlich mit *verwendbarem organischem* Kalzium versorgt, anstatt fabrikmäßig hergestellte Kalziumtabletten einzunehmen. Es ist äußerst wichtig zu verstehen, daß Kalziummangel nicht nur dadurch entstehen kann, daß man zu wenig davon einnimmt, sondern auch durch übermäßiges Essen und durch falsche Zusammenstellung der Mahlzeiten. Beide Fehler beeinträchtigen sowohl die Verdauung als auch die Absorption der Nahrung. Schwangerschaft ist kein Freibrief für übermäßiges Essen! Eine Gewichtszunahme von mehr als zwanzig bis fünfundzwanzig Pfund kann ein übergroßes Baby und eine risikoreiche Geburt zur Folge haben.[6])

Schwangere Frauen neigen dazu, übermäßig zu essen, wenn sie behandelte, verfälschte Nahrungsmittel zu sich nehmen. Sie essen zu viel, weil ihr Körper ihnen signalisiert, daß sein

6) Während meiner letzten Schwangerschaft nahm ich insgesamt nur vierzehn Pfund zu. Sowohl mein Baby als auch ich erfreuten sich ausgezeichneter Gesundheit. Eine Stunde nach der Geburt war ich schon auf den Beinen, um mein Baby zu baden – voller Energie!

Nährstoffbedarf nicht erfüllt wird. Durch **„Fit für's Leben"** lernen Sie jene Nahrungsmittel kennen, die für Mutter und Kind den höchsten Nährwert besitzen und Ihnen helfen, Ihre Gewichtszunahme in Grenzen zu halten.

Nebenbei bemerkt gibt es während der Schwangerschaft bestimmte Dinge, die zu dieser Zeit schädlicher sind als sonst. Durch dieses Programm wird Ihnen geholfen, sie nach und nach auszumerzen. Die Plazenta, die die Aufgabe hat, von der Mutter aufgenommene schädliche Substanzen auszufiltern und das Ungeborene vor diesen Stoffen zu schützen, ist gegenüber Medikamenten, Alkohol, Tabakgiften, Coffein, Salz, Essig sowie chemischen Zusätzen und Konservierungsstoffen in behandelter Nahrung machtlos. Wenn Sie diesem Programm folgen, werden Sie automatisch diese schädlichen Einflüsse ausschalten. Sie sind in den Menübestandteilen nicht enthalten, mit Ausnahme von etwas Salz, dessen Verwendung Ihnen freigestellt wird. Was die anderen noch schädlicheren Bestandteile betrifft, sollten wir im Interesse unserer zukünftigen Nachkommenschaft offen miteinander sein. Es gibt kein „sicheres" Medikament, verschrieben oder nicht verschrieben, das während der Schwangerschaft eingenommen werden kann, ungeachtet der Tatsache, daß vielen schwangeren Frauen Medikamente immer noch empfohlen werden. Thalidomid war nur die Spitze des Eisbergs. Alle Medikamente, angefangen von Aspirin bis zu Schmerzmitteln und Beruhigungsmitteln, sind Risiken, die zu Mißbildung und geistiger Behinderung Ihres Babys beitragen können.

Alkoholkonsum während der Schwangerschaft kann zu dem sogenannten „fetalen Alkoholsyndrom" führen, eine Mißbildung von Gesicht und Kopf, die nicht selten von geistiger Behinderung begleitet wird. Geburtsschäden wurden auch mit dem Coffein im Kaffee, Tee, alkoholfreier Brause und Schokolade sowie anderen Drogen in Verbindung gebracht. Zigarettenkonsum bedeutet für das Ungeborene Sauerstoffmangel, wodurch eine Frühgeburt, zu niedriges Gewicht und geistige Behinderung verursacht werden können.

Wie sie sehen, werden diese schädlichen Substanzen in diesem Programm nicht befürwortet. Ich erwähne sie nur, um die

Aufmerksamkeit schwangerer Frauen auf sie und ihre möglichen Folgen auf das ungeborene Kind zu lenken. Bereits bei 12 % und mehr Geburten zeigen sich Defekte, und diese Anzahl steigt von Jahr zu Jahr mit der Zunahme von Chemikalien und Giften in unserer Umwelt und Ernährung. Eine Schwangerschaft bedeutet, daß wir in dieser Zeit mit besonderer Aufmerksamkeit auf die Bedürfnisse unseres Körpers achten sollen. Das vorliegende Programm wird Ihnen helfen, die richtige Nahrung, frische Luft und Sonnenschein als wesentliche Voraussetzungen einer gesunden Schwangerschaft zu nutzen. Ausreichende Ruhepausen und regelmäßige Gymnastik sind ebenso notwendig.

In bestimmten Fällen ergeben sich besondere Bedürfnisse. In der Schwangerschaft sollten Änderungen in der Ernährungsweise allmählich und unter Aufsicht der Hebamme oder des Arztes vorgenommen werden.

Hier schließt Teil I. In dem habe ich mich bemüht, Ihnen eine klare Vorstellung zu geben, welche Veränderungen Ihrer Lebensweise notwendig sind, um Ihre Gewichtsprobleme und Gesundheitsprobleme ein für allemal zu meistern und *warum* Sie diese Veränderungen vornehmen sollten. In Teil II wird Marilyn Ihnen wichtige Hinweise darüber geben, *wie* Sie diese Veränderungen in die Tat umsetzen können, so daß Ihre neue Lebensweise auch von Dauer sein wird. Durch ihre Kenntnisse und ihr Verständnis für die Abhängigkeit der Menschen von ihren Eßgewohnheiten, ihre Ausbildung als Lehrköchin, durch ihr solides Verhältnis für die Grundsätze der natürlichen Gesundheitslehre war sie in der Lage, ein Vier-Wochen-Programm zu entwerfen, das Ihnen zeigen wird, wie Sie eine Vielzahl köstlicher, richtig zusammengestellter, hoch wasserhaltiger Mahlzeiten zubereiten können. Das Programm wurde entworfen, Ihnen den Weg zu erleichtern, der Sie schnell Ihrem Ziel, Gewicht zu verlieren, näherbringen wird und gleichzeitig auf bequeme Weise, die so wichtige Entgiftung Ihres Körpers einleitet und zu einer dauerhaften Gesundheit führt.

Eine erfolgreiche Gewichtsabnahme und eine energiegeladene Lebensweise sind nun nur noch eine Mahlzeit weit von Ihnen entfernt. So lassen Sie uns ein neues Blatt in Ihrem Leben aufschlagen, indem wir auf die nächste Seite schauen und mit Teil II beginnen.

Teil II

„Fit für's Leben"

PROGRAMM

Marilyn Diamond

Einführung

Als ich 1975 Harvey zum ersten Mal in seiner Eigenschaft als Ernährungsberater konsultierte, befand ich mich in der schlimmsten Gesundheitskrise meines Lebens. Ich war sehr entmutigt. Ich kam aus einer Mediziner-Familie, hatte eine lange Krankengeschichte vorzuweisen, aber so lange ich denken konnte, hatte ich mich nie richtig wohlgefühlt.[1])

Übergewicht war zu dieser Zeit nicht gerade mein Hauptproblem, womit ich aber nicht sagen will, daß es nicht auch eines meiner Probleme darstellte. Ich muß zugeben, daß ich schon in den ersten Jahren als Teenager mit meiner Figur nicht zufrieden war und ich schon damals anfing, hohe Absätze zu tragen, um schlanker auszusehen.

Mein eigentliches Problem, das ich jedoch zu der Zeit nicht als solches anerkannte, war, daß ich über keinerlei Energie verfügte. Ich fühlte mich schrecklich und hatte große Schwierigkeiten, mit meinem Leben fertig zu werden. Eigentlich waren meine damaligen Erfahrungen nichts Ungewöhnliches. Energiemangel stellt die Grundursache vieler physikalischer, psychologischer und emotionaler Probleme dar, von denen Männer, Frauen *und* Kinder betroffen sind. Meine Symptome waren nicht unüblich: Magenschmerzen, peinliche Hautausschläge, Depressionen, Durcheinandersein, plötzliche Launen und Gefühlsausbrüche. Was mich ängstigte war, daß diese

1) Während meiner Kindheit war mein Vater als Biochemiker am „Nationalen Institut für Gesundheit“ in Bethesda, Maryland, angestellt. Später war er Abteilungsleiter an der New York University Medical School und am Albert Einstein College of Medicine in der Abteilung für Mikrobiologie und Moleku larbiologie. Zur Zeit ist er Dekan an der Graduate School of Medicine an der Cornell University. In den medizinischen und wissenschaftlichen Bereichen wird die ganze Lebensweise vom Beruf stark beeinflußt. Als meines Vaters Tochter konnte ich mich dem nicht entziehen, und arbeitete während der Sommerferien in seinem Labor und unter seinem Einfluß belegte ich am College Biologie und Chemie.

Symptome ständig schlimmer wurden. Im Alter von 31 Jahren, mit zwei kleinen Kindern, verbrachte ich einen großen Teil meiner Zeit in Tränen und in depressiver Stimmung und fragte mich, ob ich mich jemals wohl genug fühlen würde, um mit meinem Leben zurecht zu kommen – und das, nachdem ich mit so großer Begeisterung mein Studium angepackt hatte, daß ich mit höchsten Auszeichnungen promoviert hatte. Weder die vielen Medikamente, die ich einnahm, noch irgendeine Behandlung oder Therapie hatten in all den Jahren vermocht, meinen Zustand zu ändern oder zu verbessern. Während der ganzen Zeit, in der ich Medikamente für den nervösen Magen und geschwächten Verdauungsapparat einnahm, meine nervöse Spannung beruhigt wurde, ich mich einer Spritzenbehandlung gegen Schmerzen unterzogen hatte und theoretische Gespräche mit „Experten" geführt hatte, die meinem physischen, geistigen und emotionalen „Unbehagen" auf den Grund kommen wollten, hatte mich nicht einer gefragt, was ich denn essen würde! Harvey fragte mich!

Natürliche Gesundheit, wie Harvey sie lehrte, gab mir die Antworten, auf die ich schon nicht mehr zu hoffen gewagt hatte. Was lernte ich? Alles, was ich wissen mußte, um mir selbst helfen zu können und Wohlbefinden zu erlangen. Ich erfuhr, daß ich Schmerzen hatte und an Energiemangel litt, weil ich fast mein ganzes Leben lang meinen Organismus mit *falscher Nahrung* belastet hatte. Da das Stillen der Babys jahrzehntelang aus der Mode gekommen war, gehörte ich zu den Kindern, die nie Muttermilch bekommen hatten. Muttermilch ist die einzig richtige, von der Natur für Menschenkinder vorgesehene Nahrung. In seinem kürzlich erschienenen Buch „Wie ziehe ich trotz meines Hausarztes ein gesundes Kind auf?" schreibt Dr. Robert S. Mendelsohn: „Stillen ist die Grundlage für ein gesundes physisches und emotionales Wachstum . . . *Muttermilch, in Millionen von Jahren bewährt, ist die beste Nahrung für Babys, denn sie ist ein perfektes Naturprodukt.*" [2]

2) Robert S. Mendelsohn, M. D.: „Wie ziehe ich trotz Ihres Hausarztes ein gesundes Kind auf?" (How to Raise a Healthy Child in Spite of your Doctor). Chicago: Contemporary Books, Inc., 1984, S. 46–47

Wie war es möglich geworden, daß unsere Gesellschaft einen solchen Grad von Ignoranz erreichen konnte, daß wir tatsächlich nicht mehr zu erkennen vermochten, welche Bedeutung dem Stillen für die zukünftige Gesundheit unserer Kinder zukam. Dr. Mendelsohn gibt die Schuld an dieser Entwicklung eindeutig den aus kommerziellen Überlegungen handelnden Herstellern von Kindernahrung und den Kinderärzten, die sie dabei unterstützen. Er beschuldigt Geburtshelfer und Kinderärzte, nicht deutlich genug für das Stillen der Kinder einzutreten. Als Folge davon wurden und werden Millionen von Kindern in unserer Gesellschaft mit Babyfertignahrung und Kuhmilch aufgezogen, die mit Eiweiß überladen ist und – nach Meinung einiger Forscher – ungeeignetes und daher schlechter aufnehmbares Kalzium enthält als Muttermilch. Dies führte in meinem Fall zu einer starken Übersäuerung meines jungen Körpers, unglaublich schwächenden Anfällen von Nesselfieber, Gelenkschäden, die Operationen in beiden Knien zur Folge hatten und ein geschwächtes Nervensystem. Wie es so typisch ist, wurde ich von frühester Kindheit an mit Fleisch ernährt. Als geborene Vegetarierin (was ich allerdings erst im Alter von 31 Jahren herausfand) litt ich unter anhaltenden und schmerzhaften Verdauungsstörungen als Folge meiner Unfähigkeit, Fleisch richtig zu verdauen. Ich kam aus einer Feinschmeckerfamilie (meine Mutter war eine hervorragende Gastgeberin und Kochkünstlerin) und war von frühester Kindheit an viel gereist. Schon als Kleinkind kam ich mit der internationalen Küche in Berührung. Als Studentin hatte ich Gelegenheit, mit dem französischen Landkoch Armand Ducellier in Avignon, Frankreich, zu arbeiten. Alles dies war ein Teil meiner Identität und meines Lebensstils, und es fiel mir sehr schwer, darin die Wurzel meiner gesundheitlichen Probleme zu sehen. Aber die Tatsache, daß meine Ernährungsweise in meinem Körper großen Schaden anrichtete und mir dadurch keinerlei Energie mehr für andere Dinge zur Verfügung stand, ließ sich nicht leugnen.

Als ich die von Harvey empfohlenen Grundsätze (die gleichen, die er Ihnen soeben erläuterte) in die Praxis umsetzte, *verlor ich zwanzig Pfund innerhalb von sechs Wochen und zum ersten Mal in meinem Erwachsenenleben war ich mit meiner Figur zufrieden.* Das ist ein berauschendes Gefühl, das jeder verdient! Noch wichtiger für mich war allerdings die Veränderung meiner Stimmungslage. Die Schatten der jahrelangen Depressionen begannen sich zu lichten. Ich fing an, *ganze Tage* innerer Ruhe zu erleben. Nur wer selbst unter dem Sog geistiger und physischer Depression gelitten hat, kann verstehen, welch ein Durchbruch das sein kann. In dem Maße, in dem mein Körper daran arbeitete, sein Gleichgewicht wiederzugewinnen, konnte ich erkennen, daß ich fähig sein würde, das von mir immer erträumte, produktive und erfüllte Leben zu führen. Mir war, als ob ich ins Land der Lebenden zurückkehrte!

Eines war von Anfang an erkennbar: Wenn ich mein Wohlbefinden auf Dauer erhalten wollte, mußte ich meine traditionellen Feinschmeckergewohnheiten aufgeben. Dies wurde während der Entgiftung[3]) offenkundig, als sich mein Gaumen nach vergangenen Gelüsten zu sehnen begann und mein Nachgeben sofort mit Unwohlsein quittiert wurde.

Während der Zusammenarbeit mit Harvey begann ich mich darauf zu konzentrieren, was die Leute tun würden, wenn sie sich, so wie ich, der Bedeutung *gesunden* Gewichtsverlustes bewußt werden würden. Wie würden sie die Umstellung von ihren traditionellen Eßgewohnheiten auf gesunde Ernährung auf angenehme Weise bewerkstelligen können? Was ich und wir alle nötig hatten, war eine aufregende, neue Einstellung zu köstlicher, aber doch ernährungsmäßig wertvoller Nahrung, die den Gaumen erfreuen, physiologische Bedürfnisse befriedigen und Entgiftung ermöglichen würde. Indem ich meine kreative Energie, die schon immer in der Küche ihr Höchstmaß erreicht hatte und meine weitreichenden Erfahrungen auf dem Gebiet der feinen Küche und den kulinarischen Künsten zum Einsatz brachte, entwickelte ich eine energiereiche, hochwertige Ernährungsweise für zu Hause, die den Wunsch nach Vielseitigkeit und Schmackhaftigkeit erfüllt, aber auch die Entgiftung ohne Störung ablaufen läßt und somit eine tägliche Steigerung des Wohlbefindens gewährleistet. In der Folgezeit befaßte ich mich – zusätzlich zu meinen Kenntnissen und Studien der französi-

3) Denken Sie daran, der wichtigste Aspekt der Entgiftung ist Gewichtsverlust!

schen und italienischen „haute cuisine“, der amerikanischen und volkstümlichen Küche – mit der Kochkunst chinesischer Speisenzubereitung und den Küchen Indiens und des mittleren Ostens. Zu dieser Zeit machte ich mein Diplom in Ernährungswissenschaften beim American College of Health Science.

Harvey hatte sich bei unserer ersten Begegnung bereits sechs Jahre lang mit natürlicher Gesundheitslehre befaßt und fühlte sich bei seiner aus Gemüse und Früchten bestehenden Ernährungsweise viel besser als ich. Er hatte die Übergangsphase, in der man die weniger bekömmlichen Nahrungsmittel zugunsten der neuen gesunden Ernährung wegläßt, bereits hinter sich. Er hatte die Gelüste schon überwunden, mit denen ich gerade zu kämpfen begann. Harvey machte mich mit vielen Gerichten bekannt, die er zu Beginn seiner Übergangsphase gern gegessen hatte, dabei wurde uns beiden klar, daß zur „Entgiftung und zum dauerhaften Schlankmachen „des ganzen Landes“ eine Vielzahl von Gerichten entwickelt werden müssen, um damit freudige und nicht „klinische Erfahrungen“ zu machen. Es war für mich eine echte Herausforderung, Mahlzeiten zu erfinden, die von köstlichem Geschmack und zugleich sättigend waren, die Kinder gerne essen und die *gut* für uns alle sein würden. Ich mußte meine kreativen Fähigkeiten hauptsächlich bei der Zubereitung von Gemüse einsetzen. Sehr oft wurden die Mahlzeiten zu einem betriebsamen Familienunternehmen. Wir hatten in dieser Zeit viel Spaß, und wir möchten diese Freude an der Sache in unserem Programm erhalten, so daß **„Fit für's Leben“** zu einem wundervollen Anfang für den besten Teil des Lebens werden kann. Diese Bemühungen sind die Basis des Programms, das wir Ihnen vorstellen. Die von uns entworfenen Menüs sollen Essen zu einer Gaumenfreude für Sie und zu einem Segen für Ihren Körper werden lassen.

Sie wurden entworfen, Ihnen zu helfen, einen neuen, ernährungsbewußten Lebensstil zu entwickeln, so daß Sie nie wieder mit Übergewicht zu kämpfen haben werden. Sie wurden entworfen, Ihnen Harmonie mit Ihren natürlichen Körperzyklen zu vermitteln. Neue Eßideen werden vorgestellt, die Ihnen gestatten, sich mühelos an die Grundsätze zu halten und mit der so überaus wichtigen Entgiftung Ihres Körpers zu beginnen.

Hat diese Entgiftung erst einmal angefangen, wird sie sich automatisch fortsetzen, so lange Sie sich – nach bestem Vermögen – an diese Grundsätze halten. Auch die Gewichtsabnahme wird automatisch erfolgen, sobald Ihr Körper, mit der nötigen Energie dafür ausgestattet, sich mit Freude auf das für ihn beste Gewicht einpendelt. Wenn Sie an diesen Rezepten Freude haben und Sie damit zufrieden sind, sind Sie vielleicht daran interessiert, auch mein erstes Kochbuch „Der gesunde Menschenverstand als Führer zu einem neuen Weg zu essen“[4]) kennenzulernen, das auch viele Rezepte für die Übergangszeit anbietet.

Die folgenden vier Wochen sollten Sie als eine Übergangsphase in Ihrem Leben betrachten. Wenn Sie sich an die beschriebenen Menüs halten, werden Sie automatisch Obst in der richtigen Weise verzehren, eine ausreichende Menge wasserhaltiger Nahrung zu sich nehmen und Ihre Mahlzeiten richtig zusammenstellen. In unserer Praxis und in den von uns abgehaltenen 4 Wochen-Entgiftungs-Kursen[5]) haben wir festgestellt, daß der einfachste Weg, sich eine neue ernährungsbewußte Lebensweise zu eigen zu machen, darin besteht, Schritt für Schritt, einem vierwöchigen Plan für diese Lebensweise zu folgen.

Machen Sie sich immer bewußt, daß unser Programm ein *Musterbeispiel, ein Modell* sein soll. Unser Programm ist nicht der einzige erfolgreiche Ernährungsplan. Darum geht es nicht in **„Fit für's Leben“**. Wir geben Ihnen lediglich ein Beispiel für die richtige Anwendung der Ernährungsgrundsätze im täglichen Leben. Unser Ziel ist, Ihnen zu zeigen, wie man diese Grundsätze nach eigenem Ermessen in kreativer Weise anwenden kann. Wir wollen Sie nicht in einen Diätplan zwingen, wie das bei Diätprogrammen der Fall ist, die Sie schließlich so langweilen, daß Sie zu Ihren alten Eßgewohnheiten zurückkehren. Deshalb gibt es – wie Sie feststellen werden – im Menüteil

4) Marilyn Diamond: „Der gesunde Menschenverstand als Führer zu einem neuen Weg zu essen“ (The Common Sense Guide to a New Way of Eating). Santa Monica, California: Golden Glow Publishers, 1979.

5) In diesen vierwöchigen Kursen nahmen viele Leute mit Leichtigkeit zwischen 15 und 25 Pfund ab!

keine strengen und festen Regeln. Es gibt keine genau bemessenen Portionen. Wir ermutigen Sie dazu, sich sattzuessen und Ihre Lieblingsspeisen oder sogar einen besonders bevorzugten Menübestandteil eines anderen Tages auszutauschen. Wenn Sie mit dem Programm fertig sind, haben Sie gelernt, den Grundsätzen entsprechend zu essen und Sie werden Ihre neue ernährungsbewußte Lebensweise in den Griff bekommen haben. Wenn nicht, wiederholen Sie einfach das Programm, bis Sie sich sicher fühlen. Manche brauchen für etwas Neues eben etwas länger. Worum es geht, ist sich mit Geschick angenehme Eßgewohnheiten anzueignen und dadurch ein natürliches Körpergewicht und beständige Gesundheit zu erreichen.

Sie haben jetzt alles Wissenswerte erfahren. Es ist an der Zeit, das Programm in die Praxis umzusetzen und Erfahrungen aus erster Hand zu sammeln . . .

Kapitel 1

Frühstück

Von jetzt an wird Ihr Frühstück leicht wie eine frische Brise am Morgen sein. Es wird sich selten ändern. **Bis mittags können Sie so viel frisches Obst essen und so viel frisch gepreßten Obstsaft trinken, wie Sie wollen.** Dadurch wird sichergestellt, daß sich Ihr Körper während der gesamten Ausscheidungsphase ganz auf die Ausscheidung einstellen kann und sich nicht mit der Verdauung eines schweren Frühstücks befassen muß! Es steht Ihnen frei, so viel Obst zu essen, bis Sie sich satt fühlen. Natürlich immer nur auf leeren Magen! Versuchen Sie, den Tag mit frischen Früchten oder einem frisch gepreßten Obstsaft zu beginnen aus Früchten, die gerade verfügbar sind, wie z. B. Orangen, Äpfeln, Tangerinen, Melonen, Ananas. Denken Sie immer daran, daß Sie sich den besten Dienst erweisen, wenn Sie Ihren Saft selbst pressen. Die wichtigste Anschaffung wäre eine Saftpresse – zumindest eine einfache Presse für Zitrusfrüchte.

Wenn Sie wollen, können Sie über den ganzen Vormittag verteilt frisches saftiges Obst essen. Während einer Zeit von drei bis vier Stunden empfehlen wir Ihnen mehrmals Obst zu essen. Nach einer Portion werden Sie sich angenehm gesättigt fühlen. Es kann eine Orange, ein Apfel, oder es können zwei in Scheiben geschnittene Pfirsiche sein, über die ein Teelöffel Rosinen gestreut wird. Es kann eine halbe Honigmelone oder eine Scheibe einer Wassermelone sein. Oder ein oder zwei Bananen. Obst zu essen, ist eine Kunst, die jeder nach seinen individuellen Möglichkeiten kultivieren kann. Wichtig ist lediglich, sich dabei satt zu essen. Ob mit einem Stück oder einer ganzen Platte voll ist ohne Bedeutung. Harvey meint dazu: „Einige essen am Morgen gerne Obst, andere trinken lieber Saft, wieder andere bevorzugen warmes Wasser mit Zitronensaft. Was ich Ihnen besonders ans Herz legen möchte ist, daß wir nicht die Absicht haben, Sie in eiserne Regeln zu zwängen, die auf keinen Fall übertreten werden dürfen oder von denen man nicht abweichen darf. Vielmehr handelt es sich um Regeln, die Sie auf einfache Weise mit Ihrer normalen Lebensweise verbinden sollen“.

Sie müssen lernen, auf die Wünsche und Bedürfnisse Ihres Körpers zu achten. **Essen Sie weder zu viel noch zu wenig! Sie sollen sich satt essen!** Sie sollen sich weder vollstopfen, um dem Gefühl der Leere zu entgehen, weil Sie vielleicht Ihr kräftiges Frühstück vermissen, noch sollten Sie das Obstessen ganz weglassen, weil Ihnen gerade nicht danach zumute ist. **Sie brauchen das Obst!** Es versorgt Sie mit der für die Entgiftung so nötigen Flüssigkeit und dem Brennstoff.

Wenn Sie sich im Verlauf des Vormittags hungrig fühlen und sich nach kräftigerer Nahrung sehnen, können Sie ein paar Bananen essen.

Sie bleiben etwas länger im Magen als saftige Früchte und sättigen besser. Sie können ohne weiteres mehr als eine essen. Sie sollten reif sein, nicht grün. Wenn sie grün sind, hat die Stärke sich noch nicht in Zucker verwandelt. Sobald sich braune Flecken auf der Schale zeigen, hat sich die Stärke in Zucker verwandelt.

Datteln und Trockenfrüchte sollten auf keinen Fall in der Zeit gegessen werden, in der Sie Gewicht verlieren wollen. Sie sind zwar wunderbare natürliche Energiespender, enthalten jedoch so viel konzentrierten Zucker, daß sie das Abnehmen beeinträchtigen können. Da es so leicht ist, zu viel davon zu essen, meidet man sie besser ganz, bis man zumindest einen Teil des Gewichts verloren hat, das man los werden möchte. Wenn Sie Ihrem Idealgewicht nahe gekommen sind, sind Trockenfrüchte eine großartige Lösung für Ihr Verlangen nach ungesunden Süßigkeiten. Anfangs können Sie jedoch eine gegenteilige Wirkung haben, besonders wenn es Ihnen an Selbstdisziplin fehlt.

Es ist wichtig, darauf zu achten, saftiges Obst zwanzig bis dreißig Minuten vor dem Mittagessen zu sich zu nehmen. Bananen brauchen etwa fünfundvierzig Minuten, um den Magen zu passieren. Melonen haben von allen Früchten den höchsten Wassergehalt, deshalb sollten sie immer *vor* anderem Obst gegessen werden. Sie verlassen den Magen am schnellsten.

Wenn Sie morgens gerne wie bisher am Tisch frühstücken möchten, so versuchen Sie es doch mit einem Obstsalat. Wenn Sie Kinder haben, versuchen Sie auch sie nach und nach an frische Früchte oder an frisch gepreßten Fruchtsaft und Fruchtsalat am Morgen zu gewöhnen. Auch wenn sie an ein ausgiebiges Frühstück gewöhnt waren, wird der Übergang zu Obst am Morgen viel mehr Energie für ihre Arbeit vermitteln, statt diese Energie für Verdauungszwecke aufzubrauchen.

Als wir zuerst begannen, das Programm zu entwickeln, waren meine beiden Kinder in der Grundschule. Es dauerte über ein Jahr, bis ich sie der üblichen Morgenmahlzeit entwöhnt hatte. Nie übte ich Druck auf sie aus. Ich achtete jedoch immer darauf, daß sie als erstes Obst zu essen bekamen. Wenn sie dann noch nicht satt waren, bot ich ihnen eine Scheibe Vollkorntoast mit Butter an oder Frischkornbrei mit Obst oder eine Schüssel mit heißem, gedünstetem Gemüse. So bekamen sie wenigstens Kost mit hohem Wassergehalt in der so überaus wichtigen Ausscheidungsphase. Gedünstetes Gemüse ist zumindest echte Vollwertnahrung, nicht zu vergleichen mit den bunten Supermarkt-Packungen, mit chemischen Zusatzstoffen versehene Fabriknahrung, die die Nahrungsmittelindustrie auf unsere Jugend losläßt.

Als meine Kinder den Übergang zu Obst am Morgen geschafft hatten, wurde ihnen klar, wie müde sie früher das schwere Frühstück am Vormittag gemacht hatte. Im Verlauf der Jahre wollten sie am Vormittag gar nichts anderes mehr essen als Obst. Ihr Gesundheitszustand verbesserte sich ganz allgemein. Wenn andere Kinder an Erkältungen litten, hatten sie keine. Ich führte das auf die Tatsache zurück, daß ihre Ausscheidungsphase ungehindert und regelmäßig ohne Störungen ablaufen konnte. Sogar heute noch als Teenager essen sie am Vormittag kaum etwas anderes als Obst.

Als unser Sohn vor sieben Jahren geboren wurde, konnten Harvey und ich noch eindeutiger beweisen, welch ein entscheidenden Vorteil es brachte, Kindern am Morgen nur Obst zu geben. Da die Ausscheidungsphase von Geburt an kaum durch den Verzehr schwerer Nahrung vor dem Mittagessen unterbrochen worden war, litt er weder an verstopfter Nase, noch an Ohrenschmerzen und Husten, wie es bei den meisten Kindern der Fall ist, und was von ihren Eltern als unvermeidlich hingenommen wird. Unser Kind war nie verstopft, seine Körperfunktionen nie von schleimigen Schlacken blockiert, seine Ausscheidungsphase konnte täglich ungehindert ablaufen. Sein kleiner Organismus wurde nicht gezwungen, Schlacken abzulagern, wie es bei so vielen Kindern der Fall ist, deren Körper sich von morgens bis abends mit schweren Mahlzeiten herumplagen muß. Als Säugling und Kleinkind war er glücklich und ausgeglichen, als Siebenjähriger ist er hochgewachsen, aktiv, mit gut koordinierten Bewegungen.

Die Mütter, mit denen ich in meiner Praxis und in den Kursen gearbeitet habe, machten die gleichen Erfahrungen. Waren ihre Kinder erst einmal dem schweren Frühstück entwöhnt und aßen am Morgen anstelle der mit chemischen Zusatzstoffen belasteten Nahrungsmittel überwiegend Obst oder Gemüse, naturreine Lebensmittel, verbesserte sich ihr allgemeiner Gesundheitszustand zusehend. In einem Fall machten zwei junge Mädchen von einer Sonderschule in Südkalifornien derart bemerkenswerte Fortschritte, nachdem sie mit dem Programm begonnen hatten, daß die Lehrer an der Schule sich an die Eltern wandten, um zu erfahren, wodurch die positiven Änderungen hervorgerufen worden waren.

Man darf bei Kindern nie Druck ausüben. (Dies gilt übrigens auch bei Erwachsenen, die Sie beeinflussen wollen.) Druck erzeugt Spannung. Wenn es um Essen geht, muß Spannung immer vermieden werden. Egal, wie gut das Essen sein mag, wenn es unter Druck oder in einer spannungsgeladenen Atmosphäre eingenommen wird, wird es in dem in seiner Ruhe gestörten Verdauungstrakt verderben. Beginnen Sie einfach damit, dem Kind als Alternative einen Obstsalat anzubieten. Essen Sie ihn zusammen mit ihrem Kind, und machen Sie daraus ein kleines Fest, teilen Sie mit ihm die positive Erfahrung. Das macht Spaß. Bieten Sie den Kindern Schüsseln mit gebuttertem, gedämpften Gemüse anstelle der wertlosen Frühstücksbreie. Bieten Sie Vollkorntoast oder -brot mit Butter an. So essen Ihre Kinder wenigstens *echte* Lebensmittel. Schritt für Schritt wird der Übergang erfolgen. Geben Sie ein gutes Beispiel! Essen Sie selbst am Morgen Obst, und die Kinder werden schließlich folgen.

Frühstücksempfehlungen

1. Beginnen Sie den Tag mit **frischen Früchten** oder mit **frisch** gepreßtem Obstsaft, wenn Sie wollen. Empfohlene Menge: ¼–⅜ l.
2. Im Verlauf des Vormittags Früchte, so oft Sie hungrig sind.
3. Alle drei Stunden *mindesten* zwei Portionen Obst.
4. Die Höchstmenge an Obst sollte von Ihren Bedürfnissen bestimmt sein. Essen Sie so viel Sie wollen. Nicht zu viel und nicht zu wenig.
5. Essen Sie Melonen immer *vor* anderen Früchten.
6. Essen Sie Bananen, wenn Sie besonders hungrig sind und nach kräftigerer Kost verlangen.

Kapitel 2

Frisches Obst und frisch gepreßte Säfte

Sie werden feststellen, daß *frisches Obst und frisch gepreßte Säfte* in diesem Programm eine wichtige Rolle spielen. Obst oder Säfte, die Sie mit Ihrem eigenen Entsafter für Sie frisch gepreßt werden. Es gibt auch frische Säfte, die an manchen Orten täglich von Saftherstellern abgefüllt werden. Überlegen Sie sich, ob Sie sich nicht selbst eine Fruchtpresse anschaffen wollen. Das ist am wirtschaftlichsten.

Wir benutzen zu Hause einen Champion-Entsafter, der Obst, Gemüse – ja, selbst Kräuter wie Petersilie und Sellerie schonend – ohne hohe Geschwindigkeit – preßt. Die Reinigung ist leicht und einfach. Wenn Sie sich für diesen Entsafter interessieren, erhalten Sie weitere Informationen von der Waldthausen KG, Postfach 1155, 2863 Ritterhude.

Man ist in unserer Zeit sehr darum bemüht, die Nahrung durch entsprechende Zusätze „aufzuwerten". Millionen nehmen regelmäßig teure Pillen ein, weil Sie nicht wissen, daß eigentlich frisches Obst und frisch gepreßte Säfte die beste und wirkungsvollste Form der Ernährungszusätze darstellen. *Alle Nährstoffe, die der menschliche Körper braucht, sind in ausgeglichenen Mengen in frischen Früchten und Gemüsen vorhanden. Sie können von unserem Körper allerdings nur dann voll verwertet werden, wenn sie als Ganzes aufgenommen werden.* Es ist wirklich wahr, daß eine Ernährung, in der frische Früchte und Gemüse sowie deren Säfte reichlich vorkommen, alle ernährungsmäßigen Bedürfnisse des Körpers erfüllen. Säfte kommen dem Wert der ganzen Nahrung am nächsten, sie sind deren flüssiger Extrakt. Sie sind weder „überkonzentriert" wie die hochdosierten Vitaminpräparate, noch in irgendeiner Weise behandelt oder fabrikmäßig manipuliert. Sie versorgen uns mit den lebenswichtigen Aufbaustoffen für die Regenerierung der Zellen und stellen auf diese Weise einen echten Beitrag für ein langes Leben dar. (Vielleicht haben Sie Lust, Bücher von Dr. Norman Walker, dem Befürworter von Obst- und Gemüsesäften in Arizona zu lesen. Er ist 116 Jahre alt geworden, und seine Bücher beantworten alle Fragen über Säfte und langes Leben.)

Säfte haben noch einen weiteren Wert: Durch ihr köstliches Aroma sind sie ein wahres Labsal und helfen uns, schädliche Durstlöscher wie Limonaden, Kaffee, Tee, Milch und Alkohol zu meiden. Neben der Muttermilch gibt es kein besseres Getränk für Kleinkinder und jüngere Kinder als Fruchtsäfte.

Machen Sie es sich zur Gewohnheit, frisch-gepreßte Säfte zu trinken! Sie sind die *einzigen* Getränke, die uns mit *echter, vitaler Energie* versorgen, ungeachtet der falschen Versprechungen, die in der Werbung für andere Getränke gemacht werden. Die Gewohnheit, Diätlimonaden zu trinken, nur weil Millionen dafür ausgegeben wurden, um Sie davon zu überzeugen, daß sie dabei schlank bleiben oder sogar abnehmen, ist das Ergebnis einer gut lancierten Werbekampagne *gegen* Ihr Wohlbefinden. Eine Mischung von im Labor hergestellter chemischer Stoffe kann Ihrem Körper auch nur giftige Stoffe zuführen, aber nicht helfen, sie zu entfernen. Diätlimonaden belasten Ihre Gesundheit und Vitalität. Wenn Sie daran interessiert sind zu erfahren, welche anderen Nahrungsmittel als gesund angepriesen werden, in Wirklichkeit aber gesundheitsschädlich sind, lesen Sie Harvey's erstes Buch „Ein Fall für die Gesundheit".[1])

Nur frisch gepreßte Fruchtsäfte können Ihnen helfen, Gewicht zu verlieren und Ihr Wohlbefinden zu steigern. **Trinken Sie sie auf leeren Magen, nicht mit anderen Nahrungsmitteln zusammen und nicht sofort nach dem Essen!** Genießen Sie sie! Sie sind äußerst wertvoll. **Denken Sie daran, Säfte langsam zu trinken und sie gut mit dem Speichel zu vermischen.** Hinuntergeschüttet oder *zu rasch getrunken,* können sie den Blutzuckerspiegel durcheinanderbringen.

1) Harvey Diamond: „Ein Fall für die Gesundheit" (A Care for Health). Santa Monica, California: Golden Glow Publishers, 1979.

Kapitel 3

Energieleiter

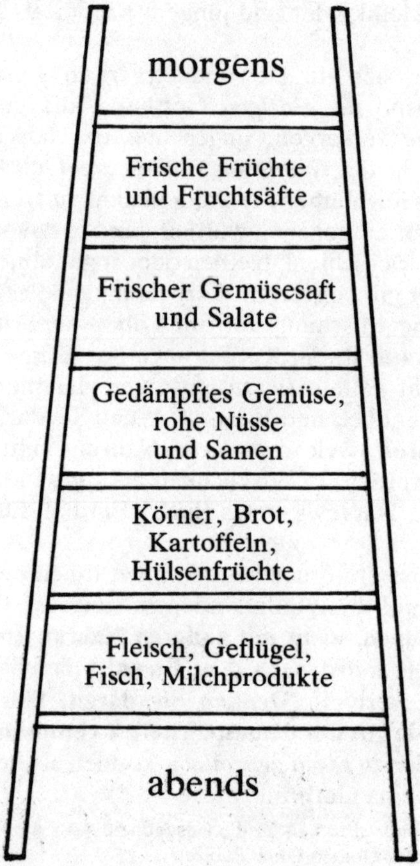

Wir haben die Energieleiter entworfen, um Ihnen zu helfen, Ihre Arbeitskraft und Ihr Leistungsvermögen während des Tages zu steigern und es gleichzeitig Ihrem Körper zu ermöglichen, giftige Abfallstoffe auszuscheiden. Sie zeigt an, welche Nahrungsmittel Sie früh am Tag (Früchte und Gemüse) und welche Sie später – nach getaner Arbeit, wenn Sie sich ausruhen können – essen sollen, um so Ihrem Körper die Möglichkeit zu geben, sich mit der ihm verbliebenen Energie auf die Verdauung zu konzentrieren (Kartoffeln, Getreide, Milchprodukte und Fleisch). Natürlich können die Lebensmittel, die oben auf der Leiter angegeben sind, zu jeder Tageszeit gegessen werden, während die unten angegebenen Nahrungsmittel nicht früh am Tag gegessen werden sollten, wenn Sie Ihre Energie anderweitig benötigen. (Für alle diejenigen, deren Tagesablauf von der Norm abweicht – d. h. tagsüber schlafen und nachts arbeiten – gilt, daß der Körper sich den Verhältnissen anpaßt, wenn absolute Regelmäßigkeit gegeben ist.) Es liegen auf diesem Gebiet noch wenig Erfahrungen vor, aber aufgrund unserer eigenen Beobachtungen können wir jedoch sagen, daß es sich so verhält. Jeder Tag, an dem Sie nur Obst und Gemüse als Ihre einzigen Lebensmittel zu sich nehmen, wird ein Tag hoher Leistung und maximalem Gewichtsverlust sein! Die Menüs dieses Programms sind entsprechend der Energieleiter zusammengestellt.

Kapitel 4

Einkaufsliste für das „Fit-für's-Leben-Programm"

Wenn die Leute anfangen, ihre Eßgewohnheiten zu ändern, sind sie oft angenehm überrascht, wie vielseitig das Angebot an Nahrungsmitteln ist, die „sie noch essen dürfen". Wir haben so oft gehört, „Sie meinen, ich kann *das* essen?", daß wir uns entschlossen haben, eine Einkaufsliste aufzustellen, hauptsächlich, um Ihnen zu zeigen, wie wenig Einschränkungen wir Ihnen mit diesem Programm auferlegen. Nicht alle Artikel werden in Ihrem Supermarkt, Naturkostladen oder Reformhaus vorrätig sein, wir haben sie aber trotzdem aufgeführt, so daß Sie wissen, wonach Sie fragen sollen.

Es ist Ihre Sache – und ich möchte Sie sehr dazu ermutigen – Etiketten zu lesen und alle Produkte zu *meiden,* die chemische Stoffe enthalten. Sorten, die hier nicht genannt sind, aber frei von chemischen Stoffen sind, sind auf jeden Fall vorzuziehen. *Denken Sie immer daran, Chemie in Ihrer Nahrung ist Gift für Ihren Körper!* Viele der aufgeführten Artikel, die früher nur in Reformhäusern angeboten wurden, gibt es jetzt mehr und mehr auch in Supermärkten. Es ist für uns alle von großem Vorteil, reine (unbehandelte) Produkte aus natürlichem Anbau, frei von chemischen Stoffen in unseren Supermärkten kaufen zu können und wir sollten Gebrauch davon machen!

Wir möchten aber ganz eindringlich darauf hinweisen, daß die in der Einkaufsliste erwähnten Produkte nicht *vorgeschrieben* sind. Weder sollen Sie einen Wochenlohn dafür ausgeben, noch ein Wochenende damit verbringen, alles, was auf der Liste steht, in Ihren Eisschrank und in Ihre Speisekammer zu stopfen! Die Liste soll Ihnen lediglich dabei helfen, sich des großen Angebotes bewußt zu werden, das Ihnen für die Veränderung Ihrer Eßgewohnheiten zur Verfügung steht. Wenn Sie schon mit einigen wenigen der aufgeführten Produkte zufrieden sind, umso besser! Wenn nicht, benützten Sie die Liste als einen Wegweiser durch das riesige Angebot, das Ihnen offen steht.

Obst

Früher gab es viele Früchte nur zu bestimmten Jahreszeiten. Inzwischen bringen uns Importe aus allen Ländern das ganze Jahr über eine große Vielfalt. Importe ermöglichen uns auch verschiedenartige Nährstoffe aus unterschiedlichen Böden, gewonnen durch umfangreiche, landwirtschaftliche Techniken zu nutzen. Wenn Sie eine „Apfel-Orangen-Bananen-Person" sind und damit zufrieden sind, dann bleiben Sie dabei. Wenn Sie aber Lust haben, zu experimentieren, wird diese Liste Ihnen großartige Ideen vermitteln. Denken Sie immer daran, daß die Früchte *nie gekocht* werden dürfen, da sie sonst ihre alkalischen Eigenschaften verlieren und säurebildend werden.

Das Schöne am Obst ist, daß jede Art, jede Sorte gut für uns ist.

Äpfel

Ananas

Aprikosen

Bananen

Beeren
- Brombeeren
- Erdbeeren
- Heidelbeeren
- Himbeeren
- Johannisbeeren
- Maulbeeren
- Stachelbeeren

Birnen

Datteln

Feigen

Kirschen

Mandarinen

Melonen
- Honigmelonen
- Wassermelonen

Nektarinen

Orangen/Apfelsinen

Pampelmusen

Pfirsiche

Pflaumen

Tangerinen

Weintrauben

Exotische Früchte

Viele exotische Früchte und Gemüse stehen seit einiger Zeit auch auf dem hiesigen Markt zur Verfügung.

Cherymoya Sie wird im allgemeinen die „Aristokratin" unter den Früchten genannt. Die herzförmige Frucht hat eine Haut wie ein Krokodil, ihr puddingartiges Innenleben ist jedoch überaus köstlich. Man schneidet sie in Viertel und ißt aus der Schale, oder man halbiert sie und löffelt das Fruchtfleisch.

Guaven Eine glänzende, grünhäutige Frucht, klein und länglich. Man halbiert sie und ißt das süße grüne und bläuliche Fruchtfleisch mit dem Löffel. In der Reife zart-weich.

Kiwi Flaumige, braunhäutige Frucht, gewöhnlich in Zitronengröße, hell-limonengrünes Inneres von charakteristischem Geschmack, mit winzigen eßbaren Kernen. Entweder schälen und im Ganzen essen oder halbieren und auslöffeln. Sie sind reif, wenn sie sich wie ein weicher Pfirsich anfühlen.

Loquat Kleine, zart orangefarbige Frucht, glänzende Haut. Wächst in Büscheln auf Zweigen. Während der Reife wechselt die Farbe von grün zu gelb oder zu orange. Kann, aber muß nicht geschält werden. Köstliches, saftiges orangenartiges Fleisch, große braune Samen.

Lychies Klein, nußartig, harte braune oder rötliche Haut. Perlweißes saftiges Fruchtfleisch mit braunen Samen in der Mitte. Schwer erhältlich, mit Ausnahme einer kurzen Zeit im Sommer. Frisch sind sie selten zu haben (meistens in Dosen), sie besitzen jedoch einen erfrischenden Geschmack, den man nicht leicht vergißt.

Mango	Große Vielfalt. Dicke Haut, die man schälen muß, um an das dunkelorange Fruchtfleisch zu kommen. Kann in Scheiben geschnitten oder ganz gegessen werden. In der Mitte großer Kern, von dem sich das Fleisch schlecht löst.
Papaya	Grünliche, gelb-orange Haut, runde oder längliche Frucht. Papayas können so groß wie eine Hand aber auch so groß wie eine kleine Wassermelone sein. Das Fruchtfleisch kann hell orange oder erdbeerfarben sein. Sie sind reif, wenn die Haut sich gelborange färbt und die Frucht dem Druck nachgibt. Die schwarzen Kerne sind bitter und sollten nicht gegessen werden.
Khaki	Sehr süße, tomatenähnlich aussehende, orangefarbene köstliche Frucht.
Persimmon's (Amerikanische Dattelpflaume)	Große Vielfalt. Alle Sorten haben etwa Apfelgröße. Die Schale kann, muß aber nicht geschält werden. Dickes, orange-senfartiges Fruchtfleisch, mit wenigen oder keinen Kernen.
Granatäpfel	Rosahäutige Frucht, fühlt sich hart an, Größe etwa eines Tennisballs. Wenn die Frucht hart ist, in Viertel teilen, innen carmesinrotes Fruchtfleisch von bittersüßem Geschmack. Die Frucht besteht aus winzigen, saftigen Abschnitten, von denen jeder einen Kern enthält. Kinder saugen die Früchte gerne aus. Erwachsene haben kaum so viel Zeit.
Sapote	Runde, grünhäutige Frucht, weißes puddingartiges Fruchtfleisch. Erst reif, wenn sehr weich. Sehr selten.

Gemüse – Früchte

(Vegetabile Früchte)

Sie werden häufig als Gemüse bezeichnet, botanisch gesehen handelt es sich jedoch um Früchte, denn sie enthalten Samen. Gemüse-Früchte lassen sich roh gut mit Früchten kombinieren, z. B. Avokado mit Bananen, Papaya oder Mango, Gurken mit Pfirsichen, Orangen oder Nektarinen. Sie lassen sich außerdem gut mit allen rohen oder gekochten Gemüsen kombinieren sowie mit stärkehaltigen Kohlenhydratträgern wie Brot, Reis, Teigwaren oder Kartoffeln. Es ist am besten, die Früchte *nie zu kochen,* ab und zu kann man mit Paprika eine Ausnahme machen. Avokado, Gurken und Tomaten sollten *nie* gekocht werden. Tomaten sind in gekochtem Zustand *sehr säurebildend,* sie säuern den ganzen Organismus. Sie können Gemüse-Früchte als Alternative zu süßen Früchten genießen, wenn Sie etwas essen wollen, was saftig, aber nicht süß ist. Ausgenommen Avokados, die im Höchstfall eine Stunden im Magen verbleiben, können alle saftigen Gemüse-Früchte ohne Wartezeit mit anderen Früchten kombiniert werden.

Avokado

Gurken

Paprika

Pepperoni

Tomaten
(Tomaten sind in gekochtem Zustand extrem säurebildend, Sie essen sie besser ungekocht. Roh reagieren sie basisch und sind sehr gesund)

Getrocknete Früchte

Sie sind sehr konzentriert und sollten nur in kleinen Mengen gegessen werden. Getrocknete Früchte können in bescheidenem Maß mit anderen weniger süßen Früchten zusammen gegessen werden, um deren Süße aufzuwerten. Vermeiden Sie alle geschwefelten Früchte. Wir empfehlen nur an der Sonne getrocknete, natürlich gedüngte und nicht mit Schädlingsbekämpfungsmitteln und Konservierungsmitteln behandelte Früchte.

Äpfel
Ananas
Aprikosen
Bananen
Birnen
Datteln
Feigen
Korinthen
Mango
Papaya
Pfirsiche
Pflaumen
Rosinen

Gemüse

Artischocken

Auberginen

Blattsalate
- Chicorée
- Eisberg
- Endivien
- Escarol
- Feldsalat
- Kopfsalat
- Radicchio
- römischer Salat
- Schnittsalat

Brokkoli

Erbsen

Fenchel
(die Wurzel kann geschmort oder roh in den Salaten geschnitten werden. Blätter und Samen werden als Kräuterwürze verwendet)

Grüne Bohnen

Karotten
- Möhren

Kartoffeln

Keimlinge
- Alfalfa
- Buchweizen
- Erbsen
- Kürbiskerne
- Leinsamen
- Linsen
- Mungobohnen
- Radieschensamen
- Roggen
- roter Kleesamen
- Sojabohnen
- Sonnenblumenkerne
- Weizen

Knoblauch

Kohl
- Blumenkohl
- Chinakohl
- Rosenkohl
- Rotkohl
- Spitzkohl
- Weißkohl
- Wirsingkohl

Kohlrabi

Kraus- oder Grünkohl

Kürbisse/Squash

Lauch
- Porrée

Limabohnen

Löwenzahnblätter

Mangold

Pak-Choy

Pastinaken

Pilze
(frisch oder getrocknet, wenn frisch nicht erhältlich)
- Austernpilze
- Braunkappen
- Champignon
- Morcheln
- Pfifferlinge
- Steinpilze

Radieschen

Rhabarber

Rote Beete (rote Rüben)

Stielmus

Schalotten

Schwarzwurzeln

Sellerie
(Stangen und Knollen)

Senfblätter

Spargel

Steckrüben

Süß-Mais

Tang

Wachsbohnen

Wasserkresse

Weiße Rüben

Zucchini

Zuckererbsen

Zwiebeln

Nüsse

Alle Nüsse sollten roh verzehrt werden. In diesem Zustand sind sie in ihrem Nährwert *hochkonzentriert* und vollständig vom Organismus verwertbar. Als Eiweißquelle (Aminosäuren von hoher Qualität) und Kalziumquelle hinterlassen sie im Organismus keine giftigen Rückstände, wie dies bei Milchprodukten der Fall ist. Bedenken Sie jedoch, daß Nüsse als Eiweißquellen schwieriger abzubauen sind als Gemüse und Früchte und daß sie stark konzentrierte Nahrung sind. *Vermeiden Sie, zu viel davon zu essen und essen Sie sie nie geröstet.* Geröstete Nüsse sind extrem säurebildend. Rohe Nüsse sind eine hervorragende natürliche Ölquelle.

Hinweis: Wenn Sie Nüsse als Mahlzeit zu sich nehmen, sollten Sie keine weiteren konzentrierten Nahrungsmittel zu sich nehmen.

Cashew-Nüsse

Haselnüsse

Kokosnüsse
(frisch oder getrocknet, nie gesüßt)

Macadamia-Nüsse

Mandeln

Paranüsse

Pekannüsse

Pinienkerne

Pistazien

Walnüsse

Samen

Samen sind wie Nüsse eine konzentrierte Eiweißquelle und sollten roh – niemals geröstet – und in kleinen Mengen verzehrt werden. Samen sollten nie mit anderen konzentrierten Nahrungsmitteln kombiniert werden.

Kümmel

Kürbis

Leinsamen

Mohn

Sesam

Sonnenblumen

Samen- und Nußbutter

Sie sollten vorzugsweise roh verwendet werden. Geröstet sind sie säurebildend. Kombiniert mit rohem Gemüse sind sie am besten verdaulich. Schaumig geschlagen mit Wasser ergeben sie eine hervorragende Soße. Erdnüsse gehören zu den Hülsenfrüchten. Erdnußbutter ist schwerer verdaulich als Nuß- oder Samenbutter.

Mandelbutter

Paranußbutter

Sesambutter

Sonnenblumenbutter

Getreide

Brotsorten (Vollkorn, Mehrkorn oder gekeimt)

Gerste

Nackthafer

Kuskus (Kuskus wird als Korn angesehen, ist jedoch ein dünner Teig aus Weizengries, Mehl, Wasser und Salz. Er ist vorgekocht, getrocknet und wird vor Verwendung gewässert.)

Hirse

Reis (Naturreis, ungeschält, unpoliert)

Frühstücksbreie (Müsli)
(sollten am besten selbst geschrotet werden. Fertigmüsli sind durch die Behandlung und Alterung bereits oxidiert und haben wesentliche Vitalstoffe verloren)

Chips
Wenn Sie gerne Chips essen, empfehlen wir eine Sorte, die wenig oder gar nicht gesalzen ist. Essen Sie sie zu Gemüse oder Salat.

Crackers
(nur Sorten nehmen, die keine chemischen Zusätze, kein Salz, keinen Zucker, Käse oder Konservierungsmittel enthalten)

Teigwaren/Nudeln (nur Vollkornware einkaufen)

Mehl (Korn selbst mahlen und innerhalb 12 Stunden verwenden)

Hülsenfrüchte

Bohnen
Erbsen
Erdnüsse, roh, ungeröstet
Kichererbsen
Linsen

Milchprodukte

Alle Milchprodukte sollten wenn irgend möglich unpasteurisiert (roh) sein. Es bestehen zwar medizinische Bedenken im Zusammenhang mit rohen bzw. nicht pasteurisierten Milchprodukten, die Kontroverse scheint jedoch eher kommerzieller als wissenschaftlicher Natur zu sein. Dessen ungeachtet sind viele der Auffassung, daß ihre Gesundheit durch das Vermeiden unnötig pasteurisierter Produkte verbessert werden kann.

Butter (ungesalzen)
Joghurt (einfach, ohne Zusatz von Früchten, Kuh- oder Ziegenmilch)
Sauerrahm
Schlagrahm
Weiße Käsesorten (die gelben sind meistens gefärbt)

Fleisch und Fisch

Gesättigte Fette sollten möglichst gemieden werden. Schweinefleisch kann am wenigsten empfohlen werden. Rindfleisch steht an zweiter, Ente an dritter Stelle. Geräuchertes oder gesalzenes Fleisch oder Fisch werden nicht empfohlen (z. B. Frankfurter Würstchen oder andere Wurstwaren, geräucherter Fisch). Verwenden Sie Fleisch und Geflügel (wenn überhaupt) aus natürlicher Tierhaltung. (Achten Sie auf Parasiten – essen Sie Fleisch und Fisch nicht roh!) Kaufen Sie Fisch möglichst frisch oder gefroren statt in Dosen.

Ente
Fisch
Gans
Hähnchen
Huhnfleisch
Meeresfrüchte
Truthahn

Öle

Öle sollen kaltgepreßt und nicht raffiniert sein.

Avokado
Distel
Erdnuß
Leinöl
Mais
Mandel
Nußöl
Oliven
Sesam
Sonnenblumen

Salatsoßen/Dressings

Alle reinen Produkte, die weder Salz, Zucker noch Essig, noch Chemikalien enthalten, können verwendet werden. Am Besten selber machen!

Würzmittel

Gemüsebouloins und Brühen
Gewürzsalz (Kräutersalz)
Mayonaise
Meersalz
Miso
Oliven (wenn sie keine sauren Konservierungsmittel oder Essig enthalten)
Pickles (wenn sie keine Konservierungsmittel enthalten)
Salzersatz
Senf
Soya-Soße und Tamari
Tofusoße

Kräuter

Im Naturkostladen oder im Reformhaus erhalten Sie im allgemeinen reine, unverfälschte Kräuter. Die in der folgenden Liste aufgeführten Kräuter werden von vielen Firmen angeboten, einige können jedoch chemische Zusätze enthalten. Achten Sie daher auf die Inhaltsangaben.

Basilikum
Dillkraut
Dillsamen
Estragon
Fenchel
Kari-Blätter*
Kerbel
Knoblauch
Lorbeerblätter
Majoran
Petersilie
Pfefferminze
Rosmarin
Salbei
Selleriesamen
Thymian
Wilder Majoran
Zwiebel

*ein indisches Gewürzkraut (auf indischen Märkten erhältlich).

Gewürze

Achten Sie auch bei Gewürzen auf die Inhaltsangaben, besonders bei Gewürzmischungen, die oft viel Kochsalz enthalten.

Cayenne-Pfeffer
Curry
Gewürzmischung
Ingwer
Kardamon
Koriander
Kümmel
Muskatblüte
Muskatnuß
Nelken
Paprika
Roter Pfeffer
Safran
Senfsamen
Süßer ungarischer Paprika
Weißer Pfeffer
Zimt

Süßungsmittel

Ahornsyrup
Ahornzucker
Dattelzucker
nicht erhitzter Honig

Erhitzter Honig ist wertlos, da er säurebildend wird.

Tees

Kräutertees
(Schwarzer Tee wird nicht empfohlen wegen seines Gehalts an Teein [ähnlich Coffein] und der Purinstoffe, die säurebildend sind)

Kaffeeersatz

Gersten-Kaffee

Kapitel 5

„Salat als Hauptgericht“

Das Herzstück des Schlankheitsprogramms

Ein wichtiger Aspekt bei unserem Schlankheits- und Gesundheitsprogramm ist, den Salat zum Hauptgericht zu machen. Eine sehr praktische Angelegenheit, die Sie aus dem Ärmel schütteln können. Alle, mit denen wir direkt gearbeitet haben, hatten keine Probleme, diese Änderung in ihre Eßgewohnheiten einzubeziehen und sich ihre Vorteile zunutze zu machen.

Der Salat als Hauptgericht schmeckt köstlich und ist gleichzeitig sättigend. Haben Sie erst einmal entdeckt, wie einfach die Zubereitung ist, wird sie Ihnen Spaß machen. Der Grundgedanke bei diesen kulinarischen Salatgerichten ist, daß mit ein bißchen Erfindergeist alle Zutaten für eine Mahlzeit Bestandteile eines gut schmeckenden wasserhaltigen, richtig kombinierten Salates werden können. Durch dieses Konzept wird gewährleistet, daß der größte Teil Ihrer Mahlzeit aus *lebendfrischem* Gemüse besteht, und das ist sein größter Vorteil. Egal, was Sie Ihrem Salat noch hinzufügen, der Hauptanteil Ihrer Mahlzeit ist lebendige Nahrung. Was Sie auch immer unter den Salat mischen, wird durch das Vorhandensein all der frischen, rohen Gemüse leichter abgebaut und wird das Verdauungssystem leichter passieren, denn es handelt sich um richtig zusammengestellte Nahrung.

In all den Jahren haben wir mehr als ein Dutzend Salate als Hauptgericht entworfen und immer wieder verbessert und immer noch fällt uns etwas Neues ein. Das ist ja gerade das

Schöne an der Sache – es gibt unendlich viele Möglichkeiten! Auf den folgenden Seiten werden wir Ihnen sieben Salatgerichte vorstellen, die wir für die köstlichsten halten. Diese sieben besonders ausgewählten Salate enthalten beliebte Lebensmittel in großer Vielfalt, so daß in den nächsten vier Wochen viele Ihrer Abendmahlzeiten aus neuen Gerichten wie „Reissalat à la Mediterrain“ (Seite 220), „Geflügelsalat mit Curry“ (Seite 233), „Kartoffelsalat“ (Seite 245), „Salat für Steakfreunde“ (Seite 254), „Californische Tostada“ (Seite 263), „Farmer‘s Chop Suey“ (Seite 283) und „Kantoneser Meeresfrüchte-Salat“ (Seite 307) bestehen werden. Ist es nicht großartig, sich zu einer kompletten, originellen Salatmahlzeit zu setzen, die aus einigen Ihrer Lieblingsnahrungsmittel zusammengestellt ist? Erst wenn Sie diese Salate gegessen haben, werden Sie wissen, wie herrlich Salatgerichte sein können.

Ein weiterer großer Pluspunkt für Salatgerichte ist, daß ihre Zubereitung wenig Mühe macht, das Ergebnis jedoch großartig ist, und zwar sowohl vom Standpunkt der Gewichtsreduzierung und Gesundheit her gesehen als auch im Hinblick auf die Gaumenfreuden. Und als ob das nicht schon genug wäre: Salatgerichte sind durchweg preiswert. Sie werden immer wieder erstaunt sein, wie wirtschaftlich Sie sich selbst, Ihre Familie und Ihre Freunde auf diese Weise ernähren können. Bleibt etwas übrig, können die Reste für den nächsten Tag aufgehoben werden. Das ist ziemlich ungewöhnlich, aber diese Salate sind phantastisch!

Der Salat als Hauptgericht spielt in den Menüs der nächsten vier Wochen eine lebenswichtige Rolle. Diese Menüs wurden entworfen, um Ihnen zu helfen, abzunehmen und rasches Wohlbefinden zu erlangen. Nutzen Sie die Gelegenheit und genießen Sie diese Gerichte. Sie bereiten keine Mühe bei der Zubereitung und das Beste daran ist, daß Sie den Tisch vollkommen gesättigt verlassen. Diese interessanten sättigenden Gerichte schmecken nicht nur gut, sie fördern auch die Gewichtsabnahme.

Denken Sie immer daran, daß Sie jedes Abendessen durch ein Salatgericht ersetzen können. Sie können auch die Salatgerichte untereinander austauschen!

Ein Wort über Salatbuffets

Salatbuffets sind für den gesundheitsbewußten, auf sein Gewicht achtenden Menschen ein wahrer Segen, wenn sie optimal genutzt werden. Manchmal enthalten sie jedoch eine derartige Mannigfaltigkeit an rohen und gekochten Speisen, daß man tatsächlich mit einem Teller an seinen Tisch zurückkommen kann, der alles andere enthält als Salate. Ich habe Leute an ihre Tische zurückkehren sehen, deren Teller beladen waren mit Krabbensalat, Kartoffelsalat, Geflügelsalat, Makkaronisalat, saurem Hering, Knoblauch-Toast und Käsekuchen. Ich mußte mich zusammennehmen, um nicht zu fragen „wo ist der Salat?“, wenn sie begeistert ihre Gabeln hineinschoben und dabei ausriefen: „Großartig, diese Salatbuffets!“ Salate? Was sie auf ihren Tellern hatten, waren „Smörgasbröd“ mit Dressing!

Ich möchte Ihnen einige Tips geben, wie Sie das meiste aus einem Salatbuffet machen können.

Sie sollen es mit dem Gefühl verlassen, wirklich einen guten wasserhaltigen, richtig zusammengestellten Salat gegessen zu haben. Als erstes, noch bevor Sie einen Teller in die Hand nehmen, sollten Sie sich überlegen, was Sie womit bei dieser Mahlzeit kombinieren wollen. Verschaffen Sie sich einen Überblick. Um an einem Salatbuffet eine richtige Mahlzeit zusammenstellen zu können, muß man planmäßig vorgehen. Einige der angebotenen Salate und Salatzutaten bestehen aus konzentrierten Speisen, wie z. B. Makkaronisalat, Croutons und Garnelen-, Krabben- oder Geflügelsalat. Einige können mit Käse garniert sein. Wenn Sie auf Eiweiß eingestellt sind, meiden Sie alle Kohlenhydrate, wie z. B. Bohnen, Brot, Kartoffel- oder Makkaronisalat. Wenn Sie aber Bohnen, Kartoffeln, Brot oder ein wenig von all diesen Dingen haben wollen, so meiden Sie Eiweiß. Werden Eiweiß und Kohlenhydrate zusammen gegessen, können sie nicht richtig verdaut werden, auch bei verschiedenen Eiweißen funktioniert es nicht richtig. Mehrere Kohlenhydrate, wie z. B. Bohnen und Croutons, sind zwar auch nicht ideal, können aber miteinander gegessen werden, vorausgesetzt, daß Nahrungsmittel mit hohem Wassergehalt den überwiegenden Anteil an der Mahlzeit ausmachen. Wenn Sie konzentrierte Nahrungsmittel auswählen, sollten Sie darauf achten, daß *Gemüse und Salat mit hohem Wassergehalt* den Löwenanteil darstellen.

Nebenbei bemerkt, falls an dem Salatbuffet ein frischer Fruchtsalat oder frische Früchte angeboten werden und Sie Zeit haben, können Sie ohne weiteres davon essen, *aber vor dem Gemüsesalat!!* Aber auch nur dann, wenn Sie in den vergangenen drei Stunden nur Obst und nichts anderes gegessen haben und Ihr Magen inzwischen wieder leer ist. Dann sollten Sie *zwanzig Minuten warten,* bis das Obst den Magen verlassen hat und sich dann den Gemüsesalat holen.

Wir werden oft gefragt, was mit den angebotenen Salatsoßen geschehen soll. ,,Sind sie nicht mit Zucker, chemischen Zusatzstoffen und Essig zubereitet?" Bedauerlicherweise ist das an den meisten Buffets der Fall, aber es ist kein großes Problem. Man kann es leicht umgehen. An vielen Buffets sind Zitronenscheiben und Öl erhältlich, so daß man sich eine einfache Öl-Zitronen-Soße selber machen kann. Viele bieten mehrere Salatsoßen an, von denen zumindest eine passend sein dürfte. Ich kenne persönlich Leute, die sich der natürlichen Lebensweise so verschrieben haben, daß sie sich sogar ihre eigenen Salatsoßen mitbringen, wenn sie an ein Salatbuffet gehen und nicht sicher sind, welche Soßen angeboten werden. Gelegentlich haben wir uns auch in einem Reformhaus eine Flasche Salatsoße ohne chemische Zusätze und Zucker besorgt, bevor wir zu einem uns unbekannten Salatbuffet gingen, um für alle Fälle gerüstet zu sein. Vor einigen Jahren arbeiteten wir mit einer Gruppe junger, dynamischer Verkäufer zusammen, die sich gar nichts dabei dachten, den Gang zum Salatbuffet mit einer Flasche Salatsoße in ihrer Aktentasche anzutreten. Aber werden Sie bitte nicht fanatisch! Wenn Ihre größte Diätsünde darin besteht, eine weniger gute Salatsoße zu Ihrem Salat zu nehmen, treffen wir uns immer noch beim Tennisspielen, selbst wenn Sie achtzig sind! Die Qualität der Salatsoßen an den Buffets wird sich verbessern, wenn mehr und mehr Leute darauf bestehen.

Salatbuffets sind eine sehr zeitgemäße Neuerung in Amerika und finden auch immer mehr Freunde in Europa. Es ist typisch, daß das Land, das auf der Welt führend im Verzehr von „junk food" (Schnellimbiß) ist, als erstes eine Wendung in Richtung Salatbuffets angetreten hat – eine sehr positive Richtung. In einem Land, wo hinsichtlich der Eßgewohnheiten am meisten gesündigt wurde und auch noch wird, erscheint es erstaunlich, daß sich hier gesündere Eßgewohnheiten als erstes durchsetzen. Aber immer mehr Amerikaner erkennen inzwischen, daß sie etwas für ihre Gesundheit tun müssen, nachdem Pillen, Medizin, Vitamine oder Mineralstoffe aus der Apotheke nichts helfen.

Salatbuffets stellen eine wunderbare kulinarische Alternative dar, wo sich die individuelle Kreativität auf dem Gebiet der Eßkultur entfalten kann. Das reichhaltige Angebot frischer, lebendiger Nahrung verstärkt das Gefühl des Wohlbefindens, das sich automatisch beim Verzehr überwiegend lebendiger Speisen einstellt.

Kapitel 6

Grundsätzliche Verhaltensregeln

Halten sie sich immer vor Augen, daß dieses Programm *nur ein Beispiel* dafür sein soll, wie Sie essen sollten. Sie können die in den Rezepten enthaltenen Zutaten durch andere ersetzen, die Ihnen lieber sind oder auch weglassen, was Ihnen nicht schmeckt. Es gibt keine genauen Mengenangaben, denn Sie sollen essen, bis Sie satt sind. Die Menüs sind so naturrein, so ideal, wie es nur eben möglich ist, um gleichzeitig zu gewährleisten, daß Sie die Übergangszeit so gut überstehen, wie wir sie auch überstanden haben. Wir sind sicher, daß Sie die gleichen, guten Ergebnisse erzielen werden, wie Tausende vor Ihnen – und Sie werden gleichzeitig Freude am Essen empfinden –, so daß Sie *nicht allzuoft* den Wunsch haben werden, zu Ihrer früheren, weniger gesunden Lebensweise zurückzukehren.

- ✻ Verwenden Sie frische Früchte, Gemüse und Salate, wann immer es möglich ist. Tiefgefrorenes (ohne Zucker oder Soßen) sollte nur verwendet werden, wenn frische Ware nicht verfügbar ist.
- ✻ Die in den folgenden Abschnitten angegebenen Rezepte sind für die ganze Familie vorgesehen, nicht nur für diejenigen, die abnehmen wollen. Die meisten davon sind auch für Kinder geeignet.
- ✻ **Sie können jederzeit eines der Salatgerichte anstelle des vorgeschlagenen Abendmenüs essen.**
- ✻ Wenn Sie hungrig sind, können Sie Obst essen, drei Stunden nach dem Mittagessen.
- ✻ Wenn Sie hungrig sind, können Sie auch drei Stunden nach dem Abendessen Obst essen.
- ✻ Verwenden Sie nur Salatsoßen, Gewürze und Würzmittel ohne chemische Zusätze und ohne Konservierungsmittel, ohne Zucker oder Mononatriumglutamat (Geschmacksverstärker).

- Vermeiden Sie Essig in den Salatsoßen. Essig ist ein Ferment, das die Mundverdauung behindert und die Verdauung von Kohlenhydraten verzögert. Nehmen Sie statt dessen Zitronensaft.
- Essen Sie nicht zu viel Zwiebeln und Knoblauch. Sie haben einen ungünstigen Einfluß auf die Geschmacksorgane und verführen zum Genuß schwerer Mahlzeiten.
- Frieren Sie Suppenreste ein. Sie können später verwendet werden.
- Essen Sie nur Vollkornbrot.
- Verwenden Sie nur rohe Butter und rohe Milchprodukte, sofern sie verfügbar sind.
- Sie können immer Obst oder einen Obstsalat anstelle der Mittagsmahlzeit essen.
- Schränken Sie Ihren Verbrauch an Milchprodukten ein, und essen Sie rohe Nüsse. Sie sind eine reichhaltige Kalziumquelle. Rohe Nüsse sind besonders günstig für Frauen, die das normale Absinken des Kalziumpegels am Anfang der Periode ausgleichen.
- Sie können die einzelnen Produkte immer austauschen, je nach Ihrem Geschmack oder nach dem Angebot der Gegend, in der Sie leben. Frische Ware ist Tiefgefrorenem immer vorzuziehen. Das Programm ist so flexibel, daß Sie sich ohne weiteres nach den geographischen Gegebenheiten richten können.

Wenn diese Grundsätze befolgt werden, werden Sie auch Erfolg haben.

- Sie können Ihre Mahlzeiten immer leichter gestalten als in den Rezepten angegeben, vermeiden Sie aber das Gegenteil. Wenn Sie Ihre Mahlzeiten kontinuierlich leichter machen, kann die Entschlackung des Körpers stärker gefördert werden, was u. U. aber etwas Unbehagen verursachen kann. Versuchen Sie also, sich so gut wie möglich an die Angaben zu halten.
- Bei den mit Zahlen versehenen Gerichten handelt es sich um etwas Neues. Die Rezepte dazu werden im Anschluß an die Menüs aufgeführt.
- Die bei den Rezepten angegebenen Zeitangaben beziehen sich auf Kochzeiten.

Essen Sie nicht zuviel
Essen Sie nicht zuviel
Essen Sie nicht zuviel
Essen Sie nicht zuviel
Essen Sie nicht zuviel
Essen Sie nicht zuviel
Essen Sie nicht zuviel
Essen Sie nicht zuviel
Essen Sie nicht zuviel
Essen Sie nicht zuviel
Essen Sie nicht zuviel
Essen Sie nicht zuviel
Essen Sie nicht zuviel
Essen Sie nicht zuviel
Essen Sie nicht zuviel
Essen Sie nicht zuviel
Essen Sie nicht zuviel
Essen Sie nicht zuviel
Essen Sie nicht zuviel
Essen Sie nicht zuviel
Essen Sie nicht zuviel
Essen Sie nicht zuviel
Essen Sie nicht zuviel
Essen Sie nicht zuviel
Essen Sie nicht zuviel
Essen Sie nicht zuviel
Essen Sie nicht zuviel
Essen Sie nicht zuviel
Essen Sie nicht zuviel
Essen Sie nicht zuviel

Das beste hochwertigste Nahrungsmittel
wird von Ihrem Körper nicht aufgenommen,
wenn Sie zuviel davon essen.
Bitte, essen Sie daher nicht zuviel!

Wenn Sie dazu neigen, zu viel zu essen, hilft es Ihnen vielleicht, die physiologischen Hintergründe zu kennen. Abgesehen von psychologischen Ursachen gibt es hauptsächlich zwei physiologische Gründe, die übermäßiges Essen begünstigen. Sie sind besonders deshalb wichtig, weil sie oft leichter zu korrigieren sind als psychologische Ursachen. Sind die physiologischen Probleme beseitigt, fällt es meist leichter, die psychologischen Ursachen zu korrigieren.

Ein Grund für übermäßiges Essen ist häufig, daß unser Körper die ihm zugeführten Nährstoffe gar nicht aufnimmt. Nährstoffe werden über die Verdauungsorgane aufgenommen. Wenn die winzigen Darmzotten, die die Nährstoffe aufsaugen, verstopft oder verklebt sind, wird unser Körper nicht ernährt, egal, wie viel wir essen. Diese Darmzotten können sehr leicht durch Schlacken verstopft werden, die durch Nahrung entstehen, die unser Körper nicht richtig umsetzen und auswerten konnte. Wenn durch die Verstopfung keine Nährstoffe aufgenommen werden können, signalisiert der Körper, daß er gefüttert werden möchte, und obwohl wir gerade gegessen haben, möchten wir noch mehr essen.

Ein anderer Grund für übermäßiges Essen ist der Verzehr von Fabriknahrungsmitteln, wie „junk food", Fertiggerichte für Erwachsene und Kinder und andere stark veränderte Nahrungsmittel. Wieder schlägt unser Körper Alarm, denn er hungert buchstäblich . . . nach **Nährstoffen**. Der beste Weg, Ihren Körper schlecht zu ernähren ist, Fabriknahrungsmittel sowie „junk food" zu essen. Ein falsch ernährter Körper schreit nach Nahrung, obwohl der Betreffende riesige Mengen verzehrt. Handelt es sich um große Mengen „junk food", vollzieht sich ein Prozeß langsamen Verhungerns. Man kann sagen, daß der Grund, warum über 60 % unserer Bevölkerung übergewichtig ist, darin zu suchen ist, daß wir langsam verhungern, während wir uns mit „junk food" langsam überessen.

Die neue natürliche Lebensweise wird Ihnen helfen, beide Ursachen übermäßigen Essens auszuschalten. Die große Menge an Nahrung mit hohem Wassergehalt hilft, den Verdauungsapparat zu reinigen und die Darmzotten zu entschlacken, so daß der Körper die Nährstoffe wieder aufnehmen kann. Da nur vollwertige, frische, mit Nährstoffen reichhaltig ausgestattete Lebensmittel in diesem Programm verwendet werden, wird Ihr Körper von der Nahrung, die er zu sich nimmt, auch ernährt werden.

Kurz gesagt, Ihr Körper hat es nicht mehr nötig, Alarm zu schlagen, um mehr Nahrung zu bekommen, denn er wird regelmäßig Nahrung erhalten, die ihn reinigt und nährt. Wenn Sie anfänglich immer noch das Bedürfnis haben, zu viel zu essen, machen Sie sich deshalb keine Sorgen. Bleiben Sie bei diesem Programm, und erlauben Sie Ihrem Körper, sich zu reinigen. Essen Sie saftige, rohe Früchte und rohes Gemüse, wann immer Sie das Bedürfnis haben, noch mehr zu essen. Rohes Gemüse ist besonders hilfreich. Je mehr Sie von diesen, mit Nährstoffen überreich ausgestatteten Lebensmitteln essen, umso weniger werden Ihre physiologischen Ursachen, die dem übermäßigen Essen zugrundeliegen, zutage treten. Eines Tages werden Sie – wie viele andere – sagen können: „Es gab Zeiten, in denen ich viel zu viel gegessen habe."

Vier-Wochen-Plan für das „Fit für's Leben" Programm

1. Tag – Montag

Frühstück: Frische, saftige Früchte in ausreichender Menge *oder*
Fruchtsalat
Bananen, wenn Sie sehr hungrig sind *oder*
frisch gepreßter Saft, Menge nach Belieben, bis zu ca. ¾ l.
Der Verzehr der Früchte kann auch über den ganzen Morgen verteilt werden.

Mittagessen: Frisches Obst *oder*
Karotten *oder*
frischer Obstsaft *oder*
frischer Karottensaft, ¼ bis ½ l.
Energiesalat 1), zusätzlich rohes Gemüse mit einer leichten Salatsoße 2) *oder* ein richtig belegtes Sandwich oder Brot 3) mit Gurken oder Selleriespießchen

Abendessen: Frischer Gemüsesalat *oder*
frischer Gemüsesaft-Cocktail 4)
Blumenkohlcremesuppe 5)
gebackene Kartoffeln 6)
Brathähnchen 7)
Grüne Bohnen mit Knoblauch 8)
Grüner Salat, französische Art 9)

1) Energiesalat

für 1–2 Personen *15 Min.*

3 Tassen Kopfsalat, Eissalat, roter Blattsalat oder alles gemischt, waschen, trocknen und in mundgerechte Stücke geteilt
1 Tasse Spinat, grob geschnitten (nach Wahl)
1 kleine Gurke, geschält und in Scheiben geschnitten oder zwei kleine milchsaure Gurken
1 mittelgroße Tomate in Würfel oder Scheiben geschnitten
1–2 Tassen Keimlinge, Alfalfa, roter Klee, Mungo Bohnen, Linsen, Sonnenblumen oder Buchweizen oder alles gemischt, dazu rohes Gemüse jeder Art wie z. B. Karotten, Sellerie, Pilze, Rot- oder Weißkraut, Radieschen, Rote Beete, Zucchini, Blumenkohl, Broccoli oder Artischocken (nach Wahl)
¼ Tasse Oliven oder einige Scheiben Avocado
½ Tasse Bohnen oder ¼ Tasse Sonnenblumenkerne oder Sesamsamen (nach Wahl)

Alle Zutaten werden in einer großen Schüssel vermischt. Dazu kommen ¼–⅓ Tasse leichte Salatsoße (siehe unten) oder eine Soße nach Ihrer Wahl. Gut vermischen. Diesen Salat können Sie ganz nach Ihren Wünschen zusammenstellen und die Menge der Zutaten variieren. Die Tomaten und Gurken sind wichtig wegen ihres hohen Wassergehaltes. Sie unterstützen die Verdauung der faserigen Blattsalate.

2) Leichte Salatsoße

(für 1–2 Salatportionen) *5 Min.*

1 Knoblauchzehe halbiert
3 Eßlöffel Oliven-, Distel- oder kalt gepreßtes Sonnenblumenöl
1 Eßlöffel frischer Zitronensaft
¼ Teelöffel Meersalz, Gewürzsalz oder salzfreies Gewürz, das weder Mono-Natrium-Glutamat („Geschmacksverstärker“) noch andere chemische Stoffe enthält
Frisch gemahlener schwarzer Pfeffer (nach Wahl)

Alle Zutaten kommen in einen Meßbecher, 15 Minuten stehen lassen, so daß das Öl den Knoblauchgeschmack annehmen kann. Dann den Knoblauch mit der Gabel anstechen und mit dieser Gabel den Inhalt des Bechers schlagen. Knoblauch entfernen. Die Soße über den Salat gießen und gut mischen.

3) Richtig belegtes Sandwich

Seiner eigentlichen Natur nach ist ein Sandwich oder ein belegtes Brot eine Kombination von Eiweiß und Kohlenhydraten und benötigt deshalb eine große Menge Verdauungsenergie. Richtig belegte Brote aus Vollkornbrot mit Tomaten, Avokados und/oder Gurken, mit grünem Salat und Keimlingen sind köstlich und energiespendend. Sie sollten Brot immer leicht toasten, um den Kleber aufzuspalten und es so leichter verdaulich zu machen. Verwenden Sie Würzzutaten nach Wunsch, so daß es Ihnen wirklich schmeckt. Wenn Sie Tomaten verwenden und das Brot nicht gleich essen, empfiehlt es sich, eine Lage grünen Salat darunter zu geben, so daß das Brot nicht aufweicht.

Lassen Sie mich etwas zum besseren Verständnis der Avocados sagen. Sie sollten sich diese einzigartige und köstliche Frucht gönnen. Ihr Ruf als Dickmacher ist unbegründet. Sie enthält natürliche Fette, die für den menschlichen Organismus leicht verdaulich sind, da er ihnen biologisch angepaßt ist. Wichtig ist lediglich, daß die Frucht in der richtigen Zusammenstellung gegessen wird. Sie läßt sich gut mit Kohlenhydraten wie z. B. Brot oder Chips, mit allen gekochten oder rohen Gemüsen aber auch mit Früchten wie Papaya, Mango, Bananen und Orangen kombinieren. Zusammen mit diesen Früchten püriert, eignet sie sich vorzüglich für die natürliche Ernährung von Babys. Ich habe Avokados schon anstelle von Sauerrahm oder Butter auf gebackenen Kartoffeln gesehen.

Avocados sind reif, wenn die Früchte leichtem Fingerdruck nachgeben. Wenn sie zu weich sind, ist ihr Öl ranzig. Kaufen Sie also keine weichen, sich breiig anfühlenden Früchte zu Sonderpreisen. Mit Avocados richtig umzugehen, ist sehr einfach. Man schneidet sie der Länge nach auf, entfernt den Kern und löffelt sie aus. Oder Sie schneiden die entkernte Frucht in Scheiben und schälen jede Scheibe einzeln. Wenn Sie eine zerdrückte Avocadofrucht nicht gleich verwenden, legen Sie den Kern mit in die Schüssel oder fügen einige Tropfen Zitronensaft zu, damit die Mischung sich nicht verfärbt. Anschließend fest verschlossen in den Kühlschrank geben. Angeschnittene oder in Scheiben geschnittene Avocado-Früchte müssen zur Aufbewahrung zusammen mit dem Kern fest eingewickelt werden, damit sie sich nicht verfärben.

Avocados sind eine köstliche Nahrung. Wenn die Leute erfahren, daß sie sie essen dürfen, geraten sie manchmal in Gefahr, zu viel davon zu essen und verzehren gleich mehrere Früchte täglich. Wir empfehlen, nicht mehr als eine halbe bis eine ganze Avocado pro Person und Tag zu essen. Solange Sie sich nicht an die Avocados in Ihrer Ernährung gewöhnt haben, besteht die Gefahr, zu viel davon zu essen. Ein wichtiger Punkt im Umgang mit Avocados ist, sie *nicht* mit Eiweiß zu kombinieren, denn sie hemmen die Eiweißverdauung, obwohl sie zu den Gemüsen zählen. Sie können mit Kohlenhydraten wie Chips oder Brot kombiniert werden. Was Sie auch immer über Avocados in Zusammenhang mit dem Ansteigen des Cholesteringehaltes im Organismus gehört haben, ist völlig unbegründet. Das Cholesterin, über das Sie sich Gedanken machen sollen und zwar zurecht, kommt nur in Nahrungsmitteln tierischen Ursprungs vor, *niemals* in pflanzlicher Nahrung. Wir befinden uns in einer Zeit, in der viele Gesundheitsorganisationen mit Nachdruck darauf hinweisen, wie ungemein wichtig die Reduzierung von Cholesterin in der Ernährung für den Rückgang der Herzerkrankungen ist. Genau das ist es, was „Fit für's Leben“ mit seinem Eßprogramm zustande bringt. Avocados helfen dabei mit!

2 Scheiben Vollkornbrot, leicht getoastet
2 oder 3 dicke Tomatenscheiben
3 oder 4 der Länge nach geschnittene Gurkenscheiben
Mehrere Scheiben Avocados
Blattsalat oder Keimlinge
Mayonaise, Senf oder Butter

Verwenden Sie Brot, Gewürze sowie mehrere dicke Scheiben Avocados, Tomaten und Gurken alleine oder in einer beliebigen Kombination. Darüber geben Sie Alfalfa- oder rote Kleekeimlinge und/oder Salatblätter. Essen Sie nicht mehr als ein Sandwich täglich.

4) Cocktail aus frischen Gemüsesäften

1 Große Portion *10 Min.*

Dieser Cocktail ergänzt das Programm auf besonders wirkungsvolle Weise. Trinken Sie ihn vor dem Mittag- oder Abendessen, wann immer Sie wollen. Trinken Sie ihn langsam, 10 Minuten vor der Mahlzeit. Wenn Sie keinen Entsafter haben, sollten Sie sich einen Naturkostladen suchen, der frische Säfte führt oder sie auf Bestellung herstellt.

8 große Karotten
1 Stangensellerie
¼ von einer kleinen roten Beete
1 mittelgroße Tomate
1 kleine rote oder grüne Paprikaschote
1 kleine Handvoll Spinat oder frische Petersilie

Karotten und Sellerie sollten immer enthalten sein, andere Gemüsearten können nach Wunsch verwendet werden. ½ bis ¼ des Saftes sollte immer aus Karotten bestehen. Schneiden Sie die bitteren Enden der Karotten ab, schälen ist nicht erforderlich. Entfernen Sie die Sellerieblätter. Geben Sie alles Gemüse in den Entsafter.

5) Blumenkohlcreme-Suppe

für 4 Personen *35 Min.*

2 Eßlöffel Butter
1 Eßlöffel Olivenöl
1 mittelgroße Zwiebel, grob gehackt
6–8 Schalotten, gehackt
2 Selleriestangen, gehackt
2 mittelgroße Köpfe Blumenkohl, ohne Strunk, grob gehackt
½ Teelöffel Meersalz
½ Teelöffel Curry (nach Geschmack)
⅛ Teelöffel frisch gemahlener schwarzer Pfeffer
½ Teelöffel getrockneter Thymian*
1 Teelöffel getrocknetes Basilikum
1 Teelöffel getrockneter Salbei oder Majoran
1 zerdrückte Knoblauchzehe

* Ich empfehle keine frischen Kräuter, weder hier noch in den meisten anderen Rezepten. Das Kochen mit frischen Kräutern verändert Rezepte beträchtlich. Wenn Sie einmal getrocknete und das nächste Mal frische Kräuter verwenden, ändert sich der Geschmack von Fall zu Fall. Außerdem gibt es frische Kräuter meistens nur kurze Zeit. Getrocknete Kräuter gibt es dagegen das ganze Jahr über.

Ich bemühe mich, die Rezepte mit Rücksicht auf Berufstätige einfach und leicht in der Zubereitung zu gestalten. Deshalb vermeide ich frische Kräuter. In einigen Fällen werden sie jedoch verwendet und die genaue Menge angegeben. Wenn Sie frische Kräuter in Ihrem Garten haben, so können Sie diese selbstverständlich verwenden. Die richtige Zugabemenge müssen Sie dann selbst durch Probieren herausfinden.

6 Tassen Wasser
2 Eßlöffel weißes Miso (besser als Gemüsebouillon, weil es die Suppe nicht dunkel färbt)
1/8 Teelöffel frisch gemahlenes Muskat (nach Geschmack)

Butter in einem Suppentopf zum Schmelzen bringen. Öl hinzufügen. Dann Zwiebeln, Schalotten und Knoblauch dazugeben. Anschließend Sellerie und Blumenkohl sowie die Gewürze.

Gut mischen und im unbedeckten Topf bei mittlerer Hitze mehrere Minuten kochen und dabei öfters umrühren. Dann Wasser und Miso zugeben. Zum Kochen bringen. Zugedeckt bei mittlerer Hitze 15 Minuten oder solange bis der Blumenkohl weich ist, ziehen lassen. Deckel entfernen und leicht abkühlen lassen. In kleinen Mengen im Mixer pürieren, bis die Suppe glatt und cremig ist. Wieder erwärmen und – falls gewünscht – mit frisch gemahlenem Muskat würzen.

6) Gefüllte Kartoffeln, gebacken

für 2–4 Personen (je nach Kartoffelgröße) *1 Std. und 20 Min.*

Wenn Sie gern gebackene Kartoffeln mit Käsefüllung essen, sollten Sie diese herrliche Alternative versuchen!

2 große Kartoffeln (mehlige)
½ – ¾ Tassen Kürbis
¼ Tasse geschmolzene Butter
¼ Teelöffel Kümmel (je nach Geschmack)
1 Teelöffel Meersalz, Paprika oder salzfreies Gewürz, süßer ungarischer Paprika
2 Teelöffel geschmolzene Butter

Backen Sie die Kartoffeln ca. 60 Minuten bei 220 °C im Backofen, bis sie weich sind. Währenddessen schälen Sie den Kürbis und schneiden ihn in kleine Würfel, geben ihn in einen Dämpftopf und lassen ihn zugedeckt 15 Min. über kochendem Wasser dämpfen, bis er sehr weich ist.

Lassen Sie die Kartoffeln leicht abkühlen. Noch während sie warm sind halbieren und vorsichtig, ohne die Schale zu verletzen, aushöhlen.

Mischen Sie Kürbis, Kartoffelmasse, 1/4 Tasse geschmolzene Butter, Kümmel und Meersalz mit einem Kartoffelstampfer oder im Mixgerät, bis Sie ein cremiges, gelbes Püree erhalten.

Füllen Sie die Mischung in die Kartoffelhälften. Mit Butter bestreichen und mit Paprika bestreuen. Im Backofen 10 Min. oder bis zur leichten Bräunung backen.

7) Brathähnchen

55 Min.

1 kleines Brathähnchen vom Bio-Bauern
frisch gemahlener schwarzer Pfeffer
Meersalz

Backofen auf ca. 220 °C vorheizen. Hähnchen innen und außen mit Meersalz und Pfeffer einreiben. 45 – 55 Minuten backen, dabei häufig mit Bratenfett begießen. Ergibt ein goldbraunes, saftiges Hähnchen.

8) Grüne Bohnen mit Knoblauch

für 2 Personen *40 Min.*

2 Eßlöffel Olivenöl
1 Teelöffel zerdrückter Knoblauch
4 Tassen frische oder tiefgefrorene Bohnen in 5 cm Stücke geschnitten
½ Teelöffel getrockneter Thymian
½ Teelöffel Meersalz, Gewürzsalz oder salzfreies Gewürz, frisch gemahlener schwarzer Pfeffer
2 Tassen Wasser
2 Teelöffel gekörnte Gemüsebrühe oder 1 Gemüsebrühwürfel
1 Spritzer Zitronensaft

Öl in großer schwerer Pfanne erhitzen. Knoblauch und Bohnen zufügen, bei starker Hitze schmoren, häufig umrühren, damit nichts anbrennt. Nach Geschmack Thymian, Meersalz und Pfeffer zugeben. Dann Wasser und Gemüsebrühe. Zum Kochen bringen, fest zudecken, Hitze auf mittelschwach reduzieren, 20–30 Minuten oder bis Bohnen weich sind (mit scharfem Messer anstechen) köcheln. Falls nötig, mehr Wasser zugeben. Gefrorene Bohnen garen in der Hälfte der Zeit. Spritzer Zitronensaft zugeben und gut vermischen.

9) Grüner Salat auf französische Art

für 2 Personen *15 Min.*

1 Kopfsalat oder anderer Blattsalat
1 Tasse Gartenkresse (nach Wahl), grob geschnitten
3 Eßlöffel Olivenöl
1 Eßlöffel frischer Zitronensaft
¼–½ Teelöffel Meersalz, Gewürzsalz oder salzfreies Gewürz
Frisch gemahlener Pfeffer

Der Salat und die Kresse waschen und trocknen. Den Blattsalat in mundgroße Stücke teilen, dabei die Mittelrippen der Blätter entfernen. Den Blattsalat und die Kresse zusammen in eine große Schüssel geben. Öl zufügen und gut mischen. Dann den Zitronensaft, Meersalz und Pfeffer nach Geschmack dazugeben und leicht mischen, so daß die Blätter nicht zusammenfallen.

2. Tag – Dienstag

„Salat als Hauptgericht“

Hier haben Sie den ersten Tag, wo der „Salat als Hauptgericht“ dient. Zum Frühstück und zum Mittagessen gibt es Obst, beliebigen Fruchtsaft und am Abend einen Salat als Hauptgericht. Denken Sie daran, daß Tomaten, Avocados und Gurken zu den Früchten gezählt werden und tagsüber von Ihnen gegessen werden können. Wenn Sie mittags eine Gemüseplatte essen, sollten Sie den Avocados ein bis zwei Stunden Zeit für die Verdauung lassen, bis Sie anderes Obst essen. Tomaten und Gurken, miteinander vermischt, benötigen keine zusätzliche Zeit zur Verdauung. Sie haben einen sehr hohen Wassergehalt. Sie können auch rohes Gemüse wie Sellerie und Karotten essen, aber auch nach diesen Sorten sollten Sie ein bis zwei Stunden warten, ehe Sie Obst essen oder Avocados. Einfaches, rohes Gemüse hat – bedingt durch seinen hohen Wassergehalt, keine lange Verweilzeit im Magen.

Frühstück: Wie am ersten Tag.

Mittagessen: Essen Sie weiter Obst *oder*
die Gemüseplatte 1)

Abendessen: Frischer Gemüsesalat *oder*
frischer Cocktail aus Gemüsesäften
(Seite 214) *oder*
1 Papaya *oder*
frische Ananasstücke.
Reissalat à la Mediterrain 2)

1) Gemüseplatte

für 1 Person *5 Min.*

1–2 mittelgroße Tomaten in Scheiben
1 kleine Gurke oder 2 kleine milchsaure Gurken, geschält und in Scheiben geschnitten
½ große Avocado, geschält und in Scheiben
salzfreies Gewürz (nach Wahl)

Das Gemüse wird auf der Platte angeordnet und mit salzfreiem Gewürz bestreut.

2) Reissalat à la Mediterrain

für 2 Personen *30–60 Min. je nach Reisart*

1 Tasse brauner Langkorn-Naturreis oder Indischer Reis (s. unten)
1 Eßlöffel Olivenöl
4 mittelgroße Zucchini, in ½-cm-Scheiben geschnitten
1–2 Eßlöffel Wasser
1 Teelöffel getrocknetes Basilikum
1 Teelöffel getrockneter Majoran
4 Tassen Kopfsalat oder andere Blattsalate oder eine Mischung verschiedener Blattsalate
2 Tassen Spinat oder Kresse, grob geschnitten
1 Tasse Alfalfakeimlinge
½ Tasse Oliven mit Paprika gefüllt, in Scheiben geschnitten

Reis-Zubereitung

Indischer Reis (z. B. Basmati-Reis) ist für dieses Rezept besonders geeignet, ist er nicht erhältlich, kann er durch braunen Langkornreis ersetzt werden.

1 Tasse braunen Langkorn-Naturreis
2¼ Tassen Wasser
1 Eßlöffel kalt gepreßtes Distelöl

Geben Sie alle Zutaten in eine große Pfanne, bringen Sie sie zum Kochen und rühren Sie leicht um. Zugedeckt bei niedriger Hitze 40 Min. ziehen lassen. Ohne den Deckel abzunehmen beiseitestellen. Erst nach 10 Min. den Deckel abnehmen.

oder
1 Tasse Indischer Reis
2 Tassen Wasser
1 Eßlöffel kalt gepreßtes Distelöl

Geben Sie alle Zutaten in eine Pfanne, bringen Sie sie zum Kochen und rühren Sie leicht um. Zugedeckt bei niedriger Hitze 20 Min. ziehen lassen. Deckel sofort abheben und den Reis mit der Gabel auflockern.

Zubereitung der Zucchinis

Öl in einer Schmorpfanne erhitzen. Zucchinischeiben dazugeben und im Öl wenden. Mit Wasser bespritzen und einige Minuten wenden, bis sie Farbe annehmen. Basilikum und Oregano zugeben. Wenden und auf die Seite stellen.

Knoblauch-Kräuter-Soße

1 Knoblauchzehe, gehackt oder zerdrückt
5 Eßlöffel Olivenöl
2 Eßlöffel frischer Zitronen- oder Limonensaft
½ Teelöffel getrockneter Kerbel
½ Teelöffel getrockneter Majoran
¼ Teelöffel getrocknete Minze
½ Teelöffel getrockneter Thymian
⅛ Teelöffel getrockneter Estragon
½ Teelöffel Meersalz, Gewürzsalz oder salzfreies Gewürz
frisch gemahlener schwarzer Pfeffer

Zubereitung der Salatsoße

Alle Zutaten in eine Schüssel geben und mit der Gabel schlagen oder in einem Mixer oder in einer Küchenmaschine mischen.

Zubereitung des Salates

Blattsalat waschen und trocknen und in mundgerechte Stücke teilen. Zusammen mit Spinat oder Kresse und Keimlingen in eine große Schüssel geben. Reis, Zucchini, Oliven und Salatsoße zugeben und gut vermischen.

Vergessen Sie nicht, wenn Sie wieder hungrig sind, sollten Sie mindestens 3 Stunden nach dem Abendessen wieder Obst essen, denn der hohe Wassergehalt des Obstes wird die Ausscheidung am nächsten Tag begünstigen.

3. Tag – Mittwoch

Frühstück: Wie am ersten Tag.

Mittagessen: Frisches Obst *oder*
Karottensaft (nach Wunsch)
Nußbutter-Dip 1) mit Gemüserohkost *oder*
Energiesalat (mit leichter Salatsoße *oder* eine Soße Ihrer Wahl) (Seite 211).

Abendessen: Maiseintopf 2)
New York Sandwich 3) 4) 5) 6)
Spinatsalat mit Keimlingen 7)

1) Nußbutter-Dip

1 Min.

Ungesalzene rohe Mandel-, Cashew-, Sesam- oder Sonnenblumenkernbutter ist für dieses Rezept am besten geeignet. Erdnußbutter kann auf Wunsch auch verwendet werden.

¼ Tasse Nußbutter, weich oder in Stückchen
¼ Tasse Wasser

Die Nußbutter mit dem Wasser schaumig schlagen, bis sich eine cremige Soße zum Einstippen ergibt. Sie kann für Sellerie, Karotten, Zucchini, grüner oder roter Paprika, rohen Blumenkohl oder Broccoli, Fenchel oder Scheiben von Artischocken verwendet werden.

2) Ländlicher Maiseintopf

für 4 Personen

6 Tassen Wasser
6 mittelgroße Kartoffeln, geschält und gewürfelt
1 mittelgroße Zwiebel, gehackt
2 Knoblauchzehen, fein gehackt
1 Selleriestange, gehackt
2 Gemüsebrühwürfel oder 1 Gemüsebrühwürfel und 1 Eßlöffel helles Miso
⅛ Teelöffel getrockneter Salbei
½ Teelöffel getrockneter Thymian
½ Teelöffel getrockneter wilder Majoran
½ Teelöffel Meersalz (nach Wunsch)
½ Teelöffel Gewürzsalz oder salzfreies Gewürz
Frisch gemahlener schwarzer Pfeffer nach Geschmack
3–4 Tassen frischer oder gefrorener Mais
1 Eßlöffel Butter
¼ Tasse grüner Paprika, fein gehackt
½ Tasse Schalotten, fein gehackt
¼ Tasse Sahne oder Creme fraiche (nach Wunsch)
1 Eßlöffel frischer Dill, fein gehackt (nach Wunsch)

Zubereitung:

35 Min.

Wasser zum Kochen bringen. Kartoffeln, Zwiebeln, Knoblauch und Sellerie zugeben. Nachdem das Wasser wieder kocht, Brühwürfel und Gewürze zufügen. Zugedeckt bei mittlerer Hitze 15–20 Min. ziehen lassen oder so lange, bis die Kartoffeln weich aber nicht breiig sind. Leicht abkühlen. 2 Tassen Kartoffeln aus der Brühe nehmen und beiseite stellen. Den restlichen Eintopf in kleinen Portionen pürieren. Bei schwacher Hitze wieder erwärmen. Mais und die restlichen Kartoffeln zugeben. Nicht kochen, dabei umrühren, damit der Eintopf nicht ansetzt, (5 Min.). Butter in kleiner Pfanne schmelzen. Grünen Paprika und Schalotten zugeben. Schmoren, bis die Gemüse hellgrün werden (ungefähr 3 Min.). Dann in den köchelnden Eintopf geben, Sahne und Dill nach Wunsch zufügen. Abschmecken.

3) New York Sandwich

25 Min.

Ob Sie es glauben oder nicht, dieses Gemüsegemisch ergibt ein absolut köstliches Sandwich, etwas, woran man sich sehr gewöhnen kann. 750 Leute aßen auf einem unserer Seminare 1600 Stück davon auf der „Queen Mary“ in Long Beach, Kalifornien. Es war eine neue Erfahrung, und sie waren begeistert!

1 Tasse Broccoli
½ Tasse Blumenkohl (nach Wunsch)
2 Eßlöffel Karotten, fein geraspelt
2 Eßlöffel Rotkohl, fein geraspelt
2 Eßlöffel gelber Kürbis, fein geraspelt
¼ Tasse geröstete Zwiebel (siehe unten), (nach Wunsch)
1 Chapati 4), Tortilla 5) oder Pita 6) (Fladenbrote)
1 Eßlöffel Mayonaise
3 Scheiben (dünn) saure Gurken
½ Tasse Kopfsalat, fein zerrupft
½ Tasse Alfalfakeimlinge
2 Scheiben Avocado (nach Wunsch)
eine Prise Meersalz oder salzfreies Gewürz (nach Wunsch)

Zubereitung der Gemüse:

Broccoli in dünne Längsstücke schneiden, dabei nur die Röschen und die oberen Teile der Stiele verwenden. Blumenkohl ebenfalls in Röschen teilen. Beide Gemüse in Gemüsedampftopf geben und zugedeckt 5 Min. oder bis sie gar sind über kochendem Wasser dämpfen. Zur Kontrolle mit scharfem Messer anstechen. Karotten, Kohl und Kürbis zusammengeben und gut mischen.

Geröstete Zwiebeln mit Grillsoße:

2 Teelöffel Distelöl
1 kleine weiße Zwiebel, in Scheiben
½ Eßlöffel Grillsoße

Zubereitung der gerösteten Zwiebeln:

Öl in kleiner Pfanne erhitzen. Zwiebeln zugeben und dünsten, bis sie weich werden. Grillsoße unter Umrühren dazugeben, weiter dünsten, bis die Zwiebeln vollständig gar sind. Diese Menge reicht für 3 oder 4 Sandwiches. Übrig gebliebene Röstzwiebeln schmecken köstlich in jeder Gemüsesuppe.

4) Chapati*

Chapati Mehl (⅔ Weizenmehl 1050, ⅓ Grahammehl, fein)

mit Wasser geschmeidig kneten, in Kugeln rollen. In einem Mehlteller plattdrücken und mit der Rolle zum Kreis ausrollen. In der trockenen oder leicht eingefetteten Pfanne kurz auf der einen Seite backen, auf der zweiten Seite etwas länger; wieder auf der ersten Seite backen, bis der Teig hochkommt.

5) Tortilla (Mais-Pfannkuchen)

250 g Maisgries in ½ Liter destilliertem oder mineralarmen Wasser etwas quellen lassen
1 Teelöffel Meersalz
2 Eßlöffel Öl
50 g Buchweizenmehl

hinzufügen und in der Pfanne in heißem Fett ausbraten oder auf dem gefetteten Backblech im nicht vorgewärmten Ofen bei guter Hitze in 20 Minuten backen.

Tostados

Tortillas (siehe oben) in Streifen oder Dreiecke schneiden und in heißem Öl knusprig backen.

* Chapatis, Tortillas und Pitas können Sie meistens auch in Pizzerias fertig kaufen. Sie können aber auch immer geröstetes Vollkornbrot als Unterlage verwenden!

6) Pita

4 Tassen Weizenvollkornmehl
1–2 Teelöffel Meersalz
1½ Tassen Wasser

Das frisch und sehr fein gemahlene Mehl in eine Schüssel geben, Salz zufügen und vorsichtig mit Wasser verkneten. Es hängt vom Mehl ab, wieviel Wasser man braucht. Der Teig muß so fest sein, daß man ihn ausrollen kann.

Teig 30 Minuten ruhen lassen. In 8 Stücke teilen, aus jedem Teigstück einen Ball formen und diesen auf einem bemehlten Brett dünn ausrollen, ca. 2 mm dick. Die Fladen auf der heißen Herdplatte oder in der heißen, trockenen Pfanne unter Schütteln und mehrmaligem Wenden ca. 10 Minuten backen.

Für diese Fladen eignen sich auch: Hafermehl, Maismehl, Roggenmehl oder Erbsenmehl.

Variation: Ein paar Eßlöffel zerlassene Butter an den Teig geben, ruhen lassen, dann backen.

Herstellung des Sandwich

für 1 Person

Tortillas oder Chapatis in heißer trockener Pfanne erhitzen, dabei von einer Seite auf die andere drehen, bis sie weich, aber nicht knusprig sind. Dann auf ein großes Stück Folie legen.

Tortilla mit Mayonnaise bestreichen. In der Mitte, von oben nach unten, bildet man eine Lage mit Broccoli. Darauf den zerkrümelten Blumenkohl. Dann eine Lage mit milchsauren Gurken, eine Lage mit dem geraspelten Gemüse, eine Lage mit den gegrillten Zwiebeln. Oben darauf den Kopfsalat, die Keimlinge und Avocado. Mit salzlosem Gemüsegewürz bestreuen, wenn es gewünscht wird. Jetzt die Tortillas wie Crepes um das Gemüse rollen. Fest in Folie einpacken, bis sie serviert werden.

So ein Sandwich kann 2 bis 3 Tage im Kühlschrank aufbewahrt werden (wenn es Ihnen gelingt, es vor Ihren Freunden und Ihrer Familie zu verstecken!). In der Mitte durchschneiden und Folie teilweise zurückschieben, aber am Ende verschlossen halten, damit die Soße nicht herauströpfelt.

7) Spinatsalat mit Keimlingen

für 2 Personen

2 Tassen Kopfsalat, in kleine Stücke geschnitten
2 Tassen Spinat, in kleine Stücke geschnitten
2 Tassen Alfalfa-Keimlinge
1 Tasse gemischte Keimlinge – Linsen, Mungobohnen, Radieschen, Erbsen, roter Klee oder Weizenkörner
1 Tasse Gurke, geschält und gewürfelt
1 mittelgroße Tomate in Scheiben geschnitten
1 Tasse Kresse, geschnitten (nach Wunsch)
2 Eßlöffel Olivenöl
2 Teelöffel frischer Zitronensaft
2 Teelöffel Soyasoße oder ½ Teelöffel Dijonsenf

Gemüse und Keimlinge in große Schüssel geben. Öl zufügen und mischen. Zitronensaft und Sojasoße oder Senf dazugeben und noch einmal mischen.

4. Tag – Donnerstag

Frühstück: Wie jeden Tag

Mittagessen: Frisches Obst *oder* Karotten (nach Wunsch Nüsse und Gurken 1) *oder* Energiesalat (Seite 211)
mit Hüttenkäse, wenn gewünscht

Abendessen: Frischer Gemüsesalat oder Cocktail aus frischen Gemüsesäften (Seite 214)
Eintopf für zwei 2)
Cäsar-Salat 3)
Kohl mit Curry 4)

1) Nüsse und milchsaure Gurken

2 Min.

½ bis 1 Tasse rohe Mandeln, Pekannüsse, Walnüsse oder Paranüsse
1 mittelgroße Gurke, geschält und in Stifte geschnitten

Vergewissern Sie sich, daß die Nüsse roh sind. Nach dem Rösten sind sie für den Körper nicht mehr verwertbar und tragen nur zu seiner Vergiftung bei. Nüsse und Gurken hört sich nicht nach großer Mahlzeit an, stellen aber eine sehr sättigende Mahlzeit dar. Da die Nüsse gut gekaut werden müssen, ist man eine Weile damit beschäftigt. Die Aromen ergänzen sich bestens – der Nährwert ist unübertroffen.

2) Eintopf für zwei Personen

40 Min.

8 kleine neue Kartoffeln
3 große Karotten
2–3 Eßlöffel Butter
1 kleine Zwiebel, gehackt
1 Stange Sellerie, gehackt
4 Broccolistangen ohne Röschen, geschält und in 1 cm große Stücke geschnitten
2 kleine Zucchini, in Scheiben geschnitten
1 Tasse gefrorene Limabohnen (nach Wunsch)
½ Teelöffel gefrorene Erbsen (nach Wunsch)
¼ Teelöffel Selleriesamen
¼ Teelöffel getrockneter Salbei
¼ Teelöffel getrockneter Majoran
½ Teelöfel Meersalz, Gewürzsalz oder salzfreies Gewürz
Gemüsebouillon oder 2 Teelöffel natürliche Gemüsebrühe
1–2 Tassen Wasser

Kartoffeln und Karotten ganz in den Gemüsedämpftopf geben und zugedeckt 15 Minuten über kochendem Wasser dämpfen. Dann werden die Karotten in 1-cm-Scheiben geschnitten, die Kartoffeln geschält und in ca. 2 cm große Würfel geteilt. Beiseitestellen. In großer Pfanne die Butter schmelzen. Kartoffeln, Karotten, Zwiebeln, Sellerie, Broccoli, Salz, Bouillon und Wasser zufügen. Zum Kochen bringen. Zugedeckt 5 Min. ziehen lassen. Zucchinis und Erbsen zugeben. Wieder zum Kochen bringen und zugedeckt unter gelegentlichem Umrühren weitere 10 Min. köcheln lassen. Kinder freuen sich, wenn sie gebutterte Vollkorntoast-Brote in diesen köstlichen Eintopf tunken dürfen.

3) Cäsar-Salat

für 2 Personen *15 Min.*

1 Knoblauchzehe
3 Eßlöffel Olivenöl
1–2 Eßlöffel frischer Zitronensaft

1 Teelöffel Dijonsenf
1 Blatt Nori (gepreßter Seetang) nach Wunsch
¼ Teelöffel Meersalz, Gewürzsalz oder salzfreies Gewürz
1 kleiner Kopf römischer Salat
1 Tasse Knoblauch-Croutons
Frisch gemahlener schwarzer Pfeffer

Knoblauch in eine große Schüssel geben und mit der Gabel zerdrücken. Öl zufügen und gut umrühren. Knoblauch herausnehmen. Zitronensaft und Senf zugeben und mit der Gabel mischen. Nori mit der Hand 1–2 Sek. auf jeder Seite über heiße Flamme (Gas oder elektrisch) halten, bis sich die Farbe von schwarz zu grün ändert. Zerkrümeln und in die Salatsoße mischen. Meersalz zufügen und Soße schlagen. Salat waschen und gründlich trocknen. In mundgerechte Stücke teilen, die dicken Rippen entfernen, in die Schüssel geben und unter die Salatsoße mischen. Zuletzt die Knoblauch-Croutons (siehe unten) zufügen und nach Geschmack pfeffern.

Knoblauch-Croutons

für 1–2 Personen *10 Min.*

Sie sind leicht herzustellen und den abgepackten Sorten weit überlegen.

1 Scheibe Vollkornbrot
2 Teelöffel Butter
1 Knoblauchzehe, zerdrückt oder in 2 oder 3 Stücke geschnitten

Brot in kleine Würfel schneiden. Butter in kleiner Pfanne schmelzen lassen. Knoblauch zufügen. Kurz schmoren, um die Butter zu aromatisieren. Knoblauch entfernen. Brot zugeben und unter häufigem Umdrehen rösten, bis er knusprig ist. Die Croutons können Salaten, Suppen oder Gemüsegerichten zugegeben werden.

4) Kohl mit Curry

3–4 Portionen *12 Min.*

1 Eßlöffel Distelöl
2 Teelöffel Senfsamen
1 Teelöffel Turmoric (Gelbwurzel oder Kurkumawurzel) oder
¼ Teelöffel Currygewürz
1 kleine weiße Zwiebel, geviertelt und in dünne Scheiben geschnitten
1 kleiner Kohlkopf, ohne Stiel, geviertelt und fein geschnitten
½ Teelöffel Meersalz
2 Eßlöffel frischer Zitronen- oder Limonensaft

Öl in großer Pfanne erhitzen. Senfsamen und Turmoric zufügen, einen Augenblick brutzeln lassen. Die Zwiebel dazugeben und mehrere Minuten schmoren, dabei häufig umrühren. Kohl und Salz hineingeben und gründlich durcheinander mischen. Unbedeckt bei Mittelhitze unter ständigem Rühren kochen lassen, bis der Kohl zusammenfällt. Mit Zitronen- oder Limonensaft beträufeln.

5. Tag – Freitag

„Salat als Hauptgericht“

Frühstück: wie immer

Mittagessen: den ganzen Tag nur Obst und Obstsäfte
oder
Gemüseplatte (Seite 220)

Abendessen: Cocktail aus frischen Gemüsesäften
(Seite 214) *oder*
½ Honig-Melone *oder* 1 ganze Grapefruit
Geflügelsalat mit Curry 1)

1) Geflügelsalat mit Curry

2 Portionen — *25 Min.*
zusätzliche Zubereitungszeit für das Hähnchen

4 Tassen Butterkopfsalat, gewaschen, getrocknet und in mundgerechte Stücke geteilt
2 Tassen Spinat, grob gehackt
½ Tasse Alfalfa-Keimlinge
¼ Tasse Kresse oder frische Petersilie, gehackt (nach Wunsch)
2 Tassen Brathähnchen, gehäutet und zerzupft (Seite 217) oder gegrilltes, gedünstetes oder geschmortes Hähnchen (vom Bio-Bauern)
2 Tassen Spargel
½ Tasse Karotten, geraffelt

Zubereitung des Salates

Kopfsalat, Spinat, Keimlinge und Kresse oder Petersilie in eine große Schüssel geben. Vom Spargel die harten Endstücke entfernen und schräg in 2-cm-Stücke schneiden. Spargel in kochendes Wasser werfen, 3–4 Min. kochen oder solange, bis er gar ist. Aus dem kochenden Wasser herausnehmen und sofort kalt abschrecken. Kochendes Wasser über die Karotten schütten und 1–2 Min. blanchieren. Abtropfen lassen. Hähnchen, Spargel und Karotten unter die Blattsalate mischen.

Mayonnaise-Soße mit Curry

2 Eßlöffel Olivenöl
1 Eßlöffel frischer Zitronensaft
1–2 Eßlöffel Mayonaise
1 Teelöffel Honig
½ Teelöffel Curry
½ Teelöffel getrocknetes Basilikum oder
2 Teelöffel frisches Basilikum, fein gehackt
1 Teelöffel Schalotten, fein gehackt
¼ Teelöffel Meersalz (nach Wunsch)
Frisch gemahlener schwarzer Pfeffer

Zubereitung der Soße

Öl, Zitronensaft, Mayonaise und Honig in eine kleine Schüssel geben und cremig schlagen. Curry, Basilikum, Schalotten und Meersalz zufügen. Noch einmal schlagen. Über den Salat schütten. Nach Geschmack pfeffern.

6. Tag – Samstag

Frühstück: wie immer

Mittagessen: Frisches Obst *oder* Karotten (nach Wunsch)
Energiesalat (Seite 211) *oder* Blumenkohltoast 1)

Abendessen: Erntesuppe 2) und heiße, gebutterte Maistortillas 3) *oder*
Karottenmus 4)
Japanischer Broccoli 5)
Pikanter Grünkohlsalat 6)

1) Blumenkohltoast

1 Portion *20 Min.*

Das beste Gerät für ein getoastetes Sandwich ist ein einfacher Sandwich-Grill. Wenn Sie keinen haben, streichen Sie die Füllung auf gebutterten Toast.

1 Tasse Blumenkohl, gedämpft
1–2 Eßlöffel Mayonaise
¼ Teelöffel Dijonsenf (nach Wahl)
¼ Teelöffel Meersalz, Gewürzsalz oder salzfreies Gewürz
1 Teelöffel Sellerie oder Wasserkastanien, gehackt (nach Wahl)
2 Scheiben Vollkornbrot
1 Eßlöffel Butter
½ Tasse Alfalfa-Keimlinge oder Kopfsalat in Stückchen geschnitten
1 Eßlöffel Karotten, geraffelt

Blumenkohl pürieren, Mayonaise, Senf und Meersalz darunter mischen. Sellerie oder Wasserkastanien zugeben und gut vermischen. Brot mit Butter bestreichen. Blumenkohlmischung auf die ungebutterte Seite einer Brotscheibe streichen. Mit Keimlingen oder Kopfsalat und Karotten bestreuen. Mit der zweiten Brotscheibe bedecken, die gebutterte Seite nach außen. In den Apparat geben, erhitzen, bis das Brot sich golden färbt und die Füllung sich erwärmt hat. Ungefähr drei Minuten auf jeder Seite.

2) Erntesuppe

8 Portionen *55 Min.*

9 Tassen Wasser
1 große weiße Zwiebel, grob gehackt
2 große Knoblauchzehen, fein gehackt
2 Selleriestangen, grob gehackt
1 mittelgroße Selleriewurzel, geschält und gewürfelt (nach Wunsch)
2 Tassen Bananenkürbis, gewürfelt
1 kleiner Blumenkohl ohne Stiel, in 2½-cm-Röschen geteilt
4 mittelgroße Karotten, geschält, in 1 cm große Würfel geschnitten
4 mittelgroße Zucchini, in ½ cm Scheiben geschnitten
4 mittelgroße gelbe Zucchini oder Sommerkürbis, in ½ cm Scheiben geschnitten
3 mittelgroße Kartoffeln, geschält, halbiert, in ½-cm-Scheiben geschnitten
1 kleiner Kopf Wirsing-Kohl, ohne Stiel, geviertelt, dünn gehobelt
½ Teelöffel getrockneter Thymian
½ Teelöffel getrocknetes Basilikum
½ Teelöffel getrocknetes Bohnenkraut
2 Eßlöffel weißes Miso oder 2 Gemüsebouillonwürfel
1 Teelöffel Meersalz (nach Wahl)
1 Prise Zimt
1 Prise Muskat
2 Eßlöffel frischer Zitronensaft

Wasser in Suppentopf zum Kochen bringen. Alle Zutaten mit Ausnahme des Zitronensaftes zugeben. Wieder kochen lassen. 30 Minuten unter häufigem Rühren ziehen lassen, um den Kürbis breiig werden zu lassen, so daß sich eine dicke Brühe ergibt. Zuletzt den Zitronensaft zufügen. Diese Suppe kann in größeren Mengen hergestellt werden, denn sie eignet sich hervorragend zum Aufwärmen.

3) Heiße gebutterte Mais-Tortillas

4 Portionen *8 Min.*

8 Tortillas (Seite 226)
2 Eßlöffel Butter

Die Omelettes, eines nach dem anderen, in heißer, trockener Pfanne erhitzen, dabei wenden, bis sie weich, aber nicht kroß sind. Nach dem Erhitzen etwas Butter in die Mitte des Omelettes geben und das nächste Omelette darauf legen. Den ganzen Stapel in einer verschlossenen Kasserole warmhalten, um das Austrocknen zu verhindern. Man kann die Omelettes wie einen Kuchen in Stücke schneiden oder einzeln in traditioneller Weise aufrollen.

4) Karottenmus

3 Portionen *30 Min.*

2 Eßlöffel Butter
1 Teelöffel Distelöl
3 mittelgroße Karotten, geschält und fein gerieben
3 mittelgroße Kartoffeln, geschält und fein gerieben
½ kleine weiße Zwiebel, fein gerieben
½ Teelöffel Meersalz (nach Wahl)

Butter und Öl in einer Pfanne schmelzen lassen. Karotten, Kartoffeln und Zwiebeln zugeben. Würzen. Eine Seite braun werden lassen und wenden. Zweite Seite ebenfalls bräunen. In kleine Stücke brechen oder Stücke aus der Runde schneiden.

5) Japanischer Broccoli

3 Portionen *15 Min.*

Ein köstliches Gericht, um übriggebliebene Broccolistiele zu verwerten.

3 oder 4 Broccolistiele ohne Röschen
1 Eßlöffel Sesam- oder Distelöl
1–2 Knoblauchzehen, fein gehackt
2 Eßlöffel Tamari
Spritzer frischer Zitronensaft (nach Wahl)

Mit einem Schälmesser die dicke Schale von den Stielen entfernen, dann der Länge nach in dünne Scheiben schneiden. Öl in einer Pfanne erhitzen. Knoblauch kurz schmoren. Broccoli zugeben. 3–5 Minuten bei mittlerer Hitze schmoren, bis die Stiele weich sind. In Tamari und Zitronensaft schwenken.

6) Pikanter Grünkohlsalat

3 Portionen *15 Min.*

Grünkohl (nach Größe)
2 Eßlöffel frischer Dill, gehackt
2 Eßlöffel frische Petersilie, gehackt
½ Tasse Sauerrahm
Saft einer kleinen Zitrone
½ Teelöffel Seetang (nach Wunsch)
½ Teelöffel Meersalz, Gewürzsalz oder salzfreies Gewürz
Frisch gemahlener schwarzer Pfeffer

Den Kohl schneiden oder fein hacken. Dill und Petersilie in großer Schüssel vermischen. Sauerrahm und Zitronensaft mischen und über den Kohl schütten. Seetang, Meersalz und Pfeffer nach Geschmack zugeben. Gut mischen. (Übriggebliebenen Kohl für den 9. Tag aufheben.)

7. Tag – Sonntag

Frühstück: Wie am 1. Tag *oder*
Obstsalat nach Ihrer Wahl *oder*
Erdbeer-Kiwi-Salat 1) mit Fruchtdip 2)

Mittagessen: Frisches Obst *oder*
Karotten (nach Wunsch) Erntesuppe (Seite 236) und Salat nach Ihrer Wahl mit Dressing Ihrer Wahl *oder*
Gurken-Sandwich 3)

Abendessen: Frischer Cocktail aus Gemüsesäften (Seite 214)
Hirtenpastete 4)
süße Karotten mit Basilikum 5)
Pariser Salat mit Spargel 6)

1) Erdbeer-Kiwi-Salat

2 Portionen *10 Min.*

2 Orangen, geschält und quer in Scheiben geschnitten
2 Tassen Erdbeeren, in Scheiben geschnitten
2 große Kiwi, geschält und in Scheiben geschnitten
1 kleine Banane, geschält und in Scheiben geschnitten
1 Eßlöffel Rosinen (nach Wahl)

Orangenscheiben auf kleiner Platte anrichten. In einer großen Schüssel Erdbeeren, Kiwi und Bananen mischen. Rosinen zugeben. Leicht vermischen und auf die Orangenscheiben häufen. Fruchtdip herstellen (siehe Rezept) und über den Salat gießen oder separat servieren.

2) Fruchtdip

Sie finden hier 5 verschiedene Fruchtdip-Vorschläge. Es gibt noch viele andere Möglichkeiten.

Im Mixer pürieren:
½ Papaya, ¼ Tasse frischen Orangensaft und ¼ Teelöffel Muskat oder
1 Dattelpflaume und 1 Banane oder
1 Banane und ½ Tasse Erdbeeren oder
½ Tasse frischen Orangen- oder Apfelsaft und 6–8 entsteinte Datteln oder
½ Tasse Ananaswürfel und eine Banane

Über oder mit dem Obstsalat servieren.

3) Gurken-Sandwich

3 Stück pro Person *5 Min.*

Maistortillas
Mayonaise oder Butter
Gurkenspieße
Alfalfa-Keimlinge oder zerpflückter Kopfsalat
Gemüsegewürz oder Petersilien-Salz (salzlos)

Die Gurken schälen und in dünne Spieße schneiden (12–15 cm). Tortillas in heißer trockener Pfanne erhitzen, wenden bis sie weich, aber nicht kroß sind. Mayonaise auf die heißen Tortillas streichen. 2–3 Gurkenspieße in die Mitte der Tortillas geben. Mit Keimlingen oder Kopfsalat und Gewürzen bestreuen, fest einrollen. Sie können auch Toastbrot nehmen und belegen!

4) Hirtenpastete

Füllung:
½ Tasse Butter
1 mittelgroße weiße Zwiebel, fein gehackt
1 Tasse Sellerie, fein gehackt
¼ Tasse Schalotten, fein gehackt
8 Tassen Vollkornbrot-Würfel (ca. 1 cm groß), am besten altbacken
2 Teelöffel gemahlener Salbei
½ Teelöffel getrockneter Majoran
½ Teelöffel getrockneter Tymian
½ Teelöffel Selleriesamen
¼ Teelöffel Paprika
½ Teelöffel Meersalz
Frisch gemahlener schwarzer Pfeffer
1 Eßlöffel frische Petersilie, fein gehackt
1 Gemüsebouillonwürfel
2 Tassen kochendes Wasser

Gebackener Kartoffelbrei

4–6 Portionen

8–10 kleine Kartoffeln, geschält und in 2½-cm-Würfel geschnitten (8–10 Tassen)
1 Stange Sellerie mit Blättern
1 Lorbeerblatt
1 große Knoblauchzehe
3 Eßlöffel Butter
¼ Tasse rohe Sahne
½ Teelöffel Meersalz, Gewürzsalz oder salzfreies Gewürz
Frisch gemahlener weißer Pfeffer

Kartoffeln schälen und in Topf mit kaltem Wasser geben. Sellerie, Lorbeerblatt und Knoblauch dazu geben. Zum Kochen bringen, bedecken und 20 Min. oder bis Kartoffeln weich sind, köcheln.

Währenddessen die Füllung vorbereiten. Butter in großer Pfanne schmelzen. Zwiebel, Schalotten und Sellerie zugeben. Schmoren, bis das Gemüse weich wird. Brotwürfel, Salbei, Majoran, Thymian, Selleriesamen, Paprika, Meersalz und Pfeffer zufügen. Gut mischen. 1 Gemüsebrühwürfel in 2 Tassen kochendem Wasser auflösen. Zur Füllung geben und gut vermischen. Zugedeckt bei sehr niedriger Hitze und unter häufigem Umrühren 15 Min. dämpfen.

Backofen auf ca. 190° vorheizen. Kartoffelbrei vorbereiten. In kleinem Topf Butter schmelzen und Sahne zufügen. Erhitzen, aber nicht kochen. Lorbeerblatt und Knoblauch entfernen. Kartoffeln in der Küchenmaschine oder mit der Hand pürieren, dabei die Butter-Sahne-Mischung untermengen. Meersalz und Pfeffer nach Geschmack zufügen und gründlich schlagen.

Die Füllung in eine feuerfeste Kasserole geben und mit dem Kartoffelbrei bedecken. 30–45 Minuten im Backofen überbakken, bis die Kartoffeln eine goldbraune Kruste bilden. Inzwischen die Pilzcremesoße (s. unten) vorbereiten.

Pilzcremesoße

4–6 Portionen

2 Eßlöffel Butter
1 Schalotte, fein gehackt
1 Pfund Pilze, in Scheiben geschnitten
2 Eßlöffel Butter
2 Eßlöffel Mehl
1½ Tassen Wasser
2 Gemüsebrühwürfel
2 Eßlöffel rohe Sahne oder Crème fraîche
½ Teelöffel Meersalz
¼ Teelöffel Knoblauchsalz

2 Eßlöffel Butter in einer großen Pfanne schmelzen. Schalotte und Pilze zufügen, solange schmoren, bis die Pilze weich sind und eine dunkelbraune Soße gebildet haben. Pilze mit Sieblöffel aus der Pfanne nehmen. Soße in Meßbecher geben und beiseite stellen.

2 Eßlöffel Butter in dieselbe Pfanne geben. Mehl zufügen und mit Schneebesen einrühren. Pilzsoße zufügen, weiter mit dem Schneebesen rühren, bis die Soße eindickt. Langsam unter ständigem Rühren Wasser zufügen. Brühwürfel dazugeben und unter Rühren auflösen. Sahne, Meersalz und Knoblauch zugeben. Jetzt können auch die Pilze in die Soße gegeben werden oder extra zur Hirtenpastete serviert werden.

5) Süße Karotten mit Basilikum

4–6 Portionen *25 Min.*

12 mittelgroße Karotten, geschält
3 Eßlöffel Süßrahmbutter
2 Eßlöffel reiner Ahornsyrup
1–2 Teelöffel frisches Basilikum
¼ Teelöffel Meersalz

Karotten in 1/4 cm dünne Scheiben schneiden oder in der Küchenmaschine schneiden. In zugedeckten Gemüsedämpftopf 10 Minuten über kochendem Wasser dämpfen, bis sie weich, aber nicht breiig sind. Auf die Seite stellen. Die Karotten können im voraus gedämpft werden und erst kurz vor dem Servieren mit den anderen Zutaten vermischt werden. In großer Pfanne Butter schmelzen. Ahornsyrup, Karotten, Basilikum und Meersalz zugeben und gut umrühren, daß die Karotten sich mit der Buttersoße überziehen.

6) Pariser Salat mit Spargel *15 Min.*

1 Butterkopfsalat
½ Kopf roter Blattsalat
½ Pfund frischer oder gefrorener Spargel

Salat waschen, gründlich trocken tupfen und in mundgerechte Stücke teilen, dabei die dicken Mittelrippen entfernen. Die dicken Enden des Spargels entfernen und 3–5 Minuten in kochendes Wasser geben, bis er weich ist. Aus dem Wasser nehmen, abtropfen lassen und in 3 ½ cm lange Stücke schneiden. Zum Kopfsalat geben.

French Dressing/Salatsoße

4 Portionen

3 Eßlöffel Olivenöl
1 Eßlöffel frischer Zitronensaft
½ Teelöffel Dijonsenf
Meersalz (nach Wahl)
1 Knoblauchzehe, halbiert
Frisch gemahlener schwarzer Pfeffer

Öl, Zitronensaft, Senf und Meersalz in Meßbecher geben. Knoblauch auf die Gabel spießen und Soße mit der Knoblauchgabel schlagen. Über den Salat gießen, pfeffern nach Geschmack und gut durchmischen.

8. Tag – Montag

„Salat als Hauptgericht“

Frühstück: wie jeden Tag

Mittagessen: Den ganzen Tag Obst und Obstsäfte *oder* Gemüseplatte (Seite 220)

Abendessen: Cocktail aus frischen Gemüsesäften (Seite 214) *oder* eine halbe Honigmelone
Kartoffelsalat 1)

1) Kartoffelsalat

2 Portionen *35 Min.*

6 kleine neue Kartoffeln
2 Eßlöffel Butter
½ Teelöffel Meersalz, Gewürzsalz oder salzfreies Gewürz
¼ Teelöffel süßer ungarischer Paprika
2 Tassen Broccoliröschen (mit 5 cm vom Stiel)
4 Tassen Kopfsalat, gewaschen, getrocknet und in mundgerechte Stücke geteilt
2 Tassen Spinat, grob gehackt
1 Tasse Alfalfa-Keimlinge
1 Tasse Rotkohl, fein geschnitten oder geraffelt

Die ganzen, ungeschälten Kartoffeln in den Dämpftopf geben und zugedeckt 20 Minuten über kochendem Wasser garen, bis sie beinahe weich sind. Inzwischen Broccoli, Blattgrün und Salatsoße vorbereiten. Die gekochten Kartoffeln in ca. 1 cm große Würfel schneiden (mit oder ohne Schale). In große Schüssel geben und beiseite stellen. Butter in kleiner Pfanne schmelzen und über die Kartoffeln gießen, gut mischen. Gewürze zugeben, mischen. Die Kartoffeln auf Backfolie ausbreiten und auf die oberste Schiene im Bratrohr stellen. 5–10 Minuten backen. Inzwischen Broccoli 5–7 Minuten dämpfen, bis er gar und hellgrün ist. Abkühlen.

Kopfsalat und Spinat in große Schüssel geben. Keimlinge trennen, damit sie keine Klumpen bilden und ebenfalls zufügen. Dann den Kohl dazugeben. Broccoli der Länge nach in feine Scheiben schneiden, zum Grünzeug geben.

Cremige Salatsoße

1 große Knoblauchzehe
2 Eßlöffel frischer Zitronen- oder Limonensaft
¼–½ Teelöffel Meersalz (nach Wahl)
¼ Tasse Olivenöl
½ Teelöffel getrockneter wilder Majoran
¼ Teelöffel getrockneter Thymian
1–2 Eßlöffel Mayonaise
Frisch gemahlener schwarzer Pfeffer (nach Wahl)

Knoblauch schälen und zerdrücken (wenn Sie starken Knoblauchgeruch wünschen) oder halbieren (wenn Sie einen milderen Salat wollen). Knoblauch in Meßbecher geben und mit Gabel anstechen. Zitronen- oder Limonensaft, Salz, Olivenöl und Kräuter zugeben. Dann die Mayonaise hinzufügen und die Soße mit der Knoblauchgabel schlagen, bis sie dick und cremig wird. Soße über den Salat gießen und alles gut mischen.

Fertigstellung des Salates

Kartoffeln aus dem Bratrohr nehmen und in den Salat geben. Wenn gewünscht, mit Pfeffer würzen, gut mischen.

9. Tag – Dienstag

Frühstück: Wie jeden Tag

Mittagessen: Frisches Obst *oder* Karotten (nach Wahl)
Energiesalat (Seite 211) *oder*
Avocado-Creme mit Maischips 1) und Selleriestangen

Abendessen: Cocktail aus frischen Gemüsesäften (Seite 214), Gemüse mit gerösteten Bröseln 2)
oder
gebutterter Vollkorntoast
herzhafte Erbsensuppe 3)
Pikanter grüner Kohlsalat (Seite 238)

1) Avocado-Creme

1–2 Portionen *5 Min.*

1 Avocado
½ Teelöffel Gemüsegewürz oder Petersiliensalz
½ Teelöffel Kümmel
½ Teelöffel getrockneter wilder Majoran

Avocado halbieren, Kern entfernen, Fruchtfleisch herausnehmen, den Kern aufheben. In einer kleinen Schüssel das Fruchtfleisch mit der Gabel zerdrücken und die Gewürze untermengen. Mit der Gabel cremig schlagen. Wird die Avocado-Creme nicht gleich serviert, Kern in die Schüssel geben, um Verfärbung zu verhindern, fest verschließen und bis zum Verzehr in den Kühlschrank stellen. Als Dip für natürliche Maischips, Selleriestangen oder anderes Rohgemüse verwenden.

2) Gemüse mit gerösteten Bröseln

25 Min.

1 mittelgroßer Blumenkohl, ohne Stiel, in kleine Röschen geteilt
¼ Rotkohl, ohne Strunk, geraffelt
6 mittelgroße Karotten, in Scheiben, Stäbchen oder Würfel geteilt
2 mittelgroße gelbe Kürbisse
2 Tassen Pak-Choy grün, geraffelt

Zubereitung des Gemüses

Blumenkohl, Rotkohl, Karotten und Kürbisse im Dämpftopf zugedeckt 10 Min. über kochendem Wasser oder bis zur Gare dämpfen. Pak-Choy grün zuletzt zugeben, bis die Blätter zusammenfallen.

Butterbrösel-Haube

2 Eßlöffel Butter
1 Knoblauchzehe, fein gehackt
4 Scheiben Vollkornbrot

Die Butter in großer Pfanne schmelzen. Knoblauch zugeben und schmoren, um die Butter zu aromatisieren. Brot in der Küchenmaschine oder im Mixer zerkleinern (mittelgroße Brösel). Brösel in Knoblauchbutter wälzen, bis sie sich gleichmäßig vollgesogen haben.
1 Eßlöffel Butter
½ Teelöffel Gemüsegewürz
¼ Teelöffel Meersalz
Frisch gemahlener schwarzer Pfeffer
2 Eßlöffel Butter

Zusammenstellung der Kasserole

Backofen auf 260° vorheizen. Das gedämpfte Gemüse mit 1 Eßlöffel Butter, Gemüsegewürz und Meersalz in großer Schüssel gut vermengen. Wenn gewünscht, pfeffern und ½ Tasse Butterbrösel zufügen. Gut mischen. Das Gemüse in flacher, feuerfester Kasserole verteilen. Mit den restlichen Bröseln bestreuen. 2 Eßlöffel Butterflöckchen verteilen. 5 Minuten im Rohr überbacken. Übriggebliebene Reste der Kasserolle können für Suppen, Gemüsetoasties (kleine Toasts) oder in Chapatis (Seite 226) gerollt Verwendung finden.

3) Erbsensuppe

8 Portionen *1 Stunde und 40 Min.*

2 Eßlöffel Butter
1 Eßlöffel Distelöl
1 Tasse Karotten, grob gehackt
1½ Tassen Zwiebeln, fein gehackt
2 Tassen Kohl, fein geraffelt
10 Tassen Wasser
2 Tassen grüne Erbsen
1 Teelöffel getrocknetes Basilikum
1 Teelöffel getrockneter Thymian
1 Teelöffel getrockneter Majoran
½ Teelöffel getrockneter wilder Majoran
½ Teelöffel getrocknetes Bohnenkraut
⅛ Teelöffel getrockneter Salbei
⅛ Teelöffel getrockneter Estragon
¼ Teelöffel Selleriesamen
¼ Teelöffel gemahlener Koriander
½ Teelöffel Meersalz (nach Wahl)
¼ Teelöffel Gewürzsalz oder salzfreies Gewürz
Frisch gemahlener Pfeffer nach Geschmack
1 Gemüsebrühwürfel
4 Eßlöffel frische Petersilie, fein gehackt

Butter und Öl zusammen in großem Suppentopf erhitzen. Karotten, Sellerie, Zwiebel, Knoblauch und Kohl zufügen und einige Minuten unter häufigem Umrühren schmoren. Wasser, Erbsen, Gewürze und Brühwürfel zugeben. Zum Kochen bringen. Zugedeckt bei Mittelhitze 1½ Stunden unter häufigem Umrühren köcheln. Zuletzt Petersilie zugeben und abschmekken. Diese Suppe kann gut eingefroren werden.

10. Tag – Mittwoch

Frühstück: Wie jeden Tag

Mittagessen: Richtig belegtes Sandwich (Seite 212) *oder*
Nußbutter-Dip und Rohgemüse (Seite 223) *oder*
Nüsse und kleine Gurken (Seite 229)

Abendessen: Cocktail aus frischen Gemüsesäften (Seite 214)
Nudeln mit geraffeltem Gemüse 1)
Cäsar-Salat (Seite 230 ohne Croutons, wenn gewünscht)
Maiskolben 2)

1) Nudeln mit geraffeltem Gemüse

1 Eßlöffel Distelöl
1 Teelöffel Knoblauch, feingehackt
½ Teelöffel frischer Ingwer (nach Wahl)
2 Tassen Kohl, geraffelt
1 Tasse Schalotten, der Länge nach geschnitten
2 Tassen Zucchini, in ½-cm-Scheiben geschnitten und dann gestiftelt
1 Tasse Erbsenschoten, geraffelt
2 Tassen Spargel oder Broccoli, in ½-cm-Stücke oder Röschen geteilt
3 Eßlöffel Distelöl
4 Tassen kalte, gekochte Nudeln (Buchweizen, Spaghetti, Vollkornspaghetti oder andere Vollkorn-Nudeln)

Broccoli – falls er verwendet wird – 4 Minuten vordämpfen. Schmortopf einige Minuten heizen, während das Gemüse vorbereitet wird. 1 Eßlöffel Öl hineingeben, im Topf gut verteilen. Zuerst Knoblauch und Ingwer und sofort danach alle Gemüse hineingeben. Unter ständigem Rühren im heißen Öl braten, falls notwendig 1–2 Eßlöffel Wasser zufügen, um das Anbrennen zu verhindern. Braten, bis sich die Gemüse hellgrün gefärbt haben (nach ein paar Minuten), dann auf großer Platte anrichten.

Nudelsoße

2 Portionen

1 Eßlöffel Tofu oder Soja-Soße
1 Teelöffel frischer Zitronensaft oder trockener Sherry
1 Eßlöffel geröstetes Sesamöl
2 Eßlöffel Grillsoße oder chinesische Bohnen- oder Erdnußsoße
1 Teelöffel Honig
1 Teelöffel heiße Currypaste (nach Wahl), oder ½ Teelöffel Currypulver*

Alle Zutaten in kleine Schüssel geben, gut mischen und beiseite stellen. 3 Eßlöffel Öl im heißen Schmortopf erhitzen. Nudeln zugeben und unter Umrühren rösten, bis sie warm sind. Gemüse und Soße zugeben. Gut vermengen. Auf großer Platte anrichten.

* Erhältlich in Asiengeschäften

2) Maiskolben

2–4 Personen *7 Min.*

4 Maiskolben
Butter
Meersalz, Gewürzsalz oder salzfreies Gewürz

Mais immer in den Hülsenblättern im Kühlschrank aufbewahren. So hält er sich besser und länger. Wasser im Suppentopf zum Kochen bringen. Mais mit den Blättern genau 5 Minuten kochen. Mit Butter und Meersalz servieren.

Vergessen Sie nicht, Sie können jederzeit das Abendessen durch einen Hauptgericht-Salat Ihrer eigenen Wahl ersetzen.

11. Tag – Donnerstag

„Salat als Hauptgericht“

Frühstück: Wie jeden Tag

Mittagessen: Frischer Obst- oder Karottensaft (nach Wahl)
Obst *oder* Obstsalat *oder*
Gemüseplatte (Seite 220)
Wenn gewünscht, Rohkost

Abendessen: 1 ganze Grapefruit
Salat für Steakfreunde (Texas-Salat) 1)

1) Salat für Steakfreunde

40 Min.

3 Tassen grüne Bohnen mit Knoblauch (Seite 217)
1 Steak von ca. 300–350 g
2 Teelöffel Distelöl
1 kleine rote oder weiße Zwiebel, in Scheiben geschnitten
4 Tassen Butterkopfsalat, gewaschen, getrocknet und in mundgerechte Stücke geteilt
2 Tassen Spinat ohne Stiele
3 große Pilze, in Scheiben oder Stäbchen geschnitten

Zuerst die grünen Bohnen mit Knoblauch vorbereiten. Während die Bohnen kochen, braten Sie das Steak Ihrem Geschmack entsprechend. Schneiden Sie es in dünne Schrägstreifen. Beiseite stellen. Öl in kleiner Pfanne erhitzen. Zwiebel in Öl weich schmoren, so lange, bis sie kroß wird. Kopfsalat und Spinat in große Schüssel geben. Steak, Bohnen, Zwiebel und Pilze zugeben.

Dijon-Salatsoße

2 Portionen

3 Eßlöffel Olivenöl
1 Eßlöffel frischer Zitronensaft
¾ Teelöffel Dijonsenf
½ Teelöffel Meersalz, Gewürzsalz oder salzfreies Gewürz (nach Wahl)
¼ Teelöffel Gemüsegewürz (nach Wahl)
Frisch gemahlener schwarzer Pfeffer

Öl, Zitronensaft und Senf in kleiner Schüssel schaumig schlagen. Meersalz und Gemüsegewürz zugeben, wenn gewünscht. Über den Salat gießen. Nach Geschmack pfeffern. Gut mischen.

4 Stunden nach dem Abendessen können Sie etwas Obst zu sich nehmen.

12. Tag – Freitag

Frühstück: Wie jeden Tag

Mittagessen: Frisches Obst *oder*
Karotten (nach Wunsch)
Energiesalat
(Seite 211) *oder*
gefülltes Pita-Sandwich 1)

Abendessen: Cocktail aus frischen Gemüsesäften
(Seite 214)
Gemüse mit Curry und Gurken-Joghurt 2)
oder
gebackene Fischsteaks 3) und
Gurken mit Dill 4)
Süßer Spaghetti-Kürbis 5)

1) Gefülltes Pita-Sandwich

2 Portionen *15 Min.*

Vollkorn-Pita-Brot (Seite 227) ist ein ausgezeichneter Ersatz für normales Brot. Pitas kurz im Ofen erwärmen, aber nicht toasten, da sie sonst nicht gefüllt werden können. Am oberen Ende der Pita einen dünnen Streifen abschneiden und nach Belieben füllen. Jede Art von Salat, frisches oder gedämpftes Gemüse oder eine Kombination von beidem, kann eine ausgezeichnete Füllung für ein Pita-Sandwich sein.

Es empfiehlt sich, dicke Salatsoßen zu verwenden, da flüssige Soßen das Brot aufweichen. Als ich vor acht Jahren begann, neue Rezepte auszuprobieren, verkauften wir Pita-Sandwiches in unserem Laden. Zu einer Zeit, in der diese Art von Sandwich noch ziemlich unbekannt war, hatten wir damit großen Erfolg.

Einige Salatblätter, gewaschen und getrocknet
Einige Spinatblätter

1 kleine Tomate (nach Wunsch). (Wenn Sie Ihr Pita-Sandwich nicht gleich aufessen, ist es besser, die Tomate wegzulassen, da sie das Pita-Sandwich aufweichen könnte.)

1 Selleriestange
½ kleine Gurke oder 1 kleine saure Gurke
1 kleine Karotte
½ Avocado (nach Wunsch)
2 Tassen Alfalfa-Keimlinge (nach Wahl)
1–2 Eßlöffel Mayonaise
1/2 Teelöffel Senf oder Tamari
1 Spritzer frischer Zitronensaft
Meersalz, Gewürzsalz oder salzfreies Gewürz (nach Wunsch)
2 Vollkorn-Pitabrote

Den Kopfsalat, Spinat, Tomate, Sellerie und Gurke fein hakken und in einer kleinen Schüssel vermischen. Die Karotte reiben und die Avocado würfeln, dazugeben. Die Keimlinge zugeben sowie die Mayonaise, Senf oder Soja-Soße, den Spritzer Zitronensaft und das Salz nach Geschmack. Gut mischen. Den Salat in die leicht gewärmten Pitataschen einfüllen. In Folie wickeln und im Kühlschrank bis zum Verzehr aufbewahren.

2) Gemüse mit Curry

3–4 Portionen *30 Min.*

Die Grundlagen der indischen Küche sind eigentlich sehr einfach. Das folgende authentische Rezept erhielt ich von einer guten Freundin aus Bombay, die eine ungemeine talentierte Köchin ist. Es handelt sich um trockenen Curry. Eine „nasse“ Curryvariante folgt dem Rezept.

2 Teelöffel Distelöl oder Butter oder Ghee[a)] (geklärte Butter)
½ Teelöffel Senfsamen (nach Wunsch)
Eine Prise Asafetida oder Hing[b)] (nach Wunsch)
1 Eßlöffel grüner Chili, gehackt, Paprika, gehackt (wenn Sie scharfen Curry lieben, sollten Sie grünen Chili verwenden)
1 kleiner Blumenkohl ohne Stiel und in kleine Röschen geteilt
¼–½ Teelöffel Meersalz
1 Teelöffel Korianderpulver
⅛ Teelöffel Turmoric
1 Eßlöffel Wasser
1½ Tassen gefrorene kleine Erbsen
3 Eßlöffel Kokosnuß, fein gerieben
2 Eßlöffel frische Petersilie, fein gehackt
Saft einer halben Limone

Zubereitung des Gemüses

Öl, Butter und Ghee* in einer großen Deckelpfanne erhitzen. Senfsamen, Asafetida und grünes Chili oder Paprika zufügen. Dann den Blumenkohl dazugeben. Zudecken und bei sehr schwacher Hitze trocken dünsten, dabei Meersalz, Koriander und Turmoric zugeben. Häufig umrühren. Sobald die Masse dick zu werden beginnt, Wasser zufügen. Unter häufigem Rühren 5–10 Minuten, oder bis der Blumenkohl gar ist, kochen. Dann die Erbsen dazugeben. Gut mischen und weitere 3–4 Minuten kochen. Kokosnuß, Petersilie und Limonensaft unterrühren. Gut mischen und noch ein paar Minuten leicht erwärmen.

* a) Ghee kann in indischen Läden gekauft werden, Sie können es aber auch selbst herstellen, indem Sie Butter zum Schmelzen bringen und dann durch Käseleinen seien. Das Klären der Butter bewirkt die Entfernung der Milchfeststoffe und macht die Butter leichter verdaulich.
b) Ein indisches Gewürz, das in der indischen Küche als Verdauungshilfe verwendet wird. In indischen Läden erhältlich. Nur eine winzige Prise verwenden, eine kleine Menge hat eine große Wirkung. Hing ist ein anderer Name für Asafetida.

„Nasse“ Curryvariante

Geriebene Kokosnuß, ¼ Teelöffel Kümmel, eine kleine Scheibe frischen Ingwer, 1–2 Knoblauchzehen, 1 Teelöffel Koriander, ⅛ Teelöffel Turmoric mit soviel Wasser in den Mixer geben, daß die Zutaten bedeckt sind. Verflüssigen. Diese Kokosnußsoße zusammen mit den Erbsen am Ende der Kochzeit zugeben. Noch 3–4 Minuten kochen, dann Petersilie und Limonensaft zugeben.

2) Gurken-Joghurt

4 Portionen *10 Min.*

Hier handelt es sich um ein Rezept für ein kühlendes Joghurt, das traditionsgemäß mit Curry serviert wird. Da es aus Joghurt hergestellt wird, ist sie eine schwere Beilage zu jeder Art von Kohlenhydraten, wie der traditionelle Reis oder Chapatis (Seite 226). Deshalb haben wir zu dieser Currymahlzeit Spaghetti-Kürbis genommen (Seite 261).

1 kleine Gurke, geschält und grob gerieben
1½ Tassen einfachen Joghurt
2 Teelöffel Distelöl
Prise Asafetida oder Hing (erhältlich in indischen Läden)
½ Teelöffel Senfsamen
¼ Teelöffel Meersalz (nach Wunsch)
2 Eßlöffel frische Petersilie, gehackt

In einer kleinen Schüssel Gurke mit Joghurt vermischen. Sie können, wenn Sie wollen, die Gurke vorher ausdrücken. Öl in kleiner Pfanne erhitzen. Asafetida, Senfsamen und Curryblätter zufügen und kurz brutzeln lassen. In die Gurken-Joghurt-Mischung gießen. Meersalz und Petersilie zugeben. Gut mischen.

3) Gebratene Fischsteaks

2 Portionen *10 Min.*

2 Scheiben (ca. ½ Pfund pro Scheibe) Schwertfisch, Heilbutt, Lachs, Dorsch, Schellfisch oder irgendein anderes dickes Fischsteak
2 Eßlöffel geschmolzene Butter oder Olivenöl
Spritzer Tabasco oder Cayenne-Pfeffer
¼ Teelöffel Meersalz, Gewürzsalz oder salzfreies Gewürz
Frisch gemahlener schwarzer Pfeffer (nach Wunsch)
1 Teelöffel frischer Zitronensaft

Backofen vorheizen. Fischsteaks waschen und trocken tupfen. Alle anderen Zutaten in eine kleine Schüssel geben. Den Fisch auf beiden Seiten mit der Soße einreiben, so daß er nicht anklebt und in den Backofen geben. Die Fischsteaks öfter mit Soße beträufeln. Auf beiden Seiten 3–4 Minuten braten. Nicht zu weich werden lassen. Sie sollten weich und feucht sein.

4) Gurken mit Dill

15 Min.

1 Gurke geschält, entkernt und in dünne Scheiben geschnitten, dann in dünne Streifen schneiden
½–¾ Tassen Sauerrahm, je nach Größe der Gurke 2 Eßlöffel frischer Zitronensaft
1 Teelöffel Schalotte, fein gehackt
2 Eßlöffel frischer Dill, gehackt oder 1 Teelöffel getrockneter Dill
¼ Teelöffel Meersalz, Gewürzsalz oder salzfreies Gewürz

Alle Zutaten gut mischen. Bis zur Verwendung in den Kühlschrank stellen. Entweder als Salat oder als Soße für den gebratenen Fisch servieren. Ergibt 2–4 Portionen.*

* Wenn Sie besonders knackige Gurken mit wenig Kernen bevorzugen, verwenden Sie Treibhausgurken oder milchsaure Gürkchen.

5) Süßer Spaghetti-Kürbis

6 Portionen *30 Min.*

1 mittelgroßer Spaghettikürbis
1 Eßlöffel Butter
4 mittelgroße Karotten, fein gerieben
1 Schalotte, fein gehackt
¼ Tasse Rosinen (nach Wunsch)
½ Tasse Wasser
1 Teelöffel frischer Dill (nach Wunsch)
2 Eßlöffel reiner Ahornsyrup (nach Wunsch)
1 Teelöffel Zimt
½ Teelöffel Kardamon
½ Teelöffel Meersalz (nach Wunsch)
¼ Teelöffel frisch gemahlener weißer Pfeffer

Den Kürbis der Länge nach halbieren. Kerne entfernen und mit der Schnittfläche nach unten in Gemüsedämpfer geben. Ungefähr 20 Minuten oder bis zur Gare über kochendem Wasser dämpfen. Leicht abkühlen, Fruchtfleisch aus der Schale schaben und beiseite stellen.

Butter in großer Pfanne zerlassen. Karotten, Schalotte und Rosinen zugeben und kurz schmoren. Wasser zufügen, zudekken und köcheln, bis die Karotten beinahe weich sind. Dill, Ahornsyrup, Zimt, Kardamon, Meersalz und Pfeffer dazugeben. Kürbismasse hineinrühren und gut vermengen. Bei niedriger Hitze zugedeckt 10 Minuten ziehen lassen, dann Deckel abnehmen und weiter köcheln, dabei häufig umrühren, bis das Wasser eingekocht ist. Mit dem Gemüse-Curry-Gericht oder an Stelle von Reis oder Teigwaren servieren. Reste des Kürbisgerichtes können Suppen oder Eintopfgerichten beigegeben werden.

13. Tag – Samstag

„Salat als Hauptgericht“

Frühstück: Wie jeden Tag

Mittagessen: Den ganzen Tag Obst oder Obstsaft *oder* einen leichten Obstsalat 1)

Abendessen: Gemüsesaft oder
Cocktail aus frischen Gemüsesäften (Seite 214) *oder*
1 Papaya *oder*
1 Scheibe Wassermelone (ca. 2½ cm–7 cm dick, von den Melonenhälften geschnitten)
Californische Tostada 2) mit
frischer Tomatensoße 3)

1) Leichter Obstsalat

2 Portionen *10 Min.*

2 Äpfel, entkernt, geschält und in Scheiben geschnitten
½ Teelöffel Zimt (nach Wunsch)
2 Orangen, geschält und in Scheiben geschnitten
2 Bananen, in Scheiben geschnitten
2 Eßlöffel Rosinen
¼–½ Tasse frischer Orangen- oder Apfelsaft (nach Wunsch)

Äpfel in großer Schüssel in Zimt wälzen, bis sie gleichmäßig bedeckt sind. Orangen und Bananen zugeben. Dann Rosinen und Saft zufügen, gut mischen. Die Rosinen sollen die Fruchtzuckerkonzentration erhöhen. Da Obst nicht immer süß genug ist, kann der Salat durch die Beigabe von Rosinen energiemäßig aufgewertet werden. Sie können jedem Obstsalat durch die Beigabe von Rosinen eine besondere Note verleihen. Diese Zugabe bedeutet Energie!

2) Californische Tostada

45 Min.

1 Tasse frische oder gefrorene Karotten, gewürfelt
1 Tasse frische oder gefrorene Stangenbohnen, in ca. 1 cm lange Stücke geschnitten
1 Tasse frische oder gefrorene Erbsen
1 Tasse frischer oder gefrorener Mais
6 Tassen Eisberg-Salat, grob gehackt
3 Tassen Tortilla Chips oder 1 Tasse geraffelter Weißhäuser oder Münster Käse
½ Tasse schwarze Oliven
Frische Tomatensoße 3)
Avocado Creme (Seite 247)
Sauerrahm (nach Wunsch)

Zubereitung des Gemüses

Karotten und Bohnen im Dampftopf zugedeckt 10 Minuten über kochendem Wasser dämpfen. Erbsen und Mais zufügen und weitere 5 Minuten oder bis zur Gare der Gemüse dämpfen. Wenn Sie frisches Gemüse verwenden, können Sie die Karotten und Bohnen im Ganzen dämpfen und nachher klein schneiden. Wenn Sie frischen Mais verwenden, können Sie ihn 5 Minuten im Ganzen kochen oder dämpfen und anschließend die Körner vom Kolben entfernen. Wird nur gefrorenes Gemüse verwendet, verringert sich die Kochzeit ungefähr auf die Hälfte der Zeit. Das gedämpfte Gemüse zusammen in eine große Schüssel geben und beiseite stellen.

Tortillas (Seite 226) in Streifen oder Dreiecke schneiden und in heißem Öl knusprig backen.

3) Frische Tomatensoße

3 Tomaten
3 Eßlöffel Olivenöl
½ Tasse rote Zwiebel, fein gehackt
1 kleine grüne Chili, fein gehackt (nach Wunsch)
1 kleine rote Pfefferschote, fein gehackt
3 Eßlöffel frische Petersilie, fein gehackt
1 Knoblauchzehe, fein gehackt (nach Wunsch)
½ Teelöffel Meersalz, Gewürzsalz oder salzfreies Gewürz (nach Wunsch)

Zubereitung der Soße

Tomaten für einige Sekunden in kochendes Wasser tauchen. Aus dem Wasser nehmen, Haut entfernen und klein würfeln, beiseite stellen. Öl in kleiner Pfanne erhitzen, Zwiebel hineingeben und schmoren, bis sie weich zu werden beginnt. Chili und Pfefferschoten zufügen, schmoren, dabei häufig umrühren, bis sie eine kräftige Farbe angenommen haben. Petersilie und Knoblauch hineinrühren. Das Gemüse etwas abkühlen lassen und zu den Tomaten in der kleinen Schüssel geben. Salzen und gut mischen. Beiseite stellen.

Zubereitung der Tostada

Die Hälfte der Gemüse mit dem Eissalat mischen. Die Hälfte der Soße über das Gemüse-Salat-Gemisch gießen und gut vermengen. Dann die Soße bis auf eine Vierteltasse auf den Rest des Gemüses gießen. Wenn Sie lieber Chips als Käse verwenden, geben Sie je eine Tasse Tortilla-Chips auf 2 Teller. Mit einem Löffel mehrere Häufchen Avocado-Creme auf die Chips geben. Dann die Mischung aus Gemüse, Salat und Soße über Chips und Avocado-Creme geben. Oben darauf das restliche

Gemüse. Dazu wieder ein Häufchen Avocado-Creme und ein Häufchen Sauerrahm, wenn Sie wollen, 2 Eßlöffel Ketchup oder Grillsoße über jede Tostada schütten. Mit schwarzen Oliven und übrigen Chips garnieren. Wenn Sie Käse verwenden, lassen Sie die Chips weg und bestreuen das Ganze mit Käse.

Anmerkung:
Wenn die Salatsoße cremiger sein soll, mischen Sie ¼ Tasse Mayonaise mit 2 Eßlöffeln Ketchup oder Grillsoße und fügen diese Mischung der Gemüse-Eisberg-Salat-Kombination bei, bevor Sie sie über die Tostada gießen.

Geben Sie eine geschälte Banane in einen luftdichten Plastikbehälter oder in eine Plastiktüte, und legen Sie sie für die morgige Fruchtcreme in den Gefrierschrank.

14. Tag – Sonntag

Frühstück: Wie jeden Tag oder Fruchtcreme 1)

Mittagessen: Frischer Obst- *oder* Karottensaft (nach Wunsch)
richtig belegtes Sandwich (Seite 212) *oder*
Maischips und Selleriestangen
Gemüsetoasties 2)
(Maischips, wenn Sie wollen. Es geht in Ordnung, gelegentlich Maischips zusammen mit einem Sandwich zu essen. Zweierlei Kohlenhydrate sind eine annehmbare Kombination. Wenn es nur darum geht, etwas Knackiges zu Ihrem Sandwich zu haben, versuchen Sie doch die Chips durch Sellerie- oder Karottenstifte zu ersetzen)
oder
Energiesalat (Seite 211)

Abendessen: Blumenkohl-Erbsencreme-Suppe 3)
Tortilla Boogie 4) *oder*
gebackene Süßkartoffeln mit roher Butter
französischer Salat (Seite 218)

1) Fruchtcreme

1–2 Portionen

1 Tasse frischen Orangen- oder Apfelsaft
1 gefrorene oder frische Banane
¼ Papaya, 1 entkernter Apfel, 1 Pfirsich oder eine Tasse Erdbeeren oder 1–2 Tassen irgendeiner anderen Frucht Ihrer Wahl

Saft, gefrorene oder frische Banane und die Früchte Ihrer Wahl in den Mixer geben und pürieren.

2) Gemüsetoastie

1 Portion *15 Min.*

1 Tasse gedämpftes Gemüse (grüne Bohnen, Karotten und Blumenkohl z. B.)
1–2 Eßlöffel Mayonaise
½ Teelöffel Meersalz, Gewürzsalz oder salzfreies Gewürz
1 Eßlöffel Butter
2 Scheiben Vollkornbrot
½ Tasse Alfalfa-Keimlinge

Das gedämpfte Gemüse mit der Mayonaise und den Gewürzen zu einem Brei verrühren. Das Brot buttern. Das Gemüse auf die ungebutterte Seite einer Scheibe legen. Mit Keimlingen und der zweiten Brotscheibe belegen, gebutterte Seite nach außen. In den Toaster geben. Drei Minuten auf jeder Seite erhitzen.

3) Blumenkohl-Erbsencreme-Suppe

3 Portionen *35 Min.*

5 Tassen Wasser
1 mittelgroße weiße Zwiebel, grob gehackt
1 Stange Sellerie, gehackt
2 Schalotten, gehackt
1 mittelgroßen Blumenkohl ohne Stiel und in 2½-cm-Röschen geteilt
1 Teelöffel Meersalz (nach Wunsch)
1 Eßlöffel weißes Miso oder einen Gemüsebouillonwürfel
2 Tassen frische oder gefrorene Erbsen
1 Teelöffel getrockneter Dill oder 2 Eßlöffel frischer Dill
1 Eßlöffel frische Petersilie, gehackt
1 Teelöffel getrocknetes Basilikum
¼ Teelöffel getrockneter Salbei
¼ Teelöffel frischer Kerbel, gehackt (nach Wunsch)
2 Eßlöffel Butter
½ Teelöffel Gewürzsalz oder salzfreies Gewürz (nach Wunsch)

Wasser in einem Suppentopf zum Kochen bringen. Zwiebel, Sellerie, Schalotten, Blumenkohl, Salz und Miso hineingeben und wieder zum Kochen bringen. Zugedeckt weitere 10 Minuten ziehen lassen. Deckel entfernen und leicht abkühlen lassen. In der Küchenmaschine pürieren, bis die Masse cremig ist. Wieder erhitzen. Butter zugeben und während des Erhitzens umrühren. Abschmecken, salzen, wenn gewünscht.

Anmerkung:
Wenn Sie gerne Gemüsestücke in der Suppe haben, bewahren Sie zwei Tassen davon auf und geben Sie sie nach dem Pürieren wieder in die Suppe.

4) Tortilla Boogie

2–3 Portionen *25 Min.*

Hier haben Sie eine perfekte Alternativmahlzeit, die Sie in Ihre neuen Eßgewohnheiten einbauen sollten. Sie macht Spaß, ist köstlich und sehr sättigend. Wir haben von vielen Leuten gehört, daß Sie sich nach einer Tortilla-Boogie-Mahlzeit am nächsten Tag großartig fühlten.

6 Maistortillas (Seite 226)
2 Eßlöffel Butter (nach Wunsch)
Ein Gemisch gedämpften Gemüses, 6–7 Tassen davon, nach Ihrer Wahl
Broccoli, in 5 cm × 1-cm-Röschen mit Stiel, geschnitten
Blumenkohl in kleine Röschen geteilt
Rosenkohl, halbiert oder geviertelt
Spargel, ganz, harte Ende entfernt
gelber Kürbis, in 1-cm-Scheiben geschnitten
3 Tassen Kopfsalat, in kleine Stücke zerzupft oder Alfalfa-Keimlinge
1 Avocado, zerdrückt oder in Scheiben
Mayonnaise oder Senf oder salzfreies Gemüsegewürz

Gemüse im Dampftopf zugedeckt 5–7 Minuten, oder bis es weich ist, über kochendem Wasser dämpfen (Garprobe mit spitzem Messer). Alles zusammen in große Schüssel geben. Mit etwas Distelöl oder Olivenöl und Zitronensaft beträufeln, wenn gewünscht. Die Tortillas in heißer, trockener Pfanne, eine nach der anderen, erhitzen, bis sie weich, aber nicht kroß sind. In einer geschlossenen Kasserole oder zwischen zwei Tellern, mit einem Stückchen Butter wenn gewünscht dazwischen, aufbewahren. Keimlinge oder Kopfsalat und Avocado in zwei kleine Schüsseln geben. Die Tortillas auf den Tisch stellen, zusammen mit den anderen Zutaten und Gewürzen. Jeder kann seine Tortilla Boogie nach eigenem Gutdünken zusammenstellen.

15. Tag – Montag

Frühstück: Wie jeden Tag

Mittagessen: Frisches Obst oder Karotten (nach Wunsch),
Energiesalat (Seite 211) mit einer Scheibe gebuttertem Vollkornbrot *oder* Hüttenkäse, wenn gewünscht.

Abendessen: Cocktail aus frischen Gemüsesäften, wenn gewünscht (Seite 214)
Karotten-Lauchsuppe 1)
Marinierter Teigwarensalat 2)
Französischer grüner Salat (Seite 218) *oder*
Gurken mit Dill (Seite 260)

1) Karotten-Lauchsuppe

3 Portionen *30 Min.*

5 Tassen Wasser
5 Tassen Karotten in Scheiben
1 Knoblauchzehe, fein gehackt
1 kleine Zwiebel, gehackt
2 Selleriestangen, in Scheiben
2 große Lauchstangen, in Scheiben geschnitten und gewässert, um den Sand zu entfernen
2 Teelöffel getrocknetes Basilikum
¼ Teelöffel getrockneter Salbei
¼ Teelöffel getrockneter Thymian
1 Eßlöffel Miso, rot oder weiß, oder 1 Gemüsebouillon
1 Eßlöffel süße Butter

Garnierung

3 Eßlöffel Sauerrahm (nach Wunsch)
1 Eßlöffel gehackter Schnittlauch (nach Wunsch)

Wasser in einem Suppentopf zum Kochen bringen. Die Zutaten in obiger Reihenfolge mit Ausnahme der Butter und der Garnierung dazugeben. Zudecken und zum Kochen bringen. 20 Minuten köcheln lassen oder solange, bis das Gemüse weich ist. ½ Tasse Karotten mit Sieblöffel entfernen. Restliche Suppe in zwei Portionen in den Mixer geben und pürieren. Wieder erhitzen. Karotten und Butter zufügen. Wieder erhitzen und servieren. Nach Wunsch mit saurer Sahne und gehacktem Schnittlauch garnieren. Diese Suppe schmeckt auch kalt sehr gut.

2) Marinierter Teigwarensalat

3–4 Portionen *45 Min.*

2 Tassen Broccoliröschen
2 Tassen Spargel, schräg in Scheiben geschnitten
2 Tassen Zucchini, in Scheiben geschnitten

Zubereitung des Gemüses

Broccoli, Spargel und Zucchini in Dampftopf geben und zugedeckt 5–7 Minuten über kochendem Wasser dämpfen. Mit Messerspitze Garprobe vornehmen. Broccoli benötigt eine etwas längere Garzeit als der Spargel und die Zucchini, er sollte also zuerst in den Dampftopf kommen. Gedämpftes Gemüse von der Heizquelle entfernen und beiseite stellen.

2 Teelöffel Olivenöl
1 große Schalotte, fein gehackt
2 Tassen Pilze, in Scheiben
Spritzer frischer Zitronensaft

Zubereitung der Pilze

Öl in großer Pfanne erhitzen. Schalotte und Pilze zugeben. Pilze schmoren, bis sie glänzen aber noch fest sind, höchstens 3–4 Minuten. Zitronensaft darüber träufeln und beiseite stellen.

Marinade

¼ Tasse Olivenöl
1 Eßlöffel frischer Zitronensaft (nach Wunsch)
½ Teelöffel getrockneter wilder Majoran oder 2 Teelöffel frischer wilder Majoran
½ Teelöffel getrocknetes Basilikum oder 2 Teelöffel frisches Basilikum
½ Teelöffel Meersalz, Gewürzsalz oder salzfreies Gewürz
frisch gemahlener schwarzer Pfeffer
1 Knoblauchzehe, halbiert oder fein gehackt

Zubereitung der Marinade

Öl, Zitronensaft, wilder Majoran, Basilikum, Meersalz, Pfeffer und Knoblauch in Meßbecher geben. Gut mischen. Gemüse und Pilze in große Schüssel geben. Marinade darüberschütten und leicht unterheben. Zu diesem Zeitpunkt kann die Mischung mehrere Stunden oder über Nacht im Kühlschrank aufbewahrt werden.

½ Pfund Vollkornteigwaren oder frische Gemüsenudeln
¼ Tasse dünne Streifen von rotem Paprika oder dünne, sonnengetrocknete Tomatenstreifen
½ Tasse Kresse, frische Petersilie, gehackt
¼ Tasse griechische Oliven, gespült (nach Wunsch)

Zubereitung der Teigwaren

¾ Liter Wasser zum Kochen bringen. Teigwaren hineingeben und unbedeckt köcheln, bis sie bißfest sind. 2–3 Minuten für frische Gemüsenudeln, 10–12 Minuten bei getrockneten Teigwaren. Man kann vor dem Kochen einen Eßlöffel Olivenöl in das Wasser geben. Wenn die Teigwaren gar sind, eine Tasse kaltes Wasser in den Topf geben, um den Kochvorgang zu unterbrechen. Abseien und mit dem marinierten Gemüse mischen. Paprika oder Tomaten zufügen. Ebenso die Oliven, alles mischen. Mit Kresse, Petersilie bestreuen. Leicht unterheben.

Vor dem Zubettgehen 2 geschälte Bananen für den morgigen Tag in die Kühltruhe geben.

16. Tag – Dienstag

Obsttag!
Gibt größtmöglichen Gewichtsverlust!

Sie haben sich nun so weit entgiftet, daß ein Obsttag eine angenehme und energiegewinnende Erfahrung werden dürfte. Sie können die Obstmahlzeiten nach eigenem Gutdünken vornehmen. Eine oder zwei große Obstmahlzeiten während des Tages, nach dem Sie am Morgen Obstsaft getrunken hatten. (Wenn Sie am Morgen nur frischen Saft zu sich nehmen, ist es leichter, tagsüber nur Obst zu essen.) Sie können aber auch Ihr Obst auf mehrere kleine Mahlzeiten verteilen, die Sie in regelmäßigen Abständen zu sich nehmen. Essen Sie nur, wenn Sie hungrig sind. Da Obst den Körper mit den nötigen Brennstoffen ohne großen Energieverlust versorgt, werden Sie wahrscheinlich nicht besonders hungrig sein. Ohne Frage werden Sie sich leicht und energiegeladen fühlen.

Frühstück: Frisches Obst *oder* Obstsaft

Mittagessen: Frisches Obst *oder* Obstsaft

Abendessen: Dattel- oder Erdbeertrunk 1) und zusätzlich Obst nach 1½ Stunden, wenn Sie wollen
Sie können aber auch statt des Fruchttrunkes eine Gemüseplatte (Seite 220) zu sich nehmen.

1) Dattel- oder Erdbeertrunk

1 Tasse frische Mandelmilch (siehe unten)
2 gekühlte Bananen
6 entkernte Datteln *oder* 6 frische oder gefrorene Erdbeeren

Mandelmilch und Früchte in den Mixer geben. Pürieren, bis eine cremige dicke Masse entsteht. Wenn Sie den Trunk dünnflüssiger bevorzugen, verwenden Sie 1½ Bananen. Ergibt eine große Portion.

Anmerkung: Wenn Ihnen diese Fruchtgetränke zusagen, sollten Sie von jetzt an gefrorene Bananen vorrätig haben. Diese Fruchtgetränke sind nahrhaft und ein ausgezeichneter Ersatz für Eiscreme-Getränke oder eiweißhaltige Getränke. Bei Kindern besonders beliebt.

Frische Mandelmilch

10 Min.

¼ Tasse rohe Mandeln
1 Tasse kaltes Wasser
2 Teelöffel reiner Ahornsyrup (nach Wunsch)

Nuß- und Samenmilchgetränke wurden in Europa und Asien und von den amerikanischen Indianern jahrhundertelang verwendet und werden heute noch auf der ganzen Welt als leichtverdaulicher Ersatz für Kuhmilch benützt. Die aus Mandeln oder Sesam hergestellten sind ausgezeichnete Quellen für leicht aufnehmbares Kalzium und von köstlichem Geschmack.

Um die Mandeln von der Haut zu befreien, gibt man sie für ca. 30 Sekunden in eine große Pfanne, die ca. 1 cm mit kochendem Wasser gefüllt ist. Abtropfen lassen und Häute entfernen. Die geschälten Mandeln mit einer Tasse kaltem Wasser in den Mixer geben. 2–3 Minuten bei höchster Geschwindigkeit pürieren, bis sich eine dicke weiße Milch gebildet hat. Wenn Sie die Milch so trinken wollen, sollte sie durchgeseiht werden. Enthält sie zu viel Masse, wurde sie nicht lange genug püriert. Wenn Sie die Milch in einem Getränk (Mischgetränk) genießen wollen, muß sie nicht abgeseiht werden.

Fruchtmischgetränke sind der ideale Ausklang nach einem Obsttag. Wir empfehlen sie allerdings nicht an Tagen, an denen Sie gekochte Nahrung zu sich genommen haben.

17. Tag – Mittwoch

Frühstück: Wie jeden Tag

Mittagessen: Frisches Obst *oder*
Karotten (nach Wunsch)
Energiesalat (Seite 211) *oder*
Nüsse und Gürkchen (Seite 229)

Abendessen: Cocktail aus frischen Gemüsesäften, wenn gewünscht (Seite 214)
Tortillasuppe 1)
New-York-Sandwich (Seite 225) oder
Maiskolben (Seite 252)
Großmutter's Kohlgericht 2)

1) Tortillasuppe

55 Min.

8 Tassen Wasser
1 Stange Sellerie, gehackt
1 große weiße Zwiebel, gehackt
2 große Karotten, in 1 cm Scheiben geschnitten
1 große Karotte, fein gerieben
1 mittelgroße Kartoffel, geschält und gewürfelt
2 Tassen Blumenkohl, gehackt oder 2 Tassen frischer oder gefrorener Mais
4 Brokkolistiele, geschält und in 1 cm Würfel geschnitten (nach Wunsch)
2 Tassen Bananenkürbis, geschält und in 2 1/2 cm Würfel geschnitten
3 Tassen Kohl, geschnitten
1 große Zucchini, geschnitten

1 Gemüsebouillon
½ Teelöffel Meersalz, Gewürzsalz oder salzfreies Gewürz
Frisch gemahlener schwarzer Pfeffer
1 Prise Cayennepfeffer
1 Teelöffel getrockneter wilder Majoran
4 Maistortillas (Seite 226)
¼ Tasse frische Petersilie, gehackt
Gegrillte Zwiebel (siehe unten)

Zubereitung der Suppe

Wasser in einem Suppentopf zum Kochen bringen. Sellerie, Zwiebel, Karotten und Kartoffeln zugeben. Topf zudecken, wieder zum Kochen bringen und 5 Min. ziehen lassen. Dann Blumenkohl, Broccoli und Kürbis dazu tun, wieder zum Kochen bringen und 10 Min. ziehen lassen.

Gegrillte Zwiebel für die Tortillasuppe

2 Eßlöffel Distelöl
1 große weiße Zwiebel, in Scheiben
2 Eßlöffel Grillsauce

Zubereitung der gegrillten Zwiebel

Öl in großer Pfanne erhitzen. Zwiebeln hineingeben und schmoren, bis sie anfangen, weich zu werden. Die Grillsauce zugeben und weiter schmoren, dabei häufig umrühren, bis die Zwiebel gründlich zusammengeschrumpft ist. Wenn Sie morgen das New York Sandwich essen, können Sie dafür eine Viertel Tasse von den Zwiebeln aufheben.

Fertigstellung der Suppe

Kohl und Zucchini in die Suppe geben. Wieder zum Kochen bringen, dann Bouillonwürfel, Meersalz, Pfeffer und Kümmel zufügen. Die gegrillten Zwiebeln hineinrühren. 5 Minuten köcheln lassen.

Tortillas in heißer trockener Pfanne erhitzen. In dicke Streifen schneiden. In die Suppe geben. Petersilie dazugeben. Abschmecken. Übriggebliebene Suppe kann für das Mittagessen am Wochenende aufbewahrt werden. Ergibt 5 oder 6 Portionen.

2) Großmutter's Kohlgericht

20 Min.

1 kleiner Kohlkopf, geraffelt oder fein geschnitten
¼ Tasse kochendes Wasser
Meersalz, Gewürzsalz oder salzfreies Gewürz
1 große Karotte, geschält und fein gerieben
1 kleine grüne Pfefferschote, sehr dünn geschnitten
Saft einer kleinen Zitrone
¼ Tasse frischer Dill oder 2 Eßlöffel getrockneter Dill
1–2 Tassen Mayonaise

Kochendes Wasser über den Kohl schütten. Salzen und gut kneten, um den Kohl weich zu machen, Karotten und grünen Pfeffer zugeben. Dann Zitronensaft, Dill und Mayonaise zufügen. Gut mischen. Kühlen. Dieses Kohlgericht kann tagelang im Kühlschrank bleiben. Reste können in einem New York Sandwich verwendet werden.

18. Tag – Donnerstag

Frühstück: Wie jeden Tag

Mittagessen: Frisches Obst *oder*
Karotten (nach Wunsch)
New York-Sandwich-(Seite 225) *oder*
Energiesalat (Seite 211)

Abendessen: Cocktail aus frischen Gemüsesäften (Seite 214) (nach Wunsch)
Gebackenes Hähnchen mit Knoblauch 1) *oder* gebackene Kartoffeln mit roher Butter
Fein geschmorte Pilze 2)
Zucchini mit Basilikum Vinaigrette 3)

1) Gebackenes Hähnchen mit Knoblauch

1–2 Portionen *25 Min.*

Bratensoße
½ Teelöffel Knoblauch, fein gehackt
1 Eßlöffel frischer Zitronensaft
1 Teelöffel Dijonsenf
½ Teelöffel Meersalz, Gewürzsalz oder salzfreies Gewürz
Frisch gemahlener schwarzer Pfeffer

1 ganze Hühnerbrust, halbiert, enthäutet

Alle Zutaten für die Bratensoße in eine kleine Schüssel geben. Hähnchen damit bestreichen. Jede Seite 10 Minuten braten, 5 cm von der Heizquelle entfernt, dabei häufig mit der Soße bestreichen.

2) Fein geschmorte Pilze

3 Portionen *10 Min.*

½ Pfund frische Pilze (wählen Sie Pilze aus, deren Kappen fest am Stiel anschließen, um sicher zu gehen, daß sie frisch sind)
1 Eßlöffel Butter
Meersalz, Gewürzsalz oder salzfreies Gewürz (nach Wunsch)
1 knapper Eßlöffel frischer Zitronensaft

Stielenden der Pilze entfernen. Dann der Länge nach in ½–1 cm dicke Scheiben schneiden. Butter in großer Pfanne zerlassen. Pilze zugeben, in der Butter wälzen, bis sie anfangen, weich zu werden. Gewürze und Zitronensaft zugeben.

3) Zucchini mit Basilikum Vinaigrette

6 kleine Zucchini *15 Min.*

1 Eßlöffel rote Zwiebeln, fein geschnitten
1 grüne Pfefferschote oder Paprika in feine Streifen geschnitten (nach Wunsch)
1 rote Pfefferschote oder Paprika in feine Streifen geschnitten (nach Wunsch)

Basilikum Vinaigrette

3 Portionen

¼ Tasse frischer Basilikum, gehackt oder ein Eßlöffel getrockneter Basilikum
1 Eßlöffel frischer Zitronensaft
3 Eßlöffel Olivenöl
1 Teelöffel Dijonsenf
¼ Teelöffel Meersalz, Gewürzsalz oder salzfreies Gewürz
Frisch gemahlener schwarzer Pfeffer (nach Wunsch)

Zucchini in 1 cm dicke, schräge Scheiben schneiden und in Dampftopf geben, zugedeckt 3 Minuten oder bis sie weich sind, über kochendem Wasser dämpfen. Auf eine Platte geben. Zwiebeln und Paprika dazugeben, wenn gewünscht. Die Zutaten der Vinaigrette in kleine Schüssel geben. Schlagen und mit dem Gemüse vermischen. Zucchini nicht zerdrücken.

19. Tag – Freitag

„Salat als Hauptgericht“

Frühstück: Wie jeden Tag

Mittagessen: Obst und Obstsäfte
Sie können auch rohes Gemüse *oder* die Gemüseplatte (Seite 220) essen, wenn Sie wollen.

Abendessen: ½ Honigmelone *oder* eine ganze Grapefruit
Farmer's Chop Suey 1)

1) Farmer's Chop Suey

2 Portionen *20 Min.*

1 kleiner Eissalat oder ein römischer Salat, gewaschen, getrocknet und grob gehackt
2 Tassen Spinat, grob gehackt
6 Radieschen, in Scheiben geschnitten
1 mittelgroße Gurke, geschält und in Scheiben geschnitten
1 große Tomate, gewürfelt
1 grüne Paprika, in Scheiben geschnitten
1 kleine süße rote Paprika, in Scheiben geschnitten (nach Wunsch)
1–4 Eßlöffel Schalotten, in Scheiben, nach Geschmack
½ Tasse Sauerrahm
1 Tasse cremig gerührten Hüttenkäse oder Quark
1 Teelöffel getrockneter Dill oder ein Eßlöffel frischer Dill
⅛ Teelöffel getrockneter Estragon
Meersalz
Frisch gemahlener schwarzer Pfeffer

Das ganze Gemüse in eine große Schüssel geben. In einer kleinen Schüssel den Sauerrahm und den Hüttenkäse vermischen. Dill, Estragon, Meersalz und Pfeffer nach Geschmack zufügen, über den Salat geben und gut durchmischen. Ein perfekter Salat als Hauptgericht für den Freund von Milchprodukten!

20. Tag – Samstag

Frühstück: Wie jeden Tag oder eine Beerencreme 1)

Mittagessen: Frischer Obst- *oder* Karottensaft (nach Wunsch)
Avocado-Sandwich 2) *oder*
Energiesalat (Seite 211)

Abendessen: Kuskus 3) und
französische Erbsen und
Kopfsalat 4) *oder*
gebackenes Gartengemüse 5)
Pariser Salat mit Spargel (Seite 244)

1) Beerencreme

3 Min.

1 Tasse frischer Orangen-, Apfel- oder Tangerinensaft
1 Tasse frische oder gefrorene Beeren (Erdbeeren, Himbeeren oder Blaubeeren)
1 oder 2 große Bananen, frisch oder gefroren

Alle Zutaten in den Mixer geben und pürieren. Sehr beliebt bei Kindern.

Anmerkung: Sie können die Beeren beliebig durch andere Früchte ersetzen.

2) Avocado-Sandwich

1 Portion *5 Min.*

3 Maistortillas (Seite 226) oder Vollkorntoast
½ Avocado, in 6 Scheiben geschnitten
Mayonnaise oder Senf
Gemüsegewürz (nach Wunsch)
Alfalkakeimlinge

Tortillas in heißer trockener Pfanne erhitzen. Mit Mayonnaise oder Senf bestreichen. In die Mitte jeder Tortilla 2 Scheiben Avocado geben. Mit Gemüsegewürz bestreuen. Eine Lage Keimlinge darüber geben. Fest zusammenrollen.

3) **Kuskus** (Hirsegericht)

2–3 Portionen *15 Min.*

Die Kuskus-Rezepte variieren ein wenig. Das folgende ist ein Grundrezept.

2 Tassen Wasser
1 Tasse Kuskus (in türkischen Läden erhältlich)
2 Eßlöffel süße Butter
¼–½ Teelöffel Meersalz

Wasser zum Kochen bringen. Kuskus, Butter und Meersalz zufügen und kochen lassen, dabei 2 Min. oder bis Wasser aufgesogen ist, ständig umrühren. Von der Heizquelle entfernen, zudecken und 10–15 Minuten stehen lassen.

4) Französische Erbsen mit Kopfsalat

2–3 Portionen

2 Eßlöffel süße Butter
1 Knoblauchzehe, halbiert oder fein gehackt
3 Tassen frische oder gefrorene Erbsen (wenn Sie gefrorene verwenden, nehmen Sie „Erbsen sehr fein")
1 kleiner Kopf römischer Salat oder Butterkopfsalat, grob geschnitten
½ Teelöffel getrockneter Thymian
¼ Tasse Wasser
Meersalz, Gewürzsalz oder salzfreies Gewürz
zusätzlich ein Eßlöffel Butter, wenn gewünscht
Frisch gemahlener schwarzer Pfeffer

In einer Pfanne 2 Eßlöffel Butter zerlassen. Knoblauch zufügen und 2–3 Minuten schmoren, bis die Butter das Knoblaucharoma angenommen hat. Knoblauch (wenn er halbiert wurde) entfernen und die Erbsen zugeben. Schmoren, bis die Erbsen mit Butter überzogen sind. Salatblätter, Thymian, Wasser und Meersalz zufügen. Zugedeckt, bei niedriger Hitze 5 Min. (gefrorene Erbsen), 10–15 Min. (frische Erbsen) köcheln lassen. Dabei öfter umrühren, damit die Erbsen nicht anbrennen. Wenn das Wasser verkocht ist, bevor die Erbsen gar sind, noch etwas Wasser zugeben. Wenn gewünscht, noch einen Eßlöffel Butter dazugeben. Entweder als Soße für den Kuskus verwenden oder untermischen.

5) Gebackenes Gartengemüse

4 Portionen

Mit Ausnahme von Rosenkohl, der leicht bitter wird, können Sie für dieses einfache Rezept jedes beliebige Gemüsesortiment verwenden. Gemüse, in Butter und dem eigenen Saft gegart, besitzt ein unvergleichliches Aroma, das mit keinem anderen Kochvorgang erreicht werden kann.

1 Tasse Karotten, in feine Stifte geschnitten
2 Tassen Kartoffeln, geschält, geviertelt und in 1 cm Scheiben geschnitten oder 1 kleiner Blumenkohl, in kleine Röschen geteilt
1 Paket gefrorene Limabohnen
2 große Zucchini, geviertelt und in 2½ cm große Würfel geteilt
2 Tassen Kohl oder Pak Choy grün, grob gehackt
¼ Tasse Butter
3 Eßlöffel frische Petersilie, fein gehackt (nach Wunsch)
¼ Teelöffel salzfreies Gewürz
½ Teelöffel Meersalz (nach Wunsch)
Frisch gemahlener schwarzer Pfeffer

Backofen auf ca. 160 °C vorheizen. Das ganze Gemüse in eine feuerfeste Kasserolle mit Deckel geben. Mit Butterflöckchen belegen, mit Petersilie, Gewürz, Meersalz und Pfeffer bestreuen. Zugedeckt 35–40 Minuten oder bis Gemüse weich ist ins Rohr stellen. Wenn gewünscht, zusätzlich in Butter schwenken und mit Salat servieren. Kann auch zu Salat gegeben werden, um das „Frühlingsgarten-“Salatgericht herzustellen.

2 Tassen Honigmelonen-Schnitten (½ Melone) vor dem Zubettgehen in einen luftdicht abgeschlossenen Behälter geben und für das morgige Melonen-Eis einfrieren.

21. Tag – Sonntag

Frühstück: Frischer Obstsaft und
einen Fruchtsalat Ihrer Wahl *oder*
Blaubeeren-Melonen-Supreme 1) und
Melonen-Eis 2)

Mittagessen: Frisches Obst *oder*
Karotten (nach Wunsch)
Gurken-Sandwich (Seite 240) *oder*
Weizenschrot *und/oder*
Energiesalat (Seite 211)

Abendessen: Cocktail aus frischen Gemüsesäften (nach Wunsch)
Wirsingstrudel 3) *oder*
gebratene Fischsteaks (Seite 260)
Gedämpftes Gemüse in
Zitronen-Buttersoße 4)
Gurken mit Dill (Seite 260) *oder*
Großmutter's Kohlgericht (Seite 279)

1) Blaubeeren-Melonen-Supreme

10 Min.

Ein köstlicher Sommerfruchtsalat. Statt der Honigmelone kann auch Mango verwendet werden. Eine reife Mangofrucht gibt leichtem Druck nach, ist aber nicht breiig. Sie sollte sehr rot, gelb-orange oder gelb-grün sein. Ist die Mango-Frucht richtig grün, bedeutet es, daß sie noch nicht reif und sauer ist. Schälen und vom Kern abschneiden. Sommerfrüchte können für den Winter eingefroren werden. Zum Einfrieren die Früchte in Stücke schneiden. Pfirsiche, Nektarinen und Aprikosen vierteln, Beeren ganz lassen. Melonen in 5-cm-Stücke teilen. Bananen können ganz bleiben, sollten aber geschält werden. Papayas und Mangos schälen und in Stücke schneiden. Die Früchte in luftdichten Behältern einfrieren. Aus den gefrorenen Früchten können mit einem Champion-Entsafter herrliche Fruchtsorbets zubereitet werden.

½ Honigmelone in mundgerechte Würfel oder Kugeln schneiden oder 1 Mango in Würfel schneiden.
2 Pfirsiche, geschält und in Scheiben geschnitten
1 Tasse Blaubeeren
1 kleine Banane, in Scheiben (auf Wunsch)

Alle Früchte mischen. An einem heißen Sommertag können Sie diesen Salat mit Melonen-Eis krönen und zum Brunch oder Mittagessen servieren. Auch zum Abendessen als köstlicher 1. Gang.

2) Melonen-Eis

3 Min.

½ Honigmelone, gewürfelt und gefroren

Ein neuer Anlaß für den Kauf eines Entsafters, der es Ihnen nicht nur ermöglicht, Ihre eigenen frischen Säfte herzustellen, sondern auch Tür und Tor öffnet für köstliche alternative Eiscremekreationen, nämlich: Frische Fruchtsorbets!

Sie können auf einfache Weise in einem Entsafter hergestellt werden. Gefrorenes Obst oben rein, und heraus kommt ein herrliches gefrorenes Dessert, ohne Chemikalien, Zusätze, Milchprodukte oder Zucker! Jede beliebige gefrorene Frucht kann verwendet werden: Melonen, Bananen, Erdbeeren, was auch immer Sie wollen. Sie können kombiniert oder für sich alleine verwendet werden. Wenn Sie keinen Entsafter besitzen, können Sie auch Ihre Küchenmaschine oder den Mixer verwenden.

Weizenschrot-Gericht

4 Portionen *45 Min.*

1 Tasse geschroteter Weizen
1½–2 Tassen Wasser
½ Tasse frische Petersilie, gehackt
½ Eßlöffel Schalotten, fein gehackt
2 Eßlöffel frische Pfefferminze, gehackt (kann durch 2 Teelöffel getrocknete Minze ersetzt werden)
2 Eßlöffel Olivenöl
2 Teelöffel frischer Zitronensaft
½ Teelöffel Meersalz, Gewürzsalz oder salzfreies Gewürz
Frisch gemahlener schwarzer Pfeffer (nach Wunsch)
1 kleine Tomate, gehackt (nach Wunsch)

Den geschroteten Weizen in Wasser einweichen, bis das Wasser aufgesogen ist (30–60 Minuten). Petersilie, Schalotten und Minze sowie Olivenöl, Zitronensaft, Salz und, wenn gewünscht, Pfeffer zugeben. Gut mischen. Dann die Tomate zufügen und leicht unterheben. Bei Zimmertemperatur servieren oder bis zum Verzehr kühl halten.

3) Wirsingstrudel

1 Stunde 15 Min.

1 Eßlöffel Butter
4 Tassen Wirsingkohl, fein geraffelt
2 Tassen Pak-Choy grün, geraffelt
1 Eßlöffel Rosinen (nach Wunsch)
1 kleine Zwiebel, in dünnen Scheiben
2 Schalotten, gehackt
2 Eßlöffel frischen Dill, gehackt oder 1 Teelöffel getrockneter Dill
2 Eßlöffel frischen Koriander oder Petersilie, gehackt
½ Teelöffel Meersalz, Gewürzsalz oder salzfreies Gewürz

Zubereitung der Füllung

Butter in großer Pfanne zerlassen. Kohl und Spinat, Pak Choy, Rosinen, Zwiebel und Schalotten zugeben. Bei mittlerer Hitze 3–4 Minuten oder bis zum Zusammenfallen des grünen Gemüses unter häufigem Rühren kochen. Dann Dill, Koriander und Meersalz zufügen und 1 Min. bei starker Hitze kochen. Dabei gut umrühren, um die Kräuter gründlich im Gemüse zu verteilen. Beiseite stellen.

1 Eßlöffel Butter
½ Pfund frische Pilze, in Scheiben
1 Teelöffel frischer Zitronensaft

Zubereitung der Pilze

In einer anderen großen Pfanne die Butter zerlassen. Pilze zugeben und bei großer Hitze kurz schmoren, dabei häufig umrühren, bis sie weich zu werden beginnen. Beiseite nehmen, mit Zitronensaft beträufeln und zum Gemüse geben. Gut mischen.

4 Lagen Strudelteig (erhältlich in Tiefkühlabteilungen der Supermärkte oder in Spezialgeschäften)
2 Eßlöffel zerlassene Butter
4 Eßlöffel trockene Vollkornbrotbrösel

Herstellung des Strudels

3–4 Portionen

Backofen auf 210 °C vorheizen. Die Pilz-Gemüsemischung durchseien, dabei die Flüssigkeit in kleiner Schüssel auffangen und für Suppen oder Soßen aufheben. Backfolie leicht mit Butter einfetten. 1 Lage Strudelteig auf feuchtes Tuch legen.

Leicht mit zerlassener Butter bestreichen. 2. Lage Teich auf die 1. Lage legen. Auf der linken Seite des Teiges 2 Eßlöffel Brotbrösel verteilen. Die rechte Seite überschlagen, um die Brösel zu bedecken, dabei ein Dreieck bilden. Die Oberseite leicht mit flüssiger Butter bestreichen. Die Hälfte der Gemüsemischung auf der Längsseite verteilen, dabei 2½ cm an den kurzen Seiten frei lassen. Die Ränder einschlagen, um das Gemüse zu bedecken. Einrollen. Die Saumseite auf die gebutterte Backfolie legen. Die Rolle mit zerlassener Butter bestreichen. 2. Rolle genauso formen. Backen, bis der Teig eine goldene Farbe angenommen hat, ca. 30 Minuten, in 3 oder 4 Stücke teilen.

4) Gedämpftes Gemüse in Zitronen-Buttersoße

4 Portionen *20 Min.*

4–6 zarte, junge Karotten, in 1-cm-Würfel geschnitten
2 mittelgroße Zucchini
2 mittelgroße gelbe Kürbisse
2 Eßlöffel zerlassene Butter
2 Eßlöffel frischer Zitronensaft

Die Karotten ungefähr 10 Minuten lang im Gemüsedämpfer zugedeckt über kochendem Wasser dämpfen. Dann die ganzen Zucchinis und den Kürbis zufügen und 5–7 Minuten oder bis sie gar sind dämpfen. Gemüse auf einer Platte anrichten. Kürbis der Länge nach in Viertel und dann in 1-cm-Würfel teilen. Butter und Zitronensaft miteinander in einem Meßbecher verrühren und über das Gemüse gießen. Leicht mischen.

22. Tag – Montag

Obsttag

Frühstück: Frisches Obst *oder*
frischer Obstsaft

Mittagessen: Frischer Obstsaft, Salat aus Früchten Ihrer Wahl *oder*
eine Zusammenstellung verschiedener Früchte, Melonen-Eis (Seite 290), wenn gewünscht

Abendessen: Frisches Obst
Dattel- *oder*
Erdbeertrunk (Seite 275), wenn gewünscht

Ein Obsttag ist Ihr bester Freund bei der Pflege und Verschönerung Ihres Körpers. Wenn Sie dieses wichtige Hilfsmittel erst einmal zu beherrschen gelernt haben, sind Sie auf dem besten Wege zu einem neuen Fitneß-Lebensstil.

23. Tag – Dienstag

Frühstück: Wie jeden Tag

Mittagessen: Frisches Obst *oder*
Karotten (nach Wunsch)
Nüsse und Gürkchen (Seite 229) *oder*
römische Salatrollen 1)
Cocktail aus frischen Gemüsesäften
(nach Wunsch) (Seite 214)

Abendessen: Platte mit gedämpftem Gemüse 2) *oder*
gedämpfte Artischocken 3) und
Cäsar-Salat (Seite 230)
Maissalat mit Curry 4), wenn gewünscht

1) Römische Salatrollen

2 Portionen *15 Min.*

Ein sättigender Salat, der mit den Fingern gegessen werden kann. Die knackigen, schlankmachenden Blätter des römischen Salates werden als Hülle verwendet. Sie werden mit einer Mischung aus Avocado und anderem Gemüse gefüllt.

1 große Avocado
1 große Tomate, grob gehackt
1 kleine Gurke, geschält und gehackt
1 Eßlöffel rote Zwiebel, gehackt (nach Wunsch)
1–2 Tassen Mungobohnen oder Alfalfasprossen oder beides
1 Teelöffel brauner Senf (nach Wunsch)
1 Eßlöffel frischer Zitronensaft
1 Kopf römischer Salat, gewaschen und getrocknet

Avocado der Länge nach aufschneiden, Kern entfernen und beiseite legen. Das Fruchtfleisch aus der Schale nehmen und in eine mittelgroße Schüssel geben. Gründlich mit einer Gabel zerdrücken. Tomate und Gurke zugeben. Wenn gewünscht, die Zwiebel und den Senf zufügen, mit Zitronensaft beträufeln. Sprossen unterheben. Die Salatblätter in Form einer Blume in die Seiten der Schüssel legen. Avocadomischung in die Mitte geben. Zum Essen einen großen Löffel voll Avocado in die Mitte eines Salatblattes geben und zusammenrollen.

Anmerkung: Wenn Sie die Avocadomischung nicht gleich verwenden, mit dem Kern in einen Behälter geben. Dadurch wird das Braunwerden verhindert.

2) Platte mit gedämpftem Gemüse

3–4 Portionen *40 Min.*

3–4 rote Beten
4 neue Kartoffeln, ungeschält, oder 4 weiße Rüben, geschält
4 mittelgroße Karotten oder Pastinaken
3 große Brokkolistiele mit Röschen
½ mittelgroßer Kohl
4 kleine Zucchini

oder

irgendein beliebiges Gemüsesortiment
¼ Tasse Butter zerlassen, oder Kräuterbuttersoße (Seite 298)
Spritzer frischer Zitronensaft (nach Wunsch)

Die rote Bete, die Kartoffeln oder Rüben bürsten und die Karotten schälen. Ungefähr 20 Min. oder bis sie weich sind im Gemüsedämpfer, zugedeckt, über kochendem Wasser dämpfen. Mit einem spitzen Messer Garprobe machen. Von der Heizfläche nehmen, rote Bete und Kartoffeln schälen, wenn gewünscht. Beiseite stellen. Den Brokkoli in dicke Stengel schneiden, dabei ungefähr 7 cm lange Stiele mit den Röschen belassen. Den Kohl vierteln. Brokkoli, Kohl und die ganzen Zucchini in den Gemüsedämpfer geben und zugedeckt ungefähr 10 Min. oder bis das Gemüse weich ist über kochendem Wasser dämpfen. Von der Heizquelle entfernen. Brokkoli und Zucchini der Länge nach aufschneiden. Rote Bete und Kartoffeln sowie die Karotten in mundgerechte Würfel teilen.

Das grüne Gemüse in die Mitte der Platte geben, rote Bete, Kartoffeln und Karotten kreuzförmig außen herum anrichten. Mit zerlassener Butter, der ein Spritzer Zitronensaft beigegeben wurde, oder mit Kräuterbuttersoße servieren.

Anmerkung: Eine Mahlzeit aus gedämpftem Gemüse mit hohem Wassergehalt fördert den Abbau von Übergewicht. Sie sollten sie in Ihr Repertoire aufnehmen.

3) Gedämpfte Artischocken

2–4 Portionen *50 Min.*

Artischocken sind köstlich und einfach in der Zubereitung. Obwohl sie nicht zu den schweren Gerichten zählen, sind sie doch sättigend und füllend, wenn Ihnen der Sinn nach einer herzhaften Mahlzeit steht. Von jetzt ab sollten Sie sie nicht als Vorspeise, sondern als Hauptgericht servieren. Achten Sie beim Kauf darauf, daß die Blätter sich noch nicht weit geöffnet haben. Je fester und kompakter die Artischocke, um so frischer ist sie.

4 Artischocken
1 Lorbeerblatt (nach Wunsch)
1 Knoblauchzehe (nach Wunsch)
mehrere Selleriestangen (nach Wunsch)

Das feste Ende des Artischockenstieles abschneiden. Wenn Sie wollen, können Sie auch die dornigen Spitzen der Blätter abzwicken. Die Artischocken waschen und gut ausschütteln, damit sie beim Dämpfen durch das überschüssige Wasser nicht zu sehr aufweichen. In den Gemüsedämpfer geben und je nach Größe 35–45 Minuten über kochendem Wasser, dem das Lorbeerblatt, der Knoblauch und die Selleriestangen zugefügt worden waren, bei geschlossenem Deckel dämpfen. Die Artischokken sind gar, wenn die äußeren Blätter leicht herausgezogen werden können. Lorbeerblatt, Knoblauch und Sellerie entfernen. Mit zerlassener Butter oder Kräuterbuttersoße (siehe unten) servieren.

Kräuterbuttersoße

7 Min.

¼ Tasse Butter
1 Schalotte, fein gehackt
1 Teelöffel Dijonsenf
1 Eßlöffel frischer Kerbel oder 1 Teelöffel getrockneter Kerbel
1 Eßlöffel frischer Thymian oder 1 Teelöffel getrockneter Thymian
1 Eßlöffel frische Petersilie, gehackt
¼ Teelöffel Meersalz (nach Wunsch)

Butter zerlassen. Schalotte zugeben und kurz schmoren, bis sie weich ist. Butter-Schalotten-Mischung in den Mixer geben. Senf, Kräuter und, wenn gewünscht, auch das Salz zufügen und pürieren, bis eine sämige Soße entsteht. Heiß zum Gemüse servieren.

4) Maissalat mit Curry

3 Portionen *20 Min.*

1 Eßlöffel Distelöl
½ Tasse rote Zwiebel, fein gewürfelt
½ Tasse roter Paprika, fein gewürfelt
½ Tasse grüner Paprika, fein gewürfelt
½ Teelöffel Currypulver
½ Teelöffel getrockneter, wilder Majoran
¼ Teelöffel Turmoric
4 Tassen gekochter Mais (wenn Sie frischen Mais verwenden, was im Sommer, wenn er reichlich angeboten wird, vorzuziehen ist, sollten Sie ihn 5 Minuten dämpfen und dann vom Kolben entfernen)

½ Tasse mit Paprika gefüllte Oliven, in Scheiben geschnitten
½ Tasse Mayonnaise
⅔ Teelöffel Meersalz, Gewürzsalz oder salzfreies Gewürz
2 Eßlöffel frischer Koriander, gehackt (nach Wunsch)

Öl in großer Pfanne erhitzen, Zwiebel dazugeben und weichschmoren. Roten und grünen Paprika zugeben und kurz schmoren, bis er zusammenfällt. Dann Currypulver, wilden Majoran und Turmoric zugeben und kurz schmoren. Zum Mais in eine große Schüssel füllen. Oliven unterheben. Mayonnaise und Meersalz dazugeben und gut mischen. Mit Koriander servieren.

24. Tag – Mittwoch

Frühstück: Wie jeden Tag

Mittagessen: Nach Wunsch frisches Obst *oder*
Karotten
Energiesalat (Seite 211) *oder*
New-York-Sandwich (Seite 225)

Abendessen: Cocktail aus frischen Gemüsesäften, wenn gewünscht (Seite 214)
Gebackenes Hähnchen mit Knoblauch (Seite 280) *oder*
Süßkartoffeleintopf 1)
Selleriesalat 2) *oder*
französischer grüner Salat (Seite 218)
Spargel auf italienische Art 3) *oder*
Brokkoli in Zitronen-Buttersoße 4)

1) Süßkartoffeleintopf

2 Portionen *40 Min.*

1 große oder zwei kleine Süßkartoffeln, geschält und geviertelt
2 Flaschenkürbisse
2 große Zucchini
1 große Karotte, geschält und in 1-cm-Scheiben geschnitten
2 Tassen frische oder gefrorene Limabohnen oder Erbsen
2 Eßlöffel Butter
½ Teelöffel Meersalz, Gewürzsalz oder salzfreies Gewürz

Süßkartoffeln, Kürbisse und Zucchini in Gemüsedämpfer geben und zugedeckt über kochendem Wasser 5–7 Minuten oder bis sie weich sind dämpfen. Die Kürbisse herausnehmen, wenn sie weich sind, die Süßkartoffeln ungefähr noch 20 Minuten weiterkochen oder solange, bis sie weich sind. Karotten und Limabohnen in einem anderen Dämpfer 15 Minuten oder bis sie weich sind dämpfen. Bei gefrorenen Limabohnen oder Erbsen werden die Karotten 10 Minuten gedämpft und dann die Erbsen für weitere 5 Minuten zugegeben. Frische Limabohnen oder Erbsen sollten 20 Minuten gedämpft werden. Karotten 15 Minuten für sich alleine dämpfen. Karotten, Limabohnen oder Erbsen in Schüssel zum Servieren geben. Butter und Gewürze zufügen. Gut vermischen und servieren. Die Vielfalt der Aromen sowie die Vielgestaltigkeit der Strukturen lassen dieses Gericht zu einem besonderen Genuß werden.

2) Selleriesalat

25 Min.

1 mittelgroße Sellerieknolle
2 Eßlöffel frischer Zitronensaft
½ Tasse Mayonnaise
2 Teelöffel Dijonsenf

Sellerie in dünne Scheiben schneiden. Die Scheiben schälen und in Streifen schneiden. Den Zitronensaft in 4 Tassen kochendes Wasser geben. Sellerie in das kochende Wasser geben und 3–5 Minuten oder bis er knackig-weich ist kochen. Gut abtropfen. Mayonnaise mit Senf mischen. Sellerie unterheben. Entweder bei Zimmertemperatur oder gekühlt servieren.

3) Spargel auf italienische Art

2–4 Portionen *7 Min.*

1 Pfund Spargel
1 Eßlöffel Olivenöl
1 Teelöffel frischer Zitronensaft

Spargel schälen und den holzigen Teil der Spargelstangen abschneiden. In einem großen Topf zwei Liter Wasser zum Kochen bringen. Den Spargel hineingeben und 3–4 Minuten unbedeckt kochen, bis er knackig-weich ist. Aus dem Wasser nehmen. Sofort in einer Servierschale in Öl und Zitronensaft schwenken.

4) Brokkoli in Zitronen-Buttersoße

2–4 Portionen *10. Min.*

3–4 Stangen Brokkoli mit Röschen
2 Eßlöffel Butter
2 Teelöffel frischen Zitronensaft

Die dicken Stiele des Brokkoli abschneiden, dabei ca. 5–7 cm an den Röschen lassen. Stangen für japanischen Brokkoli (Seite 238), Suppen oder Gemüsegerichte aufheben.

Brokkoli in einzelne Röschen teilen. Im Gemüsedämpfer zugedeckt 5–7 Minuten über kochendem Wasser dämpfen. Die Stiele sollten ihre hellgrüne Farbe behalten und zart-weich sein. Garprobe mit Messerspitze machen.

Butter in kleiner Pfanne bei niedriger Hitze zerlassen. Zitronensaft unterrühren. Die Soße über heißen Brokkoli gießen.

25. Tag – Donnerstag

Frühstück: Wie jeden Tag

Mittagessen: Frisches Obst *oder*
Karotten (nach Wunsch)
Gefüllte Pita-Sandwich (Seite 256) *oder*
Energiesalat (Seite 211)

Abendessen: Cocktail aus frischen Gemüsesäften
(nach Wunsch) (Seite 214)
Goldene Kartoffelsuppe[1]) *oder*
Karotten-Lauchsuppe (Seite 270)
Gebackene Pilze mit Zucchini und
Chinagemüse[2])
Gurken mit Dill (Seite 260)

1) Goldene Kartoffelsuppe

4 Portionen *30 Min.*

2 Eßlöffel Butter
1 Teelöffel Distelöl
1 Knoblauchzehe, fein gehackt
2 Zwiebeln, grob gehackt
2 Tassen Stangensellerie, gehackt
5 mittelgroße Back-Kartoffeln, geschält und in 2½-cm-Würfel geschnitten
6–8 Flaschenkürbisse, in 1-cm-Scheiben geschnitten
1 Eßlöffel weißes Miso oder 1 Gemüsebouillonwürfel
1 Teelöffel getrockneter Thymian
¼ Teelöffel getrockneter Estragon
½ Teelöffel getrockneter Salbei
Meersalz, Gewürzsalz oder salzfreies Gewürz
1 Prise Cayennepfeffer
6–7 Tassen Wasser

In einem Suppentopf Butter zerlassen und Öl erhitzen. Knoblauch, Zwiebeln und Sellerie zufügen. Schmoren, bis sie zusammenfallen. Kartoffeln, Kürbisse, Miso oder Bouillon und Gewürze zugeben. Gemüse mit Wasser bedecken. Zum Kochen bringen. Zugedeckt 20 Minuten ziehen lassen oder bis Gemüse weich ist. Leicht abkühlen und in Portionen pürieren, bis eine weiche, goldfarbene Creme entsteht. Vorsichtig erwärmen, dabei umrühren, damit die Suppe nicht anbrennt.

2) Gebackene Pilze mit Zucchini und China-Gemüse

3–4 Portionen *45 Min.*

Anmerkung: Ein Grundrezept zum Backen von beliebigem Gemüse. Wenn Sie keine getrockneten Pilze haben, können Sie frischen Brokkoli oder gedämpfte Karotten verwenden. Brokkoli oder Erbsen können anstelle von Zucchini genommen werden, sie sollten allerdings blanchiert oder vorgedämpft sein, ehe sie in den Schmortopf kommen. Erbsen 1 Minute blanchieren, Brokkoli 5 Minuten dämpfen. Anstelle von China-Gemüse kann auch Kohl verwendet werden.

2 Tassen getrocknete Pilze
2 Tassen Gemüsebrühe oder Suppenbrühe
6–7 Schalotten
1 Bündel Chinakohl oder Pak-Choy (ungefähr 4 Tassen)
1 Eßlöffel Distelöl

Zubereitung des Gemüses

Die Pilze in Gemüse- oder Suppenbrühe einweichen, bis sie sich vollkommen vollgesogen haben, ungefähr 30 Minuten. Währenddessen Zucchini und Schalotten in schräge Streifen schneiden und den Chinakohl grob raffeln. In Schüssel geben (getrennt) und beiseite stellen. Pilze abtropfen lassen, dabei die Brühe für die Soße und weitere Zubereitung aufheben. Die dicken Stiele von den Pilzen schneiden und große Pilze halbieren. Zu den Zucchinis geben.

Gewürze

1 Knoblauchzehe, fein gehackt
1 Teelöffel frischer Ingwer, fein gehackt oder ½ Teelöffel Ingwerpulver
Distelöl

Zubereitung der Gewürzmischung

Knoblauch und Ingwer fein hacken. In kleine Schüssel geben und mit einer kleinen Menge Distelöl bedecken. Schmortopf auf starke Heizquelle stellen und dort belassen, bis alle Kochvorbereitungen getroffen sind.

Soße

1 Tasse Brühe von den Pilzen
2 Eßlöffel Tamari
1 Teelöffel Honig
1 Eßlöffel chinesische Bohnenpaste oder Tofusoße oder Grillsoße
2 Teelöffel frischer Zitronensaft oder trockener Sherry
½ Teelöffel Currypulver

Zubereitung der Soße

Alle Zutaten gut mischen.

Andicken

1 Eßlöffel Pfeilwurzelmehl oder Maismehl
2 Eßlöffel kaltes Wasser
1 Teelöffel Distelöl
Alle Zutaten vermischen, bis eine glatte Soße entsteht.

Letzte Vorbereitungen

Alle Zutaten in der folgenden Reihenfolge aufstellen:
1. Öl,
2. Gewürze,
3. Schalotten, Zucchini und Pilze, Gemüse, 4. Soße und
5. Andickmittel.

Öl in den vorgeheizten Schmortopf geben. Sofort Gewürzmischung dazugeben. Gleich darauf Schalotten untermischen. Dann sofort Pilze und Zucchini unter ständigem Rühren ins Öl geben. Falls Zucchini anbrennen sollten, einige Teelöffel Gemüsebrühe zufügen. Solange rühren, bis Zucchini und Schalotten eine kräftige Farbe annehmen. Gemüse zufügen. Weiterrühren. Soße zugeben und weiterrühren, bis das Gemüse zusammenfällt. Andickungsmittel langsam zugeben. Alles gut mischen, bis alles mit Soße bedeckt ist. Auf eine Platte geben und sofort servieren.

26. Tag – Freitag

„Salat als Hauptgericht“

Frühstück: Wie jeden Tag

Mittagessen: Obst *oder* Obstsäfte

Abendessen: 1 Papaya *oder*
einige frische Ananas-Schnitten *oder*
1 ganze Grapefruit
Kantoneser Meeresfrüchte-Salat 1)

1) Kantoneser Meeresfrüchte-Salat

2 Portionen *45 Min.*

2 Tassen Pak-Choy
2 Tassen Mungobohnensprossen
2 Tassen Schnee-Erbsen (Schoten)
½ Tasse Karotten, geraffelt (nach Wunsch)
1 Tasse getrocknete chinesische Pilze*, 30 Min. vorgeweicht

* Getrocknet in Asienläden, frisch in guten Supermärkten erhältlich.

2 Eßlöffel Distelöl (nach Wunsch)
3 Tassen Krabben, Krabbenfleisch oder andere Meeresfrüchte
4 Tassen römischer Salat, grob gehackt
2 Tassen Spinat, grob gehackt oder Chinakohl, fein gehackt

Zubereitung des Salates

Die Pilze in warmem Wasser einweichen, bis sie sich vollgesogen haben (ca. 30 Minuten). Pak-Choy in dünne Streifen schneiden. Die Sprossen 1–2× durchschneiden. Erbsenschoten abziehen und – ganz – 1 Min. in kochendem Wasser blanchieren. Abtropfen und sofort unter kaltes Wasser halten oder in Eiswasser geben. Abtrocknen und in 1 cm dicke schräge Stücke schneiden, Karotten 1 Minute in kochendem Wasser blanchieren. Abtropfen lassen und sofort unter kaltes Wasser halten oder in eine Schüssel mit Eiswasser geben.

Pilze abtropfen lassen, Brühe für eine andere Mahlzeit aufbewahren. Abtrocknen und in dünne Streifen schneiden. Roh verwenden oder in Öl schmoren, bis sie weich sind.

Wenn Sie frische Krabben verwenden, mit der Schale in kochendes Wasser werfen und 3–4 Minuten kochen, bis sie sich zartrosa färben. Abtropfen lassen und unter kaltes Wasser halten. Schälen und der Länge nach halbieren, jeglichen Abfall mit feuchtem Papierhandtuch entfernen. Wenn Sie gefrorene Krabben verwenden, 3–5 Minuten unaufgetaut in den Gemüsedämpfer geben. Gut abtropfen lassen und evtl. vorhandene Schalen entfernen. Abtropfen lassen. In einer großen Schüssel Krabben und Gemüse zum Gemüse geben.

Kantoneser Salatsoße

2 Eßlöffel Petersilie oder Kresse, fein gehackt (nach Wunsch)
1 Eßlöffel Schalotten, fein gehackt
¼ Teelöfel getrockneter Ingwer oder ½ Teelöffel frischer Ingwer, fein gehackt
1 Teelöffel Sesamöl
½ Teelöffel Honig
2 Eßlöffel frischer Zitronensaft
2 Eßlöffel Distelöl
1 Teelöffel Grillsoße oder Tofusoße
1 Eßlöffel Tamari
¼ Teelöffel Meersalz (nach Wunsch)

Zubereitung der Soße

Alle Zutaten gut mischen und über den Salat geben. Noch einmal mischen.

27. Tag – Samstag

Frühstück: Frisches Obst *oder*
frischer Saft und Apfelmus 1)

Mittagessen: Frisches Obst *oder*
Karotten (nach Wunsch)
Gurken-Sandwich (Seite 240) *oder*
Avocado-Sandwich (Seite 286) *oder*
römische Salatrollen (Seite 295)

Abendessen: Cocktail aus frischen Gemüsesäften, wenn gewünscht (Seite 214)
Erntesuppe (Seite 236) *oder*
Linsensuppe 2) Honigmaisbrot 3) *oder*
Pita-Toast 4)
Großmutter's Kohlgericht (Seite 279)

1) Frisches Apfelmus

1–2 Portionen

Eine herrliche Abwechslung zum Frühstück, ideal für Kinder.

½ Tasse frischer Apfelsaft oder ½ Tasse Wasser
2 große Äpfel, geschält und geviertelt
½ Teelöffel Zimt oder Muskat oder je ¼ von beiden
1 frische oder gefrorene Banane oder ½ Papaya oder
2 reife Dattelpflaumen (sehr weich) (nach Wunsch)

Alle Zutaten in den Mixer geben. Pürieren, bis eine glatte Soße entsteht.

Rohes oder ungekochtes Apfelmus ist sehr gut für den Organismus. Gekochtes Apfelmus ist säurebildend und schadet mehr, als es nützt. Rohes Apfelmus sollte immer auf nüchternen Magen gegessen werden.

2) Linsensuppe

3 Portionen *1 Std. 15 Min.*

7½ Tassen Wasser
1 Knoblauchzehe, fein gehackt
1 große weiße Zwiebel, gehackt
1 große Karotte, fein gehackt
2 Selleriestangen, grob gehackt
1½ Tassen Linsen
1 Gemüsebouillonwürfel oder 1 Eßlöffel rotes Miso
½ Teelöffel getrockneter Thymian
1 Teelöffel getrockneter wilder Majoran
1–2 Eßlöffel frische Petersilie, gehackt
1 Teelöffel süßer ungarischer Paprika
½ Teelöffel Gemüsegewürz (nach Wunsch)
½ Teelöffel Meersalz (nach Wunsch)
1 Tasse frischer oder gefrorener Mais (nach Wunsch)

Wasser im Suppentopf zum Kochen bringen. Knoblauch, Zwiebeln, Karotten, Sellerie, Linsen und Bouillon oder Miso hineingeben. Wieder zum Kochen bringen. Würzen. Gut mischen. 60 Minuten zugedeckt bei milder Hitze köcheln lassen. Wenn Sie die Suppe gerne cremiger haben, können Sie die Hälfte der Suppe im Mixer oder in der Küchenmaschine pürieren. Wieder erhitzen und – wenn gewünscht – Mais zufügen. Noch einmal 5 Minuten köcheln lassen. Petersilie einrühren.

3) Honigmaisbrot

35 Minuten bis eine Stunde

1 Tasse gelbes Maismehl oder ¾ Tasse gelbes Maismehl und ¼ Tasse Kleie
1 Tasse Vollkornmehl
½ Teelöffel Meersalz
1 Teelöffel Backpulver
1/4 Tasse Honig
1 geschlagenes Ei
1⅞ Tassen Buttermilch
1 Teelöffel Butter
2 Tassen frischer oder gefrorener Mais (nach Wunsch)

Backofen auf ca. 185 °C erhitzen. Trockene Zutaten mischen. Flüssige Zutaten einrühren. Mais einrühren. Nicht zu stark mischen! Maisbrotteig muß ein bißchen klumpig sein. Den Teig in eine gut mit Butter eingefettete 20 × 20 cm große Form geben. Ohne Mais eine halbe Stunde und 55 Minuten mit Mais backen. Garprobe mit Zahnstocher machen. Leicht abkühlen und in 5 cm große Würfel schneiden.

Anmerkung: Der Teig für dieses Maisbrot kann einige Stunden im voraus hergestellt werden und zugedeckt bis zu einer halben Stunde vor dem Backen eingefroren werden.

4) Pita-Toasts

4 Portionen *10 Min.*

2 Vollkorn-Pitabrote, halbiert (Seite 227)
2 Eßlöffel weiche Butter
1 kleine Knoblauchzehe
½ Teelöffel getrockneter Thymian
½ Teelöffel getrocknetes Bohnenkraut

Knoblauch in die Knoblauchpresse geben und mit der Butter vermischen. Kräuter zugeben und gut mit einer Gabel verrühren. Butter auf die Pitahälften streichen. 5 Minuten toasten.

2–2½ Bananen für den morgigen Fruchttrunk einfrieren.

28. Tag – Sonntag

Frühstück: Frischer Obstsaft, Fruchtcreme (Seite 266)
und/oder
Frühstücks-Obstplatte 1), wenn gewünscht

Mittagessen: Von gestern übriggebliebene Linsensuppe
und
Großmutter's Kohlgericht (Seite 279) *oder*
das richtig belegte Sandwich (Seite 227)
oder
Bananentrunk 2)

Abendessen: Cocktail aus frischen Gemüsesäften, nach Wunsch (Seite 214)
New-York-Sandwich (Seite 225)
Kroß geröstete Kartoffeln 3)
Übriggebliebenes Kohlgericht *oder*
Sommergrün mit cremigem Avocado-Soße 4)

1) Frühstücks-Obstplatte

6 Portionen *15 Min.*

1 Honigmelone, in mundgerechte Würfel geteilt
3 Wassermelonen-Kugeln
4 Kiwifrüchte, geschält und in Scheiben geschnitten
1 große oder 2 kleine Papayas, geschält und in Scheiben geschnitten
2 Tassen kernlose grüne Weintrauben
6 kleine Weintraubenbündel
1 große Birne, geschält und in Stifte geteilt

Melonen, Kiwi, Papayas und Trauben auf einer großen runden Platte anrichten. Trauben und Birnenstifte abwechselnd um den Rand legen. Mit Fruchtdip Ihrer Wahl servieren (Seite 240).

2) Bananentrunk

1 Portion *35 Min.*

1 Tasse frische Mandelmilch (Seite 275)
2–2½ gefrorene Bananen (je nach Größe und gewünschter Konsistenz des Getränks)
Muskat

Frische Mandelmilch, Bananen und Muskat nach Geschmack in den Mixer geben. Pürieren, bis die Masse cremig wird.

3) Kroß geröstete Kartoffeln

2–3 Portionen *35 Min.*

Eine köstliche Alternative zu Pommes frites. Wenn Sie gerne Kartoffeln essen, werden Sie begeistert sein. Ein wahrhaft delikater Schmaus, bei dem die Kartoffeln nicht mit Öl getränkt werden. Allerdings dürfen Sie nicht zu viel davon essen, sonst wird der Erfolg des Programms in Frage gestellt. Stopfen Sie sich nicht voll. Es soll ein Genuß, aber keine Schlemmerei sein. Ein Gericht, das Sie ins Repertoire Ihrer neuen Lebensweise aufnehmen sollten.

5 neue Kartoffeln
1–2 Eßlöffel zerlassene Butter
Prise Gewürz nach Ihrer Wahl

Kartoffeln im Dampftopf 20 Minuten über kochendem Wasser zugedeckt garen. Mit spitzem Messer Garprobe machen. Sie sollten nicht zu weich sein. Abkühlen lassen und in 1 cm dicke Scheiben schneiden. Auf ein Backblech legen und gleichmäßig mit Butter bestreichen. Mit Gewürz bestreuen und so nahe wie möglich an die Hitze des Backrohrs bringen. Ungefähr 10 Minuten oder bis sie kroß und goldfarben sind backen. Es ist nicht notwendig, sie umzudrehen.

4) Sommergrün mit cremiger Avocado-Soße

2 Portionen *15 Min.*

Eine Kopfsalat-Auswahl, mehrere Blätter von Butterkopfsalat, römischer Salat, rotblättriger Salat usw.
2 Tassen Spinat
1 Tasse Kresse (nach Wunsch)
1 kleine Gurke, geschält und in Scheiben geschnitten oder
2 milchsaure Gurken, geschält und geschnitten
2 Tassen Sprossen – Alfalfa, Buchweizen oder Sonnenblumen
½ Tasse Oliven (nach Wunsch) oder 1 Tasse Pilze

Zubereitung des Salates

Die Salatblätter waschen und gründlich trocken tupfen, in mundgerechte Stücke teilen, Mittelrippen entfernen. Auch Spinat in mundgerechte Stücke teilen. Salatblätter und Spinat in große Schüssel geben. Wenn gewünscht, Kresse zufügen sowie Gurken und Sprossen.

Cremige Avocado-Soße

2 Portionen

1 Avocado
1 kleine Knoblauchzehe, fein gehackt
¼ Tasse Wasser
2 Teelöffel Olivenöl
2 Eßlöffel Sauerrahm
1 Eßlöffel frischer Dill oder 1 Teelöffel getrockneter Dill
½ Teelöffel Honig
½ Teelöffel Meersalz, Gewürzsalz oder salzfreies Gewürz
2 Eßlöffel frischer Zitronensaft

Zubereitung der Soße

Avocado halbieren. Schälen, Kern entfernen und in große Würfel schneiden. Alle Zutaten in Küchenmaschine oder Mixer geben. Pürieren, bis eine cremige Masse entsteht. Als Soße für das Sommergrün oder als Dip für rohes oder gedämpftes Gemüse verwenden. Auch als Sandwichbelag geeignet.

Zusammenstellung des Salates

½ Tasse der Soße über das Salatgrün gießen. Gut mischen. Gegebenenfalls noch einige Eßlöffel Soße über den Salat geben. Oliven oder Pilze zugeben, wenn gewünscht. Leicht unterheben.

Schlußwort

Wir haben uns in den vergangenen 15 Jahren sehr viel Mühe gegeben, dieses Programm zu vervollkommnen. Es wurde nicht für einen Augenblickserfolg geschaffen, sondern soll vielmehr dazu dienen, Ihnen auf Dauer dabei zu helfen, Harmonie zwischen Ihren physiologischen Bedürfnissen und Ihren natürlichen Körperzyklen herzustellen. Es soll Ihnen zeigen, wie Sie essen sollen, um aus beiden das Beste zu machen. Mit diesen Informationen können Sie Ihr Gewicht und Ihre Lebensenergie immer unter Kontrolle halten.

Wenn Sie Ihr Wunschgewicht noch nicht erreicht haben sollten, so können Sie sicher sein, daß Sie es erreichen werden, wenn Sie richtig kombinierte Mahlzeiten mit hohem Wassergehalt zu sich nehmen und am Morgen und im Verlauf des Vormittags nur Obst essen werden. Machen Sie einfach weiter! Sie sind nach wie vor auf dem Weg zu der von Ihnen angestrebten, **energiereichen Lebensweise auf Lebenszeit**. Wenn Sie weiter den Anweisungen folgen, werden Sie auch weiter Gewicht verlieren. Eines Tages wird das Übergewicht für immer verschwunden sein und Energie und Gesundheit Ihre Belohnung sein.

Wenn Sie schnellere Fortschritte machen wollen, so sollten Sie sich die Tage im Programm aussuchen, in deren Verlauf Sie nur Obst essen und deren Abendmahlzeit aus einem Salat mit hohem Wassergehalt als Hauptgericht besteht.

An diesen Tagen werden Sie den höchsten Gewichtsverlust erzielen. Zwei äußerst wichtige Richtlinien sollten Sie sich immer vergegenwärtigen. Erstens, daß konzentrierte Nahrung, wie z. B. Eiweiß und Kohlenhydrate, richtig zusammengestellt sein müssen und nicht mehr als 30 % Ihrer täglichen Nahrung ausmachen dürfen, zweitens, daß Früchte unbedingt als die besten Freunde Ihres Körpers anzusehen sind. Auf die richtige Weise und in ausreichenden Mengen verzehrt, ist Obst die

Garantie dafür, daß Sie nie wieder ein Gewichtsproblem haben werden.

Der wichtigste Aspekt dieser Einstellung zum Essen ist die Erkenntnis, daß es sich dabei um eine **neue Lebensweise** handelt und nicht um dogmatisch vorgeschriebene Regeln, denen man sich auf das genaueste zu unterwerfen hat. Auf diese Weise wird Ihnen die Möglichkeit geboten, das Programm Ihren persönlichen Bedürfnissen anzupassen. Sie können das aussuchen und auswählen, was Ihnen am besten zusagt. Bereiche, die Ihrem gesunden Menschenverstand entgegenkommen, denen Sie sich ohne Zwang unterwerfen können, sollten Sie zum Ausgangspunkt machen. Wenn Sie sich Ihre Absichten immer vor Augen halten und täglich **etwas** tun, egal, wie wenig es auch sei, so ist Gewähr gegeben, am Ball zu bleiben. Einmal werden Sie Ihr Ziel erreichen, als glücklicherer und gesünderer Mensch. Das Schlüsselwort heißt: **Richtung**, nicht Geschwindigkeit.

Es ist für uns eine Freude, Ihnen helfen zu können, Gewicht zu verlieren, eine doppelte Freude aber, Ihnen dabei zu helfen, Ihr Leben zu verlängern und Ihre Lebensqualität zu verbessern.

Dieses Buch enthält ein System auf Lebenszeit, das immer zu Ihrer Verfügung steht. Auch wenn Sie vom vorgeschlagenen Weg abweichen sollten, Sie zunehmen oder unter Energiemangel leiden, von jetzt an haben Sie für immer die Richtlinien zur Hand, die Ihnen jederzeit eine Umkehr ermöglichen und Ihnen helfen, Ihre Vitalität zurückzugewinnen. Auf Naturgesetze kann man sich immer verlassen. Auf Naturgesetzen ist dieses System aufgebaut.
Sie haben für Ihren Körper Verantwortung übernommen. Schlanker, sich besser fühlend und besser aussehend mit jedem Tag, können Sie sich jeder Minute Ihrer neugewonnenen Lebensenergie erfreuen. Sie haben sich diese Mühe gemacht, sie zu gewinnen, und Sie verdienen auch, sie zu erhalten.

Gesundheit und Vitalität, mit all den damit verbundenen Wohltaten, sind Ihr gutes Recht von Geburt an!
Möge Gesundheit für immer Ihr Ziel und Ihre Belohnung sein!

Bibliographie

Abramowski, O. L. M., M. D. „Heilung durch Früchte“ (Fruitarian Healing System). Natal, Südafrika: Essence of Health, 1976

—. „Früchtediät und physische Verjüngung“ (Fruitarian Diet and Physical Rejuvenation). Wethersfield, Connecticut: Omangod Press, 1973

Accraido, Marcia M. „Leicht essen, um zu überleben“ (Light Eating for Survival), Wetherfield, Connecticut: Omangod Press, 1978

Agres, Ted. „Ihre Nahrung, Ihre Gesundheit“ (Your Food, Your Health). Chicago: Inter-Direction Press, 1972

Airola, Paavo. „Fleisch wegen Vitamin B_{12}?“ (Meat for B_{12}?). Nutrition Health Review Summer 1983: 13

Allen, Hannah. „Die glückliche Wahrheit über Eiweiß“ (The Happy Truth About Protein). Austin, Texas: Life Science, 1976

—. „Lektion Nr. 33, Warum wir keine Tierprodukte essen wollen“ (Why We Should Not Eat Animal Products in Any Form). In The Life Science Health System, von T. C. Fry. Austin, Texas: Life Science, 1984

Altman, Nathaniel. „Essen für das Leben“ (Eating for Life). Wheaton, Illinois: Theosophical Publishers, 1974

Ames, Bruce N. „Diätabhängige krebserzeugende Substanzen und krebsverhindernde Substanzen“ (Dietary Carcinogens and Anti-Carcinogens). Science, 23. September 1983: 1256

Armstrong, J. W. „Wasser des Lebens“ (The Water of Life). Devon, England: Health Science Press, 1978

Bach, Edward. „Heile dich selbst“ (Heal Thyself). London: Daniel, 1946

Ballentine, Martha. „Die Küche des Himalayas“ (Himalayan Mountain Cookery). Honesdale, Pennsylvania: Himalayan International Institute, 1978

Barr, Stringfellow, und Stella Standard. „Das Gartenbuch der Küche“ (The Kitchen Garden Book). New York: Viking Press, 1956

Baumann, Edward u. a. „Handbuch der holistischen (ganzheitlichen) Gesundheit“ (The Holistic Health Handbook). California: And/Or Press, 1978

Bealle, Morris A. „Die Geschichte der Medikamente“ (The Drug Story). Spanish Fork, Utah: The Hornet's Nest, 1949

—. „Die neue Geschichte der Medikamente“ (The New Drug Story). Washington D.C.: Columbia Publishing Co., 1958

Bieler, Henry G. „Lebensmittel sind deine beste Medizin“ (Food is Your Best Medicine). New York: Random House, 1965

Benerjee, D. K., und J. B. Chatterjea. „Vitamin B-Gehalt der indischen Küche, seine Veränderung durch Kochen“ (Vitamin B Content of some Articles of Indian Diet and Effect of Cooking on It). British Journal of Nutrition 94 (1968): 289

Benson, Herbert. „Unterhalb der Entspannungsreaktion“ (Beyond the Relaxation Response). New York: Times Books, 1984

Benton, Mike. „Lektion Nr. 30, Zucker und andere Süßungsmittel können schlimmer als schlecht sein“ (Sugars and Other Sweeteners May Be Worse Than Bad). In The Life Science Health System, von T. C. Fry. Texas: Life Science, 1984

—. „Lektion Nr. 34, Die Schädlichkeit von Getränken in der Ernährung“ (Lession Nr. 34 The Harmfulness of Beverages in the Diet). In The Life Science Health System, von T. C. Fry. Austin, Texas: Life Science, 1984

Bernard, Raymond W. „Essen Sie sich zu einer besseren Gesundheit“ (Eat your Way to better Health). Vol – i & LL. Clarksburg, West Virginia: Saucerian. 1974

—. „Verjüngung durch diätische Sexkontrolle“ (Rejuvenation Through Dietetic Sex Control). Natal, Südafrika: Essence of Health, 1967

Bernard, Theos. „Wir haben den Himmel in uns“ (Heaven Lies Within Us). Natal, Südafrika: Essence of Health, 1947

Bianchi, Paul, und Russel Hilf. „Eiweißstoffwechsel und biologische Funktion“ (Protein Metabolism and Biological Function). New Brunswick, New Jersey: Rutgers University Press, 1970

Bigwood, E. J. „Protein- und Aminosäurefunktionen“ (Protein and Amino Acid Functions). New York: Pergamon Press, 1972

Bircher-Benner, M. „Essen Sie sich gesund“ (Eating your Way to Health). Baltimore, Maryland: Penguin, 1973

Biser, Samuel. „Die Wahrheit über Milch“ (The Truth About Milk). The Healthview Newsletter 14 (Spring 1978): 1–5

Bodwell, C. E. „Proteine für Menschen“ (Evaluation of Protein for Humans). Westport, Connecticut: The Air Publishing Company, 1977

Bond, Harry, C., M. D. „Kochbuch der natürlichen Ernährung“ (Natural Food Cookbook). North Hollywood, California: Wilshire Book Co., 1974

Bricklin, Mark. „Die praktische Enzyklopädie natürlichen Heilens“ (The Practical Encyclopedia of Natural Healing). Emmaus, Pennsylvania: Rodale Press, 1976

Brooks, Karen. „Das vollständige vegetarische Kochbuch“ (The Complete Vegetarian Cookbook), New York: Pocket Books, 1976

Brown, Henry. „Eiweißernährung“ (Protein Nutrition). Springfield, Illinois: Charles C. Thomas Publishers, 1974
Burton, Alec, Ph. D. „Milch“ (Milk). Hygienic Review, Juli 1974
Callela, John. „Natürliches Kochen“ (Cooking Naturally). Berkeley, California: And/Or Press, 1978
Carmichael, Dan. „Der Milchüberschuß wächst, die Preise klettern höher“ (Milk Surplus Continues to Grow as Price Climbs Ever Higher). St. Petersburg Times, 3. Juni 1982
Carque, Otto. „Lebenswichtige Tatsachen über die Ernährung“ (Vital Facts About Food). New Canaan, Connecticut: Keats, 1975
Carrington, Hereward, Ph. D. „Die Geschichte der natürlichen Gesundheit“ (The History of Natural Hygiene). Mokelhumne Hill, California: Health Research, 1964
Carter, Mary Ellen, und William McGarey. „Edgar Cayce über das Heilen“ (Edgar Cayce on Healing). New York Warner, 1972
Cheraskin, Emanuel, M. D., W. Ringsdorf, M. D., und J. W. Clark. „Ernährung und Krankheit“ (Diet and Disease). Emmaus, Pennsylvania: Rodale Press, 1968
Cinque, Ralph. „Abnehmen auf gesunde Weise“ (Loosing Weight Hygienically). Health Reporter 8 (1983): 5
Claire, Rosine. „Französisch vegetarisches Feinschmeckerkochbuch“ (French Gourmet Vegetarian Cookbook). Millbrae, California: Calestial Arts, 1975
Colgate, Doris. „Der barfüßige Feinschmecker“ (The Barefoot Gourmet). New York: Offshore Sailing School, 1982
Cornelius, Martin P., III. „Bis daß der Tod uns scheidet“ (Till Death Do Us Part). Los Angeles, California: Healer, 1981
Cousins, Norman. „Anatomie einer Krankheit“ (Anatomy of a Illness). New York: Bantam Books, 1979
D'Adamo, Janus, M. D. „Eines Mannes Nahrung“ (One Man's Food). New York: Richard Marek, 1980. „Dahin walzen“ (Rolling Along). Los Angeles Times, 18. Dezember 1980
Dash, Bhagwan. „Ayervedische Behandlung für Allgemeinerkrankungen“ (Ayervedic Treatment for Common Diseases). New Delhi: Delhi Dairy, 1979.
„Das Öffnen von Turnhallen für die Allgemeinheit trimmt die Taillen und die Gesundheitskosten“ (Opening Excecutive Gyms to All Trims Waists, Health Costs). Los Angeles Times, 19. April 1981
„Daten und Fakten über Krebs“ (Cancer Facts and Figures). American Cancer Society, 1983
Dauphin, Lise, N. D. „Rezepte aus der Naturheilkunde“ (Recettes Naturistes). Montreal, Canada: Editions Du Jour, 1969

De Vries, Herbert A. „Wiedergewonnene Lebenskraft" (Vigor Regained). Englewood Cliffs, New Jersey: Prentice-Hall, 1974

Diamond, Marilyn. „Der gesunde Menschenverstand als Führer zu einem neuen Ernährungsweg" (The Common Sense Guide to a New Way of Eating). Santa Monica, California: Golden Glow Publishers, 1979

Dossey, Larry, M. D. „Raum, Zeit und Medizin" (Space, Time and Medicine). Boulder, Colorado: Shambala, 1982

Dosti, Rose. „Ernährung ist wichtiger für schwangere Teenager und über 30jährige" (Nutrition Needs Greater for Pregnant Teenagers, Over 30s). Los Angeles Times, 31. Mai 1984

Ehret, Arnold. „Heilverfahren durch schleimlose Ernährung" (Mucusless Diet Healing System). New York: Benedict Lust, 1976

„Ernährung und Streß bei Gefäßkrankheiten" (Diet and Stress in Vascular Disease). Journal of the American Medical Association 176(1961): 134

Esser, William L. „Wörterbuch der menschlichen Ernährung" (Dictionary of Man's Food). Chicago: Natural Hygiene Press, 1972

„Fakten über das Herz" (Hearth Facts). American Heart Association, 1984

Farb, Peter, und Georg Armelagos. „Anthropologie des Essens" (The Anthropology of Eating). Boston: Houghton Mifflin Co., 1980

Farnsworth, Steve. „Plan zur Verminderung des Milchüberschusses funktioniert nicht" (Plan to Cut Milk Surplus Isn't working). Los Angeles Times, 5. März 1984

Fathman, George, und Doris Fathman. „Lebendige Nahrung" (Live Foods). Beaumont, California: Ehret Literature Publishing, 1973

Finkel, Maurice. „Neue Hoffnung bei Krebs" (Fresh Hope in Cancer). Devon, England: Health Science Press, 1978

Ford, Marjorie Winn, Susan Hillyard, und Mary F. Koock. „Ländliches Kochbuch des tauben Schmiedes" (Deaf Smith Country Cookbook). New York: Collier Books, 1974

Friedlander, Barbara. „Erde, Wasser, Feuer, Luft" (Earth, Water, Fire, Air). New York: Collier Books, 1972

Fry, T. C. „Der Herpes-Schwindel" (The Cruel Hoax Called Herpes). Austin, Texas: Life Science, 1983

—. „Die Tragödie des Kochens" (The Curse of Cooking). Austin, Texas: Life Science, 1975

—. „Die große Wasser-Kontroverse" (The Great Water Controversy). Austin, Texas: Life Science, 1974

—. „Methoden zur Energiegewinnung" Lektionen 1–7 (High Energy Methods, Lessons 1–7). Austin, Texas: Life Science, 1983

—. „Das Gesundheitssystem der Lebenswissenschaft“ Lektionen 1–111 (The Life Science Health System, Lessons 1–111). Austin, Texas: Life Science, 1983
—. „Mythos der Medizin“ (The Myth of Medicine). Austin, Texas: Life Science, 1974
—. „Die Offenbarung der Gesundheit“ (The Revelation of Health). Austin, Texas: Life Science, 1981
—. „Supernahrung für eine Supergesundheit“ (Super Food for Super Health). Austin, Texas: Life Science, 1976
—. „Bessere Nahrung, Ernährungsprinzipien und praktische Beispiele für eine perfekte Gesundheit“ (Superior Foods, Diet Principles and Practices for Perfect Health). Austin, Texas: Life Science, 1974
Garrison, Omar V. „Die Dictokraten“ (The Dictocrats). Chicago: Books for Today, 1970
Gewanter, Vera. „Eine Leidenschaft für Gemüse“ (A Passion for Vegetables). New York: Viking Press, 1980
Glaser, Ronald. „Der Körper ist der Held“ (The Body Is the Hero). New York: Random House, 1976
Gore, Rick. „Die eindrucksvollen Welten in der Zelle“ (The Awesome Worlds Within a Cell). National Geographic 3 (1976): 355
Gould, George M., und Walter L. Pyle. „Anomalitäten und Kuriositäten der Medizin“ (Anomalies and Curiosities of Medicine). New York: The Julian Press, 1956. Ursprüngliches Copyright 1896
Gray, Henry, M. D. „Gray's Anatomie“ (Gray's Anatomy). New York: Bounty Books, 1977
Griffin, LaDean. „Ist einer von Ihnen krank“ (Is Any Sick Among You). Provo, Utah: Bi World, 1974
Gross, Joy. „Das vegetarische Kind“ (The Vegetarian Child). New York: Lyle Stuart, 1983
—. „Menschen der positiven Kraft“ (Positive Power People). Glendora, California: Royal CBS Publications, 1981
Guyton, Arthur C. „Lehrbuch der medizinischen Physiologie“ (Guidance Textbook of Medical Physiology). Philadelphia: Saunders Publishing Co., 1981
—. „Physiologie des Körpers“ (Physiology of the Body). Philadelphia: W. B. Saunders, 1981
Heritage, Ford. „Fakten über Nahrungsmittel und ihre Zusammensetzung“ (Composition and Facts about Foods). Mokelhumne Hill, California: Health Research, 1971
Hewitt, Jean. „Das New York Times Kochbuch der natürlichen Nahrung“ (The New York Times Natural Foods Cookbook). New York: Avon, 1972

—. „Das NEUE New York Times Kochbuch der natürlichen Nahrung" (The New York Times NEW Natural Foods Cookbook). New York: Times Books, 1982

Hightower, Jim. „Iß dein Herz zugrunde" (Eat your Heart Out). New York: Random House, 1976

Holmberg, Osterholm et al. „Medikamentenresistente Salmonellen von Tieren, die mit Antimikrobiotica gefüttert wurden" (Drug Resistant Salmonella from Animals fed Antimicrobials). New England Journal of Medicine 311(1984): 617

Hopkins, S. F., F. P. S. „Grundlegende Medikamente" (Principal Drugs). London: Faber & Faber, 1969

Hotema, Hilton. „Perfekte Gesundheit" (Perfect Health). Natal, Südafrika: Essence of Health, kein Datum im Buch angegeben

Hovanessian, A. T. „Rohkost" (Raw Eating). Teheran: Arshavir, 1967

Howell, W. H., M. D. „Die menschliche Maschine" (The Human Machine). Ontario, Canada: Provoker Press, 1969

Hunter, Beatrice T. „Achtung Verbraucher: Ihre Nahrung und was damit gemacht wird" (Consumer Beware: Your Food and What's Been Done to It). New York: Simon & Schuster, 1972

Hur, Robin A. „Nahrungsmittel-Reform – eine wichtige Notwendigkeit" (Food Reform – Our Desperate Need). Herr-Heidelberg, 1975

Hurd, Frank J., D. C., und Rosalie Hurd, B. S. „Zehn Talente" (Ten Talents). Chisholm, Minnesota: Dr. & Mrs. Frank J. Hurd, 1968

Illich, Ivan. „Medizinische Nemesis" (Medical Nemesis). New York: Bantam, 1976

Jensen, Bernard, D. C. „Die Wissenschaft der Irisdiagnostik" (The Science of Iridology). Escondido, California: Jensen's Nutritional & Health Products, 1952

„Kann Obst Ihnen helfen, abzunehmen" (Can Fruit Help you Lose Weight?). Bergen Record, 20. Oktober 1983

Khalsa, Siri V. K. „Bewußtes Kochen" (Conscious Cookery). Los Angeles: Siri Ved Kaur Khalsa, 1978

Klinger, Rafe. „Ein erstaunlicher 142jähriger wird tatsächlich jünger, sagen verdutzte Ärzte" (Amazing Growing Younger, Say Stunned Doctors). Weekly World News, 7. Oktober 1980

Krok, Morris. „Erstaunliches neues Gesundheitssystem" (Amazing New Health System). Natal, Südafrika: Essence of Health, 1976

—. „Rezept für ein langes Leben" (Formula for Long Life). Natal, Südafrika: Essence of Health, 1977

—. „Früchte, des Menschen Nahrung und Medizin" (Fruit, the Food and Medicine for Man). Natal, Südafrika: Essence of Health, 1967

—. „Goldener Weg zur Verjüngung“ (Golden Path to Rejuvenation). Natal, Südafrika: Essence of Health, 1974
—. „Gesundheit, Ernährung und frische Luft“ (Health, Diet and Living on Air). Natal, Südafrika: Essence of Health, 1964
—. „Ewige Wahrheiten der Gesundheit“ (Health Truths Eternal). Natal, Südafrika: Essence of Health, 1964
Kulvinskas, Victoras. „Leben und Überleben, Kursbuch ins 21. Jahrhundert“ (Survival into the 21st Century). Wethersfield, Connecticut: Omangod Press, 1975 und F. Hirthammer Verlag, München
Kushi, Michio. „Makrobiotik“ (Macrobiotics). Tokyo, Japan: Japan Publications, 1977
—. „Orientalische Diagnose“ (Oriental Diagnosis). London, England: Red Moon, 1978
Laurel, Alicia B. „Das Leben auf der Erde“ (Living on the Earth). New York: Vintage, 1971
Leaf, Alexander, M. D. „Jeder Tag ein Geschenk, wenn Sie über 100 sind“ (Every Day is a Gift When You Are Over 100). National Geographic 1 (1973): 93–119
Leonardo, Blanche. „Krebs und andere Erkrankungen verursacht durch Fleisch“ (Cancer and Other Diseases from Meat). Santa Monica, California: Leaves of Healing, 1979
Levy, Stuart. „Das Spiel mit dem antibiotischen Pool“ (Playing Antibiotic Pool). New England Journal of Medicine 311 (1984): 663
Lewis, David L. „Henry Ford und die ‚Wayside Inn‘“ (Henry Ford and the Wayside Inn). Early American Life 5 (1978): 5
Long, James W., M. D. „Wichtiger Führer für die Verschreibung von Medikamenten“ (The Essential Guide to Prescription Drugs). New York: Harper & Row, 1980
Longwood, William. „Gift in ihrer Nahrung“ (Poisons in Your Food). New York: Pyramid, 1969
Luce, Gay Gear. Ph. D. „Körperzeiten: Physiologische Rhythmen“ (Body Time: Physiological Rhythms). New York: Pantheon, 1971
Mallos, Tess. „Das komplette Kochbuch des mittleren Ostens“ (Complete Middle East Cookbook). New York: McGraw-Hill, 1982
Mayer, Jean, und Jeanne Goldberg. „Studium weiterer Krebsursachen“ (More Cancer Causes Studied). Los Angeles Times, 9. September 1982
McBean, Eleanor. „Die vergiftete Nadel“ (The Poisoned Needle). Mokelhumme Hill, California: Health Research, 1974

McCarter, Robert, Ph. D., und Elisabeth McCarter, Ph. D. „Eine Betrachtung über Vitamine“ (A Statement On Vitamins). „Vitamine und Kuren“ (Vitamins and Cures). „Andere unnötige Zusatzstoffe“ (Other Unnecessary Supplements). Health Reporter 11 (1984): 10, 24

Mendelsohn, Robert S., M. D. „Bekenntnisse eines medizinischen Ketzers“ (Confessions of a Medical Heretic). New York: Warner Books, 1980

—. „Wie ziehe ich trotz meines Hausarztes ein gesundes Kind auf?“ (How to Raise a Healthy Child in Spite of Your Doctor). Chicago: Contemporary Books, 1984

Montagna, Joseph F. „Referenzen auf dem Schreibtisch“ (People's Desk References). Vol. I & II Lake Oswego, Oregon: Quest for Truth Publications, 1980

Moore-Ede, Martin C. „Die Uhren, die unser Leben bestimmen“ (The Clocks That Time Us). Boston, Massachusetts: Harvard University Press, 1982

Morash, Marian. „Das Viktorianische Gartenkochbuch“ (The Victory Garden Cookbook). New York: Knopf, 1982

Muktananda, Swami. „Spiel mit dem Bewußtsein“ (Play of Consciousness). New York: S.Y.D.A., Foundation-Om Namah Shivaya, 1978

Munro, H. N., et al. „Eiweißstoffwechsel der Säugetiere“ (Mammalian Protein Metabolism). New York: Academic Press, 1970

Nance, John. „Der sanfte Tasaday“ (The Gentle Tasaday). New York: Harcourt Brace Jovanivich, 1975

Nasset, E. S. „Homöostase der Aminosäuren im Darminnern und ihre Bedeutung in der Ernährung“ (Amino Acid Homeostasis in the Gut Lumen and Its Nutritional Significance). World Review of Nutrition and Dietetics 14 (1972): 134–153

Nelson, Harry. „Patienten wünschen sich Ärzte, die mehr sagen“ (Patient want Doctor to Talk More). Los Angeles Times, 30. Oktober 1978

Newman, Laura, M. D. „Machen Sie aus Ihrem Entsafter eine Apotheke“ (Make Your Juicer Your Drugstore). Simi Valley, California: Benedict Lust, 1972

Nolfi, Cristine, M. D. „Meine Erfahrungen mit Rohkost“ (My Experiences with Living Food). Ontario: Canada: Provoker Press, 1969

Norman, N. Philip, M. D. „Nahrungsmittelzusammenstellungen. Ein originelles Ernährungs-Schema, das auf den neueren Erkenntnissen der Ernährung und Verdauung basiert“ (Food Combinations: An Original Scheme of Eating Based upon the Newer Knowledge of Nutrition and Digestion). Journal of the Medical Society of New Jersey 12 (1924): 375

Null, Gary. „Handbuch der Nahrungsmittelzusammenstellung“ (Food Combining Handbook). New York: Jove, 1981

Okitani, A. et al. „Hitze-induzierte Veränderungen von freien Aminosäuren in fabrikmäßig erhitzten Tomatenpulpen und -säften“ (Heat Induced Changes in Free Amino Acids on Manufactured Heat Pulp and Pastes from Tomatoes). The Journal of Food Science 48 (1983): 1366–1367

Ouseley, S. G. J. „Die Kraft der Strahlen“ (The Power of the Rays). London: L. N. Fowler & Co., 1972

Overend, William. „Ausschau nach Hinweisen für Krebsanhaltspunkte bei Vorsorgeuntersuchungen“ (Looking for Cancer Clues in Survey). Los Angeles Times, 24. September 1983

Page, Melvin, und H. L. Abrams. „Dein Körper ist Dein bester Arzt“ (Your Body is Your Best Doctor). New Canaan, Connecticut: Keats, 1972

Parham, Barbara. „Warum soll man kein Fleisch essen?“ (What's Wrong with Eating Meat). Denver, Colorado: Ananda Marga Publications, 1979

Parish, Peter, M. D. „Handbuch der Medikamente für Ärzte und Patienten“ (The Doctor's and Patient's Handbook of Medicines and Drugs). New York: Knopf, 1978

Pasley, Salley. „Der Tao des Kochens“ (The Tao of Cooking). Berkeley, California: Ten Speed Press, 1982

Pavlov, Ivan, P. „Die Arbeit der Verdauungsdrüsen“ (The Work of the Digestive Glands). London: Griffin, 1902

Pottenger, F. M., Jr. „Die Wirkung erhitzter, behandelter Nahrung und Vitamin D Milch auf die Kieferstrukturen von Versuchstieren“ (The Effect of Heated, Processed Foods and Vitamin D Milk on the Dental Facial Structure of Experimental Animals). American Journal of Orthodontics and Oral Surgery: August 1946

Randolph, Theron G., M. D., und Ralph W. Moss, Ph. D. „Alternative Behandlung von Allergien“ (An Alternative Approach to Allergies). New York: Lippincott & Crowell, 1979

Rensberger, Boyce. „Überraschende Forschungsergebnisse über frühe menschliche Ernährungsweisen“ (Research Yields Surprises About Barly Human Diets). The New York Times, 15. Mai 1979

Reuben, David, M. D. „Alles, was Sie jemals über Ernährung wissen wollten“ (Everything You Always Wanted To Now About Nutrition). New York: Avon, 1979

Richter, Vera. „Wie man weniger kocht“ (The Cook-Less Book). Ontario, Canada: Provoker Press, 1971

Rivers, Francis. „The Passing Parade“. Nutrition Health Review, Winter 1981: 19

Rombauer, Irma S., und Marion R. Becker. „Freude am Kochen“ (Joy of Cooking). New York: Signet, 1973

Ruehl, Franklin R. „Früchteverzehr kann das Herzinfarktrisiko verringern“ (Eating Fruit Can Cut Your Heart Attack Risk). The National Enquirer, 11. Januar 1983

Sahni, Julie. „Die klassische indische Küche“ (Classic Indian Cooking). New York: William Morrow & Co., 1980

Sandler, Sandra, und Bruce. „Häusliches Backbuch für natürliches Brot und Plätzchen“ (Home Bakebook of Natural Breads and Cookies). Harrisburg, Pennsylvania: Stackpole, 1972

San Francisco Muktananda Center. „Was bedeutet kochen?“ (So What's Cooking?). Oakland, California: S.Y.D.A. Foundation, 1979

Saunders, David S. „Einführung in biologische Rhythmen“ (An Introduction of Biological Rhythms). New York: Wiley, 1977

Scharffenberg, John A., M. D. „Probleme mit Fleisch“ (Problems with Meat). Santa Barbara, California: Woodridge Press, 1979

Schell, Orville. „Modernes Fleisch“ (Modern Meat). New York: Random House, 1984

Select Committee on Nutrition and Human Needs, U.S. Senate. „Ernährungsziele für die Vereinigten Staaten“ (Dietary Goals for the United States). Washington, D.C.: U.S. Government Printing Office, 1977

Shelton, Herbert M., Ph. D. „Bewegung“ (Exercise). Chicago: Natural Hygiene Press, 1971

—. „Fasten kann Ihr Leben retten“ (Fasting Can Save Your Life). Chicago: Natural Hygiene Press, 1964

—. „Nahrungsmittelzusammenstellung leicht gemacht“ (Food Combining Made Easy). San Antonio, Texas: Dr. Shelton's Health School, 1951

—. „Gesund werden“ (Getting Well). Mokelhumne Hill, California: Health Research

—. „Gesundheit für alle“ (Health For All). Mokelhumne Hill, California: Health Research

—. „Menschliche Schönheit, ihre Kultur und Pflege“ (Human Beauty, Its Culture and Hygiene). San Antonio, Texas: Dr. Shelton's Health School, 1968

—. „Das menschliche Leben, seine Philosophie und seine Gesetze“ (Human Life, Its Philosophy and Laws). Mokelhumne Hill, California: Health Research, 1979

—. „Die Milchverdauung“ (The Digestion's of Milk). Hygienic Review: August 1969

—. „Gesundheitsvorsorge für Kinder“ (The Hygienic Care of Children). Bridgeport, Connecticut: Natural Hygiene Press, 1981

—. „Das Gesundheitssystem“ (The Hygienic System). Vol. I, II & III, San Antonio, Texas: Dr. Shelton's Health School, 1934
—. „Natürliche Gesundheit, des Menschen vorgezeichneter Weg des Lebens“ (Natural Hygiene Man's Pristine Way of Live). San Antonio, Texas: Dr. Shelton's Health School, 1968
Shelton, Herbert M., Ph. D. „,Die Prinzipien natürlicher Gesundheit“ (Principles of Natural Hygiene). San Antonio, Texas: Dr. Shelton's Health School, 1964
—. „Rubine im Sand“ (Rubies in the Sand). San Antonio, Texas: Dr. Shelton's Health School, 1961
—. „Bessere Ernährung“ (Superior Nutrition). San Antonio, Texas: Dr. Shelton's Health School, 1951
Silverman, Harold M., (Pharm. D.), und Gilbert I. Siman, D. Sc. „Das Pillenbuch“ (The Pill Book). New York: Bantam, 1979
Singer, Peter, und Jim Mason. „Tierfabriken“ (Animal Factories). Bridgeport, Connecticut: Natural Hygiene Press, 1980
Snodgrass, Beth. „Überwindung des Asthmas“ (Overcoming Asthma). Austin, Texas: Life Science, 1968
—. „Überwindung des Asthmas“ (Overcoming Asthma). Yorktown, Texas: Life Science, 1980
Spencer, R. P. „Der Verdauungstrakt“ (The Intestinal Tract). Springfield, Illinois: Charles Thomas Publishers, 1960
Stern, Edward L. „Medikamente und ihre Nebenwirkungen“ (Prescription Drugs and Their Side Effects). New York: Grossel & Dunlap, 1978
Su-Huei, Huang. „Chinesische Appetithäppchen und Garnierungen“ (Chinese Appetizers and Garnishes). Taipei, Taiwan: Huang Su-Huei, 1983
Sunset International. „Vegetarisches Kochbuch“ (Vegetarian Cookbook). Menlo Park, California: Lane Publishing, 1983
Tannahill, Reay. „Die Nahrung in der Geschichte“ (Food in History). New York: Stein & Day, 1981
Thomas, Anna. „Der vegetarische Feinschmecker“ (The Vegetarian Epicure). Books I & II, New York: Knopf, 1972
Tilden, John H., M. D. „Erklärung der Toxämie“ (Toxemia Explained). Denver: Health Research, 1926
Time-Life. „Gemüse“ (Vegetables). Alexandria, Virginia: Time-Life Books, 1979
Tobe, John H. „Die Hunzas: Abenteuer in einem paradiesischen Land“ (Hunza: Adventures in a Land of Paradise). Ontario, Canada: Provoker Press, 1971
Trall, Russell T., M. D. „Das Gesundheitssystem“ (The Hygienic System). Battle Creek, Michigan: The Office of the Health Reformer, 1872

Verrett, Jacqueline, und Jean Carper. „Essen kann für Ihre Gesundheit ein Wagnis sein“ (Eating May Be Hazardous to Your Health). New York: Simon & Schuster, 1974

„Vitamine des B-Komplexes“ (Vitamins of the B Complex). United States Department of Agriculture Yearbook, Washington D.C.: 1959

„Vitaminüberdosen können schädlich sein“ (Vitamin Megadoses Can Be Harmful). Los Angeles Times, 20. Dezember 1983

„Vollmilch – ein Krebsrisiko“ (Whole Milk Linked With Cancer). Nutrition Health Review, Spring 1983

Waerland, Are. „Gesundheit ist Ihr Geburtsrecht“ (Health Is Your Birthright). Bern, Schweiz: Humata Publishers, ca. 1945

Waerland, Ebba. „Krebs, eine Zivilisationskrankheit“ (Cancer, a Disease of Civilization). Ontario, Canada: Provoker Press, 1980

Waldholz, Michael, und Richard Koening. „Neues Medikament gegen Magengeschwüre vor der Genehmigung – großer Kampf gegen SmithKline's Bucherfolg“ (New Ulcer Drug Near Approval, Setting up a Big Fight with SmithKline's Top Seller). The Wall Street Journal., 12. November 1982

Walker, N. W. D. Sc. „Werde jünger“ (Become Younger). Phoenix, Arizona: Norwalk Press, 1949

—. „Ernährungs- und Salatempfehlungen“ (Diet and Salad Suggestions). Phoenix, Arizona: Norwalk Press, 1971

—. „Frisches Gemüse und Fruchtsäfte“ (Fresh Vegetables and Fruit Juices). Phoenix, Arizona: Norwalk Press, 1978

—. „Natürliche Gewichtskontrolle“ (Natural Weight Control). Phoenix, Arizona: O'Sullivan Woodside & Co., 1981

—. „Strahlende Gesundheit“ (Vibrant Health). Phoenix, Arizona: O'Sullivan Woodside & Co., 1972

—. „Wasser kann Ihre Gesundheit untergraben“ (Water Can Undermine Your Health). Phoenix, Arizona: O'Sullivan Woodside & Co., 1974

„Was Amerikaner nicht essen – einige Überraschungen“ (What Americans Don't Eat – Some Suprises). Grocers Journal of California, September 1982: 87

Wigmore, Ann. „Sei Dein eigener Arzt“ (Be Your own Doctor). Boston: Hippocrates Health Institute, 1973

Winter, Ruth „Vorsicht bei dem, was Sie essen“ (Beware of the Food You Eat). New York: Signet, 1971

Stichwortverzeichnis

D

E

F

G

M

Dr. Paul C. Bragg – Dr. Patricia Bragg

WASSER – Das größte Gesundheitsgeheimnis

Die schockierende Wahrheit über Wasser

Dr. Paul C. Bragg und Dr. Patricia Bragg sind in USA bekannt als Ernährungs- und Gesundheitsberater, und sie haben Politiker wie Präsident Harry S. Truman, die englische Königsfamilie, Sportler wie Betty Cuthbert aus Australien (4 olymp. Goldmedaillen im Laufen und 16 Weltrekorde), außerdem Hollywoodstars wie Clint und Maggie Eastwood, Connie Haines, Pamela Mason und vielen anderen geholfen, ihre Gesundheit zu erhalten oder zurückzugewinnen.
Warum ist dieses Buch geschrieben worden?
Nach dem Sauerstoff ist Wasser der wichtigste Lebensfaktor für Menschen und Tiere zum Überleben. Menschen sind schon bis zu 90 Tagen ohne Essen ausgekommen, aber sie können nur wenige Minuten auf Sauerstoff verzichten. Ohne Wasser kann der Mensch kaum 72 Stunden überstehen, ohne daß er in einen halb-bewußlosen Zustand verfällt. Aber es ist auch das Wasser, das vorzeitiges Altern sowohl beim Menschen als auch bei Tieren verursacht. Es führt jedoch nicht nur zum vorzeitigen Altern, sondern der Mensch kann an vielen Krankheiten leiden, die während seines Lebens durch das Trinken von mineralhaltigem Wasser hervorgerufen werden! Dieses Buch enthüllt die Ursachen, warum Menschen und Tiere lange vor ihrer eigentlichen Zeit sterben. Über 50 Jahre intensiver Forschung sind in diesem Buch niedergelegt.

ISBN 3-926453-02-8

T. C. Fry, Dr. Herbert M. Shelton u. a.

Reines Wasser für die Gesundheit

Was sollen wir trinken?
Leitungswasser? Mineralwasser?
Reines Wasser = dampfdestilliertes Wasser?

Was sollen wir trinken? Leitungswasser, Mineralwasser, Fabriksäfte, Kaffee, Tee, Cola, Limonaden, Alkohol? Die Antwort ist – nur reines Wasser! Aber was ist reines Wasser? Eigentlich Regenwasser, das inzwischen aber auch schon verschmutzt auf der Erde ankommt. Was bleibt dann noch? Wasser, das in Früchten, Gemüse und Salaten enthalten ist! Ersatzweise kann dampfdestilliertes Wasser getrunken werden. Entgegen landläufiger Meinung ist dampfdestilliertes Wasser immer noch besser als alle anderen Getränke (ausgenommen selbstgepreßte frische Obst- und Gemüsesäfte). Das Für und Wider wird von 9 Fachleuten eingehend dargestellt, und wird Sie sicher nachdenklich machen.

ISBN 3-926453-08-7

Arnold Ehret

Vom kranken zum gesunden Menschen

Die Ursache aller Krankheiten

Fleischkost, Milch, Milchprodukte sowie Fabriknahrungsmittel (weißes Mehl, raffinierter Zucker) sind schleimbildend und bilden den Nährboden für viele Krankheiten. Der kürzeste und sicherste Weg zur Gesundheit ist das Fasten.
Eine Obstdiät, ergänzt durch rohe Salate und Gemüse, führt zur Gesundung. Körperliche Schönheit kehrt zurück. Haarausfall hört auf, graue Haare erhalten wieder ihre natürliche Farbe, Geist und Seele finden ihr Gleichgewicht wieder – strahlende Augen sind der Ausdruck dafür.

ISBN 3-926453-01-X

Arnold Ehret

Die schleimfreie Heilkost

In diesem Buch ist das Lebenswerk von Prof. Ehret zusammengefaßt. Fast alle Krankheiten äußern sich durch Verstopfung und Verschleimung. Mit einer nicht schleimbildenden Kost kann Krankheiten vorgebeugt werden, und die Menschen können damit auch wieder geheilt werden. Schleimfreie Kost besteht aus Obst, Gemüse und Salaten, die weitgehend roh verzehrt werden sollten. Fastenkuren sind wichtig zur Rückgewinnung der Gesundheit, dazu Licht, Sonne und Bewegung.
Prof. Ehret hat diese Erkenntnisse durch Selbsterfahrung, langen Studien und praktischer Durchführung von Fastenkuren in seinem Sanatorium in der Schweiz und später in den USA gesammelt und konnte noch vielen Menschen helfen, die von der Schulmedizin als hoffnungslos betrachtet wurden.

ISBN 3-926453-09-5